KB062766

다른 세상 1

사라진 도시

다른 세상 1: 사라진 도시

펴낸날 | 2011년 7월 25일 초판 1쇄

지은이 | 막심 샤탕
옮긴이 | 이원복
펴낸이 | 이태권
펴낸곳 | (주)태일소담
서울시 성북구 성북동 178-2 (우)136-020
전화 | 745-8566~7 팩스 | 747-3238
e-mail | sodam@dreamsodam.co.kr
등록번호 | 제2-42호(1979년 11월 14일)
홈페이지 | www.dreamsodam.co.kr

ISBN 978-89-7381-696-5 04860
ISBN 978-89-7381-695-8 (세트)

• 책값은 뒤표지에 있습니다.
• 잘못된 책은 구입하신 곳에서 교환해드립니다.

AUTRE
MONDE
MAXIME
CHATTAM

다른 세상 1

사라진 도시

막심 샤탕 지음 | **이원복** 옮김

소담출판사

지상에는 사람들이 모르는 곳이 있다.
상상할 수조차 없는 일이 이루어지는 곳.
이 이야기가 시작되는 곳처럼.
책이나 기묘한 골동품으로 가득한 가게들,
누구도 감히 모험할 수 없는 좁은 골목길,
어느 숲, 두 덤불 사이의 틈…….
그런 곳을 알고 싶으면
바라보고, 마법이 일어나도록 내버려두기만 하면 된다.
이 책은 마법서다.
하지만 주의하길. 만일 책장을 넘기기로 결심했다면
당신에게는 마술 지팡이가 필요할 것이다.
마술 지팡이는 다름 아닌 당신의 몽상이다.
대부분의 사람들은 어른이 되면서 몽상을 잃는다.
당신은 아직도 몽상가인가?
그렇다면 이 새로운 세상의 문을 열어보기를!

2007년 5월 2일, 에지콤에서

Maxime Chattam

차례

제1부. 폭풍설

제2부. 팬들의 섬

제3부. 시니크

제1부. 폭풍설

1
첫 번째 신호

성탄절 방학 직전, 맷 카터는 난생처음으로 '기이한 기운'을 감지했다. 세상이 더는 잘 돌아가지 않고, 뭔가 엄청난 일이 일어날 것만 같았다. 하지만 그가 이 현상을 심각하게 받아들인다 한들 무엇을 할 수 있을까? 그가 세상이 얼마나 바뀔지 상상할 수 있을까? 이 현상을 막을 수 있을까? 분명히 그럴 수 없다. 두려움을 느끼는 것 외에는 아무것도 할 수 없을 것이다.

그날은 성탄절 방학 이틀 전인 목요일 오후였다. 맷은 토비아스, 뉴턴과 함께 역할 게임, 전쟁 게임, 보드게임 따위를 파는 게임 전문점 '용의 소굴'에 갔다. 세 친구는 교정에서 나와 뉴욕 맨해튼 대로를 걷고 있었다.

열네 살—키를 보면 두 살쯤 더 들어 보였다—인 맷은 뉴욕 시내의 번쩍이는 빌딩 사이를 돌아다니는 것을 매우 좋아했다. 그에게는 언제나 상상력이 넘쳐흘렀다. 몽상에 빠질 때면 그는 맨해튼이 강철과 유리로 된 요새이며, 수백 개의 탑이 외부의 위험으로부터 시민들을 보호한다고 생각했다. 또한 자신은 재능을 마음껏 발휘할 날을 고대하는 기사 중 한 명인 것만 같았다. 냉혹하고 무서운 사건은 뜻밖의 모습으로 불시에 닥칠 것이다.

토비아스가 물었다.

"12월인데 춥지가 않아. 안 그래?"

토비아스는 키는 작은 편이지만 늘 활기찬 흑인 소년으로, 말할 때를 제외하고는 항상 발을 동동 구르거나 손가락을 꼼지락거렸다. 의사가 '심한 불안증 환자'라고 진단했지만 토비아스는 그렇게 생각하지 않았다. 그는 단지 기운이 넘칠 뿐이었다. 그는 동급생보다 한 살 적었다. 한 학년을 월반할 정도로 공부를 꽤 잘했기 때문이다.

이번에도 토비아스가 옳았다. 예년 이맘때와는 달리 폭풍설暴風雪은 닥치지 않았고, 온도도 영하권으로 내려가지 않았다.

토비아스가 말을 이었다.

"스카우트들은 방학 때 록랜드Rockland 카운티에서 야영을 할 수 있을 거야. 12월 중순에 야영을 할 수 있다니!"

뉴턴이 짜증을 냈다.

"스카우트 얘기는 집어치워."

뉴턴은 나이에 비해 키가 크고 튼튼했지만 섬세함이 부족하고, 무엇보다도 자신의 안위를 추구했다. 그래도 상상력과 열정이 대단한, 소중한 역할 게임 친구였다.

토비아스가 고집을 부렸다.

"아무튼 사실이야. 거의 2년째 눈을 보지 못했잖아. 대기오염이 지구 전체를 엉망진창으로 만들고 있다고."

뉴턴이 물었다.

"그건 그렇다 치고, 너희는 성탄절에 무슨 선물 받을 거야? 나는 새로운 엑스박스를 기다리고 있어! 특히 오블리비언 게임을 좋아하지!"

토비아스가 대답했다.

"나는 꺼내면 자동으로 펴지는 텐트를 사달라고 했어. 내년에는 조류 관찰용 쌍안경이랑 워크래프트 회원권을 부탁할 거야."

뉴턴은 텐트나 쌍안경은 받을 만한 선물이 될 수 없다는 듯 뾰로퉁해졌다.

토비아스가 물었다.

“맷, 너는?”

맷은 바람에 나부끼는 까만 외투의 호주머니에 두 손을 찔러 넣은 채 걷고 있었다. 보통 길이의 갈색 머리채가 그의 이마와 볼을 간질였다. 그는 어깨를 으쓱하더니 자신 없는 말투로 대답했다.

“모르겠어. 올해는 선물에 신경 쓰고 싶지 않아. 나는 깜짝 선물을 좋아해. 그게 더 짜릿하잖아.”

토비아스와 맷은 초등학교 때부터 친구였다. 토비아스는 이번 성탄절이 이 친구에게 특별한 의미가 있다는 사실을 깨달았다. 11월 말, 맷의 부모님은 그들이 이혼할 것이란 사실을 맷에게 알렸다. 처음에 맷은 부모의 이혼을 철학적으로 받아들였다. 그가 할 수 있는 일은 하나도 없었다. 부모님이 결정한 일이고, 상당히 많은 친구들이 일주일은 아빠 집에서, 그다음 일주일은 엄마 집에서 머물며 살고 있었다. 그 후 몇 주에 걸쳐 내년 초로 결정된 이사를 위한 마분지 박스가 현관에 쌓여가자 맷은 점점 시무룩해졌다. 게임을 할 때도 별로 집중하지 않았고, 그렇지 않아도 좋지 않은 학교 성적은 더욱 떨어졌다.

토비아스는 어떻게 대답해야 좋을지 몰라 친구의 등을 툭툭 쳤다.

세 소년은 간선도로를 둘로 나누는 철길을 따라서 파크 애비뉴를 내려가, 약간 지저분한 구역에 도착했다. 부모들은 그들의 아이가 이 구석에서 빈둥거리는 것을 좋아하지 않았다. 인도에는 쓰레기가 널려 있었고, 벽은 낙서투성이였다. 세 소년은 110번가의 네거리에서 오른쪽으로 돌아 ‘용의 소굴’로 들어갔다. 이 구역의 건물은 그다지 높지는 않지만, 길이 협소해 햇살이 잘 들지 않았다. 건물의 그림자는 이 구역을 더욱 음산하게 만들었다.

뉴턴이 어느 가게의 지저분한 유리창을 가리켰다. 진열창은 먼지가 잔뜩 끼어 혼탁했다. 출입구 위쪽에서 나부끼는 플래카드에서 '발타자 골동품'이라는 가게 이름만을 읽을 수 있었다.

뉴턴이 약을 올렸다.

"이봐, 너희들은 여전히 겁쟁이지?"

맷과 토비아스는 잠시 시선을 교환했다. 중학교 남학생들은 담력을 시험하기 위해 이 가게를 이용했다. 이곳은 조금도 쾌적하지 않았고, 아이들은 가게 주인을 몹시 두려워했다. 들리는 말로는, 아이들을 끔찍이 싫어하는 발타자 영감이 아이들이 찾아오는 즉시 엉덩이를 걷어차 밖으로 쫓아낸다고 했다. 그래서 수많은 전설이 생겨났고, 가게에 귀신이 산다는 소문이 퍼졌다. 물론 그 누구도 소문을 믿지 않았지만, 그래도 접근을 꺼렸다. 그런데 뉴턴은 학기 초 혼자 이 가게에 들어가서 담력 테스트 규정대로 5분 동안 버티고 나왔다. 유치한 짓이긴 해도 용기를 입증하고 싶었다.

토비아스가 말했다.

"무섭지 않아. 얼간이들이 꾸며낸 이야기일 뿐이라고."

뉴턴이 반박했다.

"용기를 시험하는 거야! 이 테스트가 아니라면 어떻게 네 용기를 증명할 수 있지?"

"용기를 증명하는 데 이런 어리석은 짓은 필요 없어."

"그럼 이게 어리석은 짓인지, 두려워할 게 전혀 없는지, 그리고 네가 진짜 사나이인지 보여봐!"

토비아스는 한숨을 내쉬었다.

"그럴 필요가 없어. 이건 멍청한 짓이야."

뉴턴이 피식 웃었다.

"너, 겁먹은 거지?"

맷이 길 쪽으로 한 걸음 나아갔다.

"좋아. 토비아스와 내가 들어가지."

뉴턴의 왕방울만 한 눈이 휘둥그레졌다.

토비아스가 더듬더듬 물었다.

"아니, 네가 웬일이야?"

뉴턴이 부추겼다.

"너희는 두 명이니까 뭔가를 가지고 돌아와야 해."

갈수록 태산이었다. 토비아스가 인상을 찌푸리며 말했다.

"뭐라고? 말도 안 돼!"

"가게에서 물건을 훔쳐 와. 아무 물건이나 하나 들고 나오면 돼. 그러면 너희를 용감한 사람으로 인정하고, 경의를 표해줄게."

토비아스가 머리를 흔들었다.

"이건 완전히 바보 같은 짓이야……."

맷은 그의 어깨를 붙잡더니 길을 건너 낡은 가게 쪽으로 끌고 갔다.

토비아스가 항의했다.

"뭐 하는 거야? 들어가면 안 돼! 뉴턴은 우리를 놀리려고 이런 짓을 부추기는 바보야."

"그럴지도 모르지. 하지만 이번에 성공하면 다신 그러지 않을 거야. 두려워할 거 없어."

내키지 않는 일을 하게 된 토비아스는 몹시 불편한 마음으로 맷과 나란히 걸었다.

'부모님이 이혼하기 전의 맷이라면 이런 일은 결코 하지 않았을 거야. 그는 예전 같지 않아. 썰렁한 집안 분위기 탓이겠지!'

맷은 가게 문 앞에서 잠시 멈췄다. 문이 어찌나 낡았는지 인디언 시대에 만든 것처럼 보였다. 가게 정면의 거무칙칙한 녹색 페인트는 비늘 모양으로 벗겨져 떨어지며 곰팡이가 슨 목재를 드러냈고, 유리창에 가라앉은 회색 딱지는 너무 두꺼워 내부에 불빛이 있는지조차 확인할 수 없었다.

토비아스는 안도의 한숨을 내쉬며 말했다.

"닫힌 것 같아."

맷이 고개를 저으며 손잡이를 돌리자 문이 삐거덕거리며 열렸다.

두 소년은 가게 안으로 들어갔다.

☣

가게 내부는 밖에서 상상한 것보다 훨씬 더 엉망진창이었다. 벽을 온통 뒤덮으며 사방팔방으로 뻗은 나무 선반은 가게를 미로로 바꾸어놓았다. 선반에는 수천 개의 물건이 어지럽게 쌓여 있었다. 자질구레한 실내장식품, 작은 조각상 모양의 서진書鎭, 가게만큼이나 낡은 보석, 가죽으로 장정한 낡은 책, 투명 상자 속에 압정으로 고정시켜 말린 곤충, 때가 묻은 그림, 건들거리는 가구……. 이 모든 것이 마치 수 세기 전부터 아무도 손대지 않은 것처럼 두꺼운 먼지로 덮여 있었다. 하지만 가장 놀라운 것은 조명이었다. 가게 한가운데에 매달린 유일한 투명 전구는 빈약한 미광만을 발산해, 가게의 나머지 부분은 어슴푸레한 빛 속에 잠겨 있었다.

토비아스가 불안한 눈으로 천장을 바라보면서 속삭였다.

"정말로 음침한 가게야. 이곳에서 나가야 할 것 같아."

맷은 말없이 우표와 나비 수집 앨범, 그리고 갑자기 토비아스의 관심을 끈 다색 구슬이 가득한 항아리를 전시해놓은 첫 번째 줄의 진열장을 구경했다. 가게를 둘러보았지만 사람의 흔적은 찾을 수 없었다. 가게는 한없이 넓어 보였고, 안쪽에서 속삭이는 소리가 들려오는 것 같았다.

토비아스가 맷의 팔을 붙잡았다.

"그냥 나가는 게 좋겠어. 여기서 물건을 훔치느니, 뉴턴이 나를 겁쟁이로 여기는 게 나아."

하지만 맷은 멈추지 않고 대답했다.

"하나도 훔치지 않을 거야. 알잖아, 나는 그런 사람이 아니야."

토비아스는 낙심한 말투로 물었다.

"그럼 뭐하러 왔어?"

맷은 대답하지 않고 속삭이는 소리가 들리는 쪽으로 걸어갔다.

토비아스는 가게의 기이한 분위기보다 맷의 침묵에 더 주눅이 들고 불안했다. 한편으로는 두려워서 도망치고 싶었고, 다른 한편으로는 투명한 유리 용기에서 부드럽게 반짝이는 무수한 구슬에 매료되었다. 몇 개나 될까? 천 개? 2천 개? 정확히 알 수 없었다. 괴물의 눈을 닮은 자주색과 오렌지색, 검은색과 노란색 구슬이 반짝거렸다.

토비아스는 곧 친구가 가게 안쪽으로 사라졌다는 사실을 깨달았다. 그는 혼자 남고 싶지 않아 친구가 사라진 쪽으로 부랴부랴 달려갔다.

그러자 구슬이 그의 시선을 따라 움직였다. 토비아스는 간신히 비명을 참았다. 그는 몸을 숙이고 구슬을 바라보았다. 움직이는 구슬은 없었다. 단순한 구슬이었다. '꿈을 꾼 걸까? 아니야, 착시이거나 불안 탓에 뇌가 혼란을 일으킨 것뿐일 거야.'

그는 다시 몸을 일으키며 안정을 되찾았다. 아무 일도 일어나지 않았다.

'괴팍한 영감이 내뿜는 광기 때문이겠지. 모든 게 잘될 거야.'

토비아스는 조금 전 고서 더미 뒤로 사라진 친구를 향해 달려갔다.

☣

맷은 뒤틀린 마룻바닥을 걸었다. 속삭이는 소리는 점점 더 분명하게 들렸다. TV 뉴스 아나운서처럼 감정이 억제된 목소리.

맷은 목소리의 진원지에 다가갈수록 자신이 우연히 이곳에 온 것이 아님을 깨달았다. 다른 때 같았으면 뉴턴의 도전에 응하기는커녕 대꾸도 하지 않고 무시해버렸을 것이다. 이런 식의 어리석은 짓은 언제나 피해왔다. 해야 할 것과 피해야 할 것을 본능적으로 구분할 줄 알았다. 그런데 이번에는 피해야 할 일을 하고 있었다. 왜? 사실 그는 며칠 전부터, 아니, 수 주 전부터 그랬다. 아빠가 곧 이사를 할 것이고, 당분간은 자주 만날 수 없을 거라고 말해주었을 때부터. 모든 일이 정리되면 맷은 아빠와 함께 살게 될 것이다…… 엄마가 두 사람을 조용히 내버려둔다면. 이 마지막 지적은 맷의 마음에 들지 않았다. 다음 날, 엄마가 와서 아빠와 비슷한 얘기를 해주었다. 설령 아빠가 반대하더라도 엄마는 아들과 함께 살 거라고. 엄마와 아빠는 매사가 달랐다. 엄마는 상당히 전원적이고, 아빠는 매우 도시적이었다. 엄마는 아침형 인간이었고, 아빠는 저녁형 인간이었다. 그들이 전에는 '상호 보완적 관계'라고 부르던 것이 갑자기 분열의 상징이 되었다. 그들은 낮과 밤이었다. 물론 두 사람에게 맷은 해와 같은 존재였다. 열네 살이 된 소년은 곧 부모님이 무엇을 목표로 하는지 깨달았다. 두 사람은 서로 자신을 맡겠다고 전쟁을 하고 있었다. 두 명의 친구가 이미 이런 시련을 겪었다. 그것은 악몽이었다.

맷은 격분했다. '사랑은 아무리 많이 해도 해롭지 않다고 말한 게 대체 누구지?' 부모님은 그를 놓고 서로 괴롭히고 있었다. 그때부터 맷은 예전처럼 지낼 수도, 하나에 집중할 수도 없었다. 자신의 반항심에 스스로 놀랄 때도 있었다. 그는 더 이상 전과 같이 행동하지 않았다.

맷이 이곳에 온 것도 우연이 아니었다. 그는 발걸음을 뗄 때마다 자신이 피하려 했던 일을 감행하는 진짜 이유를 깨달았다. 그는 가족을 혼란에 빠뜨리고 싶었던 것이다. 어리석은 짓으로 부모님을 난처하게 하는 것. 부모님이 한 달 전부터 자신을 괴롭힌 것처럼 그들을 고통스럽게 하고 싶었다.

맷은 자신의 날카로운 통찰력에 놀랐다.

'왜 이렇게 반항하는 거지? 바보는 바로 나야!'

순간 그는 발길을 돌려 가게를 나가고 싶었다.

하지만 이미 너무 깊숙이 들어왔다. 그는 야생 벚나무로 만든 아주 오래된 카운터, 무거운 검은색 대리석 식기대를 올려놓은 붉은 통나무가 있는 가게 뒷방까지 갔다. 길고 가느다란 코, 귀 위쪽에 두 가닥의 흰 머리털만 남은 대머리 노인이 앉아서 작은 휴대용 라디오—머리를 잔뜩 앞으로 숙여, 이마가 거의 라디오에 붙어 있었다—를 듣고 있었다. 작은 사각형 안경은 코에서 떨어질 것만 같았다. 갑자기 노인이 머리를 돌리더니, 의혹에 찬 눈길로 소년을 머리부터 발끝까지 훑어보고는 쉰 목소리로 물었다.

"뭐 하는 거야?"

맷은 대답하지 않았다.

'영화에서 막 튀어나온 사람 같아!'

발타자 영감이 다시 퉁명스럽게 물었다.

"왜 대답하지 않지?"

"뭐, 뭔가를 사러 왔어요."

"뭘 사고 싶은데?"

맷은 청바지 호주머니를 뒤져 1달러짜리 지폐 여섯 장을 꺼냈다. 그것은 그의 전 재산이었다.

"겨우 6달러로 뭘 사려는 거지?"

발타자가 인상을 찌푸렸다. 작고 검은 눈이 더욱 좁아졌다. 금방이라도 분노를 터뜨릴 것만 같았다. 마침내 노인이 고함쳤다.

"여긴 어떤 물건을 살 건지 확실히 정한 다음에 오는 곳이야! 여기가 어디라고 생각하지?"

맷은 당황하지 않고 대답했다.

"그야 골동품 가게죠."

그러자 발타자는 자리에서 벌떡 일어나 자신의 가게만큼 낡은 양복 위에 두꺼운 회색 모직 실내복을 걸쳤다. 그는 카운터에 두 손을 얹고 상체를 숙이더니 맷을 노려보았다.

"건방진 녀석! 나는 필요한 돈만 내면 무엇이든 찾아줄 수 있어. '무엇이든' 말이야. 그런데 너는 고작 6달러로 살 수 있는 게 뭔지 알고 싶은 거야? 이곳은 싸구려 가게가 아니야!"

순간 노인의 소맷자락 밑에서 이상한 것이 꿈틀거리는 것을 본 맷은 더 이상 그곳에 있고 싶지 않아 도망치려 했다. 빠르게 움직이는 밤색과 검은색 얼룩무늬 꼬리. 그는 입을 벌린 채 가만히 있었다. ……뱀? 이 미친 노인이 실내복 안쪽 팔에 뱀을 감고 있단 말인가! 이제는 정말로 도망쳐야 할 때였다.

하지만 바로 그때 토비아스가 나타났다. 발타자는 그를 보더니 턱을 굴리면서 거칠게 내뱉었다.

"이 조무래기들, 여럿이 온 거야?"

발타자가 일어나 카운터를 돌아 다가오자 토비아스는 공포의 비명을 참을 수 없었다. 노인이 완전히 모습을 드러냈을 때 맷은 두 걸음 물러났다. 그는 뭔가를 보고 피가 얼어붙는 것 같았다. 또 한 마리의 뱀 꼬리가 노인의 실내복 뒤로 삐져나와 있지 않은가. 첫 번째 뱀보다 훨씬 큰 놈이었다. 통통한 가지 두께의 뱀은 사람들이 자신을 보고 있다는 사실을 깨달은 듯 몸을 비틀어 꼬더니 노인의 몸을 타고 전속력으로 올라갔다.

출구 쪽으로 달려가는 토비아스의 발소리가 들렸다.

"내 앞에서 당장 꺼져버려!"

맷은 발타자 영감이 달려드는 것을 보면서 점점 더 빨리 뒷걸음질쳤다. 이윽고 그는 높은 선반 사이로 장애물을 요리조리 피하면서 달아나기 시작했다. 마침내 토비아스가 방금 밀고 나간 문이 다시 닫히는 것이 보였다. 문틈으로 스며드는 햇빛이 멀리 있는 것처럼 느껴졌다. 결국 맷은 문에 도착했고, 손잡이를 잡아당겼다. 그는 뚜렷한 이유 없이 문턱에서 돌아서서 발타자의 소굴을 지켜보았다.

발타자 영감도 골동품 가게의 희미한 빛 속에서 맷을 지켜보았다. 문이 천천히 닫히는 동안 노인은 만족스러운 미소를 짓고 있었다. 문이 닫히기 직전, 노인의 입술 사이에서 뱀의 것처럼 두 갈래로 갈라진 혀가 나오는 것을 본 맷은 소스라치게 놀랐다.

2
마법

맷이 두 번째로 환상적인 현상을 목격한 것은 폭풍설이 몰아치기 전이었다.

맷은 발타자 영감의 기괴한 모습을 보고 상당한 충격을 받았다. 토비아스와 몇 마디를 나눈 그는 그 모습을 본 사람이 자신뿐이라는 사실을 깨닫고 입을 다물었다. 부모님의 이혼 탓에 생긴 환영이었을까? 환영을 볼 정도로 심각하게 상처 입을 수 있을까? 하지만 그건 환각이 아니었다! 분명 발타자 영감의 팔에 뱀이 감겨 있었고, 등에는 거대한 뱀 꼬리가 있지 않았는가! 더구나 영감은 두 갈래로 갈라진 혀를 내밀었다! 희미한 빛, 두려움…….

금요일 저녁, 모든 중학교에서 성탄절 방학의 시작을 알리는 종이 울렸다. 맷은 친구들과 어울리고 싶지 않아 곧장 집으로 돌아왔다. 그는 렉싱턴 애비뉴에 있는 한 고층 빌딩 24층에 살고 있었다. 그의 방 벽은 〈반지의 제왕〉을 비롯한 영화 포스터로 가득했다. 침대 맞은편 책장 선반에는 아라곤, 간달프, 레골라스 등 〈반지의 제왕〉에 나오는 모든 인물의 인형이 놓여 있었다.

맷이 하이파이Hi-Fi 오디오를 켜자 곧바로 시스템 오브 어 다운System

of a down(미국 캘리포니아 주 로스앤젤레스 출신 얼터너티브 메탈 밴드—옮긴이)이 강력하고 공격적인 화음을 발산했다. 소년은 침대에 털썩 주저앉아 주위를 둘러보았다. 모든 것이 그에게는 새로웠다. 환상세계를 몽상하기 좋아하는 맷과, 현실주의적 맷—두 살 많은 사촌 테드와 버몬트에서 보낸 지난 여름방학에 돌연 나타난—이 혼합되었다. 그의 현실주의적인 면은 열여섯 살인 두 소녀, 패티 그리고 코니와 어울리면서 생겨났다. 그는 난생처음 자신의 외모와 말투, 자신에 대한 타인의 생각에 관심을 가졌다. 그는 두 소녀의 관심을 끌고 거드름을 피우고 싶었다. 테드는 맷에게 자신이 초기에 모은 메탈 음반을 들려주며 소녀들과 사귀는 방법을 알려주었다. 친구들을 다시 만났을 때, 맷은 변해 있었다. 유년기의 포동포동한 살은 사라지고, 얼굴 윤곽이 두드러지며 섬세해졌다. 자신이 좋아하는 신발과 청바지, 스웨터, 짙은 색 티셔츠, 무릎까지 내려오는 모자 달린 검은 외투를 직접 골랐다. 그는 외투 자락이 바람에 나부끼는 것을 좋아했다. 귀 위쪽과 목덜미에서 물음표처럼 구부러지기 시작한 머리털도 그냥 자라도록 내버려두었다.

이제 가상 세계와 현실 세계가 뒤섞이며 때때로 충돌했다. 그가 무척이나 아끼는 게임이나 인형의 세계와 변화 중인 젊은이의 세계. 그는 어떻게 처신해야 할지 고심했다. 청춘의 열정을 포기해야 할까? 뉴턴은 어느 정도 이런 부류였다. 아직 '총각 딱지'도 떼지 않은 토비아스는 아무렇게나 옷을 입었고, 보이스카우트 활동과 게임을 맹목적으로 좋아했다.

시스템 오브 어 다운이 단조로운 노래를 부르자 맷은 스르르 잠들었다. 하지만 침실에서 평소처럼 나지막이 싸우는 부모님의 실루엣, 패티와 코니의 관능적인 몸매, 그리고 뱀의 눈과 혀를 가진 노인이 떠올라 깊은 잠은 이룰 수 없었다…….

☣

성탄절은 맷이 예상했던 것보다 빨리 다가왔다. 시간은 뉴턴, 토비아스와의 역할 게임 속도에 맞춰 금세 흘러갔다. 토비아스는 그가 속한 보이스카우트가 일기예보에 따라 숲 야영을 취소한 탓에 결국 두 친구와 어울리게 되었다. 방학 초, 부모님이 출장으로 사흘 동안 집을 비우면서 맷은 혼자 집에 있어야 했다. 그들은 몇 년 전 베이비시터 자격증을 취득한 마트를 부르려 했다. 마트는 같은 층에 사는, 이집트에서 온 독신녀였다. 그을린 피부는 따뜻하고 상냥한 그녀의 성격을 닮았다. 부드럽고 너그러우며 매우 뚱뚱한 이 여인은 수년 동안 부모님이 일찍 귀가할 수 없을 때마다 어린 맷을 돌봐주었다. 맷은 그녀에 대해 유쾌한 추억을 간직하고 있지만 이제는 더 큰 자유를 열망했고, 그녀에 대한 애정을 간직하고 있지만 이제는 이 철저한 독신주의자의 세심한 친절이 오히려 그를 짜증 나게 했다. 그래서 그는 사흘 동안 혼자 지냈다. 마트는 마지막 날 저녁에만 왔을 뿐이었다.

성탄절 날, 맷은 부모님이 서로 참으려고 애쓰는 것을 보고 기뻤다. 하마터면 그는 부모님이 화해했다고 믿을 뻔했다. 선물 더미를 본 그는 처음에는 기뻐서 어쩔 줄 몰랐지만, 이것이 세 사람이 함께 보내는 마지막 성탄절이라는 사실을 깨닫자 흥이 깨졌다. 입술에서 사라졌던 미소는 마지막 선물이자 가장 큰 꾸러미를 보고 되돌아왔다. 선물이 무엇인지 알아차린 그는 환호성을 내질렀다. 그것은 아라곤의 검이었다.

아빠가 으스대며 말했다.

“실물과 똑같은 복제품이야! 바람을 넣은 모조품이 아니라고. 숫돌에 날카롭게 갈면 진짜 무기가 되는 거지! 그러니 조심해야 해.”

맷은 검을 꺼내 휘둘렀다. 검은 몹시 무거웠고, 날은 요정들의 별빛처럼 천장 전등의 불빛을 끌어 들이며 반짝거렸다. 벽에 붙이는 검받침대, 칼집, 그리고 영화에서처럼 칼을 등에 고정시킬 수 있는 가죽띠도 있었다.

맷이 말했다.

"고마워요, 아빠! 이 검을 어디에 둬야 할지 이미 알아요. 얼른 친구들을 만나 자랑하고 싶어요!"

성탄절 다음 날, 맷은 서둘러 외투를 입고 아빠가 텔레비전 뉴스를 보고 있는 거실로 갔다. 아나운서는 끔찍한 폭풍우 영상을 설명하고 있었다.

"두 달 동안 벌써 세 번째 태풍입니다. 이전엔 이 지역에 태풍이 오지 않았습니다. 아시아를 뒤흔들고 있는 지진의 여파도 언급하지 않을 수 없습니다."

다른 기자가 말을 이었다.

"그렇습니다. 이번 태풍은 모든 사람들의 입술을 바싹바싹 태우고 있습니다. 우리가 알던 날씨와 닮지 않은 최근 날씨와 몇 년 전부터 연속되는 자연재해를 보면 온난화의 영향으로 지구가 예상보다 훨씬 빠르게 변하고 있는 것은 아닌지 걱정입니다……."

아빠는 리모컨을 잡고 채널을 바꾸었다. 이번에는 멀리 떨어진 어느 도시에서 순찰 중인 군인들이 보였고, 기자는 단조로운 목소리로 읊조렸다.

"무장한 군인들이 도시를 작은 구역으로 나누어 경비하고 있지만 이 지역을 흔드는 충돌은 계속되고 있습니다……."

채널이 바뀌자 다시 일기예보가 나왔다.

"호흡부전이나 천식으로 고통을 겪는 분들은 걱정하지 않으셔도 되겠습니다. 오늘 대기오염도는 6입니다. 송년회가 다가올 때마다 잊지 않고 찾아오는 나쁜 소식이 있습니다……."

아빠는 텔레비전을 끄고 맷을 바라보았다.

"어디 나가니?"

"토비아스와 뉴턴에게 제 검을 보여주려고요!"

"안 돼. 검을 가지고 외출할 순 없어. 그건 무기야, 휴대가 금지된 무기. 꼭 보여주고 싶다면 친구들을 우리 집으로 데려오렴."

맷은 한숨을 내쉬었지만 동의했다.

"알았어요. 저는 뉴턴 집에 가요. 새 게임기를 시험해보기로 했거든요."

5분 후, 맷은 반코트를 입고 목도리를 두른 후 이스트사이드가를 성큼성큼 걷고 있었다. 지금까지 지체된 모든 추위를 단 몇 시간 만에 만회하려는 듯, 어젯밤 느닷없는 한파가 도시를 덮쳤다. 오전 9시, 거리는 온통 빙판으로 덮였고, 차들은 거북이처럼 엉금엉금 기고 있었다.

맷은 96번가에서 한산한 길로 접어들었다. 몇몇 행인들이 미끄러지지 않기 위해 발에 시선을 고정한 채 조심스럽게 걷고 있었다.

맷이 어느 어두운 막다른 골목길로 다가가고 있을 때, 파란 불빛이 솟구쳤다가 순식간에 사라졌다. 그는 발걸음을 늦췄다. 파란 섬광이 다시 솟아오르며 인도를 환하게 비췄다.

간판의 네온사인일까? 이 좁은 골목길에? 맷은 이 길에서 간판을 본 적이 없었다. 하지만 그것은 변덕스럽고 강렬한 네온사인을 닮았다. 그는 막다른 골목길 어귀에서 멈췄다. 그림자로 가득한 좁은 골목길. 두 빌딩 사이로 쑥 들어간 콘크리트 골목길에는 쓰레기 컨테이너가 놓여 있었고, 건물 외벽에는 비상계단이 설치되어 있었다.

맷은 골목길로 들어섰다. 너무 어두워 구석은 자세히 볼 수 없었다.

다시 솟구친 파란 섬광이 컨테이너 뒤를 비추며 2층 창문을 스쳤다. 맷은 소스라치게 놀랐다.

'깜짝이야! 저게 뭐지?'

골목 구석에서 사람 형체가 움직였지만, 확실히 볼 수는 없었다.

바로 그때, 윙윙거리는 전자음이 들리다가 잠잠해졌다.

맷은 망설였다. 저 사람이 다쳤는지 확인해야 할까? 아니면 도망쳐야 할까?

파란 섬광이 다시 나타났다. 이번에는 공중으로 솟구치지 않고 아스팔트를 널름거리며 이내 빙판을 녹였다. 땅속에서 치솟은 파란 섬광은 잘린 전선처럼 파닥거리며 이동했다. 격렬한 요동. 맷은 불쾌한 전율을 느끼며 생각했다. '꼭 뱀 같아!' 빛은 곧장 꺼지지 않고 일렁이면서 계속 움직였다. 섬광 끝에는 손가락을 닮은 여러 개의 파란 불꽃이 있었다. 버려진 신문이 불꽃에 닿자마자 타올랐다. 이윽고 파란 섬광은 찾던 것을 발견한 듯 두 개의 컨테이너 앞에서 멈추었다.

그때 신음 소리가 들렸다. 누군가가 도움을 필요로 하고 있었다. 맷은 더 생각하지 않고 골목길 구석으로 달려갔다.

낡은 운동화 한 켤레가 요동을 쳤고, 파란 섬광이 지저분한 바지를 덮치고 있었다. 이내 섬광은 둔탁한 소리를 내더니 메스꺼운 연기—교실에서 화학 실험을 할 때처럼 고약한—를 남긴 채 사라졌다. 맷은 벌떡 뒤로 물러났다. 그는 놀란 가슴을 쓸어내리며 잠시 기다렸다가 얼핏 두 다리를 보았던 곳으로 다가갔다. 하지만 사람은 온데간데없고 옷 더미만 남아 있을 뿐이었다.

'아니, 이럴 수가!'

신문지는 푸르고 노란 불길을 내뿜으며 완전히 타버렸다. 모든 것이 순식간에 일어났다. 혹시 잘못 본 건 아닐까?

'아니야! 이번엔 두 눈으로 똑똑히 봤어! 이건 분명 현실이야. 땅속에서 나온 섬광이 사람을 집어삼켰어!'

맷은 물러나면서 중얼거렸다.

"젠장……."

그는 자신에게 말했다.

'몸을 꼬집어봐. 뺨을 때려봐. 뭐라도 해봐. 하지만 여기 있어선 안 돼! 파란 섬광이 또 나타날지 몰라!'

하지만 어디로 가지? 집에 가서 부모님께 알릴까? 경찰에 신고할까? 하지만 아무도 그를 믿지 않을 것이다.

'아, 그렇지. 친구들!'

그들은 처음에는 무시하겠지만, 결국엔 믿어줄 것이다.

골목길 구석에서 다시 윙윙거리는 전자음이 들렸다. 맷은 더 지체하지 않고 도망쳤다.

☣

맷이 목격담을 털어놓았을 때, 놀랍게도 토비아스와 뉴턴은 그를 비웃지 않았다. 그의 얼굴에서 공포를 읽었기 때문이다. 맷은 이 기회에 발타자 가게에서 본 뱀 이야기를 덧붙이기로 했다. 그러자 토비아스가 소리쳤다.

"아, 나도 그 뱀을 알아! 구슬들이 눈이었어! 분명 내가 꿈을 꾼 게 아니야!"

토비아스는 자신을 지켜보던 눈동자 모양의 구슬 이야기를 해주었다. 그러자 뉴턴이 진지한 표정으로 말했다.

"언젠가 학교 친구가 얘기해줬어. 파란 불빛이 화장실 바닥에서 나오는 걸 봤다는 거야. 그 애는 전기 현상이 아니라고 장담했어. 어때? 우리가 이상한 거야? 아니면 정말로 무슨 일이 일어나고 있는 걸까?"

토비아스가 솔직히 털어놓았다.

"불안해죽겠어. 옷밖에 안 남았다고 했지?"

맷이 고개를 끄덕였다.

"차림으로 봐서 분명 거지였어. 그리고 오면서 퍼뜩 떠오른 게 있는데, 최근에 거지들이 별로 보이지 않았단 거야. 안 그래?"

토비아스는 두려움을 떨치기 위해 낙관적인 의견을 제시했다.

"겨울이잖아. 추위를 피해 건물 안으로 들어갔겠지."

뉴턴이 반박했다.

"아니야. 오늘 아침까지만 해도 춥지 않았어. 맷, 네 말이 맞아. 그들에게 뭔가가 일어나고 있어. 그들이 점점 사라지고 있다고. 나라는 그들이 실종되어도 우선적으로 찾지 않아. 사실 누구도 그들을 신경 쓰지 않지. 사람들이 깨닫기도 전에 거지들이 완전히 사라질 수도 있어. 행인들은 거지들을 거들떠보지도 않으니까."

토비아스가 불안해했다.

"무서워. 길가나 고속도로변에 가끔 보이던 옷이 생각나. 대체 누가 신발, 셔츠 아니면 반바지를 잃어버린 걸까 궁금했어! 섬광의 짓이야. 파란 도깨비불이 오래전부터 사람들을 데려가고 있었는데, 아무도 눈치채지 못한 거야."

맷이 덧붙였다.

"거지들은 점점 더 빨리 사라지고 있어."

질겁한 토비아스가 인상을 찌푸리며 물었다.

"왜 언론은 입을 다물고 있을까?"

맷이 오늘 자 조간신문을 떠올리며 말했다.

"대재앙과 전쟁에 관한 기삿거리가 넘치잖아."

뉴턴은 찬성하지 않았다.

"혹시 어른들 중 누구도 파란 도깨비불을 보지 못했기 때문은 아닐까? 토비아스와 맷, 그 학교 친구는 모두 청소년이야. 증언할 만한 어른은 없어."

토비아스가 팔짱을 끼고 말했다.

"왠지 불길한 예감이 들어."

뉴턴이 입을 열려는 순간 그의 어머니가 방으로 들어왔다.

"얘들아, 어서 집으로 돌아가렴. 오후에 엄청난 폭풍설이 몰려올 거야."

세 소년은 조용히 서로의 얼굴을 쳐다보았다. 마침내 맷이 입을 열었다.

"고맙습니다, 아주머니."

"차로 데려다 줄까?"

"아니에요. 멀지 않아요. 토비아스와 함께 돌아가면 돼요."

"그럼 서둘러라. 두세 시간 후면 바람 때문에 뉴욕 거리가 거대한 송풍기로 변할 거야."

어머니가 나가자 뉴턴이 컴퓨터를 가리켰다.

"MSN으로 연락하자. 알았지?"

모두 찬성했다. 맷과 토비아스가 렉싱턴 애비뉴로 나왔을 때는 이미 강풍이 불고 있었다.

토비아스가 투덜댔다.

"나는 이런 소란이 싫어. 불길한 예감이 들어. 부모님께 말씀드려야 하지 않을까?"

맷이 외쳤다.

"뭐가 됐든 우리 부모님은 한마디도 믿지 않으실 거야."

"어쩌면 어른들이 옳지 않을까? 어떻게 생각해야 할지 모르겠어. 만일 우리가 아무것도 아닌 일로 두려워한다면? 섬광이 땅속에서 나와서 사람들을 데려가는 게 사실이라면 언젠가는 알려지겠지."

"네가 원하는 대로 해. 나는 말씀드리지 않을 거야."

그들은 토비아스가 사는 건물 앞에 도착했다. 맷은 그곳에서 한 블록 떨어진 곳에 살고 있었다.

"한 시간 후에 MSN으로 연락하자. 부모님이 뭐라고 하셨는지 얘기해줘."

토비아스는 난처한 표정을 지었지만 결국 고개를 끄덕였다. 맷은 헤어지기 전 그의 어깨를 두드려주었다.

"실은 나도 왠지 불길한 예감이 들어."

3
폭풍설

맷은 자신의 방으로 올라갔다. 아빠는 거실에서 텔레비전을 보고 있었고, 엄마는 서재에서 전화를 걸고 있었다.

아직 벽에 걸지 않은 검이 침대에서 번쩍거렸다. 컴퓨터를 켜고 MSN 메신저를 클릭했다. 뉴턴은 이미 'Tortutoxic'이라는 아이디로 접속해 있었다. 맷이 그에게 메시지를 보냈다.

Grominable: 나 들어왔어.

곧 대화가 시작되었다.

Tortutoxic: your 아이디를 바꿔야 ✹, 이 ㉳보야.

Grominable: 그 해괴한 문자나 어떻게 좀 해봐. 그리고 난 묘한 내 아이디가 무척 맘에 들어. 사람들은 자신을 과소평가하는 사람을 경계하지 않지. 엄청 편리해!

Tortutoxic: 그로미너블. 너 잘나써. 근데뭐하고이써?

Grominable: 마지막 경고야. 똑바로 써. 언어를 왜곡할 거면 국어는 왜 배우지?

Tortutoxic: 언어눈 사라잇자나. 마른 사라잇꼬 변하눈 거야.

Grominable: 맞아, 언어는 살아 있지. 그런데 너는 살아 있는 언어를 괴롭히고 있어.

Tortutoxic: 알았어, 알았어. 똑바로 쓸 테니까 트집 좀 그만 잡아, 피어스 선생.

피어스 씨는 그들의 영어 선생님이었다. 맷은 일어나 자기 방에 있는 작은 텔레비전을 켜고 의자에 앉았다. 마침 기상특보를 방송하고 있었다. 아나운서는 거대한—텔레비전 아나운서들은 평소에는 이 단어를 사용하지 않았다. 따라서 이것은 좋은 징조가 아니었다. 맷은 눈살을 찌푸렸다—폭풍설이 뉴욕에 다가오고 있으며, 시속 150킬로 이상의 돌풍을 동반한 '거대한' 폭설이 예상되므로 외출을 삼가라고 권고했다. 맷은 일어났다. 미용사가 전지가위로 머리를 자르지 않듯이, 아나운서는 결코 한 문장에 같은 단어를 반복하지 않는 법이다. 전문가라면 이처럼 상식에 어긋나는 말은 하지 않는다. 따라서 '거대한'이라는 단어를 반복한 것은 극도의 공포가 편집진을 압박했다는 것을 의미했다. 맷은 컴퓨터로 달려갔다.

Grominable: 너, 텔레비전 봤어? 아나운서들까지도 얼이 빠진 것 같아. 상황이 악화되고 있어.

Tortutoxic: 알아. 유례없는 폭설 경보야. 보스턴에 사는 사촌이랑 메신저로 얘기 중이었는데 5분 전부터 끊겼어. 전화도 불통이야. 뉴스에선 폭풍설이 지금 보스턴을 강타하고 있대!

토비아스가 접속했다.

KastorMagic: 얘들아, 안녕. 부모님은 내 말을 믿지 않으셨어.

Tortutoxic: 장난해? 뭘 기대한 거야? 네 부모님이 우리를 구하기 위해 전화번호부에서 유령신고센터 번호를 찾으실 거라고 생각했어?

KastorMagic: 모르겠어. 사람들은 부모님을 믿으라고 가르쳤잖아. 아무튼 이번에는 실패했어.

맷이 대화에 끼려는 찰나, 텔레비전이 그의 관심을 끌었다. 영상이 흐릿해지더니 아나운서의 말이 지글지글 끓었다. '이건 위성방송이야. 폭풍설이 다가오고 있다는 증거지.' 마치 그 사실을 입증이라도 하듯 거대한 그림자가 도로를 엄습했다. 맷은 황급히 창가로 달려갔다. 거리는 온통 어슴푸레한 황혼빛에 잠겼고 집집마다 전등을 켰다. 거대한 새가 지붕 위에 앉아 있다는 느낌이 들었다. 맷은 하늘을 살폈다. 검은 구름이 도시 전체를 뒤덮고 있었다. '거대한' 구름.

바람이 대로로 들이치더니 날카로운 휘파람 소리를 내며 창문을 때렸다.

텔레비전 화면이 뿌옇게 바뀌면서 색상이 사라졌다. 이어 '팍' 하는 소리가 나더니 영상이 완전히 자취를 감췄다. 검은 화면은 곧 테스트 패턴으로 대체되었다. 리모컨으로 채널을 이리저리 돌려보았지만 대부분의 채널이 똑같은 상황이었다. 나머지 채널도 차례대로 꺼졌다.

맷은 컴퓨터 앞에 앉았다.

Grominable: 끝장이야. 폭풍설이 이곳까지 닥쳤어. 기상청이 예고한 것보다 빨라! 텔레비전은 이제 하나도 나오지 않아!

Tortutoxic: 그래? 여기 거리는 공황 상태야. 여기저기에서 자동차들이 서로 추월하려고 경적을 눌러대! 나는…….

뉴턴은 문장을 끝내지 않았다. 맷은 잠시 기다렸지만 아무도 글을 올리지 않았다. 갑자기 '인터넷이 연결되어 있지 않습니다'라는 메시지가 나타났다. 맷은 컴퓨터를 재부팅하고 모뎀을 연결했지만 작동되지 않았다.

'무슨 일이 일어난 걸까?'

갑자기 전등이 꺼졌다. 어둡고 조용한 방.

아빠가 거실에서 외쳤다.

"정전이야! 부엌에 가서 양초를 찾아볼게. 아무도 움직이지 마."

맷은 안락의자를 창가까지 끌고 가, 건물의 불빛이 하나둘씩 꺼지는 것을 보았다. 도시는 어둑하고 희미한 빛 속에 잠겼다. 아직 정오도 되지 않았건만, 황혼의 마지막 순간처럼 유령이 나타날 것만 같은 기이한 빛이 도시 전체를 감돌았다. 그건 분명 유령의 빛이었다. 암흑을 뚫지 못하고 아주 잠깐 동안 생명을 발하는 유령의 빛.

아빠가 문을 두드리고 들어와 책상에 촛불을 놓았다.

"걱정하지 마라. 곧 전기가 들어올 거야."

"아빠, 뉴스 보셨어요? 폭풍설은 오후에야 온다고 했어요."

"또 예측을 잘못한 거야! 이번에 일기를 예측한 사람은 분명 해고당할 거다! 점점 신뢰도가 떨어지고 있어!"

아빠는 명랑했다. 그는 이 일을 가볍게 여겼다. 맷은 아빠가 두려움을 떨쳐버리기 위해 그렇게 말하는 것이라고 생각했다.

"이번 정전은 오래갈 수도 있어요……."

"정전? 복구 작업을 어떻게 하느냐에 따라 2분이 걸릴 수도 있고, 이틀이 걸릴 수도 있지. 걱정하지 마. 지금 우리가 말하는 순간에도 수십 명의 기술자들이 전기를 복구하기 위해 총력을 기울이고 있을 거야."

맷은 아빠의 낙관주의에 할 말을 잊었다. 어른들은 흔히 그런 식이었다. 너무 낙관적이거나 너무 비관적이었다. 맷은 차분하게 처신하는 어른들을 거의 보지 못했다. 영화만 봐도 그랬다. 재난이 발생하면 일부 사람들은 비명을 질러대서 다른 사람들까지 참사에 빠뜨렸고, 자신은 다치지 않을 거라고 믿는 사람들도 불행한 결말을 맞았다. 영웅은 감정에 지나치게 휘둘리지 않고 적절히 물러나 중용을 지키며 사태를 직시할 줄 아는 사람이었다. 일상생활에서도 그럴까? 현실에서도 '영웅'들과 올바른 사람들은 어떤 상황에서나 침착할 수 있을까?

아빠가 말했다.

"자, 공포소설을 꺼내 읽을 때야. 스티븐 킹 소설은 갖고 있니? 이런 상황에서 그건 잊을 수 없는 독서가 될 거야! 여기 없다면 내 서재에 있을 거다."

"이젠 됐어요. 고마워요, 아빠."

아빠는 아들에게 해주고 싶은 말을 찾지 못하고 잠시 바라보기만 하다가 윙크를 하고 문을 닫았다. 촛불은 타면서 황갈색 빛을 발산했다. 분명 독서하기 좋은 분위기였지만, 맷은 책을 읽고 싶지 않았다. 밖에서 일어나는 일이 너무 걱정되었다. 그는 창가로 다가갔다.

함박눈이 전투기처럼 매섭게 내리고 있었다. 몇 분 사이에 도로는 소용돌이치는 두꺼운 장막으로 뒤덮였다. 바깥의 무엇도 분간할 수 없었다. 그는 사위가 흐릿해진 거리에서 귀가를 서두르는 시민들을 불쌍히 여겼다. 자신의 손끝조차 볼 수 없는 폭풍설이 아닌가!

시간이 흐를수록 더욱 지루해졌다. 맷은 만화책을 꺼내 대충 훑어봤다. 오후에 다시 텔레비전과 라디오를 켜보았지만 여전히 전기는 들어오지 않았다. 함박눈이 끊임없이 창문으로 쏟아졌다.

오후가 끝날 무렵, 엄마는 모두 무사한지 확인하기 위해 이웃집 문을 두드렸다. 같은 층에 사는 여섯 세대 중 몇몇 집에는 전기레인지밖에 없는 탓에, 조를 짜서 저녁 식사를 준비하기로 했다. 이웃들은 복도에서 이럴 때는 가스가 좋다고 이구동성으로 이야기했다. 그들은 공동생활을 하기로 하고 문을 활짝 열어놓았다.

저녁, 카터 가족은 바로 옆집에 사는 은퇴한 구티에레즈 부부, 마트와 함께 식사를 했다. 같은 층에 맷의 또래는 없었다. 한 건물에 사는 유일한 친구는 캘리포니아에서 방학을 보내고 있었다.

맷은 식탁에서 꾸물대지 않고 서둘러 모두에게 취침 인사를 했다. 마트 아주머니는 구티에레즈 부부와 한창 대화 중인 부모님보다 더욱 다정하게 잘 자란 인사를 해주었다. 맷은 잠이 오지 않을 경우 먹을 비스킷 한 봉지를 챙기고 자기 방에 틀어박혔다. 소변을 보고 싶을 때 사용할 손전등도 준비해놓았다. 밖에서는 엄청난 폭풍이 불고 있었다. 모든 사람들이 상황을 대수롭지 않게 여기는 것을 보고 맷

역시 이 모든 것을 가볍게 생각하기로 결심했다. 아무튼 흥분은 커졌고 불안은 줄어들었다.

폭풍설은 엄청났다. 폭풍설이 예상보다 빨리 닥쳤다고 해서 세상의 종말이 이른 것은 아니었다. 뱀의 혀를 가진 발타자 영감, 눈동자처럼 보이는 구슬들, 사람을 집어삼키는 파란 섬광 등 며칠 전부터 일어난 기이한 일들이 마음에 걸리긴 했지만, 시간이 지나자 충격은 다소 완화되었다. 이 모든 현상에 합리적인 이유가 있을 것이다. 맷과 그의 친구들이 이해할 수 없는 어른들의 속임수일 것이다. 혹시 테러리스트들이 도시 수도관에 환각을 일으키는 마약을 넣은 건 아닐까? 사람들은 테러리스트에 대해 끊임없이 얘기하지 않는가!

어렸을 때, 맷이 공격을 멈출 줄 모르는 테러리스트들이 무서워 울고 있으니 할아버지께서 말씀하셨다. "테러리스트들이 있기 전에 공산주의자들과 나치들이 있었지. 나치들이 있기 전엔 영국 군인들이 있었고. 그리고 영국 군인들이 있기 전엔 인디언들이 있었어. 요컨대 이 나라에는 언제나 적들이 있었단 거야. 하지만 이들 중 일부는 친구가 되었고, 다른 일부는 더 이상 존재하지 않거나 해롭지 않은 사람이 되었지. 얘야, 세상은 그런 거란다. 적이 없으면 발전하지 못해. 그러니 안심해라. 적을 네 인생을 발전시키는 동력으로 사용하렴. 강한 사람이 되어라!" 그러자 엄마는 할아버지가 '시골뜨기 공화주의자'라고 말씀하셨다. 하지만 당시 맷은 그 말을 이해할 수 없었고, 지금도 마찬가지였다. 물론 테러리스트들이 얼마나 위험한 존재인지는 잘 알고 있었다.

맷은 서랍에서 꺼낸 한 더미의 만화책과 손전등을 챙기고 침대에 누워 비스킷 봉지와 함께 검은 시트 속에 있었다. 그는 망설였다. 아무리 생각해도 검과 함께 잘 수는 없는 노릇이었다.

'만일 코니와 패티가 검과 같이 잠든 나를 본다면 어떻게 생각할까? 분명 비웃을 거야. 이 나이에…….'

하지만 맷은 생각을 바꿨다.

'뭐, 어때. 걔들은 여기 없잖아.'

어두운 밤으로 검어진 창문이 더욱 거세진 바람에 덜컹거렸다. 거리에서 불빛은 사라졌고, 맞은편 건물에서는 희미한 촛불마저 찾아볼 수 없었다. 캄캄한 밤과 으르렁거리는 폭풍설뿐이었다.

맷은 어렵사리 잠들었지만 구티에레즈 부부가 식탁에서 일어나면서 너무 큰 소리로 감사의 말을 외치는 바람에 잠에서 깼다. 한참 후 그는 폭발음을 듣고 다시 눈을 떴다.

맷은 소스라치게 놀랐다. 눈썹이 심장박동에 맞춰 떨렸다. 누군가가 방금 총을 쐈다. 아파트에서! 이웃집에는 소리도, 빛도 없었다. 그는 폭풍우가 멈췄다는 사실을 깨달았다. 반사적으로 자명종을 바라보았다. 액정은 꺼져 있었다. 전기는 여전히 들어오지 않은 것이다. 손목시계는 새벽 3시 30분을 나타냈다.

맷은 티셔츠와 팬츠 차림으로 일어나 창가로 다가갔다. 거리는 여전히 어둠 속에 잠겨 있고, 눈이 창틀에 두껍게 쌓여 있었다. 그때 다시 폭음이 정적을 깨뜨렸다. 멀리서 들려왔지만 엄청난 폭음이었다. 맷은 본능적으로 한 걸음 물러났다.

맷은 이번에는 총성이 아니라고 확신하면서 중얼거렸다.

"대체 무슨 소리지?"

그는 다시 차가운 창가로 가서 어둠을 살폈다.

파란색의 강력한 섬광 하나가 지평선을 비추었다. 눈 깜짝할 사이에 빌딩들의 윤곽이 그림자놀이처럼 하늘에 나타났다.

맷은 깜짝 놀라 다시 물러나면서 외쳤다.

"와!"

세 개의 파란 섬광이 어두운 밤을 찢었다. 곧 멀리 떨어진 시내가 반짝거리기 시작했다. 거대한 손처럼 생긴 열두 개의 섬광이 빌딩 위에 불쑥 나타났다. 잠시 후 두 배 이상의 섬광이 나타났다. 맷은 1분 만에 섬광의 숫자를 셀 수 없어졌다. 막다른 골목길에서 거지를 땅속으로 끌고 들어갔던 파란 불빛과 닮은 섬광이었다. 다만 이번에는 엄청나게 컸다. 섬광은 벽을 스치며 전속력으로 달려오고 있었다. 과일이 익었는지 알아보려는 손길처럼 건물 벽을 만지는 듯 보였다. 그런데 섬광이 그를 향해 달려오고 있는 것이 아닌가.

맷은 아주 나지막이 중얼거렸다.

"아, 안 돼."

밖으로 나가야 했다.

'만일 밖에서 섬광들과 마주친다면? 아니야, 좋은 생각이 아니야. 안전한 곳에 숨어야 해. 어쩌면 섬광들은 해를 끼치지 않고 빌딩 위쪽이나 옆으로 지나갈지 몰라.'

맷은 지평선을 살폈다. 섬광들은 매우 빠르게 다가오고 있었다.

바람이 깨어나면서 눈 회오리를 일으켰다. 이번에는 바람이 반대 방향으로 불었다. 무슨 일이 일어난 걸까? 반대쪽에서 다른 폭풍설이 몰아친 걸까?

천둥이 치면서 모든 거리가 울렸을 때, 거대한 섬광이 땅속에서 솟구치더니 건너편 건물을 덮쳤다. 거대한 전기 활처럼 생긴 물체가 탁탁 튀는 촉수를 내뿜으며 창문에서 창문으로 기어 다녔다.

'거대한 손이야! 맞아! 거대한 손!'

섬광의 촉수가 창문을 깨뜨리고 들어갔다가 나올 때마다 하얀 연기가 피어올랐다.

'섬광은 사람들을 집어삼키고 있어! 오늘 아침 거지처럼!'

섬광들은 순식간에 모든 사람을 삼킬 것이다. 맷은 황급히 바지를 입고, 양말을 신을 여유가 없어 맨발에 신발을 신었다. 어디로 가야 할지 알 수 없지만 가만히 있을 수는 없었다. 어쩌면 복도가 가장 안전할 것이다.

맷은 '쾅' 하는 강렬한 굉음을 듣고 소스라치게 놀랐다. 새로운 섬광이 바로 앞 건물 벽에 나타났다.

이제 생존은 시간문제였다.

부모님께 알려야 했다.

눈이 부시고 마룻바닥이 떨리기 시작했다. 윙윙거리는 소리가 건물 토대에서 올라오고 있었다. 한 섬광이 한 층 한 층 돌아다니며 주민들을 삼키고 맷을 향해 기어오르고 있었다.

맷은 방구석에 있는 외투를 보면서 크게 말했다.

"시간이 없어!"

그는 황급히 복도로 달려갔다. '빨리!' 아빠는 거실 소파에서, 엄마는 침실에서 자고 있었다.

이번에는 벽이 떨리기 시작했고, 윙윙거리는 소리는 귀가 멍멍해질 정도로 더욱 커졌다.

맷이 거실로 들어가기 직전 창문이 박살 났다.

섬광은 울부짖는 기이한 바람과 함께 구석구석을 돌아다니며 모든 것을 부수었다. 섬광이 다가오자 맷은 본능적으로 자신을 보호하기 위해 두 손으로 얼굴을 감쌌다. 섬광은 맷을 감전시킨 후 하얀 연기를 남기고 떠났다.

4

다른 세상

맷은 추위를 느끼고 깨어났다. 힘겹게 눈을 떴다. 눈꺼풀이 무거웠고, 몸은 어제 마라톤이라도 한 듯 녹초 상태였다. 그는 추워서 벌벌 떨었다.

'여기가 어디지? 무슨 일이 일어난 거지?'

문득 강렬한 섬광과 마주친 일이 떠올랐다. 맷은 벌떡 일어났다. 머리가 빙빙 돌기 시작했다. 쓰러지지 않기 위해 한 손으로 복도 벽을 짚었다. 날이 밝았다. 새벽이었다. 마룻바닥은 몹시 차가웠다. 통풍이 눈앞의 종이들을 날렸다. 종이들은 길 잃은 구름처럼 아파트 안을 무기력하게 떠다니고 있었다.

맷은 일어나 거실로 갔다. 목이 메었다. 부모님께 무슨 일이 일어난 걸까? 거실은 코끼리 떼가 지나간 것처럼 쑥대밭이었다. 모든 것이 뒤집어져 있었다. 책과 식기류는 흩어지고, 자질구레한 장식품은 가구 밑에 깨져 있었으며, 몇몇 가구는 쓰러져 있었다. 팬츠 하나와 낡은 티셔츠 하나가 소파에서 나뒹굴고 있었다. 아빠가 잘 때 입는 옷가지였다. 탁 트인 유리 공간은 더 이상 존재하지 않았고, 대로의 바람이 함박눈과 함께 아파트 안으로 들이쳤다.

맷은 침을 삼키고 돌아서서 부모님 방으로 갔다. 마찬가지로 텅 빈 채 어질러져 있었다. 모든 방을 살펴보았지만 아무도 없었다. 온전한 창문은 하나도 없었다. 맷은 감정이 북받쳐 몸을 떨었다. 엄마가 주무시던 침대에서 시트를 잡아당겼다. 매트리스 한가운데에 놓여 있는 잠옷은 거의 구겨지지 않았다.

'골목길에서처럼 옷밖에 안 남았어!'

맷은 눈물을 흘리지 않기 위해 머리를 흔들었다. 믿고 싶지 않았다.

'아니야, 부모님은 어딘가에 계실 거야. 어쩌면 구티에레즈 씨나 마트 아주머니 댁에 계실지 몰라!'

이 모든 일이 악몽을 닮았다. 그는 황급히 복도로 달려가 이웃집 초인종을 눌렀다. 대답이 없자 문을 두드렸다.

아무도 문을 열어주지 않았다.

어떤 소리도, 어떤 생명의 흔적도 없었다. 혼자 살아남은 걸까? 그는 대상을 정하지 않고 기도했다.

'이래서는 안 돼요. 자비를 베풀어주세요. 불쌍히 여겨주세요.'

맷은 집으로 돌아와 전화기를 들었다. 발신음은 전혀 들리지 않았다. 휴대전화도 마찬가지였다. 텔레비전은 켜지지 않았고, 전기는 여전히 들어오지 않았다. 그는 아파트 아래를 내려다보았다. 24층 아래에서 대로가 그를 빨아들일 것처럼 보였다. 그는 창틀을 붙잡았다. 세상은 온통 눈으로 뒤덮였다. 자동차 한 대 보이지 않았다. 두터운 눈 더미뿐이었다. 도시 전체가 놈들에게 당한 걸까? 나라 전체가 이 꼴일까?

어떻게 하지? 배가 몹시 고팠고 불안감이 엄습했다. 눈에는 눈물이 가득 고였다. 어떻게 하지?

맷은 두 다리에서 힘이 빠지는 것을 느끼면서 바닥에 주저앉았다. 볼이 어찌나 차가웠는지 눈물이 흘러내리는 것도 느끼지 못했다. 지구에 종말이 왔단 말인가. 맷은 웅크리고 앉아 부르르 떨기 시작했다.

잠시 후 눈물이 멈추었다. 그의 육신은 살기를 원했다. 문득 그는 내면에서 여전히 활활 타오르고 있는 생명의 불꽃을 느꼈다. 생명과 희망. 아파트 바깥은 어떻게 되었을까? 섬광이 삼킨 사람들은 어떻게 되었을까? 살아 있다면 어디에 있을까?

'만일 사람들이 사라지지 않았다면 아파트 지하나 체육관처럼 안전한 곳에 있을까?'

그럴 가능성은 거의 없어 보였다. 부모님이 이 근처 어딘가에 계신다면 그를 이곳에 내버려둘 리 없었다.

'내려가서 직접 확인해야겠어. 분명 거리에 사람들이 있을 거야.'

추위는 공포와 불안마저 마비시켰다. 맷은 몸을 움직여보았다. 일어나기가 매우 힘들었다. 우선 옷을 입고 몸을 따뜻하게 해야 했다. 바로 그때 거리에서 비명 소리가 들려왔다. 공포에 질린 어린이의 비명이었다. 소리는 이내 사라졌다. 맷은 오한으로 떨면서 다시 거리를 내려다보았다. 특이한 점은 보이지 않았다. 그 어린이는 뭔가 끔찍한 것을 보았거나 겪었기 때문에 비명을 내질렀을 것이다.

맷이 유일한 생존자가 아니라는 사실은 긍정적으로 생각하면 좋은 소식이었다.

그는 방으로 돌아가 담요로 포근하게 몸을 감싸고 침대에 앉아 곰곰이 생각했다. 먼저 내려가야 했다. 아파트 주민들을 만날 수도 있지 않은가. 비상계단을 이용할 것이다. 설령 엘리베이터가 작동하더라도 갇힐 위험이 있으니 절대로 타지 않을 것이다. 만일 주민들을 만나지 못한다면 '생존자'를 찾아다닐 것이다.

'아, 이 단어를 사용하면 안 돼. '생존자'는 다른 사람들이 모두 죽었다는 것을 의미하잖아. 지금은 알 수 없지만 주민들은 다른 곳에 있을 거야.'

부모님의 얼굴이 떠오르자 더욱 슬퍼졌다. 부모님을 구하려면 이 사건의 원인을 밝혀내야 하지 않을까?

맷은 시간을 확인하기 위해 손목시계를 바라보았지만 더는 작동하지 않았다. 그는 투덜거리면서 시계를 풀어 책상에 내던졌다.

필요한 장비를 하나도 빠뜨리지 않고 갖춰야 했다. 24층을 다시 올라올 수는 없다. 무엇이 필요할까? 따뜻한 옷, 손전등, 그리고 낮 동안 체력을 잃지 않기 위한 약간의 물과 먹을거리가 필요했다.

'아, 부상자들이 있을지도 모르니까 붕대도 필요해! 하지만 붕대로 치료할 수 있을까? 그리고 무기도 필요할 거야! 일단 저 아래로 내려가면 누구와 마주치게 될까? 뉴욕에서 곰의 공격을 받을 위험은 없겠지만!'

그래도 무기를 챙기기로 했다. 그는 돌아서서 검의 날을 어루만졌다. 검은 진가를 발휘할 것이다.

맷은 몸을 따뜻하게 하기 위해 15분 더 기다렸다. 바로 그때 거리에서 유리창이 깨지는 소리가 들려왔다. 창가로 달려가 한참 동안 거리를 탐색했지만 아무것도 발견할 수 없었다.

'자, 이젠 내려가야 해.'

맷은 낙낙한 검정 터틀넥 스웨터와 이런 날씨에는 별로 따뜻하지 않지만 활동하기 편한 반코트를 입고 장갑을 꼈다. 그리고 배낭을 찾아 어젯밤 먹지 않은 비스킷 봉지, 냉장고에서 꺼낸 물 한 병과 사과 세 개, 그리고 마지막으로 손전등과 붕대를 집어넣었다.

맷은 벽에 걸려고 했던 가죽 칼집과 가는 끈을 찾아 등에 묶고 검을 밀어 넣었다. 그리고 검의 무게에 익숙해지기 위해 어깨를 움직였다. 이제 모든 준비가 끝났다.

겨우 한 시간 만에 맷은 절망을 의연한 태도로 바꾸었다. 그는 아파트에서 나와 같은 층에 사는 마트 아주머니 댁으로 가 여러 차례 문을 두드리며 불렀다.

"마트 아주머니! 저, 맷이에요! 문 좀 열어주세요!"

희뿌연 빛 속에서 기다리는 동안, 맷은 자신의 보모이자 때때로 유모 역할을 했던 마트 아주머니에 관한 달콤한 추억을 연달아 떠올렸다. 마트는 두 사람이 호흡이 잘 맞는다고 말했었다. 그녀만이 맷을 이해할 수 있었다. 맷은 사촌 테드와 함께 방학을 보내고 돌아와 최근 몇 달 동안 마트를 피했다. 그녀의 상냥한 태도와 배려가 그에게 유년 시절을 떠올리게 했기 때문이다. 하지만 지금 이 순간 그는 마트가 불쑥 나타나 두 팔로 안아주기만을 고대했다.

한참 동안 문을 두드리다가 결국 체념한 맷은 발길을 돌려 계단 문을 밀었다. 계단은 짙은 어둠 속에 잠겨 있었다. 빛도, 소리도 없었다. 바람은 문 밑을 지나가면서 늑대 울음소리 같은 소리를 냈다.

맷은 손전등을 켜면서 자신을 격려했다.

'너의 가치를 입증할 수 있는 순간이야.'

맷은 한 손으로 난간을 잡은 채 뛰어 내려가기 시작했다. 검은 거추장스러웠다. 계단을 디딜 때마다 검이 흔들렸고, 뛸 때마다 무게가 늘어나는 것 같았다. 맷은 자신을 안심시키기 위해 큰 소리로 말했다.

"먼저 토비아스에게 가자. 다음엔 뉴턴 집에. 도중에 사람들을 만날 수 있을 거야."

맷은 하얀 원추형 불빛을 보며 내려갔다. 기분을 언짢게 하는 것은 즉각 두 눈으로 확인해야 직성이 풀렸다. 볼 수 없는 모든 것이 그의 기분을 상하게 했다. 계단에서는 아무것도 볼 수 없었다. 층계참을 내려갈 때마다 빨간색의 굵은 숫자가 나타났다. 19, 18, 17…….

갑자기 대여섯 층 아래에서 문 하나가 삐걱거리더니 쾅 닫혔다.

맷은 우뚝 멈췄다.

그는 가슴을 졸이며 외쳤다.

"계세요?"

대답이 없었다. 지독히 울부짖는 바람 소리뿐이었다.

이번에는 더 크게 외쳤다.

"계세요? 저는 2306호에 사는 맷 카터예요."

그의 목소리는 30개 층의 콘크리트 계단에서 메아리쳤다. 10여 명의 소년들이 같은 질문을 하는 것 같았다.

여전히 대답이 없었다.

맷은 고개를 갸우뚱하고 다시 내려가기 시작했다. 바람이 문을 열었을까? 아마 그럴 것이다.

15…… 14…… 13…….

다음 층계참에 발을 내딛는 순간 맷은 으르렁거리는 소리를 듣고 멈춰 섰다. 손전등으로 소리가 나는 쪽을 비추었다. 하얀 복슬강아지 한 마리가 보였다.

"너, 뭐 하니? 길을 잃은 거야?"

강아지는 앉아서 까만 두 눈으로 그를 노려보았다. 맷이 다가가자 개는 날카로운 이빨을 드러냈다.

"알았어. 건들지 않을게! 진정해! 그래, 착하지!"

하지만 강아지는 소년에게 달려들었다. 개가 청바지를 물어 맷은 펄쩍 뒤로 물러났다. 개는 청바지를 놓지 않고 목구멍에서 나오는 기괴한 소리로 으르렁거렸다. 맷은 한 번도 들어본 적이 없는 소리에 깜짝 놀랐다.

공포에 질린 맷은 개가 청바지를 놓도록 발을 흔들었다. 개는 바닥에 떨어졌다. 맷은 반사적으로 개를 힘껏 걷어찼고, 개는 12개 층 아래의 난간에 떨어져 부딪쳤다.

맷은 손으로 입을 막고 끔찍하게 부딪치는 소리를 들었다. 개는 낑낑대지도 못했다.

맷은 당황했다.

"내가 무슨 짓을 한 거지?"

방금 개를 죽였다. 그는 죄책감에 사로잡혀 눈물을 흘릴 뻔하다가 다시 상황을 떠올려보았다. 개가 공격했고, 그는 방어했을 뿐이다. 그렇다. 온종일 재판을 방영하는 채널에서 사람들이 말하는 것처럼 이것은 '정당방어'였다. 그는 머리를 흔들고 심호흡을 한 다음 다시 내려가기 시작했다.

1층에 도착한 그는 피로 물든 개의 사체를 보지 않기 위해 눈을 돌리고 로비로 달려갔다.

아무도 없었다. 빌딩 문은 닫혀 있었다. 문을 잡아당기자 곧 눈이 그의 발에 쏟아지며 차가운 바람이 몰아쳤다. 눈은 50센티 정도 쌓여 있었다. 눈길을 걷는 것은 상당히 힘들 것이다.

맷은 투덜거렸다.

"처음부터 잘돼가는군!"

마침내 그는 빌딩 밖으로 나왔다. 그의 예측은 틀리지 않았다. 눈이 무릎까지 닿아 걸음을 옮기기가 쉽지 않았다. 그는 이내 두 가지 문제를 걱정했다. 하나는 가장 높은 빌딩의 꼭대기가 보이지 않을 정도로 구름이 낮게 깔린 것이었고, 다른 하나는 도시에서는 결코 있을 수 없는 정적이 감도는 것이었다. 밤낮으로 떠들썩한 도시가 아니었는가. 이제는 간선도로에서 돌풍이 으르렁대는 소리밖에 들리지 않았다. 강철과 유리로 만든 도시에 감도는 정적은 매우 불안한 분위기를 조성했다. 또한 정체를 알 수 없는 뭔가가 그의 주위를 떠돌고 있었다.

맷은 길모퉁이에 있는 레스토랑의 문을 밀었다. 평소에는 늘 만원인 곳이었다. 옷이 바닥에 흩어져 있었다. 신발, 양말, 속옷도 나뒹굴었다. 사람들은 어디로 사라졌을까?

맷은 이를 악물었지만 오열을 참을 수 없었다. 그는 카운터에 기대고 울기 시작했다.

'손님들은 어디 있는 거지? 부모님은 어떻게 됐을까? 이웃들은? 이 도시에 살던 수백만 명의 시민들은?'

어느 정도 진정한 맷은 뒤돌아보지 않고 레스토랑에서 나왔다. 그는 여전히 다른 생존자들을 만날 수 있다는 희망을 품고 있었다. 충격을 견뎌내기 위해 그가 할 수 있는 유일한 일은 도처에 널린 옷가지를 보지 않는 것이었다. 나뒹구는 옷가지는 그가 가장 싫어하는 유령을 떠오르게 했다.

맷은 토비아스의 집으로 갔다. 평소에는 5분밖에 걸리지 않는 거리인데 30분이나 소요되었다. 건물 안으로 들어가려는 순간, 50미터쯤 떨어진 눈밭에서 뭔가가 바스락거리는 소리가 들렸다. 눈송이가 날아오르더니 어떤 형체가 눈밭에서 빠져나오려 애썼다. 개였다. 커다란 개. '만일 녀석이 조금 전에 만났던 복슬강아지 같은 놈이라면 피하는 게 상책이야.' 맷은 서둘러 건물 안으로 들어갔다.

계단은 맷이 살고 있는 아파트와 마찬가지였다. 즉, 두더지 굴처럼 어두웠다. 그는 안도의 한숨을 내쉬었다. '녀석이 떠났군.' 그는 토비아스의 집까지 올라갔다. 7층에서 고양이 한 마리가 날카로운 소리를 냈지만 공격하지는 않았다. 맷은 네발로 기어 올라갔다. 세상이 단 몇 시간 만에 미쳐버렸지만, 한 가지 사실은 변함이 없었다. 13층까지 올라가는 것은 여전히 넓적다리와 장딴지를 아프게 했다!

모든 문과 창문이 닫혀 있어 손전등을 켜고 목에 걸지 않을 수 없었다. 무슨 일이 일어났을 때 검과 손전등을 동시에 들 수는 없는 노릇이었다. 검은 너무 무거워서 한 손으로 휘두를 수 없었다.

'만일의 사태에 대비해야 해.'

맷은 토비아스의 집까지 달려가 초인종을 누르고 문을 두드렸다. 대답이 없자 그는 외쳤다.

"토비아스, 나, 맷이야! 문 열어! 빨리!"

하지만 아무도 나오지 않았다. 맷은 토비아스 역시 사라졌다는 명백한 사실을 인정하지 않을 수 없었다. 그는 목이 메고 눈물이 고이는 것을 느끼면서 중얼거렸다.

"어떻게 이럴 수가! 나는 혼자 남고 싶지 않아."

갑자기 뒤에서 으르렁거리는 소리가 들렸다. 곰이나 사자의 울음소리 같은 소리는 맞은편 아파트에서 들려왔다.

맷은 화들짝 놀랐다.

누군가가 안쪽에서 문을 밀어붙이는지 문이 울렸다. 맷은 상황을 판단했다. 맹수가 자신과 비상계단 사이로 불쑥 튀어나올 것이다.

흔들리는 문은 금방이라도 무너질 것 같았다.

맷은 도망칠 시간조차 없었다. 반대쪽을 보았다. 출구 없는 벽이었다. 그는 고개를 저었다. 함정에 빠진 꼴이었다.

바로 그때, 문이 산산조각 나면서 육중한 그림자가 문턱에 나타났다.

인간도 동물도 아닌 존재였다.

5

변조 인간

맷은 두 다리에 힘이 빠져 벌러덩 뒤로 넘어졌다. 순간적으로 그는 공포에 질려 힘을 잃었다고 생각했으나, 이내 자신이 토비아스의 집 안으로 떨어졌다는 사실을 깨달았다. 그가 기대고 있던 문은 잠기지 않았던 것이다.

토비아스는 믿을 수 없다는 표정으로 그를 굽어보았다. 복도에서 다시 정체불명의 형체가 으르렁거리자, 토비아스는 겁에 질린 얼굴을 들어 올렸다. 무거운 발소리가 다가오고 있었다. 맷은 양탄자 위를 굴렀고, 토비아스는 문을 닫고 빗장을 질렀다.

맷이 외쳤다.

"저놈이 방금 다른 아파트 문을 부숴어. 도망쳐야 해!"

토비아스는 숨도 쉬지 않고 재빨리 물었다.

"우리 부모님은 작년 여름 강도가 든 후에 문을 바꿨어. 이건 방탄 장치를 한 문이야. 놈이 이 문도 부술 수 있을까?"

맷이 일어났다.

"곧 알게 될 거야."

실제로 놈이 문을 거칠게 후려치자 문이 떨리기 시작했다.

맷이 물었다.

"대체 저놈은 뭐지? 가죽이 너무 처지고 구겨진 개를 닮았어."

두려움으로 표정이 일그러진 토비아스가 대답했다.

"샤페이(늘어진 피부를 가진 중국 원산의 개―옮긴이)?"

"그래. '두꺼비 병'에 걸린 샤페이 가죽으로 된 사람처럼 보여. 놈의 피부는 농포로 뒤덮여 있었어……."

토비아스의 입이 벌어지고 두 눈이 휘둥그레지면서 두 손이 덜덜 떨렸다.

"괜찮아?"

토비아스는 고개를 끄덕였다. 맷은 그가 쇼크 상태임을 알았다.

토비아스가 물었다.

"아파트 밖을 봤니?"

"그래. 밖에서 들어왔어."

"종말이 온 거야?"

맷은 침을 삼켰다. 어떻게 대답해야 좋을까? 그 역시 무슨 일이 일어났는지 모른다. 그는 망설였다. 친구는 겁에 질려 있었다. 아무튼 그는 친구보다는 나은 상태였다. 모범을 보여야 했다.

"아니야. 우리가 이렇게 살아 있잖아. 만일 종말이 왔다면 사람들이 떠들어대지 않을 리 없어. 그렇지 않아?"

토비아스는 확신 없이 고개를 끄덕였다. 그는 손을 들어 부엌으로 들어가는 문을 가리켰다.

"저기에 복도에 있는 놈과 같은…… 변조 인간이 있어. 오늘 아침에 일어났더니 놈이 부엌에 있었어. 나는 놈이 밖으로 나오기 전에 문을 잠갔어."

이번에는 맷의 눈이 휘둥그레졌다.

"뭐라고? 그럼 변조 인간이 두 명이란 말이야?"

"부엌에 있는 놈은 온순한 편이야. 그래도 놈은 내게 칼을 던졌어. 동작이 서투른 것 같아."

다소 긴장이 풀리자 토비아스는 천천히 말했다.

"맷, 들어봐. 불길한 예감이 들어. 오늘 아침 놈이 냉장고에 머리를 처박고 아귀아귀 먹는 모습을 봤을 때, 나는 놈이 아빠라는 느낌이 들었어."

토비아스는 눈물을 글썽였다.

맷은 말없이 친구를 바라보았다.

토비아스는 눈물을 참지 않고 설명했다.

"놈은 아빠와 똑같은 옷을 입고 있었어. 아빠 옷을 걸친 검은 샤페이 인간이었다고! 무슨 말인지 알겠어?"

다른 상황이었다면 결코 믿지 않았을 것이다. 그는 친구를 껴안고 다정하게 등을 두드려주었다.

"우리 할아버지가 말씀하신 것처럼 해. '그래, 실컷 울어. 그럼 나아질 거야. 방귀를 뀌면 시원해지는 것처럼.'"

토비아스는 신경질적인 웃음을 참지 못하고 터뜨렸다.

맷은 포옹을 풀면서 덧붙였다.

"그런데 '시골뜨기 공화주의자'를 믿을 수 있을진 모르겠어."

토비아스는 재차 웃음을 터뜨리고 솔직하게 털어놓았다.

"나는 '시골뜨기 공화주의자'란 말이 무슨 뜻인지 몰라."

"사실은, 나도 몰라."

그들은 다시 웃었다. 신경이 몹시 날카로워져 있었기 때문에, 웃음은 기분을 좋게도 하고 나쁘게도 했다.

어느 정도 진정되자 맷이 말했다.

"이곳에서 빠져나갈 방법을 찾아야 해. 변조 인간이 물러날 때까지 마냥 기다릴 수는 없어. 우리는 두 놈 사이에 껴 있어."

"어디로 가고 싶은데?"

"먼저 뉴턴에게. 뉴턴도 우리처럼 위험을 모면했을 거야."

"그다음엔?"

"나도 몰라. 무슨 일이든 때가 있는 법이야. 일단 뉴턴을 만난 다음에 생각하기로 하자. 먼저 여기에서 나가야 해. 밖에 있는 비상계단을 타고 내려갈 수 있을까?"

"그건 안 돼. 비상계단은 복도 쓰레기 창고 쪽에 있어. 그러려면 변조 인간 앞을 지나가야 해. (그의 눈동자가 반짝이기 시작했다.) 잠깐! 화장실 창문을 통하면 비상계단으로 뛰어내릴 수 있어."

문득 맷은 창문이 하나도 깨지지 않았다는 사실을 깨달았다.

"너희 집엔 파란 섬광이 들어오지 않았니?"

"어젯밤에? 온통 파란 섬광뿐이었어! 우리 아파트엔 들어오지 않았지만 시내랑 빌딩 위에 우글거렸어. 사방에서 요란한 소리가 들렸지. 어느 순간 엄청난 섬광이 반짝거렸고, 나는 의식을 잃었어. 조금 전에야 깨어난 거야. 전화는 끊기고, 가전제품은 하나도 작동하지 않아."

맷은 고개를 끄덕였다. 그는 친구가 다시 눈물을 글썽이는 것을 보고 기분을 전환해주고 싶었다.

그는 토비아스의 잠옷을 보고 물었다.

"따뜻한 옷은 있겠지?"

토비아스는 눈물을 닦으면서 대답했다.

"그럼. 기다려, 옷을 찾아올게."

"손전등도 있으면 챙겨."

맷은 비상식량을 챙기라고 말하고 싶었지만 부엌에 틀어박힌 변조 인간을 떠올리고는 생각을 바꿨다.

'토비아스는 그 변조 인간이 어쩌면 자신의 아빠일지 모른다고 말했잖아! 그러니까 실종된 사람도 있고 '샤페이 인간'처럼 변조 인간이 된 사람도 있을 거야.'

맷은 파란 섬광이 침투하지 않은 집에는 변조 인간들이 있고, 그렇지 않은 집 사람들은 모두 사라졌을 거라는 생각이 들었다. 부모님을 생각하자 다시 목이 멨다. 부모님에게 어떤 일이 일어난 거지? 그는 솟구치는 오열을 참기 위해 여러 번 침을 삼켰다.

5분 정도 기다리는 동안 맷은 복도에 있는 변조 인간이 벽을 후려치면서 으르렁거리는 소리를 들으며 이렇게 추론했다. '변조 인간은 어두운 곳에서는 사물을 볼 수 없어!'

토비아스는 더플코트 위에 녹색 방수복을 걸치고 돌아왔다. 맷은 다소 지나친 차림이라고 지적하고 싶었지만 입을 다물기로 했다. 토비아스는 자기 방식을 고집할 것이다.

토비아스는 배낭을 톡톡 치면서 말했다.

"이 안에 스카우트 장비가 있어."

"잘했어. 그럼 나가자."

그들은 계획대로 했다. 모든 일이 순조로웠다. 사실 맷은 부엌문을 감시하며 밤을 보내게 될까 봐 두려웠던 것이다.

거리로 나오자 눈이 무릎까지 쌓였다. 그들은 뉴턴 집으로 향했다. 한 시간이 지나 4분의 3쯤 왔을 때, 그들은 땀을 흘리며 헐떡거리고 있었다.

토비아스가 외쳤다.

"저기 봐! 사람들이 있어!"

"소리치지 마. 만일 변조 인간들이라면 놈들 눈에 띄지 않는 게 좋을 거야."

맷은 그들을 분간할 수 없었다. 토비아스는 배낭에서 최근에 구입한 쌍안경을 꺼내고 렌즈의 초점을 맞췄다. 그는 정적이 감돌고 눈으로 뒤덮인 뉴욕에서 자신들이 방황하고 있는 이 상황이 믿기지 않았다. 생존자는 지금까지 한 사람도 보이지 않았다.

토비아스가 소리쳤다.

"앗! 어린이들이야. 잠깐 기다려. 둘, 아니 세 명의 청년이 어린이들과 함께 있어. 최소한 열 명이야."

"어른은 없어?"

"어른은 안 보여."

맷은 그들을 향해 힘껏 외치기 시작했다.

토비아스는 여전히 쌍안경에 시선을 고정시킨 채 말했다.

"못 들은 것 같은데."

"당연해. 너무 멀리 떨어진 데다 바람이 우리 쪽으로 불잖아."

"저 사람들과 합류할까?"

"안 될 거야. 우리보다 너무 앞서 있고, 수북이 쌓인 눈 때문에 결코 따라잡지 못할 거야. (그는 약간 아쉬운 목소리로 결론을 내렸다.) 우리는 우리 계획대로 하자."

토비아스는 쌍안경을 배낭에 넣은 다음 멀리 길모퉁이에서 사라지는 사람들을 바라보며 다시 발길을 재촉했다.

잠시 후 토비아스가 물었다.

"어른들이 정말 완전히 사라졌다고 생각하니?"

"내가 어떻게 알겠어. 그 문제는 생각하고 싶지 않아."

뉴턴 집 앞에 도착한 그들은 조심스럽게 올라가기 시작했다. 아파트를 샅샅이 뒤졌지만 아무도 없었다. 모든 창문이 깨져 있었다. 헝클어진 침대에 팬츠 하나와 티셔츠 하나가 버려져 있었다.

토비아스가 입을 열었다.

"뉴턴은 어딘가에 숨었겠지?"

맷은 침대에 놓인 옷가지를 보면서 침울하게 대답했다.

"아닐 거야."

그들의 친구는 다른 사람들처럼 그 이상한 섬광에 의해 사라졌다.

"이제 어떻게 하지?"

맷은 어깨를 으쓱했다.

"밖으로 나가서 다른 사람들을 찾아보는 게 좋겠어. 사람이 많으면 많을수록 좋을 거야. 증언을 최대한 많이 수집해서 분석하면 무슨 일이 일어났는지 알 수 있을 테고."

"파란 도깨비불을 피한 사람들이 있다고 생각해?"

"그럼. 우리가 조금 전에 본 사람들이 그 증거야. 너와 나도 그렇고."

맷은 어젯밤부터 조금도 먹지 않았다는 사실을 깨닫고는 허기를 느끼며 덧붙였다.

"곧 정오일 거야. 뭐라도 좀 먹어야겠어."

"삼킬 수 있을지 모르겠어……."

맷이 그의 말을 끊었다.

"노력해봐. 눈밭을 걸으려면 체력이 필요해."

그들은 냉장고에서 꺼낸 햄과 치즈를 가지고 샌드위치를 만들었다. 맷은 빵에 땅콩버터를 발랐다.

"적어도 허기는 면할 수 있을 거야."

그들은 다시 거리로 내려가기 시작했다.

토비아스가 물었다.

"어느 쪽으로 가지?"

"이스트 강은 이곳에서 멀지 않으니까. 잠깐 들르는 게 어때? 거기에서라면 강 건너편 퀸즈와 브루클린이 어떻게 됐는지 볼 수 있을 거야."

토비아스는 대찬성했다. 도시의 나머지 부분이 예전처럼 고스란히 남아 있을지 모른단 가능성이 그를 기쁘게 하는 것 같았다.

두 사람은 발을 높이 올리면서 힘겹게 나아갔다.

잠시 후 토비아스가 물었다.

"굴러다니는 건 모두 사라진 것 같지 않아?"

맷은 장갑으로 자신의 이마를 쳤다. 거리는 완전히 비어 있었다!

"그러네. 미처 생각 못했어! 자동차들은 어디로 갔을까?"

"섬광은 사람들만 증발시킨 게 아니야."

맷은 고개를 끄덕였다. 믿기지 않았지만 인정하지 않을 수 없었다.

'생물과 자동차가 사라졌어. 정말 기이한 소동이야. 내가 자고 있

는 건 아닐까? 깨어나면 모든 게 정상으로 돌아갈 거야.'

곧바로 이성의 목소리가 현실을 일깨워주었다.

'아니야, 아니야. 이 모든 것은 분명 현실이야. 자면서 이렇게 추위를 느낀 적 있어? 꿈은 결코 오래 지속될 수 없어. 벌써 몇 시간이나 지났잖아……. 이 모든 게 실제 상황이야!'

강에 다가갈수록 바람이 거세졌고, 얼굴은 차가운 바람에 얼얼해졌다. 마침내 이스트 강이 두 건물 사이에 나타났다. 검은 물의 거대한 리본. 강 건너편의 퀸즈 구區는 이쪽과 마찬가지로 조용해 보였다.

토비아스는 실망감을 감추지 않고 말했다.

"저쪽도 이제는 활기찬 모습이 아니야."

맷은 수백 미터 떨어진 건물들을 탐색하다가 갑자기 외쳤다.

"쌍안경 좀 빌려줄래?"

토비아스는 쌍안경을 건네주었다. 맷은 강 건너편에 있는 어느 작은 공원을 살폈다. 그는 정확히 봤다. 세 사람이 나무 뒤에 웅크린 채 숨어 있었다. 주위를 탐색한 그는 곧 그들이 무엇을 두려워하는지 파악했다. 한 변조 인간이 누군가를 찾는 듯 주위를 두리번거리며 천천히 걷고 있었다. 그들이 너무 멀리 떨어져 있어 위험을 알리는 것은 불가능했다.

토비아스가 초조해하며 물었다.

"무슨 일이야?"

"세 사람이 보여. 잠깐만……. 그들이 일어났어. 청년 두 명과 열 살 미만의 어린이 한 명. 달리기 시작했어. 변조 인간은 운동화를 신었어."

토비아스가 다시 물었다.

"변조 인간이 그들을 붙잡을 것 같아?"

맷은 몇 초 후에 대답했다.

"아니. 그들이 변조 인간보다 빨라. (그는 쌍안경을 친구에게 돌려주었다.) 좋아. 건너편 상황은 파악됐어. 모든 곳이 마찬가지야."

"세상 전체가 바뀐 걸까?"

맷은 토비아스가 다시 눈물을 쏟을까 걱정되어 되도록이면 낙관적인 모습을 보여주고 싶었다.

"지금은 모르겠어. 미국 전체가 그렇지는 않을 거야. 설령 우리나라에서 대부분의 사람들이 사라졌다 해도 남미와 유럽은 괜찮겠지. 조만간 구조대가 도착할 테고."

토비아스는 친구를 믿어야 할지 말지 몰라 입을 비죽거리며 맷을 응시했다. 그러다 갑자기 시선을 돌리더니, 맨해튼과 퀸즈를 연결하는 거대한 다리에서 멈추고는 서둘러 쌍안경에 눈을 댔다. 깜짝 놀랐는지 입이 커다랗게 벌어졌다.

"아니, 이럴 수가!"

6

벨베디어 성

토비아스의 얼굴은 대재앙이 일어났을 때부터 창백했지만, 이번에는 백악같이 하얗게 질렸다.

맷은 답답한 듯 다그쳤다.

"왜 그래?"

토비아스는 쌍안경을 놓지 않고 더듬거렸다.

"다리…… 다리에…… 변조 인간이…… 무수히…… 많아! 적어도…… 백 명은 될 거야! 그런데 놈들은…… 미쳤어! 자기 머리를 치고 있어……. 놈들이 우글우글해!"

맷은 차분해지려고 애썼다.

"알았어. 다리에는 접근하지 말자."

"모든 다리가 저렇다면 어떡하지? 맨해튼은 섬이잖아. 우리는 궁지에 몰렸고, 놈들은 언젠가 우리를 찾아낼 거야."

맷은 진정하라는 뜻으로 두 손을 올렸다.

"토비아스, 침착해야 해. 그건 중요한 일이야. 네가 공포에 사로잡히면 우리는 여기서 빠져나갈 수 없어. 알았지?"

토비아스는 고개를 끄덕이며 쌍안경을 배낭에 넣었다.

"알았어. 네가 옳아. 침착하게 있을게. 정말이야."

친구가 거듭 다짐했지만, 맷은 그가 얼마 동안이나 그래줄지 확신할 수 없었다. 몇 시간만이라도 참아준다면 다행이었다. 은신처와 다른 생존자들을 찾는 동안만이라도.

'백지장도 맞들면 낫다고 했잖아. 최대한 많은 사람을 모아야 해.'

맷이 제안했다.

"중심가로 돌아가서 숨을 만한 곳을 찾아보는 게 어때? 운이 좋다면 도중에 사람들을 만날 수도 있고……."

그는 토비아스의 찡그린 얼굴을 보고는 말을 멈췄다.

"무슨 일이야?"

토비아스는 머리부터 발끝까지 경직된 자세로 대답했다.

"보다시피 나는 침착하게 있는 중이야."

토비아스는 그를 두렵게 만들기 시작했다. 맷은 친구의 눈을 따라 돌아섰다.

멀리 북쪽 지평선은 어두웠다. 다가오는 것은 구름이 아니라 '암흑의 벽'처럼 보였다.

맷이 중얼거렸다.

"제기랄!"

10여 개의 섬광이 꾸불꾸불 움직이고 있었다. 섬광은 이전의 번개와는 달리 1~2초 후에 사라지지 않고 지면에서 움직이는 내내 번쩍거렸다.

맷이 말했다.

"놈들이 거리를 수색하나 봐!"

"이쪽으로 오고 있어."

'암흑의 벽'은 아직 멀리 있었고, 속도는 느렸다. 맷은 한 시간쯤 여유가 있다고 판단했다.

토비아스가 소리쳤다.

"좋은 생각이 있어! 아빠가 일하는 은행으로 가기만 하면 돼! 지하실에 거대한 금고가 있어. 사람들은 이미 사라졌고 전기도 끊어졌으니까 비상벨은 울리지 않아. 그곳에 숨을 수 있을 거야. 고약한 섬광은 그렇게 깊은 지하실까지 내려올 수 없을 테고, 설령 내려온다 해도 금고 문을 통과할 수 없을 거야."

"꿈도 꾸지 마. 금고 안엔 들어갈 수 없어. 틀림없이 잠겼을 거야!"

"아니야. 아빠가 그랬어. 지금은 금고 수리 중이라 안에는 아무것도 없고 활짝 열려 있다고!"

맷은 믿지 않았다. 요란하게 울리는 소리는 이제 그들이 있는 곳까지 들려왔다. 긴박한 상황이었다.

맷은 어쩔 수 없이 친구의 제안을 받아들였다.

"좋아. 꾸물거리면 안 돼. 전속력으로 뛰자!"

"지름길로 가고 싶다면 센트럴파크를 가로질러야 해."

맷은 인상을 찌푸렸다. 도시 한복판에서 초목이 빽빽한 거대한 공원을 돌아다니는 것은 별로 달가운 일이 아니었다. 미로처럼 복잡하게 뻗은 오솔길, 잿빛 호수, 뾰족한 바위가 있는 이 공원은, 가끔은 한낮에도 매우 불안한 곳인데, 더구나 지금은 어떤 일이 일어날지 알 수 없었다. 만일 괴물들과 마주치기라도 한다면!

맷이 말했다.

"꾸물대지 말자. 여긴 무지 무서운 곳이야."

그들은 눈짓을 교환하고 바로 길을 나섰다. 은행은 수 킬로 떨어져 있었기 때문에 서둘러야 했다.

토비아스가 걸으면서 물었다.

"우리 부모님이 변조 인간……."

"토비, 말하지 않는 게 좋겠어. 지금은 아니야."

"알았어."

그들은 보조를 맞춰 입김을 내뿜었다. 걸음이 빨라질수록 입김을 내뱉는 속도도 빨라졌다. 그들은 센트럴파크 가장자리에 뻗어 있는 피프스 애비뉴에 이르렀다. 맷은 도시를 관통하는 이 대로에서 차량을 한 대도 발견하지 못해 깜짝 놀랐다. 눈으로 덮인, 유리와 강철로 만든 통로밖에 보이지 않았다. 사람은 한 명도 보이지 않았다.

맷은 자문했다.

'자동차들이 다 어디로 사라졌지? 어떻게 폭풍설이 사람과 차량 전부를 증발시킬 수 있을까?'

조금 더 자세히 살펴보니 멀리 남쪽에서 사람 형체가 이동하고 있었다. 쌍안경으로 확인한 결과 수 킬로 남쪽에서 한 무리의 사람들이 그들 쪽으로 천천히 다가오고 있었다.

맷은 투덜거렸다.

"갈수록 태산이군. 변조 인간들이야. 아직은 꽤 멀리 떨어져 있지만 여기 머물러서는 안 돼. 그랬다간 폭풍설과 놈들 사이에서 옴짝달싹 못하게 될 거야."

드넓은 숲의 변두리는 흔들거리는 그림자투성이였다. 맷은 공원의 가로가 1킬로에 달한다는 사실을 알고 있었고, 이 쾌적하지 않은 공원이 너무 크다고 평가했다.

그들이 피프스 애비뉴에 들어서자 강풍이 몰아치며 옷이 몸에 찰싹 달라붙었다. 그들은 힘들게 대로를 건너고, 공원으로 들어가는 낮은 담장을 기어올랐다. 이내 윙윙대는 바람 소리가 잦아졌다. 대부분의 눈은 무성한 나뭇잎에 걸려 장딴지 이상 쌓이지 않았다. 다리가 아팠던 두 소년은 조금 안심했다.

맷이 제안했다.

"피프스 애비뉴를 따라서 남쪽으로 내려가다가 호수를 돌아가자. 그리고 변조 인간들과 마주치지 않도록 방향을 바꾸는 거야. 네 아빠가 근무하시는 은행은 공원 중심에서 멀지 않으니까. 어때?"

토비아스는 친구를 전적으로 신뢰했다. 자신의 정신은 예전과 달리 현실을 명철하게 판단하지 못한다는 느낌이 들었다. 충격 탓일까? 아니면 그저 피곤한 탓일까?

천만다행으로 그들은 센트럴파크 한복판에서 걱정할 만한 것은 하나도 보지 못했다. 오히려 그들을 훨씬 더 불안하게 하는 일이 북쪽에서 발생했다. 하늘을 가득 채운 새까만 산 같은 것이 거리를 수색하는 섬광과 함께 다가오고 있었던 것이다.

맷이 말했다.

"서둘러야 해."

바람이 실제로 잦아졌는지 아니면 무성한 초목이 바람을 막아주었는지 알 수 없었다. 아무튼 맷은 이 휴식을 즐겼다. 여전히 고막에서 윙윙거리는 날카로운 바람 소리는 말할 것도 없고, 차가운 돌풍에 맞서 걷는다는 것은 몹시 피곤한 일이었다.

갑자기 숲이 파란 섬광으로 환해졌다가 이내 어두워졌다.

토비아스가 한탄했다.

"젠장, 섬광이야! 놈들이 벌써 도착했어!"

"토비, 더 빨리! 더 빨리 달려!"

그들은 무거운 다리로 갈지자를 그리며 갈색 나무줄기 사이를 달렸다. 오후 3시가 넘지 않았을 텐데도 날이 저물고 있었다. '암흑의 벽'이 그들을 앞서기 시작했다. 맷은 길을 나설 때부터 자신의 방향감각을 믿고 토비아스를 이끌었다. 그는 자신의 판단이 틀리지 않기만을 바랐다. 울창한 숲을 돌아다니고 있자니 그들이 뉴욕 중심부에 있다는 사실이 믿기지 않았다. 몇 그루의 나무가 특이하게 뻗어 있는 바위를 제외하면 어떤 지표도 없었다.

뒤에서 천둥이 치기 시작했다. 불길한 생각이 들었다.

'이 고약한 폭풍설이 끝내 우리를 덮치고 말겠군. 절대 은행에 도착하지 못할 거야!'

맷은 처음부터 은행에 가는 게 좋은 계획이 아니리라고 예상했다.

'전략적 후퇴가 필요해.'

주위는 관목과 낮은 나뭇가지뿐이어서, 이런 폭풍설을 피하기에는 적절하지 않았다. 파란 섬광이 뒤쪽에서 번쩍였다. 이어 천둥이 다시 울렸다. 대기에 전기가 흐르고 있었다. 목덜미의 털이 곤두섰다. 폭풍설은 아주 가까이 다가왔다. 몇 분 후면 폭풍설에 휩쓸릴 것이다. 토비아스의 두건이 미풍에 펄럭였다. 이윽고 바람이 거세지기 시작하더니 갑자기 돌풍으로 변했다. 그들은 넘어질 뻔했다. 바닥에서 치솟은 눈이 주위를 맴돌았다. 나무가 삐걱거리고, 나뭇가지가 위협을 느낄 정도로 격렬하게 요동쳤다.

외투를 움켜쥔 두 소년은 손을 맞잡고 머리를 숙인 채 발길을 재촉했다.

울창한 갈대숲을 헤치자 작은 호수가 나타났다. 맞은편 붉은 바위 위에 성채가 세워져 있었다. SF 영화에서 볼 수 있는 성이었다. 입구 돌기둥 위에 정자 한 채가 세워져 있고, 뒤쪽으로 안뜰, 본관, 주루, 망루가 보였다.

토비아스가 외쳤다.

"벨베디어 성Belvedere Castle이야! 일단 저기로 피하자. 은행에는 절대 못 갈 거야!"

이번에는 맷이 외쳤다.

"나도 그렇게 생각해!"

세 개의 섬광이 하늘에서 번쩍이더니 곧 어두워졌다. 눈이 빙글빙글 돌면서 두 소년에게 '하얀 파도'를 퍼부었다.

그들은 폭풍설에 휩쓸리지 않기 위해 최대한 몸을 웅크린 채 연못을 돌았다. 맷은 한 무리의 개들이 송곳니를 드러낸 채 폭풍설을 피해 달아나는 것을 보았다. 그는 친구의 등을 밀며 발길을 재촉했다. 토비아스가 먼저 계단을 기어올라 정자 밑을 지나갔다. 윙윙대는 바람이 성안으로 들이쳤고, 엄청난 천둥이 벽을 흔들었다. 맷은 헐떡이면서 문을 닫았다.

창문이 어두워지더니 순식간에 '암흑의 제의祭衣'가 시내를 뒤덮었다.

토비아스가 헐떡거리는 숨소리, 이어 가방을 뒤지는 소리가 들렸다. 그는 배낭에서 손전등을 꺼내 켜고 자기 앞을 비추며 말했다.

"믿기지가 않아. 우리가 성공하다니!"

돌풍이 창문을 흔들자 두 소년은 소스라치게 놀랐다.

토비아스가 물었다.

"이제 어떻게 하지?"

맷은 어깨와 허리에 상처를 입힌 배낭을 벗고, 검을 묶은 가죽띠를 풀어 안도의 한숨을 내쉬며 내려놓았다. 검은 포석에 떨어지면서 예리한 소리를 냈다.

맷이 솔직히 말했다.

"선택의 여지가 없어. 놈들이 지나갈 때까지 기다려야 해."

그러고는 긴장한 채 귀를 기울였다.

잠시 후 맷은 몸을 숙여 검을 집어 들어 올렸다. 너무 지쳐 오래 들고 있을 수는 없었다.

그는 요란한 폭풍설 속에서 속삭였다.

"이곳에 우리만 있다고 단정할 수는 없어. 문이 열려 있었거든."

토비아스는 머리에 돌을 맞기라도 한 듯 소스라치게 놀랐다.

"그런 말 하지 마. 나는 나가고 싶지 않아!"

맷은 드넓은 홀을 조사하기 시작했고, 토비아스는 옆에서 손전등을 비춰주었다. 벽은 돌이었고, 연녹색과 거무스름한 오렌지색 선반에는 망원경과 현미경, 그리고 센트럴파크에 서식하는 동물 안내서가 전시되어 있었다. 두 소년은 2층에서 열다섯 마리가량의 박제된 조류를 살펴본 다음, 나선형 계단을 통해 탑 꼭대기까지 올라갔다. 문 하나가 테라스 쪽으로 나 있었다. 하지만 그들은 추위와 눈이 들이닥치는 것을 원치 않았기 때문에 문을 열어보지 않고 다시 내려왔다. 안심한 맷은 소중한 무기를 진열대에 올려놓고 첨두형尖頭形 창문 곁에 자리를 잡았다.

"섬광들이 수색 중이야. 그다지 멀리 있지 않아."

맷은 자신의 목소리가 약간 떨리고 있다는 사실을 깨달았다. 그는 진정하기 위해 심호흡을 했다.

'공포에 사로잡히는 건 조금도 도움이 되지 않아.'

지금은 몸을 따뜻하게 해야 했다. 그들의 바지는 흠뻑 젖어 있었다.

토비아스는 배낭에서 양초 세 개를 꺼내 불을 붙였다.

"출발하기 전에 양초를 챙겼지. 이게 스카우트 정신이야. 스카우트 활동은 그렇게 나쁘지 않다고!"

맷은 친구를 바라보지 않은 채 부드럽게 대답했다.

"스카우트 활동을 비난한 적 없어. 뉴턴과 나는 너를 놀려준 것뿐이야."

"아, 그랬구나."

토비아스는 친구들이 힘을 합쳐 자신을 괴롭혔다는 생각에 기분이 나빠졌다.

"뉴턴이 변조 인간이 되었다고 생각해?"

맷은 폭풍설의 추이를 살피면서 대답했다.

"아니, 그건 아니야. 변조 인간들은 어른 같아. 키도 크고 꽤 건장하잖아. 어젯밤, 어른들의 일부는 증발했고, 일부는 혐오스러운 변조 인간이 되었어. 지금까지의 생존자는 어린이와 청년뿐인 것 같아."

토비아스는 머리를 숙이고 촛불을 응시했다. 코가 따뜻해졌다. 그는 떨리는 목소리로 중얼거렸다.

"이 상황이 계속될까? 다시는 부모님도, 친구들도 만날 수 없는 건가?"

맷은 목이 메어 대답할 수 없었다. 그가 침묵하자 토비아스도 입을 다물었다. 그들은 움직이지 않고 기다렸다. 다리는 축축했다. 폭풍설은 '검은 외투'로 맨해튼을 뒤덮고 후려치고 있었다. 섬광들만이 죽은 듯이 고요한 빌딩을 비추었다. 맷은 유령도시 한복판에 있다는 느낌이 들었다. 건물들의 공동묘지. 땅에서 솟아난 섬광들이 돌아다니며 거리와 몇몇 건물의 내부를 무작위로 수색한 후 사라졌다가, 조금 먼 곳에서 다시 합류했다.

두 시간이 지나고 맷이 말했다.

"놈들이 다가오고 있어. 검은색의 거대한 구름 같은 것이 섬광보다 먼저 도착했어. 대체 그게 뭔지 궁금해."

"아무렴 어때. 내 관심사는 왜 모든 사람들이 사라졌는지, 그들이 어디에 있는지 알아내는 거야."

센트럴파크 숲에서 두 개의 섬광이 구체적인 모습을 드러냈다. 하지만 맷은 놈들을 분명히 볼 수 없었다.

"저 위로 올라가서 자세히 살펴봐야겠어."

맷은 탑 꼭대기로 올라가 테라스 쪽으로 나 있는 문 옆의 둥근 창에 달라붙었다. 두 개의 섬광 중 하나가 그들을 향해 천천히 다가오고 있었다. 섬광의 끄트머리는 다섯 개의 작은 가지로 나뉘어 있었다.

맷은 중얼거렸다.

"진짜 손 같아."

그는 섬광이 반짝거리면서 곧장 성으로 다가오는 것을 보고는 화들짝 놀랐다. 그들은 무방비 상태였다. 장롱 속에 숨는다 해도 도움이 되지 않을 것이다. 놈들은 바닥을 기어 다니며 어디든 비집고 들어가지 않는가. 파란색의 긴 손은 불규칙하게 빛을 잃으면서 끊임없이 떨렸다. 속도를 늦추기 시작한 파란 손이 오그라들면서 약간의 연기를 남기고는 사라졌다. 맷은 두 눈을 믿을 수가 없었다. 멀리 공원에 있는 다른 섬광도 똑같은 현상을 보였다. 그때 마침 숲 속으로 들어온 세 번째 섬광도 마찬가지의 운명을 겪었다. 맷은 쾌재를 불렀다.

'놈들은 숲을 견디지 못해!'

성 아래에서 무언가 움직이는 소리가 들렸다. 한 무리의 원숭이들이 나무에서 뛰놀고 있었다. 맷은 급히 계단을 내려갔다.

"좋은 소식이 있어. 섬광은 초목이 있는 곳에서는 힘을 제대로 쓰지 못하는 것 같아. 나쁜 소식도 있어. 비비류의 원숭이들이 성문 앞에서 놀고 있어."

토비아스는 믿을 수 없다는 듯 되물었다.

"비비류의 원숭이들이라고?"

"정말이야. 꿈을 꾼 게 아니라고. 한겨울의 뉴욕에 원숭이들이 있다니!"

토비아스는 손가락을 똑딱거렸다.

"알았다! 센트럴파크 동물원에서 온 거야!"

"그래? 거기 위험한 동물들도 있어? 맹수들이 동물원에서 도망쳤다면 큰일인데."

"비비류 원숭이들도 만만치 않아. 텔레비전에서 봤는데, 녀석들이 우리를 보면 공격할 수도 있어. 하지만 더 위험한 동물은 바로 북극곰들이야. 만일 놈들이 굶주렸다면 아주 위험해!"

맷은 한숨을 내쉬었다. 갈수록 태산이었다.

토비아스가 물었다.

"이제 어떻게 하지?"

맷이 제안했다.

"폭풍설이 지나가기를 기다리는 게 어때? 더 좋은 생각이 있니?"

토비아스가 고개를 흔들었다.

"이곳에서 하룻밤을 보내고, 내일 아침을 두고 보자."

그는 일어나더니 문 앞으로 책상을 밀어붙였다.

"불청객들이 들이닥칠 경우 대처할 시간을 벌 수 있을 거야."

밖에서 폭풍설이 맹위를 떨치는 동안, 두 소년은 진짜 밤이 된 것도 모른 채 땅콩버터를 바른 샌드위치를 먹었다. 어둠은 끈적끈적한 구름 위에서 그들을 내려다보고 있었다. 섬광들은 거리를 성큼성큼 돌아다니다가 건물을 기어올라 공격하고는, 흉조인 하얀 연기를 남기고 빠져나왔다. 잠시 후 맷은 추위가 파고드는 것을 느꼈다. 그는 벽장을 하나하나 열며 마른 옷을 찾기 시작했다. 낡은 담요가 있었다. 그들은 말리기 위해 촛불 앞에 놓았던 바지를 걷고 담요로 온몸을 포근하게 감쌌다. 촛불은 아주 빈약해 보였지만, 그래도 없는 것보다는 나았다.

토비아스는 담요를 둘둘 말고 책상 밑에서 잠들었다. 맷은 창가에 앉아 있기로 했다. 그는 토비아스와 함께 있어 다행이라고 생각했다. 혼자였다면 미쳐버렸을 것이다. 토비아스는 형제 같았다. 그들의 우정은 초등학교 때부터 시작되었다. 어느 날 맷은 이 연약한 소년이 울고 있는 것을 보았다. 한 어머니가 자신의 딸에게 토비아스는 흑인이니 함께 놀지 말라고 했던 것이다. 맷은 그것이 인종차별이라고 생각했다. 맷은 그를 위로했고, 그때부터 둘은 늘 붙어 다녔다. 토비아스는 맷의 가장 절친한 친구가 되었다.

부모님의 얼굴이 떠올랐다. 그는 눈물을 글썽였다. 부모님에게 무슨 일이 생긴 걸까? 돌아가셨을까? 그는 재앙이 닥친 후 처음으로 기진맥진할 때까지 격한 오열을 토했다.

맷은 늦게까지 불침번을 섰다. 어느 순간 갑자기 눈이 감겼다.

그가 오한에 떨며 눈을 뜨니 촛불이 모두 꺼져 있었다. 홀은 바깥과 마찬가지로 어두웠다. 그는 담요를 더욱 끌어당겼다. 나무 작업대 위에서 잠들었기 때문에 등이 아팠다. 눈이 다시 감기려는 찰나, 그는 섬광을 감지했다.

일어나 창문을 내다보았다.

수십 개의 섬광이 어둠 속을 조용히 돌아다니고 있었다.

7
에샤시에

괴물들은 둘씩 짝을 지어 움직였다. 섬광은 지면 3~4미터 높이에서 떠다니는 것 같았다. 맷은 유리창에 이마를 붙이고 자세히 관찰했다. 숲에서 열다섯 개가량의 섬광이 사람보다 약간 더 빠른 속도로 다가오고 있었다.

맷은 일어나 검을 쥐고 망루 꼭대기로 올라갔다.

다른 섬광들은 공원 주위의 대로와 도로를 따라 전진하고 있었다. 50쌍 이상의 불빛. 갑자기 강렬한 원추형 불빛 하나가 성 안뜰을 비추었다. 4미터의 길쭉한 실루엣이 가까이 오고 있었다. 괴물은 두 줄기의 섬광을 뿜어내는 두건이 달린 긴 외투를 걸치고 있었다. 맷은 이동식 망루 꼭대기에 설치된 탐조등을 떠올렸다. 다리 역할을 하는 두 개의 검은 죽마竹馬가 외투에서 삐져나와 있었다. 맷이 '에샤시에(두루미, 학처럼 다리가 가늘고 긴 섭금류를 뜻하는 프랑스어—옮긴이)'라고 이름을 붙인 이 괴물은 눈밭에서 소리를 내지 않고 다가왔다.

'괴물은 뭔가, 아니면 누군가를 찾고 있어. 마지막 생명의 샘을 찾아 증발시키는 괴물일까?'

아래층에 있는 토비아스가 밤의 정적을 깨뜨렸을 때 맷의 심장은 터질 것만 같았다.

"맷? 맷! 어디 있어?"

무기를 놓고 급히 내려가던 맷은 발목을 삘 뻔했으나, 난간을 붙잡고 토비아스 앞에 착지했다.

그는 단호하게 명령했다.

"조용히 해! 두루미처럼 생긴 괴물들이 돌아다니고 있어. 한 놈은 우리 코앞에 있고!"

"어떤 놈이라고?"

"두 눈에서 섬광을 내뿜는 훌쭉한 괴물."

대문 앞에서 눈을 밟는 소리가 들렸다.

맷은 숨을 만한 곳을 찾으면서 다급하게 말했다.

"놈이 왔어. 날 도와줘. 대문 앞에 있는 책상을 끌어내야 해."

"반대야! 괴물이 들어오게 내버려둘 수 없어!"

"나를 믿어. 괴물을 막을 수 있는 건 책상이 아니야! 안에 누가 있다는 사실을 알려줄 뿐이라고! 도와줘, 토론할 시간 없어!"

토비아스는 절망적인 모습을 보이면서도 맷을 도와 조용히 책상을 들어 원래 자리로 옮겼다.

그사이 에샤시에가 문 앞에 도착했다. 놈은 곧 들이닥칠 것이다.

맷은 창문 밑의 벽장을 열어 토비아스를 밀어 넣고는 자신도 들어갔다. 그리고 벽장을 닫았다. 공간이 비좁았기 때문에 서로 달라붙고 태아처럼 웅크려야만 했다.

토비아스가 겁에 질린 목소리로 말했다.

"무서워죽겠어."

맷은 자신의 입술에 집게손가락을 얹었지만 벽장 안이 캄캄해 아무것도 볼 수 없었다. 그는 홀을 관찰할 수 있는 미세한 틈을 발견했다.

대문이 삐걱거리면서 열리더니 하얀 불빛이 홀을 비추었다. 공포에 질린 토비아스는 맷의 손목을 세게 쥐었다.

에샤시에 한 마리가 들어오기 위해 몸을 숙이는 것이 보였다.

'아니야. 몸을 숙인 게 아니야. 다리가 외투 속으로 들어갔어!'

괴물은 소리 없이 단숨에 홀 안으로 들어왔다. 다리를 축소시킨 괴물의 키는 3미터에 지나지 않았다. 괴물은 두건을 쓴 머리를 돌렸다. 두건 속 얼굴은 보이지 않았고, 머리에서는 두 개의 강력한 광선을 뿜어댔다. 그것이 놈의 눈이었다.

에샤시에는 눈부신 광선으로 바닥, 가구, 벽을 탐색했다. 두건이 두 소년 쪽을 바라보았다. 맷은 눈을 감지 않을 수 없었다. 곧 놈은 눈을 진열대 쪽으로 돌렸다. 맷은 숨을 참았다. 토비아스는 그의 손목을 더욱 세게 쥐었다. 그때, 다른 에샤시에가 긴 다리를 늘려 창문 뒤에 붙어 있는 것이 보였다.

'저놈은 바깥에서 2층을 들여다보고 있어. 성 전체를 수색하는 거야!'

갑자기 홀에 있던 에샤시에가 올빼미 울음소리 같은 소리를 내질렀다. 놈은 맷의 배낭을 발견하고 다가갔다.

외투가 벌어지면서 피부가 두꺼운 희끄무레한 팔 하나가 나타났다. 보통 사람보다 세 배나 긴 손. 에샤시에는 흉측한 거미 같은 손으로 책상을 만져보더니 배낭을 들고 코를 킁킁거렸다. 잠시 후 괴물이 일어나 신음과 날카로운 소리를 교대로 울리는 고래 울음소리 같은 소리를 질러댔다. 소리가 너무 커서 맷은 비명을 지르지 않기 위해 이를 악물어야 했다.

'주위의 모든 괴물들을 불러 모으는 거야!'

실제로 에샤시에는 지원군을 부르고 있었다.

'제길, 끝났어. 우리를 찾아냈나 봐. 끝장이야.'

맷은 망루 꼭대기에 검을 놓고 왔다. 검을 찾으러 가는 것은 불가능했다. 괴물이 그들보다 느리기만을 바라며 도망치는 수밖에 없었다. 하지만 놈의 다리는 매우 길지 않은가. 맷은 자신들이 벽장 안에서 바지를 입지 않은 채 담요로 몸을 감고 서로 껴안고 있다는 사실을 깨달았다. 벽장에서 빠져나갈 수조차 없었다.

두 번째 에샤시에가 들어왔다. 괴물의 울음소리는 그쳤다. 그들은 두 괴물이 말하는 소리를 듣고 화들짝 놀랐다. 목구멍에서 나오는 목소리, 거의 알아들을 수 없을 만큼 나지막이 소곤대는 목소리였다.

"스스스슈. 그가…… 이곳에…… 있었어! 스스스슈."

맷은 에샤시에가 자신의 배낭을 들고 그렇게 말하는 것을 보고는 두려움에 부들부들 떨었다.

다른 에샤시에가 대답했다.

"그래…… 스스스슈. 이곳에…… 있었어. 스스스슈. 멀지 않은 곳에…… 있을 거야. 스스스슈. 아직…… 시내에…… 스스스슈…… 있을 거야…… 스스스슈."

"빨리…… 스스스슈. 그를 찾아야 해. 스스스슈. 남쪽으로 가기 전에…… 스스스슈."

"그래…… 스스스슈. 남쪽으로 가기 전에…… 스스스슈. '그분'은…… 그를 원하셔. 스스스슈."

괴물이 흉측한 손가락으로 들고 있던 배낭을 흔들었다.

"이걸…… 가지고 갈까? 스스스슈."

"그래…… 스스스슈. '그분'을 위해. 스스스슈……. '그분'은…… 이걸…… 보고 싶으실 거야. 스스스슈."

괴물은 손을 수축시켜 맷의 배낭을 커다란 외투 안에 넣었다. 두 마리의 에샤시에는 발길을 돌려 원래 키를 되찾은 후 조용히 물러갔다.

마침내 맷이 입을 열었다.

"들었니?"

"응. 그런데 놈들이 뭐에 대해 얘기한 거야? 우리 소지품?"

"내 배낭."

"아, 그건 좋은 징조가 아닌데. 놈들이 얘기한 '그분'은 누구지?"

"내가 어떻게 알겠어? 놈들은 누군가에게 복종하고 있어. 너는 그들의 주인을 보고 싶지 않지? 나도 싫어. (격분한 그는 아주 크게 소리쳤다.) 놈들이 찾는 건 바로 '나'야! 제기랄! 이 모든 소동이 빨리 끝났으면 좋겠어!"

맷은 벽장을 열고 괴물이 없는지 확인하며 나갔다. 그는 손으로 입을 막고 긴 의자에 앉았다. 토비아스는 두려움에 사로잡힌 시선으로 조심스럽게 맷을 따라갔다. 그는 머뭇거리며 말을 꺼냈다.

"어쩌면…… 어쩌면 괴물들이 잘못 생각했을 거야. 놈들은 다른 사람을 찾고 있을지도 몰라."

맷은 침묵을 지켰다.

토비아스가 물었다.

"배낭 안에 뭐가 들어 있었지? 놈들이 뭘 가져갔어?"

맷은 골똘히 생각했다. 하지만 토비아스가 묻는 것을 생각하지는 않았다. 그는 조금 전에 들었던 것을 분석하고 어떻게 하는 것이 바람직한지 궁리했다. 긴박한 일 같았다. 괴물들은 곧 되돌아올 것이고, 대책을 마련하지 않으면 발각될 것이다. 맷은 무슨 일이 일어났는지, 에샤시에들이 왜, 누구를 위해 자신을 추적하는지 전혀 알 수 없었다. 하지만 그는 조금도 알고 싶지 않았다.

마침내 맷이 입을 열었다.

"도망쳐야 해. 남쪽으로 떠나자. 놈들이 두려워하는 건 내가 먼저 남쪽에 도착하는 거야. 남쪽에 뭐가 있는지 모르지만, 놈들을 난처하게 하는 것이 있는 거야."

"남쪽 세상은 바뀌지 않은 걸까?"

"물건들을 챙겨. 뉴욕을 떠나자."

8
한밤중의 달리기

두 소년은 여전히 축축한 바지를 다시 입었다. 맷은 검을 찾아 가죽끈으로 등에 고정시켰다.

토비아스가 물었다.

"어떻게 뉴욕을 빠져나가지? 낮에 본 것처럼 다리마다 변조 인간이 우글거린다면 불가능할 거야."

"다리로 가지 않아. 남쪽으로 내려갈 거야."

"하지만 어떻게? 맨해튼 남쪽에는 다리가 없어!"

"방금 말했잖아, 다리를 건너지 않을 거라고. 터널, 링컨 터널을 통해 강을 건널 거야."

"변조 인간들이 터널은 점령하지 않았을까?"

"그들은 어둠 속에서는 볼 수 없어. 아파트 복도에 있던 변조 인간은 계속 벽에 부딪쳤어. 설령 그들이 짐승처럼 보일지라도 어두운 곳에는 들어가지 않을 거야. 터널은 다른 곳과 마찬가지로 틀림없이 단전되었을 테니까."

토비아스가 한숨을 내쉬었다.

"아무튼 우리에게는 선택의 여지가 없어."

맷은 대문으로 다가갔다. 그는 아무도 없다는 것을 확인한 후 눈밭으로 돌진했고, 토비아스는 그의 뒤를 바짝 따랐다.

그들은 곧 거리를 수색 중인 에샤시에들의 하얀 불빛을 발견했다. 맷은 날카로운 시선을 가진 이 괴물들을 피하면서 숲으로 달려갔다. 갑자기 그들 옆에서 나뭇가지 하나가 우지끈 부러졌고, 맷은 동물원의 북극곰이 떠올라 전력을 다해 도망칠 준비를 했다. 하지만 그들이 본 것은 한 사람이었다. 주름진 얼굴에 큼직한 농포가 뒤덮여 있는 것으로 보아 변조 인간이었다. 두 소년을 보지 못한 변조 인간은 고기 통조림을 돌에 두드리며 앉아 있었다. 한밤중에 센트럴파크 한복판에서 통조림을 가지고 씨름하는 흉측한 어른의 모습을 본 맷은 두렵기도 하고, 마음이 아프기도 했다.

맷은 검을 뺄까 망설였지만, 변조 인간 눈에 띄지 않도록 신중하게 움직이기로 했다. 변조 인간은 통조림이 열리지 않자 화를 내며 돌에 힘껏 내리치고는 투덜거렸다. 맷과 토비아스는 들키지 않고 조용히 멀어졌다.

마침내 두 소년은 공원 끝에 도달했다. 맷은 낮에 그토록 두려워했던 나무 그늘에서 벗어난 것에 안도했다. 비교적 이목을 끌지 않는 간선도로로 가려면 브로드웨이 대로를 건너야 했지만, 세 마리의 에샤시에가 주위를 돌아다니고 있었다.

맷이 경고했다.

"서두르자. 그리고 소리를 내지 마! 놈들이 우리를 발견하면 조금 전처럼 동료들을 불러 모으기 위해 고함을 지를 거야. 그럼 끝장이야."

토비아스가 말했다.

"길에 눈이 쌓여서 달릴 수가 없어. 저기를 봐. 저쪽으로 지나갈 수 있지 않을까? (그는 지하철 입구를 가리켰다.) 지하로 내려가서 철길을 따라 걷다가, 링컨 터널 가까이에서 다시 밖으로 나오면 돼."

맷이 환호성을 지르며 찬성하려는 순간, 에샤시에 한 마리가 지하도에서 올라왔다.

토비아스가 의견을 바꾸었다.

"좋은 생각이 아니네……."

"그럼 처음 계획대로 하자. 준비됐지? 자, 출발!"

맷은 주의를 끌지 않기 위해 상체를 숙인 채 돌진했고, 토비아스가 바로 뒤따랐다. 걸을 때마다 넓적다리까지 눈밭에 빠졌기 때문에 다리를 높이 들지 않을 수 없었다. 에샤시에 한 마리가 다음 네거리에서 나타났다. 괴물은 시선을 내리깔고 지면을 수색하고 있었다. 맷은 발길을 재촉했다. 괴물은 잠시 망설이더니 결국 두 소년을 추격하기 시작했다. 괴물의 다리가 눈밭에 깊은 구멍을 남겼다. 괴물은 그들보다 훨씬 쉽게 걸었고, 따라서 그들보다 빨랐다. 괴물은 언제나 2미터 앞을 주시했다. 만일 괴물이 머리 혹은 머리 역할을 하는 두건을 치켜든다면 두 소년을 놓치지 않을 것이다. 맷은 똑같은 속도로 따라오고 있는 친구에게 눈짓했다.

그들은 괴물이 덮치기 전 반대편 인도에 도착했다. 토비아스는 움푹 들어간 곳을 발견하고 맷을 잡아당겼다. 괴물은 속도를 늦추지 않고 그들 앞을 지나갔다.

괴물이 멀어지자 토비아스는 안도의 한숨을 내쉬었다.

"휴, 간발의 차이였어."

그때부터 상황이 호전되었다. 그들은 괴물들이 가능하면 멀리 사라지기를 기다렸다가 후미진 곳으로 잠깐씩 몸을 숨기며 조금씩 전진했다. 한 시간 동안 20개의 주거 구역을 지난 후 마침내 링컨 터널에 다다랐다. 눈밭을 걸은 데다 한순간도 경계를 늦출 수 없었기 때문에 기진맥진한 상태였다. 에샤시에 한 마리가 두 건물 사이에서 비틀거리는 두 명의 변조 인간을 면밀히 탐색한 후 떠났다. 변조 인간들은 너무 놀란 나머지 얼빠진 모습이었다. 맷은 이 두 종 사이에 협력은 아니지만 적어도 '호의적인 중립'이 존재한다고 판단했다. '호의적인 중립'은 중학교 역사 선생님이 좋아하는 표현이었다. 학교생활이 간절히 그리웠다. 폭풍설이 닥치기 전의 일상을 떠올릴 때마다 가슴이 아플 정도로 그리웠다. 평화로운 생활은 결코 되찾을 수 없는 걸까? 부모님과 친구들, 그리고 안락한 일상생활을 영원히 잃은 걸까? 맷은 다시 목이 메어오고 감정을 주체할 수 없어 더는 생각하지 않기로 했다. 흔들릴 때가 아니었다.

토비아스는 친구의 소매를 붙잡고 대형 스포츠용품 가게를 가리켰다.

"장비를 마련해야 하지 않을까? 어쨌든 남쪽은 넓고 며칠이 걸릴 테니 필요한 것들을 갖춰야 해."

"좋은 생각이야!"

가게 문은 닫혀 있었다. 맷은 검을 꺼내 주위에 괴물이 없는지 확인한 후 둥그스름한 끝으로 유리창을 후려쳤다. 검이 튕기면서 넘어질 뻔했지만, 다시 힘을 모아 두 손으로 손잡이를 꽉 붙잡고 힘껏 내리쳤다. 유리는 커다란 거미집처럼 변했다. 유리에 금이 가며 검이 닿은 곳에 구멍이 뚫렸지만 깨지지는 않았다.

토비아스가 놀라며 외쳤다.

"와, 굉장해! 유리가 이렇게 단단할 거라곤 생각 못했어."

세 번째 공격은 성공적이었다. 유리가 털썩 주저앉았다. 맷은 황급히 뒤로 물러났다. 유리창이 떨어지면서 바닥에 부딪치는 소리는 수북이 쌓인 눈 덕분에 완화되었다.

맷이 무뚝뚝하게 말했다.

"바겐세일 시간이야."

토비아스가 손전등을 켰다. 맷은 괴물에게 배낭과 손전등을 빼앗겼다. 그들은 통로를 돌아다니며 물건을 살폈다. 토비아스는 배낭 코너 앞에서 멈춰 주머니가 많고 큰 여행용 배낭을 골랐다. 맷은 등에 검을 매달아야 했기 때문에 활동을 방해하지 않을 작은 배낭을 원했다. 그는 빼앗긴 배낭과 똑같은 것을 발견하고는 환호성을 질렀다. 침낭 코너로 이동한 둘은 최신형 침낭 두 개를 선택했다. 설명서에 따르면 이 침낭은 부피는 작지만 보온성이 탁월하다고 했다.

토비아스가 말했다.

"과대광고는 누구한테 불평해야 할지 모르겠더라."

토비아스는 언제나 실용적인 소년이었다. 적절한 장비를 갖추기만 하면 어떤 모험도 마다하지 않았다. 그는 다음 진열대에서 손전등, 건전지, 야광봉, 마른 비상식량, 가스버너, 부탄가스, 그리고 취사도구를 챙겼다. 다음은 의류 코너였다. 그들은 조금도 부족하지 않도록 자질구레한 옷들을 배낭에 쑤셔 넣었다. 발길을 돌리려는 순간, 토비아스가 총포 코너로 달려갔다.

"나는 총을 좋아한 적이 없어. 하지만 상황이 달라졌지. 공기총 한 자루 가져가는 게 어때?"

토비아스는 총기 진열대 앞에서 손전등으로 금속 딱지를 비추었다.

"그런데 무기들이 녹아버린 것 같아……."

맷이 다른 진열대를 가리키며 말했다.

"전부 다 그런 건 아니야."

경기용 활들이 진열대에 나란히 걸려 있었다.

토비아스가 말했다.

"어제부터 일어나고 있는 이 모든 일은, 정말이지 정상이 아니야. 세상이 바뀌었다고? 사실이야……. 사람들은 사라지거나 변조 인간으로 바뀌었지. 특히 차량이 사라지고 무기가 녹은 것은 이해가 되지 않아."

맷이 나름대로 추측했다.

"지구가 환경오염과 전쟁을 일으킨 인간을 혼내준 거야."

토비아스는 아주 진지한 얼굴로 그를 바라보았다.

"정말 그렇게 생각해?"

맷이 어깨를 으쓱했다.

“글쎄, 모르지. 아무튼 꾸물거릴 시간 없어.”

토비아스는 고개를 끄덕이고 활을 살펴보았다. 그는 중간 크기의 활을 선택하고 덮개가 달린 화살집에 최대한 많은 화살을 집어넣었다. 마지막으로 사냥용 큰 칼을 챙겨 한 사람은 허리띠에, 다른 사람은 넓적다리 호주머니에 걸었다.

5분 후 그들은 가게를 나와 링컨 터널을 향해 걸었다.

어디선가 가볍게 찰랑거리는 소리가 들려 맷은 발길을 재촉했다.

터널 입구가 나타났다. 맷은 우뚝 멈춰 섰다.

뉴욕을 탈출하는 것은 간단한 일이 아니었다.

9
링컨 터널

터널은 물에 잠겨 있었다.

도로는 캄캄한 터널 쪽으로 뻗어 있었고, 터널을 3분의 1쯤 채운 검은 물이 찰랑거렸다.

실의에 빠진 두 소년은 잠시 통행할 수 없게 된 터널 입구를 바라보았다.

이윽고 토비아스가 입을 열었다.

"배를 타고 가면 돼. 수면 위쪽에 최소 3미터의 공간만 있어도 가능해."

맷은 처음으로 낙관적인 모습을 보여준 친구의 얼굴을 물끄러미 바라보았다.

"배는 어디서 찾지?"

"방금 털고 나온 스포츠용품 가게에 있어!"

맷은 고개를 끄덕이고 덧붙였다.

"오랫동안 노를 저어야 할 거야, 지하의 어둠 속에서! 각오는 되어 있겠지?"

토비아스는 잠시 숙고한 후 대답했다.

"시내에서 하룻밤을 더 지내느니 차라리 노를 젓겠어."

"좋아. 그럼 그렇게 하자."

그들은 발길을 돌렸다. 맷은 어느 돌 현관 앞에서 멈췄다. 계단 끝에 유리문이 보였다. 손전등 불빛에 보석과 감색 옷가지가 희미하게 반짝거렸다. 옷은 경찰복이었고, 반짝이는 것은 경찰 배지였다. 맷은 무릎을 꿇었다. 어젯밤 이곳에 한 경찰이 서 있었는데, 이제는 옷 더미밖에 남지 않았다. 허리에 찼던 무기는 녹았지만 외투는 방탄조끼로 인해 불룩했다. 맷은 방탄조끼를 꺼내 스웨터 안에 입었다.

맷은 흥분했다.

"이건 케블라(합성섬유의 일종으로 매우 강한 재질이며, 타이어 코드나 방탄복 재료로 쓰임—옮긴이)야. 갑옷보다 좋아!"

맷은 옷가지에서 눈을 떼지 못하는 토비아스의 풀린 눈동자를 바라보았다. 그는 친구의 어깨에 손을 얹고 충고했다.

"죽은 사람에 대한 생각은 떨쳐버려. 힘든 건 알지만 어쩔 수 없잖아. 그렇지 않으면 암울한 생각에서 벗어날 수 없어."

토비아스는 길게 한숨 을 내쉬었다. 다시 걷기 시작한 그들은 스포츠용품 가게에서 자동으로 팽창하는 보트 한 척과 짧고 넓적한 노 세 개—맷은 만약의 사태에 대비해 노를 하나 더 챙기자고 고집을 부렸다—를 챙겼다.

터널 앞으로 돌아온 그들은 보트를 묶은 가죽띠를 풀었다. 토비아스는 설명서를 읽은 다음 고무줄을 잡아당겨 공기 주입구의 연결핀을 제거했다. 보트는 저절로 부풀어 오르면서 15초 만에 완전히 펼쳐졌다.

토비아스가 감탄했다.

"비행기용 구명보트 같아."

그들은 배낭을 싣고 보트에 올라타, 뒤도 돌아보지 않고 노를 저어 터널 안으로 들어갔다. 맷은 가슴이 아팠다. '사랑하는 맨해튼과 집,

그리고 부모님과 작별하는 거잖아. 부모님은 어떻게 되었을까? 언젠가는 진상을 알 수 있을까? 부모님은 무사히 빠져나갔을까? 다시 만날 수 있을까?' 지금 토비아스와 그는 악몽을 꾸는 것처럼 살고 있었다. 친구에게 아무리 충고해도 소용없는 일이었다. 절망과 두려움은 그들 주위를 맴돌며, 조금이라도 틈이 보이면 파고들 태세였다.

토비아스는 자리에서 일어나 회색 스카치테이프로 손전등을 뱃머리에 고정시켰다.

맷이 솔직히 털어놓았다.

"스카치테이프는 챙기지 못하게 하려 했는데."

토비아스가 손전등의 스위치를 켜자 불빛이 길을 보여주었다. 그는 제자리로 돌아와 노를 잡았다.

그들은 수심이 250센티쯤 된다고 추측했다. 궁륭형 천장에서 물방울이 줄줄 흘러내려 두 소년은 몹시 걱정이 되었다.

30분 후, 그들은 허드슨 강 밑에 있었다. 물방울이 점점 더 많이 떨어졌다. 터널이 무너질까? 그들은 의논할 여유도 없이 더욱 세게 노를 저었다. 팔에 마비가 오고 어깨가 아팠다.

갑자기 수면에서 작은 거품이 올라왔다. 맷은 신경 쓰지 않았다. 잠시 후 피자 한 판 크기의 거품이 올라왔다. 이번에는 거품을 무시할 수 없어 토비아스에게 조용히 물었다.

"봤어?"

"응. 뭔가가 우리를 따라오는 것 같아."

"보트 밑에 있어."

"더는 이 속도로 노를 저을 수 없어. 온몸이 아파."

불행은 언제나 연달아 닥치는 법이다. 손전등 빛이 희미해졌다. 토비아스가 노를 놓고 손전등을 두드렸지만, 손전등은 몇 차례 깜박거리더니 완전히 꺼지고 말았다. 그는 스카치테이프를 떼고 손전등을 흔들었다. 여러 차례 스위치를 눌러봤지만 불은 들어오지 않았다.

토비아스는 웃지 않고 말했다. 그의 목소리에는 두려움이 스며 있었다.

"맷, 큰일 났어."

맷은 자신의 손전등을 꺼내 스위치를 눌렀다. 하지만 역시 불은 켜지지 않았다. 이제 무수한 거품이 꾸르륵 소리를 내며 수면으로 올라오고 있었다. 맷은 배낭을 더듬어 야광봉 하나를 찾아서 두드렸다. 파란 불빛이 보트를 비추었다. 보트는 축축한 내벽 쪽으로 표류하고 있었다.

토비아스는 불빛을 보면서 안도의 한숨을 내쉬었다.

"우리가 곧 고약한 두더지로 변하는 줄 알았어."

맷은 상체를 숙이고 보트를 에워싼 것처럼 보이는 거품의 분출을 살폈다.

"뭔가가 우리 주위를 배회하고 있어."

갑자기 그가 보트 밑을 들어 올리더니 순식간에 사라졌다. 배낭이 쓰러졌다. 두 소년은 노에 매달렸다. 그들은 창백한 빛 속에서 서로를 바라보았다. 그러고는 입을 다물고, 다시 전속력으로 노를 젓기 시작했다. 그들의 어깨와 팔은 빨갛게 달아올랐는데 터널은 한없이 길어 보였다. 물이 사방에서 찰랑거렸기 때문에 보트와 정체불명의 존재가 일으키는 소용돌이가 구분되지 않았다. 맷은 놈이 거대한 뱀장어라고 추측했다. 이유는 알 수 없지만 그렇게 느껴졌다. 먹이 주위를 맴도는 굶주린 포식자처럼 그들 주위를 돌고 있는 수 미터 길이의 뱀장어.

이윽고 암흑에서 약간의 변화가 일어났다. 멀리 앞쪽에서 희끄무레한 빛이 보인 것이다.

토비아스가 헐떡거리며 소리쳤다.

"출구야!"

그들은 땀을 흘리고 있었다. 숨이 가쁘고 근육에서 열이 났다.

거대한 뱀장어는 더욱 거칠게 공격했다. 보트가 밀려나면서 벽에 부딪쳤다. 토비아스는 뒤로 벌렁 나자빠졌지만 다행히 보트 안쪽으로 넘어졌다.

맷이 노를 주워 건네면서 외쳤다.

"빨리! 놈이 본격적으로 공격하기 시작했어!"

그들은 얼굴을 찡그리고 전력을 다해 노를 저었다. 조금씩 출구가 가까워졌다. 보트 주위에서 물이 거품을 일으키며 부글거리더니, 뱀장어가 두 차례 보트 밑바닥을 들어 올렸다. 맷은 뱀장어가 보트를 물어뜯을까 봐 걱정했다. 놈이 날카로운 이빨로 다리를 물고, 검은 물속에서 그들을 삼킬 것만 같았다.

마침내 터널 끝이 뚜렷이 나타났다. 작은 파도가 완만하게 경사진 도로에 부딪쳤다.

아직 20미터쯤 남아 있었다.

갑자기 보트가 흔들려, 맷은 바깥으로 떨어질 뻔했다. 뱀장어는 그들 밑을 지나가면서 보트를 후려쳤다. 보트가 공중에 떴고 두 소년은 노를 움켜쥐었다. 보트는 뒤집히기 직전이었다. 그들은 잠시 그렇게 절박한 상태로 있었다. 맷은 노를 놓고 반대편으로 몸을 굴려 보트의 균형을 잡았다. 보트가 다시 내려앉으면서 물이 넘실거렸다. 맷은 균형을 잡기 위해 두 팔을 벌렸다. 10센티 앞에서 음산한 소용돌이가 일어났다. 그는 손가락에 미끈미끈한 물체가 스쳐 지나가는 것을 느끼고 몸을 부르르 떨었다. 뱀장어도 놀랐는지 전율했다. 놈이 머리를 돌렸다.

'나한테 아가리를 보여주려는 거야. 나를 물어뜯을 거야!'

차가운 몸통이 그의 손을 스치는 순간, 맷은 복부 근육을 수축시키고 뒤로 물러났다.

토비아스는 필사적으로 노를 저었다.

물은 기이하게도 다시 잔잔해졌다. 그들 주위에는 더 이상 거품도,

위협적인 소용돌이도 없었다. 뱀장어는 물러갔다.

그들은 아스팔트 기슭에 다다랐다. 토비아스는 안도의 한숨을 내쉬며 보트에서 뛰어내리는 손을 내밀어 친구가 내리도록 도와주었다. 둘은 빠른 속도로 떠내려가는 배낭을 회수했다.

야광봉 불빛을 이용해 그들은 2차선 도로로 올라갔다. 그들이 터널에 있는 동안 새벽이 깨어났다. 하지만 태양은 볼 수 없었다. 만물을 뒤덮은 짙은 안개뿐이었다. 환경은 완전히 바뀌었다. 맷은 링컨 터널, 육중한 입체교차로, 거대한 광고탑, 그리고 몇몇 건물을 알고 있었다. 분명 이 주위에는 초목이 없었다. 그런데도 무성한 잎사귀가 바람에 살랑거리는 소리가 들려왔다.

그들이 터널에서 벗어나자마자 신발 바닥에서 도로를 덮고 있는 풀잎과 풀뿌리가 으깨지는 소리가 났다. 열 걸음을 더 내딛자, 칡넝쿨과 송악으로 뒤덮인 아스팔트가 나왔다.

맷이 침통한 목소리로 말했다.

"이곳에도 무슨 일이 일어났어. 맨해튼과는 다른 일이. 모든 게 달라져서, 더는 알아볼 수가 없어."

10
남쪽으로

시야는 2미터를 넘지 못했다. 야광봉은 짙은 안개 속에서 별 도움이 되지 않았다. 주위는 온통 나무, 칡, 고사리, 송악 따위—마치 20년 전부터 자란 것처럼 무성했다—에 감싸여 있었다.

맷은 토비아스에게 부탁했다.

"나 좀 꼬집어줘. 이틀 밤 만에 세상이 온통 초목으로 뒤덮인 것 같아."

토비아스는 주위를 살펴보기 위해 가드레일 위쪽으로 상체를 숙이며 말했다.

"이제 눈雪도 보이지 않아!"

"갈수록 태산이군. 네 손전등은 켜지니?"

토비아스는 손전등의 스위치를 눌러보았지만 불은 켜지지 않았다. 그는 몇 차례 더 시도한 후 투덜댔다.

"안 돼. 이젠 어쩌지? 다른 사람들을 만날 수 있길 바랐는데……."

"계획대로 하면 돼. 남쪽으로 가자."

토비아스는 주위를 에워싼 안개를 가리키며 반대했다.

"이런 안개 속에서?"

"그래. 나는 여기 남고 싶지 않아. 에샤시에들이 우리를 노리고 있잖아. 놈들은 남쪽의 뭔가를 두려워해. 그게 뭔지 알고 싶어."

"괴물들이 말하는 남쪽이 플로리다일까? 수천 킬로를 걸어갈 수 있어?"

맷은 견갑골 사이에 고정된 검, 배낭, 침낭을 고쳐 메며 대답했다.

"할 수 있어. 아무튼 나는 남쪽으로 갈 거야."

토비아스는 묵직한 배낭을 둘러메면서 투덜거리더니 서둘러 친구를 따라잡으며 물었다.

"전자 제품이 하나도 작동하지 않는다는 사실 알아? 시계도, 손전등도, 아무것도 없어. 밤이 되면 옴짝달싹 못하게 될 거야."

"야광봉이 대여섯 개 있어. 그리고 너는 스카우트잖아? 불을 피울 줄 알지! 밥도 짓고, 몸을 따뜻하게 할 수 있을 거야."

"그래도 무서워. 뉴욕에서 일어난 일을 생각해봐. 여길 보면 무슨 일이 우리를 기다리고 있을지 상상조차 할 수 없어!"

"토비아스?"

"왜?"

"상상은 줄이고 더 빨리 걸어."

토비아스는 샐쭉해졌다. 그는 입을 다물고 발길을 재촉했다.

그들은 초록빛 야광봉을 이용해 짙은 안개 속을 걸었다. 한 시간을 걷자 어느 도시의 입구가 나타났다. 거리는 텅 비어 있었고, 지평선에는 그림자 하나 보이지 않았으며, 아무런 소리도 들리지 않았다. 가게들이 나타났다. 미용실, 술집, 애완견 미용실, 우체국……. 토비아스는 성당 앞을 지나며 제안했다.

"기도하고 싶을 때는 촛불을 켜야 해."

"뭘 믿는데?"

"칫! 알면서 왜 물어? 하느님이지."

"네가 하느님을 믿는다고?"

"우리 부모님은 하느님을 믿으셔."

"놀라운 일이군. 어제 맨해튼이 어떻게 됐는지 봤지? 그런데도 하느님이 정말로 존재한다고 생각해?"

"재난을 일으키는 건 하느님이 아니라 우리 인간일 거야. 하느님은 우리 일에 개입하지 않고 구경만 하신다고."

"그렇다면 하느님께 도움을 요청할 필요 없겠네. 하느님은 분명 우리만큼 당황하셨을 거야."

맷은 예고 없이 발길을 돌려 곧장 성당 쪽으로 돌진했다.

토비아스는 친구의 행동을 이해하지 못해 놀라며 물었다.

"기도는 쓸데없다며?"

맷은 성당 안으로 들어갔다. 이곳 역시 아무도 없었다. 그는 커다란 양초 상자를 집어 배낭 속에 넣고, 성당에서 나오기 전 솔직하게 말했다.

"적어도 네가 원할 때 촛불을 켤 수 있잖아. 또 발길을 밝혀줄 테고."

중심가에는 어떤 생명의 흔적도 없었다. 그들은 갈증을 풀고 쉬기 위해 시청 앞 계단에서 멈췄다.

토비아스가 말했다.

"새소리조차 들리지 않아. 낮인데도 말이야!"

맷은 일어나면서 고개를 끄덕였다.

"맞아. 새소리도 날갯소리도 들리지 않았어."

맷은 이 숨 막히는 정적에 대해 곰곰이 생각했다. 에샤시에들은 아주 교활했다. 아니면 뭔가 다른 이유가 있는 걸까? 맷은 기분이 좋지 않았다. 안개는 그를 불안하게 했다. 안개가 시야를 가려 그들은 몇 미터 앞의 길도 선택할 수 없었다. 끝없는 안개 속에서 반짝이는 야광봉 때문에 괴물의 공격을 받기 쉬울 것 같았다. 사방을 아무리 세심히 살펴도 주위를 에워싼 초목이 어디에서 끝나는지조차 알 수 없었다.

갑자기 토비아스가 친구의 팔을 거칠게 붙잡았다.

맷이 고통스러워하며 물었다.

"아야! 왜 그래?"

토비아스는 입을 벌린 채 바로 앞쪽 길을 가리켰다.

고양이 키에 자동차 길이만 한 검은 지네 한 마리가 안개 속에서 나와 기어가고 있었다. 수많은 다리가 파도처럼 일렁이고, 가느다란 더듬이가 앞을 더듬었다.

맷은 검 손잡이를 쥐기 위해 한 손을 등 쪽으로 뻗었다. 거대한 곤충은 그들을 보지 못했는지 소리 없이 지나가더니, 돌연 나타났던 것처럼 순식간에 자취를 감췄다.

기진맥진한 토비아스가 속삭였다.

"포기하고 싶어."

맷은 무기를 놓고 일어나며 부드럽게 대답했다.

"포기하면 안 돼. 견뎌야 해. 자, 꾸물대지 말자."

토비아스가 외쳤다.

"어디로 갈 거야?"

맷은 친구가 공황 상태 초기라고 느꼈다.

"남쪽으로. 우리를 도와줄 뭔가를 발견할 수 있을 거야."

"그걸 어떻게 알아?"

맷은 어깨를 으쓱했다.

"내가 말했잖아. 에샤시에들이 우리가 남쪽으로 떠나는 것을 두려워하는 데는 그럴 만한 이유가 있을 거라고. 남쪽으로 가야 해. 그래야 한다는 느낌이 와."

"너의 빌어먹을 직감이다 이거지?"

맷은 친구의 충혈된 눈을 바라보았다.

"그래. 우리는 남쪽으로 내려가야 해. 확신할 수 있어. 캐츠킬 산맥에서 길을 잃었을 때, 내가 피난처를 찾아냈던 일을 떠올려봐. 또 리치먼드 타운 옆에 있는 공원에서 놀 때, 내가 시내에 가면 안 된다는 느낌을 받고 경고했었지. 그런데 깡패 세 명이 우리를 공격했잖아! 내가 뭔가를 느낄 때마다 그 직감은 맞아떨어졌어. 나를 믿어. 우리는 남쪽으로 가야 해."

토비아스는 힘겹게 일어났다. 그리고 배낭과 활을 고쳐 메면서 중얼거렸다.

"네 직감이 맞으면 좋겠어."

그들은 다시 길을 나섰고, 주요 도로를 따라 변두리까지 올라갔다. 토비아스는 길을 벗어나 어느 작은 목조 가옥 현관에서 우유병을 주웠다. 그는 너무도 기쁜 나머지 잠시 무거운 안개를 잊어버렸다.

"유리병은 거의 못 봤는데! 아침에 우유를 배달하는 사람은 이제 찾아볼 수 없겠지."

맷은 시무룩한 모습으로 빈정댔다.

"네가 도시민이니까 그렇지."

집 앞에 배달된 우유는 모든 시민, 어쩌면 모든 국민의 실종을 떠올리게 했다.

한 시간을 걷자 길은 동쪽으로 뻗어나갔다. 썩 내키진 않았지만 그렇다고 이 길을 벗어날 용기도 없었다. 갓길에 무성하게 자란 풀 이외에 특별한 점은 없었다. 나무는 한 그루도 보이지 않았다. 칡, 송악, 고사리만이 끝없이 펼쳐져 있었다. 그들은 풀이 거의 나지 않은 철길을 발견했다. 철길은 남쪽으로 뻗어 있었지만 맷은 철길로 들어서지 않았다. 도로는 안심되는 면이 있었다. 문명의 상징인 도시와 도시를 연결해주지 않는가. 그는 더 안전하고 숨을 곳이 많은 도시를 통해 남쪽으로 내려가고 싶었다.

1킬로를 더 가자 근처에 도시가 있다는 안내판이 보였다. 앞쪽 안개 속에서 거친 숨결과 으르렁거리는 소리가 들려 그들은 발길을 늦췄다. 손전등 역할을 하던 야광봉 빛이 약해지기 시작했다. 맷은 야광봉을 길가 들판에 던졌다.

100미터 전방에서 누군가가 기이한 목소리로 외쳤다. 곧 가까이 있는 다른 누군가가 대답했고, 이어 멀리 있는 다른 사람들이 대답했다. 그들은 아홉 명이었다. 무거운 발걸음이 땅을 울리기 시작했다.

토비아스가 물었다.

"네 생각도 나랑 같아?"

"변조 인간 말이야?"

"그래. 변조 인간처럼 불쾌한 소리를 내잖아. 놈들을 피해 고사리밭으로 돌아가자."

맷이 뾰로통해졌다. 그는 이상한 고사리밭에 들어가고 싶지 않았다.

토비아스가 속삭였다.

"다른 좋은 생각 있어? 빨리 결정해야 해. 놈들이 다가오잖아!"

"철길로 가자."

"뭐라고? 이미 지나왔잖아?"

"철길은 남쪽으로 뻗어 있어. 이 길은 어디로 나 있는지 알 수 없고, 변조 인간들도 우글거리잖아."

"들판보다는 도시가 더 안전할 거야."

"나도 그렇게 생각했어. 그렇지만 변조 인간은 사라지지 않은 어른들 같아. 그러니 들판보다는 도시와 마을에 더 많을 거야."

발소리가 점점 더 가까워졌다.

토비아스는 그들이 방금 지나왔던 쪽으로 고개를 돌렸다. 긴박한 상황 앞에서 그는 두 손을 들었다.

"좋아. 발길을 돌리자. 서둘러."

두 소년은 달리기 시작했다. 맷은 300미터쯤 달린 후 야광봉을 켰다. 초록빛 야광봉이 주위를 밝혀주었다. 다시 철길을 발견한 그들은 레일 사이로 들어갔다. 막연한 두려움이 엄습했다.

토비아스는 한참 동안 침묵을 지킨 후 물었다.

"이 철길이 남쪽으로 뻗어 있다고 확신해?"

맷은 외투 호주머니에서 작은 물체를 꺼냈다. 나침반이었다.

"스포츠용품 가게에서 훔쳤어."

"전자 제품이 작동하지 않더라도 자기磁氣는 언제나 통하지!"

맷은 침울하게 인정했다.

"그렇기를 바랄 뿐이야."

두 소년은 침목을 하나씩 밟으며 걸었다. 칡넝쿨이 레일을 휘감고 있었다. 이내 그들은 완벽하게 보조를 맞춘 규칙적인 발소리에 정신을 빼앗겼다. 스트레스는 사라졌지만 피로와 허기는 심해졌다. 그들이 레일에 앉아 쉬기 시작한 무렵은 아직 정오가 되기 전이었다. 그들은 말없이 고열량 식품을 먹으며 우유병을 비웠다. 여전히 짙은 안개 사이로 황혼빛처럼 희끄무레한 햇살이 비쳤다.

몇 그루의 나무가 이따금씩 육중한 그림자를 드리웠다. 맷은 잠시 회의가 들었다.

'혹시 아무것도 아닌 일을 위해 걷고 있는 건 아닐까? 끝없는 목적지를 향해? 만일 남쪽에서 아무것도 발견하지 못한다면?'

그는 곧 눈꺼풀을 깜박이면서 이런 불길한 생각들을 쫓아버렸다. 남쪽에서 '무엇인가'가 에샤시에들을 방해하고 있다고 하지 않았는가. 에샤시에들은 분명히 주인으로 받드는 '그분'을 찾고 있었고, 맷은 최대한 신속하게 뉴욕에서 도망쳐야 한다고 확신하지 않았는가.

두 소년은 지체하지 않고 다시 길을 나섰다. 수면 부족, 불안, 소화가 '수면제 칵테일'을 만들어 그들은 비틀거리며 걸었다. 더 이상 졸음을 견딜 수 없다고 판단한 맷은 손을 들어 휴식을 제안했다. 그들은 침낭을 꺼냈다. 맷은 레일 사이 침목 위에 침낭을 펼쳤다.

토비아스가 놀라며 물었다.

"여기서 잘 거야?"

"응. 뭐가 두려워? 어쨌든 기차는 다니지 않잖아."

"나는 못하겠어. 차라리 풀밭이 나아."

긴장과 불편에도 불구하고 그들은 곧바로 잠에 빠졌다.

꿈을 꾸지 않는 잠. 차가운 잠자리.

두 소년이 자고 있는 동안 그림자 하나가 안개와 태양 사이에서 그들 위를 지나갔다. 조용한 그림자는 마치 뭔가를 느낀 듯 그들 바로 위에서 1분 동안 맴돌았지만, 두 소년은 짙은 안개에 가려 보이지 않았다. 결국 그림자는 다시 날아올라 멀리 지평선 너머로 사라졌다.

11

구름 속 계단

잠에서 깨어난 토비아스는 아무것도 볼 수 없어 당황했다. 야광봉이 꺼져 있었다. 그들은 예상보다 훨씬 오래 잔 것이다. 밤이 되었고, 안개는 여전히 짙었다.

토비아스는 1미터쯤 떨어진 곳에서 자고 있는 맷을 깨우다가 누군가가 발을 붙잡고 있음을 느끼고 공포에 질려 소스라치게 놀랐다.

칡넝쿨이 몇 시간 만에 자라 그의 두 다리를 휘감고 있었다. 토비아스는 거칠게 칡넝쿨을 잡아떼고 친구를 흔들었다.

"맷, 밤이야."

맷은 눈을 뜨고 몸을 일으켰다.

토비아스가 말했다.

"몇 시인지는 모르지만 캄캄한 밤이야. 야광봉은 꺼졌어. 다른 야광봉을 켜야 해."

맷은 정신을 차리기 위해 머리를 흔들었다. 그는 배낭을 열고 야광봉을 셌다. 여섯 개가 남아 있었다.

토비아스가 덧붙였다.

"나한테도 그 정도가 있어. 일주일은 버틸 수 있을 거야. 이제 어떻게 하지? 다시 길을 나설까?"

맷은 잠시 숙고한 후 고개를 끄덕였다.

"시간을 잃지 말자. 일단 깨어났으니 가야지. 하지만 출발하기 전에 배불리 먹고 싶어."

토비아스는 건조식품을 꺼냈다. 그들은 침목 위에 작은 가스버너를 설치했다. 춤추는 가스 불이 그들의 얼굴을 푸른 불빛으로 물들였다. 이윽고 냄비는 부드러운 증기를 뿜어댔고, 닭고기 수프가 끓기 시작했다. 맷은 수프가 준비되자마자 가스를 껐다. 불빛이 크지는 않았지만 멀리서도 볼 수 있기 때문에 공격당할 위험이 있었다.

그들은 허겁지겁 식사를 하고 식기를 닦았다.

토비아스가 말했다.

"물이 부족할 거야. 내일은 도시에 들러야 해."

"도시가 나올 거야. 자, 가자."

그들은 야광봉을 켜고 다시 걷기 시작했다. 가끔 덤불에서 부스럭거리는 소리가 들렸지만 어떤 형체도 분간할 수 없었다.

맷은 앞장서서 레일 사이를 걸었다. 세 시간 정도 걸은 후—그들에게는 정확한 시간을 알 수 있는 수단이 없었다—갈증을 풀고 다리를 주무르기 위해 멈췄다. 얼마나 더 걸어야 할까?

한참 후 맷은 광도의 변화를 감지했다. 곧 새벽이 올 것이다. 그들은 기계적으로 발을 떼며 걸었다. 맷은 주위의 소음에 주의하지 않았다. 배낭의 가죽띠에 짓눌린 어깨가 몹시 아팠다.

불현듯 맷은 주위에 낮은 담장이 늘어서 있고, 그들이 경사지에 있다는 사실을 깨달았다. 그는 토비아스에게 돌아섰다.

"어딘가에 다가가고 있는 것 같아."

규칙적으로 걷던 토비아스는 마치 자다가 깨어난 것처럼 눈을 크게 떴다.

"그래? 나는 피곤해지기 시작했어."

"조금만 더 걷자. 쉴 만한 마른땅을 찾을 수 있을 거야."

낮은 담장이 뚜렷이 나타났다. 맷은 담장으로 다가가 내려다보았지만 안개뿐이었다. 초목도, 건물도 보이지 않았고, 아래쪽에서 바람이 윙윙거렸다.

맷은 자갈을 주워 허공에 던졌다. 자갈은 안개 속에서 사라졌다. 부딪치는 소리는 들리지 않았다.

맷이 소리쳤다.

"와! 우리는 다리 위에 있는 것 같아!"

토비아스는 바로 두 난간 사이의 거리를 확인했다. 매우 협소했다. 만일 불쑥 기차가 나타난다면 비켜설 공간이 없었다.

'기차가 다닐 리 없지.'

그는 기차가 없다는 사실에 울어야 할지 웃어야 할지 몰랐다. 그는 맷의 소매를 잡아당기며 발길을 재촉했다.

"자, 빨리 가자. 꾸물대지 말고."

토비아스는 빨리 이 다리를 건너고 싶었다. 50미터쯤 지났지만 철길은 여전히 땅과 단단히 붙어 있지 않은 듯했다. 바람은 발밑에서 더욱 세게 불었다. 하지만 그들이 있는 곳에서는 산들바람조차 느껴지지 않았다.

토비아스가 털어놓았다.

"정말 이상한 곳이야. 무서워죽겠어."

갑자기 그들 머리 위쪽에서 천 조각이 바람에 날리듯 펄럭이는 소리가 울렸다. 맷은 한 걸음 옆으로 피하다가 자갈밭에서 비틀거렸고, 토비아스는 얼굴을 가리면서 웅크렸다. 펄럭이는 소리는 더 높은 곳에서 다시 울리더니 조금씩 사라졌다.

토비아스가 속삭였다.

"엄청 큰 새야."

맷은 다시 일어났다. 심장이 요란하게 뛰었다.

“놈이 우리를 스쳤어. 내 목덜미를 스치고 지나갔어.”

그들은 입을 다물고 다시 길을 나서 짙은 안개를 탐색하며 발길을 재촉했다. 그들은 거대한 새가 다시 공격한다면 놈을 볼 수 있는 건 최후의 순간뿐이리라는 사실을 알고 있었다. 다행히 파닥거리는 소리는 더 이상 들리지 않았다.

그런데 그들 뒤쪽의 다리 입구에서 두 개의 하얀 불빛이 나타났다. 두 개의 강렬한 헤드라이트는 상당히 빠른 속도로 다가오고 있었다.

토비아스가 외쳤다.

“제기랄! 맷, 봤어? 기차가 달려오고 있어!”

맷은 고개를 저었다. 그의 얼굴이 창백해졌다.

“기차가 아니야. 에샤시에야. 놈이 우리를 발견했나 봐.”

그들 뒤에서 고래 울음소리 비슷한 것이 울려, 맷은 그것이 에샤시에라고 확신했다. 괴물의 날카로운 소리가 솜털 같은 안개를 갈라놓았다.

맷이 울부짖었다.

“달려! 빨리 달려!”

그는 머리를 숙이고 친구를 잡아끌었다.

곧바로 뒤에서 자갈이 구르는 소리가 들렸다. 에샤시에가 두 소년을 향해 돌진하고 있었다.

이 괴물을 따돌릴 수 있을까? 맷은 회의적이었다. 나중에 있을지 모를 대결을 위해 힘을 아껴야 할까? 아니면 지금 당장 놈에게 맞서 검을 휘둘러야 할까? 그의 두 다리는 마치 두 번째 가능성을 거부라도 하듯 힘차게 내달렸다. 괴물의 다리가 기계처럼 일정한 리듬으로 자갈밭에 박히는 소리가 들렸다. 긴 다리 덕분에 괴물은 달리기에서 유리했다. 두 소년은 곧 붙잡힐 것이다. 맷은 이미 숨이 찼고, 무거운 짐 탓에 매우 불리했다. 괴물의 손아귀에서 벗어나려면 배낭과 검을 버려야만 했다.

기하학적 형체가 그들 앞에 불쑥 나타났다. 안개 사이로 난간, 지붕, 플랫폼이 보였다. 역이 다리 위에 세워져 있었다. 토비아스와 맷은 가쁜 숨으로 역에 도달했다. 그들은 황량하고 지저분한 플랫폼을 기어올랐다. 벽은 녹이 흘러내려 더러웠고, 굽기 전에 칼질한 빵처럼 여기저기 커다란 균열이 있었다. 네온 형광등은 진흙투성이에다 구석마다 거미집이 쳐져 있었다.

두 소년이 플랫폼을 향해 달리는 동안 에샤시에는 이미 콘크리트 디딤판에 서 있었다. 계단에 출구가 뚫려 있었다. 맷은 난간을 붙잡고 출입구로 뛰어들었다. 토비아스도 그를 뒤따랐다. 출입구는 역 지하로 이어졌다. 갈림길이 나타났다. 한쪽은 다리 밑으로 곧장 뻗어 있었고, 다른 쪽은 좁고 가파른 내리막 계단이었다. 맷은 두 번째 길을 선택했다. 그는 계단을 뛰어내리다시피 했다. 토비아스는 그의 뒤를 바짝 쫓았다.

갑자기 층계참이 나왔다. 거기서부터 계단은 거대한 Z자 모양으로 연결되어 있었다. 강철 밧줄과 철근 장선으로 만든 구조물은 에펠탑을 연상케 했다. 두 소년은 끊어질 정도로 숨이 차 잠시 멈췄다. 이제 에샤시에의 울음소리는 들리지 않았다. 맷은 위쪽을 쳐다보았다. 추격자는 계단 입구에서 꼼짝하지 않았다. 다리를 줄여도 너무 커서 계단에 들어설 수 없었던 것이다. 괴물은 머뭇거리다가 상체를 숙이고 계단 입구에 머리를 밀어 넣었지만 그도 여의치 않았다. 긴 손가락으로 내벽의 철망을 움켜쥔 놈은 결국 물러나 머리를 치켜들고 도움을 요청하기 위해 날카로운 소리를 내질렀다.

녹초가 된 토비아스는 상체를 숙이고 두 손으로 무릎을 짚고 있었다.

"천식이…… 재발한 것…… 같아!"

"천식이 있었어?"

"폐에서…… 가끔…… 쌕쌕거리는…… 소리가 나."

맷이 단호하게 말했다.

“그만해. 그래도 도망치는 게 나아, 놈이 우리를 쫓아오지 않을 때까지.”

다시 출발한 그들은 어디까지 내려가야 할지 자문하며 천천히 걸었다. 안개는 옅어지면서 점점 더 일렁거렸고, 머리채는 바람에 나부꼈다. 10미터쯤 더 내려가자 바람이 윙윙거리면서 얼굴을 후려쳤다. 갑자기 안개가 사라지고, 대신 소용돌이치는 구름이 조금씩 엷어지더니 아래쪽으로 숲 꼭대기가 살짝 보였다. 그들은 몇 미터 높이에서 내려온 걸까? 100미터? 맷은 커다란 소나무 사이에 놓인 마지막 계단을 밟기 전, 200미터쯤 될 것이라 추측했다. 두 소년은 이끼 위에 털썩 주저앉았다. 두 다리는 경직되었다.

숨을 돌리자마자, 그들은 그곳이 탁 트인 곳임을 깨달았다. 트럭 바퀴만 한 대형 버섯들이 하얀빛을 발산하고 있었다.

토비아스가 낄낄 웃으면서 말했다.

“와! 버섯이 가로등 같아! 둘러봐! 사방에 버섯이 있어! 야광봉을 절약할 수 있겠다!”

맷은 이미 주위를 돌아다니고 있었다. 오솔길이 숲을 가로지르며 뻗어 있었다. 그는 서둘러 토비아스에게 돌아와 외쳤다.

“길을 제대로 찾아왔어!”

“어떻게 알아?”

맷은 계단에서 이어지는 길과 오솔길이 만나는 지점에서 고사리 밭과 가시덤불 아래 숨겨진 낡은 창고까지 그를 밀었다. 나무줄기에 기대어놓은 커다란 판자가 버섯의 부드러운 빛을 받아 반짝이고 있었다. 토비아스는 자세히 관찰한 후 반짝이는 것이 판자가 아니라 페인트임을 깨달았다.

누군가가 판자에 페인트로 메시지를 써놓았다.

12
거대한 개

북쪽으로 가지 마세요. 어른들은 사라지고 괴물이 들끓습니다.
우리는 아홉 명입니다. 우리는 남쪽으로 갑니다.
풍뎅이를 따라가야 합니다.

토비아스는 약간의 희망을 되찾았다.

"네가 옳았어. 남쪽이 희망이고 미래야. 그런데 풍뎅이는 무슨 말이지?"

맷은 샐쭉해졌다.

"글쎄. 에샤시에들이 얼마 동안이나 움직이지 않을지 알 수 없어. 놈들이 내려올까 봐 걱정이야."

새벽이 지평선에서 조금씩 밝아오고 있었다. 하지만 빛을 발하는 버섯이 없으면 캄캄할 정도로 초목이 무성했다.

토비아스가 걸으면서 물었다.

"버섯의 일부를 잘라도 빛이 날까?"

"한번 해봐."

토비아스는 사냥용 칼을 꺼내 조심스럽게 버섯의 하얀 살을 잘랐다.

"됐어! 이제 촛불은 필요 없겠다!"

그는 '전리품'을 조심스럽게 호주머니 안에 넣었다. 버섯의 불빛은 약해지지 않았다. 그들이 수 킬로의 숲길을 걷는 동안 해가 떠올랐다. 해가 완전히 뜨자 버섯의 빛이 약해지더니 이윽고 완전히 사라졌다.

두 소년은 온종일 무성한 숲을 걸었다. 식사를 하고 저린 팔다리를 풀어주기 위해서만 휴식을 취했다. 오후가 끝날 무렵, 그들은 더 이상 걸을 수 없다고 판단하고 오솔길에서 벗어나 풀밭에 숨었다. 그루터기에 앉아 신발과 양말을 벗은 맷은 다섯 개의 커다란 물집을 발견했다.

토비아스가 물었다.

"터널을 통과한 이후로는 눈이 사라졌단 사실 알아?"

맷은 여섯 번째 물집을 발견하고는 인상을 찌푸리면서 대답했다.

"날씨가 훨씬 온화하고 조금도 춥지 않아."

토비아스는 상체를 숙여 친구의 발을 보며 불쾌한 표정을 지었다.

"나도 너와 똑같겠지! 물집을 보고 싶지 않아! 발이 끔직하게 아파."

토비아스는 가스버너를 꺼내 식사 준비를 했다. 그들은 조용히 저녁을 먹었다. 너무 지쳐 대화를 나눌 기력도 없었다. 졸음이 찾아오자 토비아스는 교대로 불침번을 서자고 제안했다.

"오래 버틸 수 없을 거야. 눈꺼풀이 저절로 내려앉잖아. 수면이 필요해. 불침번을 서는 게 큰 도움이 될 거라고는 생각하지 않지만."

토비아스는 결국 신발을 벗더니 발목을 주무르며 낮은 목소리로 물었다.

"이런 식으로 얼마나 걸을 수 있다고 생각해?"

맷은 그의 목소리에서 불안, 체념, 낙심을 간파했다. 그를 나무랄 수 있을까? 최악의 경우 그들에게 어떤 일이 일어날까? 그들은 무엇을 찾는지도 모른 채 오직 직감에 따라 걷고 있지 않은가.

맷은 두려움을 떨쳐버리려 애썼다.

'그래도 남쪽으로 가야 해. 에샤시에들은 내가 먼저 남쪽에 도착할까 봐 두려워했잖아. 남쪽에 가면 뭔가가 우리를 도와줄 거야.' 그는 '풍뎅이를 따라가야 합니다.'라고 쓰인 판자를 떠올렸다. '다른 생존자들도 그 사실을 알고 있어!'

마침내 맷이 솔직히 털어놓았다.

"모르겠어. 필요한 만큼 걷겠지. 차라리 생각하지 않는 게 나아. 확신이 없어서 불안한 거야. 걱정할 것 없어."

토비아스가 빈정댔다.

"꼭 선생님처럼 말하네!"

맷은 인상을 찌푸렸지만 토비아스가 옳다는 사실을 깨달았다. 그는 출발할 때부터 권위와 힘을 내세우며 대장처럼 행동했다. 하지만 그것은 착각에 지나지 않았다. 맷은 나약한 모습을 드러낸 토비아스를 억지로 이끈 이후부터 겁에 질린 모습을 보여줄 수 없었다.

'이 모든 건 허풍이야! 나도 무서워! 나도 어린애처럼 울고 싶다고!'

하지만 지금은 그럴 수 없었다. 강해져야 했다. 그리고 토비아스와 자신을 남쪽으로, 희망으로 이끌어야 했다.

그럼에도 불구하고 한 가지 의문이, 그의 결심을 흔들 만큼 그를 괴롭혔다.

'왜 하필이면 나일까? 왜 에샤시에들은 나를 잡으려는 거지? 왜 토비아스를 추적하지 않을까? 놈들이 말하는 '그분'은 누구일까?'

맷은 의혹을 쫓기 위해 이성적으로 생각했다. '의혹을 품는 것보다는 잠을 자는 게 나을 거야.' 그는 조만간 '그분'에 대해 말하는 것을 듣게 될 것이고, 에샤시에들이 자신을 잊지 않을 것이라는 느낌이 들었다.

'놈들이 다시 우리를 찾기 전에 먼저 남쪽에 도착해야 해.'

머릿속에서 여러 가지 생각이 뒤섞였고, 모든 것이 혼란스러웠다. 그는 현실에서 벗어나 자야만 했다. 두 소년은 잠자리가 고사리로 잘 가려지는지 확인한 다음 드러누웠다.

두 소년은 동시에 일상에 대한 꿈을 꿨다. 수업, 그들이 좋아하거나 싫어하는 선생님들, 가족 식사…….

맷은 눈을 떴다.

그는 집에도, 안정감을 주는 침대에도 있지 않았다.

여전히 밤이었다. 울창한 나무로 인해 더욱 캄캄한 밤. 그는 추위를 느꼈다. 습기가 침낭에 스며들었다. 등이 아프고 온몸이 쑤셨다. 이 모험은 역할 게임을 하면서 상상했던 것보다 훨씬 더 고통스러웠다.

주위에서 곤충들이 찌르륵거리며 울어댔다. 부엉이 두 마리가 알쏭달쏭한 '우우' 하는 소리를 섞어가며 대화를 나누었다. 아쉽게도 이곳에는 빛을 발하는 버섯이 없었다. 갑자기 어둠 속에서 날카로운 울음소리가 들렸다. 맷이 한 번도 들어본 적 없는 이 울음소리는 몇 초 동안 대기 속에서 울려 퍼졌다. 그것은 하이에나의 기분 나쁜 울음소리로 바뀌는 것 같았다. 퇴화한 거대한 하이에나.

토비아스가 벌떡 일어나 더듬거리며 물었다.

"무슨…… 무슨 소리지?"

"나도 그 울음소리를 듣고 깼어."

맷은 이미 검을 잡고 있었다.

아주 가까운 곳에서 나무 한 그루가 삐걱거리기 시작했다. 잠시 후 초목이 격렬하게 흔들렸다.

토비아스는 여전히 떨리는 묵직한 나뭇가지를 가리키면서 외쳤다.

"저기야! 제기랄! 분명히 엄청 큰 놈이야!"

그는 황급히 활을 쥐고 화살을 찾아 시위에 메긴 다음 일어나 주위를 탐색했다.

맷은 신음 소리를 내며 천천히 다가와 속삭였다.

"놈을 봤어! 저 위야……. 줄기가 둘로 갈라지는 지점에 웅크리고 있어."

눈을 든 토비아스의 몸이 굳어졌다. 사람만큼 크고 기이한 형체가 그들을 노리고 있었다. 맷이 다시 물었다.

"봤어?"

"응……. 무서워죽겠어."

맷도 공포에 질렸지만 태연한 척했다. 손과 발에 긴 발톱이 있었다. 갑자기 놈이 고개를 숙이더니 두 소년을 관찰하기 시작했다.

맷은 몸을 부르르 떨었다.

괴물의 머리통은 살 없이 하얀 피부로 뒤덮인 두개골을 닮았고, 돌출된 턱은 날카롭고 비정상적으로 긴 이빨 위로 입술을 걷어 올렸다. 송곳니로 가득한 거대한 입은 끊임없이 침을 흘렸다. 조심스러운 눈이 반짝거렸다.

물어뜯고 자르기 위해 태어난 혐오스러운 포식자.

맷은 곧 놈이 달려들리라는 사실을 깨달았다.

그는 무거운 검을 꺼내 두 손으로 손잡이를 잡았다. 그리고 눈도 깜박이지 않고 자신이 얼마 동안이나 버틸 수 있을지 생각했다. 그는 주저앉지 않고, 공포에 울부짖지 않고 싸울 것이다.

맷은 한 눈으로 화살의 뾰족한 끝을 보았다. 토비아스가 짐승에게 활을 겨누고 있었다. 활이 몹시 떨리는 것을 보며 맷은 친구가 표적을 맞힐 수 있을지 걱정했다.

갑자기 짐승이 머리를 돌리고 공기를 들이마셨다. 그러고는 잠시 망설이는가 싶더니 다시 두 소년에게 관심을 보였고, 오솔길 쪽으로 코를 킁킁거리고는 두 사람을 향해 성난 듯이 울부짖었다.

토비아스가 화살을 날리기 직전, 놈은 나무에서 나무로 펄쩍펄쩍 뛰어 어둠 속으로 사라졌다.

토비아스는 안도의 한숨을 내쉬고 침낭 위에 털썩 주저앉았다.

맷이 속삭였다.

"뭔가가 오솔길로 다가오고 있어. 그래서 도망친 거야."

맷의 말이 끝나기 무섭게 한 동물의 윤곽이 어두운 오솔길에서 드러났다. 두 소년은 황급히 고사리 은신처로 돌아갔다.

토비아스가 물었다.

"봤어?"

"자세히는 못 봤어. 털로 덮인 큰 동물이야. 표범이나 곰 같아."

동물의 무거운 발이 풀잎을 짓누르는 소리가 들렸다. 이윽고 놈은 속도를 늦추고 코를 킁킁거리며 냄새를 맡았다.

맷이 동물을 바라보지 않고 말했다.

"우리 냄새를 맡고 있어."

다시 공포에 사로잡힌 토비아스가 고개를 끄덕였다. 대체 어떤 괴물이 조금 전 두 소년을 노리던 포식자를 도망치게 했을까?

그때 동물이 무성한 잡초를 헤치고 두 소년 쪽으로 걸어왔다.

맷은 비록 공포로 인해 모든 기력을 잃었지만 일어나 검을 휘두를 준비를 했다. 토비아스 역시 절망적으로 시위를 당겼다.

거대한 개가 나타났다.

축 늘어진 입술, 부드러운 시선. 세인트버나드와 뉴펀들랜드의 잡종 같았다. 토비아스는 활시위가 축축한 손가락 관절에서 미끄러지는 것을 느꼈다.

"어쩌지?"

개는 두 소년의 태도를 보고 놀란 듯했다. 녀석은 반갑다는 듯 입을 벌리고 헉헉거리며 장미색 긴 혀를 내밀었다. 뚱뚱한 곰 인형을 닮은 개였다.

맷이 말했다.

"활을 치워. 녀석은 해롭지 않아."

두 소년이 공격 자세를 풀자 개는 다가와 맷에게 몸을 비벼댔다. 맷은 정성껏 쓰다듬어주면서 말했다.

"여기서 뭐 하니? 여기는 개가 있을 만한 곳이 아니야."

토비아스가 물었다.

"목줄 있어?"

"아니, 아무것도 없어."

"신기하네. 지금까지 내가 본 개들은 모두 들개가 됐는데."

개는 임시 야영지를 돌아다니며 그들이 잤던 곳과 배낭의 냄새를 맡았다.

토비아스가 용기를 내어 말했다.

"에샤시에들이 우리를 미행하기 위해 이 개를 보냈을 거야."

"아니야. 이 녀석은 전혀 공격적이지 않아. 성질이 좋은 놈이야."

"그렇다면 분명 주인이 있을 거야! 멀지 않은 곳에!"

"털이 많이 엉켜 있어. 오랫동안 빗질을 해주지 않은 것 같아. 토비, 긴장을 풀어. 이 개는…… 우리 친구야."

토비아스가 격분했다.

"친구라고? 거대한 놈이 한밤중에 불쑥 들이닥쳤는데, 바로 친구로 삼자고?"

"흥분하지 말고 이름을 지어주자."

"이름? 정말 이 개를 데리고 갈 거야?"

갑자기 개가 토비아스를 노려보았다. 깜짝 놀란 토비아스는 입을 벌린 채 가만히 있었다.

"방금 내가 한 말을 알아들은 걸까?"

"평상시라면 불가능한 일이라고 말하겠지만……."

토비아스는 개에게 손바닥을 들어 올렸다.

"너를 싫어하는 게 아니야, 단지……."

"플륌('깃털'을 뜻하는 프랑스어. '침대, 잠자리'라는 뜻도 있음—옮긴이)! 플륌이라고 부르자! 녀석에게 잘 어울려!"

맷은 웃음을 터뜨렸다. 그는 아주 오래전부터 포근한 잠자리에서 자지 못한 것만 같았다. 개는 갈색 눈동자로 그의 두 눈을 응시했다.

"마음에 드니?"

개는 긴 꼬리로 박자를 맞추었다. 다른 상황이었다면 맷은 그 점에 주의하지 않았을 것이다. 하지만 세상이 바뀌었다. 그들의 처지도 바뀌었다. 예전의 생활과는 전혀 달랐다. 예전의 생활. 이 두 단어는 그의 마음을 아프게 했다.

맷이 토비아스에게 말했다.

"플륌은 굶지 않은 것 같아. 혼자 먹이를 해결했겠지. 그러니 말썽을 피우지 않고 조용히 따라올 거야. 그리고……."

한 가지 생각이 문득 떠올랐다. 맷은 배낭을 들고 플륌에게 다가갔다.

"이 배낭을 등에 지고 갈 수 있겠니?"

토비아스가 빈정댔다.

"녀석이 네게 대답할 거라고 생각해?"

플륌은 다시 한 번 토비아스를 향해 돌아서서, 어처구니없다는 듯 그를 노려보았다. 맷이 등에 배낭을 올려놓았지만 개는 움직이지 않았다.

"물론이지. 도시에 도착하면 플륌에게 짐을 실을 수 있도록 장비를 마련할 거야."

토비아스는 눈썹을 추켜올렸다.

"이제 개와 한 팀이 되었군. 그것도 숙련된 개와 말이야!"

일단 잠이 깬 그들은 소지품을 챙기고 다시 길을 나서기로 결정했다. 맷이 야광봉을 켜려는 순간 토비아스가 호주머니에서 버섯 조각을 꺼냈다. 버섯은 작은 손전등 불빛만큼 반짝거리며 하얀빛을 발산했다. 토비아스는 지팡이로 사용할 수 있는 긴 막대기를 주워 반짝이는 버섯 조각을 꿰었다.

"내가 앞장설게."

개 문제는 일단락되었다. 플륌은 그들이 조금 전 보았던 짐승과는 비교할 수 없는, 털로 뒤덮인 든든한 동행자였다.

그들은 밤새도록 걸었다. 플륌은 그들 옆에서 깡충깡충 뛰었다. 토비아스는 개를 감시하지 않을 수 없었다. 맷과 달리 그는 개가 별로 탐탁지 않았다. 이것은 함정일 것이다. 최근에 일어난 모든 일이 기이하지 않은가. 이런 곳에 개가 있다니 이상하지 않은가. 녀석은 왜 우리를 따라다닐까? 우리가 녀석이 만난 존재들 중 가장 호의적이기 때문일까? 우리가 녀석의 옛 주인들을 닮은 인류 최후의 생존자라고 느꼈기 때문일까?

하지만 몇 시간 후, 평온한 개의 모습에 경계심이 사라졌다. 토비아스는 결국 체념하고 말았다. 아무튼 플륌은 이 이상한 숲에서 호의적인 사람들을 만나 만족했는지, 몹시 신이 난 모습으로 두 소년과 동행했다. 플륌은 지능도 탁월했다. 예전과 같은 것은 하나도 없었다. 현실을 받아들여야 했다.

플륌은 가끔 멈춰 서서 어두운 숲을 노려봄으로써 두 소년에게 경각심을 불러일으켰다. 누구도 그들의 여행을 방해하지 않았다. 오전이 끝날 무렵, 토비아스는 휴식 시간에 민들레밭에서 오줌을 싸는 플륌을 가리키며 말했다.

"녀석은 암놈일 거야."

맷은 수놈이든 암놈이든 상관없다는 손짓을 했다. 그에게 중요한 것은 개와 함께 있다는 사실뿐이었다.

그들은 온종일 걸은 후 식사를 위해 두 시간 동안 쉬었다. 놀랍게도 그들은 해가 질 때까지 힘차게 걸을 수 있었다. 마침내 숲이 듬성듬성해졌다. 완전히 지쳐 곯아떨어지기 직전, 그들은 풍뎅이들을 발견했다.

수백만 마리의 붉은색과 파란색 풍뎅이들.

13
첫 번째 살인

언덕 꼭대기에 도착했을 때, 두 소년은 숨이 멎을 만큼 매우 놀랐다.

처음에 맷은 평화롭게 흐르는, 두 개의 빛의 강이라고 생각했다. 첫 번째 강은 용암의 흐름처럼 붉었고, 두 번째 강은 내부에서 환하게 빛나는 빙하처럼 파랬다. 두 강은 사람의 보행 속도로 나란히 흐르고 있었다.

두 소년과 개는 이 매혹적인 광경을 조금 더 가까이 가서 관찰했다.

언덕 아래로 칡넝쿨에 파묻힌 낡은 고속도로가 수 킬로 굽이치다가 멀리 모퉁이에서 사라졌다. 도로는 수백만 마리, 아니 수천만 마리의 풍뎅이로 뒤덮여 있었다. 풍뎅이들은 모두 한 방향으로 나란히 걷고 있었다. 완벽하게 조직화된 풍뎅이들은 서로 부딪치지도 않고, 다른 풍뎅이의 등을 기어오르지도 않으며 질서 정연하게 줄을 지어 행진하고 있었다. 다리가 부딪치는 소리는 음악을 이루었다. 탄성이 절로 나오는 장엄한 광경이었다.

왼쪽 도로는 배에서 붉은빛을 내는 풍뎅이들로, 오른쪽 도로는 파란 배를 가진 풍뎅이들로 뒤덮였다.

모든 풍뎅이들이 남쪽으로 가고 있었다.

토비아스는 도로를 이탈해 가시덤불에서 헤매는 소수의 파란 풍뎅이들을 가리켰다. 그는 배낭을 풀고 우유병을 꺼내 한 방울도 남기지 않고 마신 다음, 대여섯 마리의 풍뎅이를 잡아넣고 마개를 잠갔다.

"불빛이 생겼어!"

맷이 나무랐다.

"그러지 마. 잔인한 짓이야."

"이게 정글의 법칙이야. 가장 강한 자가 자신이 원하는 대로 하는 거지."

맷은 평소에는 그처럼 자연을 존중했던 친구의 태도에 실망해 고개를 설레설레 저었다. 토비아스는 세상처럼 바뀌고 있었다.

맷은 이렇게 이해하고 싶었다.

'충격이 심한 탓이겠지. 그는 자신을 되찾게 될 거야.'

맷에게 일어날 수 있는 최악의 상황은 친구를 잃는 것이었다. 토비아스는 그에게 남은 유일한 사람이었다.

토비아스는 우유병을 얼굴까지 들어 올렸다. 그의 까만 피부가 병 속에서 요동치는 풍뎅이들에 의해 푸르스름해졌다.

갑자기 그의 비웃음이 사라졌다. 토비아스가 뭐라고 중얼거렸지만 맷은 알아들을 수 없었다. 토비아스는 황급히 모든 풍뎅이들을 풀어주면서 나지막이 말했다.

"가렴. 어서. 그리고 미안해. 내가 잠시 미쳤었나 봐."

맷과 플륌은 흐뭇한 표정으로 그를 바라보았다.

토비아스가 자책했다.

"나도 알아. 내가 어리석었어. 자, 다시 올라가서 적절한 곳을 찾아 잠자리를 만들자."

그들은 말없이 다시 걸었다. 잠시 후 언덕의 두 바위 사이에서 밤을 보낼 수 있을 만한 은신처를 발견했다. 플륌은 두 소년 사이에서 웅크렸다. 그들은 든든함을 느꼈다. 맷은 예상치 못한 개의 출현에 여전히 놀라움을 가라앉힐 수 없었다. 플룀은 어디에서 왔을까? 왜 녀석은 마치 찾던 대상을 발견이라도 한 것처럼 두 소년을 졸졸 따라다닐까? 맷은 언젠가는 이런 의문들을 풀 수 있을 거라고 짐작했다. 자신과 토비아스가 파란 섬광의 공격에서 살아남은 것처럼, 플룀은 들개로 변하지 않은 떠돌이 개에 불과한 걸까? 그는 한 손을 플룀의 통통한 다리에 얹고 곧장 곯아떨어졌다.

이날 밤은 평온했고, 악몽도 꾸지 않았다.

새벽에 두 소년은 수통의 물을 플룀과 나눠 마셨다. 이제 도시에 들러야 할 때였다. 하늘은 낮은 구름으로 덮여 있었지만 춥지는 않았다.

그들은 아침 내내 언덕 꼭대기부터 고속도로를 따라 걷다가 가장 가까운 도시로 접어들었다. 도시는 온통 초목으로 뒤덮여 있었다. 칡넝쿨은 건물을 기어오르고 전깃줄을 휘감았다. 주거지역은 정글로 변했다. 그들은 물과 식량을 구하기 위해 어느 식료품점으로 들어갔다. 맷은 멀어져 가는 플룀을 눈여겨보았다. 녀석도 식량을 마련하러 가는 걸까? 토비아스가 가게에서 사탕, 과자 선반을 뒤지는 동안, 맷은 괴로운 심정으로 만화 신문을 보았다. 자연이 이 속도로 문명을 뒤덮는다면 조만간, 더는 도시를 발견할 수 없을 것이다. 또한 더는 친구들과 영화를 보러 갈 수도, 새로운 물건을 살 수도 없을 것이다.

가게 후문이 열렸지만 향수에 젖어 있던 맷은 별로 신경 쓰지 않았다. 그러나 남자의 굵고 낮은 목소리가 정적을 깨뜨리자 그는 소스라치게 놀라 푸른 이끼로 덮인 타일 바닥에 넘어지고 말았다.

"움직이지 마!"

토비아스는 고함을 지르며 도망치려 했지만 남자는 그의 머리채를 낚아챘다.

"얌전히 있어!"

맷은 머리를 치켜들고 토비아스를 붙잡은 남자가 자신을 보지 못했다는 사실을 깨달았다. 남자는 꽤 작지만 다부진 체구였다. 갈색 머리털은 왕관처럼 두개골을 둘렀고 더부룩한 수염이 얼굴을 덮었다.

"그냥 도망치면 안 돼. 내가 무섭니?"

토비아스가 투덜거렸다.

"놓아주세요."

"놓아주면 도망칠 테지. 네 눈에 그렇게 쓰여 있어."

"아파요. 놓아주세요!"

남자는 돌아서서 토비아스를 한쪽 구석으로 몰아넣고 머리를 놓아주었다. 그러고는 퉁명스레 물었다.

"이제 됐어?"

남자는 그에게 손을 내밀었다.

"내 이름은 조니야."

토비아스는 대답하지 않았다.

"별로 공손하지 않구나. 아무튼 나를 만나서 다행이야. 밖은 매우 위험하거든."

토비아스는 조금 긴장을 풀었다.

"제발 놓아주세요."

하지만 조니는 움직이지 않고 물었다.

"어디로 가고 싶지? 이제 밖에는 아무것도 없어. 너도 틀림없이 알텐데. 자, 나랑 뒤쪽으로 가자. 구경시켜줄게. 서로 협력하는 거야. 도와서 나쁠 거 없잖아."

토비아스는 빠져나가려 했지만 조니가 그의 팔을 붙잡았다.

토비아스가 울부짖었다.

"놓아줘요! 놓아줘요!"

"좀 조용히 해! (그의 말투는 공격적으로 변했다.) 생존자를 보고도 기뻐하지 않는 거야? 개들과 마주치지 않고 나를 만난 것을 다행으로 여겨야 한다고! 놈들은 순식간에 너를 갈기갈기 찢어버릴 거야."

토비아스는 빠져나오고 싶었지만 남자가 어찌나 난폭하게 따귀를 때렸는지 얼굴이 몹시 창백해졌다.

조니가 명령했다.

"가만히 있어! 세상이 바뀌었다는 사실을 너도 잘 알잖아? 바보 같은 짓은 집어치워. 너 혼자서는 밖에서 살 수 없어. 내가 너를 보호해줄게. (그는 음탕한 모습으로 덧붙였다.) 서로 도우며 지내자고. 무슨 뜻인지 알지? 너도 만족할 거야. 나를 믿어."

토비아스가 잠자코 있자 남자는 머리를 숙이고 말했다.

"어제저녁에 다른 사람들과 함께 있었지? 길을 잃었니? 아니면 네 친구들이 아직도 이 근처에 있어? 어서 말해!"

조니는 토비아스의 멱살을 붙잡고 들어 올렸다.

"나를 화나게 하지 마. 너도 내가 화내는 것은 원치 않을 거야."

맷은 어떻게 대응해야 할지 몰랐다. 조니는 분명 정상이 아니었다. 그는 엄마가 언제나 걱정했던 변태성욕자를 닮았다. 하지만 토비아스를 놈의 손아귀에 내버려둘 수는 없었다.

'어떻게 하지? 아, 그렇지. 내게는 검이 있지…….'

조니는 토비아스에게 다시 고함을 쳤다.

맷은 손잡이를 잡고 검을 꺼낸 다음 조용히 조니 뒤로 다가갔다.

하지만 검을 휘두르기 직전 맷은 망설였다. 차마 조니의 등에 검을 꽂을 수도, 벨 수도 없었다. 무기를 휘두르는 것은 쉬운 일이 아니라는 사실을 깨달았다. 그는 역할 게임에서 수백 번 칼싸움을 반복했고 환호성을 질렀다. '나는 칼로 이 요정을 벴다!' 하지만 누군가를 베거나 죽이기 위해 두 손으로 수 킬로의 강철을 잡고 두 팔을 올려 전력을 다해 내려친다는 것은 불가능한 일처럼 느껴졌다. 비록 남자가 가장 절친한 친구를 공격하고 있다 해도, 감히 이 생명, 이 육신을 후려칠 수 없었다.

'이 검으로 인간의 몸을 찌른다고? 근육, 혈관, 뼈를 자른다고? 허파에 구멍을 내고 심장을 찌른다고? 안 돼, 나는 못해!'

뒤에서 인기척을 느낀 조니가 돌아섰다.

"뭐야……."

공포에 사로잡힌 맷은 두 눈을 감고 울부짖었다.

'지금이 아니면 결코 기회가 없을 거야.'

맷은 껑충 뛰어가 검을 내밀었다. 검은 뭔가에 부딪치더니, 이윽고 조금씩 들어갔다.

조니는 욕설에 이어 신음 소리를 내뱉더니, 선반에 부딪치며 쓰러졌다. 아페리티프와 함께 먹는 수십 개의 케이크 상자가 데굴데굴 굴러 떨어졌다.

맷은 눈을 떴다.

검은 반쯤 조니의 몸에 박혀 있었다. 검을 잡아당기자 평생 잊을 수 없을 만큼 끔찍한 소리를 내며 빠졌다. 맷은 벌러덩 뒤로 넘어지면서 검을 놓았다.

조니가 비틀거리며 맷에게 다가왔다. 상처에서 분출한 피가 놀라운 속도로 옷에 번졌다. 그는 맷 위로 쓰러지면서 온몸의 무게로 짓눌렀다.

조니가 중얼거렸다.

"고약한 놈……. 네놈의 머리통을…… 뽑아버릴 거야."

조니는 두 손으로 맷의 목을 졸랐다. 맷은 자신의 청바지를 적시는 끈적끈적한 피에 소스라치게 놀라며 사력을 다해 방어했다. 조니는 그에게 피를 쏟았다.

조니는 맷의 머리를 흔들어 바닥에 짓이겼다. 점점 더 세게. 소년의 눈에서 별이 반짝이더니 이내 검은 베일이 씌워졌다. 조니가 또 한 번 그의 머리를 땅바닥에 내리찧자 다시 별이 반짝였다. 호흡하기가 힘들었다. 조니는 입에 붉은 거품을 머금은 채 고래고래 소리를 질러댔다.

맷은 목이 아팠다. 더 이상 숨을 쉴 수 없었다. 그는 간신히 공격자의 손목을 붙잡았다…….

머리가 다시 바닥에 부딪쳤다.

눈부신 섬광이 나타나더니 순식간에 사라졌다.

조니의 무게도 사라졌다.

맷은 자신이 떨고 있다는 사실을 느꼈다. 이어 그의 몸이 축 늘어졌다.

그러고는 의식을 잃었다.

14
암흑에서 들려온 속삭임

맺은 곧 자신이 죽었다는 사실을 깨달았다. 그는 심해의 추위를 느꼈다. 아니, 느꼈다기보다는 인식했다. 춥지는 않았다. 실제로 그는 어떤 감각도 느끼지 않았다. 하지만 추위는 분명 존재했다. 그의 영혼을 두른 추위는 강풍처럼 춤을 추며 당장이라도 그에게 달려들 태세였다. 무無에서 비롯된 추위, 아주 먼 곳으로부터 오는 추위. 암흑으로 이루어진 심연 위에 그를 매달아놓은 추위.

맺은 오랫동안 기다렸다. 아주 오랫동안. 시간은 현실처럼 흐르지 않았다. 그가 살아 있다는 사실을 환기해주는 숨소리도, 흐르는 시간을 표시해주는 심장박동 소리도 없었다. 어떤 일도 일어나지 않았다. 오직 무한한 인내뿐이었다.

하지만 맺은 분명 존재했다. 육체적으로가 아니라 의식적으로 존재했다. 기억할 수 없기 때문에 생각이 온전하다고는 할 수 없었다. 뭔가를 구체적으로 생각하는 것은 불가능했다. 가족과 친구의 개념도 사라졌다. 솔직히 말하면 그에게는 존재의 본질만이 남아 있었다. 맺은 죽는다는 것이 의식의 기저만을 간직하는 것이며, 의식은 허공에서 영원히 떠돈다는 사실을 알고 있었다. 맺은 맺일 뿐이었다.

사실상 끔찍한 상태였다. 아무것도 알고 싶지 않고, 더 이상 존재하고 싶지 않았다. 의식을 즐길 수도 없었고, 기약 없는 이 기다림은 그를 고통스럽게 했다. 일종의 가려움, 명확히 밝힐 수 없고 진정시킬 수 없는 어떤 가려움 같은 것이었다.

이윽고 목소리가 들려왔다.

아니, 속삭임이었다.

멀리서 그리고 가까이에서. 속삭임은 허공의 경계에서 들려오는 동시에 영혼의 내부에서 울렸다.

속삭임은 똑같은 문장을 반복했다. 메아리처럼 한 문장을 반복해 엄청난 웅성거림을 만들어냈다. 맷은 자신에게 전달되는 문장을 명확히 이해했다.

"나에게 오렴."

어조를 바꾼 목소리는 더욱 달콤하게 들렸다.

"우리가 힘을 합하면 모든 것을 할 수 있어. 우리가 함께하면 세상은 우리 것이야. 나에게 오렴."

맷은 암흑 속에서 어떤 존재를 느꼈다. 위엄 있는 존재. 그 존재가 다가오면 다가올수록 가려움은 더욱 격렬해졌고, 영혼은 흔들리기 시작했다. 지각은 나빠졌고 영혼은 떨고 있었다. 그 존재가 그에게 달려들었다. 숨이 막힐 것 같았다. 맷은 자신이 아무것도 할 수 없다는 사실을 알았다. 그 존재가 발산하는 어마어마하게 위압적인 카리스마에 맷은 그를 악마라고 생각했다. 하지만 전혀 아니었다. 그는 그 존재를 알아보았다. 그것은 악마가 아닌, 더욱 뿌리 깊고 더욱 오래된 존재였다.

더욱 무시무시한 존재.

갑자기 한 목소리가 또렷이 들려왔다.

"맷, 나는 로페로덴이야. 나에게 오렴."

제2부. 팬들의 섬

15
이상한 혼수상태

맷은 배가 아팠다. 그리고 목과 머리가 아팠다. 끔찍한 두통. 고통은 간간이 깊은 잠으로 끊겼다. 음산한 존재들이 꿈속에 나타났다. 이어 맷은 추위를 느꼈다. 그리고 더위를 느꼈다. 몹시 뜨거웠다. 헛소리를 할 만큼. 잠깐씩 의식이 있었다. 정신은 별로 맑지 않았다. 햇살이 언뜻 보였다. 이윽고 그는 비를 느꼈다. 그리고 밤을 느꼈다.

늑대들—들개가 아니라면—이 멀리서 울었다.

맷은 심각한 상태에 비해 복잡한 메시지를 해독했다. 그의 몸…… 그의 몸은 몹시 고통스러웠다. 다시 목소리가 들려왔다. 같은 목소리가 아니었다. 이번에는 환한 곳에서 들려왔다. 더 상냥하고 안심이 되는 목소리들.

사람들이 그에 대해서 이야기했다.

맷은 다시 잠들었다.

오랫동안.

간혹 그는 자신이 눈을 떴다고 생각했다. 하지만 점점 희미해지는 기억만이 남았다. 따뜻한 빛, 안락하고 달콤한 휴식, 갈증과 허기에 대한 기억.

그는 오랫동안 잤다.

힘이 조금씩 빠져나갔다. 근육은 시간이 흐를수록 물러지고 녹기 시작했다.

해와 달이 교대로 나타났다. 처음에는 그가 눈을 뜰 때마다 어느 하나가 다른 하나를 대체하는 것처럼 보였다. 밤과 낮이 초 단위로 바뀌었다. 그리고 분 단위로.

이어 쾌적한 빛, 자신의 몸에서 흐르는 물, 음식에 관한 기억이 연달아 떠올랐다. 때때로 그는 몽유병자처럼 걸어 옆방으로 이동했다. 한없이 깊은 우물 속에서 길을 잃은 느낌이었다. 그는 팔다리를 제어하지 못하고 로봇처럼 움직였다. 그리고 마음이 놓이는 하얀 방으로 돌아왔다. 침대! 맷은 지금 폭신폭신한 대형 침대에서 생활하고 있었다. 얼마 후 그는 두 개의 큰 창문이 보이는 곳에 누웠다. 햇볕이 복숭앗빛의 오건디(아주 얇고 반투명한 모직물—옮긴이) 커튼을 통과했다. 또 얼마 후 그는 연노란색 벽을 보았다.

낮과 밤이 계속해 지나갔다.

맷은 생존자들에 대한 기억을 되살렸다. 가늘고 높은 목소리가 들렸다. 실루엣들이 자신을 내려다보고 있었다. 누군가 그에게 말을 했지만 그는 이해할 수 없었다.

그의 몸은 점점 더 물러졌다. 움직일 때마다 기력이 소진되었고, 다시 길고 깊은 혼수상태에 빠졌다.

무기력한 관찰자 신세가 된 맷은 모든 문명과 물물교환으로부터 멀리 떨어진 난바다의 뗏목처럼, 자신이 각성과 수면의 파도에 휩쓸리도록 내버려두었다. 그는 이런 일련의 상태에 익숙해져 있었다. 어느 날 아침 한 천사가 나타나지 않았다면, 이 상태는 더욱 오래 지속되었을 것이다.

그날 맷은 살며시 눈을 떴고, 흐릿한 시력으로 적갈색에 가까운 긴 금발을 가진 실루엣을 분간했다. 그는 격렬하게 두 눈을 깜박거리며 뿌연 안개를 쫓아냈다.

그는 바로 옆에 있는 실루엣을 보았다.

열다섯 살쯤 된 소녀가 의자에 반듯이 앉아 있었다. 도도록한 광대뼈, 장밋빛 입술, 가느다란 코. 선명하고 비단처럼 부드러우며 의연한 잎을 자랑하는, 초봄의 꽃처럼 아름다웠다. 감미로운 목소리가 부드럽게 그를 깨웠다.

"친구들이 너에 대해 말하는 게 사실이니?"

말을 건다기보다는 노래를 불러주는 것 같았다. 그녀의 억양은 그만큼 마음을 평온하게 해주었다.

"너는 혼수상태인 게 아니지?"

그녀가 환히 미소 짓자 주근깨가 더욱 선명해졌다. 맷은 이 소녀를 자신의 하늘, 그녀의 주근깨를 자신의 별, 그녀의 눈을 자신의 두 개의 초록빛 별로 삼고 매 순간 바라보고 싶었다.

'내게 무슨 일이 일어난 걸까? 왜 그녀가 혼수상태를 언급하는 거지? 나는 어디에 있을까? 어느 집에…….'

그녀가 웃으며 말했다.

"내 생각이 맞았어. 내 말이 들리지?"

태양은 투명한 커튼이 달린 두 개의 큰 창문 뒤에서 반짝였다. 천장은 매우 높았다. 방바닥에는 깨끗하고 두꺼운 양탄자가 깔려 있고, 햇빛에 반짝이는 순백색 목재 가구들은 침실을 그가 무척이나 좋아하는 〈반지의 제왕〉 속 마법의 방처럼 보이게 했다. 그는 리벤델(《반지의 제왕》에 나오는 요정 나라—옮긴이)에 있는 것 같았다.

맷이 말을 하려고 시도했다.

"나…… 는……."

하지만 목소리는 쉬었고 목구멍은 말라 있었다. 소녀가 상체를 숙여 물을 건네자 그는 단숨에 비웠다.

"너는 카마이클 섬에 있어. 나는 앙브르야."

'앙브르…….' 이름까지도 마법적인 음색을 지녔다. 맷은 일어나려 했지만 기력이 약해 쓰러졌다. 피로의 파도가 몰려왔다. 그는 곯아떨어지기 전에 말했다.

"앙브르…… 나의 하늘……."

맷은 다시 눈을 떴다. 그는 주위를 둘러보고 깜짝 놀랐다. 꿈을 꾼 게 아니었다.

'그럼 앙브르는? 실제로 존재하는 걸까?'

앙브르에게 했던 말이 떠올라 부끄러움에 얼굴이 빨개졌다. 헛소리를 하고 말았다! 그것은 분명 헛소리였다!

문이 열리더니 두 소년이 다가왔다. 열세 살과 열여섯 살쯤 되어 보였다. 첫 번째 소년은 금발에 키가 작고, 깨끗하고 하얀 가운을 입었으며, 놀랍게도 실크해트를 쓰고 있었다. 마술사들은 실크해트 속에서 토끼나 비둘기가 나오게 하지 않는가. 두 번째 소년은 첫 번째 소년의 판박이였다. 틀림없이 형일 것이다. 그는 좀 더 간소한 차림이었다.

동생이 말했다.

"그녀가 옳았어. 평소와 달라 보여."

"맞아. 눈이 덜 흐려. 우리 말을 이해하는 것 같아."

맷은 침을 삼키고 천천히 말했다.

"물론이야……. 나는 너희들의 말을…… 이해해! 목이…… 말라."

형이 머리맡 탁자에 놓인 물병을 집어 컵에 가득 따라서 내밀자 맷은 숨도 쉬지 않고 비웠다.

동생이 외쳤다.

"기적이야! 너는 이겨냈어!"

"뭐? 이겨냈다니, 뭘?"

"정신착란과 혼수상태! 너무나 오랫동안 혼수상태여서, 결코 깨어나지 못할 거라 생각했어."

갑자기 불안한 모습으로 맷이 물었다.

"얼마 동안이나?"

동생이 입을 벌렸지만 형이 먼저 말했다.

"쉬는 게 좋겠어. 나중에 차근차근 얘기해줄게. 먼저 네 친구에게 알려줘야겠어."

"토비아스? 그는 괜찮아?"

"그래. 걱정 마."

"내가 얼마 동안이나 이렇게 있었지? 세상은 정상으로 돌아왔어?"

두 형제는 서로를 바라보았다. 그들의 시선에는 약간의 불안감이 서려 있었다.

"아니야. 하지만 상황이 바뀌었어. 우리는 조금 더 많은 사실을 알아냈고, 조직도 결성했어. 토비아스를 불러줄게. 움직이지 마. 아직은 너무 허약해."

맷이 대답하기도 전에 이상한 두 소년은 사라졌다. 맷은 이참에 몸을 일으켜보았다. 이번에는 아주 조심스럽게. 침대에 앉을 수 있었다. 그는 회색 실내복을 입고 있었다. 물론 그의 옷이 아니었다. 배가 고팠다. 토비아스가 들어오더니 그에게 달려왔다.

맷은 그를 보고 충격을 받았다.

토비아스는 전보다 말랐고, 얼굴 윤곽이 더욱 뚜렷해졌다. 통통했던 볼살도 빠졌다.

토비아스는 친구를 껴안았다.

"다시 보게 되어 기뻐!"

"토비, 나도…… 나도 그래……. 그런데…… 내게 무슨 일이 일어난 거야?"

토비아스는 눈썹을 치켜세우며 그의 머리맡으로 의자를 당겼다.

"많은 일이 있었어! 우선 몸은 좀 어때?"

"근육이 물러졌어. 다리에 힘이 없고. 침대에서 여섯 달은 보낸 느낌이야!"

토비아스는 웃지 않았다.

맷이 걱정스레 물었다.

"왜 그래? 설마 내가 여섯 달이나 이렇게 있었던 건 아니겠지? 말해줘!"

토비아스는 한숨을 내쉬고 말했다.

"다섯 달. 다섯 달 동안 이렇게 있었어."

맷은 믿기지 않는 듯 되물었다.

"다섯 달이라고? 어떻게…… 어떻게 그럴 수 있지?"

"식료품점에서 나를 괴롭혔던 놈 기억나? 놈이 네게 달려들어 목을 조르고 머리를 바닥에 찧었어. 내가 병으로 놈의 머리를 쳤고, 놈은 완전히 뻗었지. 하지만 너는 의식을 잃었어. 너를 깨우려 했지만 소용없었어. 그래서 너를 가게 밖으로 끌고 나왔지. 그때 플륌이 달려왔어……."

맷이 그의 말을 끊었다.

"플륌은 잘 있어?"

"아주 잘 있어. 플륌은 더그가 쫓아낼 때까지 이곳에서 잤어. 그는 개와 함께 자는 게 좋지 않다고 했거든. 물론 어리석은 생각이지만. 더그는 의사야."

"이곳에 의사가 있다고?"

"그래. 조금 전에 그를 봤잖아."

"키가 큰 금발 소년?"

"그래. 그는 동생과 함께 있어. 둘은 폭풍설이 모든 것을 바꾸기 전, 세계적으로 유명했던 의사인 이곳 소유주의 아들이야."

질문하고 싶은 게 무수히 많았지만 맷은 정신을 집중해 하나씩 묻기로 했다.

"우리가 겪었던 일을 말해줘. 플륌이 달려왔다고?"

"그래. 플륌은 우리가 싸우는 소리를 들었던 모양이야. 나는 녀석의 등에 너를 실었지. 녀석은 한 번도 쉬지 않고 달렸어."

"플륌이 특별한 개라는 사실을 알고 있었어."

"플륌이 네 생명을 구했어. 녀석이 없었더라면, 절대 다른 젊은이들을 찾을 수 없었을 거야."

"다른 젊은이들?"

"숲 속 판자에 메시지를 쓴 젊은이들 말이야. 그들은 여덟 명뿐이었어. 글루통Glouton('대식가'를 의미하는 프랑스어—옮긴이)이 한 명을 죽였대."

"글루통?"

"그래. 이제는 변조 인간을 글루통이라고 불러. 이곳에 도착하기까지 일주일 동안 우리는 너에게 물을 마시게 하고 걸쭉한 죽을 먹였지. 그때부터 너는 이상한 혼수상태에 빠졌어. 시간이 갈수록 자주 깨어나긴 했지만 말을 할 수는 없었지. 너는 우리가 네 입에 넣어주는 것을 먹고 마셨어. 가끔은 일어나 화장실에 가기도 했는데, 언제나 정신이 나간 모습이었어. 오늘 아침까지도."

"어처구니없는 일이야!"

두 금발 소년 중 형인 더그가 쟁반을 갖고 들어와 맷의 다리 위에 놓고 나갔다. 접시에는 김이 모락모락 나는 오믈렛이 담겨 있었다. 맷은 몹시 배가 고팠기 때문에 허겁지겁 먹기 시작했다.

토비아스가 물었다.

"뭔가 기억나는 게 있어? 너는 자주 악몽에 시달렸어. 쫓기고 있다고 중얼거렸고. 커다란 검은 형체가 너를 쫓고 있다고 했어……."

맷은 먹던 것을 멈추고 담요를 불끈 쥐었다. 그는 몸을 떨며 로페로덴을 떠올렸다. 얼마나 이상한 이름인가. 얼마나 두려운 카리스마인가!

맷은 주제를 바꾸고 싶어 물었다.

"여기는 어디야? 이 방은 모든 게 정상으로 보여. 초목도 없고, 이상한 점은 하나도 없어."

"카마이클 섬이야! 우리의 은신처! 한 억만장자가 서스퀴해나 강 중심에 있는 이 섬을 샀대."

"잠깐. 그러니까 우리가 필라델피아까지 걸어왔단 말이야? 150킬로가 넘는 거리를?"

"그래."

맷은 커다란 오믈렛 조각을 삼키며 열정적으로 물었다.

"어떻게 이 섬을 발견했지? 우연히?"

"아니. 섬 주민들이 폭풍설에서 살아남은 사람들의 주의를 끌기 위해 모닥불을 피우기로 결정했대. 아주 멀리서도 볼 수 있는 거대한 연기를 피웠지. 그 연기를 보고 찾아왔어."

맷이 입을 벌린 채 물었다.

"사람들이 많아?"

"응, 상당히……."

맷이 황급히 덧붙였다.

"부모님들은? 어떻게 됐는지 알아? 그들의 흔적을 발견했어?"

토비아스는 슬픈 눈길로 한숨을 내쉬었다.

"별로 아는 게 없어……."

맷은 이 짧은 대답에서 고통과 의혹을 간파했다.

"이곳은 어떤 섬이야?"

토비아스는 '너는 믿지 못할 거야'라는 듯 입을 비죽이며 대답은 하지 않고 아리송한 말만 했다.

"직접 둘러보는 게 좋겠어. 하지만 지금은 쉬어야 해."

맷이 머리를 흔들었다.

"다섯 달이나 침대에 있었어. 휴식은 충분해! 나는 섬을 둘러보고 싶어!"

그가 일어나려 하자 토비아스는 만류했다.

"너는 매우 허약해. 더그는 네 몸이 원기를 되찾을 수 있도록 처음 며칠은 건강에 신경 써야 한다고 했어. 네 근육은 쇠약해졌어. 조금만 참아."

맷은 한숨을 내쉬고는 어쩔 수 없이 누워 있기로 했다.

그는 숨을 깊게 들이쉬고 방을 둘러보았다. 모든 것이 완전무결해, 이 벽 너머에서는 문명이 사라졌다는 사실을 믿을 수 없었다. 문득 맷은 왜 초목이 이 집을 휩쓸지 않았는지 궁금해졌다. 그는 토비아스에게 질문하려 했지만 갑자기 밀물처럼 피로가 몰려왔다. 그는 눈을 깜박거렸다.

토비아스는 빈 접시를 가져가며 속삭였다.

"그럼 푹 쉬어. 내일 다시 올게. 주위를 한 바퀴 둘러볼 수 있을 거야. 네 눈을 믿지 못할걸!"

몰려드는 잠을 물리칠 수 없었다. 강력한 마법에 걸린 것처럼. 그는 토비아스에게 몇 시간이고 질문하고 싶었다. 더그 형제는 세상에 대해 더 많은 사실을 알게 되었다고 말하지 않았는가.

잠들기 직전 토비아스가 속삭이는 소리가 들렸다.

"다시 볼 수 있어서 기뻐."

16
유령의 성

맷은 한밤중에 눈을 떴다. 이불로 온몸을 포근히 감싼 그는 얼굴만 살짝 밖으로 내밀었다. 방은 시원했다. 달빛이 눈부셔 눈을 깜박였다. 휘영청 달빛이 그를 깨웠다.

그때 달이 움직였다.

달은 탐조등처럼 한 축을 중심으로 돌면서 방을 비추었다. 갑자기 첫 번째 달과 똑같은 두 번째 달이 나란히 나타났다.

맷은 깨달았다.

그것은 달이 아니라 에샤시에의 눈이었다.

에샤시에 한 마리가 창문 뒤에서 방 안을 탐색하고 있었다. 두 개의 광선속이 침대를 비추더니 맷의 얼굴에서 멈췄다. 공포에 사로잡힌 맷은 침대에서 뛰어내리고 싶었지만 그럴 힘이 없었고, 두 다리는 그를 지탱할 수 없었다.

괴물의 긴 외투에서 빠져나온 하얀 손이 거대한 손가락을 펼쳐 창문을 밀었다. 유리창은 연약한 거미줄처럼 금이 가더니 이내 깨지고 말았다.

차가운 바람이 들어와 빙빙 돌면서 단번에 이불을 들어 올렸다. 에샤시에가 하얀 손을 맷에게 내밀자 소년은 비명을 지르기 시작했다.

목구멍에서 나오는 소리가 에샤시에의 두건 아래로 빠져나왔다.

"이리 와……. 스스스슈……. 로페로덴이 너를 기다리고 계셔……. 스스스슈……. 함께 가자……. 그분이 기뻐하실 거야."

길고 물렁물렁한 손가락이 그의 발목을 휘감고 잡아당겨 맷은 더욱 크게 울부짖었다.

이윽고 그는 이마에서 축축한 것을 느꼈다.

두 개의 달이 사라지면서 하얀 손이 그를 놓아주었다.

이불이 다시 보였다.

그가 정말로 눈을 떴을 때 누군가가 속삭였다.

"진정해. 악몽을 꾸었을 뿐이야."

맷은 잠자코 있었다. 그는 다시 숨을 쉬었다. 더그의 금발 머리가 그를 내려다보고 있었다.

더그는 항상 실크해트를 쓰고 다니는 동생에게 지시했다.

"레지, 쟁반을 가져와."

더그는 맷의 이마에 놓았던 축축한 수건을 거두고는 미소를 지으며 물었다.

"배고프니? 오늘 아침에 만든 신선한 빵이야."

맷이 반문했다.

"빵? 직접 빵을 만든다고?"

그의 목소리는 여전히 약간 쉰 상태였다.

"슈퍼마켓에서 파는 껍질이 부드러운 빵은 너무 빨리 곰팡이가 슬거든! 폭풍설이 세상을 바꾼 지 다섯 달이 넘었지. 우리는 이제 많은 것들을 할 수 있어. 다행히 요리책은 썩지 않았으니까!"

맷은 몸을 일으키고 앉았다.

"오늘은 내가 일어설 수 있을까?"

"잠깐씩은 가능해. 네가 걸을 수 있을 만큼 근력을 되찾기까지 몇

주가 걸릴지 걱정이야."

더그가 너무 젊은 터라 맷은 놀라 물었다.

"너는…… 너는 의사니?"

"아버지가 의사셨어."

맷은 그의 시선에서 슬픔을 간파했다.

"나는 아빠가 하시는 일에 관심이 많았어. 아빠는 많은 것을 가르쳐주셨지."

맷은 감탄하면서 고개를 끄덕였다.

쟁반을 들고 들어온 레지가 덧붙였다.

"세상에서 가장 훌륭한 의사셨어! 성함은 크리스천이야."

"여긴 어떤 곳이야?"

더그는 빵과 우유 잔이 담긴 쟁반을 맷 앞에 놓으면서 대답했다.

"아빠는 20년 전에 이 섬을 구입하고 집을 지으셨어. 그리고 자신의 작은 성처럼 고딕식으로 성을 지어야 한다는 조건으로 부유한 친구들에게 이곳에 정착하는 것을 허락하셨지. 지금은 일곱 채의 작은 성이 있어."

레지가 단호한 어조로 정정했다.

"여섯 채야."

더그는 인상을 찌푸리면서도 인정했다.

"그래, 여섯 채야."

맷은 우유를 조금 마셨다. 물에 분유를 탄 것으로, 진짜 우유 맛은 나지 않았다.

맷이 물었다.

"섬이 크니?"

"응, 상당히 커. 곧 보게 될 거야. 우리는 모두 67명이야. 열 살부터…… 파코가 몇 살이지?"

레지가 대답했다.

"아홉 살일 거야. 아무튼 가장 어린아이이지."
"그러니까 아홉 살부터 열일곱 살까지 있어."
맷이 깜짝 놀라며 물었다.
"아홉 살 미만의 생존자는?"
"아홉 살 미만의 어린이는 이곳에 도착하지 않았어. 하지만 다른 곳에는 있는 것 같아. 아기들도."
"그럼 너희는 이곳의 유일한 생존자?"
더그는 침울한 표정으로 고개를 끄덕였다.
"나와 동생만 살아남았지. 나머지 65명은 두 달 동안 조금씩 도착한 청소년들이야. 너와 토비아스처럼."
더그는 아빠처럼 그의 무릎을 살짝 치고 일어나면서 말했다.
"어서 먹어. 그리고 걸을 수 있는지 확인해보자고. 옷은 걱정하지 마, 네 키에 맞는 옷이 있으니까."
30분 후, 옷을 입은 맷은 칙칙한 벽지에 갈색 판자로 만든 긴 복도에서 더그의 부축을 받으며 간신히 걸었다.
맷이 사실대로 말했다.
"다리는 별로 아프지 않아. 꼭 근육통을 앓은 것 같아."
더그는 환자의 활력에 깜짝 놀란 듯했다.
그들은 발코니에 도착했다. 세 개의 거대한 샹들리에가 매달린 대형 홀이 내려다보였다. 코끼리도 구울 수 있을 듯한 거대한 벽난로가 대리석 받침대 위에 당당히 자리 잡고 있었다. 백여 마리의 박제한 동물 머리통으로 뒤덮은 것 외에는 벽에도 다른 곳과 마찬가지로 공들여 다듬은 목재를 둘렀다. 맷은 혐오감을 느꼈다. 그는 사냥이라는 단어조차 싫어했다. 하물며 사냥 전리품이라니. 바닥에는 검은색과 하얀색의 바둑판무늬 타일이 깔려 있었다. 햇빛은 성당의 중앙 홀처럼 9미터 이상의 높이에서 벽의 상부구조를 이루는 첨두형 창문을 통해 들어왔다.

더그는 여섯 개의 대형 책상과 벨벳을 씌운 의자들을 가리켰다.

"이곳은 공동 문제를 결정해야 할 때 모이는 회의실이야. 이 섬에서 가장 넓은 홀이지."

높은 곳에 있었기 때문에 그의 목소리가 울렸다.

맷이 물었다.

"성에는 몇 명이 거주해?"

"나와 내 동생, 토비아스와 너, 그리고 다섯 명의 소년들이 있어. 조만간 소개해줄게."

맷은 용기를 내 슬며시 물었다.

"그럼 앙브르는?"

더그는 마치 명확히 해야 하는 문제라도 되는 듯 설명해주었다.

"공원 건너편에 있는 성에 살아. 소녀들과 소년들은 같은 건물에서 자지 않아!"

그들은 중앙 계단을 내려와 구내식당과 일련의 넓은 홀을 가로지른 후 소름 끼치는 조각상이 있는 대형 홀에 도착했다. 가로 3미터, 세로 5미터의 문어 한 마리가 출입구 맞은편에서 청동 다리를 펼치고 있었다. 징그러운 머리통과 위협적인 눈을 가진 문어는 날카로운 이빨을 드러내고 있었다. 맷은 이 문어가 틀림없이 주위의 어린이들에게 악몽을 꾸게 했으리라고 생각했다.

"이 성의 이름이 크라켄(문어를 닮은 전설 속 해저 생물—옮긴이)이야. 우리 아빠는 동물 전설을 무척 좋아하셨거든. 특히 거대한 문어의 전설을 좋아하셨지. 그래서 성마다 신화적인 동물의 이름이 붙은 거야."

하지만 가장 놀라운 것은 성 밖에 있었다.

포치 아래에 도착하자마자 맷은 좁은 길에 푸른 벽처럼 드리운 무성한 초목 때문에 깜짝 놀랐다. 성은 복잡하게 뒤얽힌 고사리, 가시덤불, 관목, 칡넝쿨에 둘러싸여 있었다.

더그가 설명했다.

"매일 교대로 성을 타고 오르는 식물을 잘라내고 있어. 모두가 작업에 참여해. 풀베기, 요리, 세탁, 보초……."

맷이 놀라며 물었다.

"보초를 선다고?"

"그래. 육지와 섬을 연결하는 다리에서."

"침입자들이 있었어?"

"다행히 없었어. 가끔 들개들이 다가오지만 들어올 수 없지. 폭풍설이 몰아쳤을 때, 다리 입구에 번개가 떨어져서 첫 번째 아치가 부러졌거든. 그때 철판으로 일종의 도개교를 만들었어. 불청객들은 들어올 수 없게. 보초는 특히 시니크나 글루통이 공격할 경우를 대비한 거야."

"시니크? 그게 뭔데?"

더그는 대답하기 위해 입을 열다가 쌜쭉해져 말했다.

"나쁜 소식을 들려줄 시간이 있을 거야. 나중에 알려줄게. 먼저 성을 돌아보자."

더그는 열네 살쯤 되어 보이는 헝클어진 머리에 거무스름한 피부를 가진 소년이 커다란 전지가위로 식물의 줄기와 잎을 자르고 있는 오솔길로 맷을 안내했다.

더그가 말했다.

"빌리를 소개할게. 우리 성에 살아."

빌리는 맷이 걷는 것을 보고 매우 놀란 듯했다.

더그와 맷은 천천히 산책했다. 미세한 풀뿌리로 뒤덮인 돌계단을 오르자 역시 초목으로 뒤덮인 테라스가 나왔다. 그들은 5미터 높이에서 예전에 정원이었던 곳을 굽어보았다. 이제는 지면이 보이지 않을 만큼 초목이 무성한 정글밖에 남지 않았다. 더그는 멀리 떨어진 다른 고딕 성들을 가리켰다. 높은 첨두형 창문, 박공(뱃집 양편에 八자 모양으로 붙인 두꺼운 널—옮긴이), 호리호리한 굴뚝, 경사진 지붕, 탑……. 푸른 바다에 떠 있는 중세의 성처럼 보였다. 100미터쯤 떨어진 정면에서 작은 탑들이 있는 성의 하얀 대리석이 햇살을 반사하고 있었다.

"저 성의 이름은 뭐지?"

"히드라 성이야. 소녀들이 거주하는 성이지. 앙브르는 저기 살아."

"히드라?"

"일곱 개의 머리를 가진 전설 속 뱀이야. 머리 하나를 자르면 두 개가 생긴다는 뱀. 별자리 이름이기도 하고."

맷은 생각에 잠긴 채 고개를 끄덕였다. 그가 궁금한 것은 히드라보다는 앙브르였다. 그녀는 그에게 강렬한 인상을 주었다. 그가 반의식 상태였기 때문일까?

맷은 제자리에서 한 바퀴 돌았다. 더 가까운 왼쪽에 창문이 적고 층이 많은 건물이 우뚝 솟아 있었다. 60미터쯤 되는 탑—섬에서 가장 높은 탑—이 섬을 내려다보고 있었다. 탑 꼭대기에는 둥근 회색 지붕이 씌워져 있었다.

"저 성의 이름은?"

"저 성?"

더그는 난처해 보였다. 그는 목덜미를 긁으며 말했다.

"미노타우로스 성이었어. 하지만…… 폭풍설이 닥친 후로는 더 이상 그렇게 부르지 않아."

"왜?"

더그는 심호흡을 한 뒤 대답했다.

"유령이 살거든."

"유령이 산다고? 어떤 유령?"

"몰라. 가끔 푸른 연기가 솟아……. 밤이면 성안에서 어슬렁거리는 이상한 괴물을 볼 수 있어."

호기심에 사로잡힌 맷이 걸음을 멈췄다. 점점 더 깜짝 놀랄 만한 소식뿐이었다.

"그럼 지금은 뭐라고 부르는데?"

더그는 잠시 등대를 닮은 성을 살핀 후 대답했다.

"이제는 이름도 없어. 저 성에 대해 더는 얘기하지 않아."

맷은 더그가 일곱 개의 성이 있다고 말했을 때 왜 동생이 여섯 개라고 정정했는지 이해했다. 그는 인상적인 성을 바라보았다. 창문이 없는 사각형의 육중한 탑들, 몇 개의 어두운 구멍만 뚫려 있는 장식 없는 본관. 성 내부는 대낮에도 틀림없이 어두울 것이다. 왜 저런 건물을 지었을까?

"자, 돌아가자. 첫날치고 꽤 많이 걸었어. 토비아스가 청소를 끝냈을 거야. 너와 함께 시간을 보내고 싶어 안달이거든."

더그가 계단을 내려가자 맷은 그를 뒤따를 준비를 하며 마지막으로 유령의 성을 쳐다보았다. 주인이 처음부터 뭔가를 수용하기 위해 성을 세웠으리라는 묘한 느낌이 들었다. 저 육중한 건물에서 이상한 기운이 발산되고 있지 않은가. 주거용 건물보다 큰 탑에 주안점을 두고 세웠다.

'뭔가가 빠져나올 수 없도록 하기 위해? 아니야, 터무니없는 생각이야. 누구도 괴물과 함께 살지는 않지…….'

그때 마치 그의 회의적인 추측이 틀렸다는 것을 강조하려는 듯 창 뒤에서 그림자 하나가 움직였다.

순식간에 굳어버린 맷은 저 불길한 성 내부에 숨어 사는 정체불명의 존재가 자신을 관찰하고 있다고 확신했다.

하지만 그가 입을 열기도 전에 그림자는 사라졌다.

17
섬의 파노라마

맷은 2층의 한 홀에서 토비아스를 만났다. 니스를 칠한 목재와 빨간 벨벳으로 아담하게 단장한 작은 응접실이었다. 토비아스는 플륌과 함께 있었다. 맷이 두 팔로 플륌을 껴안자 개는 혀로 맷을 부드럽게 핥으며 반겼다. 플륌은 예전보다 더 컸다.

피곤한 몸이 쉴 수 있도록 앉은 맷은 공동체의 빈틈없는 조직 체계와 능숙한 관리에 경탄을 금치 못했다.

"더그 형제가 새로운 세상에 대해 조금 더 많은 것을 알고 있다고 하던데, 얘기해줄 수 있어?"

토비아스의 얼굴은 갑자기 구름이라도 지나간 것처럼 어두워졌다. 그는 천천히 얘기를 꺼냈다.

"알았어……. 폭풍설에서 살아남은 사람들은 세 진영으로 나뉘었어. 청소년들, 어른들, 그리고……."

"생존한 어른들이 있다고? 식료품점에서 만난 사람이 유일한 어른이 아니었네! 이렇게 기쁜 소식이 있다니! 그럼 아이들은 부모님을 만났겠지?"

토비아스는 여러 차례 고개를 저었다.

"사실은 조금도 좋은 소식이 아니야. 폭풍설 이후 어른들은…… 난폭해졌어. 지금은 그들에 대해 아는 게 없어. 다만 그들도 우리처럼 공동체를 조직한 것 같아. 그런데 보이질 않아. 그들이 어디로 갔는지, 무슨 일을 하는지 몰라. 다만 우리 중 누군가 외출했다가 그들과 마주치면 공격을 받았지. 우리는 더 이상 어른들을 신뢰할 수 없어."

"그러니까 네 말은, 어른들이 예전과 같지 않단 거네? 확실해?"

"그래. 이제 믿을 수 있는 어른은 단 한 명도 없어. 어른들은 완전히 달라졌어. 난폭하고 위험해."

"어떻게 그럴 수가 있지? 그럼 부모님들은?"

"알 수 없지. 아무도 몰라. 폭풍설에서 살아남은 일부 어른들은 더 이상 이전과 같은 사람이 아니야. 우리가 아는 건 이게 다야. 그들은 야만인이 된 것 같아. 그리고 어린이와 청소년을 싫어하는 듯해."

늘 솔직한 맷은 어쩔 줄 모르겠다는 눈빛으로 털썩 쓰러졌다. 토비아스는 다정하게 그의 어깨를 두드려주었다.

맷이 솔직하게 털어놓았다.

"언젠가는 부모님을 만날 수 있을 거라고 믿었는데……."

"유감이야."

"그럼 다들 외톨이라고 느끼겠네?"

토비아스는 고개를 가볍게 흔들었다.

"꼭 그렇지는 않아. 우리는 공동체를 만들었어. 사이좋게 지내고 있고, 할 일이 많아서 낙심할 여유도 없어."

맷은 자신의 몸을 괴롭히는 고통을 감소시키고 목구멍과 눈의 통증을 내쫓기 위해 길게 숨을 들이마셨다.

"세 번째 공동체는 뭐지?"

"글루통. 그들은 소규모 단위로 공동체를 결성했어. 교활하고 능란해졌지. 이제는 일정한 곳에서 거주하고, 무기도 만들었어."

"글루통들은 공격적이야?"

토비아스가 고개를 끄덕였다.

"그래. 어른들보다 더 난폭해! 글루통은 길에서 청년이나 어린이와 마주치면 죽이려 들어. 어른들은 예전보다 더욱 사나워져서, 아이들을 보면 납치까지 해. 왜 그러는지는 몰라. 그들이 아이들을 데려가고 나면 어떤 소식도 들을 수 없어."

"어른들이 우리를 납치한다고?"

"그래, 대규모로. 어른들은 최대한 많은 어린이들을 납치하기 위해 혈안이 되어 돌아다녀. 일단 납치된 어린이들은 결코 돌아오지 못하고. 우리가 아는 건 이게 다야."

맷이 놀라며 물었다.

"납치 사건이 자주 일어나?"

"지금은 아니야. 아무튼 이 지역은 조금 조용해졌어. 하지만 숲에는 위험한 존재들이 우글거려."

대경실색한 맷의 눈이 휘둥그레졌다. 이제 예전과 같은 것은 하나도 없었다. 폭풍설과 초토화된 뉴욕을 경험하지 않았다면 한 마디도 믿지 않았을 것이다.

토비아스는 밤이면 숲 주위에서 어슬렁거리는 무서운 괴물들이 있다고 말해주었고, 또 많은 어린이들이 폭풍설에서 살아남았다고 했다. 증언에 따르면 아주 어린아이들부터 열일곱 살까지 살아남았다. 간혹 열여덟 살도 있었다. 살아남은 청소년들은 전국에서 공동체를 결성했다. 열 명씩, 혹은 50명씩. 소문으로는 100명 이상의 공동체들도 있었다.

맷이 물었다.

"소문이라니? 전화나 라디오 같은 통신수단이 전혀 없는데 어떻게 그걸 알지?"

"전령들 덕분이지! 서쪽의 규모가 상당히 큰 공동체에 있던 한 청년이 이 일을 시작했어. 그는 다른 생존자들을 찾기 위해 세상을 돌아다니고 싶었어. 그래서 전국을 떠돌기 시작했지. 그러고는 자신을 소식과 희망을 전달해주는 전령이라고 선언했어. 그러자 다른 아이가 그를 따라 전령이 되었지. 그는 첫 번째 전령과는 반대로 서쪽으로 떠났어. 그 뒤로 10여 명의 청년들이 공동체를 찾아다니면서 세상의 소식을 전해주고 있어."

"전령들은…… 미쳤어! 밖은 온갖 위험에 노출되어 있잖아!"

토비아스가 어깨를 으쓱했다.

"그래서 한 가지 규정이 정해졌어. 전령들을 환대할 것. 우리는 조건 없이 전령들에게 숙식을 제공하고, 그들은 우리에게 소식을 전해주는 거야. 최근 소식에 따르면 팬 공동체가 40개쯤 있다고 해."

맷이 되물었다.

"팬?"

"그래. 그게 우리 공동체의 이름이야. 어린이들과 소년들로 구성된 공동체 말이야. 처음에는 우리 공동체를 어떻게 불러야 할지 알 수 없었어. 모든 나이층이 섞여 있는 데다 의견이 일치되지 않았거든. 그런데 어느 날 한 전령이 와서는 서쪽에 있는 공동체가 피터 팬에게 경의를 표하기 위해 이 용어를 채택했다고 했어."

맷이 덧붙였다.

"어른이 되고 싶지 않았던 어린이 말이지?"

"맞아. 우리가 지금까지 마주친 어른들은 모두 심술궂었어. 우리를 도와주기는커녕 붙잡아서 끌고 가기만 했지. 그들은 냉혹하고 잔인해. 그래서 우리는 어른들을 시니크라고 불러. 핵심은 이게 다야."

"왜 팬들은 결집해서 대도시를 만들지 않지? 그러면 더욱 강해질 텐데."

"이제 시작인걸. 전령들은 겨우 두 달 전부터 활동하기 시작했어. 전령들도 길을 잃기 일쑤이고, 대부분은 자신의 공동체로 돌아가지 못해. 쉬운 일이 아니거든. 지금은 예전과는 딴판이니까. 많은 전령들이 길에서 죽었어. 도처에 위험이 도사리고 있지. 지금은 생존하기 위해 각 공동체가 자체적으로 방어하고, 식량을 마련해야 해. 공동체마다 적당한 지역을 찾아서 살 수 있는 곳으로 만들어야 했어. 누구도 자신의 거처를 포기하고 싶지 않지! 이 섬에 있는 우리처럼. 누가 떠나고 싶겠어? 이곳은 안전하고 안락해. 식량 창고도 있어. 신선한 계란을 낳는 암탉도 발견했다고!"

맷은 정보를 수집하면서 더 흥미롭고, 동시에 몹시 불안한 새로운 세상의 모습을 상상해보았다. 시니크, 글루통, 팬……. 폭풍설이 세상을 휩쓸던 날 밤 대체 무슨 일이 일어났으며, 사람들을 증발시킨 파란 섬광은 어떤 존재인 걸까? 세상은 어떻게 이 지경에 이르렀을까?

토비아스는 벌떡 일어나더니 따라오라고 손짓했다. 그들은 대리석으로 꾸민 복도, 계단, 그리고 그림, 책, 조각으로 가득한 홀을 지나 좁은 탑의 나선형 계단을 올랐다. 맷은 피로를 느끼기 시작했다. 다리가 후들거리고, 머리는 빙빙 돌았다.

토비아스가 뚜껑문을 밀어 올렸고, 두 사람은 성 꼭대기로 올라갔다. 섬 전체가 한눈에 들어왔다.

맷은 숨이 멎을 만큼 놀랐다. 어림잡아 길이 2킬로, 폭 1킬로의 섬이었다. 섬은 강을 두 개의 움직이는 잿빛 리본으로 나누고, 푸른 초목은 일곱 채의 성을 제외한 섬을 포근히 감싸고 있었다. 첨탑, 둥근 지붕, 가지런한 성벽이 구름바다를 갈라놓는 뾰족한 바위처럼 솟아 있었다. 또한 맷은 소형 건축물이 모여 있는 곳을 볼 수 있었다.

"저건 뭐지?"

그의 긴 머리채가 바람에 흩날렸다. 양쪽에서 섬과 강을 에워싸고 있는 언덕은 숲의 지평선 속으로 사라졌다.

"공동묘지야. 이 섬에는 출입을 삼가야 할 곳이 세 군데 있어. (토비아스는 미노타우로스 성과 거대한 탑을 가리키며 말했다.) 먼저 저 성, 공동묘지, 그리고 강가야. 특히 섬 남단에 있는 제방은 조심해야 해."

"왜?"

"위험하니까. 예를 들면 강에는 괴상한 생명체가 득실거려. 괴물을 완전히 본 사람은 없어. 하지만 수영하는 검은 형체를 보면 대충 짐작할 수 있지. 식량의 종류를 늘리려면 낚시를 해야 하지만, 이곳에서 낚시는 위험한 일이야! 지난주에는 스티브가 낚싯대랑 같이 괴물에게 끌려갈 뻔했어. 농구 바스켓만 한 지느러미가 나타나는 것을 보았지. 공동묘지와 저 성에는 접근하지 않는 게 좋아."

맷은 친구의 태도에도 깜짝 놀랐다. 토비아스는 다섯 달 만에 외모 외에도 많은 것이 변해 있었다. 자신의 생각을 침착하게 잘 표현했고, 성숙함과 자신감을 드러냈다. 하지만 여전히 지나치게 활동적이라 한곳에서 몇 초 이상 머물지 못했다.

커다란 까마귀 한 마리가 그들 바로 옆의 총안銃眼에 내려앉았다. 까마귀는 까만 눈동자로 두 사람을 노려보았다.

맷이 말했다.

"새는 여전히 존재하네."

"그래. 사실 우리는 매달 폭풍설이 초래한 것들을 발견해. 아주 가끔 들르는 전령을 통해서, 혹은 외출했을 때 말이야."

"주변을 탐험한다고?"

"아니, 그게 아니야! 외출할 때마다 사고가 너무 많아서, 외출을 최대한 제한하고 있어."

맷은 토비아스의 어두운 표정을 보며 비극적인 사건들을 떠올렸고, 더는 묻지 않았다.

"대부분의 사고가 과일을 따기 위해 숲에 갔을 때 생겼지만 그렇다고 과일 채집을 멈출 수는 없어. 더그는 병에 걸리고 싶지 않으면 신선한 과일을 먹어야 한다고 했어. 정기적으로 식량이 부족해지는 때가 오면, 식량을 보충하기 위해 몇 킬로 떨어진 폐허가 된 도시로 떠나. 주로 식수, 밀가루, 통조림을 찾아오지."

"도시에도 식량이 부족하지 않아?"

"반대야! 시민들에겐 그 모든 것을 먹을 시간이 없었어. 아직 유통기한이 지나지 않은 물건이 많아. 조만간 사냥을 해야겠지. 오래전부터 고기를 먹지 못했거든. 서둘러 농사를 짓지 않는다면 빵을 만들 밀가루가 떨어질 날이 올 거야."

토비아스는 그들을 둘러싼 숲의 규모에 감탄했다. 섬은 한없이 넓어 보였다. 그는 천천히 덧붙였다.

"할 일이 태산이야."

"더그는 이곳에서 일어나는 모든 일에 관여하는 것 같던데."

토비아스가 고개를 끄덕였다.

"더그는 연장자 중 한 사람이야. 이곳에서 살았기 때문에 이 섬을 잘 알뿐더러 매우 똑똑해. 엄청나게 많은 것을 알아. 모르는 것이 있어도 다음 날에는 꼭 알아내고 말지. 크라켄 성에 있는 여러 서재에서 시간을 보내는 것 같아. 너도 서재들을 봤지? 서재는 여기저기에 있어! 더그의 아버지는 지식인이자 예술품과 도서 수집가였대. 그 아버지에 그 아들이야."

맷은 아빠가 생각나 마음이 아팠다. 이혼은 더 이상 문제되지 않았다. 아빠와 엄마에겐 더 이상 선택의 여지도 없었다. 현기증이 일고, 기력이 떨어졌다. 근육에 너무 힘을 준 탓에 더는 몸을 지탱하지 못했다. 그를 이곳까지 오게 했던 열광도 시들었다.

토비아스는 그를 부축해 방까지 데려다 줘야 했다. 맷은 바로 곯아떨어졌다.

저녁 식사를 하기 위해 일어난 맷은 더그의 반대에도 불구하고 크라켄 성의 다른 소년들과 함께 구내식당으로 내려갔다. 그날 저녁, 다른 성의 소년들에게 보초 근무를 맡기고 모든 소년들이 모였다. 맷은 더그와 레지, 토비아스, 머리털이 터부룩한 빌리, 이를 훤히 드러내놓고 웃는 흑인 소년 캘빈, 중앙 계단을 내려오는 맷을 경멸하듯 위아래로 훑어본, 별로 상냥하지 않고 작은 키에 갈색 피부인 아서를 만났다. 플륌은 없었다. 토비아스는 플륌이 밖에서 지내는 것을 좋아한다고 설명해주었다. 개는 무성한 잡목림으로 들어갔다가 가끔 기분이 좋을 때만 돌아왔다. 개는 먹이를 혼자서 해결했고, 녀석을 위해 하는 일이라곤 가끔 빗질을 해주는 것뿐이었다.

소년들은 식탁 끝에 맷의 자리를 마련해주었다. 숲에서 갓 나온 듯 작업복에는 흙이 묻고 적갈색 머리에는 풀 조각이 걸린 트래비스가 야채수프를 나눠주었다. 크라켄 성의 막내인 열한 살 오언은 얼굴이 포동포동하고 장난기가 많았다. 그는 빵을 동글동글하게 만들어 트래비스의 머리에 던졌다. 더그가 즉시 엄격한 어조로 나무랐다.

"오언, 음식을 허비하지 마! 음식은 이제 가장 중요한 것이야."

레지는 적극적으로 형을 거들었다.

아서는 맷을 가리키며 놀란 모습으로 말했다.

"며칠 전만 해도 걷지 못할 거라고 생각했는데."

더그가 어깨를 으쓱했다.

"나도 놀랐어. 다섯 달 동안이나 침대에 누워 있어서 근육이 물러졌을 텐데, 쇠약한 사람이라고는 느껴지지 않아. 생명력이 상당히 강하다고 인정하지 않을 수 없겠어."

모두 이해할 수 없다는 표정이었다.

크라켄 성에서 거주하는 아홉 명의 소년들은 맛있게 저녁을 먹고 잠자리에 들기 위해 올라갔다. 모두 힘든 하루를 보냈기 때문에 아무도 늦게까지 남아 있으려 하지 않았다. 맷은 방까지 데려다 주겠다는 더그의 제안을 거절하고 미로처럼 복잡한 복도와 홀로 들어섰다.

하지만 한순간 모퉁이를 돌지 않는 바람에 길을 잃었다. 좁고 높은 창문이 보이는 작은 나무 계단 중간이었다. 유령의 성이 어둠 속에서 또렷이 보였다. 맷이 두 눈으로 직접 이상한 괴물을 보기로 결심했을 때, 가까운 복도에서 속삭이는 소리가 들려왔다.

첫 번째 목소리가 말했다.

"새벽 한 시에 만나자. 알았지?"

두 번째 목소리가 대답했다.

"좋아. 잊지 말고 담요를 가져와. 밖은 추워."

맷은 그들이 보초 근무에 대해 얘기하는 것이라고 추측했다. 하지만 곧 이상하단 생각이 들었다. 저녁 식사 때 더그가 크라켄 성에 거주하는 사람은 오늘 밤 보초를 서지 않는다고 말하지 않았는가.

첫 번째 목소리가 다시 말했다.

"소리를 내면 안 돼! 지난번처럼 하면 안 된다고. 토비아스나 새로 온 사람과 마주치고 싶지 않으니까!"

맷은 눈살을 찌푸렸다. 모종의 음모를 꾸미고 있는 것인가. 하지만 그가 소리를 내지 않기 위해 살금살금 계단을 내려갔을 때는 이미 복도에 아무도 없었다. 그들은 벌써 떠났다.

마침내 자신의 방으로 돌아온 맷은 촛불을 켜놓고 잠자리에 누워 천장을 바라보며 생각했다. 수많은 기이한 일과 신비가 이 섬을 에워싸고 있다! 눈꺼풀이 무거워져 그는 촛불을 끄고 누웠다. 새벽 한 시에 유령의 성을 감시하는 것은 너무 피곤한 일이었다.

신비로운 일들은 조금 기다려야 한다.

18
입회식

사흘 동안 맷은 성안에 머물거나 성 주위에서 풀과 칡넝쿨을 자르는 일을 도와주는 것에 만족했다. 그렇지 않아도 좁은 오솔길이 사라지는 꼴을 보고 싶지 않다면 날마다 제초 작업을 해야 했다. 초목은 놀라운 속도로 자라났다.

맷은 복도에서 우연히 들은 대화를 누구에게도 발설하지 않았다. 당분간은 비밀로 간직하고 개개인에 대해 더 자세히 알아보기로 결심했다. 그는 몸이 지나치게 피곤해지지 않도록 단순한 일을 맡았다. 플륌은 자주 그를 따라다녔다. 성에서 플륌을 보는 것은 매우 드문 일이라는 소년들의 말에 맷은 감동했다. 플륌은 의심할 여지없는 그의 개였다. 그가 혼수상태에 빠져 있는 동안 플륌은 훨씬 많이 커서, 이제는 그의 어깨에 닿았다. 그가 본 개들 중 가장 큰 개였다.

더그는 맷의 지구력에 깜짝 놀랐다. 다섯 달이나 자리에 누워 있던 사람이 그처럼 오래 서 있는 것은 상상조차 할 수 없는 일이었다. 맷은 혼수상태인 동안 몽유병 환자처럼 화장실에 가기 위해 일어났기 때문이라고 추측했지만, 더그는 그것만으로는 납득할 수 없었다.

맷은 섬에 사는 다른 소년들도 알게 되었다. 커다란 안경을 쓴 미치는 겨우 열세 살인데도 무엇이든 몇 분 만에 그릴 수 있는 만화가였다. 근육이 발달한 세르지오는 다혈질이었고, 상냥한 루시는 파란색 눈이 왕방울만 했다. 가장 나이가 많은 소년들은 그녀의 눈을 보고 낄낄거렸다. 하지만 유감스럽게도 앙브르는 보이지 않았다. 그는 소년들의 생활을 관찰했다. 가장 어린 소년들이 함께 어울리고 있었고, 조금 떨어진 곳에서는 유난히 결속되어 보이는 세 소년이 토론을 하고 있었다.

맷이 의식을 되찾은 지 다섯째 되던 날 저녁, 크라켄 성의 대형 홀에서 총회가 소집되었다.

맷은 높은 발코니에서 팬들이 도착하는 모습을 지켜보았다. 회의실은 조금씩 채워졌고, 모두 유리잔을 하나씩 들고 통나무 책상을 따라 배치된 수많은 의자들 중 하나에 앉았다. 맷은 회의실로 내려가 팬들을 만나야 하는지 고민했지만, 한눈에 모든 사람들을 내려다볼 수 있는 발코니에 머물고 싶었다.

잠시 후 더그가 연단으로 사용하는 벽난로 위로 올라갔다. 그는 아주 작게 보였다. 맷은 문득, 벽난로의 거대한 아가리가 금방이라도 그를 집어삼킬지 모른다는 불쾌한 느낌이 들었다.

더그가 두 손을 들고 말했다.

"조용히 해주세요!"

소란이 잦아들고, 모두 더그를 바라보았다.

더그가 물었다.

"누가 다리에서 보초를 서고 있습니까?"

꽤 건장한 흑인 소년이 대답했다.

"로이입니다. 로이를 제외하고 모두 참석했습니다."

더그가 고개를 끄덕였다.

"좋습니다. 조용히 해주세요! 회의를 시작하겠습니다. 오늘은 몇 가지 문제를 논의해야 합니다. 그전에 먼저 새로 온 팬을 소개하겠습니다. 사실 그는 다섯 달 전부터 우리와 함께 있었습니다…….”

그때 맷이 일어났다. 그는 기다리지 않고 자신을 소개했다.

“맷입니다. 잘 부탁드립니다.”

그러자 아래층에 앉아 있던 64명이 유리잔 밑바닥으로 책상을 두드리기 시작했다. 회의실은 순식간에 박자를 맞춰 두드리는 소음으로 가득해졌다. 맷은 자신이 초라하게 느껴졌다. 그는 급히 계단을 내려가 참석자들에게 짧게 인사했다. 더그는 그에게 자리에 앉으라는 손짓을 보냈다.

얼굴이 빨개진 맷은 토비아스 옆의 빈자리를 발견하고는 가서 앉아 고개를 숙였다. 토비아스가 속삭였다.

“입회식 한번 요란하네!”

“부끄러워죽겠어. 여기서 뭘 하는 거지?”

“다음 주 일과를 짜는 거야. 보초 근무, 낚시, 작업 같은.”

더그는 지붕 누수를 거론하고 지원자를 찾았다. 가장 나이 많은 소년들이 손을 들었다. 모든 팬들에게 일과가 배정되었다. 가장 어린 팬들은 풀베기와 가지치기를 맡았고, 가장 나이 많은 팬들은 보초 근무와 낚시를 맡았다. 맷이 평소에 주장하는 남녀 차별은 없었다.

토비아스는 맷의 귀에 대고 속삭였다.

“처음엔 요리나 빨래 같은 일을 늘 소녀들에게 맡겼어. 하지만 격분한 몇몇 소녀들이 소년들과 똑같이 대우해줄 것을 요구했지. 물론 더그를 비롯한 모든 소년들은 찬성하지 않았고. 그래서 시험적으로 소녀들에게 소년들의 일을 시켰는데, 소녀들도 우리만큼 잘해낸 거야. 그때부터 더는 남녀를 차별하지 않아. 좋은 교훈이었지.”

더그는 나머지 임무를 배정한 후 몇 마디를 덧붙이고 회의를 끝냈다.

“여러분 중 몇 명이 이미 한 달 전부터 발열과 시력장애 문제로 저에게 상담을 받았습니다. 안심해도 좋습니다. 그것은 병이 아닙니다. 발열과 시력장애를 겪은 분들은 나아졌습니다……. 이 문제는 해결되었습니다."

맷은 더그의 불안을 어렵지 않게 감지할 수 있었다. 이 문제에 대해 들은 적은 없지만, 더그는 난처한 듯 보였다.

"앙브르가 여러분에게 전할 말이 있답니다."

팬들은 고개를 끄덕이면서 유리잔으로 열렬히 책상을 두드려 찬성을 표시했다.

더그는 붉은빛이 도는 예쁜 금발 소녀에게 자리를 내주었다. 마침내 맷은 그녀를 실컷 바라볼 수 있었다. 혼수상태에서 흐릿하게 보았던 대로, 그녀는 예뻤다. 키가 큰 그녀는 자신 있게 청중을 둘러보고 나서 말을 시작했다.

"최근에 신체적 변화를 겪는 사람이 점점 더 늘고 있는 것은 사실입니다. 아직은 그 원인을 모르지만, 폭풍설과 관계가 있으리라고 생각합니다. 우리 몸은 새로운 세상에 적응해야 합니다. 일부 어른들은 글루통으로 변했지만 다행히 우리는 변하지 않았습니다. 대기에 존재하는 어떤 힘이 식물의 분자를 바꿨을 가능성도 있습니다. 그렇지 않다면 이 모든 변화를 어떻게 설명할 수 있겠습니까? 여러분도 그 점을 느꼈을 겁니다."

맷이 농담했다.

"앙브르는 소녀의 몸속에 숨은 과학자일까?"

토비아스가 단언했다.

"앙브르는 영악해!"

맷은 앙브르에게서 시선을 떼지 않은 채 물었다.

"저 애는 상냥하니?"

"잘 몰라. 앙브르는 자신에 대해서는 얘기하지 않거든. 상당히 차가워."

맷은 실망했다. 그가 느낀 첫 인상은 그렇지 않았는데. 그는 이렇게 이해하고 싶었다.

'나는 혼수상태였잖아!'

앙브르가 말을 이었다.

"아무튼 신체적 변화를 느낀다면 망설이지 말고 저를 찾아오십시오. 더그는 이미 많은 일을 맡고 있습니다. 그래서 신체적 변화에 관한 문제는 제가 맡기로 합의했습니다. 여러분은 제가 어디에 있는지 잘 알고 있습니다."

팬들은 다시 유리잔으로 책상을 두드리기 시작했다. 모두가 와글거리는 소란 가운데 일어나 회의실을 나가는 동안, 몇몇 소년과 소녀들이 맷에게 와서 환영 인사를 했다. 맷은 모두에게 고맙다고 말했다. 그때 앙브르가 다가왔다. 그녀는 맷보다 약간 작았지만 그녀의 키가 작다고 볼 수는 없었다. 맷은 겨우 열네 살인데 170센티가 아닌가.

앙브르가 말했다.

"서 있는 너를 보게 돼서 기뻐."

문득 맷은 폭풍설 전에 그녀가 어떤 사람이었는지 알고 싶었다.

"고마워. 그런데 너는 어디에서 왔어? 고향이 어디니?"

앙브르는 인상을 찌푸렸다. 그녀는 마치 토비아스에게 책임이 있다는 듯 그를 쏘아보고 나서 맷에게 퉁명스레 대꾸했다.

"이제 그딴 것에 대해서는 얘기하지 않아. 그게 무례한 질문이라는 걸 사람들이 말해주지 않았니?"

"아니. 아무튼 미안해. (맷은 그녀가 떠나려 하자 서둘러 덧붙였다.) 혼수상태인 나를 돌봐줘서 고마워."

"일반적인 혼수상태가 아니었어. 우리 모두 네가 영영 깨어나지 못할까 봐 걱정했어."

"너는 아주 박식한 것 같은데."

앙브르는 입술을 내밀며 잠시 숙고했다.

"나는 데카르트 철학의 신봉자야. 세상이 어떻게 돌아가는지 알고 싶을 뿐이지. 호기심이라고 할까? 너 역시 특별히 잘 아는 분야가 있을 거 아냐? 물리학이나 생물학…….”

“더그와 네가 방금 말한 건 병에 관련된 거니?”

“병이 아니야. 나는 신체적 변화의 원인을 알아내고 싶을 뿐이고. 물리학에 대한 지식이 필요할지도 몰라.”

“크라켄 성의 서재에서 원하는 것을 찾을 수 있을 거야. 잘됐다. 토비아스랑 오늘 저녁에 서재를 둘러보기로 약속했거든. 널 도와줄 수 있겠는데.”

토비아스는 즉석에서 약속을 꾸며대는 친구의 얼굴을 노려보았다.

앙브르의 얼굴이 환해졌다.

“멋진 생각이다! 그럼 한 시간 후에 이곳에서 만나자. 나는 히드라 성에 들러야 해.”

앙브르가 물러가자 토비아스는 맷의 얼굴을 살피면서 물었다.

“앙브르가 마음에 드니?”

“아니. 함부로 말하지 마. 그녀를 파악할 기회라고 판단했을 뿐이야.”

토비아스는 이해할 수 없다는 표정으로 투덜댔다.

“그 시간에 서재에서 뭘 할 건데? 가끔 너는 엉뚱해!”

“그 병에 대해 얘기하는 것을 들은 적이 있어?”

“어렴풋이. 몇몇 팬들이 두려워해. 최근에 이곳에 들른 전령이 다른 공동체에서도 비슷한 일이 있었다고 알려줬어. 증상은 두통과 열뿐이야. 하지만 모두 두려워하고, 그래서 소문이 돌았던 거야. 팬들도 변하고 있지 않을까? 어른들이 글루통으로 변했는데 우리라고 그러지 말라는 법은 없잖아.”

맷은 인상을 찌푸렸다.

“정말로 무서운 일이야! 너는 두통이 없니?”

“없어. 그런 일이 내게 일어나지 않길 기도해!”

그들은 앙브르를 기다리며 숙소 쪽으로 걸었다. 도중에 맷이 집게 손가락을 올렸다.

"한 가지 질문이 있어. 어떻게 시간을 알 수 있지?"

토비아스는 홀의 한쪽 구석에 있는 낡은 벽시계를 가리켰다.

"태엽을 감는 기계는 여전히 작동해! 파괴된 것은 전기나 건전지로 작동하는 기계야."

"그럼 자동차는?"

"자동차는 흔적도 없어. 완전히 녹아버렸지. 이제는 풀과 나무가 만물을 점령했어. 도시는 알아볼 수도 없고. 천년 전에 파괴된 폐허 같아!"

그들은 대화에 집중하느라 대형 홀의 움푹 들어간 곳에서 두 사람을 유심히 염탐하는 한 청년을 보지 못했다. 그는 두 사람이 2층에서 완전히 사라질 때까지 미행하다가 이윽고 회색 외투로 온몸을 두르고 어둠 속으로 사라졌다.

19
삼총사

맷과 토비아스는 약속한 시간에 앙브르를 만났다. 그들은 토비아스의 안내에 따라 서재를 층층이 돌아다니며 살폈다.

셋은 각자 석유 초롱을 들고 있었다. 초롱은 오래전 복도 중간 중간에 설치한 장식용 횃불꽂이에 꽂아놓은 촛불과 함께 유일한 광원이었다. 그들은 두 서재의 책등을 살펴본 후 과학서들이 꽂혀 있는 서재 하나를 발견했다. 꼭대기 층에 있는 작은 방이었다. 사면 벽은 4미터 높이의 거대한 책장으로 덮여 있었고, 윗부분은 삐걱거리는 사다리를 놓고 올라가야 손이 닿았다. 바닥에는 창문으로 스며드는 약한 달빛에 부드러워진 울긋불긋한 모자이크 타일이 깔려 있고, 방 중앙에 놓인 책상은 초록색 천을 씌운 긴 의자들로 둘러싸여 있었다.

맷이 앙브르에게 물었다.

"뭘 찾을 거야?"

"전기와 이동 에너지를 다룬 모든 과학서."

두 소년은 놀란 표정으로 서로를 바라보았다. 토비아스가 물었다.

"그게 도움이 될 거라고 확신해?"

앙브르가 말을 끊었다.

"너희, 정말 나를 도와주고 싶은 거 맞아?"

그들은 고개를 끄덕이고 책장을 나눠 조사하기 시작했다. 석유 초롱의 불빛만으로 내용을 파악하는 것은 쉽지 않아서, 여러 번 책을 펴고 목차를 읽어야 했다. 한 시간 동안 탐색한 끝에 그들은 단 한 권을 찾아냈다. 윗부분을 맡은 앙브르가 난간으로 고개를 숙이고 두 소년에게 물었다.

"한 권도 못 찾았어. 너희가 고른 책 중에 혹시 염동이나 정전기에 관한 책이 있니?"

맷은 무슨 뜻인지 몰라 인상을 찌푸렸다.

"염동이 뭐지?"

"멀리 떨어져 있는 물체를 이동시킬 수 있는 염력이야. 예를 들면 숟가락을 만지지 않고 움직이게 하는 것이지."

토비아스가 갑자기 웃음을 터뜨렸다.

"네게 필요한 건 마법서구나!"

하지만 앙브르의 무서운 눈초리를 보고 그는 바로 웃음을 멈췄다.

"농담이야. 그런 책은 못 봤어."

맷이 물었다.

"왜 그런 주제에 관심을 갖는 건데?"

"폭풍설이 치는 동안 세상에 일어난 일과 관련이 있을지 모르거든."

"우리는 무슨 일이 일어났는지 결코 알 수 없을걸!"

"정신 차려! 분명 원인을 찾아낼 수 있어."

"우리가? 어떻게?"

앙브르는 얘기를 계속할지 말지 망설였다. 그녀는 사다리를 타고 내려왔다. 세 사람은 책상에 앉았다.

"우리는 어떤 병에도 걸리지 않았어. 폭풍설은 인체에 '영향'을 미친 것뿐이야."

맷이 감탄하며 물었다.

"혼자서 그걸 추론한 거야?"

"실은 더그가 알려줬어. 그는 이것이 지구의 복수라고 생각해. 인간은 오랫동안 지구를 너무 학대했고, 살기 힘들 정도로 오염시켰지. 그래서 지구는 우리가 모든 것을 파괴하기 전에 복수를 한 거야. 과학자들은 세상에 대해, 에너지에 대해, 생명의 불씨, 즉 지구 상에 생명이 출현하는 데 중대한 역할을 했고, 세포에 생명력을 불어넣는 전기에 대해 모르는 게 많아. 이 생명의 불씨가 지구의 심장박동은 아닐까? 지구는 너무 늦기 전에 모든 것을 바꾸기로 결심한 게 아닐까?"

석유 초롱이 앙브르의 부드러운 얼굴을 환히 비추었다.

"지구가 생명체인 것처럼 얘기하네."

"바로 그거야. 더그가 말하길, 지구는 만물의 본질에, 식물, 광물, 인간의 마음에 의지를 전달하는 일종의 의식을 갖고 있을 거래. 지구는 사람들로부터 자신을 보호하기 위해 이 지성을 작동시켜 지상의 존재들을 바꿨을 거야. 지구는 다시 지상을 통제하기 위해 식물의 세포를 조작해 더 빨리 성장시키고 있어. 예전에는 기분, 즉 날씨에 따라 식물의 성장을 조절했지. 또한 어른들의 유전형질에 이상을 일으키기 위해 우리 모두가 본 섬광을 이용했어. 대부분의 어른들은 죽거나 증발했잖아. 그들의 몸이 섬광의 공격을 감당하지 못한 거야. 다른 어른들은 변이되어 글루통이 되었고, 극히 일부는 섬광의 공격을 모면하고 시니크가 되었어. 그리고 마지막으로 우리 팬들이 남았지. 지구는 우리에게 희망을 거는 것 같아. 인류를 전멸시키지 않고 어린이들을 살려주었어. 어린이들이 좀 더 지구를 소중히 여기고, 평화로운 세상을 만들도록 말이야."

토비아스가 물었다.

"그럼 어른들은 왜 우리를 못살게 구는 거야?"

"폭풍설이 그들의 기억을 지웠기 때문이야. 그들은 지구가 일부러 아이들만 살려주었다는 사실을 알고 있어."

"질투한단 거야?"

앙브르는 어깨를 으쓱했다.

"몰라. 모든 게 추측일 뿐이니까. 하지만 주위를 둘러보면 맞는 것 같아. 시니크들이 팬들을 납치하는 이유를 밝혀낸다면, 더 많은 사실을 알게 될 거야."

맷이 물었다.

"그럼 염동은 어떤 관련이 있지?"

"글쎄……. (앙브르는 잠시 두 소년을 바라본 후 말을 이었다.) 점점 더 많은 팬들이 이상한 현상에 대해 투덜거리고 있어. 우리 성에 거주하는 한 소녀는 물건에 손을 댈 때마다 정전기를 일으켜. 한번은 더는 참을 수 없다는 듯 화를 냈는데, 10여 개의 미세한 불꽃이 바닥에서 나타났어. 볍씨만 한 크기에 지나지 않았지만 저녁이라 불꽃이 더 또렷이 보였지!"

토비아스가 놀란 표정으로 물었다.

"불꽃을 일으켰단 말이야?"

"그래. 확실해. 그녀는 이 기이한 현상을 발견하고도 곧 진정되었어. 불꽃은 바로 사라졌지. 그때부터 그녀는 5분마다 마시던 주스를 끊었지만, 그녀가 잠들기만 하면 바람에 휘날리듯 머리카락이 일어나! 그녀가 두려워할까 봐 아무 얘기도 해주지 않았는데, 분명 무슨 일이 일어나고 있어."

토비아스가 소리쳤다.

"정말로 기이한 현상이야!"

"그녀뿐만이 아니야. 페가수스 성에 거주하는 어떤 소년은 순식간에 불을 피울 수 있어. 그가 두 개의 부싯돌을 부딪치면 곧바로 커다란 불길이 치솟지. 다른 사람들이 똑같이 시도해봤는데, 누구도 그처럼 불을 피우지는 못했어. 손재주가 뛰어난 소년도 아니었는데 말이야. 아무튼 부싯돌로 단번에 불을 피우는 건 진기한 일이야!"

맷이 불안한 표정으로 물었다.

"우리도 변이되고 있다고 생각해?"

앙브르는 살짝 입술을 비죽거렸다.

"나는 우리가 폭풍설이 일으킨 '충격'의 희생자라고 생각해. 이 용어를 사용한 것은 더그야. 세상을 변화시킨 이 '충격'이 유전학의 원리를 이용해 우리를 변화시킨 거지."

토비아스가 물었다.

"유전학이 뭔데?"

"유전자에 관련된 학문. 지금의 너를 만든 모든 것. 흑인, 백인, 황인, 머리 색깔, 키 같은 게 유전자에 의해 결정돼. 간단히 말하면 너는 부모님과 조상들이 물려준 생물학적 결합이란 거야."

앙브르의 설명에 매료된 토비아스가 소리쳤다.

"정말로 묘한 것이군!"

"우리가 글루통으로 변하지 않길 바라고 있어. 하지만 이미 말한 대로 우리 가운데 몇 명은 특별한 능력을 발휘해."

"그럼 염동을 발휘하는 건 누구지?"

앙브르는 맷을 노려보았다.

맷은 앙브르의 침묵과 난처한 표정을 보고는 질문하길 망설였다. 그는 문득 뭔가 잘못되었다고 느꼈다.

"바로 너지? 네게도 변화가 일어난 거야."

"몸에서 일어나고 있는 미묘한 변화 외에는 평소와 똑같아. 나는 이 변화가 느껴져."

토비아스가 눈이 휘둥그레지며 외쳤다.

"물건을 만지지 않고 옮길 수 있다고?"

앙브르가 짜증을 냈다.

"쉿, 소리치지 마! 다른 사람들이 나를 괴물처럼 바라보는 건 원치 않아. 그래서 물리학에 관한 책을 찾아 이 힘이 어떤 것인지 알고 싶은 거야."

토비아스가 다시 물었다.

"정말 물건을 만지지 않고 옮길 수 있어?"

"꼭 그런 건 아니야. 평소에 나는 동작이 상당히 서툴러. 지금까지 믿을 수 없을 만큼 수없이 많은 유리잔, 찻잔, 만년필 등을 깨뜨리거나 떨어뜨렸어. 물건을 집으려는 순간 떨어지거나 구르는 거야. 어렸을 때는 내가 불행하다고 생각했어. 물론 어리석은 생각이었지. 나는 단지 주의가 산만할 뿐이거든. 언제나 한 번에 여러 가지 생각을 하기 때문에 집중력이 떨어지는 거야. 지난주엔 팔꿈치로 초롱을 건드렸다가 초롱이 박살 나기 전에야 황급히 붙들었지. 그 정도로 잽싸지 못하기 때문에 소용없는 짓이지만, 늘 그렇게 해. 반사적 행동이지. 늦은 시각이라 다른 소녀들을 깨우고 싶지 않아서, 나는 진심으로 초롱이 멈추기를 원했어. 그랬더니 추락이 지체된 거야. 그래서 초롱이 바닥에 닿기 직전에 잡을 수 있었고."

토비아스는 믿을 수 없다는 듯 반문했다.

"정말이야? 농담이겠지?"

맷은 트집을 잡지 않고 잠시 의심해보았다. 하지만 폭풍설 이후 믿을 수 없는 현상이 수도 없이 일어났고, 앙브르에게 일어난 일도 그다지 놀라운 것은 아니었다.

맷이 물었다.

"그 능력을 조절할 수 있니?"

"아니. 아무튼 나에게는 염력이 있어."

"다른 사람들에게 말했어?"

토비아스는 대화에 귀를 기울였다. 그의 의심은 호기심으로 바뀌었다.

"아니. 너희가 처음이야. 히드라 성에 거주하는 소녀들은 얼핏 눈치챈 것 같지만, 정확히는 몰라."

앙브르는 진지하게 자신을 바라보는 두 소년을 주시하더니 한숨을 내쉬었다. 그녀는 별안간 연약한 모습으로 속삭였다.

"비밀의 무게를 나누게 되어 얼마나 좋은지 몰라!"

앙브르는 끊임없이 맷을 놀라게 했다. 처음에는 어른처럼 말하고 활력이 넘쳐흘렀는데, 자신만만한 소녀의 모습이 사라지니 순식간에 어린애처럼 보였다. 그녀는 이내 냉정을 되찾았다.

"내 연구를 도와주지 않을래? 오늘 저녁뿐만 아니라 다음에도 말이야. 특수 현상으로 고통받는 섬의 팬들이 나를 만나러 올 거야. 우리가 협력하면 이 변화의 신비를 파악할 수 있어."

토비아스는 여느 때처럼 단순하게 대답했다.

"이 변화에는 어떤 신비도 없어. 네 얘기가 사실이라면 팬들은 다양한 초능력을 갖추고 있는 중이야!"

앙브르가 격렬하게 고개를 저었다.

"이건 초능력이 아니야! 초능력이란 단어에는 마법적이고 초자연적이라는 의미가 내포되어 있잖아. 사실 나는 초능력이라고 생각한 적이 없어! 우리의 재능은 분명 자연과 관련된 것이야! 평소 열이 많은 세르지오는 두 개의 부싯돌을 마찰시켜 불을 피우기 직전에 숯불처럼 뜨거웠어. 그웬은 불꽃을 발산하기 전에 끊임없이 미세한 전기를 방출했고. 우리에게 나타나는 재능과 자연 사이에는 모종의 연결고리가 있어. 이들의 재능은 의아한 증상과 함께 점진적으로 나타났지. 다른 팬들의 재능을 수집해서, 어떤 변화가 일어나고 있는지 파악해야 해."

토비아스가 제안했다.

"더그에게 말하면 안 될까? 많은 것을 알고 있잖아."

앙브르가 반대했다.

"말도 안 돼! 그는 이상한 사람이야."

토비아스가 고집했다.

"더그는 모든 것을 안다고! 그라면 어떻게 해야 하는지 알 거야!"

"바로 그게 문제야! 그는 너무 많은 것을 알고 있어. 그게 수상해. 하지만 우리에게 모든 것을 말해주지는 않는 것 같아. 전에 폭풍설을 주제로 대화를 나눈 적이 있어. 너희에게 말한 그의 추론은 놀라운 논리를 갖췄어. 겨우 열여섯 살짜리 소년이 어떻게 혼자서 그런 생각을 할 수 있었을까?"

토비아스가 반박했다.

"너도 그렇게 하잖아!"

"나는 더그가 말한 것을 발전시켰을 뿐이야!"

"그렇다면 그는 천재겠지."

앙브르는 인정할 수 없었다.

"내 생각은 달라. 내가 편집광인 걸까? 모르겠어……."

맷이 끼어들었다.

"아니, 내 생각도 그래. 더그는 다른 팬들처럼 처신하지 않아. 나는 권위주의자인 그가 별로야. 그리고……."

토비아스가 반박했다.

"우리는 오히려 그를 칭찬해야 해! 그와 그의 권위가 없었다면 이 섬은 전쟁터에 불과했을 거야. 처음에는 가장 나이가 많고 건장한 팬들이 모든 것을 지시하려 했어. 그게 강자의 법칙이니까. 더그는 곧 그들을 제압했고, 섬을 통제하고 유지하기 위해 탁월한 지성과 단호함을 보여주었어. 그의 권위가 없었다면 혼란이 찾아왔을 거야. 어른들의 세계는 물론이고 아이들의 세계에서도 그게 자연스러운 현상 아니야? 가장 강한 자들이 능력을 인정받기 위해 노력하고, 모두가 평등하게 살 수 있도록 법을 만들고, 다른 모든 것을 조직하잖아."

맷이 양보했다.

"그래. 그는 훌륭한 지도자야. 하지만 그건 더그가 뭔가를 숨기고 있다는 뜻이기도 해. (그는 목소리를 낮췄다.) 그뿐만이 아니야."

맷은 사흘 전에 엿들었던 대화에 대해 털어놓았다.

"누구 목소리인지는 몰라. 더그와 레지는 아니었어. 하지만 크라켄 성에 어떤 비밀이 있다는 것을 뜻하겠지. 그러니 조심하는 게 좋아."

앙브르가 동의했다.

"우리 셋이 동맹을 맺는 게 어때? 이상한 행동을 하는 팬들을 관찰하고, 정기적으로 이곳에서 만나 상황을 종합하기로 하자. (그녀는 토비아스를 향해 돌아서서 물었다.) 더그는 이 서재에 자주 오니?"

"아니. 그는 아래층에 있는 서재에 죽치고 있을 거야. 여기엔 아무도 오지 않아."

"잘됐다! 다른 사람들의 이목을 끌지 않고 만날 수 있겠어."

앙브르가 책상 위로 손을 뻗자 두 소년도 진지하게 손을 내밀었다.

앙브르가 말했다.

"함께 조사하자. 진리와 팬들의 안녕을 위해."

석류 초롱의 따뜻한 불빛 아래에서 비밀을 지키기로 약속한 세 사람은 흥분된 눈길로 서로를 바라보았다.

그들은 한목소리로 반복했다.

"진리와 팬들의 안녕을 위해."

이렇게 해서 삼총사가 태어났다.

20
배신자들

맷은 여러 작업에 잠깐씩 참여하면서 며칠 더 쉬었다. 그러면서 팬들을 눈여겨보았지만 이상한 점은 발견할 수 없었고, 수상쩍은 밀담이나 특이한 변화도 보지 못했다.

다시는 가족을 만날 수 없다는 생각에 익숙해졌음에도 슬픔은 점점 더 커졌다. 슬픔은 특히 맷이 잠들려는 순간 찾아왔다. 눈물이 나면 서둘러 훔쳤다. 다른 팬들도 이런 과정을 거쳤을까? 아마 그랬을 것이다. 가장 어린 팬들을 볼 때면 마음이 아팠다. 그들은 애정 결핍으로 고통스러워하며 자신이 버림받았다고 생각할 것이다. 대여섯 명의 어린 팬들은 함께 지내며 무리를 지어 걷고, 얘기하고, 먹고 잤다. 더그와 나이 많은 팬들은 그들이 그렇게 할 필요가 있다고 판단하고 가만히 내버려두었다. 집단생활은 보호막, 인정, 연대 의식을 만들어내지 않는가.

어느 날 오후, 맷이 밭에 채소씨를 뿌리기 위해 삽질을 하고 있을 때 나팔이 두 번씩 울렸다.

맷은 모든 사람들이 벌떡 일어나는 것을 보고 걱정스러웠다.

"무슨 일이지?"

캘빈이 설명했다.

“다리를 지키는 보초야. 나팔을 두 번씩 부는 건 전령의 도착을 알리는 거고.”

그들은 농기구를 놓고 오솔길로 달려갔다. 맷은 일주일 전부터 걸을 수 있었지만 크라켄 성에서 멀리 떨어진 곳에는 아직 가보지 못했다. 더그가 아직 원기가 회복되지 않았으니 멀리 가지 말라고 신신당부한 것이다. 맷은 잠시 망설이다가, 컨디션이 양호하다고 판단하고 천천히 팬들을 따라가기 시작했다.

수풀을 헤치고 들어가서 가시덤불과 고사리밭 사이로 난 구불구불한 길을 따라 작은 언덕을 오르자, 아래쪽에서 다리가 나타났다. 여섯 명의 소년들이 부서진 다리 끝—흰색의 대형 콘크리트 블록들이 강에서 불쑥 솟아 있었다—에 통나무를 굴리고, 그 위에 무거운 철판을 깔았다.

건너편 기슭에서 짙은 초록색 외투를 걸친 청년이 말을 타고 기다리고 있다가 철판이 깔리자 다리를 건넜다. 소년들은 다시 철판을 걷고 통나무를 끌어당겼다. 순식간에 지름 5미터의 거대한 구멍이 생겼다.

팬들이 전령을 보기 위해 사방에서 달려왔다. 전령은 열여섯이나 열일곱 살쯤 되어 보였고, 고생으로 볼이 움푹 패어 있었다. 또 긴 여행으로 지저분했고, 광대뼈와 이마 두 군데에 마른 피가 붙어 있었다. 고삐를 잡은 오른손도 멍투성이였다. 맷은 말이 매우 소중하다는 사실을 알게 되었다. 야생마가 되지 않은 말은 거의 없었다.

소년들은 전령이 쉴 수 있도록 크라켄 성으로 안내했다. 모두 전령이 가져온 소식을 듣고 싶어 안달했지만, 관례에 따라 그는 식사를 하고 자야 했다. 벤이라는 이름의 전령은 얼굴을 씻고 한 사발의 수프와 둥그스름한 빵을 먹은 후 물었다.

“여기 책임자가 누구지?”

더그가 앞으로 나갔다.

"나. 내 이름은 더그야. 무척 지쳐 보이는구나. 먼저 깨끗한 침대로 안내할게. 오늘 저녁, 네가 기운을 회복한 뒤에 대회의실에서 소식을 듣기로 하지."

벤은 어깨끈 달린 가방을 내려놓으며 말했다.

"아니, 당장 이 섬의 팬들을 집결시켜. 즉시 알려줄 게 있어."

부엌에서 일하던 몇몇 청년들이 불안한 표정으로 서로를 바라보았다. 맷은 벤의 가방에서 날 끝이 부러지고 손잡이가 갈색으로 얼룩진 도끼를 보았다.

벤이 재촉했다.

"더그, 지금 당장 팬들을 집결시켜. 빨리 소식을 알려주고 싶어. 위급한 소식이거든."

☣

대형 홀의 대열을 흔드는 동요는 심각한 불안을 뜻했다. 오후 중간에 모이는 것은 흔치 않은 일이었다. 전령의 굳은 얼굴이 심각한 소식을 예고했다.

벤은 진흙투성이 외투를 벗은 후 연단으로 올라가 손을 들어 정숙을 요구했다. 허리띠에는 큼직한 사냥용 칼을 차고 있었다.

"조용히 하시고 제 말을 들어주세요. 경청해주세요. 이번 소식은 저도 두려울 만큼 불길한 내용입니다."

팬들이 웅성거리자 전령은 다시 손을 들었다.

"우리는 시니크들을 찾아냈습니다. 그들은 남쪽에 거주하고 있습니다. 안심하세요. 그들은 이곳에서 아주 먼 남쪽에 있습니다. 하지만 많습니다. 몇몇 증인에 의하면 그들은 아주 많습니다."

안경을 쓰고 볼에 커다란 상처가 있는 어린 팬이 물었다.

"누구도 들어갈 수 없다는 '금단의 숲' 아래에 있나요?"

"네, 훨씬 아래에 있습니다."

맷은 토비아스에게 상체를 숙이고 속삭였다.

"'금단의 숲'이 뭐야?"

"멀리 남쪽에 있는 숲이야. 어찌나 광대한지 아무도 그 규모를 몰라. 나무들은 빌딩처럼 크고 무성해서 햇볕이 스며들 수도 없어. 누구도 감히 숲에 들어가지 못했지."

머리채를 뒷머리 위쪽에서 리본으로 묶어 끝을 망아지 꼬리처럼 늘어뜨린 소녀가 질문했다.

"어떻게 그 사실을 알았나요? 전령들이 '금단의 숲'을 지났나요?"

벤이 대답했다.

"아닙니다. 실제로 이 숲은 수백 킬로에 걸쳐 뻗어 있습니다. 하지만 아주 먼 서쪽에 시니크들이 이용하는 구불구불한 통로가 있습니다. 몇몇 팬들이 그들을 보았습니다. 시니크들은 남쪽의 모든 지역을 차지했습니다. 영역이 수천 제곱킬로에 달합니다. 물론 더 알아봐야겠지만 두 가지 경로를 통해 확인된 사항입니다. 그들의 조직에 대해서는 아는 게 없습니다. 여러분도 아시겠지만, 그들은 몇 차례 북쪽에 침입했고, 팬들을 납치했다는 소문이 돌았습니다. 정확한 숫자는 모르지만 수십 명의 팬들이 도처에서 납치된 것 같습니다. 납치는 중단되지 않았습니다."

더그가 물었다.

"납치된 팬들이 어떻게 되었는지 알고 있습니까?"

"모릅니다. 다시는 그들을 볼 수 없었습니다. 시니크들이 그들을 남쪽으로 끌고 갔습니다. 몇몇 팬들이 납치범들을 쫓다가 엄청난 시니크의 집단을 발견했습니다. 지금으로서는 그들의 영역에 더 들어갈 수 없습니다. 시니크들은 정체불명의 지배층에 복종하고 있는 듯하지만, 그 이상은 모릅니다."

팬들이 웅성거렸다. 전령이 말을 이었다.

"그뿐만이 아닙니다. 다른 나쁜 소식이 있습니다. 몇몇 팬들이 팬 공동체를 배신하고 시니크들의 납치를 도와주었던 것 같습니다."

웅성거림은 분노의 함성으로 바뀌었다.

벤은 목소리를 높여 말을 이었다.

"그것은 두 공동체에서 확인된 사항입니다. 배신자들이 다른 공동체에서도 활동할 가능성이 있습니다. 모든 전령들은 지금 이렇게 경고하고 있습니다. 조심하십시오. 경계를 게을리하지 마십시오. 불화의 씨앗을 뿌릴 위험이 있으니 피해망상에 빠져서는 안 됩니다. 하지만 약간의 경계와 상식을 갖추면 이 곤경에서 벗어날 수 있습니다."

맷 주위에서 대화가 오갔다.

"우리 중 누가 배신할 수 있다고 생각해?"

"우리는 모두 굳게 결속되어 있어! 로이가 가끔 이상하긴 해……."

다른 소년이 바로 끼어들었다.

"로이는 아니야. 내가 잘 알아. 그는 멋진 사내야! 반대로 토니는……."

"토니는 규칙을 잘 지켜. 내 단짝이라고. 내가 보장해!"

그러자 다른 소년이 덧붙였다.

"그럼 세르지오는? 가끔 불안해하잖아."

"있을 수 없는 일이야. 고집쟁이이긴 하지만 그렇게 바른 사람도 없다고."

한 팬이 누군가를 의심하면 이내 다른 팬이 그를 옹호했다. 맷은 이것이 아이들과 어른들의 중요한 차이라는 것을 깨달았다. 서로 신뢰하고, 굳게 결속할 수 있는 능력.

벤이 덧붙였다.

"여러분의 섬은 다른 팬 공동체들과 떨어져 있습니다. 그러니 더욱 주의하십시오. 여러분은 시니크들이 탐내는 먹이입니다. 이상이 두 가지 중대한 소식입니다. 오늘 저녁에는 다른 공동체들의 생활, 다른 곳에서 유포되고 있는 새로운 발명품과 사상에 대해 얘기해드리겠습니다."

벤이 연단에서 내려왔다. 더그는 그를 깨끗한 방으로 안내하면서 이런저런 질문을 했다.

맷은 조금 멀리 떨어진 의자에 앉아 있던 앙브르와 시선이 마주쳤다. 그들은 은밀히 고개를 끄덕였다. 서로 할 말이 있었다.

잠시 후 맷과 토비아스는 크라켄 성 뒤쪽에 있는 오솔길을 걸었다. 맷이 물었다.

"이 섬을 발견하기 전, 그러니까 내가 의식을 잃었을 때 네가 만난 여덟 명의 팬은 여전히 여기에 있니?"

"일곱 명은."

"그럼 한 명은 어떻게 됐지?"

"소녀였는데, 숲에서 과일을 따는 동안 공격을 받았어. 공격자가 정확히 누구인지는 몰라. 들개 떼인지 글루통인지. 일부 시신만을 발견했을 뿐이야. 정말 잔혹했지."

"아, 혼란스러워. 플륌이 쫓아내기 직전 우리에게 달려들 뻔했던 괴물일까?"

"아닐 거야. 전령들이 놈들과 마주쳤다는 얘길 들었어. 놈들을 '밤에 어슬렁거리는 괴물'이라고 불러. 어둠 속에서만 볼 수 있대. 가장 무서운 괴물일 거야!"

"생각만 해도 소름이 돋아. 그럼 너와 함께 온 일곱 명은 아직도 이곳에 있어?"

"그래. 네가 아는 사람은 캘빈뿐이야. 너는 다른 사람들을 만날 기회가 없었지. 캐프리콘 성에서 늘 혼자 지내는 스베틀라나가 있고, 켄타우로스 성에는 조가 있어. 섬에 도착한 후로 우리는 늘 아주 바빴어."

"그들이 왜 풍뎅이를 쫓아갔는지 말해줬어? 설마 잊은 건 아니겠지? 그들이 숲 속 판자에 그렇게 썼잖아!"

"맞아! 그건 캘빈의 생각이었어. 그는 이미 북쪽에서 풍뎅이들의 행렬을 발견했는데, 풍뎅이들이 남쪽으로 행진하고 있었고, 곤충의 본능을 믿어야 한다고 결론을 내렸대. 수십억 마리의 곤충이 남쪽으로 가고 있었기 때문에 틀림없다고 했어."

"꽤나 똑똑한 아이네."

앙브르는 오자마자 곧장 본론으로 들어갔다.

"벤의 이야기는 흥미진진해. 배신자 얘기를 듣고 떠오른 거 없어?"

맷이 물었다.

"지난밤 내가 엿들은 얘기 말이야?"

"그래. 누군가 분명 그릇된 생각을 하고 있어. 신중하게 처신하는 게 좋아. 오늘 밤부터 시작하는 게 어때? 크라켄 성을 감시해야 해. 이 성에서 움직임이 있어. 최소한 진상을 명확히 밝혀낼 수 있을 거야."

두 소년은 동의했다.

토비아스가 물었다.

"그런데 어디에 숨어서 감시하지? 전략적인 장소가 필요해."

앙브르는 모르겠다는 듯 입술을 비죽대며 투덜거렸다.

"모든 곳을 지켜보기에 성의 내부는 너무 넓어. 밖이 낫지 않을까? 출입구를 감시하려면 높은 곳을 골라야 할 거야."

맷이 한 걸음 물러나며 천천히 손을 내밀었다.

"전략적 장소는 바로 저기야. 저기라면 하나도 놓치지 않고 감시할 수 있어."

두 사람은 맷의 손가락이 가리키는 방향을 바라보았다.

맷은 나무들 위로 우뚝 솟은 유령의 성을 가리키고 있었다.

토비아스가 반대했다.

"안 돼. 나는 싫어."

앙브르가 말했다.

"맷의 말이 맞아. 유령이 있다고 듣긴 했는데……. 하지만 유령에 대해 구체적으로 아는 건 없어."

토비아스가 흥분했다.

"안 돼, 안 돼, 안 돼! 너희는 저 성에서 피어오르는 푸른 연기를 못 봤어? 창문 뒤에서 어슬렁거리는 괴물을 못 봤어? 안 돼! 저기에 발을 들여놓을 순 없어!"

앙브르가 단호하게 말했다.

"좋아. 그럼 지켜보고, 나중에 얘기하자."

맷이 놀라며 물었다.

"오늘 밤 방으로 돌아가지 않으면 들키지 않을까?"

"아니, 나를 보러 오는 사람은 없을 거야. 걱정하지 마. 첫 번째 팬 무리가 섬에 도착했을 때 더그는 남자들과 여자들은 같은 성에서 자지 말라고 공포했어. (그녀는 웃으며 안심시켰다.) 하지만 잠을 자지 않고 함께 밤을 보내는 것은 금지하지 않았지! 게다가 나는 그의 권위적 태도가 지겨워죽겠어. 오늘 저녁 전령이 이야기를 끝내면 중앙 계단 아래에서 만나기로 해. 벽장 맞은편에 관계자 전용 계단으로 가는 문이 있어. 그곳이라면 아무도 오지 않을 거야."

앙브르가 손을 뻗자 두 소년도 손을 내밀었다. 그리고 동시에 말했다.

"삼총사를 위하여!"

☣

'유령의 성'의 높은 탑이 차가운 북풍에 아랑곳하지 않고 그들을 내려다보고 있었다. 까마귀들은 환희의 불길을 둘러싼 마녀들처럼 탑 주위를 맴돌고 있었다.

21
감시

전령은 서쪽에 위치한 팬 공동체들의 독창적인 발명, 발견, 조직에 대해, 그리고 만장일치를 얻지 못한 결정으로 생긴 갈등에 대해 얘기해주었다. 몇몇 공동체는 '그랜드 팬'을 뽑기 위해 선거를 실시했고, 다른 곳에서는 이 섬처럼 자연스럽게 지도자가 부상했다. 하지만 맷은 이런 상대적인 조화가 때로는 폭력 속에서 태어난다는 사실을 깨달았다. 초기에는 어른들이 없고 두려움이 팽배해 있었기 때문에 강자의 법칙이 적용되어 가장 나이가 많고 공격적인 팬들이 그랜드 팬 노릇을 했지만, 어느 정도 시간이 지나면 이성과 다수파가 주도권을 되찾았다. 하지만 몇몇 공동체에서는 난폭한 팬들이 권력을 잡고 동료들을 노예처럼 부렸다. 처음에는 누구도 감히 참견하지 못했지만 점점 더 많은 팬들이 그들을 비난하고 있었다.

맷은 휴식을 취하고 샤워를 한 전령의 몸에서 여러 개의 끔찍한 상처를 발견했다. 여러 개의 칼자국이 목에, 대여섯 개의 반상출혈斑狀出血(피부에 검은 보랏빛 얼룩점이 생기는 피부밑출혈—옮긴이)이 팔뚝에 있었고, 부어오른 오른손은 파란색 줄무늬가 있는 녹색으로 바뀌고 있었다. 전령들은 팬 공동체들을 연결하기 위해, 어린이들과 청소년들에게 희망과 소식, 그리고 용기를 전하기 위해 엄청난 위험을 감수해야 했다. 모든 팬들은 그들에게 존경과 감사를 표했다.

벤은 메모가 가득한 구겨진 종이를 펴고 연설을 이었다.

"이번에는 이미 입증된 기술과 지식에 대해 말씀드리겠습니다. 시골에 사는 몇몇 팬들은 농부의 자녀들을 위해 농경지를 선택하고 씨를 뿌리는 방법과 농사에 필요한 모든 것을 전해주었습니다. 또한 의약 분야, 특히 부러진 팔다리를 치료하는 방법에 관한 소중한 지식을 모으기 시작했습니다. 먹어서는 안 되는 장과漿果의 목록도 작성되었습니다. 독이 있는 과일을 먹고 세 명이 죽었기 때문입니다. 관례에 따라 상세한 내용은 그랜드 팬에게 설명하겠습니다. 또한 이곳 공동체의 제안을 경청해 모든 팬들이 배울 수 있도록 전달하겠습니다."

한 시간 반 후 전령이 연설을 마치자 팬들은 유리잔으로 책상을 두드려 감사를 표하고는 최근 소식에 흥분한 모습으로 모두 회의실을 빠져나갔다.

맷은 최대한 신중하게 중앙 계단 아래에 있는 문을 열고 들어가 곧 벽장을 발견했다. 토비아스는 이미 어둠 속에서 그를 기다리고 있었다.

토비아스가 속삭였다.

"앙브르는 왜 이런 데서 만나자고 했을까? 너희 둘은 정말 잘 통해!"

맷이 어둠 속에서 물었다.

"초롱 안 가져왔어?"

"기다려."

갑자기 토비아스의 손에서 하얀 불빛이 나타났다.

"빛나는 버섯 조각 생각나? 그게 아직도 이렇게 반짝거려! 여전히 강렬하게."

문이 열리더니 앙브르가 황급히 들어왔다. 그녀는 반짝이는 버섯을 보고 열광했다.

"정말 신기하네!"

"여기 오는 길에 발견한 거야. 자, 그럼 이제 어떻게 하지?"

하얀 불빛에 비친 세 사람의 얼굴은 유령의 모습과 흡사했다.

앙브르가 말했다.

"미노타우로스 성에 가야 해."

토비아스가 질겁하며 물었다.

"유령의 성에?"

"맷의 말대로 미노타우로스 성에 가면 크라켄 성과 모든 출입을 감시할 수 있어. 하나도 놓치지 않을 거야."

토비아스는 두려움을 감추지 않고 인상을 찌푸렸다.

"나는 싫어."

맷이 말했다.

"방에 올라가서 창문으로 담요를 던져줄게. 토비아스, 너는 부엌에 가서 과일을 챙겨. 밤새도록 버텨야 할 거야."

삼총사는 각자 맡은 임무를 완수한 다음, 어깨에 담요를 걸친 채 제대로 관리하지 않은 오솔길을 성큼성큼 걷기 시작했다. 앙브르가 석유 초롱을 들고 앞장섰다.

넘실대는 초롱의 불꽃에도 불구하고 초목은 어둠 탓에 거무스름한 회색을 띠었다. 가시가 복잡한 매듭처럼 뒤얽혀 있어 뛰어넘어야 했고, 낮은 나뭇가지들이 얼굴을 후려쳤다.

선두에서 가장 큰 장애물을 제거하는 앙브르가 투덜거렸다.

"아무도 이 오솔길의 잡초를 손질하지 않았어."

주위에서 우글거리는 야간 곤충들이 잎사귀들을 살랑대게 했다.

이윽고 가시나무 울타리의 모퉁이에서 유령의 성의 낮은 층계가 나타났다. 짧은 계단은 돌기둥으로 에워싸인 정문과 연결되어 있었다. 정문 위에는 원화창圓華窓이 뚫려 있었다. 희끄무레한 거대한 벽에는 창문이 없고, 그 위로 사각형 탑들이 얹혀 있었다.

앙브르가 설명했다.

"제일 높은 탑까지 올라갈 필요는 없어. 본관 건너편이니까. 아무 탑이나 올라가도 크라켄 성을 내려다볼 수 있을 거야."

맷이 먼저 계단을 올라가 무거운 정문 손잡이를 돌리고 어깨로 문짝을 밀었다. 문은 음산하게 삐걱거리면서 열렸다.

맷의 뒤를 바짝 따라간 앙브르는 성안을 비추기 위해 초롱을 들어 올렸다. 차가운 로비, 지금껏 본 것 중 가장 긴 양탄자, 여러 개의 문, 작은 탑으로 올라가는 나선형 계단.

삼총사는 나선형 계단을 올라가기로 했다. 토비아스는 조금이라도 이상한 소리가 들리면 멈춰 서서 세심하게 주위를 살폈다. 그들은 여러 층을 올라간 후 당구대와 바—아직도 술병이 놓여 있었다—가 있는 먼지투성이 홀을 가로질렀다. 이윽고 그들은 네 갈래로 뻗은 복도에 이르렀다.

맷이 나지막이 물었다.

"어디로 가지?"

앙브르가 한숨을 내쉬었다.

"내가 어떻게 알아? 이곳에 온 적이 없는걸!"

삼총사는 무작위로 복도를 선택해 두 개의 홀을 통과했다. 첫 번째 홀은 검과 무기를 쥐고 있는 음산한 갑옷 마네킹으로 가득했다. 두 번째 홀은 박제된 사자, 호랑이, 코뿔소 등 야수들이 전리품으로 장식되어 있었고, 벽에는 영양 10여 마리의 머리가 걸려 있었다. 사용되지 않은 여러 개의 갈고리가 더 중요한 수집품을 예고했다. 사람이 거주한 흔적은 없었다. 만일 유령이 살고 있다면 유령은 여유롭게 정체를 드러낼 것이다. 맷은 이렇게 생각했다.

'우리를 더 교묘한 함정에 빠뜨리려고 이렇게 꾸몄을 거야! 길을 잃는 순간, 유령이 우리를 공격하겠지!'

다시 복도, 분기점, 문, 그리고 계단이 나왔다. 몇 분 후 그들은 남쪽 측면에 있는 한 탑의 꼭대기에 도착했고, 크라켄 성을 한눈에 볼 수 있었다.

앙브르가 주위를 둘러보며 말했다.

"안성맞춤이다."

회색빛이 도는 청석돌 지붕 아래 위치한 감시 초소는 총안으로 둘러싸여 있었다. 귓가에 윙윙대는 바람을 막아주는 창문은 하나도 없었지만, 사방이 시원하게 트여 있었다. 그들은 다른 건물의 지붕을 살펴보았다. 단 두 개의 탑—그중 가장 높은 탑 위에 둥근 지붕이 얹혀 있었다—만이 그들이 있는 탑보다 높았다.

삼총사는 담요로 몸을 포근하게 감싸고 교대로 감시했다. 두 사람은 통풍이 안 되는 곳에 앉았고, 한 사람은 두 개의 총안 사이에 서서 크라켄 성을 내려다보았다.

맷이 먼저 보초를 섰다. 시간이 지남에 따라 춤추던 촛불이 하나둘씩 꺼지고, 이내 두 개밖에 남지 않았다. 그는 두 친구에게 설명해주었다.

"불이 켜진 곳은 더그의 방일 거야. 다른 하나는 모르겠어."

한참 후 그의 코가 얼음 조각처럼 차가워졌을 때, 더그의 방이 어두워졌다. 하지만 다른 촛불은 꺼지지 않았다. 높은 탑에서 금속을 긁는 소리가 들려왔다. 토비아스는 소스라치게 놀랐다.

"뭐지?"

맷이 진정시켰다.

"긴장 풀어. 바람에 움직이는 구조물일 거야."

하지만 토비아스는 여전히 불안한 눈길로 맷을 바라보았다.

한참 후 맷은 두 다리에서 힘이 빠지는 것을 느꼈다. 이번에는 앙브르 차례였다.

맷은 피로를 극복하기 위해 토비아스와 대화를 나누었고, 두 사람은 사과를 먹으며 시간을 보냈다.

차가운 밤바람이 불었다. 시간이 많이 흘렀다. 담요는 어깨를 짓눌렸고, 눈꺼풀은 무거워졌다. 수다쟁이들은 말을 잃었고, 예민한 정신은 가물가물해졌다.

마침내 토비아스와 맷은 졸기 시작했다.

그들이 간신히 깨었을 때 앙브르가 속삭였다.

"방금 마지막 촛불이 꺼졌어."

그리고 한 시간 동안 아무 일도 일어나지 않았다.

앙브르는 두 소년의 어깨를 잡고 부드럽게 흔들면서 속삭였다.

"일어나서 저것 좀 봐."

잠에 취한 두 소년은 어렵사리 몸을 일으켰다.

맷이 물었다.

"무슨 일이야? 움직임이 있어?"

"아니. 하지만 저 위쪽을 봐!"

앙브르는 바로 앞에 있는 미노타우로스의 탑을 가리켰다. 한 줄기 푸른 불빛이 계단의 총안을 비추고 있었다. 이윽고 푸른 불빛이 사라지는가 싶더니 조금 위쪽에서 다시 반짝거렸다. '누군가'가 탑 꼭대기로 올라가고 있었다. 맷은 곧 정신을 차리고 정정했다. 아니, '무언가'야!

토비아스가 입을 열었다.

"제길……. 이곳은 저주받은 곳이야!"

"그런 말 하지 마……. 저건 어쩌면……."

하지만 앙브르의 말은 목구멍에서 갇혔다. 반짝이는 푸른 연기가 탑 꼭대기를 기어오르고 있었다. 구불구불 올라가는 연기는 바람에 날려 그들이 있는 쪽으로 다가왔다.

토비아스가 뚜껑문으로 향하면서 외쳤다.

"저건 귀신의 기운이야!"

맷이 그의 어깨를 붙잡았다.

"어디 가?"

"도망쳐야지! 무슨 생각을 하는 거야? 귀신이 바로 우리에게 오고 있어!"

"저건 연기일 뿐이야."

"저 연기는 푸른색이야. 게다가 어둠 속에서 빛나잖아!"

앙브르가 뚜껑문으로 달려가자 맷이 불안한 시선으로 노려보았다.

"너도 도망치는 거야? 겁쟁이들……."

앙브르가 단호하게 말했다.

"아니! 저 연기가 무엇인지 확인하러 가는 거야!"

토비아스는 두 손으로 머리를 붙잡고 신음을 토했다.

"안 돼! 그건 엄청난 실수야!"

하지만 맷은 이미 앙브르를 따라 뚜껑문으로 돌진하고 있었다.

22
고백할 수 없는 비밀

앙브르는 원추형의 오렌지빛이 너울대는 초롱을 들고 어두운 복도로 뛰어갔다.

맷은 그녀 바로 뒤에서 뛰었고, 토비아스는 이 음산한 장소에 혼자 남게 될까 봐 두려워 두 사람을 따라갔다. 앙브르는 짐작으로 방향을 잡아 문을 밀었고, 시간을 잃지 않기 위해 뛰어서 계단을 내려갔다.

삼총사는 돌연 육중한 나무 문이 닫혀 있는 홀에 갇혔다. 4미터에 달하는 두 개의 거대한 문짝은 녹슨 맹꽁이자물쇠와 어마어마한 쇠사슬로 잠겨 있었고, 10여 개의 강철 빗장과 무거운 나무 빗장이 꽂힌 것으로도 모자라 용접된 금속판들이 문의 봉쇄를 보강했다.

앙브르는 숨을 가다듬으며 말했다.

"빨리 다른 출구를 찾아야 해."

맷이 반대했다.

"모두 마찬가지일 거야! 이 문 봤잖아? 다른 통로가 있다면 이렇게까지 힘들게 문을 막지 않았겠지."

앙브르는 고개를 끄덕였다. 인정할 수밖에 없는 사실이었다.

토비아스는 문짝 나무에 새겨진 이상한 그림을 가리켰다.

"저걸 봐. 악마의 상징 같아!"

앙브르는 다가가면서 확인했다.

"오각형 별이야."

신비스러운 글자들이 오각형 별 주위를 감싸고 있었다.

토비아스가 물었다.

"유령이 폭풍설 이전부터 출몰한 건 아닐까? 악마를 숭배하는 사람이 이곳에 살았던 거 아냐?"

맷은 고개를 저었다. 그는 자물쇠를 자세히 관찰하면서 말했다.

"그럴 리가 없어. 이 성을 구상한 사람이 누군지 모르잖아. 아무튼 엄청 불길한 곳인 건 확실해!"

앙브르가 대답하기 위해 입을 벌리는 순간 누군가가 문 밑을 거칠게 긁어댔다. 삼총사는 소스라치게 놀라며 비명을 질렀다. 문 밑에서 올라온 강력한 입김이 모든 먼지를 날렸다.

토비아스가 외쳤다.

"놈이 우리 냄새를 맡았어! 우리 냄새를 맡았어!"

마치 그에게 대답이라도 하듯 육중한 물체가 문짝을 치자 빗장과 쇠사슬이 흔들렸다.

맷이 지시했다.

"물러나!"

두 소년은 앙브르를 앞세우고 부리나케 도망쳤다. 그들은 미로처럼 복잡한 홀에서 한참 동안 헤매다가 마침내 밖으로 나왔다. 숨이 차고 얼굴이 화끈 달아올랐지만 어쨌든 살아 있었다.

맷은 정문에 등을 기대고 호흡을 가다듬었다. 앙브르 손에 여전히 들려 있는 초롱의 불빛도 약해져 있었다. 불길 역시 이 소동에서 살아남기 위해 싸웠던 것이다. 불길은 삼총사와 함께 원기를 되찾았다.

앙브르가 제안했다.

"이 일은 비밀로 하자. 다른 사람들이 이 사실을 알게 될 때까지."

맷이 물었다.

"이 성을 조사하고 싶어?"

"물론이지! 시치미 떼고 더그에게 물어봐야 해. 너는 신참이니까, 네가 물어보면 이상하게 생각하지 않을 거야."

맷은 고개를 끄덕였다.

토비아스가 소리쳤다.

"다시는 이곳에 발을 들여놓지 않겠어!"

앙브르가 말했다.

"그 문의 규모와 문을 열 수 없게 해둔 잠금장치를 봤잖아. 조금도 위험하지 않아."

토비아스는 얼빠진 표정으로 대꾸했다.

"어이구……. 타이타닉호 승객들이 그렇게 말했었지."

삼총사는 이번 모험은 이 정도에서 끝내기로 합의하고, 복도를 두리번거리면서 각자 자신의 방으로 돌아갔다. 그날 밤, 그들은 얼마 남지 않은 시간 동안 잊을 수 없는 악몽을 꾸었다.

☣

이틀 후, 맷은 더그를 만나기 위해 크라켄 성 뒤쪽 테라스로 갔다. 한 팬이 켄타우로스 성으로 가보라고 알려주었다.

맷은 테라스 밑에 뻗어 있는 오솔길을 걷다가 섬을 뒤덮은 무성한 초목 속으로 들어갔다. 히드라 성을 따라 걷던 그는 열린 창문을 통해 소녀들의 웃음소리를 들으며, 섬을 한 바퀴 돌 수 있기 때문에 '순환로'라고 부르는 오솔길로 접어들었다.

맷은 혼자서 크라켄 성을 떠난 적이 없었다. 외출할 때는 토비아스나 캘빈과 동행했지만 멀리 가지 않았다. 캘빈과는 점점 더 가까워지고 있었다. 그는 미리 여러 성의 윤곽과 위치를 파악해놓았다. 오솔길에서 열 살 소녀와 마주쳤다. 그녀는 맷 또래의 소녀와 함께 걷고 있었다. 그들은 인사를 나누었다. 두 소녀는 보랏빛 꽃으로 가득한 바구니를 들고 있었는데, 저녁 수프에서 몇 번 본 적 있는 꽃이었다.

15분 후, 맷은 오른쪽 소관목과 덤불이 다른 곳과 달리 초록빛을 띠지 않는다는 사실을 알아챘다. 이곳의 초목은 검은색으로 변하고 있었다. 그는 발길을 멈추고 잎사귀를 따서 자세히 관찰했다. 잎사귀는 분명히 검었다. 맷은 깜짝 놀랐다. 그는 더 자세히 확인하기 위해 오솔길에서 벗어났다. 고사리 역시 병적인 색깔로 변하고 있었다.

그때 덤불이 움직였다. 맷은 토끼나 여우일 거라 생각했지만, 검은색의 긴 다리만 보였다. 가죽을 닮은 번들거리는 다리.

'저렇게 작은 포유류는 본 적이 없어!'

잠시 후 그는 잡목을 헤치며 길을 텄다. 그리고 두 나무 사이에 걸려 있는 12미터에 달하는 하얀 천을 발견했다. 정체를 확인한 그는 너무 놀란 나머지 우뚝 멈추고 중얼거렸다.

"아니, 이럴 수가……."

그것은 거미집이었다.

맷은 거미줄에 둘둘 말린 새 한 마리를 보았다. 조금 멀리에 다람쥐 한 마리도 매달려 있었다. '죽음의 꽃'에 붙잡힌 수십 마리의 희생자들이 여기저기 걸려 있었다. 맷은 구토증에 시달렸다. 이 음산한 지역을 지나고 나니 무덤 하나와 대여섯 개의 회색빛 비석이 나타났다. 토비아스가 접근하지 말라고 했던 공동묘지였다.

맷은 중얼거렸다.

"내가 여기서 뭐 하는 거지?"

맷은 발길을 돌렸지만 더 이상 주위를 알아볼 수 없었다. '어디로 왔었지?' 어둠 탓에 모든 것이 똑같아 보였다. 초목은 식별되지 않았다. 맷이 칡넝쿨과 낮은 나뭇가지를 젖히면서 황급히 달려가는 동안 나무줄기가 뒤에서 우지끈하는 소리를 냈다. 불현듯 오솔길의 하얀 윤곽이 드러났다. 맷은 오른쪽의 검은 지대를 노려보며 전속력으로 오솔길을 향해 달려갔다.

맷은 켄타우로스 성에 이르면서 대체 무엇이 공동묘지 주위의 식물을 그 정도로 오염시킬 수 있을지 자문했다. 특히 털이 난 다리만 보였던 그 짐승이 무엇인지 궁금하고 두려웠다. 자동차 바퀴처럼 큰 거미는 떠올리기조차 싫었다.

'아니야. 불가능한 일이야……. 내가 꿈을 꾼 거야! 그래, 그거야. 잘못 봤어. 불가능한 일이야.'

더그는 켄타우로스 성 뒤쪽 새장에 있었다. 철근 장선과 유리로 만든 대형 구조물이었다. 주위는 다채로운 꽃을 피운 식물로 가득했다. 백여 마리의 새들이 나무 횃대나 나뭇가지 사이에 설치된 새집에 살고 있었다. 새들의 반복되는 울음소리와 날갯소리가 요란해 목소리를 높여야 했다.

더그가 맷을 보면서 솔직하게 말했다.

"너는 끊임없이 나를 놀라게 하는구나. 오랫동안 병석에 누워 있던 사람이 이렇게 오랜 산책을 하려면 한 달은 족히 걸릴 텐데. 너는 열흘도 지나지 않았는데 자유롭게 돌아다니고 있어!"

맷은 괴로운 심정으로 대답했다.

"아버지를 닮아서 그래."

"콜린을 아니?"

더그는 키가 큰 긴 밤색 머리 소년을 소개했다. 얼굴에는 몇 개의 여드름이 나 있었다. 맷이 그에게 인사했다.

"콜린은 이 섬에서 가장 나이가 많아! 열일곱 살이지. 새를 맡고 있어."

콜린의 얼굴이 환해졌다.

"나는 새를 아주 좋아해."

"안녕. 나는 맷이야."

"반가워, 맷."

더그가 맷에게 물었다.

"무슨 일이야?"

맷은 청바지 호주머니에 두 손을 찔러 넣고 순진한 얼굴로 더그에게 물었다.

"유령의 성은 정말로 위험한 거야? 언젠가 새로 도착할 팬들을 위해 저 성을 청소해서 숙소를 마련해두면 좋지 않을까?"

더그는 매우 퉁명스럽게 대꾸했다.

"저 성에는 접근하지 마. 할머니가 들려주는 옛날이야기가 아니야. 저기에는 악마가 있어! 여러 팬이 밤에 탑 창문 뒤에서 괴물의 머리를 보았어. 그리고 숙소는 충분해. 아직 스무 개 정도의 빈방이 있으니까. 숙소는 급한 문제가 아니야."

"너는 폭풍설 전에도 이곳에 살았지? 저 성에 누가 사는지 말해줄 수 있어?"

더그는 당혹스러운 듯 보였다.

"폭풍설 전의 생활을 묻는 건 예의가 아니야. 자진해서 얘기하는 것은 괜찮지만."

"알아. 하지만 너라면 저 성에 무엇이 있는지 잘 알 거라고 생각했어. 네 아빠가 이웃을 선택하셨잖아."

더그는 어깨를 으쓱했다.

"어떤 노인이 처음에 저 성을 지었어. 내가 여덟 살인가 아홉 살이었을 때 돌아가셨고. 그 후로 저 성은 방치됐어."

"그럼 폭풍설 전에는 유령이 없었어?"

"몰라. 없었을 거야. 하지만 레지를 데리고 가지 않아. 몹시 무서워하거든."

"그 노인은 뭘 했었는데?"

더그는 맷의 눈을 노려보았다. 맷은 그의 생각을 읽었다.

'내 호기심이 지나치다고 생각하는군.'

"평범한 노인이었을 뿐이야. 이미 말했지만 그분이 돌아가셨을 때 나는 너무 어렸고, 더 이상 기억하는 것도 없어."

맷은 더그가 모든 것을 털어놓지 않았다고 느꼈다. 그는 뭔가를 숨기고 있었다.

'두려워하는 것 같아! 그거야. 저 성안에 그를 두렵게 하는 뭔가가 있어! 섬의 팬들에게 털어놓을 수 없을 만큼 무서운 존재에 대해 뭔가를 알고 있는 것 같은데?'

맷이 더그에게 고맙다고 말하고 물러나려는 순간 콜린이 불렀다.

"새를 좋아하면 언제든지 보러 와도 좋아. 물론 도와주면 더 좋고."

콜린이 미소 지었다. 바보 같은 모습, 생기 없는 시선, 약간 누런 이.

맷은 잠시 여드름으로 일그러진 뺨을 가진 이 바보를 바라본 후 고개를 끄덕였다. 콜린은 언뜻 보아 약삭빠른 사람처럼 보이지 않았다.

맷이 두 친구와 얘기를 나누기 위해 다시 크라켄 성에 들어섰을 때, 앙브르는 대형 홀에서 전령 벤과 열렬히 토론하고 있었다. 그녀는 흥분한 채 전령의 설명에 웃으며 질문 세례를 퍼부었다. 맷은 앙브르의 태도에서 호기심 이상의 것을 간파했다.

앙브르는 전령 벤의 강건한 외모와 카리스마에 매혹되어 있었다.

맷은 벤이 호인이라는 점을 인정하지 않을 수 없었다. 180센티의 키, 네모진 턱, 가느다란 코, 검은 머리와 대비를 이루는 초록색 눈. 그는 배우처럼 생겼다.

'긴 여행으로 망가진 배우! 하지만 덕분에 그는 씩씩한 모습을 갖췄어. 소녀들은 그의 상처를 좋아하고, 멋지다고 생각하겠지.'

맷은 그들 앞을 지나가지 않기 위해 뒤쪽으로 돌아가면서 혼자 투덜거렸다.

앙브르가 벤에게 짓는 미소에 담긴 애정이 그의 마음을 몹시 아프게 했다.

23
초능력

다음 날은 섬 밖 숲에서 과일을 따는 작업이 예고되어 있었다. 맷은 토비아스의 설명을 떠올렸다. 그것은 비극적인 사고가 가장 많이 발생하는 아주 위험한 임무였다.

더그는 대형 홀에서 개최된 회의에서 여느 때처럼 제비뽑기로 과일 따는 사람을 선정할 거라고 알렸다. 열두 살 이상—위험하고 체력이 필요한 일이었기 때문에 이 나이를 넘어야 참여할 수 있었다—의 모든 팬의 이름을 새긴 나무 명패가 커다란 냄비 속에 들어 있었다. 맷의 명패는 냄비 속에 들어 있지 않았다. 더그는 그가 아직 신체적으로 준비되어 있지 않다고 판단했다. 위험을 의식한 맷은 컨디션은 좋다고 느꼈지만 항의하지 않고, 다음 기회를 기다리기로 했다.

필요한 열두 명 중 열 명이 이미 결정되었고, 더그는 동생 레지가 무작위로 뽑은 열한 번째 명패를 읽었다.

"열한 번째는 앙브르 칼데로입니다."

맷은 소스라치게 놀랐다. 앙브르가 뽑히다니! 이 외출이 위험하다는 것을 아는 이상, 친구들이 위험한 일에 참가하지 않기를 원했다.

'하지만 규칙이야. 바꿀 수 없어. 그래도 나는 그녀의 안전을 책임

져야 해!'

회의가 끝나자마자 맷은 더그를 만나 앙브르와 함께 가고 싶다고 말했다.

"첫 번째 외출에 혼자가 아니라 둘이면 더 좋잖아. 걱정하지 마. 쓸데없는 짓은 하지 않을게."

더그는 반대했지만 맷의 결연한 태도를 보고 더는 말릴 수 없다고 판단했다.

"원하는 대로 해. 남아 있으라고 명령할 수는 없지. 하지만 어리석은 생각이야. 세르지오 같은 사람과 함께 움직이는 게 좋겠어. 그는 건장하니까 만일 무슨 문제가 발생하면 너를 보호해줄 수 있을 거야."

맷은 앙브르를 보호하기 위해 참여한다는 말은 하지 않고 앙브르에게 달려갔다. 그리고 이내 그녀를 연약한 여자로 봐서는 안 된다는 사실을 깨달았다. 그가 보호자를 자처하면 앙브르는 분노를 터뜨릴 것이다. 그녀는 사람들이 자신을 연약한 소녀로 보는 것을 싫어했다.

맷이 앙브르에게 말했다.

"더그에게 부탁해서 너와 함께 가게 됐어. 바깥 상황을 파악할 수 있는 좋은 기회잖아. 첫 번째 외출인데 믿을 수 있는 사람과 같이 갈 수 있어서 기뻐."

다음 날 새벽, 다리에 모인 열세 명은 친구들이 통나무를 굴리고 철판을 까는 모습을 지켜보았다. 안개의 소용돌이는 아주 가벼운 무용수처럼 강 위를 떠다니고 있었다. 날씨는 쌀쌀했다. 맷은 스웨터에 검은색 반코트를 걸치고, 등에 검을 멨다. 플룸은 슬픈 눈으로 그를 관찰했다. 위험한 일을 조금도 감수하고 싶지 않은 그는 플룸을 데려가지 않기로 결심했다. 각자 커다란 버들로 엮은 광주리를 들었다.

강을 건너자 오솔길은 초목에 뒤덮여 거의 보이지 않았다. 20분 정도 매우 무성한 숲길을 걷던 그들은 두 그룹으로 나뉘었다. 한 그룹은 북쪽으로, 다른 그룹은 남쪽으로 이동했다. 첫 번째 과일나무들이 나타나자 각각 흩어졌다. 맷은 앙브르를 따라갔다. 곧 다른 사람들이 시야에서 사라졌다.

맷이 앙브르에게 물었다.

"왜 모여 다니지 않지?"

"처음엔 그렇게 했어. 하지만 약탈자들에게 쉽게 발각될 수 있다는 사실을 깨달았지. 공포에 사로잡혀 도망칠 때 몇 사람은 길을 잃고 쉽게 잡히고 말았어. 그때부터 더 신속하게 움직이고 위험을 줄이기 위해 흩어져서 과일을 따."

숲은 통풍이 더 잘됐고, 을씨년스러웠던 아침 해는 마침내 나뭇가지와 풀에게 따뜻한 너울을 보내주었다. 맷은 생소한 보랏빛 장과와 자두를 따서 앙브르의 광주리에 담았다. 가득 찬 광주리는 오솔길로 운반했다. 지정된 오솔길에는 빈 광주리와 과일이 가득 담긴 광주리가 잔뜩 있었다. 섬에서 온 루시—파란색 왕방울 눈을 가진—는 빈 광주리를 놓고 가득 찬 광주리를 들고 돌아섰다. 앙브르는 가장자리까지 가득 찬 광주리를 놓고 빈 광주리를 들었다. 아침나절이 끝나기도 전에 그들은 섬의 팬들이 일주일 이상 먹을 수 있는 과일을 따 모았다.

맷이 걸으면서 물었다.

"다른 소녀들과는 사이좋게 지내?"

"그럭저럭. 별의별 사람이 다 있으니까. 정전기를 일으키는 그웬은 정말로 아주 근사한 친구야. 밤마다 그녀의 온몸에서 털이 곤두서는데, 사실대로 말해주지 못했어. 그게 병이라도 됐던 것처럼 자신이 나았다고 생각하고 있거든. 좀 전에 본 루시는 친절해. 그리고 데보라와 린지는 밉살스러운 애들이야. 공동생활이 그렇지 뭐."

"너는 조금도 두렵지 않니?"

"두렵냐고? 뭐가?"

맷은 주위의 원시림을 가리켰다.

"이 모든 것, 새로운 세상의 미래에 대해서."

앙브르는 잠시 심사숙고하고 나서 대답했다.

"솔직히 말해줄까? 옛날보다 지금이 좋아."

"정말?"

앙브르는 자신의 발을 쳐다보며 걷다가 불쑥 말을 꺼냈다.

"나의 양아버지는 아주 고약한 머저리였어. (차가운 분노에 찬 어조와 상스러운 말에 맷은 얼어붙었다.) 엄마가 우리 시의 볼링 챔피언과 사랑에 빠진 거야. 결말은 뻔했지. 양아버지는 술만 마시면 행패를 부렸어."

맷은 최대한 부드럽게 물었다.

"양아버지가 너를 때렸니?"

"그건 아니야! 하지만 엄마를 때렸지. (앙브르는 돌아서서 친구를 바라보았다.) 그런 표정은 하지 마. 엄마는 원한다면 그를 떠날 수 있었지만, 그를 어찌나 사랑했는지 모든 것을 용서해주셨어. 용서할 수 없는 것조차."

그들은 오랫동안 침묵을 지켰다. 새소리만이 들려왔다.

"왜 내가 예전 생활을 그리워하지 않는지 이젠 알겠어?"

맷은 그녀가 재빨리 눈물을 훔치는 것을 보았다. 그는 그녀의 어깨에 손을 얹었다.

앙브르가 반복했다.

"괜찮아, 괜찮아. 나는 우리에게 주어진, 모든 것을 다시 시작해야 하는 이 세상에, 모든 사람, 모든 성격, 모든 야망을 위한 자리가 있다고 생각해. 각자가 원하는 역할을 찾기만 하면 돼."

"그럼 너는 네 역할을 찾았니?"

"응. 나는 곧 열여섯 살이 돼. 전령이 될 수 있는 최소한의 나이지."

"그들처럼 전국을 누비고 다니겠다고?"

"그래. 소식을 전달하고, 자연의 변화를 관찰하면서 적들의 이동을 염탐하고, 우리가 발견한 모든 것을 팬 공동체에 전해주는 일을 하고 싶어."

"하지만 위험해."

"알아. 그래서 전령의 생존율을 높이기 위해 나이를 열여섯 살 이상으로 규정한 거야. 매달 전령들이 사라지고 다시는 그들을 보지 못하지. 그리고 매달 새로운 청소년들이 전령에 지원해. 근사한 일이지."

맷은 어떻게 대답해야 좋을지 몰랐다. 그는 여자 친구를 잃게 될까 봐 걱정스러웠다. 언젠가는 그녀가 섬을 떠날 거라고 생각하니 몹시 마음이 아팠다. 벤이 그녀에게 그런 생각을 심어주었을까? 그녀는 벤을 사랑하기 때문에 그의 길을 걷고 싶은 걸까? 맷은 이 점에 대해 말하고 논의하고 싶었지만 차마 물을 수 없어 묵묵히 걸었다.

두 시간 후, 앙브르와 맷은 익은 사과를 찾기 위해 상당히 멀리 떨어져 있는 야생 과수원으로 들어가지 않을 수 없었다. 앙브르는 휘파람을 불면서 광주리를 채웠다. 맷은 검을 딛고 나무에 올라가 가장 높은 가지에 매달린 과일을 따서 발밑에 있는 광주리에 하나씩 던졌다. 그는 몹시 우울해졌다. 부모님이 그리웠다. 그리고 떠나고 싶다는 앙브르의 말을 되씹으며 벤을 질투했다. 왜 앙브르에게 이 문제를 거론하지 못했을까? 그녀에게 이렇게 말하는 게 그렇게 어려운가? "이봐, 실은 궁금한 게 있어. 너에게 전령이 되라는 미친 제안을 한 게 벤이야?" 하지만 그의 입술에서는 한 마디로 나오지 않았다. 그는 앙브르가 벤을 어떻게 생각하는지, 그녀가 정말로 벤을 사랑하는지 묻고 싶어 안절부절못했다.

'물론 앙브르는 벤을 사랑해! 그녀가 그를 어떻게 바라보는지 분명히 봤잖아! 앙브르는 벤이 하는 말에 귀를 기울였어!'

맷은 머리를 흔들었다. 그것은 어처구니없는 추측이었다.

'내 자신이 부끄러워. 한 소녀를 두고 이런 생각을 하다니.'

결국 맷은 더 이상 그녀에게 신경 쓰지 않기로 했다.

갑자기 한 무리의 새들이 주위의 나무에서 솟아오르더니 다른 곳으로 날아갔다.

'만일 내가 새였다면 모든 게 더 쉬웠을 거야! 날아다니다가 내려앉고, 또 마음에 들지 않으면 떠나서 더 안락한 곳을 찾을 텐데. 진정한 자유!'

도망. 그가 꿈꾸는 것은 끊임없이 도망치는 것이었다. 그것은 해결책이 아닌데.

땅바닥 어딘가에서 나뭇가지가 우지끈하는 소리가 들렸다. 아주 가까운 곳에서.

맷은 숲을 둘러보았다……. 이내 온몸이 굳어지며 피가 얼어붙었다.

사람의 키만큼 작달막하지만 황소의 힘을 뿜는 무언가가 앙브르의 뒤로 다가가고 있지 않은가. 주름진 얼굴, 축 늘어진 볼, 덜렁덜렁한 가죽 아래에 가느다란 금으로 줄어든 두 눈…… 글루통이었다!

글루통은 어깨에 커다란 자루를 둘러맸고 다른 손에는 장작으로 다듬은 몽둥이를 쥐고 있었다. 놈은 침을 흘리며 팔을 들어 앙브르를 후려치려 했다. 놈이 어찌나 건장한지 단번에 그녀의 머리를 쪼개고 두개골을 열어젖힐 것만 같았다.

맷은 나뭇가지에서 나뭇가지로 뛰어내리며 단 2초 만에 땅바닥으로 내려왔다. 그는 사과 하나를 쥐고 울부짖었다.

"물러서, 더러운 인간아!"

글루통이 돌아섰다. 놈의 얼굴 주름이 놀람의 효과로 펴졌다. 맷은 전력을 다해 사과를 던졌다. 어찌나 세게 던졌는지 사과가 흉측한 코에 맞고도 튕기지 않고 폭탄처럼 터졌다. 앙브르는 고사리밭으로 몸을 날렸다. 사과를 맞아 정신이 없을 뿐 아니라 깜짝 놀라기도 한 글루통은 멜빵에서 검을 꺼내 달려드는 맷을 보지 못했다.

검은 바람을 갈랐다. 뾰족한 끝이 글루통의 배에 깊숙이 박히자 놈은 소지품을 놓고 비명을 지르기 시작했다. 놈은 맷의 목을 잡더니 계속 비명을 지르며 졸랐다.

맷은 공포에 사로잡혔다.

'안 돼! 안 돼! 정신 차려야 해!'

맷은 팔꿈치로 무사마귀로 뒤덮인 글루통의 팔뚝을 강타했다. 그리고 단번에 검을 뽑았다. 피가 글루통의 누더기에서 줄줄 흘러내리기 시작했다. 놈은 격분과 고통으로 계속 울부짖었다. 맷은 훨씬 더 가벼워진 듯한 검을 열정적으로 휘둘러 글루통의 손목을 잘랐다.

비명은 배가 되었다. 피가 분수처럼 솟구쳤다.

공포에 질린 맷은 비틀거리면서 뒷걸음치다가 무성한 풀밭에 쓰러졌다.

그때 다른 글루통이 으르렁거리며 공격의 함성과 함께 나타났다. 그는 맷의 머리 위로 무거운 몽둥이를 휘둘렀다. 혼비백산한 맷은 거대한 괴물이 팔을 뻗어 규석으로 만든 뾰족한 끝으로 자신을 찌르려는 것을 볼 시간밖에 없었다.

맷은 눈을 감을 수조차 없었다. 그는 돌이 두개골에 박히기 직전의 치명적인 충격이 끔찍할 거라고 생각했다.

그때 앙브르가 목이 쉬도록 외치는 소리가 들렸다.

"아…… 안 돼!"

글루통이 맷을 공격하기 직전, 나뭇가지 하나가 놈의 얼굴을 후려치면서 넘어뜨렸다. 뼈가 으스러지는 소리와 몸뚱이가 쓰러지는 둔탁한 소리가 들렸다.

맷은 눈을 깜박거렸다.

그는 살아 있었다. 무사히.

그는 일어나 위기의 순간에 도와준 것이 누구인지 찾아보았다. 그의 발치에서 첫 번째 글루통이 피를 흘리며 신음하고 있었다. 검에 찔린 복부에서 내장이 조금씩 빠져나왔다. 맷은 구역질을 참고 물러났다. 그는 앙브르의 하얗게 질린 얼굴을 보지 못하고 중얼거렸다.

"누구였지? 누가 나를……."

"내가…… 내가 그랬어……."

앙브르는 쇼크에 빠진 것처럼 보였다. 다물지 못한 입, 깜박거리는 눈.

"진정해. 도망쳐야 해. 이 두 놈뿐만이 아닐 거야. 자, 빨리 가자."

맷은 검과 멜빵을 집고 앙브르의 손을 잡아당기면서 최대한 빨리 달렸다.

일단 오솔길에 도착하자, 앙브르가 헐떡거리면서 입을 열었다.

"나뭇가지를 던진 건 나야."

"너는 내 생명의 은인이야!"

앙브르가 덧붙였다.

"……나는 나뭇가지를 만지지 않았어."

이번에는 맷이 걸음을 멈췄다.

"뭐라고? 그러니까 네가 염동을……."

"그래. 소리를 지르면서, 나는 뭔가를 하고 싶었고, 정신을 집중해 땅바닥에 있던 커다란 나뭇가지를 던지는 것을 생각했지. 내가 일어나기도 전에 정확히 그 일이 일어났어."

맷은 그 장면을 떠올렸다. 실제로 글루통을 후려쳤던 나뭇가지는 팔 힘만으로는 들 수도 없고, 그렇게 세게 던질 수도 없을 만큼 무거우며 상당히 컸다.

앙브르가 말을 이었다.

"잘 들어. 당분간은 누구에게도 말하지 마. 이건 우리 둘만의 비밀이야. 알았지? 하지만 즉시 경보를 울리고 다 같이 신속하게 섬으로 돌아가야 해."

두 사람은 모든 팬들을 불러 모으면서 달렸다. 모두 집결해 다리를 건너자마자 보초들은 서둘러 다리를 폐쇄하고 경계를 강화했다.

사건 소식은 곧 섬에 전파되었고, 모든 팬들이 달려와 그들이 무사한 것을 확인하고 안심했다. 맷이 두 글루통을 죽였다고 알리자 모두의 눈빛이 반짝였다. 맷은 글루통과의 싸움을 전하며 앙브르가 차분하게 뾰족한 나뭇가지를 주워 두 번째 글루통의 눈을 깊숙이 찔렀다고 덧붙였다. 환호성이 터졌고, 팬들은 한참 동안 두 사람을 칭찬해주었다.

혼자 있게 된 맷은 기분이 좋지 않았다. 싸움 장면이 떠올랐다. 그가 손목을 잘랐을 때 글루통이 내지른 비명 소리, 솟구치던 피, 그리고 신음 소리가 머릿속에서 빙빙 돌기 시작했다. 다행히 그는 괴물과 눈을 마주치지 않았다.

그날 오후, 맷이 국수를 먹으려 할 때까지도 피와 비명 소리는 떠나지 않았다. 그는 화장실에 가서 토했다.

나중에 토비아스가 왔다. 맷은 크라켄 성 뒤쪽 테라스의 낮은 담장에 앉아 무표정한 얼굴로 저물녘의 태양을 바라보고 있었다. 플륌은 주인의 넓적다리에 머리를 올려놓은 채 누워 있었다. 맷은 개를 부드럽게 어루만져주었다.

"어때?"

맷은 새쭉한 얼굴로 잠시 생각하고 나서 입을 열었다.

"녹초야."

"힘들었지?"

맷은 천천히 고개를 끄덕였다.

"토비, 폭력은 영화에서 본 것과는 달라. 나는 폭력이 싫어. (그는 두 손바닥을 들어 올려 바라보았다.) 아직도 놈의 몸에 박힌 내 검이 떨리는 게 느껴져."

토비아스는 어떻게 대답해야 좋을지 몰라 조용히 옆에 앉았다. 함께 석양을 바라보는 그들의 얼굴이 오렌지빛으로 물들었다.

히드라 성의 높은 창문이 열렸다. 두 소년은 앙브르의 붉은 머리채를 알아보았다. 그녀는 상체를 숙이고 두 소년을 바라보고 있었다. 그녀는 그들에게 오라는 손짓을 했다. 그들은 기꺼이 일어났다. 플륌은 히드라 성 입구까지 두 사람을 따라왔다가 다시 숲 쪽으로 떠났다.

앙브르의 방은 온통 목재였고, 제법 넓었다. 하얀 커튼과 푸른 벽지가 침대, 소파, 그리고 넓은 책상을 구분해주었다. 앙브르는 포근한 분위기를 조성하기 위해 여러 곳에 촛불 초롱을 매달아놓았다. 그녀는 따뜻한 새틴 실내복 차림이었다. 헝클어진 머리카락이 그녀가 오후 한때 누워 있었다는 사실을 말해주었다. 그녀 역시 기분이 좋지 않았다. 그녀는 두 소년을 안락한 소파로 안내했다.

앙브르는 소파에 앉아 두 다리를 모으면서 진지하게 말했다.

"할 말이 있어. 오늘 아침에 일어난 일에 대해 오랫동안 고민했는데, 모두에게 변화가 일어나고 있는 것 같아."

토비아스가 물었다.

"왜 그렇게 생각해?"

"많은 팬들이 차례로 찾아와서는 기분이 좋지 않다고 투덜댔어. 지금도 계속되고 있고."

그녀는 맷을 응시했다.

"오늘 아침 네가 던졌던 사과 말이야, 나는 얼굴을 돌리자마자 사과가 글루통의 얼굴에서 폭발하는 걸 봤어."

맷은 당연한 일이라는 듯 어깨를 으쓱했다.

앙브르가 거듭 말했다.

"맷, 사과가 '폭발'했어! 불가능한 일이 일어난 거야. 너는 괴물을 후려칠 것처럼 세게 사과를 던졌어. 누구도 사과를 얼굴에 던져 폭발시킬 수 없어!"

"무슨 말을 하고 싶은 거야? 내 몸이 변하고 있다는 거야?"

"이미 말했지만 그런 게 아니야. 신체가 아니라 능력이 바뀌고 있는 거라고. 지구는 생명체의 기능을 변화시켰고, 팬들도 이 변화를 모면할 수 없어. 다만 이 변화는 각 팬마다 특별한 능력으로 나타나고 있어."

토비아스가 맷을 가리키며 물었다.

"맷이 초능력을 발휘했다는 거야?"

앙브르는 고개를 끄덕였다.

"조금 더 설명할게. 우리가 발휘하는 초능력은 어떤 필요성과 관련이 있는 것 같아. 너는 혼수상태에서 벗어나기 위해 체력이 필요했어. 그리고 네가 얻은 것이 초인적인 힘이야. 나는 무수한 환경 변화로 인해 몹시 혼란스러웠어. 다섯 달도 전부터 줄곧 정신을 딴 데 팔았지. 동작은 예전보다 더 서툴어졌어. 서툰 동작을 보조하기 위해 나는 염력을 활용하고 있고 조금 전 몇몇 팬에게 세르지오가 반복적으로 한 일이 있는지 물어봤어. 그들이 뭐라고 대답했는지 알아?"

맷이 확신 없는 추측을 내놓았다.

"촛불을 켜야 했던 거니?"

"바로 그거야! 키가 큰 세르지오는 불을 붙이고 초롱을 관리하는 일을 맡았어. 다섯 달 전부터 끊임없이 불을 붙이고 심지를 끄는 일을 했지. 그리고 마침내 순식간에 불꽃을 발생시키기에 이른 거야. 장담하는데, 몇 주 후에는 부싯돌을 마찰시킬 필요도 없을 거야!"

토비아스가 흥분하며 물었다.

"한 사람이 여러 가지 초능력을 획득할 수도 있는 거야?"

"불가능할 거야. 이 변화는 우리 존재, 우리 뇌의 상당한 부분을 혼란스럽게 만들 테니까. 초능력을 무한히 발휘할 수 있다고는 생각하지 않아. (그녀는 관자놀이를 살짝 두드렸다.) 이곳의 용량과 단련의 문제야. 일단 두고 보자고."

토비아스가 걱정스레 물었다.

"그럼 나는? 나는 어떤 능력을 발전시키지?"

앙브르와 맷은 그의 얼굴을 빤히 쳐다보았다.

앙브르가 솔직히 말했다.

"모르지. 이런 변화는 억제할 수 없는 거야. 초능력이 표출되면 알게 되겠지. 어떤 사람들은 시간이 꽤 걸리는 것 같아."

맷이 말했다.

"만일 내게 정말 초능력이 있다면, 활용하는 법을 배울 거야."

"내가 아침에 본 대로라면 너에겐 분명 초능력이 있어! 그래서 다섯 달 동안이나 누워 있던 네가 그렇게 빨리 회복된 거야. 곰곰이 생각해보면, 변화를 자극하고 그것을 활용하는 법을 배우기 위해서는 단련을 해야 해."

토비아스가 낙심했다.

"몇 달은 걸릴 거야!"

"아마도. 하지만 인생을 멋지게 살기 위해 그럴 만한 가치가 있어!"

그때 멀리서 나팔 소리가 울리기 시작했다. 낮은 음과 날카로운 음이 반복적으로 울렸다.

토비아스가 겁에 질린 목소리로 말했다.

"경보야."

맷이 당황하며 물었다.

"저건 뭘 뜻하지?"

앙브르가 일어나면서 대답했다.

"낮은 음과 날카로운 음은 다리 보초가 건너편 숲 기슭에서 뭔가를 발견했다는 뜻이야. 뭔가 적대적인 것."

이번에는 맷이 일어나면서 말했다.

"다리로 가야 해."

"잠깐만. 초능력에 관한 건 당분간 우리끼리만 알고 있어야 해. 알았지?"

삼총사는 모두 동의하고 다리로 돌진했다.

24
세 벌의 두건 달린 외투와 열두 벌의 갑옷

다리의 보초들은 건너편 오솔길 주위에서 대여섯 명의 글루통을 발견했다. 글루통들은 해가 질 때까지 어슬렁대며 섬에 침투할 통로를 찾다가 낄낄거리며 떠났다. 그들은 점점 더 무모해졌다. 전령이 가장 가까운 글루통 공동체가 20킬로 이상 떨어진 곳에 있다고 했으니, 그들은 꽤 먼 길을 달려온 셈이었다. 팬들은 그들의 접근을 달가워하지 않았다. 그날 대화의 핵심은 맷의 무훈과 글루통이었다.

맷은 이틀 후 용기를 내어 검을 씻었다. 검에는 갈색 딱지가 말라 있었다. 그는 검을 깨끗이 닦은 후 전령들이 사용하는 숫돌이 있는 지하실로 내려갔다. 그리고 물을 묻혀가며 날을 갈았다. 숫돌에 날을 갈 때마다 글루통의 배에서 솟구치던 피와 진홍색 핏물 속에서 나뒹굴던 잘린 손이 떠올랐다. 속이 뒤집혔다. 그는 이 불결한 이미지를 쫓아내면서 날이 면도날처럼 예리해질 때까지 갈았다.

앙브르가 옳은 걸까? 자신이 비범한 능력을 발휘한 걸까? 그래서 그토록 수월하게 검을 휘두를 수 있었던 걸까? 피와 죄책감으로 이성을 잃은 그의 배가 뒤틀렸다.

낮에 맷은 벤이 다음 날 떠날 거라는 소식을 들었다. 충분히 쉬었다고 생각한 벤은 북쪽에 있는 팬 공동체로 떠날 예정이었다. 맷은 앙브르가 조만간 어떻게 달라질지 궁금했다. 성의 복도를 돌아다니며 층층의 벽난로에 장작을 옮기는 동안 그는 마주치는 아이들이 자신을 경탄의 시선으로 바라본다는 사실을 깨달았다. 지금까지 누구도 감히 글루통과 맞서 싸운 적이 없는데, 더군다나 글루통의 배를 찌르고 손을 베었다니! 맷은 자주 몰려다니는 가장 어린 팬들—아홉에서 열 살의 아이들—을 알게 되었다. 막내 파코, 고무줄로 머리를 묶은 금발 소녀 로리Laurie, 퍼기, 안톤, 주드, 조니, 로리Rory, 그리고 조디가 핵심 구성원이었다. 아이들은 맷을 졸졸 따라다니며 도와주겠다고 했지만 맷은 정중히 거절했다.

맷은 영웅 대접를 받았다. 그것은 만족감, 자부심, 쓰라림, 혐오감이 뒤섞인 기묘한 느낌이었다. 무훈을 떠올릴 때마다 구토증이 부글부글 끓었다. 이런 유의 영웅이 되는 것은 기쁘지 않았다. 이건 아니었다. 비극적인 일이라고 판단한 무훈을 떠올리고 싶지 않았다. 글루통은 예전에 사람이지 않았는가. 맷은 자신이 사람을 죽였다는 생각을 떨칠 수 없었다. 비록 글루통이 괴물처럼 생겼고, 난폭하며, 매우 어리석을지라도, 살아 있는 존재가 아닌가.

일과를 마친 맷은 크라켄 성을 떠나 숲으로 들어갔다. 그는 아주 무거워 보이는 바위를 발견하고는, 정신을 집중하며 천천히 호흡하고 눈을 감았다. 그리고 무릎을 꿇고 바위를 들어 올리기 시작했다.

바위는 80킬로쯤 되었다.

맷은 이를 악물며 들어 올리려 했지만 바위는 꿈쩍도 하지 않았다. 얼굴이 새빨개졌다.

그는 바위를 놓고 두 손을 청바지에 비비며 숨을 돌렸다.

'불가능해! 바위는 1밀리도 움직이지 않았어! 만일 앙브르가 틀렸다면? 내가 조금도 변하지 않았다면? 하지만 사과……. 앙브르가 맞아. 글루통에게 사과를 던졌을 때, 사과는 분명 폭탄처럼 폭발했어.

누구도 이렇게 할 수 없을 거야. 정말로 내게 무슨 일이 일어났어.'

힘의 변화가 가장 논리적인 설명처럼 보였다.

'그런데 왜 이 바위를 움직일 수 없을까?'

맷은 바로 대답을 찾았다. 아직 이 능력을 제어하지 못하는 것이다. 그는 갓난아기처럼 신체의 각 부분을 해당하는 뇌의 부분에 맞추는 법을 배워야 했다.

'그래, 바로 그거야! 나는 이 힘을 발견했을 뿐이야. 힘의 위치를 알아내고 관리하며 활용하는 법을 배워야 해!'

맷은 정신을 집중해 피부로 돌을 느끼고, 심장박동에 귀를 기울이며 피의 열기까지 감지해 한 시간 남짓 단련했다. 혼신을 다해 여러 차례 바위를 들어 올리려 했지만 한 번도 성공하지 못했다.

그날 저녁, 맷은 대형 홀에서 토비아스와 함께 식사하면서 체력 단련에 대해 이야기하고 일찍 자러 갔다.

담요로 포근하게 몸을 감싼 맷은 커튼을 치지 않았다는 사실을 깨달았다. 달빛은 무성한 초목의 윤곽을 드러내며 창문을 통해 방을 비추었다. 맷은 침대에 누운 채 히드라 성과 몇몇 초롱을 구별할 수 있었다. 앙브르의 방을 찾아낸 그는 촛불 초롱의 미광이 흔들리는 것을 보았다. 그녀는 책상에 앉아 연필을 움직이기 위해 정신을 집중하고 있을 것이다. 고집쟁이이니까 밤새도록 단련할지도 모른다.

맷은 히드라 성의 정면을 지켜보다가 잠들었다.

그리고 숲 속의 빈터에서 깨어났다.

여전히 밤이었고, 달은 이동했다. 적어도 두 시간은 흘렀다. 맷은 얼빠진 모습으로 눈을 비볐다.

'내가 뭘 한 거지? 꿈이야! 아무것도 아니야. 단지 꿈일 뿐이야…….'

하지만 그는 꿈속에서보다 훨씬 더 자유로웠고, 능동적이었다. 꿈의 속성은 수동성을 느끼는 것 아니던가. 꿈을 꾸고 있다고 단정할 수 없었다. 밤의 시원한 공기, 맨발 밑에서 마른 흙, 발목을 간질이는 풀—그는 여전히 면으로 만든 잠옷을 입고 있었다—을 느꼈다. 그는 자신의 몸을 꼬집어보았다. 아팠다. 그리고 완전히 깨어났다.

'이번에는 틀림없어. 꿈을 꾸는 게 아니야!'

그런데 여길 어떻게 왔을까? 몽유병 환자인가? 그는 주위를 살피기 위해 제자리에서 한 바퀴 돌았다. 숲 속 작은 빈터는 어슴푸레한 달빛 아래에서 회색이나 검은색처럼 보이는 풀과 꽃으로 덮여 있었다.

'내가 여기서 뭘 하는 거지?'

하늘은 소리 없이 잠깐 반짝거렸다. 섬광은 멀리 있었다. 이윽고 다른 세 개의 섬광이 아주 가까이 다가왔다. 갑자기 차가운 바람이 불었다. 볼은 얼얼했고 귀는 얼어붙었다. 이번에는 초강력 섬광이 비춘 것처럼 숲이 여러 차례 환해졌다. 융단 같은 안개가 나타나더니 넘쳐흐르는 욕조의 거품처럼 숲 밖으로 천천히 물러갔다.

'좋지 않아. 뭔가가 일어나고 있어.'

맷은 일련의 조명 속에서 형태가 일정하지 않은 그림자 하나를 보았다. 흔들거리는 긴 그림자는 나무 사이를 돌아다니고 있었다. 바람에 휘날리는 검은 방수포처럼. 섬광이 다시 반짝거렸고, 그림자가 나무줄기들을 후려치더니 돌연 방향을 바꿔 맷을 향해 다가왔다. 그림자는 초목 사이에서 2미터 높이로 떠다녔다. 이윽고 그림자가 빈터에 나타났다. 일렁이는 검은색의 묵직한 방수포를 닮았지만, 간헐적으로 인간의 팔다리처럼 생긴 형체가 드러났다. 맷은 먼저 팔 하나와 손 하나를 보았다. 그다음 팔은 사라지고 장화를 신은 다리 하나가 나타났다. 하지만 맷은 알 수 있었다. 방수포 뒤에는 아무것도 없었다. 진짜 마술을 부리는 것 같았다.

무언가가 차가운 바람 속에서 펄럭이면서 다가왔다.

맷은 은근한 불안에 사로잡혔다. 심장이 두방망이질하기 시작했다. 그는 숨을 쉬기 위해 입을 벌려야 했다. 이상한 괴물이 몇 미터 앞까지 다다르자 얼굴이 보였다. 구체적으로 설명할 수는 없지만, 유난히 높은 이마, 몹시 두드러진 눈 위 돌출부, 코와 입술의 부재, 그리고 네모진 턱이 보였다.

'길쭉한 해골 같아!'

괴물이 입을 열고 속삭였다.

"맷, 이리 오렴."

맷은 모든 신경을 곤두세우고 경계 태세를 취했다. 안개는 그의 발목을 감싸기 시작했고, 바람은 여전히 그의 주위를 맴돌며 머리카락을 헝클어뜨렸다. 괴물의 얼굴이 조금 더 다가왔다. 괴물은 정말로 기괴한 해골을 닮았다.

괴물이 말했다.

"손을 내밀어. 나에게 오렴."

위압적인 존재감, 휘파람 같은 목소리, 불안을 조성하는 기운이 단번에 결합되었다. 맷은 누구와 맞서고 있는지 깨달았다.

맷이 나지막이 말했다.

"로페로덴."

괴물은 흡족한 듯 입을 크게 벌렸다.

"그래, 나야. 맷, 이리 오렴. 네가 필요해."

맷은 발 주위에서 계속 안개가 피어오르며 로페로덴이 천천히 다가오는 것을 확인하고는 자신이 위험하다는 것을 알았다. 그는 몇 걸음 물러났다.

로페로덴이 말했다.

"가지 마. 기다려. 너는 '내 안'으로 와야 해. 내면 여행을 해야 해. 자, 이리 오렴!"

맷은 달리기 시작했다. 최대한 신속히, 최대한 멀리 이 괴물에게서 달아나고 싶었다. 뒤쪽에서 목소리가 바뀌었다. 목구멍에서 나오는 굵고 낮은 목소리였다.

"멈춰! 명령이야!"

하지만 맷은 전속력으로 도망쳤다. 그는 숲 속으로 돌진했다. 나뭇잎이 얼굴과 어깨를 후려쳤다.

로페로덴이 울부짖었다.

"나는 너를 원해! 영원히 도망칠 수는 없어. 나는 너를 느껴. 내 말 들리지?"

곧 호흡이 달렸다. 그는 달빛 아래에서 도망쳤다. 달빛이 나무들에 은빛을 뿌려 맷 주위에는 흐릿한 원추형 그림자들이 어른거렸다.

"나는 너를 느껴. 너의 발자취를 좇아갈 수 있어. 맷, 나는 곧 너를 되찾을 거야."

☣

침대에서 눈을 떴을 때, 맷은 숨이 차 헐떡거리며 땀을 흘리고 있었다.

이상하게도 달은 악몽에서 보았던 자리에 그대로 있었다. 그는 목이 말라 일어났다. 물이 없었다. 그는 실내복을 입고 복도로 나갔다. 창문이 없는 곳은 아주 캄캄했다. 맷은 작은 초롱을 찾아 성냥개비로 촛불을 켜고, 미로처럼 복잡하고 차가운 홀과 복도를 돌아다녔다. 몸은 졸음으로 여전히 굳어 있었지만, 뇌는 공포에 사로잡히지 않기 위해 전속력으로 회전하고 있었다. 그는 악몽 속에서 소름 끼치는 뭔가를 느꼈다.

맷은 생각했다.

'정말로 현실 같았어. 정말로 숲에 있다는 느낌을 받았다고.'

발에서 진흙을 발견한다 해도 그는 놀라지 않았을 것이다!

맷이 부엌으로 가기 위해 나선형 계단을 내려가고 있을 때, 희미한 대화 소리가 들렸다. '이 시간에?' 그는 속도를 늦췄다. 적어도 새벽 한 시는 되었을 것이다. 그는 직감에 따라 촛불을 끄고 어둠 속에서

1층으로 내려갔다. 그리고 짙은 색깔의 가죽으로 만든 안락한 소파들이 배치된 길쭉한 홀에 숨었다. 유리 선반에는 상당히 많은 위스키와 여송연 한 갑이 진열되어 있었다. 두건과 외투를 쓴 실루엣 세 개가 부엌 구석에서 나지막한 목소리로 토론하고 있었다.

"그건 너무 위험해! 그런 식으로 계속할 수는 없어. 다른 해결책을 찾아야 해. 문은 더 견디지 못할 거야."

"아니, 문은 지탱할 수 있어."

"누군가 비밀을 캐내기 전에 우리가 직접 문을 열어야 해."

"아직은 아니야. 너무 일러. 모든 상황이 우리에게 유리하게 전개돼야 해. 실패할 위험을 무릅쓰진 않을 거야. 섬이 완전히 정복되면 대재앙이야."

확신할 수는 없지만 후자는 더그의 목소리를 닮은 듯했다. 다른 목소리의 주인은 알 수 없었다.

입을 다물고 있던 세 번째 실루엣이 물었다.

"그럼 어떻게 하지?"

소녀의 목소리였다.

더그인 듯한 목소리가 말했다.

"다른 해결책은 없어. 계속 교대로 보초를 서야지. 은밀히 미노타우로스 성 주위를 감시하기로 하자. 누군가 대담하게 미노타우로스 성에 침입한다면 적어도 침입자를 알 수 있을 테고, 너무 늦기 전에 그를 쫓아낼 수 있을 거야."

맷은 다음 문장을 듣고 부들부들 떨었다.

"특히 맷을 조심해. 그를 믿을 수 없어. 호기심이 많거든!"

소녀의 목소리가 두 동료의 흥분을 가라앉히려 했다.

"전령이 배신자들에 대해 언급했으니 신중하게 처신하는 게 좋을 거야!"

더그를 닮은 목소리가 결단을 내렸다.

"그 문제는 신경 쓰지 마. 우리는 계획대로 하면 돼. 주의를 기울인다면 누구도 우리를 의심하지 않을 거야. 자, 빨리 새장을 설치하고 조금이라도 잠을 자자."

소녀의 목소리는 두려움을 숨기지 않고 말했다.

"'그'를 방해하는 것은 아닐까?"

"걱정은 집어치워. '그'의 활동 리듬을 파악했어. 조금 전 '그'에게 밥을 주었고, 지금은 자고 있어."

"빨리 끝났으면 좋겠다. 더는 못 참겠어."

"곧 끝날 거야. 조금만 더 참아. 우리 섬의 모든 팬들이 타성에 젖고 무기력해져서, 무기를 잡을 수 없고 싸울 수 없게 되면 '그'를 풀어줄 거야."

세 명의 공모자는 새장을 조립할 창살을 들고 구부러진 복도 속으로 사라졌다. 맷은 들키지 않도록 일정한 거리를 유지한 채 그들을 추적하기 시작했다. 페르시아산 양탄자가 깔린 복도는 여덟 개의 돌계단 쪽으로 나 있었다. 돌계단을 지나자 창문 없는 복도의 벽감에 음산한 갑옷들이 늘어서 있었다. 사람은 한 명도 보이지 않았다. 짐을 들고 있어 복도 끝까지 달려갈 수는 없었을 텐데, 흔적도 없이 사라져버렸다.

'어디로 갔지? 나를 발견하고 갑옷 뒤에 숨었을까? 아니야, 새장과 함께 숨을 수는 없어. 숨었다면 대형 창살이 있어야 해! 대체 어디 있는 거지?'

복도 끝까지 가보았지만 아무도 없었다. 맷은 발길을 돌려 후미진 곳을 수색했다. 측면마다 열 개의 버팀벽이 있었고, 이 중 여섯 곳에 갑옷이 전시되어 있었다. 즉, 갑옷은 열두 벌이었다. 사람은 없었다. 맷은 한숨을 내쉬었다. 버팀벽을 더 조사할 수는 없지만 모종의 음모가 꾀해지고 있는 것은 확실했다.

아침이 되면 곧장 앙브르와 토비아스에게 알리고, 함께 방법을 모색할 것이다. 삼총사는 그가 오늘 밤 엿들은 것을 알아야 한다. 더그는 팬들에게 괴물의 존재를 숨기고 있다. 숨기고 싶을 만큼 무시무시한 괴물을.

더그는 어떤 대가를 치르더라도 숨기고 싶고 고백할 수 없는 비밀을 갖고 있는 것이다.

맷은 모든 팬들의 안전을 위해 토비아스, 앙브르와 함께 이 비밀을 캐기로 결심했다. 그들은 함께 조사할 것이다.

배신자들은 분명 이 섬에 있었다.

25
거미집과 미노타우로스의 털

아침 햇살이 높은 창문을 통해 크라켄 성 고미다락의 먼지투성이 서재에 스며들었다. 앙브르, 토비아스, 그리고 맷은 열렬히 토론 중이었다.

앙브르가 되물었다.

"누군가 마법을 부린 것처럼 순식간에 사라졌단 말이지?"

언제나 바로 최악을 상상하는 토비아스가 말했다.

"초능력을 발휘해서 투명인간이 된 거야!"

앙브르가 반박했다.

"그럴 리가 없어! 비밀 통로가 있을 거야!"

맷이 거들었다.

"나도 그렇게 생각해. 대낮에는 오가는 사람이 많아서 복도를 수색할 수 없을 거야. 오늘 밤을 기다려야 해. 낮에는 우리 셋이 교대로 더그를 감시할 수 있겠지."

앙브르가 난처해했다.

"나는 곤란한데……. 오늘 떠나는 벤에게 작별 인사를 하고 싶어. 또 유니콘 성에서 지내는 티파니에게 들르기로 약속했고, 병에 걸렸다고 생각하고 있거든. 그게 초능력의 발현인지 확인할 거야."

맷은 실망한 표정으로 말했다.

"둘이서는 힘들어. 의심을 받을 수도 있으니까. 어쩔 수 없지. 그럼 낮은 포기하고 저녁에 만나기로 하자."

☣

세 사람은 밤늦게 각자 초롱을 들고 훈제실에 모였다. 야간 모험은 불안하면서 동시에 짜릿했다. 모두 몇 시간 전에 잠들었기 때문에 크라켄 성은 깊은 정적에 싸여 있었다. 맷은 두 친구를 긴 복도로 안내했다. 그들은 비밀 문을 드러내는 스위치나 문고리 혹은 긁힌 자국을 찾기 위해 벽감과 갑옷을 샅샅이 뒤졌다. 무쇠 장갑으로 무기를 움켜쥐고 뾰족하고 공격적인 얼굴을 한 금속 병사들의 그림자가 움직이는 희미한 불빛 탓에 천천히 춤을 추는 것처럼 보였다.

토비아스는 여러 버팀벽을 세심히 살펴본 후 중얼거렸다.

"여긴 아무것도 없어."

맷도 고개를 저으며 말했다.

"나도 못 찾았어."

앙브르 역시 샐쭉한 표정으로 투덜거렸다.

"나도."

"하지만 무거운 창살을 들고 그렇게 빨리 달릴 순 없어. 분명 비밀 통로가 있을 텐데!"

앙브르는 계단에 앉으면서 말했다.

"다시 생각해보자. 그들이 사라지고 네가 도착하기까지 시간이 얼마나 걸렸지?"

"들키지 않으려고 조심스럽게 움직였어. 10초 정도?"

앙브르는 복도를 바라보며 한숨을 내쉬었다.

"10초 만에 이 긴 복도를 지나가는 건 불가능해."

토비아스는 앙브르의 맨다리를 유심히 바라보며 인상을 찌푸렸다. 그녀는 특별히 술 장식이 달린 짧은 치마를 입고 있었다. 그녀가 벤을 위해 그렇게 입었다고 판단한 맷은 몹시 속상했다. 그녀는 토비아스의 무례한 시선을 의식하고는 황급히 속바지가 보이지 않도록 두 손으로 넓적다리 사이를 가리고 화를 냈다.

"토비아스! 뭘 쳐다보는 거야?"

토비아스는 앙브르가 격분한 이유를 깨닫고는 얼굴이 새빨개졌다.

"아니야! 아니야, 그게 아니야! 네가 생각하는 그런 게 아니라고. 네 초롱을 보고 있었어! 거기를 잘 살펴봐!"

앙브르는 두 발 사이에 초롱을 놓았다. 촛불이 끊임없이 떨렸고, 그림자와 불빛이 그녀의 두 다리에서 어른거렸다.

앙브르가 물었다.

"뭐가 있는데? 이건 통풍이야. 성에서는 흔한 일이라고."

토비아스는 흥분한 어조로 말했다.

"통풍을 이용하면 벽을 자세히 조사할 수 있어!"

앙브르는 뾰로통한 표정으로 말했다.

"불가능해. 비밀 통로의 통풍과 복도의 바람은 구분할 수 없어."

토비아스는 맷을 바라보고 물었다.

"너는 어떻게 생각해?"

맷은 포석을 유심히 살피더니, 갑자기 바로 옆의 대형 홀로 달려가 위스키 병을 가지고 돌아왔다. 그러고는 바닥에 위스키를 붓기 시작했다.

앙브르가 항의했다.

"뭐 하는 거야?"

"발밑에 통로가 있는지 확인하는 거야."

맷은 머리를 숙이고 황갈색 액체의 반응을 관찰했다. 액체는 천천히 흘렀다. 위스키는 3미터를 지나 계단에 이르자 미세한 틈으로 스며들기 시작했다. 맷은 무릎을 꿇고 귀를 바닥에 붙였다.

"위스키가 빠져나가고 있어!"

토비아스가 의기양양하게 말했다.

"나는 알고 있었다고! 통풍이 아니야. 이 아래 통로가 있는 거야!"

모두 엎드려 대리석 틈새를 만지기 시작했다. 한 주춧돌에서 단추 모양의 아주 작은 장방형을 발견한 것은 앙브르였다. 그녀는 손가락으로 그곳을 밀었다.

발밑에서 가벼운 굉음이 들리더니 여덟 개의 디딤판이 커다란 구멍 속으로 사라졌고, 다시 반대 방향으로 움직이면서 가장 낮은 디딤판이 가장 위쪽의 디딤판이 되었다. 계단은 어둠 속에 잠겼다.

앙브르가 소리쳤다.

"빙고!"

토비아스가 지적했다.

"너는 그 표현을 아주 좋아하는구나."

앙브르는 대꾸하지 않은 채 초롱을 들고 제일 먼저 비밀 통로로 들어갔다. 바위를 잘라 만든 벽은 거미줄로 뒤덮여 있었다. 거미줄은 미세한 바람에도 바르르 떨렸다.

앙브르가 말했다.

"음산해! 20년은 청소하지 않았나 봐!"

맷이 말했다.

"왜 엄마가 방을 청소하라고 하셨는지 이제야 알겠어."

하지만 곧바로 맷은 과거를 떠올린 것을 후회했다.

그들은 완만한 경사를 따라 몇 차례 회전하면서 크라켄 성의 지하로 내려갔다.

토비아스는 약간 불안해하면서 말했다.

"한없이 길어! 이 지옥의 길은 어디서 끝날까?"

지옥이라는 단어를 들은 맷은 로페로덴의 위압적인 풍채, 악마적인 영기를 떠올렸다. '지금은 이럴 때가 아니야!'

다시 몇 바퀴 회전한 후 앙브르가 말했다.

"크라켄 성 밑이 아닌 것 같아. 너무 길어."

맷이 털어놓았다.

"유령의 성 밑일 거야. 그 세 명의 공모자는 유령의 성에 자주 들락거리는 것처럼 말했거든."

갑자기 앙브르가 길에 설치된 팽팽한 줄에 발이 걸리면서 앞으로 넘어졌다. 동시에 그들 머리 위에서 둔중하게 찰카닥거리는 소리가 울렸다.

맷은 본능에 따라 몸을 날려 앙브르의 허리를 붙잡고 밀면서 몇 미터 앞으로 굴렀다. 같은 순간 그들 뒤에서 뭔가 거대한 것이 먼지구름을 일으키면서 떨어졌다.

앙브르 위에 축 늘어진 맷은 신기하게도 사고에 놀라기보다 그녀의 향기에 매료되었다. 그녀의 목덜미에서 바닐라 향이 났다. 그는 눈을 깜박거리고 일어나면서 앙브르가 일어나도록 도와주었다.

3미터 높이의 창살로 만든 새장이 통로를 막았다. 토비아스는 새장 건너편에 있었다.

맷이 소리쳤다.

"그들이 설치했어! 어젯밤에 옮기던 그거야!"

앙브르는 여전히 방금 일어난 일에 어리둥절한 채로 말했다.

"다른 사람들이 유령의 성에 접근하는 것을 원치 않은 거야. 고마워, 맷."

토비아스가 투덜거렸다.

"나는 어떻게 지나가지? 혼자서는 새장을 넘을 수 없어. 발이 부러질 거야!"

"너는 훈제실로 돌아가서 기다려. 우리가 새벽까지 돌아오지 않으면 모든 사람들에게 알려주고."

토비아스는 발길을 돌려 초롱이 어렴풋이 비추는 어둠을 살폈다.

"휴……. 나는 이런 일이 싫어. 대체 어떤 일에 끼어든 걸까?"

맷이 재촉했다.

"토비아스! 빨리 돌아가. 조금도 위험하지 않으니까!"

토비아스는 힘없이 대답했다.

"알았어……."

그는 마지막으로 두 친구를 바라본 후 뒤돌아서서, 불안한 듯 천천히 걸었다.

앙브르와 맷은 모르는 곳을 향해 나아가는 것 말고는 다른 방법이 없는 터라 살금살금 발을 내디디며 함정이 없는지 살폈다.

앙브르가 놀라워하며 물었다.

"대체 유령의 성에 얼마나 중요한 것이 있기에 온갖 수단을 동원해 접근하지 못하게 하는 걸까?"

"처음에는 우리를 보호하기 위해 아무도 접근하지 못하게 한다고 생각했어. 하지만 사실은 이 통로 끝에 있는 괴물을 일단 풀어주면 그 무엇으로도 멈출 수 없을 만큼 위험한 것처럼 꾸며낸 거야. 그런 괴물은 존재하지 않는데."

"왜 없다고 생각해? 너는 하느님도 사탄도 악마들도 믿지 않니?"

"물론."

"어떻게 확신하지? 수십억 명이 믿고 있는데!"

"종교가 생겨날 때 텔레비전이 없었기 때문에 그래. 텔레비전이 있었더라면 아무도 신의 존재를 믿지 않았을 거야!"

앙브르는 어깨를 으쓱하고 묵묵히 걸었다.

맷이 물었다.

"나 때문에 화났어?"

"아니, 전혀."

"너는 신자구나?"

"모르겠어. 내 마음은 신이 존재할 수 있다고 말하고, 내 경험은 그 반대를 말해. 아무튼 폭풍설 이후로는 신의 존재를 의심할 수도 있다고 생각해."

"내가 말하고 싶은 게 바로 그거야!"

"그렇다 해도 그렇게 단호하게 부정해서는 안 돼. 모두가 자신이 원하는 것을 생각하거나 믿을 권리가 있잖아. 너는 조금 더 관대해질 필요가 있어."

디딤판의 크기가 일정치 않은 계단 앞에 도착한 그들은 계단을 뛰어올라 돌쩌귀가 녹슨 나무 문을 밀었다. 이내 그들은 세탁장에 다다랐다. 선반은 단정하게 쌓아 올린 잡지로 가득했다. 맷은 잡지 제목을 훑어보았다.

"천문학에 관련된 잡지뿐이야."

"그럼 더 의심할 여지없이, 여기는 분명 유령의 성이야. 탑 꼭대기에 돔이 하나 있어. 언젠가 더그가 그게 천문대라고 말해줬어."

맷은 차곡차곡 쌓여 있는 수천 페이지의 잡지를 바라보았다.

"만일 이 성을 세운 노인이 어느 날 별자리에서 정체불명의 존재를 발견해 이곳으로 불러들였고, 다른 억만장자들이 이 섬을 떠나게 될까 봐 누구에게도 말하지 않고 그 괴물을 감금했다면?"

앙브르는 한 문으로 다가가 살짝 열고 밖을 살피면서 대꾸했다.

"상상력이 지나치구나. 아무도 없어. 나가도 되겠어."

그들은 방치된 긴 부엌, 식당, 그리고 약간의 달빛만이 들어올 수 있는 좁은 창문이 드문드문 난 넓은 거실을 돌아다녔다. 모든 석벽에는 직선으로 연결된 별들을 새겨놓았고, 별 밑에는 라틴어 이름이 적혀 있었다.

앙브르가 물었다.

"너무 어두워! 대낮에도 어두울 거야. 대체 어떤 부자가 이런 '무덤'을 만들었을까?"

맷이 애매하게 대답했다.

"흡혈귀인가?"

그들은 어디로 가야 할지 몰라 2층으로 올라갔다. 맷은 다음 홀로 가다 말고 앙브르의 어깨에 손을 얹어 멈추게 했다.

"저기 좀 봐."

두 개의 문짝이 달린 무거운 문이 벽의 한 면을 막고 있었다.

앙브르는 의견을 분명히 밝혔다.

"건너편에 누가 있어."

맷은 문으로 다가가서 나무에 긁힌 수많은 자국을 가리켰다.

"뭔가가 이 문을 긁었어. (그는 몸을 숙이고 쇠시리 틈에 박힌 털 뭉치를 집었다.) 갈색이야. 빳빳하고 짧고 까칠까칠한 털. 분명 사람의 머리털은 아니야."

앙브르는 이미 다른 방으로 들어갔다. 맷은 벌떡 일어나 그녀에게 달려갔다. 그곳은 습도가 꽤 높은 연구실이었다. 천문학 잡지 더미와 먼지로 광택을 잃은 몇몇 크롬 기구 이외에 당시 신문이 든 대여섯 개의 유리 액자가 벽지 위에 걸려 있었다. 하나는 1961년 4월 13일 자 신문으로, 기사 제목은 '인간이 우주에 있다'였다. 1969년 7월 21일 자 신문도 비슷한 제목을 사용했다. '인간이 달에서 걸었다!' 다른 신문들은 허블 망원경 설치와 최초의 화성 사진을 게시했다.

앙브르는 책상 위로 올라가 액자 하나를 떼어 내려왔다.

맷이 물었다.

"뭐 하는 거야?"

"이 성에 대해 자세히 알고 싶어."

그녀는 유령의 성 사진이 실린 신문을 꺼냈다. 기사 제목은 '억만장자들의 섬에 있는 개인 망원경!'이었다.

갑자기 멀지 않은 곳에서 문이 쾅 닫혔다.

맷의 심장이 빠르게 뛰기 시작했다. 앙브르는 신문을 접어 블라우스 속에 넣었다. 두 사람은 복도로 돌진했다. 위층으로 올라가는 계단에서 떨리는 불빛이 나타났다. 두 사람은 꼼짝하지 않았다. 발소리가 다가왔다. 이윽고 거대한 존재의 그림자가 계단에 나타났다.

인간의 그림자.

거대한 황소 머리를 가진 인간의 그림자.

26
거짓말

그림자는 거대했다. 미노타우로스는 적어도 2미터에 달했다. 놈은 짜증이 났는지 으르렁거리며 거칠게 씩씩거렸다. 이윽고 놈이 움직이기 시작했다. 놈은 두 개의 뿔을 흔들면서 계단을 쾅쾅 밟으며 내려왔다.

미노타우로스를 보고 싶지 않은 맷은 앙브르의 손을 잡고 끌어당겨 1층까지 뛰어 내려갔다. 미노타우로스의 발이 어찌나 무겁던지 돌이 흔들렸다.

앙브르가 외쳤다.

"어디로 가는 거야?"

"도망치는 거야. 이 괴물과 마주치느니 지하실에서 발목을 삐는 게 나아!"

2층에서 내려오는 괴물의 헐떡거리는 숨결이 다가오는 것 같았다. 맷은 앙브르를 데리고 부엌과 세탁장으로 갔다. 그들은 나무 문과 비밀 통로의 입구로 돌아갔다. 팔 끝에서 초롱이 넘실거리자 불길한 형체의 그림자들도 흔들거렸다. 두 사람은 어디에 발을 놓는지도 모른 채 무작정 달렸다.

길을 막은 새장이 나타났다. 맷은 돌아서서 앙브르가 올라갈 수 있도록 손과 어깨로 발판을 대어주었다. 그녀가 말했다.

"이제 다시는 치마를 입지 않을 거야! 내가 올라가는 동안 바닥을 봐."

앙브르는 일단 새장 꼭대기에 올라가자 맷을 향해 두 손을 내밀었다. 맷은 도약하기 위해 물러섰다가 창살을 붙잡을 수 있도록 최대한 높이 뛰었다. 두 주먹을 불끈 쥐고 전력을 다해 솟구쳤다. 그는 1미터쯤 올라가 새장 꼭대기를 움켜쥐고 앙브르의 손을 잡았다. 그는 단숨에 그녀 옆에 도착했다.

앙브르는 다른 쪽으로 뛰어내리기 위해 몸을 돌리면서 맷을 격려했다.

"너는 굉장해."

두 사람은 땀을 흘리며 빨개진 얼굴로 훈제실로 들어갔다. 토비아스는 가죽 소파에 웅크리고 앉아 기다리고 있었다.

토비아스가 깜짝 놀란 얼굴로 물었다.

"왜 그래? 무슨 일 있었어?"

맷은 숨을 가다듬으며 대답했다.

"놈을 봤어! 미노타우로스였어."

"미노타우로스였다고? 확실해?"

앙브르는 난처한 얼굴로 말했다.

"그래. 솔직히 말하면 미노타우로스를 닮았어……."

맷이 그녀의 얼굴을 빤히 쳐다보았다.

"그럼 그게 뭐겠어? 사람보다 키가 크고 황소 머리가 있었다고!"

"그래. 하지만 특수 분장일 수도 있잖아!"

"놈이 내뿜던 거친 숨소리는? 그것도 분장이야? 너도 들은 발소리는? 여기 사는 누구도 나막신은 신지 않고, 그렇게 육중하지도 않아. 놈은 100킬로가 넘을 거야!"

이번에는 앙브르 역시 동의하지 않을 수 없었다. 합리적 정신에 어굿나긴 하지만 명백히 사실인 것을 부인할 수 없었다.

"맞아. 거대한 괴물이었어. 누구도 그렇게 건진 못해."

문득 앙브르는 자신이 발견한 것을 떠올리고는, 블라우스에서 신문을 꺼내 앞에 있는 낮은 책상 위에 펼쳤다. 맷은 초롱으로 신문을 비추면서 말했다.

"읽어봐."

앙브르는 머리를 숙이고 나지막이 읽기 시작했다.

"마이클 라이언 카마이클은 '억만장자들의 섬'으로 더 잘 알려진 같은 이름의 섬에 있는 자기 성에 새로운 탑을 세우고 있다. 이 재계 황태자는 별에 관심을 가질 때가 왔다고 판단한 것이다. 우리는 천문학에 빠진 그가 최근 몇 년 동안 대부분의 시간을 천문학에 바쳤다는 사실을 잘 알고 있다. 그는 우리 신문에 '마침내 미국 동부 연안에서 가장 높은 사설 천문대가 될 탑을 건설하고 있다'고 털어놓았다. 그는 이미 30년 전 천문학에 대한 열정 때문에 직장을 떠난 것으로 유명하다. 우리는 자신의 천체망원경을 갖게 된 그가 이렇게 말하는 것을 듣게 될지 모른다. '우주는 너무도 광대하고 풍요로워서, 교양 있고 탁월한 어떤 유력 인사보다도 뛰어납니다! 나는 우주에서 모든 행복을 발견하는데, 왜 이 기쁨을 포기하겠습니까?' 사람들과 어울리지 않고 고독한 사람이 된 마이클 라이언 카마이클은 가장 부유한 사람들은 대체로 기인이라고 주장하는 대중적 믿음의 화신이다! 어쨌든 우리는 카마이클 씨에게 행복한 관측과 온화한 기후를 기원한다!"

토비아스가 다가와 노인의 사진을 유심히 살폈다. 주름진 이마와 무성한 하얀 눈썹으로 뒤덮인 얼굴이 원형 안에 들어 있었다.

앙브르가 설명했다.

"이건 지방신문이야. 기사는 8년 전으로 거슬러 올라가고."

맷이 덧붙였다.

"노인이 사망하기 직전에 나온 기사야. 더그는 자신이 여덟 살, 혹은 아홉 살이었을 때 이 노인이 죽었다고 말해줬어. 지금 그는 열여섯 살이잖아."

토비아스는 약간 슬픈 어조로 지적했다.

"그렇다면 이 노인은 천문대를 거의 활용하지 못했네. 그의 영혼은 성을 떠나지 못했을 거야."

앙브르가 한숨을 쉬고 털어놓았다.

"못 믿겠어."

맷이 침울하게 말했다.

"더그가 거짓말을 했어. 뭔가를 꾸미고 있는 게 분명해. 그는 자기 아버지가 제일 먼저 이 섬에 정착했다고 말했지만, 이 섬의 이름은 이 노인의 이름인 '카마이클'이야. 이 노인이 이 섬의 개척자인 거야."

"친척 관계 아닐까?"

"그렇다면 숨길 이유가 전혀 없지! 그게 사실이라면 내게 할아버지나 큰아버지가 이 섬을 개척하셨다고 말했을 거야. 뭔가를 숨기고 있어. 그리고 '억만장자들의 섬'이라는 표현은 히드라, 페가수스, 켄타우로스, 유니콘 같은, 신화적 동물이면서 별자리 명칭이기도 한 이름을 가진 이 성들만큼이나 이상해! 이 모든 게 더그와 레지의 아버지이자 국제적으로 유명한 의사보다는 별에 열광한 노인을 더 닮았다고."

토비아스가 용기를 내서 물었다.

"이 모든 일의 원인이 된 비극이 일어난 걸까?"

"글쎄. 아무튼 나는 비밀을 밝혀낼 거야."

"누군가 새장까지 침입했다는 사실과 복도의 위스키를 발견하면 더 경계할 거야."

맷이 고개를 끄덕였다.

"복도를 청소하자. 새장은 비어 있으니까 함정이 잘못 장치돼서 저절로, 아니면 쥐가 건드려서 걸쇠가 벗겨졌다고 생각할 거야. 그러니 유도신문에 속아 넘어가면 안 돼. 그랬다간 그들이 자신들의 정체가 드러났고 위험에 빠졌다는 사실을 알게 될 거야."

앙브르가 제안했다.

"내일 저녁부터는 크라켄 성에서 일어나는 모든 일을 교대로 감시하기로 하자. 그들의 대화를 봐서는 시간에 쫓기는 것 같았어. 뭔가를 꾸미고 있다면 조만간 무슨 일이 터질 거야."

맷은 진지하게 덧붙였다.

"유령의 성에서 본 것으로 미루어보면 좋지 않은 일이 일어날 것 같아. 서둘러 막아야 해."

27
제비뽑기

삼총사의 다음 주 근무 일정이 정해졌다. 토비아스에게는 야간 다리 보초가 맡겨졌고, 앙브르에게는 땔감 준비가 배정됐다. 맷이 건강하다고 판단한 더그는 맷에게도 매우 피로해질 만한 여러 가지 힘든 일을 맡겼다. 더그를 감시할 수 없게 된 맷은 체력을 단련하기 위해 매일 한 시간씩 점점 덜 무거운 돌을 들어 올리는 연습을 했지만 한 번밖에 성공하지 못했다.

맷은 어떻게 작업을 분배하는지 파악했다. 더그는 각 팬의 이름을 새긴 작은 사각형 나무 명패를 관리하고 있었다. 몇 가지 임무는 너무 어린 팬들에게는 맡길 수 없기 때문에 더그는 나이에 따라 명패를 구분했다. 또 가장 힘든 일이 같은 사람에게 반복적으로 할당되지 않도록, 잘 구분된 여러 상자에 명패를 보관했다. 임무별로 미리 선별한 명패들을 냄비 속에 넣어 섞고 제비를 뽑았다. 이상하게도 앙브르, 토비아스, 맷은 다른 열일곱 명과 함께 일주일 내내 노역에 배치되었다. 연단에서 더그는, 처음부터 맷을 불신의 눈으로 바라봤던 아서, 건성으로 명패를 뽑는 갈색 머리의 예쁜 소녀 클라우디아, 의자에 앉아 있는 레지와 함께 번거로운 절차를 지켜보았다.

여드렛날, 맷은 낚시를 맡게 됐다. 오후 중간에 토비아스와 앙브르가 찾아왔다. 맷은 섬 남쪽 끝, 버드나무 벽으로 둘러싸인 작은 부교(교각을 사용하지 않고 배나 뗏목 따위를 잇대어 맨 다음, 그 위에 널빤지를 깔아서 만든 다리—옮긴이) 위에 있었다. 풀밭에 누워 있던 플륌은 그들이 다가오자 머리를 치켜들었다. 녀석은 친밀한 얼굴들을 보고는 안심했는지 다시 무방비 상태로 돌아갔다. 맷은 부교에 앉아 두 발을 물 위에서 흔들고 있었다.

토비아스가 도착하자마자 경고했다.

"다리를 그렇게 늘어뜨리면 안 돼."

앙브르가 거들었다.

"맞는 말이야. 물속에서 어슬렁거리는 괴물 못 봤어?"

맷이 투덜거렸다.

"흙탕물이라서 아무것도 볼 수 없어! 물고기가 아직도 있다면 기적이겠다!"

"그런 물고기를 먹는 것은 더더욱 미친 짓이지!"

"정말로 위험하다고 생각하는 거야? 이 낡은 보트를 타고 한 바퀴 돌아볼까 했는데."

앙브르는 마치 그가 미쳤다는 듯이 노려보았다. 문제의 보트는 완전히 망가진 소형 보트였고, 하나뿐인 노는 부러져 있었다.

앙브르는 웃지 않고 명령했다.

"그만둬! 이 검은 물에 떠다니는 괴물은 무엇인지도 잘 몰라. 아무튼 엄청 크고 공격적이지. 아무도 위험을 알려주지 않은 거야?"

당황한 맷은 두 다리를 끌어 모으고 낚싯대를 엉덩이 아래에 고정시키면서 대답했다.

"아니."

"아주 신중해야 해. 낚시는 위험한 일이야. 절대로 물에 다가가지 마. 명심해. 저 물속에 있는 정체불명의 괴물에 너무 가까이 있지 않는 게 좋아! 어린 빌은 물속에 발을 넣을 수 있다고 자랑하지만, 언젠가는 혹독한 대가를 치르게 될걸!"

머리에 풀이 붙어 있고 볼에는 초록색 물이 든 토비아스가 물었다.

"고기가 물긴 물어?"

"그런대로. 풀베기 작업은 끝냈어?"

"응. 크라켄 성 외곽을 말끔히 정리했지."

"그런데 말이야, 우리가 더그를 감시하기로 한 날 우리를 크라켄 성에서 가장 멀리 떨어진 곳으로 보내고 힘든 일까지 맡긴 게 이상하지 않아?"

앙브르와 토비아스는 고개를 끄덕였다.

앙브르가 말했다.

"오면서 그런 얘기를 했어. 분명 알고 있는 거야."

토비아스가 말했다.

"혹은 너를 경계하거나. 우리가 자주 같이 있는 것을 보고는 위험한 일을 당하지 않도록 대비하고 싶었던 거야!"

맷이 장담했다.

"대형 홀에서 실시한 작업 배정을 곰곰이 생각해봤어. 사실 클라우디아와 더그만 명패에 적힌 이름을 읽을 수 있잖아. 누구도 연단에 올라가서 확인하지 않지."

토비아스가 외쳤다.

"맞아! 올라가서 확인할 수도 있어. 그게 규칙이니까. 하지만 지금까지는 그들이 모든 일을 공정하게 처리했기 때문에 아무도 그렇게 하지 않았어. 모두 제비뽑기에 따라 배정된 자기 몫의 일을 하지."

맷은 생각에 잠긴 모습으로 고개를 끄덕였다.

"나도 그렇게 생각했어……. 그런데 그날 밤 그곳에 있었던 소녀는 분명 클라우디아야."

앙브르가 말을 받았다.

"더그는 처음부터 아서를 조수로 임명했어. 아서는 언제나 연단에 있고. 그가 세 번째 인물일 수도 있어!"

맷이 반박했다.

"그건 아니야. 나도 생각해봤는데, 아서는 더그와 클라우디아보다 훨씬 작아. 하지만 세 실루엣은 키가 똑같았어."

토비아스가 말했다.

"그럼 레지도 아니네."

"더구나 아서는 제비뽑기에 관심이 없어. 그저 연단에 앉아 있을 뿐이지."

"맞아. 투표할 때 손을 든 사람의 숫자를 셀 뿐이야."

바로 그때, 뭔가가 수 미터에 걸쳐 깊은 소용돌이를 남기면서 수면을 스쳤다. 삼총사는 본능적으로 물러났다.

앙브르가 소리쳤다.

"우리가 말한 괴물이 바로 저거야!"

맷은 대꾸하지 않고 말했다.

"클라우디아와 더그는 분명 우리 이름을 뽑지 않았어. 우리가 자신들을 감시하지 못하도록 속임수를 쓴 거야. 어떻게 했는지는 모르지만, 아무튼 그들은 알고 있어!"

토비아스가 제안했다.

"그들이 매번 회의를 주재하는 건 정당하지 않아. 두 사람이 거짓말쟁이에 사기꾼이라고 팬들에게 알리고 쿠데타를 일으키는 게 어때?"

앙브르가 반대했다.

"그건 안 돼! 혼란의 씨를 뿌려서는 안 돼. 더그 일행은 미노타우로스를 풀어주기 위한 핑곗거리를 찾고 있어. 그들이 그렇게 말했잖아. 안 그래, 맷?"

"맞아. 그들은 적당한 기회를 기다리고 있어. 그들의 계획이 뭘까 고민해봤는데, 그것밖에 없어. 그들은 우리가 무조건 그들을 신뢰하고, 생존 본능이 사그라져 온순해지기만을 기다리고 있어. 그러면 그들은 미노타우로스를 섬에 풀어놓고 다리에 철판을 깔아 재빨리 도망친 다음 철판을 없애겠지. 괴물은 섬에 고립된 우리 모두를 학살할 테고."

토비아스가 물었다.

"왜 그런 짓을 하지? 이유를 모르겠어."

맷이 솔직히 말했다.

"나도 몰라."

앙브르가 끼어들었다.

"아무튼 우리는 두 사람을 확인했어. 더그와 클라우디아. 한 사람을 더 밝혀내야 해."

맷이 물었다.

"클라우디아를 잘 알아?"

"별로. 그녀는 유니콘 성에서 지내. 티파니를 빼고는 그 성의 소녀들과 그다지 어울리지 않아."

토비아스가 물었다.

"몸이 아팠던 소녀 말이야?"

"그래. 그녀에게 초능력이 있는 것 같아. 두통을 앓고 있고, 주기적으로 몇 분 동안 시력이 흐려지거든."

맷이 물었다.

"어떤 유형의 초능력 같은데?"

"아직은 몰라. 티파니는 대부분의 시간을 섬에서 야생식물을 채집하며 보내. 자세한 내용은 모르지만 한번 물어볼게."

맷이 강조했다.

"그녀가 클라우디아에 대해 좀 더 말해줄 수 있을 거야."

"응, 알아볼게."

맷이 말을 이었다.

"우선 다음 작업 배정부터 우리가 자동으로 가장 힘든 일을 맡게 되지 않도록 조치할 거야."

앙브르가 인상을 찌푸리고 물었다.

"어떻게?"

맷은 꾀바른 미소를 지었다.

"두고 보면 알아."

☣

삼총사는 다시 이틀 동안 배정된 여러 임무를 완수해야 했다. 힘든 일을 마치고 저녁이 되자 대형 홀에서 회의가 소집되었다. 촛불 초롱은 세 개의 샹들리에로 교체되었다.

더그는 심각한 표정으로 회의를 시작했다.

"여러분들 가운데 몇 사람은 이미 먼 동쪽에서 치솟는 연기에 대해 알고 있을 겁니다. 상당히 먼 곳입니다. 연기는 이동하지 않는 것 같습니다. 우리 섬에서 가장 높은 탑에서만 연기를 볼 수 있습니다. 불을 피울 줄 아는 존재들이 우리로부터 10여 킬로 떨어진 곳에 살고 있습니다."

안경을 쓴 소녀가 물었다.

"산불이 난 건 아닐까요?"

"아닙니다. 뭉게뭉게 피어오르는 연기는 늘 가늘며, 규칙적으로 꺼졌다가 다시 피어오릅니다."

한 소년이 외쳤다.

"그럼 글루통입니다!"

"단정할 수는 없습니다. 하지만 글루통들이 그렇게 진보했을 리는 없습니다."

한 어린 소녀가 제안했다.

"정찰대를 파견하면 어떨까요?"

"아직 그럴 계획은 없습니다. 언젠가는 놈들이 다가올 겁니다. 두고 봅시다."

속삭임은 아우성으로 변했다. 더그는 두 손을 들어 올렸다.

"조용히 해주세요! 진정하세요! 고맙습니다. 우리는 놈들의 동향을 주의 깊게 지켜볼 겁니다. 안심하세요. 우선 다음 작업을 위한 제비뽑기를 합시다. 클라우디아와 아서는 연단으로 올라와 주시기 바랍니다."

더그는 섬에 거주하는 모든 팬들의 명패가 들어 있는 자루를 찾으러 갔다. 돌아온 그는 아서는 있지만 클라우디아가 없는 것을 보고 깜짝 놀랐다.

더그가 불렀다.

"클라우디아!"

모두 서로에게 물어보았지만 클라우디아를 본 사람은 아무도 없었다.

맷이 머뭇거리다가 손을 들었다.

"클라우디아는 배탈이 난 것 같습니다. 급히 화장실로 달려가는 것을 보았습니다."

더그는 당혹감을 감출 수 없었다.

"그렇다면…… 제비뽑기는 잠시 미루겠습니다."

맷이 반대했다.

"급한 일 아닌가요? 할 일이 엄청 많은데 여러분 중 한 명이 아플 때마다 연기할 수는 없습니다."

여러 팬들이 적극적으로 찬성했다. 허를 찔린 더그가 더듬거렸다.

"우리는…… 우리는 지금까지 그렇게 해왔습니다. 모두 이 방법에 만족했습니다."

"단순한 제비뽑기입니다. 오늘 저녁만 예외적으로 다른 사람이 제비뽑기를 한다 해도 누구도 반대하지 않을 겁니다. 그렇지 않습니까?"

맷이 회중을 둘러보자 모두 고개를 끄덕였다. 맷은 덧붙였다.

"소녀들에게 우선권을 줍시다. 이름의 알파벳순으로 정하면 어떻습니까?"

맷은 모든 사람들이 들을 수 있도록 일어났다. 귀까지 벌겋게 달아오른 더그는 간신히 분노를 억누르는 듯 보였다.

맷이 물었다.

"누가 처음입니까? 알리시아, 아니면 앤은 없나요? (맷은 마치 갑자기 떠올랐다는 듯 여자 친구를 향해 돌아섰다.) 앙브르! 네가 처음일 거야."

맷의 재치에 경탄하면서도 난처해진 앙브르는 연단으로 올라가 더그 옆에 섰다.

함정에 빠진 더그는 제비뽑기를 진행하는 것 말고는 다른 해결책이 없었다. 앙브르, 맷, 토비아스는 일주일 내내 고된 작업을 했던 무리에 속했기 때문에 그들의 이름은 다른 10여 명의 이름과 함께 쉬운 일을 배정받도록 별도로 보관되어 있었다. 세 사람이 뽑힐 가능성은 전혀 없었다.

더그는 불쾌한 미소를 지으며 앙브르에게 감사를 표했다. 앙브르가 자기 자리로 돌아가려는 순간, 불길하게 우지끈하는 소리가 울리더니 불빛이 흔들리기 시작했다. 맷은 고개를 들고 천장을 바라보았다. 연단 위의 샹들리에가 좌우로 흔들리고 있었고, 샹들리에를 붙잡고 있던 끈이 점점 끊어지고 있었다. 샹들리에가 다시 부서지는 소리를 냈다. 더는 생각할 겨를이 없었다.

앙브르와 더그가 팬들이 보는 앞에서 치명상을 입을 판이었다.

28
암살 기도

맷은 벌떡 일어나 계단으로 돌진했다. 거대한 샹들리에는 마지막으로 우지끈하며 회의를 주재하던 팬들과 앙브르의 머리 위로 떨어지고 있었다. 맷은 앙브르를 힘껏 밀친다 해도 그녀가 떨어지는 샹들리에를 피할 수 없을 것이라 판단했다.

그래서 맷은 머리를 치켜들고 모든 근육을 수축해 손바닥을 하늘로 향해 흔들면서 혼신을 다해 울부짖었다.

금속 틀이 맷을 내리쳤다. 뇌부터 발가락까지 엄청난 전기가 지나갔다. 손목이 몹시 아팠고, 손이 따끔거렸다. 그는 눈을 떴다. 샹들리에는 균형을 유지하고 있었다.

그의 두 손 사이에서.

앙브르와 더그는 무릎을 꿇고 두 손으로 머리를 감싼 채 충격을 기다리고 있었다. 수십 개의 작은 밀랍 방울이 여기저기에서 흐르고 있었다. 맷의 이마에서 땀이 샘솟기 시작했고, 마치 누군가 무수한 바늘로 찌른 것처럼 근육이 끔찍이 아팠다. 상처를 입은 손바닥에서 피가 흐르기 시작했다.

앙브르와 더그는 동시에 머리를 치켜들었다. 뜨거운 밀랍 방울이 그들에게 쏟아지고 있었다. 두 사람은 자신들이 무사하다는 사실을 확인한 후 안전한 곳으로 몸을 굴렸다. 맷이 초인적인 노력을 기울여 들고 있던 샹들리에를 놓자 샹들리에는 바닥으로 떨어지며 박살 났다.

회의실에 불안한 정적이 감돌았다. 맷은 갑자기 뜨거운 열기가 머리까지 치솟는 것을 느꼈다. 그는 땀으로 흠뻑 젖었다. 시야가 흐려지고 현기증이 일면서 회의실이 빙빙 돌았다. 결국 그는 균형을 잃고 울퉁불퉁한 밀랍 덩어리 위에 쓰러졌다.

☣

맷이 눈을 뜨자 앙브르와 토비아스가 걱정스러운 모습으로 그를 내려다보고 있었다.

맷이 중얼거렸다.

"내게…… 무슨 일이…… 일어난 거야?"

앙브르가 부드러운 목소리로 대답했다.

"너는 무사해."

앙브르는 따뜻한 물수건으로 그의 이마를 닦아주었다.

갑자기 의식을 되찾은 맷은 격통을 느끼고 인상을 찌푸렸다. 모든 근육이 너무 팽팽해서 찢어질 것만 같았다.

"아, 너무 아파!"

"진정해. 너는 쉬어야 해. 움직이지 마."

대형 홀에서 일어난 사건으로 매우 흥분한 토비아스는 더 이상 참지 못했다.

"네가 샹들리에를 붙잡는 데 성공했어! 두 손으로 샹들리에를 붙잡고 던져서 앙브르와 더그의 목숨을 구했다고!"

"내가…… 내가 그랬다고?"

앙브르는 입술을 찌푸리며 고개를 끄덕였다. 그녀는 토비아스와 달리 흥분하지 않았다.

앙브르가 말했다.

"모든 팬들이 보는 앞에서 그랬어."

"그들에게 뭐라고 했어?"

"아무 말도 안 했어. 하지만 조만간 회의가 있을 거야. 더는 미룰 수 없어. 초능력에 대해서 얘기해야 해. 모든 팬들에게 알려주어야 한다고. 조금 더 기다리고 싶었는데, 이젠 끝났어!"

맷은 격통에도 불구하고 물었다.

"내가…… 너의 목숨을…… 구했다고?"

앙브르는 맷의 이마에 흐르는 땀을 닦아주다가 잠시 멈추고 털어놓았다.

"그래, 그런 것 같아."

맷은 앙브르의 대답을 듣고 격통을 참을 수 있었다. 자신이 그녀의 목숨을 구했다는 사실에 행복했다.

앙브르가 축하해주었다.

"제비뽑기 문제도 잘 해결했던걸. 축하해. 클라우디아의 부재에 네가 관련 있는 거지?"

맷은 고통을 이겨내고 미소를 지었다.

"회의 전에 그녀를 미행했어……. 덫을 놔서 벽장에 가두려 했는데……. 그런데 모두가 회의실로 가는 동안 그녀가 화장실에 들어갔어. 나는 문을 잠가버렸지."

"그건 더그 일행에게 선전포고를 하는 거야."

"적어도 우리가 속임수를 쓴 제비뽑기에 속지 않았다는 사실을 깨달았을 테니 다시는 그러지 못할 거야."

토비아스는 10초 정도 침묵을 지키다가 물었다.

"샹들리에 사건에 대해 맷에게 말해줘야 하지 않을까?"

앙브르는 천장을 바라보면서 한숨을 내쉬었다.

"기다리라고 했잖아! 이왕 말을 꺼냈으니 해봐!"

토비아스는 마다하지 않았다.

"샹들리에를 묶어둔 끈이 잘려 있었어. 우연한 사고가 아니라 고의적인 사고야!"

맷이 몸을 일으키면서 외쳤다.

"뭐라고?"

근육통이 그를 괴롭혔다. 그는 신음을 참을 수 없었다.

앙브르는 투덜거렸다.

"이럴 줄 알았어! 맷, 너는 쉬어야 해!"

맷은 머리를 흔들었다.

"이해할 수 없어. 더그는 샹들리에 밑에 있었어. 그건 자살행위야. 앙브르가 클라우디아를 대신할 거라고 예측할 수 없었잖아. 그렇다면 세 번째 무리의 짓일까?"

토비아스가 요약했다.

"다른 누군가가 더그 일행과 우리 삼총사에게 음모를 꾸미고 있는 거겠지! 어른들 세계에서 사는 것보다 상황이 더 악화되고 있어!"

앙브르가 말했다.

"이 사건에서 가장 불안한 건 범인이 더그를 제거하려 했다는 사실이야. 이번 일을 저지른 놈은 더그를 죽일 준비가 되어 있어! 너무 지나쳐!"

고통의 파도가 다시 밀려오면서 정신이 얼얼해졌다. 맷은 눈을 깜박거렸다. 그는 의식이 떠나는 것을 느끼며 간신히 입을 열었다.

"범인을 밝혀내야 해……."

그는 더 이상 견디지 못하고 정신을 잃었다.

29
초능력 상담자

맷은 30시간가량을 내리 잤다. 모든 팬들이 그가 다시 혼수상태에 빠질까 봐 걱정했다.

맷은 갈증과 허기 탓에 눈을 떴다. 근육은 더 이상 아프지 않았지만, 관절이 몹시 아파 조심스럽게 움직여야 했다.

모든 팬들은 그날 저녁 일어난 일에 대한 해명을 기다리고 있었다. 앙브르는 맷이 회복되는 대로 알려주겠다고 약속했다. 맷은 충분히 식사를 한 후 세수를 하고 4층 발코니까지 절뚝거리며 걸어갔다. 그는 혼자서 숲을 감상했다.

오늘도 맷은 자신이 무슨 일을 했는지 기억해내지 못했다. 생각할 겨를도 없이 본능적으로 돌진했다. 그를 당혹스럽게 하는 것은 바로 그 점이었다. 겨우 1초 만에 행동으로 옮기는 능력. 그것은 그답지 않은 행동이었다. 예전의 그는 언제나 자신을 보호하기 위해 난폭한 아이들과 어울리지 않았고, 싸움판에 끼어들지 않았다. 그에게 영웅적인 면은 조금도 없었다. 평소에 그는 행동하기 전에 생각할 시간을 가졌다. 난처한 일이 생기면 곧 심장박동이 높아지기 시작하고 두 손이 축축해지면서 두 다리에서 힘이 빠졌다. 그런 그가 한 달 만에 두 번이나 앙브르의 목숨을 구했다. 그에게 어떤 일이 일어난 걸까? 뇌에 어떤 변화가 일어난 거지?

'아니야. 나는 변하지 않았어! 단지 뭔가를 해야 했기 때문에 망설이지 않았을 뿐이야. 극단적인 상황에서 대부분의 사람들을 마비시키거나 움츠러들게 하는 두려움과 흥분이 나에게는 영향을 미치지 않았던 거야. 그렇다고 내가 다른 맷이라고 할 수 있을까? 아니야, 그렇지 않아……. 나는…… 다만 해야 할 일을 했을 뿐이야.'

그가 영웅의 자질을 지닌 걸까? 최악의 순간에 경직되지 않고 곧바로 분석하며 행동하는 이 능력은 최선의 결정을 하기 위한 것일까? 결국 맷은 자신이 선의에 따랐을 뿐이라고 생각하면서 마음을 가라앉혔다. 그러자 새로운 두려움이 생겼다. 다시 위험한 상황이 생겼을 때 똑같이 대처할 수 있을까? 본능이 이행해야 할 절차라고 그를 부추길까? 그가 본능의 지시를 듣고 이해할 수 있을까? 맷은 더는 아무것도 확신할 수 없어 침만 삼켰다.

이 모든 것이 역할 게임과는 매우 달랐다. 게임에서는 영웅 역할을 즐겼지만, 현실에서는 용기를 예상할 수도, 계산할 수도 없었다. 행동하는 바로 그 순간에 용기가 있는지 그렇지 않은지 판명되었다.

맷은 당당하게 자신의 생각을 밝히기로 결심했다.

'내가 가진 능력을 모두에게 설명해야 해. 마음대로 활용할 수는 없지만 위기의 순간 나타나는 비정상적인 힘을 갖게 되었다는 사실도.'

맷은 긴 한숨을 내쉬었다. 그는 모든 팬들이 이런 능력의 변화를 겪고 있다는 사실을 떠올리지 못하고 이렇게 생각했다.

'나를 괴물 취급하겠지.'

앙브르가 정확히 보았다면 능력의 변화는 팬들 사이에서 점점 더 확산되고 있었다. 잘 생각해보면 능력의 변화에 대해 말하는 것은 그다지 나쁘지 않을 것이다. 더 신속하게 변화를 확인할 수 있지 않은가.

'그럼 배신자들은? 이런 능력에 대해 알고 있고, 자신의 능력을 활

용할 줄 알까? 만일 그렇다면 조만간 우리가 상상하는 것보다 훨씬 더 파괴적인 전쟁이 시작될 거야.'

책임을 지고 행동해야 했다. 영웅이든 아니든 맷은 다른 사람들에게 직접 호소하고 설명해야 했다. 그는 심리적인 피로를 느꼈다. 식료품점에서 마주쳤던 시니크의 공격과 숲에서 그가 살해했던 글루통의 피는 음모의 두려움, 살인의 위협, 나타나기 시작한 능력의 변화와 뒤섞였다.

팬들은 맷에게 무엇을 기대하고 있을까? 맷은 지금 자신의 의무가 설명을 통해 팬들을 안심시키고, 또한 위협받는 공동체에서 그들을 결속시키는 것이라고 확신했다.

☣

그날 저녁 회의가 소집되었다. 두 개의 샹들리에만이 대형 홀을 비추었고, 여기저기에 놓은 수십 개의 촛불이 연단을 밝혀주었다. 맷은 팬들이 앉으면서 자신을 빤히 쳐다보는 것을 보았다. 다들 그를 유심히 살피면서 소곤거렸다. 동물원의 원숭이가 된 기분이었다.

회의실이 조용해지자 맷은 몸을 경직시키는 엄청난 통증을 참으며 천천히 대리석 연단까지 걸어갔다. 그는 한 사람씩 둘러본 후 설명하기 시작했다.

"팬 여러분, 여러분이 본 것처럼, 폭풍설 이후 제 몸에는 어떤 일이 일어났습니다. 저는 특별한 상황에서 초인적인 힘을 발휘할 수 있습니다. 여러분이 모두 알고 있는 앙브르는 그것이 '자연스러운' 변화이며, 우리 모두와 관련된 것이라고 생각하고 있습니다."

맷은 앙브르에게 손을 내밀어 연설을 부탁했다. 앙브르는 연단으로 올라와 연설을 시작했다.

"저는 더그의 추론 덕분에 기본적으로 다음과 같은 사실을 확신하게 되었습니다. 즉, 지구는 자기방어를 시작했습니다. 폭풍, 지진, 화산의 분화, 기온과 계절 혼란 등의 증가가 그 증거입니다. 우리는 지구의 경고를 듣지 않았습니다. 이 현상은 12월 26일 밤 폭풍설이 세상을 유린했을 때 절정에 달했습니다."

모든 팬들은 눈이 휘둥그레지고 입을 벌린 채, 혹은 인상을 찌푸린 채 그녀의 말에 귀를 기울였다. 앙브르는 천천히 연단을 돌아다니며 연설을 이었다.

"이 방어는 특히 식물의 일부 유전자 코드와 성장 속도를 변화시키고, 광합성을 가속화하는 것으로 시작되었습니다."

팬들이 웅성거리자 앙브르는 원인을 파악했다는 신호를 보냈다.

"광합성이란 햇빛과 탄산가스를 흡수하는 식물의 능력입니다. 식물은 성장하고 꽃을 피우기 위해 이 두 가지를 필요로 합니다. 안심하십시오. 저는 여러분보다 박식하지 않습니다. (그녀는 농담했다.) 아무튼 저는 우등생이었고, 폭풍설 이후 과학서를 많이 읽고 있습니다! 요컨대 지구는 식물에게 왕성한 활력을 부여함으로써 자신을 괴롭히고 오염시키는 인류에 대항했습니다. 그리고 지구는 이 문제가 더 이상 발생하지 않도록 인류에게 벼락을 터뜨렸습니다. 그날 밤 대부분의 어른들이 사라졌습니다. 죽음을 면한 일부 어른들은 질투심과 증오심으로 우리를 대하고 있습니다. 바로 시니크입니다. 다른 일부는 유전적으로 바뀌었습니다. 하지만 유전자가 너무도 심하게 변해 그들의 뇌는 충격을 견디지 못했고, 그래서 야수가 되었습니다. 그들이 바로 글루통입니다. 마지막으로 우리 팬이 있습니다. 왜 지구는 우리 어린이들을 많이 살려주었을까요? 저는 지구가 우리를 믿기 때문이라고 생각합니다. 우리는 지구의 자식입니다. 물론 우리는 수천 세대의 후손이지만, 아무튼 인류는 지구의 자식입니다. 지구는 아직도 인류를 믿고 싶은 겁니다."

청중이 얼마나 매료되었는지 성의 긴 복도에서 윙윙거리는 바람

소리마저 들을 수 있었다. 앙브르는 불안과 호기심이 어린 얼굴들을 여유 있게 관찰했다. 그녀는 연설을 이어갔다.

“결국 지구는 자신이 낳은 모든 생물이 자신을 방어하는 것처럼, 자신을 보호하기 위해 대응했을 뿐입니다. 지구는 자신의 항체를 발산했고, 이 항체는 지나가면서 우리 몸에 전달되었습니다. 우리 몸은 지상의 모든 생물처럼 반응했습니다. 여러분도 확인하셨겠지만, 식물은 크게 달라지지 않았고, 우리는 이미 다소 변화된 식물에 익숙해졌습니다. 우리도 마찬가집니다. 우리의 유전형질, 즉 우리 부모님과 조상들이 우리에게 전달한 금발 머리나 갈색 머리, 큰 키 혹은 작은 키, 허약한 체질 혹은 건강한 체질 등 지금의 우리를 만든 최초의 유전형질 일부가 바뀌었습니다. 우리는 모두 변하지 않는 기본적인 유전자를 가지고 있습니다. 그것은 선천적인 것입니다. 그리고 우리가 선택하는 생활에 따라, 우리는 근육질 혹은 뚱보, 어떤 병에 조금 예민한 사람 혹은 면역력이 강한 사람, 문화인 혹은 미개인이 됩니다. 이런 경험은 후천적인 것입니다. 기본적인 유전자는 이제 덜 안정적이며, 우리 행위에 더 많은 영향을 받는 것 같습니다. 후천적인 것은 선천적인 것을 혼란시키고, 변화시키고 있습니다. 실제로 우리는 일상적인 업무와 관련해 특별한 능력을 발휘하고 있는 것처럼 보입니다. 그것은 일종의 초능력입니다.”

‘초능력’. 많은 팬들이 그 단어를 반복했다.

맷이 말을 이었다.

“저의 초능력은 강화된 힘입니다. 저는 몸을 지탱하기 위해 다섯 달 동안 싸웠습니다. 간혹 일어날 때마다 몸을 받치기 위해 혹은 최대한 빨리 회복하기 위해 근육을 자극했습니다. 저의 초능력은 더 큰 체력의 필요에 의해 생겨났습니다. 아직은 이 힘을 마음대로 활용할 수 없지만, 언젠가는 가능하리라고 생각합니다.”

앙브르가 설명했다.

"우리 각자는 일상생활 속에서 초능력을 배양할 수 있습니다. 이미 여러분 가운데 몇몇 사람의 초능력을 확인했습니다. 자연에 있는 전기에 영향을 미칠 수 있는 능력, 불꽃을 쉽게 일으키는 능력 등등입니다."

앙브르는 동료들의 얼굴에서 매료보다는 두려움을 읽고 서둘러 해명했다.

"이런 초능력은 조금도 부정적이지 않습니다. 자연은 우리에게 지금까지 자고 있던 뇌의 일부 영역을 마음껏 활용하도록 허락하고 있습니다. 우리는 갑자기 변화된 유전자 덕분에 자연과 그 주요한 요소들인 물, 불, 땅, 공기와 더욱더 조화를 이루게 되었습니다. 우리 몸의 잠재력이나 마찬가집니다. 그것은 우리 가운데 일부가 타고난 기질에 따라 이들 요소 중 하나와 특별한 관계를 맺을 수 있고, 다른 일부가 자신의 몸, 특히 자신의 재능에 더 집중할 수 있다는 것을 의미합니다. 각자의 재능은 다릅니다. 어쨌든 초능력은 나쁜 게 아닙니다. 우리는 진화하고 있을 뿐입니다!"

곧 회의실 여기저기에서 속삭임이 시작되더니 이내 열렬한 대화로 변했다. 앙브르와 맷은 정숙을 되찾으려 했지만 실패했다. 더그가 일어나 여러 차례 작은 종을 울리자 조금씩 진정되었다.

앙브르가 제안했다.

"이제 우리 모두의 초능력을 관찰할 필요가 있습니다. 여러분에게 제안하고 싶습니다. 우리 모두의 초능력을 명확히 파악하기 위해 증언을 수집하는 일을 맡을 책임자를 선출합시다."

회의실 구석에 있던 한 팬이 외쳤다.

"뽑혀야 할 사람은 바로 너야!"

다른 팬이 외쳤다.

"맞아! 바로 너야!"

그러자 모두가 유리컵으로 책상을 두드려 찬성을 표시했다. 더그는 형식적으로 후보로 나설 사람이 있는지 물었다. 맷은 클라우디아가 망설이는 것을 눈치챘다. 더그는 그녀를 노려보면서 은밀히 고개를 저어 만류했다. 그는 앙브르를 '초능력 상담자'로 임명하기를 원하는 사람은 손을 들라고 요구했다. 거의 모든 팬들이 손을 들었기 때문에 아서는 수를 셀 필요가 없었다. 앙브르는 이 새로운 임무를 별로 달가워하지 않는 것 같았다. 회의가 끝나고 질문 세례로부터 벗어난 그녀는 두 친구를 발견하고 닫힌 문을 가리켰다.

"피하고 싶었던 일을 맡게 됐어! 이제 팬들이 불쑥 달려와서, 하품을 하는데, 아니면 발에 물집이 생겼는데 정상이냐고 묻게 생겼어! 내 방식대로 신중하게 조사하고 싶었는데."

맷과 토비아스는 어떻게 대답해야 좋을지 몰랐다.

토비아스가 어깨를 으쓱하며 말했다.

"너는 이제 막강한 영향력을 갖게 된 거야. 적어도 우리는 더그의 결정에 반대할 수 있을 거야."

"그럴 수도 있지. 하지만 시간을 내기가 어려울 거야. 우리 임무는 어떻게 하지?"

맷이 격려했다.

"용기를 내. 처음 며칠 동안은 많은 팬들이 몰려가겠지만 곧 진정될 거야."

앙브르는 두 손으로 얼굴을 감싸고 숨을 깊이 들이마셨다.

"그랬음 좋겠다. 너희는 당분간 나 없이 더그 일행을 감시해야 해. 이제 나는 회의에서 합법적으로 더그에게 맞설 수 있어. 우리를 훨씬 더 싫어하겠지. 그가 더 기다리지 않고 뭔가를 결정할까 봐 두려워. 경계를 철저히 해야 해. 이 섬에 두 무리의 적이 있다는 사실을 잊지 마. 적어도 한 무리는 무자비한 살인을 할 준비가 되어 있어."

30
죽음의 숨바꼭질

크라켄 성 중앙에는 겨울철 휴게실로 사용하는 원형 포석 안뜰이 있었다. 각 층의 둥근 발코니가 안뜰로 나 있어서, 안뜰은 마치 움푹 팬 거대한 홀 같았다. 햇빛과 별빛은 꼭대기에 설치된 둥근 유리 지붕을 통해 안뜰의 안락의자와 강철로 만든 소파에까지 스며들었다.

맷은 더그가 자신의 방에서 나와 훈제실이나 다른 시설에 가려면 안뜰을 거쳐야 한다는 사실을 깨달았다. 그는 토비아스에게 이 안뜰을 감시하자고 제안했다. 초소에서 벗어나지 않고 교대로 쉬며 잠도 잘 수 있었다. 그들은 허공에서 여전사상을 떠받치고 있는 코니스(벽기둥 윗부분에 장식을 두른 쇠시리 모양의 돌출부—옮긴이)에 자리를 잡았다. 코니스는 두 사람이 머물 수 있을 만큼 충분히 넓었기 때문에, 맷은 여러 채의 담요를 쌓아놓고 드러누웠다. 첫날, 토비아스는 그다지 편안하지 않았고, 감히 눈을 감을 수도 없었다. 난간이 없어서 자다가 구르기라도 하면 20미터 아래로 추락해 즉사할 것이다. 그는 둘째 날 밤에야 맷이 감시를 하는 동안 스르르 잠에 빠졌다.

셋째 날 밤 자정 무렵, 가느다란 비가 그들 머리 바로 위의 유리창을 때리기 시작했다. 이제 맷은 가벼운 근육 경련만을 느꼈고, 손의 상처는 아물고 있었다. 토비아스는 활을 잡고 있는 용감한 여전사의 벌거벗은 상반신을 응시했다.

토비아스가 나지막이 물었다.

"왜 가슴 한쪽이 없지?"

"전설에 따르면 활을 잘 쏠 수 있도록 한쪽 가슴을 잘랐대."

토비아스는 자신의 흉근을 만지면서 인상을 찌푸렸다.

"여전사가 아니어서 다행이야."

"계속 연습하고 있지?"

"활쏘기? 그럼, 자주 연습하지. 명사수는 아니야. 제법 과녁을 맞히긴 하지만 홍심을 맞히지는 못했어. 활을 너무 빨리 쏘는 게 문제야. 성급한 성격 탓이지."

"너는 지나치게 활동적이야. 항상 서둘러 뭔가를 해야 하는 성격이지. 마음을 다스릴 수 있다면 더 잘 쏘게 될 거야."

토비아스는 잠시 침묵을 지킨 후 여전사를 가리켰다.

"아무튼 저 여전사는 예뻐. 안 그래?"

맷이 망설였다.

"글쎄."

"여자 가슴 만져본 적 있어?"

맷은 웃음을 터뜨렸다.

"없어."

토비아스는 잘린 가슴에서 눈을 떼지 않고 말했다.

"만져보고 싶지 않아? 나는 그런데."

"물론 나도 그래. 하지만…… 먼저 사랑하는 여자를 찾아야 해. 아무나 건드리면 안 되지."

토비아스는 잠시 그 말을 음미한 후 대답했다.

"틀린 말은 아니야. 정말로 예쁜 소녀를 만났을 때와 관심 없는 여자를 만났을 때의 느낌은 같지 않겠지."

"미모의 문제라기보다는 매력의 문제야."

"너는 벌써 사랑에 빠진 거야?"

맷은 자신의 두 손을 바라보았다.

"아니. 아직은 아니야."

"그럼 앙브르를 어떻게 생각해?"

맷은 화들짝 놀랐다.

"앙브르? 아주 예쁜 아가씨지. 그건 왜 물어?"

맷은 당황했다.

'토비아스는 무슨 생각을 하는 걸까? 내가 앙브르를 좋아한다는 걸 눈치챘을까? 토비아스가 눈치챘다면 앙브르는 물론이고 모두가 알고 있을 거야!'

토비아스는 물고 늘어졌다.

"어떻게 예쁜데? 그냥 예쁘기만 한 거야, 아니면 매력적이고 예쁜 거야?"

맷은 침을 삼켰다. 차마 속마음을 털어놓을 수 없었다.

토비아스가 말을 이었다.

"앙브르는 아주 근사한 소녀야. 파란색 왕방울 눈을 가진 루시 역시 꽤 예쁘고! 누군지 알아?"

토비아스가 더는 앙브르를 언급하지 않자 맷은 안심하고 정신을 차렸다.

"그래. 루시는 아름답지."

"내가 그녀의 마음에 들 수 있을까."

"물론. 그러지 말라는 법이 없잖아."

"췟. 너도 잘 알면서……. 나는 흑인이고 그녀는 백인이야!"

"아, 그 말이었어? 하지만 우리는 똑같은 사람이야. 차이가 뭐지? 아, 그렇지. 네 피부는 흙색이고 그녀의 피부는 모래색이네. 흙과 모래로 대륙을 만들고 지구를 만들잖아? 그러니 너희는 혼합되도록 만들어진 거지. 두 사람이 결합하면 좋은 일만 생길 거야.”

“모두가 너처럼 생각한다면 얼마나 좋을까!”

맷이 대답하려는 순간 아래쪽에서 뭔가가 움직였다.

황갈색 불빛이 나타났다. 맷은 친구의 팔을 톡톡 쳤다.

“저기 좀 봐! 그들이야!”

두건을 쓴 두 개의 실루엣이 손에 초롱을 든 채 안뜰에서 어느 복도로 들어가고 있었다.

맷이 흥분하며 말했다.

“놓치면 안 돼. 빨리 내려가자!”

맷과 토비아스는 벌떡 일어나 발코니를 뛰어넘어 급히 계단을 내려갔다. 2층에 도착한 그들은 더욱 신중하게 움직였다. 그들은 얼굴을 가린 두 음모자를 금세 따라잡았다.

맷이 속삭였다.

“비밀 통로 쪽으로 가는 것 같은데.”

“잘 봐. 이번엔 키가 큰 사람과 작은 사람이야. 더그와 아서일 거야.”

“아니면 레지.”

“어떻게 할까? 맞설 생각이니?”

“아니. 하지만 그들이 오늘 밤부터 섬의 팬들을 공격한다면 그냥 둘 수 없지. 상황이 악화되면 너는 작은 놈을 쓰러뜨려. 나는 큰 놈을 맡을게.”

이윽고 그들은 훈제실을 지나갔다. 강렬한 향기가 났다. 예상대로 정체불명의 두 사람은 비밀 통로가 있는 복도로 들어갔다. 맷과 토비아스는 들키지 않기 위해 계단 바로 앞의 굴곡부에서 멈췄다. 다수의 목소리가 들려왔다.

더그가 물었다.

“본 사람은 없겠지?”

한 소년이 대답했다.

"응. 모두 자고 있어."
한 소녀가 말했다.
"유니콘 성에 있는 모든 무기를 챙겨왔어."
다른 소년이 말했다.
"나는 지난번에 켄타우로스 성에서 가져오지 못한 나머지 무기들을 챙겨왔어."
더그가 칭찬해주었다.
"잘했어. 이제 이곳 갑옷에 있는 무기만 옮기면 돼. 그러면 이 섬의 모든 강철 무기는 우리만 갖게 되는 거야."
소녀가 물었다.
"무기를 어디에 숨겼니?"
맷은 곧 자신의 검이 생각나 은근히 화가 났다. 그는 장롱 구석에 검을 숨긴 것을 떠올리고는 안도했다. 만일 검이 그대로 있다면 더 깊숙이 숨길 것이다.
더그가 대답했다.
"유령의 성에 있는 어느 작은 홀에. 누구도 접근할 수 없을 거야. 너희는 훌륭한 일을 했어. 이것이 '그'에게 문을 열어줄 때 모든 일을 계획대로 착착 진행할 가장 좋은 방법이야."
토비아스는 맷에게 다가와 귀에 대고 속삭였다.
"놈들이 음모를 실행에 옮기고 있어. 우리를 무장해제하는 걸로 봐서, 조만간 사건이 일어날 거야!"
맷은 고개를 끄덕이고 똑같은 방식으로 대답했다.
"조치를 취해야 해. 더는 기다릴 수 없어. 먼저 놈들의 얼굴을 확인해야겠어. 누가 배신자인지 알아야 해."
맷은 벽 모퉁이에서 아주 천천히 머리를 숙이고 내다보았다.
더그는 계단 아래에서 다른 네 명의 실루엣과 얘기하고 있었다. 맷은 더그 옆에 있는 키가 작은 소년을 알아보았다. 더그의 동생 레지였다. 다른 사람들은 등을 돌리고 있거나 너무 어두운 곳에 있어서 얼굴을 알아볼 수 없었다.

소녀가 말했다.

"걱정거리가 하나 있어. 이틀 연속 박쥐 떼가 섬 상공을 날고 있어. 박쥐가 너무 많아. 100마리도 넘는 박쥐가 몇 시간 동안 선회하다 날아갔어. 솔직히 불안해."

소녀는 곱슬곱슬한 머리채가 두건 밖으로 나올 정도로 움직였다. 머리는 금발이었다. 클라우디아는 갈색 머리였으므로 '다른 소녀'였다! 맷은 그들의 목소리를 듣고 나머지는 모두 소년이라고 확신했다. 공모자는 적어도 여섯 명이었다! 진짜 갱단이 아닌가!

더그가 되물었다.

"박쥐라고? 몰랐어. 박쥐가 다른 동물들처럼 변한 게 아니라면 좋겠는데. 새들과 곤란한 일을 겪고 싶진 않아."

맷 뒤에서 재채기를 참고 있던 토비아스는 온갖 노력에도 불구하고 재채기를 터뜨리고 말았다.

더그와 그의 친구들이 소스라치게 놀랐다.

더그가 말했다.

"뭐지? 가서 확인해. 레지, 너는 나와 함께 무기를 숨기자. 서둘러!"

맷은 돌아섰다. 토비아스는 사과 대신 난처한 표정을 지었다. 그들은 단숨에 훈제실로 돌아갔다. 맷은 소파 밑으로 기어 들어갔고, 토비아스는 당구공을 보관하는 벽장을 열었다. 세 명이 전속력으로 달려온 순간, 그는 벽장문을 닫았다.

배신자들 중 한 명이 말했다.

"누군가 이곳에 숨어 있어. 분명해!"

"그래? 바람 소리 아니었을까?"

"아니야. 재채기 같았어!"

세 사람은 흩어져 카운터 뒤, 후미진 곳, 두꺼운 커튼 아래를 샅샅이 뒤졌다. 맷은 배신자들의 다리를 보고 그들의 움직임을 짐작할 수 있었다. 놈들은 곧 자신이나 토비아스를 찾아낼 것이다. 그럼 어떻게 할까?

'비밀을 지키기 위해 죽이거나 불길한 작전을 완수할 때까지 어딘가에 가두어둘 거야!'

맷은 대처해야 했다. 일대일로 맞서서 세 명을 쓰러뜨릴 수 있을까? 자신이 없었다. 연습 때 바위를 들지 못했는데, 싸울 때라고 달라지겠는가. 초능력은 절박한 순간에만 표출되는 것 같았다.

'할 수 없지. 운을 시험해볼 수밖에. 뜻밖에 초능력이 발휘된다면 놈들을 KO시킬 수 있을 거야.'

두 다리가 후들후들 떨렸다. 그는 두려움으로 망설였다.

'초능력은 절대 나타나지 않을 거야!'

조금 권위적인 소년이 맷이 엎드린 소파 바로 앞에서 멈췄다.

'지금이야! 지금 나가야 해!'

하지만 맷은 선불리 움직일 수 없었고, 필요한 용기를 모으지 못했다.

일행을 이끄는 소년이 짜증을 냈다.

"분명 누군가가 이곳에 있었어! 더그가 경계하는 맷이 확실해."

"방에 가서 확인해볼까? 뛰어가면 녀석과 동시에 도착할 수 있을 거야! 만일 녀석이 침대에 없다면 범인은 맷이야. 녀석이 헐떡거리고 있어도 마찬가지이지!"

"좋은 생각이야! 뛰어!"

세 사람은 순식간에 사라졌다. 맷은 소파 밑에서 나와 벽장문을 열고 토비아스를 풀어주었다.

맷은 몹시 당황했다.

"놈들이 알게 될 거야! 내 방으로 달려갔어! 내가 없다는 사실을 확인하면 내가 여기 있었고, 자신들의 작전이 들통 난 걸 알게 될 거야!"

"그럼 내 방으로 가자. 놈들이 영악하다면 곧장 내 방으로 와서 확인할 거야. 우리가 언제나 붙어 다닌다는 건 모두가 알잖아!"

5분 후, 토비아스와 맷은 자는 척하고 있었다. 토비아스는 자신의 침대에서, 맷은 소파에서. 문이 살며시 열리자, 두 친구는 거친 숨소리를 들키지 않기 위해 호흡을 멈췄다. 누군가가 속삭였다.

"내가 뭐랬어. 여기에 있잖아! 그건 바람이었어!"

문이 닫히자 맷은 안도의 한숨을 내쉬었다.

"휴, 큰일 날 뻔했어!"

31
야간 방문객들

한편 앙브르는 사흘 동안 질문 공세에 시달렸다. 모든 팬들이 그녀를 찾아와 다리가 좀 아프다, 두통이 있다, 악몽을 꾼다, 의기소침하다, 또는 외로움을 탄다고 하소연하며 정상인지 물었다. 그녀는 자신이 초능력 상담자라기보다는 속내를 들어주며 위로하는 사람처럼 느껴졌다.

그럼에도 불구하고 앙브르는 초능력을 분명하게 나타내는 다섯 사람에게서 만족스러운 동기를 발견했다. 그녀는 오래전부터 건장한 세르지오에게 품었던 궁금증을 확인했다. 그는 불티를 발생시키는 능력이 있었다. 앙브르는 그에게 더 중요한 잠재력이 있다고 판단하고, 열심히 단련하라고 격려해주었다. 그웬은 추호도 의심할 것 없이 전기와 관련된 능력의 소유자였다. 그녀는 두려움을 떨치려 애쓰면서 세 시간 동안 얘기했다. 앙브르는 그것이 폭풍설 사건의 자연스러운 결과이며, 지구가 일으킨 충격적인 대항과 관련된 변화이기 때문에 건강에는 전혀 해가 되지 않는다고 안심시키고 돌려보냈다.

켄타우로스 성에 거주하는 빌은 컵에 담긴 물에 미세한 소용돌이를 일으킬 수 있었다. 앙브르는 그의 능력을 극히 유망한 것으로 간주했다. 훈련을 거듭하면 훨씬 규모가 큰 수면에 영향을 미칠 수 있을 것이다. 마지막으로 아만다와 마렉은 멀리 떨어진 곳에서 식물, 버섯 혹은 과일을 알아맞힐 수 있다고 주장했다. 앙브르는 회의적인 태도를 보였지만, 그들은 탁월한 후각을 입증했다. 공기를 맡으면서 특별한 냄새를 언급하고, 결국 찾고자 하는 대상을 발견해낸 것이다. 물론 언제나 잘되는 것은 아니었고, 상당한 시간이 걸렸다. 하지만 결과는 명백했다. 그들이 처음부터 섬에서 나물 채집에 지원했다고 털어놓아, 앙브르는 자신의 가정이 증명되었음을 깨달았다. 초능력은 필요에 따라 나타나고 있었고, 노력하면 할수록 더 계발할 수 있었다.

넷째 날 아침, 앙브르는 팬들의 증언을 듣느라 어찌나 피곤했던지 간신히 일어났다. 찬물로 목욕을 하고—팬들의 일상생활이었다—빵 한 조각과 사과 하나를 삼킨 후 '상담실'로 향했다. 그곳은 히드라 성에서 100여 미터 떨어진 곳으로, 무성한 초목에 둘러싸인, 지붕 없이 돌로 만든 원형 정자였다. 이 정자는 며칠 전부터 쨍쨍 내리쬐는 햇볕과 더불어 평화롭고 쾌적했으며, 모든 팬—가장 난처한 팬들조차—이 용기를 내고 찾아올 수 있을 만큼 충분히 외딴 곳이기도 했다.

앙브르는 '상담실'로 가는 동안 누군가가 미행한다는 느낌을 떨칠 수 없었다. 여러 차례 돌아보았지만 아무도 발견하지 못했다. 하지만 누군가가 염탐한다는 불쾌한 느낌은 떠나지 않았다.

작은 원형 정자는 반짝이는 햇살에 잠겨 있었고, 밤사이 차가워진 돌은 천천히 추위를 녹이고 있었다. 나뭇가지, 고사리, 덤불은 가벼운 바람에 살랑대는 소리를 냈다. 앙브르는 상담하면서 메모를 하고, 한가할 때 다시 읽었다. 잠시 후 발소리가 났다. 맷과 토비아스가 플룸과 함께 다가와 의자에 앉았다. 앙브르는 이렇게 큰 개는 한 번도 본 적이 없었다.

맷이 인사말도 없이 불쑥 얘기를 꺼냈다.

"더그가 적어도 여섯 명의 무리를 이끌고 있어. 그들은 이 섬에 있는 모든 무기를 숨겼어. 우리는 더 이상 방어할 수 없을 거야."

앙브르가 물었다.

"네 검도?"

"다행히 아니야. 검을 숨겨놓아서 잊은 모양이야."

앙브르는 몸을 뒤로 젖히고 돌기둥에 머리를 기댔다. 그녀는 생각에 잠긴 모습으로 하늘을 바라보았다.

"어떻게 하지?"

"무턱대고 밀어붙였다가 대학살이 일어날까 봐 걱정이야. 모든 팬들에게 알려줄 수는 있지만, 배신자들이 누구인지 모르니 바로 더그의 귀에 들어갈 거야. 더그는 작전을 실행할 테고, 그러면 많은 사람들이 학살당하겠지."

"공모자들을 밝힐 생각이야?"

"오늘 아침 그 문제에 대해 얘기했어."

토비아스는 전적으로 찬성했다.

"더그 일당을 전부 확인할 수 있는 방법을 찾아낼 거야. 그러면 몰래 대책을 강구할 수 있어. 배신자들에게 들키지 않도록 주의해서 모든 팬들에게 얘기해야 해."

"어떻게 할 생각이지?"

맷이 대답했다.

"배신자를 모두 파악할 때까지 인내심을 갖고 밤마다 감시하는 거야."

앙브르는 별로 납득하지 못한 모습이었다.

"위험할뿐더러 상당한 시간이 걸릴 거야!"

"그게 유일한 해결책인걸!"

앙브르는 짜증을 냈다.

"나도 알아. 하지만 너희가 위험한 일을 감행하는 건 원치 않아. 시간이 별로 없어. 놈들은 조만간 미노타우로스를 풀어줄 거야."

"다른 선택의 여지가 있을까? 오늘 아침에 세 번 연속 나팔 소리를 들었어."

"나는 못 들었는데. 아침에 회의를 소집한 거야? 모처럼 좋은 징조구나."

그들은 마지막 무리와 함께 회의실에 도착했다. 대부분의 의자는 이미 다 찼고, 더그는 연설을 하고 있었다.

"이번 회의의 안건을 다루기 전에 저는 몇 가지 관리 문제를 해결하고 싶습니다. 먼저 무기입니다. 모든 무기를 한곳에 숨기고 잠가두는 것이 바람직하다고 생각합니다. 우리는 모두 예전 사회를 기억합니다. 무기 유통은 폭력을 유발했습니다. 따라서 저는 허가 없이는 개인적으로 어떤 무기도 휴대해선 안 된다고 생각합니다. 여러분에게 생각할 시간을 드리겠습니다. 잠시 후 다시 얘기해봅시다. 다음으로 가금 사육장 관리 문제입니다. 우리에게는 닭, 비둘기 등 온갖 종류의 가금이 있습니다. 콜린은 일거리가 많아 도움을 거절하지 않을 겁니다. 콜린과 함께 가금 사육장에서 일하고 싶은 분 있습니까?"

맷은 앙브르와 토비아스에게 고개를 숙이고 말했다.

"더그는 당황하지 않아! 그는 팬들이 우리처럼 무기를 숨기고 있다는 사실을 알고 있고, 모든 무기를 회수하기 위한 방법을 모색할 거야. 만일 그가 다음 회의에서 이 문제를 다시 거론한다면, 그에게 덤벼들겠어. 누구도 내 검을 빼앗을 수 없어!"

그러는 동안 더부룩한 밤색 머리의 콜린이 거구를 일으켰다.

"닭과 계란을 관리하는 일입니다. 조류는 제 분야입니다."

유니콘 성에 거주하는 티파니가 자원하자, 이어 멕시코 출신의 가장 어린—아홉 살—파코가 손을 들었다.

더그가 선언했다.

"좋습니다. 두 분은 콜린과 상의해서 임무를 분배받으세요."

콜린은 여드름으로 가득한 얼굴을 긁으며 강조했다.

"새는 건들지 마! 너희는 닭을 관리해."

번거로운 문제들을 해치우게 되어 만족한 더그는 본론을 꺼냈다.

"우리가 상당히 많은 양의 식품을 소비하고 있어 적잖이 놀랐습니다. 비축 식량은 점점 줄어들고 있습니다. 최대한 절약해 사용하고 있긴 하지만 성냥과 라이터는 곧 바닥날 겁니다. 또 붕대를 비롯한 구급약품도 필요합니다. 옷이 필요한 분이 있으면 치수와 함께 목록을 작성해 제출해주시기 바랍니다. 생필품 원정대가 내일 아침 도시로 떠날 겁니다. 따라서 오늘 저녁 원정대를 구성해야 합니다. 여느 때처럼 지원자가 있으면 손을 들어주십시오. 그렇지 않으면 제비뽑기를 하겠습니다."

적갈색 머리가 끊임없이 자라는 트래비스가 손을 들었고, 까다로운 아서, 섬의 팬 중 가장 건장한 세르지오가 지원했다. 그웬도 손을 들었다.

맷이 손을 들자 앙브르와 토비아스도 깜짝 놀랐다.

맷이 속삭였다.

"섬을 나가 바깥을 구경하고 싶어."

이어 앙브르가 손을 들자 토비아스도 마지못해 지원했다.

더그가 고개를 끄덕였다.

"좋습니다! 저도 동행하겠습니다. 저는 오랫동안 생필품 원정대에 참가하지 않았습니다. 우리는 내일 새벽에 출발합니다."

모두 나가기 직전, 맷은 악의가 없지 않은 질문을 했다.

"무기를 휴대해야 하지 않을까요? 그게 더 신중한 처신 아닌가요?"

더그가 대꾸했다.

"사용할 줄 모르는데 무슨 소용이 있습니까?"

"공격을 당하면 어떻게 하죠? 방어할 수 있는 물건을 휴대하는 것이 바람직합니다!"

더그는 잠시 망설이다가 대답했다.

"아서와 함께 두세 개의 무기를 선택하겠습니다. 하지만 무장하는 것은 쓸데없는 일입니다. 돌아올 때 상당히 무거운 짐이 있습니다."

맷이 아주 가끔 마주치는 히드라 성의 금발 미인 캐롤라인이 물었다.

"연기가 나는 숲 옆을 지나갈 건가요?"

"아닙니다. 그 숲과는 거리를 유지할 겁니다. 여러분도 계속 피어오르는 연기를 보았을 겁니다. 글루통 공동체가 그곳에 정착했을까 봐 걱정입니다."

평소에 매우 내성적인 스베틀라나가 물었다.

"연기의 정체를 파악할 탐험대를 계획하고 있나요?"

"결정된 바는 없지만, 그럴 계획은 없습니다. 그런 위험한 일을 감행할 이유가 전혀 없습니다. 그들에게서 거리를 유지하기만 하면 됩니다. 오늘 저녁 회의는 이상입니다."

팬들은 무기력하게 책상을 두드렸다. 참석자들이 와글거리면서 회의실을 떠나는 동안 앙브르는 맷에게 머리를 숙이고 물었다.

"왜 사서 고생을 하니?"

"더그를 자극해서 실수를 저지르게 하려고."

"피하는 게 좋을 거야. 화풀이할 위험이 있어."

맷은 입을 비죽거리며 의기양양해했다.

"아무튼 효과가 있었어."

토비아스가 물었다.

"어떻게?"

"더그가 공모자들 가운데 한 명을 드러냈잖아. 누구도 무기에 접근할 수 없기 때문에 더그는 자기 무리에 속하지 않는 사람과 함께 '두세 개의 무기를 선택'하러 가지 않을 거야. 그가 무기를 숨겨놓은 곳에 아서를 데리고 가는 것은 아서가 사정을 잘 알고 있기 때문이야. 아주 간단하지?"

토비아스가 고개를 끄덕였다.

"아서를 목록에 추가하자고. 잘했어."

☣

그날 저녁 삼총사는 다음 날의 컨디션을 위해 잠을 자는 것이 바람직하다고 판단했다. 더구나 더그와 아서도 원정대에 참가하므로 배신자들이 오늘 밤 활동할 가능성은 거의 없었다.

맷은 침대에 눕기 직전 방이 더워 창문을 열어놓았다. 그가 조금씩 잠에 빠져들 무렵 격렬하게 펄럭거리는 소리가 들렸다. 시트를 털 때 나는 소리와 비슷했다. 그 소리가 너무 커서 맷은 한순간 크라켄 성의 모든 팬들이 창가에서 소란을 피우고 있다고 생각했다……. 완전히 깨어난 그는 이 기괴한 이미지를 쫓아버리고 열린 창문으로 다가갔다.

소음은 인상적이었다. 맷은 머리를 밖으로 내밀었다.

곧 뭔가가 그의 머리를 스쳐 지나갔다. 그것은 위쪽에서 내려왔다. 그는 돌아서서 크라켄 성 바로 위쪽 하늘을 바라보았다.

검은 구름이 별들을 가린 채 윙윙거리고 있었다.

검은 형체들이 구름에서 떨어져 나오더니 맷의 얼굴을 향해 돌진했다.

'박쥐야!'

맷은 황급히 뒤로 물러나 창문을 밀었다.

세 개의 어두운 삼각형이 다가와서 창문 앞에 멈췄다가 전속력으로 올라가더니 검은 구름 속으로 사라졌다.

'저것들이 뭐 하는 거지?'

맷은 천천히 창문에 다가갔다.

'저렇게 많은 날짐승은 본 적이 없어!'

갑자기 한 무리가 일렬종대로 빠져나오더니 섬의 숲 쪽으로 돌진했다. 두 번째, 세 번째 무리가 뒤따랐다. 이윽고 검은 구름은 사라지고 나무 꼭대기가 드러났다. 맷은 고요한 바다로 스며드는 넓은 기름띠를 보는 듯한 느낌이 들었다. 박쥐 떼는 다시 상승해 북서쪽 캐프리콘 성의 상공을 비행하며 잠시 선회하더니, 켄타우로스 성 쪽으로 날아가 몇 분 동안 머물렀다.

너무 멀리 떨어져 있어서 더는 구별할 수 없었다. 그는 토비아스와 함께 뉴욕에서 도망칠 때 사용했던 쌍안경을 떠올렸다. 토비아스는 소지품을 배낭에 넣어두었다. 맷은 그의 가방을 뒤져 쌍안경을 꺼내 기이한 공중 발레를 관찰했다. 이따금 검은 점들이 내려와 창문 앞에서 평형을 유지한 채 움직이지 않았다.

'무슨 놀이를 즐기고 있는 거지?'

그의 머리털을 낚아채려 한 것으로 보아 박쥐들은 우호적이지 않은 듯했다.

'녀석들은 켄타우로스 성안으로 들어갈 방법을 모색하는 것 같아……. 만일 성공한다면 성안에 대혼란이 일어날 거야!'

맷은 박쥐 떼가 방으로 침투해 두피, 팔, 다리를 찢고 가장 연약한 팬들을 계단 구석으로 밀어붙이는 광경을 상상했다……. 그것은 악몽 같은 일이었다.

맷은 경보를 울릴지 말지 망설였다. 하지만 어떻게 켄타우로스 성에 거주하는 팬들에게 창문과 문을 열지 말라고 알릴 수 있단 말인가. 불가능한 일이었다.

바로 그때 박쥐 떼가 다시 상승하더니 북쪽으로 날아갔다.

맷은 안도의 한숨을 내쉬었지만 오래가지는 않았다. 어젯밤 더그에게 말하던 소녀는 이틀 연속 박쥐 떼를 보았다고 했다. 맷은 불편함을 느꼈다. 이들은 보통 박쥐와는 달랐고, 은밀히 음모를 꾸미고 있는 것 같았다. 일단 박쥐들이 너무 많았다. 그리고 박쥐들은 분명한 성에서 다른 성으로 날아갔다. 녀석들은 무엇인가, 혹은 누군가를 찾고 있는 걸까?

문득 플륌이 생각났다. 개는 밖에 있기 때문에 공격을 받기 쉬웠다.

'플륌은 여섯 달 전부터 숲에 살고 있으니까 무엇도 두려워하지 않을 거야.'

박쥐들은 며칠 전부터 있었고, 플륌은 공격 대상이 아닌 듯했다. 개를 믿어야 했다.

맷은 대형 홀에서 일어났던 암살 기도를 떠올렸다. 세 번째 무리. 꿈속에 나타난 로페로덴과 박쥐 떼. 그는 이미 더그 일행의 배신을 감시하기에도 벅찼기 때문에 이 난처한 사건이 당황스러웠다.

다시 침대에 누워 천장에 시선을 고정시켰을 때는 불안감이 몰려오고 몸이 후들거렸다. 하지만 수면은 공포보다 훨씬 강했다. 며칠간의 야간 보초로 녹초가 되었던 것이다.

맷은 잠들었다. 암흑 속에서 속삭임, 손과 다리가 삐져나온 검은색의 대형 너울, 시멘트에 새겨진 자국처럼 선명한 긴 해골이 끊임없이 나타나 그를 괴롭혔다.

한 형체가 그를 추격하고 있었다. 북쪽 숲에서 그의 냄새를 맡으려 킁킁거리면서.

신비스러운 이름과 무시무시한 영기를 가진 존재.

로페로덴.

32
생필품 원정대

동쪽 가장자리는 새벽의 직사광으로 환했다. 반대로 카마이클 섬 다리 쪽 숲은 아직도 캄캄한 어둠 속에 잠겨 있었다.

맷은 스웨터와 좋아하는 외투를 입고, 검을 휴대할지 말지 한참 동안 망설였다. 더그가 섬의 무기를 전부 회수하지 않았다는 사실을 알게 될 터였다. 맷은 검이 자신의 분신이자 자신을 보호해주는 존재라고 판단했다. 두 가지 얼굴을 가진 수호천사. 칼집에 들어 있을 때의 검의 광채는 마음을 든든하게 해주고, 검이 피와 고통으로 물들어 있을 때는 악몽을 꾸게 하지 않는가.

맷은 검을 다루면서, 팔 끝에서 더는 무겁게 느껴지지 않을 때의 검이 희열을 느끼게 하고, 손바닥에 착 달라붙은 손잡이가 강력한 힘을 부여하며, 동시에 강철 날이 두려움을 준다는 사실을 부인할 수 없었다. 그는 검이 위험한 무기이며, 자신이 검을 쥐고 있다는 사실을 잊지 않았다. 검은 어떤 인격도, 영혼도 없었다. 검은 그의 의지를 반영하는 공격적이고 치명적인 분신에 지나지 않았다. 적에게 무자비하고 용감한 영웅을 꿈꾸었던 맷은 자신의 상상력이 이런 폭력은 준비하지 않았다는 사실을 알게 되었다. 검이 글루통의 몸에 박힐 때

나는 소름 끼치는 소리가 자주 떠올랐다.

새벽, 섬은 여전히 잠들어 있었다. 여덟 명의 생필품 원정대는 다리 앞에 집결했다. 플륌은 어떤 곳이라도 달릴 수 있는 네 개의 커다란 바퀴 위에 설치한 당구대 크기의 수레에 연결된 가죽띠를 두르고 있었다. 개는 더 자라나서, 몸무게가 90킬로쯤 되어 보였다. 느낌일 뿐일까? 아니면 개가 정말로 계속 성장하는 걸까? 녀석은 어디까지 자랄 수 있을까? 토비아스가 어깨에 활을 걸치고 있었지만, 더그 일행은 활을 회수할 수 없었다. 너무 많은 팬들이 고기를 먹기 위해 사냥하러 가겠다는 희망으로 정기적인 훈련을 하고 있었기 때문에 눈에 띌 것이 분명했다. 더그가 아무리 잘 설명하더라도 의심을 살 것이다. 그는 원정대를 보호하기 위해 세르지오에게 도끼를, 아서와 트래비스에게 철퇴를, 그웬에게 긴 칼을 맡겼다.

돌아올 때 식량을 짊어질 수 있도록 모두 대형 배낭을 지참했다. 다리에서 망을 보고 있던 캘빈—맷이 좋아하는 흑인 소년—은 다리에 철판 인도교를 설치하면서 원정대에게 인사했다.

앙브르가 맷에게 다가갔다.

"잘 잤어?"

"응."

이유는 알 수 없지만 맷은 박쥐 떼에 대해 얘기하고 싶지 않았다. 쓸데없이 친구들을 불안하게 하고 싶지 않았다.

앙브르가 털어놓았다.

"어제저녁 늦게까지 연습했는데도 여전히 연필밖에 움직일 수 없어! 너무 짜증 나!"

"인내심이 필요해."

"알아. 하지만 정말로 사물을 움직이고 싶단 말이야!"

"도시까지 몇 시간 정도 걸리는지 알아?"

"늑장 부리지 않고, 또 쉬지 않는다면 네 시간쯤 걸려."

원정대는 한 시간 정도 숨을 돌리며 식사를 하고, 세 시간 정도 생필품을 배낭에 채운 뒤 황혼 전에 돌아가기로 결정했다.

"왜 밤에 나가지 않지? 그러면 글루통들을 피할 가능성이 더 높은데. 그들은 어둠 속에서는 볼 수 없어."

"아냐. 밤에 나가지 않는 건 더 위험하기 때문이야. 많은 포식자들이 해가 져야 사냥을 시작해. 폭풍설 이후 동물들은 많이 변했어. 폭풍설의 충격은 글루통들을 미치광이로 만들었고, 많은 동물들이 공격적이 되었지. 예를 들면 플륌을 제외한 모든 개들이 무리를 형성하고 무서운 존재가 되었어. 팬들이 개에게 잡아먹혔다는 소문도 있어. 개들은 열 배 이상으로 본능을 되찾은 거야! 개들은 우리를 전혀 두려워하지 않기 때문에 늑대보다 더 무서운 존재야."

토비아스는 그들의 대화에 끼어들었다.

"한 전령은 축구장 크기의 거미집이 있다고 말했어. 거미집에는 수천 마리의 끔찍한 거미들이 살고 있는데, 거미는 어떤 먹이에든—사람에게조차—달려들어 무수한 상처를 내. 독을 주입하면 먹이의 내부는 녹아버리고, 거미는 먹이가 살아 있는 동안 모조리 빨아 먹지!"

앙브르가 인상을 찌푸렸다.

"그만! 그게 현실이 아니라 전설이라고 믿고 싶다!"

맷이 앙브르에게 물었다.

"우리가 섬에 도착하기 전 어느 날 저녁에 마주친 이상한 괴물에 대해 말해줬었나?"

앙브르는 모르겠는 듯 고개를 저었다.

"아, 그래!"

토비아스가 외치고는 재빨리 말을 이었다.

"우리를 불안하게 하는 놈이었어. 밤에 어슬렁거리는 괴물."

깜짝 놀란 앙브르가 반복했다.

"밤에 어슬렁거리는 괴물을 만났다고?"

"공포 영화에서 보던 진짜 괴물 같았어. 사람만큼 큰 녀석이 나뭇가지에 숨어 있었지. 놈이 킁킁거리며 우리 냄새를 맡고 달려들려 했을 때 플륌이 불쑥 나타나 구해줬어! 놈은 쉽게 우리를 죽일 수 있었을 거야."

앙브르가 놀려댔다.

"꼬마야, 꼬마야, 진작 말했어야지!"

원정대가 숲 속으로 들어가기 시작하자 맷은 몸을 흔들면서 수레를 끄는 플륌을 바라보았다.

"저 녀석이 왜 저러는지 궁금해. 내 말은, 플륌이 영리하면서 야생적이지 않다는 거야."

앙브르가 대답했다.

"많은 의문들의 대답을 찾을 수 없잖아. 이 사실을 그냥 받아들여야 할까 봐 걱정이야."

"맞아. 내가 토비아스와 함께 보았던 풍뎅이들처럼. 토비아스가 말했어? 수백만 마리의 풍뎅이들……."

앙브르가 그의 말을 끊었다.

"풍뎅이 군대. 팬들이 붙인 이름이야. 우리 대부분이 풍뎅이 군대를 봤어. 고속도로는 풍뎅이 군대로 뒤덮여 있었지. 여전히 고속도로에 있을 거야. 예전에는 풍뎅이들이 모두 남쪽으로 이동했는데, 이제는 전국에 뻗어 있는 거대한 도로를 따라 순환하고 있어. 풍뎅이들은 남쪽으로 갈 때는 붉은빛을, 북쪽으로 갈 때는 파란빛을 복부에서 발산해. 초기에는 다소 혼란스러워 보였지만, 지금은 질서 정연하게 이동하고 있어."

"풍뎅이들이 뭘 하는 건데?"

"몰라. 전령들이 풍뎅이들의 이동을 연구했을 거야. 이 이동이 우연이 아니라고 확신하지만 아직 원인은 밝혀지지 않았어. 시간이 필요해. 팬들은 이제 막 조직화되었으니까."

"맞아. 고작 여섯 달밖에 되지 않았어……. 그중 다섯 달은 잠만 잤고!"

그들은 걸었다. 뒤쪽에서 해가 떠오르면서 햇살이 대지를 비추자, 자연은 위풍과 선녹색 광채를 되찾았다.

한 시간 반 후, 세르지오와 함께 길을 트고 있던 더그가 휴식을 선언했다. 원정대는 목을 축였다. 맷이 반합에 약간의 물을 부어주자 플륌은 곧 입술을 드러내고 마시기 시작했다. 모두 초콜릿을 배급받은 후 다시 활기찬 걸음으로 걷기 시작했다.

맷은 숲에서 울리는 귀에 거슬리는 소리에 놀랐다. 수십 종의 새들이 지나가는 사람들을 보고도 거리낌 없이 요란하게 지저귀며 서로 부르고 있었다. 한 번도 들어본 적 없는 구구 하고 우는 소리, 돌풍처럼 지저귀는 소리, 듣기 좋은 음질을 가진 소리, 끊임없이 오르내리는 날카로운 소리. 그가 간신히 분간한 새들은 청딱따구리, 까마귀 혹은 박새 같은 고전적인 새들이었다. 가끔 황금처럼 반짝이는 노란 날개와 하늘색 도가머리가 있는 은빛 도는 흰색 새 같은 기이한 새도 있었다. 이 새는 날아오르면서 선홍색 날개 밑을 드러냈다.

나지막이 대화를 나누는 그웬과 앙브르 이외에는 아무도 입을 열지 않았다. 대원들은 주위에 주의하면서 행진에 집중했다. 맷은 트래비스를 따라잡기 위해 발길을 재촉한 후 물었다.

"이곳에 뱀이 있어?"

"뱀은 모르지만, 전갈뱀은 더 무섭지!"

트래비스는 강한 억양으로 대답했다. 맷은 그가 미들이스트의 시골 출신이라고 추측했다.

"전갈뱀? 그게 뭔데?"

"통통한 살무사처럼 생겼는데, 가죽은 전갈 꼬리처럼 무척 딱딱한 껍질이고, 독침은 전갈처럼 꼬리에 붙어 있어. 하지만 전갈뱀은 보통 길이가 1미터에 달하지. 독침의 크기는 네 상상력에 맡길게!"

"독침에 쏘이면 위험하니?"

트래비스가 농담했다.

"걱정 마. 전갈뱀이 너를 쏘면, 너는 알아채기도 전에 죽게 될 거야."

그것은 우스운 얘기가 아니었다. 맷은 이동하는 동안 침묵을 지켰다. 한참 후 그들은 다시 휴식을 취했다. 도시를 나타내는 최초의 표시—혹은 남아 있는 흔적—는 정오가 조금 지나 칡넝쿨로 뒤덮인 벽에 드러났다. 예전에 7층이었던 건물의 정면은, 이제 잎과 뿌리로 뒤덮인 벽에 지나지 않았다. 콘크리트, 문 혹은 창문조차 구별하는 것이 불가능했다. 문명의 나머지 부분도 마찬가지였다. 초목은 두 번째 피부처럼 폐허를 뒤덮었다. 마치 거미집처럼 한 지붕에서 다른 지붕으로 뻗은 푸른 줄기들이 전깃줄을 기어오르고, 삼색 신호등을 뒤덮었다. 자연의 위장망은 도시 전체를 촘촘히 덮었다. 햇살이 어찌나 스며들기 힘든지, 고사리와 가시덤불로 덮인 거리에 시원한 그늘이 형성되었다.

맷의 입에서 탄성이 터졌다.

"와! 살면서 이런 광경을 보리라고는 추호도 상상하지 못했어! 모든 게 초목 밑으로 사라졌어! 마치 정글에 있는 것 같아!"

여전히 매우 과학적인 앙브르가 정정했다.

"기하학적 구조를 가진 정글이야."

원정대는 어느 네거리 모퉁이에서 불현듯 칡넝쿨 폭포와 마주쳤다. 더그가 칡넝쿨을 제쳤고, 일행은 셀프서비스 주유소 지붕 아래를 통과했다. 맷은 곧 위축된 검은 급유기를 발견했다. 급유기는 녹아버린 것 같았다. 바닥은 두꺼운 갈색과 녹색 이끼로 뒤덮여 있었다.

더그가 지시했다.

"이곳에서 식사를 하고, 두 명씩 짝을 지어 헤어집시다."

원정대는 무거운 다리를 펴고 샌드위치를 삼킨 후, 주위에 대한 호기심에 이끌려 곧장 다시 출발했다. 토비아스는 잠시 두 친구를 바라본 후 말했다.

"너희 둘이 움직여. 나는 트래비스와 동행할게. 그는 듬직한 소년이야!"

맷은 약간 난처하다는 듯 조용히 고개를 끄덕였다. 그는 더그가 아서에서 동행하자고 제안하는 것을 보았다.

'흥, 우연인 것처럼 잘도 꾸미네. 너희가 야비한 짓을 한다면 너희는 배신자치고는 느긋한 녀석들이야!'

앙브르에게 다가오던 그웬은 앙브르가 맷과 함께 있는 것을 보고 발길을 멈췄다. 그녀는 심술궂은 미소를 짓더니 체념한 듯, 훤칠하고 건장한 세르지오와 한 팀이 되기로 결심했다.

더그는 모든 대원들에게 안전 수칙을 상기시켰다.

"멀리 가지 마세요. 만일 주유소로 돌아오는 길을 찾을 수 없다고 판단하면 길을 멈추고 호각을 부세요. 그럼 우리가 여러분을 찾아갈 겁니다."

더그는 각 팀에 호각을 하나씩 배급했다.

"길을 잃었다고 확신할 경우에만 사용하세요. 호각 소리는 우리뿐만 아니라 다른 사람들의 주의를 끌 위험이 있습니다! 주의를 게을리하지 마세요. 신중하게 처신하세요. 소리치지 마세요. 배낭에 식량을 채우는 것으로 만족하세요. 유통기한을 잘 확인하세요. 통조림은 괜찮지만 부패하기 쉬운 제품은 담지 마세요. 성냥과 라이터는 많으면 많을수록 좋습니다. 그웬에게 옷 목록을 주었습니다. 그웬과 세르지오가 옷을 챙길 겁니다. 약국이 어디에 있는지 아는 제가 약품을 담당하겠습니다. 두 시간 후 이곳에서 다시 모인 다음, 슈퍼마켓으로 가서 플륌의 수레를 가득 채웁시다."

모두 고개를 끄덕인 후 다른 방향으로 떠났다. 맷이 앙브르에게 플륌을 가리키며 물었다.

"플륌은 여기 혼자 남는 거야?"

"응. 여기가 더 안전해. 걱정하지 마. 특별한 개잖아. 아무 일도 일어나지 않을 거야."

맷은 플뤼을 혼자 두고 떠나기가 힘들었지만, 앙브르의 재촉에 주유소 천막을 떠났다.

그들이 지나가는 길에는 이곳이 도시였다는 흔적만 남아 있을 뿐이었다. 도시는 더 이상 알아볼 수 없었다. 맷과 앙브르는 각각 길 양쪽에서 옛 가게의 내부를 살피며 걸었다. 진열창은 잎사귀로 뒤덮였고, 간판은 새집의 수평 지주로만 사용됐다. 새 한 마리가 그들에게 다가왔다. 맷은 새를 지켜보았다. 녀석은 두려워하기는커녕, 오히려 호기심을 나타냈다. 50미터를 지났을 때, 맷은 여전히 새가 그들 위에서 날면서 규칙적으로 내려앉아 살펴보는 것을 보고 깜짝 놀랐다. 건너편 인도에 있는 앙브르는 이 광경을 보지 못했다. 맷은 새의 행동이 기이하다고는 생각했지만, 이 문제로 그녀를 방해하지는 않기로 결심했다. 새는 몇 차례 더 반복하더니 충분히 살펴보았다고 판단했는지, 머리 위쪽에 불쑥 나와 있는 칡넝쿨 구멍 속으로 날아올라 사라졌다.

맷은 식료품점을 발견하고 휘파람으로 앙브르를 불렀다. 그들은 문 뒤쪽에 달라붙은 이끼를 제거하기 위해 문을 부숴야 했다. 가게 내부는 '식물 가발'을 뒤집어쓴 거리보다 훨씬 어두웠다. 코를 찌르는 곰팡내가 떠다녔다. 그들은 희미한 빛에 익숙해질 때까지 기다렸다가 여전히 상품으로 가득한 진열대를 살피기 시작했다.

앙브르가 말했다.

"좋아. 통조림과 면류, 간단히 먹을 만한 비스킷을 챙기자."

그들은 20킬로를 담을 수 있는 두 개의 튼튼한 배낭을 가득 채웠다. 앙브르는 배낭에 종이 상자를 많이 넣었고, 맷은 무거운 상품을 넣었다.

맷은 다른 팬들처럼 시간을 가늠하기 시작했다. 시계가 아주 귀했기 때문에 대부분은 해의 길이를 보고 시간을 짐작했고, 더 예민해진 팬들은 시간의 흐름을 감지하기에 이르렀다. 맷은 배낭의 무게를 느끼며 말했다.

"엄청 무거운데. 예상보다 빨리 끝낸 것 같아. 배낭을 여기에 두고 주위를 둘러보는 게 어때? 집합 시간 전에 물건을 다시 가지러 오자."

"좋아. 그런데 이걸 다 짊어질 수 있겠어?"

"시도해봐야지."

맷은 배낭을 메고 간신히 일어났다.

앙브르가 걱정했다.

"돌아가는 내내 괜찮을까?"

"괜찮을 거야."

맷은 짐을 내려놓았다. 두 사람은 서둘러 가게 밖으로 나갔다.

맷이 걸으면서 물었다.

"냄비 같은 취사도구는 안 챙겨?"

"필요한 건 이미 성에 있어. 주위에 아무도 살지 않으니, 도시가 무궁무진한 상품 창고의 역할을 하지. 식량은 부족하지 않아."

"곧 수십 가지 식품이 사라질 거야. 일단 동이 나면 더는 찾을 수 없을 테고. 게다가 몇 달 후면 유통기한이 지날 거야."

"그래서 우리는 농사를 지어보려고 해. 미래를 위해 배우고 준비하는 거지. 필요한 것을 스스로 생산해야 하니까."

"누구에게 배우지?"

"『희망의 서』에서."

맷은 인상을 찌푸렸다.

"들어본 적 없어. 그게 뭐야?"

"더그가 갖고 있어. 곡식을 재배하는 법, 설탕을 만드는 법, 빗물을 모아 정수해 식수를 만드는 법 같은, 생존에 필요한 수많은 것이 설명되어 있는 책이지."

맷이 농담했다.

"신성한 책이 되겠는데!"

앙브르는 미소를 짓지 않고 그를 노려보았다.

"이미 신성한 책이야. 그 책이 없으면 우리는 차츰 약해지고, 결국 죽을 수밖에 없을 테니까. 그래서 『희망의 서』라고 불러."

"더그가 그 책을 갖고 있는 이상, 그가 하는 충고를 경계해야 해!"

"지금까지 더그는 늘 우리를 도와주었어. 어디에든 나타나고, 필수 불가결한 존재가 되는 게 계획의 일부일 거야. 우리를 더욱 확실히 제거하기 위해서 말이야."

"아무리 생각해도 이해가 안 돼. 왜 우리를 없애려는 거지? 그는 우리 섬의 핵심 인물이고, 자연스럽게 그랜드 팬으로 인정받았어. 누구도 그의 권위를 문제 삼지 않았고! 무엇을 더 원하는 걸까?"

"내가 어떻게 알겠어."

그들은 어느 광장에 이르렀다. 건물 꼭대기부터 길까지 뒤덮은 칡넝쿨 지붕은 눈에 띄게 듬성듬성해졌고, 커다란 구멍을 통해 내리쬐는 햇볕은 이끼 위에 황금 늪을 그리고 있었다. 한 우물이 광장 중심을 장식하고 있었다. 놀랍게도 우물에서는 아직도 물이 나왔다. 긴 계단은 법원 입구와 연결되어 있었다. 둥근기둥으로 둘러싸이고 삼각형 박공이 불쑥 튀어나온 거대한 건물이었다.

맷과 앙브르는 이끼 낀 우물 둘레의 돌에 앉아 맑은 물을 마셨다. 앙브르는 얼굴에 물을 끼얹고 광장과 그들이 지나온 긴 대로의 웅장한 경치를 바라보았다.

"벌써 여섯 달이 지났지만 여전히 이 풍경에 익숙하지가 않아. 공격적인 야생으로 돌아간 이 텅 빈 도시. 한 사람도 찾아볼 수 없는 세상. 요새로 만든 몇몇 마을에 흩어진 소수의 어린이들……."

맷은 애정 어린 눈으로 앙브르를 바라보았다. 물방울이 장밋빛 피부에 난 주근깨와 뒤섞였다. 맷은 그녀의 향기를 떠올렸다. 얼굴은 매혹적인 향기를 가진 박하의 잎처럼 가느다란 황금 솜털로 뒤덮여 있었다. 그녀는 정말로 아름다웠다. 그는 갑자기 그녀를 안고 싶다는, 억제할 수 없는 욕망을 느꼈다. 이 고독의 한복판에서, 불확실한 미래 앞에서, 앙브르는 희망과 생명의 열기를 구체화하고 있었다. 맷은 그녀와 모든 것을 나누고 싶었다.

그의 욕망에서 목소리가 빠져나왔다.

"이 여행……."

맷은 몸을 일으켰다. 어조는 낮으면서 단호했고, 단어는 닳은 성대로 인해 갈라졌다. 그것은 팬의 목소리가 아닌 어른의 목소리였다. 쉰 목소리를 가진 어른.

금속 물체가 부딪치는 소리, 풀을 밟는 무거운 발소리가 가까워지고 있었다.

시니크였다.

33
좋은 소식과 나쁜 소식(1)

앙브르와 맷이 재빨리 우물 뒤에 웅크리고 숨는 동안 세 명의 시니크들이 좁은 골목을 통해 광장으로 들어왔다. 맷은 머리를 들고 그들을 살폈다. 시니크들은 겨우 10미터 전방에 있었다.

세 명의 시니크 모두 검은색의 딱딱한 가죽과 흑단으로 만든 갑옷, 투구 비슷한 것을 걸치고 있었다. 맷은 깜짝 놀랐다. '갑옷을 제작했다니!' 그는 그들의 허리띠에서 검, 철퇴, 도끼를 발견했다.

가장 작은 시니크가 물었다.

"그 개구쟁이가 뭐라고 했지? 어서 말해봐!"

쉰 목소리의 시니크가 신경질적으로 대답했다.

"녀석은 말로 하지 않고 편지로 전했어!"

그는 작은 쪽지를 펼치더니 얼굴에 대고 읽었다.

"아직 준비가 되지 않았습니다. 지금 공격하지 마세요. 섬에서 이상한 일들이 일어나고 있습니다. 팬들은 힘이 있어요. 당신들의 성공을 보장하기 위해 지도자들, 특히 세 명의 팬을 제압해야 합니다. 곧 연락드리겠습니다. 조금만 참아주세요."

"우리를 우습게 아는 거야, 뭐야? 이 정글에서 100명의 군사들을 한 달 더 기다리게 할 수는 없어!"

"녀석은 자신의 임무를 알고 있어. 녀석에게 조금 더 시간을 줘야 해. 아이들이 힘을 갖고 있다고 쓰여 있잖아!"

"잭, 그건 어리석은 짓이야. 아이들을 어떻게 해야 하는지 잘 알잖아. 우리는 최대한 녀석들을 생포해서 남쪽으로 끌고 가야 해. 녀석들은 어떤 힘도 없어!"

"어쨌든 기다려. 장교로서 명령하는 거야. 다음 메시지를 기다렸다가 공격하기로 해. 소여 대장에게 의견을 물어보자. 대장은 분명 내 의견에 찬성할 거야. 사흘이나 일주일 정도 걸리겠지. 필요한 만큼 기다리면 그 아이 덕분에 쉽게 녀석들을 생포할 수 있을 거야. 레스턴 근처에서 있었던 일을 반복하고 싶지 않아! 그 코흘리개 아이들의 방어를 과소평가한 덕에 톡톡한 대가를 치렀잖아. 녀석들을 생포하기는커녕 모두 죽여서 시체를 싣고 가야만 했다고!"

맷은 자신처럼 질겁한 듯 보이는 앙브르의 얼굴을 살피며 그녀 바로 옆에서 무릎을 꿇고 속삭였다.

"그래서 더그가 온 거야! 놈들에게 메시지를 전달하고 싶었던 거지! 도망가자! 빨리!"

맷은 상체를 숙이고 조용히 물러갔고, 앙브르는 그의 뒤를 바짝 따랐다. 그들은 비밀 통로를 통해 식료품점으로 돌아가서, 배낭을 챙기고 주유소에 도착했다. 앙브르는 헐떡거리면서 입을 열었다.

"경보를 울릴 순 없어. 공모자가 아직 전부 밝혀지지 않았잖아. 계획은 여전히 유효해. 먼저 더그 일행을 파악해야 해. 그러고 나서 팬들에게 알리고, 밤에 배신자들을 체포하기로 하자. 만일 방금 들은 것을 발설한다면, 더그나 그 일행 중 한 명이 시니크들에게 알릴 테고, 그러면 놈들은 공격을 개시할 거야."

"네 말이 맞아. 다만 그 세 명의 시니크들이 플륌의 수레에 짐을 싣기 전에 기습하지 않길 바랄 뿐이야!"

"이 부근에서 글루통을 봤다고 얘기하자. 그러면 다들 경계하면서 서둘러 섬으로 돌아갈 거야."

팬들은 예정대로 무거운 배낭을 짊어지고 주유소 지붕 밑에 집결했다. 앙브르와 맷은 더그의 눈을 똑바로 바라보기가 힘들었다. 그들에겐 한 가지 바람밖에 없었다. 바로 모든 팬들에게 더그가 팬들을 배신하고, 팬들을 시니크에게 넘겨줄 준비를 하고 있다고 외치는 것이었다. 토비아스는 수상쩍은 짓을 할 때만 극히 드물게 나타내는 우쭐한 미소를 지었다. 맷은 친구에게 다가가고 싶었지만 자신들이 아주 가까이에서 글루통들을 발견했고, 이곳에 지체하면 안 된다고 경고하는 것으로 만족했다. 글루통이 나타났다고 말하자 모두 부들부들 떨었다. 원정대는 서둘러 슈퍼마켓 앞으로 달려가 수레에 짐을 싣고 길을 떠났다.

섬으로 돌아가는 길에 토비아스는 두 친구에게 다가와 알렸다.

"좋은 소식이 있어!"

"우리는 나쁜 소식이 있어."

맷이 보고 들은 것을 자세히 얘기해주자 토비아스는 몹시 창백해졌다.

토비아스는 미심쩍은 표정으로 물었다.

"공격을 받을 거라고? 다 끝났어! 시니크들은 우리를 남쪽으로 데려갈 거야. 사람들은 다시는 우리를 보지 못하게 될 거야!"

"진정해! 아무 일도 일어나지 않을 거야. 해결책을 찾아낼 거니까. 좋은 소식은 뭐지?"

토비아스는 미소를 잃었다. 그는 여전히 두려움에 떨며 얘기했다.

"조금 전 트래비스와 나는 더 빨리 가려고 헤어졌어. 나는 배낭을 채우기 좋은 가게를 찾다가 멀리서 더그와 아서를 보고 미행했지. 평범하게 생필품을 챙기더라. 그런데 갑자기 더그가 자신들을 염탐하는 사람이 없는지 주위를 살피는 거야. 하마터면 들킬 뻔했지. 다행히 안전한 곳에 숨을 여유가 있었고, 다시 나왔을 때 그들은 대형 옷가게 안으로 사라졌어."

맷이 초조하게 물었다.

"옷가게 안으로 가봤어?"

"물론이지! 나는 그들을 놓치지 않았어. 외투 코너에서 비열한 짓을 준비하고 있던걸! 그들이 무엇을 챙겼는지 알아?"

"글쎄."

"두건 달린 외투야. 밤에 모일 때 입는 외투와 똑같은 것 말이야."

앙브르가 끼어들었다.

"이제 더 의심할 것도 없어. 아서는 음모자들 가운데 한 명이야."

토비아스는 다른 사람들의 주의를 끌지 않기 위해 목소리를 낮춰 의기양양하게 말했다.

"그것보다 더 좋은 소식이 있어! 그들이 떠나고 세 벌의 외투를 챙겼어!"

맷은 그의 의도를 깨달았다.

"그들 무리에 섞일 수 있겠다!"

앙브르가 진정시켰다.

"좋은 생각은 아닌 것 같아. 바로 우리를 알아챌 거야!"

맷이 말했다.

"그럴 수도 있지. 그래도 위험을 감수할 거야. 시니크들은 섬 출입구 근처에 있다고 했어. 우리를 공격하는 건 시간문제야."

토비아스는 고개를 끄덕이며 말했다.

"더그 일행은 여행 피로 탓에 오늘 밤엔 모이지 않을 거야. 하지만 내일 밤부터는 다시 그들을 감시해야 해!"

앙브르가 집게손가락을 들었다.

"메시지에서 더그는 자신이 먼저 지도자 무리, 특히 세 사람을 제압해야 한다고 설명했어. 그가 말하는 지도자 무리는 분명 우리 세 사람이야."

맷이 제안했다.

"지금부터는 섬에서 혼자 이동하지 말자. 만일 그들이 우리를 공격하고자 한다면 우리가 떨어져 있는 밤에 실행할 거야. 토비아스와 나는 그들 뒤를 졸졸 따라다녀서 모두의 정체를 밝혀낼게. 그사이 앙브르 너는 각 팬의 변화를 표로 만들고, 조금이라도 초능력을 발휘하는 팬들을 기록해야 해. 때가 되면 그들이 필요할 거야. 결코 혼자 있지 말고 친구들과 함께 있어야 해."

원정대 앞에서 플륌은 방수포를 덮고 끈으로 묶은 무거운 짐을 끌고 있었다.

초목이 너무 무성해 어두운 숲에서 짐승들이 끊임없이 깩깩거렸다. 여기서 멀지 않은 곳에서 중무장한 100명의 시니크들이 공격 신호를 기다리고 있었다.

맷이 속삭였다.

"심상치 않아. 실수를 저지르면 안 돼."

34
좋은 소식과 나쁜 소식(2)

원정대는 저물녘에 섬으로 귀환했다. 더그는 어둠에 사로잡히지 않기 위해 마지막 4킬로를 남겨두고 더욱 발길을 재촉했다. 기진맥진한 대원들은 섬에 도착하자마자 털썩 주저앉았다. 다른 팬들은 예쁜 루시의 지시에 따라 방금 끈을 풀어준 플뤼의 수레에 실린 자루들을 옮겼다. 플뤼은 한참 동안 몸을 흔들고 나서 풀밭에 누워 긴장을 풀고 있는 맷에게 다가와 킁킁거리며 냄새를 맡았다. 개는 다정하게 그를 핥고 나서 여느 때처럼 숲 속으로 사라졌다.

캘빈은 손을 내밀고 맷을 일으켜 세우며 말했다.

"한 전령이 오늘 오후 섬에 도착했어! 우리는 원정대를 기다리고 있었어. 전령이 소식을 알려줄 거야. 자, 가자. 다들 대형 홀에 모여 있어."

여덟 명의 대원들은 회의실 맨 앞줄에 앉았다. 전령은 밤색의 긴 머리, 비틀어진 코, 작은 상처로 가득한 가느다란 손가락을 가진 열여섯이나 열일곱 살쯤 된 소년이었다. 이름은 프랭클린이었고, 이마 위쪽에 최근 입은 듯한 긴 상처가 있었다.

맷은 잠자코 있는 두 친구에게 속삭였다.

"전령은 정말로 위험한 일이야."

토비아스는 녹초 상태였고, 앙브르는 매료되어 있었다.

전령은 두 손을 들어 정숙을 요구하고 소식을 전하기 시작했다.

"친구 여러분, 새로운 세상의 소식을 전해드리겠습니다. 기쁜 소식도 있고 걱정스러운 소식도 있습니다. 먼저 일부 공동체가 채소 재배에 성공했습니다! 아직은 몇 곳에서만 실시되었지만, 농업의 가능성을 입증했습니다! 자세한 이야기는 잠시 뒤로 미루고 새로운 소식을 전해드리겠습니다. 멀리 서쪽에 있는 다섯 개의 팬 공동체가 최근 몇 주에 걸쳐 통합을 이룬 끝에 500명이 넘는 최초의 도시를 세웠습니다. 다른 팬들도 합류하고 있으며, 지금까지 조사된 우리 공동체 중에서 가장 큽니다. 이 도시의 이름은 '에덴'입니다."

티파니가 물었다.

"누가 도시 이름을 선택했습니까?"

"시 위원회입니다. 지도부 역할을 하는 위원회는 각 공동체 대표들로 구성되었으며, 총 아홉 명입니다. 위원회의 장점과 단점은 연구해야 합니다. 공동체들이 통합된다면 대규모 도시도 탄생할 수 있습니다. 여러분은 이 섬에서 잘 보호받고 있지만 모든 공동체가 안전한 것은 아닙니다. 이 주제에 대해서…… (그는 물을 마시기 위해 말을 멈췄다.) 한 가지 나쁜 소식이 있습니다. 멀리 북쪽에 위치한 팬 공동체가 파괴되었습니다. 몇몇 생존자들에 따르면 글루통들의 공격이 아닌 섬광에 의해서라고 합니다. 또한 갑자기 검은 형체가 나타났다고 합니다. 검은 형체는 마주치는 대로 팬들을 공격하고 구석구석 수색했습니다. 생존자들은 검은 형체가 뭔가를 찾고 있었다고 합니다."

맷은 의자에서 몸을 일으켰다. 전령의 보고는 그의 마음을 불편하게 했다.

켄타우로스 성에 거주하는 패트릭이 물었다.

"검은 형체라고요? 그게 뭔지 알고 있습니까?"

"모릅니다. 공격은 전광석화 같았고, 겨우 5분 만에 끝났습니다. 검은 형체는 대부분의 팬을 죽이고 사라졌습니다. 팬들의 시신을 본 전령은 망연자실했습니다. 팬들의 머리카락은 희어졌고, 피부는 주름져 있었습니다. 그들 모두가 울부짖으면서 죽은 듯합니다. 공포에 질린 노인의 얼굴을 한 어린이들을 상상해보십시오."

맷은 다시 현기증을 느꼈고, 숨이 더욱 가빠졌다. 그는 검은 형체를 알고 있었다. 틀림없이 로페로덴이었다.

'아니야, 아니야, 아니야! 그건 꿈이야. 그는 실제로 존재하지 않아. 불가능한 일이야!'

앙브르는 맷에게 머리를 숙이며 걱정스레 물었다.

"맷? 괜찮아? 떨고 있어!"

맷은 심장박동의 리듬을 되찾기 위해 한참 동안 침을 삼킨 후 고개를 저으며 거짓말을 했다.

"지쳐서 그래. 그뿐이야."

전령은 말을 이었다.

"우리는 검은 형체에 대해 아는 것이 없습니다. 가장 북쪽에 있는 공동체는 제가 그곳에 방문하기 사흘 전 숲에서 섬광을 보았다고 확인해주었습니다."

섬에서 가장 나이가 많고 여드름이 많은 콜린이 물었다.

"우리 공동체에서 가장 가까운 공동체입니까?"

"그렇습니다. 말을 타고 사흘 걸리는 곳입니다. 우리는 남쪽에 대해서도 더 많은 사실을 알고 있습니다. 남쪽에서 돌아온 두 명의 전령은 시니크 군대를 보았습니다. 군대 단위는 100명씩이고 여러 마리의 곰이 끄는 거대한 수레마다 10미터 높이의 나무 새장이 실려 있습니다! 새장에는 팬들이 가득 들어 있습니다."

격분과 공포의 아우성이 터지려 했다. 전령은 다시 손을 들어 정숙을 요구했다.

"두 전령은 남동쪽 하늘이 빨갛다는 사실을 확인하고 몹시 불안해했습니다! 매일 아침부터 저녁까지, 저녁부터 아침까지 붉은 하늘은 변하지 않고 있습니다. 불안을 조성하는 진홍색 하늘입니다. 수레들은 바로 이 방향으로 떠납니다. 시니크들은 그 지옥 하늘 아래 어딘가에 살고 있는 것 같습니다."

한 시간 후 전령이 연설을 끝내자 맷은 저녁 식사를 하기 위해 친구들을 부엌으로 데려갔다. 그들은 몹시 시장했다. 맷은 음식에 거의 손을 대지 않았다. 북쪽 공동체를 공격한 검은 형체 이야기에 목이 메었고, 불길한 직감을 떨칠 수 없었다. 로페로덴은 정말로 존재했다. 그는 길을 막는 자는 닥치는 대로 죽이면서 다가오고 있었다.

'하지만 왜 나를 찾는 걸까? 그는 존재하지만 현실에서는 나를 찾지 않을 거야……. 그는 내 꿈속에서, 오직 내 악몽 속에서만 나를 원해.'

맷은 완전히 믿지 못하면서도 어떤 희망에든 매달렸다.

앙브르는 국수를 게걸스럽게 먹어치운 후 사색에 잠긴 맷을 깨웠다.

"시니크들은 100명씩 무리를 지어 이동하고 있어. 뭐 집히는 거 없어? 우리 섬 위쪽 숲에 거주하는 시니크들 역시 그런 거대한 수레 하나를 갖고 있는 게 분명해. 초능력을 활용해서 시니크들이 우리에게 어떤 짓을 하는지 알아내야겠어! 왜 모든 팬을 납치해 남쪽으로 끌고 가는 걸까?"

토비아스가 반박했다.

"나는 이유를 알고 싶지 않아. 그들의 더러운 새장보다는 여기가 훨씬 좋아!"

앙브르가 물었다.

"맷, 너는 어떻게 생각해?"

맷은 어깨를 으쓱했다.

"모르겠어. 아무 생각도 없어. 사람마다 관심사가 다르잖아. 앙브르, 상담하면서 초능력의 정도는 파악했어?"

앙브르는 갑자기 난처한 표정을 짓고는 머리를 흔들었다.

"아니, 새로운 건 없어. 초능력을 소유한 모든 팬들은 계속 연습을 하고 있어. 다소 나아지고 있긴 하지만 별다른 건 없어. 나도 늘 훈련하지만 전혀 조절할 수 없고! 가끔 이번엔 됐다고 느끼긴 하는데, 결과는 시원치 않아. 성과가 없어서 약이 올라죽겠어!"

토비아스가 투덜거렸다.

"그럼 세 번째 무리는 어떻게 하지?"

맷이 단호하게 말했다.

"그건 급한 게 아니야."

앙브르가 반박했다.

"세 번째 무리는 암살자들이야! 거대한 샹들리에를 떨어뜨려서 두개골을 박살 내려 했다는 사실을 상기시켜야겠어?"

맷이 일어났다.

"이 정체불명의 무리에 대해서는 전혀 아는 게 없어. 일단 자야겠어. 이제부터 안전을 위해 토비아스와 한방에서 잘 거야. 너도 히드라 성에 거주하는 믿을 만한 소녀와 함께 잘 수 있지?"

"문제없어. 그웬은 무지 좋아할 거야. 내가 그녀의 전기에 관한 초능력에 대해 얘기한 이후로 혼자 자는 것을 싫어하거든."

맷이 결론을 지었다.

"좋았어. 하룻밤 쉬고 내일부터 감시를 시작하자. 더그의 모든 공범들을 밝혀내야 해. 시간이 없어."

맷은 숲을 누비고 다니는 검은 형체를 생각하면서 다급함과 어렴풋한 불안에 사로잡혔다.

35
미행

그날 밤, 맷은 여러 차례 깨어났다. 땀이 흐르고 가슴이 뛰며 입이 바짝 탔다. 그는 악몽을 전혀 기억하지 못했다. 하지만 꿈의 원인에는 추호도 의심의 여지가 없었다. 로페로덴이 그를 떠나지 않았다.

다음 날, 맷은 토비아스와 더그 감시 문제를 의논했다. 그를 몰래 감시하는 것은 쉬운 일이 아니었다. 한편 앙브르는 원형 정자에서 팬들을 일렬로 세워놓고, 한 사람씩 초능력에 대해 얘기했다.

그날 저녁, 삼총사는 구석 식탁에 모여 저녁 식사를 했다. 앙브르는 확실히 나타나고 있는 초능력을 여덟 가지로 분류했다고 말해주었다. 팬들은 점점 더 그녀를 신뢰했다. 그들은 마치 의사를 찾아가듯 그녀를 방문했고, 주위에 좋은 소식을 퍼뜨렸다. 이 속도라면 2주 만에 모든 팬의 초능력을 분류하고 작성할 수 있을 것이다.

앙브르가 설명했다.

"조금 전에 어린 미치를 만났어. 그는 탁월한 분석 능력을 발휘하고 있어. 보이는 것을 그리면서 시간을 보내기 때문에 시각적 기억력이 비상해. 초능력과 일상생활 사이에는 분명 모종의 관련이 있어. 운동을 하면 할수록 근육이 잘 발달하는 것처럼, 우리 뇌도 자극을 많이 받는 부분을 더 발전시키는 거야!"

맷이 물었다.

"시니크들이 공격할 경우 우리가 활용할 수 있는 마법적인 초능력은 없어?"

"없어. 시간이 더 필요해. 그리고 마법적인 초능력이라고 말하지 마. 마법적인 것은 하나도 없으니까."

"미안. 생각이 짧았어. 다른 건?"

"없어. 아, 있다. 캐프리콘 성에 거주하는 스베틀라나를 만났는데, 공기의 흐름을 조작할 수 있는 것 같아. 키가 큰 콜린도 왔었지. 그는 글루통이 될까 봐 두려워하고 있어. 자신이 변하고 있다는 사실을 깨달은 듯하지만 그 이상은 털어놓지 않았어."

맷이 확인했다.

"콜린은 우리 섬에서 가장 나이가 많지? 얼굴에 여드름이 있고, 키가 큰 밤색 머리이지?"

"맞아. 콜린은 가금 사육장을 맡고 있어. 가끔 얼이 빠져 있지. 하지만 능력의 변화가 뚜렷이 드러나면 나한테 털어놓을 거야. 그러면 바로 너희에게 알려줄게. 아, 잊어버릴 뻔했다. 유니콘 성에 사는 티파니와도 얘기했는데, 클라우디아에 대해 조금 말해줬어. 클라우디아는 친절하긴 하지만 숨기는 게 있는 것 같아. 별로 많은 얘기를 하지 않고, 특히 밤에 외출하고 있어. 마룻바닥이 꽤 삐걱거려서 알 수 있대. 하지만 티파니는 클라우디아가 어디로 가는지는 몰라. 한 소년을 만나고 있다고 추측한대. 물론 나는 아무 말도 하지 않았어. 아무튼 클라우디아가 음모에 관여하고 있는 것은 분명해."

디저트를 먹고 있을 때 그웬이 그들과 합류했다. 그녀는 긴 금발 소녀였다. 토비아스는 잠든 그녀의 긴 머리채가 천장을 향해 곧게 뻗는 것을 상상하며 몸을 떨었다. 이윽고 두 소녀는 히드라 성으로 떠났고, 두 소년은 토비아스의 방으로 올라갔다. 두 소년이 한 시간 반

동안 얘기를 나누는 사이 성의 불빛이 꺼졌다. 두 소년은 너무나도 그리운 부모님과 친구들에 대해 얘기하면서 그들이 폭풍설 사건에서 죽음을 모면했는지, 살아 있다면 과연 어디에 있는지 알고 싶어졌다. 둘은 몹시 우울한 마음으로 토비아스가 가져온 두건 달린 외투를 입고 어두운 복도 속으로 들어갔다.

계획은 아주 간단했다. 밤에 크라켄 성을 돌아다니면서 더그와 공모자들을 발견하면 최대한 가까이 접근해 정체를 밝히는 것이었다. 전적으로 운에 기대는 이 작전은 전혀 세밀하지 않은 데다 위험했지만, 더 좋은 방법은 찾을 수 없었다. 가장 까다로운 부분은 들키지 않고 더그 일행에게 접근하는 것이었다. 설령 들키더라도 혼란의 씨를 뿌리고 얼굴을 감추기 위해 해둔 변장을 이용해 도망칠 수 있을 것이다.

두 소년은 한 시간 이상 초상화, 박제된 동물 머리, 갑옷을 걸친 밀랍 인형들의 탐색하는 듯한 시선을 받으며 차가운 복도, 삐걱거리는 홀과 방을 돌아다녔다. 토비아스는 높은 창문을 통해 스며드는 달빛으로 자신의 위치를 파악할 수 있어 석유 초롱에 불을 켜지 않았다.

토비아스는 참다못해 물었다.

"오늘 밤 그들이 나올까?"

"내가 어떻게 알겠어."

"이젠 순찰 도는 것도 지겨워."

"순찰을 도는 게 아니야. 크라켄 성은 너무 커서 완전히 한 바퀴를 돌려면 새벽까지 걸어야 할걸!"

"어쩌면 위층에 있을지도 몰라. 우리는 아래층에 있는 거고!"

"만일 그들이 오늘 밤 움직여야 한다면, 이곳을 지나갈 거야. 여긴 훈제실과 비밀 통로로 가는 길목이야."

토비아스는 확신할 수 없었다. 그들은 다시 한 시간 동안 돌아다녔다. 토비아스는 결국 거실 안락의자에 주저앉고 말했다.

"좀 쉬자."

맷은 토비아스 앞에 앉았다.

"자정이 지났을 거야. 조금 더 기다려보고, 그들이 나오지 않으면 돌아가서 자자."

검은 구름이 달 앞을 지나가자 거실은 단숨에 어두워졌다.

토비아스가 낄낄거렸다.

"갑자기 불안한데. 이럴 때면 옛날 공포 영화 속에 있는 것 같아!"

맷은 어두운 하늘을 바라보았다. 달 앞의 구름은 가만 있지 않고 꿈틀댔다.

맷은 창문에 달라붙어 말했다.

"구름이 아니야. 박쥐들이야! 며칠 전에도 박쥐들을 봤어!"

토비아스는 불안 탓에 오그라든 목소리로 말했다.

"수백 마리야! 뭘 하는 거지?"

박쥐 떼는 하늘을 선회하다가 캐프리콘 성으로 돌진하더니, 마지막 순간 방향을 바꿔 켄타우로스 성 위에서 크게 원을 그리며 날았다.

맷이 추측했다.

"입구를 찾는 것 같아. 저번에도 똑같이 했어. 녀석들은 성안으로 들어가고 싶은 거야."

"뭣 때문에?"

"나도 몰라. 하지만 별로 상냥하지는 않은 것 같아. 그날 저녁에 세 마리가 나를 공격했거든."

"다른 팬들에게 알려줘야 해. 해가 지면 모든 출입구를 봉쇄하도록."

맷이 입을 열어 대답하려는 순간 그들 바로 뒤에서 목소리가 들렸다.

"아, 너희들 여기 있었네! 자, 서둘러!"

맷은 바로 목소리를 알아보았다. 그는 돌아서서 더그를 보았다.

"자, 따라와. 할 일이 많아. 레지와 클라우디아가 기다리고 있어."

더그는 손짓으로 따라오라는 신호를 하고는 복도 속으로 사라졌다.

맷이 속삭였다.

"우리 얼굴을 보지 않았어."

"그럼 도망치자. 서쪽 탑 계단으로 도망칠 수 있어."

맷은 친구의 손목을 잡고 단호하게 말했다.

"유일한 기회야, 그들에게 접근할 수 있는."

"이건 자살행위야. 알아차리면 가만두지 않을 거야!"

"아무것도 하지 않으면 더그는 시니크들에게 신호를 보낼 거야. 그러면 시니크들은 이 섬을 파괴할 테고. 붉은 하늘이 보이는 남쪽행 새장 속에서 최후를 맞고 싶어? 지금은 행동해야 할 때야!"

토비아스는 한숨을 쉬며 농담했다.

"네가 똑똑하게 굴면 싫더라."

"놈들이 알아볼 수 없도록 두건을 푹 눌러써."

그들은 서둘러 더그를 따라가기 시작했다.

맷과 토비아스는 갑옷이 늘어선 복도에 도착해 기다리던 두 명의 실루엣을 보았다. 클라우디아와 레지였다. 더그는 계단 밑에 도착하자마자 비밀 통로의 스위치를 누르며 지시했다.

"아서, 네 초롱에 불을 켜."

맷은 더그가 토비아스에게 지시했다는 사실을 깨닫고 은밀히 팔꿈치로 토비아스를 쳤다. 토비아스는 횡설수설하더니 알았다는 의미로 투덜대는 소리를 낸 후 검은 손을 감추면서 초롱에 불을 켰다. 불길이 피어오르자 토비아스는 얼굴을 가려주는 그림자가 사라지지 않도록 초롱을 내려 들었다. 역시 초롱을 들고 있던 레지가 앞장섰고, 맷과 토비아스가 맨 뒤에서 따라갔다.

그들은 지하도를 거슬러 올라가다가 새장 덫을 작동시키는 철사를 조심스럽게 뛰어넘어 미노타우로스 성에 도착했다. 그들은 전혀 위험하지 않다는 듯 홀에서 홀로 이동하면서 2층으로 올라갔다. 토비아스는 맷에게 머리를 숙이고 물었다.

"봤어? 괴물을 두려워하지 않아."

"처음 그들을 염탐했을 때 더그는 괴물의 활동 리듬을 알고 있고, 먹이를 주고 있다고 했어. 괴물을 두려워하지 않는 것 같았지. 괴물은 이 시간에 잔다고 했어."

더그는 한 문을 가리키며 말했다.

"아서와 패트릭, 창고에 가서 가죽끈을 찾아와. 그곳에 끈이 있을 거야. 우리는 깨끗한 주사기를 찾을게."

토비아스는 맷을 응시하며 되물었다.

"주사기?"

더그는 옆방으로 들어가기 전에 말을 이었다.

"맷은 가만히 있지 않을 거야. 단단한 가죽끈이 필요해."

문이 닫히자 맷은 토비아스를 창고 안으로 밀었다.

"무슨 일을 꾸미는지 모르지만 좋은 지적이야. 나는 가만히 있지 않을 거야!"

지독한 먼지 냄새가 코를 찔렀다. 그들은 장식에 관심을 가졌다. 맷은 50센티 거리에서 생기 없는 눈으로 자신을 노려보고 있는 얼굴을 발견하고 비명을 지를 뻔하며 물러났다. 그것은 가게 진열창에서 볼 수 있는 마네킹이었다. 뒤쪽 선반에는 수십 개의 골동품이 쌓여 있었다. 마분지 상자들은 벽을 따라 정리되어 있었고, 구석에는 엄청난 고물들이 쌓여 있었다. 말안장, 플라스틱으로 만든 카지노 게임기, 낡은 기타, 적어도 20세기 초에 만들어진 듯한 잠수복까지 있었다. 맷은 잠수복에 신발이 없다는 사실에 주목했다.

"패트릭이 누군지 알아? 꽤 신중하고 키가 큰 금발 소년이지?"

토비아스가 고개를 끄덕였다.

"맞아. 켄타우로스 성에 살아. 열네 살쯤 되었을 거야. 말수는 적지만 가장 훌륭한 낚시꾼 중 한 명이지!"

"아무튼 그는 감시 대상이야."

"어떻게 할까? 더는 여기 머무를 수 없어. 놈들이 눈치챌 거야!"

그 말을 확인이라도 하듯 복도에서 목소리가 들려왔다.

"더그? 우리야, 아서와 패트릭! 너희 어디 있어?"

맷은 몹시 당황했다.

"함정에 빠졌어."

토비아스가 반박했다.

"그런 말 하지 마! 패배를 인정하다니 너답지 않아."

맷은 천장을 응시하고 심호흡을 하면서 숙고했다.

"나도 알아. 너무 피곤해서 그럴 뿐이야!"

토비아스는 문에 귀를 대고 속삭였다.

"바로 옆에 있어. 복도에."

갑자기 토비아스가 벌떡 일어났다. 문 건너편 마루가 삐거덕거렸다.

손잡이가 움직이더니 내려가기 시작했다.

맷은 긴장된 순간이면 늘 그렇듯 명철과 냉정을 되찾았다. 그는 상체를 숙이고 최대한 소리를 내지 않으면서 걸쇠를 돌렸다.

건너편에서 문을 열려고 했지만 문은 움직이지 않았다.

복도에서 누군가가 말했다.

"놈들은 여기 없어."

토비아스는 다시 문에 귀를 대고 말했다.

"갔어. 지금이 다시없는 기회야."

두 친구는 초롱을 들고 창고에서 나왔다.

토비아스가 놀라 물었다.

"어디 가? 출구는 이쪽이야!"

"나도 알아. 하지만 도망치면 이곳에서 꾸미는 음모에 대해 더는 알아낼 수 없어! 토비, 시간이 없어. 오늘 밤 음모를 밝혀내야 해! 침대로 돌아가 얌전히 포승줄과 주사기를 기다릴 수는 없다고!"

토비아스는 절망했는지 인상을 찌푸리고 어깨를 늘어뜨렸다. 맷은 그를 데리고 더그를 추적하기 시작했다.

36
속임수

맷과 토비아스는 목소리를 들으며 따라갔다. 더그 일행은 넓은 부엌에 있었고, 아서와 패트릭이 그들과 합류했다.

클라우디아가 말했다.

"누군지는 몰라도 우리와 함께 여기까지 왔어. 바로 대처해야 해!"

더그가 소리쳤다.

"레지, 너는 곧장 세르지오에게 가!"

레지가 반문했다.

"미노타우로스에게?"

"그래. 세르지오에게 천문대 입구를 봉쇄하라고 해. 놈들이 천문대에 올라가선 안 돼! 아서도 함께 가. 클라우디아, 너는 아래층 창고에서 아주 큰 열쇠를 찾아서 천문대 문을 잠가. 그사이 나는 놈들이 빠져나갈 수 없도록 비밀 통로를 봉쇄할 거야."

맷은 토비아스를 뒤로 잡아당겼다.

"이 성 전체에서 인간 사냥을 준비하고 있어……."

토비아스가 재빨리 속삭였다.

"미노타우로스를 풀어줄 생각이야! 이번에는 도망치자. 아직은 도망칠 수 있어!"

"아니야. 여기 남자! 방금 세르지오가 더그 무리에 속한다는 사실을 알았잖아. 우리는 목표를 향해 똑바로 가고 있어. 그들이 저 위쪽 천문대에 무엇을 숨기고 있는지 알고 싶어. 아주 중요한 것 같아."

맷이 토비아스에게 따라오라고 신호하는 순간 멀리서 어떤 문이 삐거덕거렸다. 맷은 레지와 아서가 나갔다고 추측했다. 더 이상 잃을 시간이 없었다. 맷이 종종걸음으로 달리기 시작하자 토비아스가 뒤따랐다. 복도, 어두운 홀, 그리고 계단이 복잡하게 뒤얽힌 곳에서 그는 천문대로 올라가는 길은 모르지만 조금 더 노력하면 통로는 발견하리라고 생각했다. 그들은 여러 차례 창문 앞을 지나갔다. 맷은 들킬 염려가 있으니 초롱을 낮추라고 토비아스에게 지시했다. 그들은 세 개의 탑을 올라갔지만 허탕이었다. 맷이 더그 일행이 그다지 멀리 있지 않을 거라고 추측했을 때, 갑자기 바닥이 흔들리기 시작했다. 육중하고 느린 발걸음이 벽을 흔들었다. 그는 곧 괴물의 발소리라고 짐작했다.

토비아스는 주위를 둘러보며 끙끙거렸다.

"우리 쪽으로 오고 있어! 우리 쪽으로!"

"초롱 불빛을 본 거야!"

맷은 검은색과 하얀색 타일이 있는 대형 홀로 돌진했다. 그들은 리셉션용 식탁과 의자 사이로 기어 들어간 다음 문을 밀었다. 그러자 다시 복도가 나왔다.

토비아스가 떨리는 목소리로 물었다.

"길 알아?"

맷은 대답하지 않았다. 괴물은 멀리 있지 않았다. 미노타우로스가 발을 내디딜 때마다 신발 바닥에서 방바닥이 떨리는 것을 느낄 수 있었다. 맷은 오른쪽과 왼쪽 사이에서 망설였다. 미로에서 방향감각을 상실한 것이다.

발소리가 바로 뒤에서 울리자 토비아스는 돌아서서 친구를 불렀다. 대형 홀의 입구에서 먼지구름이 일면서 괴물이 모습을 드러냈다. 2미터가 넘는 키, 사람 몸뚱이에 황소 머리, 거대한 뿔. 미노타우로스는 흐린 곳에서 두 소년을 가만히 바라보고 있었다.

맷은 두 다리에 힘을 주고 달리기 시작했다. 도망치기 위해, 살아남기 위해 달렸다. 그는 닫힌 문을 연달아 스쳐 지나간 다음, 갈림길에서 방향을 생각하지 않고 길을 바꾸었다. 그는 반대편 복도 끝에서 클라우디아를 발견하고는 자신들이 함정에 빠졌다는 사실을 깨달았다. 클라우디아도 두 사람을 보았고, 모두 발길을 멈췄다. 곱슬곱슬한 갈색 머리가 얼굴 여기저기에 흘러내렸다. 그녀는 침울한 시선으로 두 사람을 노려보고는, 시선을 옮겨 한 문을 바라보았다. 그리고 손에 든 커다란 열쇠를 신경질적으로 흔들어댔다. 맷은 그녀의 시선을 따라 움직이다가, 그녀가 폐쇄하려는 문이 천문대 입구일 거라고 추측했다.

더그는 어떤 대가를 치르더라도 꼭대기 층의 비밀을 지키려 했다. 맷과 클라우디아는 서로의 얼굴을 뚫어지게 쳐다보았다. 갑자기 클라우디아가 문 쪽으로 돌진했다. 맷도 다리에 힘을 주고 두 팔을 힘껏 흔들며 달렸다.

클라우디아보다 달리기가 빠르기 때문인지, 혹은 초인적인 근육 덕분인지 모르지만, 맷은 자신이 먼저 도착할 수 있다고 확신했다.

문이 가까워졌다. 하지만 토비아스는 맷만큼 빨리 달릴 수 없었다. 둘 다 클라우디아보다 먼저 문에 도착할 수는 없을 것 같았다. 맷은 친구를 버려둘 수 없었다. 그래서 맷은 달리면서 미묘한 변화를 주었다. 문에 도착하기 바로 직전 몸을 날려 클라우디아를 벽에 몰아붙인 것이다. 충격을 받은 그녀는 눈을 깜박이고는 무슨 일이 일어났는지 깨달았다. 맷은 구릿빛으로 그을린 얼굴을 숨기고 있는 갈색 머리카락을 불었다.

맷은 그녀의 두 손목을 차가운 돌에 밀어붙인 후 헐떡이면서 물었다.

"저 위에 뭘 숨겼지?"

클라우디아는 그를 밀어내려 했지만 역부족이었다. 토비아스가 두 사람 뒤에 도착하자마자 문을 열면서 말했다.

"맷, 이리 와."

맷은 친구의 말을 못 들은 척하고 클라우디아에게 집중했다. 그녀와 아주 가까이 있었기 때문에 혈색 좋은 피부에서 감미로운 향기를 맡을 수 있었다. 아랫배에서 이상한 열기가 느껴졌다. 그는 이내 냉정을 되찾고 재촉했다.

"어서 말해. 왜 천문대에 못 올라가게 하는 거지?"

미노타우로스의 발소리가 다가왔다.

클라우디아가 울부짖었다.

"이쪽이야! 그들이 여기에 있어!"

맷은 어쩔 줄 몰랐다. 입을 다물게 하기 위해 차마 그녀를 때릴 수는 없었다. 상대가 여자이기 때문일까? 아니면 누군가를 매몰차게 때릴 만큼 폭력성이 없는 걸까? 그는 부글부글 끓는 격분을 숨기지 않고 물었다.

"왜 못 올라가게 하는 거지?"

괴물이 다가오고 있었다.

토비아스가 애원했다.

"빨리, 서둘러!"

미노타우로스는 더욱 느리고, 더욱 힘든 걸음으로 복도에 들어섰다. 맷은 괴물의 어깨가 보조를 맞춰 올라가는 것을 보았다. 괴물은 지쳐 보였다. 코에서 쉰 숨소리가 빠져나왔다. 괴물은 망설이고 있었지만, 길고 뾰족한 뿔은 여전히 위협적이었다.

바로 그때, 맷은 괴물의 외관에서 이상한 점을 발견했다. 괴물은 두꺼운 천으로 만든 바지를 걸치고 있었고, 몹시 무거운 신발을 질질 끌고 있었다. '창고에 있던 잠수부 신발이야!' 바지는 멜빵으로 묶여 있고, 벌거벗은 팔만이 드러나 있었다. 나머지는 소매가 잘린 무두질한 가죽으로 만든 웃옷 속에 가려져 있었다. 미노타우로스는 숨을 쉬고 있었지만 으르렁대지는 않았고, 더 가까이 다가왔지만 표정은 변하지 않았다. 생기 없는 아가리는 고정되어 있었다.

그것은 사냥 기념품이었다. 가면으로 사용하기 위해 속을 비우고 박제한 머리통.

미노타우로스는 속임수에 지나지 않았다. 가슴은 부풀어 있었다.

'가장 건장한 팬의 어깨에 앉은 어린 팬의 두 다리야. 분명 레지와 세르지오일 거야!'

더그 일행은 처음부터 다른 팬들을 속였던 것이다.

더그와 그의 공모자들은 모든 팬들에게 미노타우로스 성에 접근하지 못하게 했다.

'음흉한 임무에 몰두하기 위해서. 시니크들의 공격을 준비하기 위해서! 그런데 대체 저 위에 무엇을 숨긴 거지? 어떤 무기를 설치해놓았을까?'

발소리가 더욱 가까워지더니 더그와 패트릭이 나타났다.

미노타우로스가 없더라도 더그 일행은 너무 많았다. 맷은 클라우디아의 손에서 열쇠를 빼앗고 그녀를 떼민 다음, 토비아스 뒤로 달려가 단숨에 빗장을 질러 문을 잠갔다. 그는 안도의 한숨을 내쉬었다.

"잠시 놈들과 거리를 유지할 수 있을 거야."

"그럼 우리는? 우리는 어떻게 나가지?"

맷은 머리를 들었다. 그는 넓은 나선계단을 발견하고 건성으로 대답했다.

"우리는 저 위로 올라갈 거야."

토비아스는 장딴지와 넓적다리의 근육이 몹시 아파 도중에 쉬지 않을 수 없었다. 탑은 높았다. 이번에는 틀림없었다. 그들은 천문대에 있었다. 아래층에서 문이 흔들리기 시작했다. 더그 일행이 문을 부수고 있는 것이었다. 맷은 문이 아주 단단하므로 다소 시간이 걸릴 것이라 판단했다. 마지막 몇 미터는 정말로 힘들었다. 꼭대기에 도착했을 때는 숨이 끊어질 만큼 가빴고, 두 다리는 후들거렸다.

하지만 천문대를 본 그들은 정신을 되찾았다.

둥근 천장은 웅장했다. 소방차 크기의 천체망원경으로 별을 관찰할 수 있도록 탑의 4분의 1이 트여 있었다.

벽은 수백 권의 책으로 뒤덮여 있었고, 공책으로 가득한 책상은 홀 중앙에 배치되어 있었다. 천체망원경의 톱니바퀴에 매달린 석유 초롱은 희미한 불빛을 발산하고 있었다.

토비아스는 탄복했다.

"와! 멋지다!"

그들은 백묵으로 쓴 글씨가 가득한 칠판을 보기 위해 웅장한 홀을 가로질렀다.

맷은 뒤에서 부스럭거리는 소리를 듣고 돌아섰다. 더그 일행이 이렇게 빨리 올라올 리는 없었다.

그런데 누가 서 있지 않은가.

얼굴은 그가 예상한 높이에 있지 않았다.

190센티미터의 어른이 계단으로 내려가는 길을 막고 있었다.

시니크는 미소 대신 누런 이를 드러내고 있었다.

제3부. 시니크

37

엄청난 비밀

맷은 반사적으로 토비아스를 뒤쪽으로 밀어내고 싸울 준비를 했다. 예전에 그는 싸울 줄 몰랐다. 학교에서는 언제나 갈등을 피하려 했고, 불가피하게 주먹을 사용해야 할 경우에도 얻어맞았다. 하지만 이제는 달랐다. 맷은 시니크에게 맞서 토비아스보다 더 잘 싸울 자신이 있었다.

맷은 두 손을 들어 영화에서 보았던 대로 방어 자세를 취하고 두 다리로 딱 버텼다.

그는 씩씩하고 위협적인 목소리로 말했다.

"경고합니다. 한 걸음이라도 내디디면 코를 깨뜨릴 거예요."

시니크는 미소를 잃고 두 손을 허리에 얹었다. 그리고 격분한 모습으로 소리쳤다.

"건방지군! 더그가 너희를 보냈느냐?"

"당신과 더그가 이 섬을 당신 친구들에게 넘겨주기 위해 음모를 꾸몄다는 사실을 알고 있어요."

시니크는 인상을 찌푸리며 물었다.

"대체 무슨 말을 하는 거야? 친구들이라니? 나는 마이클 카마이클이야. 그리고 젊은이, 자네는 '나의 섬'에 있어. 그러니 집주인에게 약간의 존경이라도 표해주면 좋겠는데. 예의는 어디로 사라졌지?"

맷과 토비아스는 잠시 머뭇거리며 서로를 바라보았다. 맷이 용기를 내어 물었다.

"처음부터 이곳에 계셨어요?"

"그래. 나는 내 성을 떠난 적이 없어."

"그런데…… 왜…… 당신은……."

"다른 어른들처럼 공격적이지 않느냐고? 폭풍설이 몰아치던 날, 내게 기이한 사건이 일어났거든. 하지만 먼저 너희가 왜 이곳에 왔는지 말해주겠니?"

맷은 계단 쪽을 힐끗 내려다본 후 물었다.

"더그와 그의 친구들이 당신을 보호하고 있단 말인가요?"

"그래. 너희들이 부르는 것처럼 모든 시니크들이 어린이들을 공격하고 납치한다고 판단한 많은 팬들이 조금이라도 어른을 닮은 것은 전부 학살하겠다고 맹세했어. 더그와 레지는 공포에 사로잡혔지. 그들은 나를 이곳에 숨겨두었다가 적당한 때 되면 모두에게 소개할 생각이었어."

토비아스가 외쳤다.

"그러니까 여섯 달 전부터 숨어 살고 있군요!"

"그래. 하지만 내 생활은 바뀌지 않았어. 나는 낮에 자고 밤에 별을 관찰하지. 더그와 그의 친구들이 날마다 교대로 음식을 가져다주고. 양로원보다 좋아!"

그는 손을 내밀어 천문대 관측소 쪽으로 안내했다. 벽난로 옆에 두 개의 소파가 마주 보고 있었다. 맷은 사과를 하고 계단 쪽으로 향했다.

"더그와 그의 친구들에게 문을 열어주겠습니다. 대화를 나눌 필요가 있겠네요."

☣

소파에 편히 앉은 더그 일행—세르지오와 레지는 위장을 벗었다—은 토비아스와 맷을 에워쌌다. 맷은 그들의 발치에서 뿔 달린 거대한 머리통을 보고는 사냥 기념품 홀의 벽에서 고리만 남은 부분을 떠올렸다. 레지는 거기서 이 머리통을 가져왔다고 실토했다. 잠수용 신발은 육중한 발소리를 내는 데 안성맞춤이었다.

마이클 카마이클은 아주 천천히 움직이면서 낮은 탁자 위에 김이 피어오르는 여섯 개의 찻잔을 놓았다.

그는 바리톤의 목소리로 말했다.

"나눠 마셔야 할 거야. 잔이 부족하거든."

그리고 노곤하다는 듯 한숨을 내쉬며 휠체어에 앉았다.

맷은 수개월 동안 이렇게 갇혀 지낸다는 것을 상상할 수 없었다.

"왜 그토록 오랫동안 이곳에 계신 건가요?"

더그가 말했다.

"네가 몇몇 팬들이 이곳에 도착하면서 했던 말을 들었다면 그런 질문은 하지 않을 거야. 대부분의 팬들은 자신들의 친구가 글루통이나 시니크에게 공격받고 살해당하는 것을 보았어. 그들의 분노는 이제야 조금씩 가라앉고 있지."

토비아스가 어깨를 으쓱했다.

"하지만 이분은 위험해 보이지 않는걸."

카마이클은 그 말을 듣고 낄낄거렸다.

더그가 말을 이었다.

"이 문제를 여러 번 논의했지만 모두 언제나 똑같은 말을 해주었어. 즉, 더 이상은 어른들을 믿을 수 없다는 거야. 어른들은 모두 교활하고 위험하다면서. 처음부터 나는 학살에 대한 기억이 누그러지려면 시간이 걸릴 거라고 생각했어. 그리고 카마이클 삼촌은 새로운 생활을 좋아하셨지!"

카마이클은 고개를 크게 주억이면서 설명했다.

"누구도 나를 귀찮게 굴지 않았어. 좋아하는 일에 모든 시간을 할애할 수 있고. 새롭게 도전할 일이 무수히 많아!"

맷은 고개를 끄덕였다. 더그의 비상한 지식에 대한 경탄은 줄어들었다. 모두 삼촌에게 배운 것이 아닌가! 팬들이 질문을 던질 때마다 지혜롭고 박식한 늙은 삼촌에게 전달하면, 삼촌은 그날 저녁 해답을 주었던 것이다.

맷이 물었다.

"당신이 '충격 이론'을 세웠죠? 앙브르가 이 사실을 알면 무척 흥분할 겁니다!"

"앙브르? 더그, 네가 말해준 소녀이니? 꼭 만나보고 싶구나. 특히 그녀의 초능력 가설에는 경탄을 금할 수 없어!"

"『희망의 서』는 정말로 있습니까?"

카마이클은 무뚝뚝한 미소를 짓더니 휠체어를 돌려 책상까지 갔다. 그는 표지가 하얀 작은 책을 집었다.

"이게 바로 『희망의 서』야!"

맷은 책을 받고 제목을 읽었다. 조나스 시온이 쓴 『생존 안내서(생존자들은 어떻게 모든 환경에 적응하고 축소판 사회를 발전시키는가)』였다.

맷이 실망한 표정으로 물었다.

"평범한 생존 안내서인가요?"

카마이클은 슬쩍 웃으며 대답했다.

"그래. 농사짓는 법, 물을 모으는 법, 사냥하는 법 따위로 가득한 책이지."

"제가 기대한 것은……."

"더 웅장한 것?"

"네. 성경처럼 신성한 책이나 현자의 증언을 상상했어요!"

"전혀 그렇지 않아. 이제 세상은 처음부터 다시 시작하는 거야. 신성한 것도 필요하겠지만 그건 나중 일이고, 지금은 무엇보다도 실용주의 시대야. 생존을 위해서."

토비아스는 미노타우로스와 변장이 궁금했다. 그는 실망스러운 어조로 물었다.

"그럼 이 성에 유령이 없단 말인가요?"

더그가 설명해주었다.

"없어. 세르지오와 레지가 거대한 머리통을 어깨에 짊어지고 미노타우로스 역할을 했던 거야. 아서는 뒤에서 대형 송풍기를 이용해 거대한 입김을 만들어냈지."

"그럼 가끔 나타난 푸른 연기는 뭐였어?"

"두 가지 재료를 혼합한 단순 화학반응일 뿐이야."

"하지만 너희는 우리 모두를 죽일 준비를 하고 있었잖아?"

더그가 웃었다. 그는 별로 격분하지 않고 소리쳤다.

"우리를 암살자로 취급한 거야? 우리는 비밀을 지키기 위해, 즉 카마이클 삼촌을 위험에 빠뜨리지 않기 위해 최선을 다했을 뿐이야. 그래서 이 섬의 모든 무기를 압수했던 거고. 우리는 조만간 삼촌의 존재를 밝힐 생각이었어. 불화를 피하기 위해 먼저 모든 팬들에게 양해를 구해야겠어. 누구도 죽일 생각은 없어! 클라우디아와 패트릭이 의심했기 때문에 그들에게는 설명하지 않을 수 없었지."

맷이 물었다.

"너희는 전부 몇 명이지?"

"일곱 명. 우리 여섯 명에 유니콘 성에 사는 로리. 처음엔 레지와 나뿐이었어. 미노타우로스 성 밖 문마다 끔찍한 상징을 그리는 일부터 시작했지. 그러다 도움이 필요해져서 몇 사람을 끌어들였어. 나머지는 우리가 뭔가를 숨겨놓았다고 판단하고 우리를 감시하다가 합류했어. 너희들처럼 말이야. 너희가 미노타우로스 성에 들어왔을 때 운 좋게 너희를 발견했어. 우리는 장난을 즐기면서 너희를 내쫓았지. 가끔 우리 중 한 명이 너희를 감시했어. 항상 그런 건 아니야. 그랬더라면 쉽게 들통 났을 테니까."

토비아스가 놀라며 물었다.

"그럼 저 거대한 보강문도 너희가 만든 거야?"

"우리는 신비스러운 그림을 그렸을 뿐이야. 나머지는 예전부터 있었지! 우리 삼촌은 일종의 벙커를 만드셨던 거야!"

노인이 말했다.

"신중은 아무리 기해도 지나치지 않은 법이지."

맷이 노인에게 머리를 돌리고 말했다.

"당신이 예전과 변함없다면, 우리는 다른 어른들도 공격적으로 변하지 않았다고 가정할 수 있어요!"

카마이클은 슬픈 표정으로 천천히 고개를 저었다.

"나는 운이 좋았어. 폭풍설 당일 저녁, 나는 바로 여기서 주위를 누비고 다니는 끔찍한 섬광과 하늘을 관찰하고 있었지. 그때 섬광이 섬에 다가왔어. 놈들은 해골처럼 앙상하게 생긴 길쭉한 손으로 먹이를 찾으며 대지를 수색 중이었어. 놈들의 손에 닿는 것마다 그 자리에서 증발되었지. 놈들의 손이 이 탑에 접근하는 순간, 하늘이 성난 소리를 내면서 눈부신 빛이 이 방으로 쏟아져 들어왔어. 나는 강렬한 방전을 느끼고는 의식을 잃었지……."

맷은 카마이클이 앉아 있는 휠체어를 바라보았다. 파란 혈관이 드러나 보이는 뼈마디가 굵은 손가락, 양피지처럼 얇은 피부…….

노인이 말을 이었다.

"불길한 폭풍설의 섬광이 아니라 진짜 번개가 망원경과 나를 쳤다고 상상해봐. 나는 섬광의 전기 팔에게 잡히기 직전 번개를 맞고 쓰러졌어. 이 번개가 내 목숨을 구한 거야. 물론 이건 극히 드문 일이기 때문에 다른 곳에서 그런 일이 재현되었기를 바랄 수 없고. 따라서 나는 이 나라, 어쩌면 이 지구에서 최후의 '정상적인' 어른일 거야."

토비아스가 반문했다.

"어른들을 이상하게 만든 현상을 없애려면 진짜 번개와 그 괴상한 섬광의 결합이 필요하다고요? 그럼 이 조건을 다시 만들 수 있다면 시니크들이 정상으로 돌아갈 수 있나요?"

카마이클은 곧바로 잘라 말했다.

"그 문제는 더 이상 생각하지 않는 게 좋아. 쓸데없는 희망에 너무 많은 에너지가 낭비될 거야. 첫째, 번개를 불러올 수 없고, 둘째, 폭풍설이 다시 나타날 것인지 알 수 없어. 내 이론이 정확하다면 폭풍설이 몰아닥친 것은 세상을 변화시키고, 땅과 바다를 청소하기 위해서니까. 마지막으로 어른들의 뇌는 너무 충격을 받아서 자연적인 회복은 기대할 수 없어."

맷이 물었다.

"정말 폭풍설이 더는 몰아치지 않을 거라고 생각하세요?"

"내 생각이야. 공생共生이 뭔지 알지? 두 생명체가 지속적으로 함께 살기 위해 서로 협력하는 거야. 인류와 지구는 오랫동안 그렇게 해왔지. 하지만 어느 순간 우리는 지구를 존중하지 않았을 뿐 아니라, 약탈하고 오염시켰어. 지구는 대항하지 않을 수 없었지. 기생충이 되어버린 인류를 변화시키기 위해, 지구는 '폭풍설'이라는 항체를 보냈어. 대부분의 인류는 이 충격에서 살아남지 못하고 죽었고, 일부는 글루통이 되었어. 그리고 폭풍설의 시련을 견뎌낸 시니크들이 있지. 그들은 지구의 공격에 심하게 충격받은 나머지 자기방어를 위해 공격적인 사람이 되었어."

맷이 말했다.

"그것은 앙브르가 주장하는 가설이에요."

"맞아! 앙브르는 관찰력이 뛰어나기 때문에 이 사건이 지구 차원에서 일어난 것임을 이해했어. 사실 이런 현상은 우리 몸에서 날마다 일어나. 너희는 이 지구가 아직도 인류에게 품고 있는 희망이야."

토비아스는 감동으로 떨리는 목소리로 물었다.

"그럼 세상은 더 이상 변하지 않고 영원히 이 상태가 유지될까요?"

"세상은 너희가 만드는 대로 될 거야. 너희는 우리 인류의 미래를 결정할 책임을 지고 있어!"

맷이 부탁했다.

"당신은 저희를 도와줄 수 있어요. 당신의 지식, 지혜……."

카마이클이 말을 끊었다.

"번개를 맞은 이후로 나는 매우 약해졌어. 이제는 30분 이상 서 있을 수 없고, 점점 더 피로를 많이 느껴. 나는 곧 죽을 거야."

더그는 요란스럽게 침을 삼키며 동생의 어깨를 감쌌다.

맷은 모두를 위해 화제를 바꾸는 게 바람직하다고 판단했다. 그는 곧 궁금했던 문제를 물었다.

"왜 내 피를 뽑으려고 한 거야?"

클라우디아가 설명해주었다.

"네 피를 연구하고 싶어서. 너는 모든 팬들 앞에서 초능력을 보여줬잖아. 카마이클 아저씨는 너의 혈구를 분석하고 싶어 하셨어."

노인이 고개를 끄덕였다.

"사실이야. 저 아이들을 원망하지 마렴. 네가 자는 동안 채혈하자고 했던 사람은 나야. 네 초능력을 분석해서 너를 도와주고 싶었어. 그런데 혈액 분석을 위한 설비가 충분치 않아. 그나마도 전기가 없으면 쓸모가 없고. 그래도 시도해보는 게 좋다고 판단했어."

"저한테 부탁했더라면 기꺼이 응했을 거예요!"

더그가 반박했다.

"너는 이유를 물으면서 더 의심했을 거야! 우리에게 화내지 마."

맷은 그를 안심시켰다.

"알았어. 아무도 원망하지 않을게. 클라우디아, 조금 전 일은 미안해. 상처 받지 않았으면 좋겠어."

클라우디아는 고개를 끄덕였다. 모두 장난기와 호기심 섞인 눈길로 맷의 표정을 살폈다. 그는 대형 홀에서 초능력을 보여주었고, 그들의 계획을 망칠 수 있는 명석한 팬이었다.

문득 맷은 추측을 잘못했다는 사실을 깨달았다. 더그와 그의 공모자들은 시니크들의 공격에 조금도 연루되지 않았다. 그들은 숲에 머물고 있는 시니크들과 전혀 관련이 없었다. 그는 벌떡 일어났다.

"여러분이 원한다면 제 피를 뽑겠어요. 하지만 먼저 말씀드릴 게 있어요. 우리 모두의 목숨과 관련된 비밀입니다."

38
익명의 편지

카마이클 노인과 더그 일행은 섬에 배신자가 있다는 말을 듣고 절망에 빠졌다. 그들은 샹들리에 추락 사건 때부터 이미 의심을 품고 있었지만, 최악을 예상하기보다는 여러 가지 엉뚱한 가설에 매달렸다. 시니크들의 공격이 임박한 것을 안 그들은 몹시 걱정하며 당황했고, 카마이클 삼촌은 맷이 설명을 끝낼 수 있도록 모두를 진정시켜야 했다.

며칠 동안은 조용히 있기로 결정했다. 배신자가 누구인지 모르므로 배신을 규탄할 수 없었다. 배신자는 정체가 발각되면 곧장 시니크들에게 연락할 것이다. 마이클 카마이클은 안전을 위해 조금 더 숨어 있기로 했다. 모두 앙브르에게 이번 일을 알려주기로 했다. 맷은 그녀가 일어나자마자 곧바로 소식을 전해주었다. 그녀는 히드라 성의 공동실에서 그웬과 함께 아침 식사를 하고 있었다. 그웬이 자리를 뜨자 맷은 앙브르에게 전날 저녁에 일어났던 모든 일을 얘기해주었다.

앙브르는 바로 노인을 만나고 싶어 했다. 맷은 해가 지고 모두가 잠들었을 때 방문하라고 권했다.

그날 오후, 두 번째 전령이 섬에 도착했다. 맷은 즉시 벤을 알아보았다. 그는 질투심에 시달렸다. 앙브르는 벤을 좋아한다. 벤은 남서쪽에서 곧장 오는 길이었다. 그가 전할 소식은 많지 않았다. 에덴에 전령 사령부가 만들어졌다는 소식뿐이었다. 숲에 있는 작은 팬 공동체는 글루통들의 공격을 받았지만 물리쳤다고 했다. 맷은 무장이 잘 되고 전략이 뛰어난 시니크 부대가 공격했다면 사정이 달랐을 거라고 생각했다. 어떤 팬 공동체도 그들에게 저항할 수 없을 것이다.

오후가 끝날 무렵, 앙브르가 달려오더니 다짜고짜 맷을 크라켄 성 한쪽 구석으로 끌고 갔다. 그녀는 초조하게 발을 구르면서 외쳤다.

"좋은 생각이 있어! 벤은 자신감 넘치는 소년이야. 나는 그를 믿어. 그는 지금까지 수없이 험난한 길을 달려왔고, 성격도 아주 신중하지. 그에게 정찰병이 되어달라고 부탁하자! 숲에서 자주 피어오르는 연기에 접근해 시니크 야영지를 발견하면 우리에게 알려줄 수 있을 거야."

"그래, 나쁘지 않은 생각이야. 하지만 아주 위험한 일일 텐데."

"벤은 전령이야. 위험을 두려워하지 않아. 그는 팬 공동체을 위해 봉사하고 있어. 나는 그를 알아가기 시작했어."

"그래. 너희는 매우 친하지."

앙브르는 말을 이으려다가 멈췄다. 그녀는 짓궂게 웃으면서 맷을 바라보았다.

"혹시 너, 질투하니?"

맷은 인상을 찌푸렸다.

"질투하느냐고? 내가 질투하길 바라는 거야?"

앙브르는 맷의 자존심을 구겼다고 생각하고는 서둘러 정정했다.

"아니야. 미안해. 그렇게 생각했을 뿐이야. 사실 벤과 나는 서로 아는 사이야. 지난번에 그가 왔을 때 질문 세례로 그를 괴롭혔거든! 합당한 나이가 되면 전령이 되고 싶다고 말했잖아. 곧 그렇게 될 거야. 넉 달 후면! 벤이 많은 충고를 해줬어. 그는 열일곱 살이 넘었고, 수

개월 동안 전령 임무를 수행했거든. 내 계획에 대해 어떻게 생각해?"

"벤이 찬성하는지 두고 보자……."

"찬성할 거야. 확신해!"

그날 저녁, 앙브르가 크라켄 성에 없을 때 맷은 더그에게 앙브르의 계획을 전해주었다. 더그는 대찬성했다. 토비아스는 그들이 저녁 식사를 하고 있던 식탁으로 와서 합류했다. 그는 부엌일을 하기 전 오전 내내 활쏘기 연습을 한 터라 몹시 피곤해했다. 그는 투덜거렸다.

"손가락이 떨어질 것만 같아."

그들이 각자의 방으로 돌아가기 위해 일어났을 때 캘빈이 묘한 미소를 지으며 달려와 맷에게 작은 봉투를 건넸다.

"자, 이게 문 앞에 있었어."

맷은 봉투를 받았다. 겉봉에 그의 이름이 쓰여 있었다. 그는 봉투를 열고 읽었다.

> 나는 지금 이 순간도 너를 지켜보고 있다. 만일 네가 이 편지를 다른 사람에게 보여준다면, 너는 다시 앙브르를 보지 못하게 될 것이다. 그녀는 나만 아는 곳에 있다. 내가 내일 아침까지 풀어주지 않으면 그녀는 죽게 되겠지.
>
> 너는 당장 내 말에 복종해야 한다. 자정에 섬의 공동묘지로 혼자 와라. 누군가를 데려온다면 앙브르는 죽은 목숨이다.
>
> 네가 앙브르를 좋아한다는 것을 안다. 너희는 늘 함께 붙어 지냈어. 모두가 그 사실을 알지. 그러니 내 말을 농담으로 여기지 마. 그렇지 않으면 그녀를 죽일 것이다.
>
> 이것은 경고다.

맷은 백지장처럼 창백해지면서 요란하게 침을 삼켰다.

토비아스가 물었다.

"괜찮아?"

"그래……. 그럼, 그럼. 앙브르의 편지야. 연구를 진행하고 있대. 그뿐이야."

맷은 주위를 둘러보았다. 그들은 중앙 계단 발치에 있었다. 여러 성에서 온 열두 명가량의 팬들이 식탁에 앉아 토론하고 있었고, 조금 떨어진 곳에서 벤과 프랭클린이 열렬하게 대화하고 있었다. 이 편지를 쓴 장본인이 저들 가운데, 아니면 반이층半二層 어딘가에 숨어 있을까? 맷은 이 위협을 가볍게 여길 수 없었다. 그는 토비아스가 빼앗지 못하게 편지를 접어 호주머니에 넣었다.

토비아스가 지적했다.

"몸이 편치 않은 것 같아. 눕고 싶니?"

맷은 몸이 불편하다는 핑계로 화장실에 들어가 처박혔다. 그는 변기 뚜껑을 닫고 앉아 다시 편지를 읽었다. 심장이 두방망이질하기 시작했다. 그는 필체에서, 특히 마지막 문단에서 상당히 어린 팬이 장본인이리라는 느낌을 받았다. '네가 앙브르를 좋아한다는 것을 안다. 너희는 늘 함께 붙어 지냈어. 모두가 그 사실을 알지. 그러니 내 말을 농담으로 여기지 마.'

그것은 유치한 지적이자 표현이었다.

맷은 중얼거렸다.

"대체 무슨 일에 엮인 거지?"

맷은 공동묘지 주변을 떠올렸다. 매우 음산하고 불안한 장소였다. 혼자 그곳에 간다는 것은 미친 짓이었다. 하지만 앙브르의 목숨이 달린 문제 아닌가.

'만일 이게 장난일 뿐이라면? 아니야, 누구도 이처럼 병적인 장난은 하지 않을 거야! 정말이야. 앙브르는 오늘 저녁 우리와 함께 식사하지 않았어. 그녀에게 무슨 일이 일어난 게 분명해!'

그는 상스러운 필체를 노려보면서 중얼거렸다.

"네놈을 잡기만 하면, 내가 좋아하는 사람들을 공격하고 싶은 마음을 모조리 없애줄 거야."

맷에게는 선택의 여지가 없었다.

상황을 정확히 판단해야 했다. 그는 함정에 빠졌다. 앙브르와 그의 생명은 어느 어리고 위험한 팬의 손에 달려 있었다.

맷은 그에게 복종해야만 했다.

자정에 공동묘지에 가야 한다, 혼자서.

39
묘비와 검은 달

맷은 토비아스가 가볍게 코를 골 때까지 기다렸다가 일어났다. 그는 청바지와 티셔츠를 입은 후 머뭇거리다가, 케블라 방탄조끼를 입고 스웨터로 가렸다. 그리고 반코트를 걸치고 보행화를 신은 다음 검을 꺼내 무장했다.

'무기를 지참하지 말라고는 하지 않았어.'

그는 석유 초롱을 챙겨 밖으로 나오자마자 불을 붙였다. 덤불숲이 흔들리더니 불쑥 커다란 형체가 나타났다. 맷은 황급히 물러났다가 이내 플륌임을 알아보았다.

"놀랐잖아!"

맷이 플륌의 머리를 쓰다듬어주자 개는 입을 벌린 채 좋아서 헐떡거렸다.

"너와 함께 있고 싶지만, 데려갈 수 없어. 너무 위험해. 무슨 일이 일어날지 몰라. 공동묘지는 너에게는 좋은 곳이 아니야. 나를 믿어."

플륌은 입을 다물고 귀를 쫑긋 세운 채 그를 응시했다.

"고집 피우지 마. 안 돼. 자, 가렴. 은신처로 돌아가. 밤에는 외출하면 안 돼. 자, 가!"

개는 머리를 숙이고 마지못해 천천히 발길을 돌렸다.

크라켄 성 뒤쪽으로 뻗어 있는 오솔길로 들어선 맷은 유령의 성 가장자리를 따라 공동묘지로 향했다. 대체 누가 한밤중에 공동묘지에서 만나자고 한 걸까? 분명 분별없는 사람일 것이다.

맷은 카마이클을 만난 이후 이 음산한 지역, 거대한 거미집, 주위를 떠돌고 있는 죽음의 분위기에 대해 다시 생각했다. 이 지역은 정말로 마법이나 저주 같은 것에 걸린 것처럼 보였다. 폭풍설의 충격이 망자들이 묻힌 이곳도 바꾼 걸까?

오솔길 주위의 숲은 깜깜했다. 산들바람에 가장 키가 큰 풀들이 살랑대는 소리를 냈고, 강에서는 차가운 습기가 올라왔다.

맷은 어떤 계획도, 술책도 없었다. 그가 원하는 것은 앙브르를 구하는 것뿐이었다. 그는 앙브르를 위해 싸울 각오가 되어 있었다.

몇 분을 걷자 오른쪽에 특이한 식물이 보였다. 괴상하게 생긴 줄기는 검었고, 마른땅에서는 이끼가 자라고 있었으며, 가시덤불에는 새까만 가시가 달려 있었다. 맷은 발길을 멈추고 초롱을 들어 올렸다. 숲이 온통 죽은 것처럼 보였다. 그는 용기를 내기 위해 심호흡을 한 다음 무시무시한 숲 속으로 들어갔다. 낮은 나뭇가지들을 젖히자 뼈가 부러지는 소리가 났다. 그리고 하얀 비단으로 된 긴 '커튼'이 나타났다. 맷은 조심스럽게 커튼을 돌아갔다. 미라가 된 채 매달려 있는 새와 설치 동물들의 시체는 초롱 불빛에 더욱 음산하게 보였다. 토비아스의 이야기가 떠올랐다. 거미들이 사람이 살아 있는 동안 독을 주입해 내장을 용해시키고 빨아 먹는다 하지 않았는가. 몸이 부르르 떨렸다. 맷은 검으로 가시덤불을 뚫으면서 공동묘지로 들어갔다.

다섯 개의 대형 무덤이 봉긋 솟아 있었고, 10여 개의 십자가가 무덤을 둘러싸고 있었다. 맷은 고개를 들고 달을 보았다. 달은 다갈색을 띠었다. 점성술에서 '검은 달'이라고 부르는 게 아닐까 자문했다. SF 영화에서 늑대 인간들은 검은 달이 뜨면 완전히 변신했다.

맷은 비웃었다.

'지금 그딴 걸 생각할 때가 아니야!'

그는 무덤 사이를 돌아다니며 대체 누가 기다리고 있을지 생각했다. 곧 자정이 될 것이다. 우윳빛 안개가 강 쪽에서 올라오기 시작했다. 안개는 숨어 있던 동물처럼 덤불숲에서 천천히 나오더니 묘비 사이로 흩어졌다. 100보 정도 나아갔을 때, 맷은 발치에서 뭔가가 우글거리는 것을 느꼈다.

수십 마리의 검은 구더기들이 꿈틀거리면서 땅속으로 들어가고 있었다. 맷은 어린이 손만 한 도마뱀의 다리가 무덤 모퉁이에서 나와 지렁이를 붙잡고 어두운 땅속으로 들어가는 것을 보고는 비명을 참을 수 없었다.

맷은 물러나면서 중얼거렸다.

"내가 대체 어디에 있는 거지?"

그는 플륌을 데리고 오지 않은 것을 후회했다.

갑자기 잔가지가 부러지는 소리가 났다. 맷은 돌아섰다.

검은 화살이 날아왔다. 화살이 너무 빨라서 맷은 대응할 수 없었다. 화살은 그의 심장에 박혔다. 숨 쉬기가 힘들었다.

맷은 비틀거리다가 회색 돌로 만든 거대한 십자가에 기대 균형을 되찾았다. 호흡을 찾기 힘들었지만 둔통밖에 느껴지지 않아 깜짝 놀랐다. 파란 화살 깃털이 가슴에서 나부꼈다. 화살은 상체에 박혔다. 정확히 말하자면 옷과 케블라 방탄조끼의 안감에 박혔다. 화살촉은 보호용 금속판을 관통하지 못했다.

맷은 머리를 들고 화살이 날아온 숲을 탐색했다.

두 번째 화살이 날아왔지만 역시 피할 수 없었다. 화살은 배꼽을 맞혔다. 방탄조끼는 이번에도 화살을 막았지만 놈은 곧 그의 얼굴을 조준할 것이다. 맷은 무덤을 뛰어넘어 분별할 수 없는 공격자를 향해 돌진했다.

누군가가 덤불숲에서 움직이더니 이내 도망치기 시작했다.

'도망치잖아! 저 비열한 놈이 도망치고 있어!'

맷은 시야를 가리는 관목을 밀며 도망자를 찾기 시작했다. 보이지는 않았지만 마른 숲을 횡단하는 바스락거리는 소리가 들렸다. 맷은 앙브르의 목숨을 쥐고 있는 범인을 향해 돌진했다. 그는 갈지자로 나무 사이를 달리다가 한 실루엣을 발견했다. 하지만 자세히 분간할 수는 없었다. 도망자는 거대한 거미집 밑을 지나가다가 죽은 동물들과 부딪쳤다. 맷이 같은 곳으로 돌진하려는 순간, 검은 형체가 다리를 펼치며 거미줄을 타고 달려왔다. 맷은 끈적끈적한 거미줄에 걸리지 않기 위해 발길을 돌리고 몸을 굴렸다. 그는 검은 형체를 자세히 바라볼 여유가 없었다. 거미줄에서 사는 거미는 고양이보다 큰 놈이었다!

맷은 주위를 한 바퀴 도느라 시간을 낭비했다. 그가 오솔길에 다가갔을 때는 이미 범인이 멀리 도망친 뒤였다. 격분하고 낙심한 맷은 발을 조심하지 않았고, 발목이 나무뿌리에 걸리는 바람에 넘어지고 말았다.

한참 동안 쓰러져 있던 맷은 정신을 집중해 간신히 일어났다.

이제 서둘러봤자 소용없는 일이었다. 앙브르를 납치한 놈을 따라잡을 가능성은 없었다. 맷은 여자 친구를 잃고 싶지 않았다. 앙브르가 자기 때문에 죽는다는 것은 견딜 수 없는 일이었다. 그는 앙브르를 보고 가슴에 안고 피부 냄새를 맡고 싶었다. 이렇게 포기할 수는 없었다. 납치범은 아무 말도 하지 않았고, 아무것도 요구하지 않았다. 놈은 조용히 맷을 죽이기 위해 이곳까지 유인하는 것으로 만족했다.

'그래, 놈의 계획은 나를 죽이는 거야!'

더는 의심할 필요가 없었다.

'나를 공격했던 놈은 시니크들의 끄나풀이야. 우리 삼총사를 제거하려는 거야! 앙브르, 토비아스, 그리고 나를 죽이려는 거야!'

만일 이 추리가 옳다면 앙브르가 살아 있을 가능성은 거의 없었다.

'놈의 목표가 세 사람을 죽이는 거라면? 아, 토비아스! 토비아스를 방에 혼자 내버려두었어!

맷은 질주하다가 문득 다른 추리를 떠올렸다.

'배신자는 한 놈밖에 없어. 그러니 이번 일은 단독 범행이야. 시니크들은 여러 소년이 아닌 단 한 소년에 대해 얘기했어. 놈은 공동묘지와 크라켄 성에 있는 토비아스의 방에 동시에 있을 수 없어.'

그래도 맷은 아픈 턱을 문지르며 서둘러 오솔길을 거슬러 올라갔다.

그가 히드라 성에 도착했을 때, 뭔가가 다가오는 소리가 들렸다. 무수히 파드닥거리는 날카로운 소리. 돌아섰지만 아무것도 보이지 않았다. 그래서 맷은 머리를 들었다.

100마리 이상의 박쥐들이 하늘에서 춤을 추며 길게 줄을 지어 다가오고 있었다.

박쥐들은 선회하면서 땅에 닿을 듯 급강하했다.

맷은 놈들이 자신을 찾고 있다는 불쾌한 느낌이 들어 발길을 재촉했다.

박쥐들은 요란한 소리를 내며 속도를 높였다. 맷은 보폭을 넓히다가 걸음아 날 살려라 하며 달리기 시작했다.

첫 번째 무리는 맷의 속도를 늦추기 위해 바로 앞에서 하강하며 지나갔다. 두 번째 무리는 그의 머리에 닿을 듯이 따라붙었다. 그는 머리를 스치는 바람을 통해 놈들의 존재를 느꼈다. 그는 크라켄 성에서 너무 멀리 떨어져 있었고, 히드라 성 입구는 그가 서 있는 반대 방향에 있기 때문에 안전한 곳으로 피신하는 것은 불가능했다. 맷은 우뚝 발길을 멈추고 검을 꺼내 휘둘렀다.

박쥐들은 머리 위에서 요란스러운 소용돌이를 일으키며 점점 더 빨리 돌기 시작했다. 이윽고 한 마리가 전속력으로 그의 얼굴을 향해 돌진했다.

맷은 얼굴을 보호하기 위해 검을 휘둘렀다. 박쥐는 두 동강 났다.

이번에는 세 마리가 달려들었다. 맷은 검을 크게 휘둘렀다. 검의 무게는 더 이상 문제가 되지 않았다. 초능력이 발휘되고 있다는 명백한 증거였다. 피가 튀었고, 날개와 머리 조각들이 주위에 떨어져 경련을 일으켰다.

박쥐 떼의 소용돌이는 점점 더 요란한 소음을 일으켰고, 10여 마리 박쥐들이 동시에 그에게 돌진했다.

맷은 전력을 다해 검을 휘둘렀다. 검은 마주 닿는 것마다 잘라냈다. 하지만 잠시 후, 그는 정신을 차릴 수 없었다. 수십 마리가 발톱으로 그의 몸을 찢었다. 목, 날개 혹은 다리가 잘린 박쥐는 차례대로 떨어졌다. 하지만 박쥐는 점점 더 많아지는 것 같았다. 맷은 울부짖었다. 살기 위해, 앙브르를 위해, 토비아스를 위해 절망적으로 울부짖었다. 그의 모든 근육은 공격에 맞서기 위해 흔들리기 시작했다. 그의 동작은 더욱 유연해지고 빨라졌다. 검은 쉬지 않고 씩씩거렸다. 박쥐의 살을 벨 때조차 검은 느려지지 않았다. 그럼에도 불구하고 박쥐 떼의 공격을 물리칠 수 없었다. 그는 박쥐 떼에 뒤덮여 정신을 차릴 수 없었다. 여기저기에 상처가 났다. 피가 비 오듯 쏟아졌다. 갑자기 모든 게 멈췄다.

순식간에 그의 몸에는 박쥐 한 마리밖에 남지 않았다. 박쥐들은 이미 구름 방향으로 날아가고 있었다.

맷은 비틀거리면서 검을 놓았다.

손과 얼굴에 무수한 상처를 입었지만 다행히 깊지는 않았다. 하지만 그는 온통 뜨거운 피로 뒤덮였다. 박쥐들의 피였다.

맷은 히드라 성에서 달려오는 실루엣들을 보았다. 루시, 그웬, 그리고 앙브르.

그는 황급히 달려오는 앙브르를 보고 눈을 깜박거렸다. 앙브르를 확인하자, 다리에서 힘이 빠져나가고 정신이 오락가락했다. 그는 오솔길의 다져진 땅바닥에 고꾸라졌다.

40
추론

다음 날 아침, 맷은 앙브르의 방에서 깨어났다. 얼굴은 불처럼 뜨거웠다. 볼, 이마, 턱에 낚싯바늘이 박힌 느낌이었다.

앙브르는 그의 상처에 따뜻한 물수건을 올려놓고, 다른 사람에게 먹을 것과 마실 것을 가져다 달라고 부탁했다.

맷이 그녀에게 모험에 대해 털어놓자 앙브르는 분노, 불안, 난처함을 동시에 나타냈다. 그녀는 납치된 것이 아니었다. 그녀는 초능력에 대한 의견을 나누고 싶어 한 네 명의 팬들과 저녁 시간을 보냈다. 모임이 막 끝났을 때, 그들은 맷의 비명 소리를 들었다. 참가자들은 즉시 주위에 소식을 전했고, 대부분의 팬들이 이 사건에 대해 알게 되었다.

앙브르가 요약했다.

"너를 함정에 빠뜨린 놈은 네 심리를 이용했어. 아무에게도 말하지 말라고 협박함으로써 너를 격리시키고, 네가 나의 위치를 확인하지 못하게 한 거야. 위험을 감수하지 않고 너를 유인할 수 있는 가장 좋은 계략이었어."

"놈은 나를 죽이려 했어! 두 번이나 화살을 쐈고, 첫 번째는 심장을 명중시켰어! 방탄조끼를 입지 않았더라면 나는 죽었을 거야! 우리 중에 미친놈이 있다고!"

"계획적으로 음모를 꾸민 미친놈이지. 놈의 계획은 우리 셋을 차례로 죽이는 거야."

"서두르지 않으면 놈이 우리를 없앨 거야!"

앙브르는 고개를 끄덕이고 일어나서 창문을 통해 주위를 둘러보았다.

"오늘 아침 네가 일어나기 전에 벤과 얘기했어. 그가 숲을 정찰하겠대. 시니크들의 야영지를 알아낼 거야. 시니크들이 100명 정도라면 그다지 어려운 일이 아니래."

"멀리서 볼 수 있는 연기부터 파악하면 좋을 거야. 카마이클 노인은 만났어?"

"아니……. 오늘 저녁에 만날 생각이야! 이 문제에 더 관심을 기울이기 때문인지는 몰라도, 초능력이 점점 더 강력하게 나타나고 있는 것 같아. 배신자가 이 사실을 알게 된다면 더는 기다릴 수 없음을 깨달을 거야. 시간이 흐르면 흐를수록 이 섬의 팬들은 더욱 강해지고, 초능력을 자유자재로 활용할 수 있게 될 테니까. 놈은 조만간 시니크들에게 신호를 보낼 거야."

"배신자가 시니크들에게 연락을 하려면 섬을 떠나야 해. 다음 과일 따기가 언제지?"

"곧 있을 거야. 무서워."

"신뢰할 수 있는 사람들만 떠날 수 있도록 조치를 취해야 해!"

"그러면 배신자는 더욱 경계할 테고, 도망칠 방법을 모색할걸!"

맷은 한숨을 내쉬었다. 앙브르 말이 맞았다. 그들은 위급한 상황에 처해 있었다. 최대한 빨리 배신자를 밝혀내야 했다.

'무슨 일부터 시작하지? 배신자는 어떻게 시니크들과 연락을 주고받을까? 우리가 본 세 명의 시니크들은 배신자가 전해준 메시지를 맷은 머리를 마사지했다. 머리가 지근지근 아팠다.

"모르겠어. 믿을 수가 없어."

앙브르가 껑충 뛰더니 환히 웃으며 다가와 옆에 앉았다. 맷은 갑자기 몸이 좋아지는 것을 느꼈다.

앙브르가 물었다.

"좋은 소식을 원해?"

"말해봐."

"나, 연필을 움직일 수 있을 것 같아. 아직 확실한 것은 아니지만 그럴 수 있다고 느꼈어!"

"정말이야? 잘됐다! 다른 팬들과 상담한 성과는 어때? 세르지오가 유망한 것 같던데?"

"맞아. 세르지오는 정신을 집중하면 불티를 일으킬 수 있어. 아직까지는 두 개의 물체를 비비지 않으면 안 되긴 하지만, 집중력만 키우면 될 것 같아. 빌은 규모가 작은 물의 흐름은 마음대로 조절할 수 있어. 그웬은 곧 전기를 낼 수 있을 거야. 아직은 약하지만 자유자재로 할 수 있어. 어쨌든 그녀는 자면서 전기를 발산하고 있으니까. 너는 어떤 변화를 감지했니?"

맷은 앙브르가 다가올 때 가장 놀라운 변화가 일어난다고 차마 말할 수 없었다.

"뚜렷한 변화는 없어……. 내 검은 몇 달 전까지만 해도 엄청 무거웠는데 이제는 쉽게 들고 휘두를 수 있어. 계단을 오르거나 달릴 때도 덜 피곤해. 뚜렷한 변화라기보다는 확인된 사실일 뿐이지. 근육이 발달한 모양이야."

"시니크들이 공격하기 전에 시간을 번다면, 분명 놈들을 물리칠 수 있어. 이 섬은 천연 요새잖아. 초능력을 활용할 수 있다면 누구도 우리를 침범할 수 없을 거야."

맷이 중얼거렸다.

"맞아, 플륌은 특별한 개야. 아무튼 우리는 배신자가 생필품 원정대를 이용해 시내에 있던 시니크들에게 메시지를 전달하는 데 사용한 방법을 찾아내야 해. 그러면 배신자를 밝혀낼 수 있을 거야."

토비아스가 갑자기 웃음을 터뜨렸다.

"너는 정말 어른처럼 말을 해!"

앙브르는 분노의 눈빛으로 토비아스를 쏘아보았다.

맷이 투덜거렸다.

"섬의 모든 팬들의 필체와 어제 받은 편지의 필체를 비교해볼까도 생각했어. 하지만 엄청난 시간이 걸릴 거야!"

앙브르가 반대했다.

"배신자가 아주 멍청하지 않다면 필체를 바꿨겠지! 우리는 필적 감정가가 아니야!"

맷은 일어나서 토비아스에게 말했다.

"우리 둘이 배신자의 정체를 알아내자. 앙브르, 너는 가장 능숙한 팬들을 모아서 초능력을 숙달시켜. 서로 도와서, 초능력을 자유자재로 발휘할 수 있도록 훈련해. 최대한 빨리 쓸 수 있게 해야 해. 시니크들이 쳐들어온다면 반드시 대항할 수 있도록."

그날 오후, 토비아스와 맷은 남쪽 제방으로 낚시를 하러 갔다. 맷은 여러 측면에서 배신자의 메시지 전달 문제를 분석했다. 배신자는 맨 처음 어떻게 시니크들을 만났을까? 놈이 섬에 도착하기 전 길 모퉁이에서? 아니면 나중에 생필품이나 과일을 마련하기 위해 외출했을 때? 맷은 이 음모가 오래전부터 시작되었다고 확신했다. 배신자는 시니크들이 조직을 결성하고 이곳에 백인 부대를 보낼 때까지 접촉을 유지했을 것이다. 시니크들의 공동체는 몇 주, 혹은 한 달쯤 걸리는 먼 남동쪽에 있을 것이다……. 맷은 토비아스에게 자신의 추론을 알려주었다. 토비아스는 거의 모든 팬들이 이미 적어도 한 번쯤은 이런저런 이유로 외출했다고 설명해주었다. 이 기준으로는 용의자어. 박쥐들이 성안으로 침투해 우리를 공격할 거라고 생각했지. 하지만 녀석들이 누군가를 찾고 있던 건 아닐까. 엊저녁 박쥐들이 공격했을 때 녀석들이 찾는 것이 바로 나라는 느낌이 들었어. 이 야행성동물은 로페로덴처럼 불길해. 로페로덴은 우리가 도주했을 때 내 발자취를 잃었다가, 얼마 전 다시 찾은 거야!"

"박쥐들이 로페로덴의 밀사들일까?"

"그런 것 같아. 그렇지 않으면 히드라 성의 소녀들이 도착했을 때 왜 물러갔을까? 박쥐들은 새로운 먹이에 달려들었어야 했어! 이 모든 일로 비추어보아 로페로덴은 이곳으로 다가오고 있어. 우리는 시니크들과 로페로덴을 막아야 하는 거야."

토비아스는 생각하는 것을 감히 말할 수 없다는 듯 입을 살짝 벌린 채 친구를 응시하다가 중얼거렸다.

"네가 하고 싶은 말은…… 네가 로페로덴에게 시달리고 있다……."

맷은 친구를 바라보다가 천천히 고개를 끄덕이고는 갑자기 침울해졌다.

토비아스는 친구를 위로했다.

"어떤 일이 일어나든 너와 함께 있을 거야. 네가 쓰러지게 내버려두지 않아. 놈의 두 눈 사이에 화살을 꽂아야 한다면, 너는 나를 믿어도 좋아!"

그러자 맷이 웃으며 대답했다.

"정말 그래. 너와 네 화살만 있으면 아무것도 두렵지 않아. 너야말로 괴물을 맞혀 쓰러뜨려서 내 코를 납작하게 만들 거야!"

물고기의 등이 수면을 가르며 5초 동안 움직이자 그들의 웃음은 순식간에 사라졌다.

토비아스가 당황했다.

"봤어? 길이가 얼마쯤 될 것 같아? 적어도 5~6미터야! 믿을 수가 없어!"

진부한 얘기를 나누었다. 맷이 박쥐의 공격을 받았다는 사실을 몰랐던 미치는 걱정했다.

"어제저녁이었다고? 그럼 나도 공격받을 수 있었네. 자정까지 밖에 있었는데!"

맷이 말했다.

"아, 그래? 어디에?"

"원형 정자에. 페가수스 성의 로드니, 히드라 성의 린지, 캐롤라인과 함께 있었어."

맷은 자신의 일에 집중하기 위해 그렇게 늦은 시각까지 정자에서 무엇을 했는지 묻지 않았다.

"다른 세 사람은 무사히 돌아갔어?"

"그럼. 오늘 아침에 그들을 봤어. 모두 무사해. 아무도 박쥐의 공격을 받지 않았어."

잠시 후 맷은 토비아스와 둘만 있게 되자 자신의 추론을 말해주었다.

"더는 의심의 여지가 없어. 그 고약한 박쥐들이 앙심을 품고 있는 것은 나야!"

"그렇다면 너는 해가 진 후에 외출하지 마."

그들은 저녁 식사를 한 후 토비아스의 방으로 올라가 더그가 맡긴 몇 권의 만화책을 훑어보았다. 갑자기 토비아스가 창틀에 코를 박고 어둠을 탐색했다. 그는 침울하게 알려주었다.

"놈들이 보여. 수백 마리의 박쥐들이 하늘에서 돌고 있어."

"숲 위쪽에서?"

"그래. 아니, 잠깐……. 놈들은 북쪽 켄타우로스 성 쪽에 있어."

토비아스는 앙브르의 방에 불이 켜져 있는 것을 보았다.

"앙브르는 자지 않아."

"초능력과 최후통첩 문제를 고심하고 있겠지. 나 역시 우리를 배신한 비열한 놈을 쫓아낼 방법을 찾지 않는 한 잠을 잘 수 없을 거야."

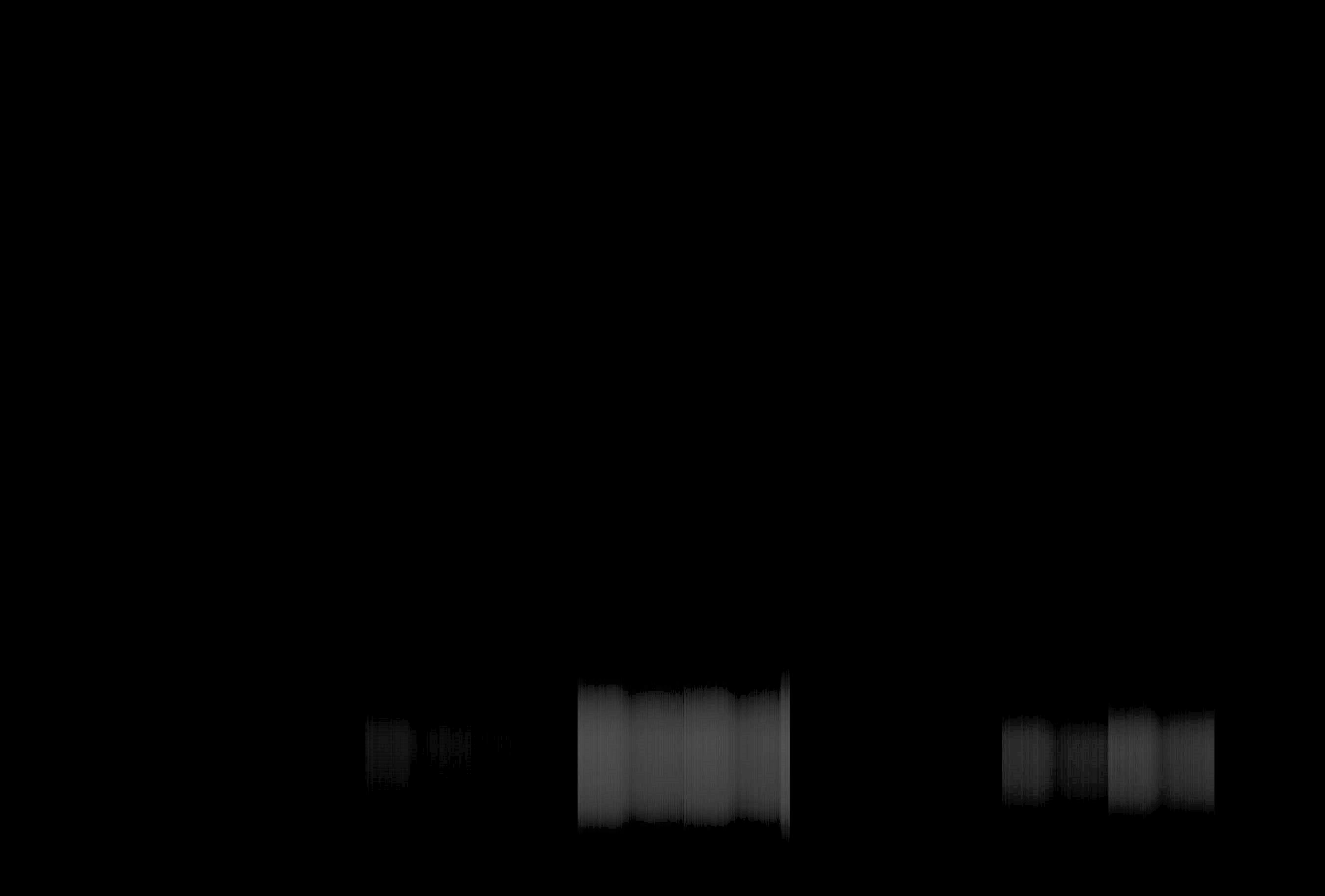

41
생명의 에너지

앙브르는 자신의 방과 히드라 성에서 빠져나간 후 미노타우로스 성과 연결된 비밀 통로로 가기 위해 모든 불이 꺼지기만을 기다렸다. 다행히 호전적인 박쥐는 흔적도 없이 사라졌다. 그녀는 복도에서 15분 동안 헤매다가 천문대로 올라가는 계단을 발견했다. 꼭대기에 도착한 그녀는 살며시 문을 두드렸다.

피로로, 혹은 너무 긴 침묵으로 쉰 목소리가 대답했다.

"누구세요? 들어오세요!"

"이렇게 늦은 시각에 찾아와 죄송합니다……."

카마이클 노인은 그녀를 발견하자마자 미소를 지었다.

"앙브르구나? 나를 찾아오기 전에 많이 망설였겠지."

앙브르는 노인이 실내복을 걸치고 있는 것을 확인하고는 물었다.

"방해하는 것은 아닌가요?"

"아니야. 나는 졸고 있었어. 내 나이쯤 되면 깊이 잠들지 못하지. 더그와 레지에게 밤에는 혼자 있고 싶다고 말했어. 그렇지 않으면 두 녀석이 밤새도록 나를 지킬 테니. 사랑스러운 조카들이지."

앙브르는 공손히 미소를 지은 후 눈을 들어 장엄한 천장과 거대한

문에 지구는 질식사하지 않기 위해 다른 방식으로 인류를 공격하지 않을 수 없었어. 지구의 면역반응이 시작된 거야. 그래서 인류를 포함한 식물과 동물에게 충격을 줘, 일부 유전자를 변형시켰지."

"그 충격이 폭풍설이라고 생각하세요?"

"꼭 그렇지는 않아. 그 점에 대해 고심하면 할수록 폭풍설이 이중적인 역할을 했다는 생각이 들어. 첫째, 폭풍설은 충격을 일으키고 그것을 숨긴 것 같아. 둘째, 폭풍설은 대축제 후 광장을 깨끗이 치우기 위해 지나간 청소차와 비슷했지. 충격은 우리가 의식도 못한 사이에 일어났을 거야. 어떤 형태로? 나도 몰라. 그건 우리의 과학적 지식을 뛰어넘는 것이겠지. 지구는 우리의 놀라운 기술과 지식에도 불구하고 여전히 수많은 신비를 숨기고 있어. 이 충격이 유전자를 변형시키고 메시지를 전달할 수 있는 전파나 자기磁氣라고 해도 나는 놀라지 않을 거야."

"이해하기 힘들어요. 죄송해요."

"아니야. 내 탓이야. 때때로 대화 상대가 청소년이라는 사실을 잊어버리지. (그는 앙브르가 화를 내는 것을 보고 서둘러 덧붙였다.) 청소년들은 재능이 풍부해. 다시 말하면 지구가 수많은 경고를 보냈지만, 우리는 우리 눈앞에서, 우리 발밑에서 일어나는 일들을 모른 척했단 거야."

"고래들은 지구의 언어를 이해했을 거예요. 점점 더 많은 고래들이 해변으로 밀려왔어요! 돌고래도 마찬가지였죠. 돌고래 뇌가 우리 뇌보다 크다는 것을 어느 잡지에서 읽었어요! 우리는 지구의 경고를 들으려 하지 않았어요."

"그래. 아무튼 불행한 사건은 이미 일어났어. 과거의 실수를 되풀이하지 않도록 최선을 다해 사는 것이 이제 우리의 몫이야. 아니지, 너희들의 몫이야."

"우리가 이 궁지에서 헤어날 수 있다고 생각하세요?"

해. 수억 개의 세포로 구성된 생물은 이 필요성을 반복할 뿐이야. 생물은 살아야 하고, 그러기 위한 모든 일을 하지. 그것은 모든 생물의 기초를 이루는 '생존 본능'이야."

"이 생명의 의지, 활력은 어디에서 비롯되죠? 신인가요?"

카마이클은 살짝 웃음을 터뜨렸다.

"그럴 수도 있지. 신은 생명의 에너지를 정의하기 위한 한 개념에 지나지 않을지도 모르고. 만일 신이 생명의 중심에 있는 한 불티에 지나지 않다면? 만일 신이 지구처럼 반성적 의식이 없는 존재, 생명의 근원, 생명의 에너지에 지나지 않다면?"

"종교에서는 신이 인간을 닮은 살아 있는 존재라고 말해요."

카마이클은 부드럽게 웃었다.

"오히려 정반대일걸. 사람은 신의 모습대로 만들어졌을 거야. 하지만 네가 무슨 말을 하고 싶은지 알아. 어떻게 대답해야 좋을지 모르겠구나. 모든 철학과 종교는 인간이 진화하고 사회가 바뀜에 따라 당연히 변해야 해. 종교는 문명에 적응하기 위해 조금씩 교리를 바꿀 수밖에 없었잖아? 물론 오늘날에도 천국과 지옥에 대해 얘기하지. 하지만 이 모든 것은 사람들이 만든 현란한 수식어야. 우리가 따져야 할 것은 무엇보다 신의 본질일 거야. 그게 뭘까? 종교들은 신이 도처에, 만물에 존재한다고 말하지. 나는 이렇게 대답하겠어. 생명의 기초를 이루는 이 에너지는 신의 한 표현일 수 있다고."

"그럼 당신은 신을 믿으시는군요."

카마이클은 위스키를 한 모금 마신 후 인상을 찌푸렸다.

"꼭 대답해야 하니? 너에게 영향을 미치고 싶지 않구나. 나는 신을 믿지 않아. 내가 보기에 신은 사람들을 안심시키기 위한 한 개념일 뿐이야. 신은 대답할 수 없는 온갖 질문들, 우리의 다양한 요구들, 겸손하고 싶은 우리의 마음을 충족시키기 위한 공허한 단어에 지나지 않아. 결국 신은 우리의 무지의 표현이지. 이게 신이라면 나는 신을 믿는는 보이지 않아. 복잡한 과학 지식을 몰라도 너희는 뇌 덕분에 전자에 영향을 줄 수 있어. 불티를 발생시키는 것을 예로 들어볼까? 이 목적을 위해 정신을 단련시키는 사람은 자신의 뇌 덕분에 전자에 영향을 주고 결국 전자를 '마찰'시켜 불티를 발생시킬 수 있는 거야."

"하지만 방법을 몰라요. 우리가 아는 건 정신을 집중해야 한다는 것뿐이에요!"

"네가 호흡할 때 폐 안으로 들이마시는 공기는 온몸, 모든 장기, 발끝까지 산소를 공급하지만 너는 공기가 어떻게 작용하는지 모르잖아. 그것은 반사작용처럼 자연스러운 일이야. 초능력도 마찬가지고."

"초능력이 자연스러운 일이라고요? 끔찍한 돌연변이가 아니란 말인가요?"

"아니, 오히려 진화지! 우리의 먼 원숭이 조상들은 대초원에 살면서 몸을 일으켜 키가 큰 풀을 바라보며 시간을 보내는 일이 지겨워졌지. 그래서 그들은 점점 더 자주 두 발로 걷기 시작했어. 그들의 몸은 이 새로운 자세에 적응했고, 뼈대는 조금씩 변화했지. 지금 너희의 뇌에도 그런 일이 일어나고 있는 거야. 단지 몇 천 년이 소요되는 대신 몇 달이 걸린 것뿐이고! 한 가지 다른 차이점도 있지. 지금까지는 인류의 진화가 환경에 의해 이루어졌지만, 생존을 위해 환경을 선택했던 것은 바로 우리 인간이었어. 이번에는 정반대야! 이번에 일어난 충격은 모든 진화의 어머니인 지구의 본질과 직접적인 접촉이야."

"이 어머니는 전혀 간섭하지 않고 자식들이 성장하게 내버려두었는데, 자식들이 도가 지나쳐 따귀를 때려주었단 말인가요?"

"그것보다 멋진 비유는 찾을 수 없겠구나! 지구는 믿을 수 없을 만큼 너그러운 어머니였는데, 우리는 전혀 존경하지 않았고, 심지어 모욕까지 했던 거야."

"그럼 초능력을 조금도 두려워할 필요가 없나요?"

"초능력을 두려워한다고? 그럴 필요 없어. 반대로 그것을 활용해

42
작전

섬은 잠들어 있었다. 달조차 사라지고 검은 하늘만 남았다.

"맷…… 맷, 일어나."

맷은 천천히 눈을 떴다. 잠이 덜 깨어 정신이 혼미했다.

앙브르의 얼굴이 희미한 빛 속에서 조금씩 드러났다. 맷은 먼저 머리카락으로 앙브르를 알아보았다. 그녀는 겨우 몇 센티 앞에서 자신을 내려다보며 향기를 발하고 있었다.

맷은 마치 한 시간밖에 못 잔 듯 몸이 완전히 마비된 느낌이었다.

맷이 물었다.

"몇 시야?"

"새벽 한 시쯤 됐을 거야."

"왜 온 건데?"

"박쥐의 공격을 받았어. 놈들이 나를 표적으로 삼았어."

맷은 곧바로 정신을 되찾았다. 토비아스가 방 한복판에 있는 침대에서 투덜거리더니, 머리맡 탁자에서 빛을 발하는 버섯을 꺼냈다. 하얀 불빛이 방 안에 퍼졌다.

"앙브르? 너야?"

맷은 부엌으로 내려가 푸짐한 아침 식사를 챙기고 다시 방으로 올라와 친구들을 깨웠다. 밤늦게까지 구상한 작전을 친구들에게 털어놓을 생각이었지만, 아무 말 없이 친구들이 수면에서 깨어날 여유를 주었다. 솔직히 말해 그는 작전을 밝히기가 두려웠다. 만일 자신이 잘못 생각한 거라면? 친구들의 목숨을 잘못된 길로 이끌 위험이 있었다.

삼총사는 침대에 앉아 아침을 먹으며 얘기를 나누었다.

맷이 털어놓았다.

"앙브르, 네게 이 얘기를 해야겠어."

그는 로페로덴과 반복적인 악몽에 대해 얘기했다.

앙브르가 거듭 확인했다.

"정말 로페로덴이 존재한다고 생각하니?"

"직감으로는 로페로덴이 내 머릿속에만 존재하는 게 아니야. 바로 그가 북쪽에 있던 팬 공동체를 공격한 것이 분명해. 그는 우리 쪽으로 내려오고 있어. 조만간 우리를 찾아내고 이곳을 공격할 거야."

"너는 어떻게 할 거야?"

맷은 신경질적으로 자신의 볼을 비볐다. 눈 둘레에 검은 무리가 져 있었다.

"생각 중이야. 내가 이곳에 남으면 모두가 위험해져."

토비아스가 분개했다.

"그렇다고 도망치려는 건 아니겠지? 우리를 버릴 수 있어?"

"그게 로페로덴이 너희들에게 관심을 갖지 않게 하는 유일한 방법이라면 어쩔 수 없지."

앙브르는 모두를 침묵하게 했다. 그녀의 목소리가 커졌다.

"지금 우리의 선결문제는 배신자를 찾는 거야."

맷은 고개를 끄덕였다. 그는 앙브르가 그의 침대에서 자는 바람에 아주 오랫동안 깨어 있었다고는 차마 털어놓지 못하고 말했다.

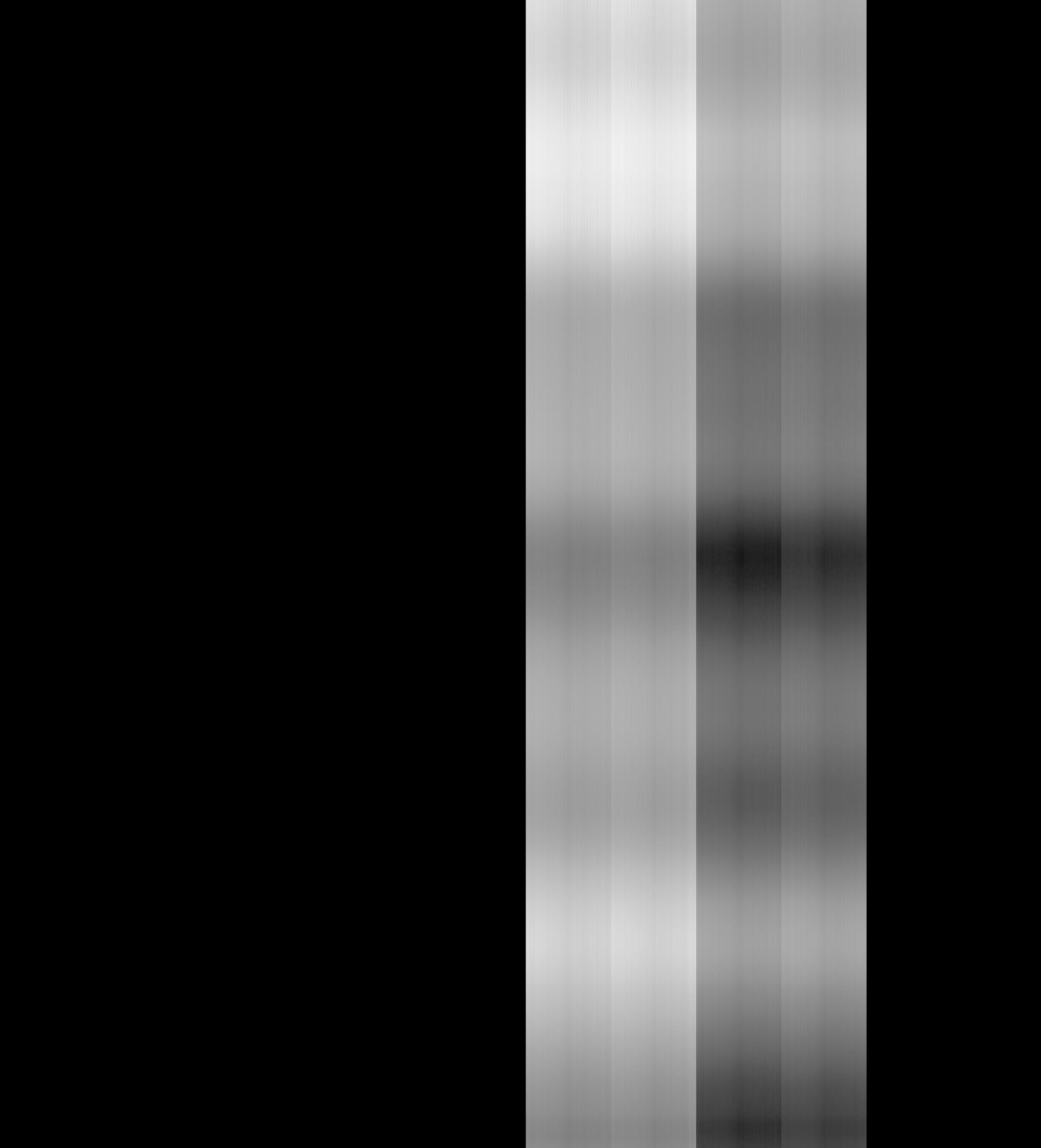

43

네 발의 화살

오전이 다 가기 전, 앙브르, 토비아스, 그리고 맷에게 초능력 계발을 촉진할 수 있는 복안이 있다는 소식이 섬 전체에 퍼졌다. 하지만 그들은 복안을 전달하기 전에 계획을 보완해야 했다. 그들은 방해받지 않기 위해 부두에서 오후를 보내기로 했다. 누구도 그들에게 접근해서는 안 되었다. 만일 그들이 기대한 대로 결과를 얻게 되면, 그날 저녁 특별히 총회를 소집해 모든 팬들에게 알려주기로 했다.

부두는 누구도 염탐할 수 없는 이상적인 장소였다. 부교는 적어도 10미터쯤 강 속에 박혀 있었고, 부두와 숲 사이에 풀, 버드나무, 고사리가 둥글게 우거져 있었다. 만일 누군가가 그들을 염탐하려면 20미터 이상 떨어진 나무 뒤에 숨어야 했다.

이 외딴 장소의 가장 큰 약점은 넓게 트여 있다는 것이었다. 초목이 초승달 모양으로 50미터 이상 펼쳐져 있었다. 가까이 접근하지 않으면 엿들을 수도, 자세히 볼 수도 없지만, 반대로 배신자가 솜씨 좋은 궁수라면 숲 가장자리에 숨어서 화살을 쏠 수 있었다.

따라서 삼총사는 안전보다는 비밀에 중점을 두었다.

부둣가에 앉은 맷은 물 위로 두 다리를 늘어뜨렸다. 앙브르는 그

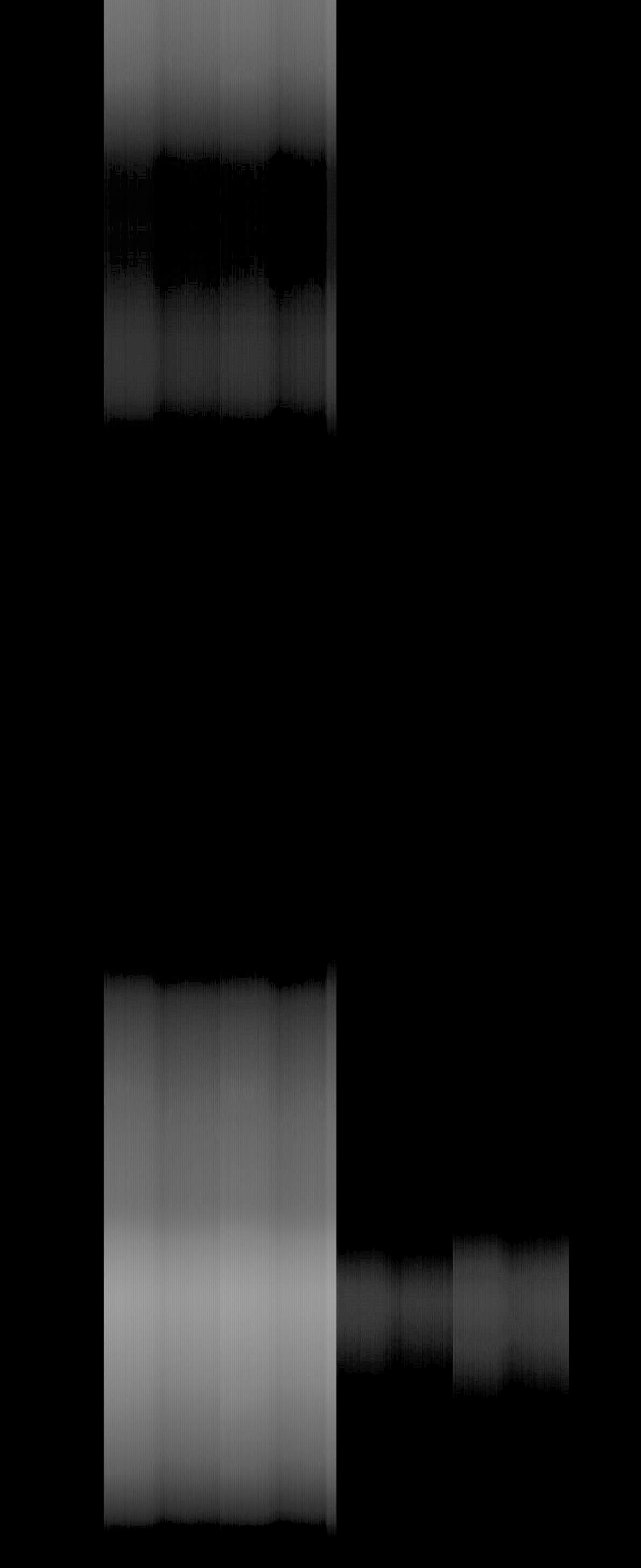

겠다고 했다. 이 시니크들은 팬들을 납치하러 온 것이 아니라 팬들을 공격하기 위해 위치를 파악하는 정찰병으로 왔던 것이다. 만일 그가 잘 협조해 섬을 정복한다면 그들에게 합류할 수 있을 것이다.

배신자는 더 이상의 조건을 요구하지 않았다. 그들은 독창적인 연락 방법을 발견했다. 정찰병들은 배신자에게 자신들은 현지에 남아 있고, 다른 시니크들이 군대를 부르러 갈 것이라고 알려주었다. 남동쪽으로 내려갔다가 다시 올라오려면 수개월이 걸릴 것이다. 그사이에 배신자는 섬에서 일어난 일을 알려주고, 군대가 도착하면 쉽게 섬을 공격할 수 있도록 여건을 마련해야 했다. 시니크들은 배신자가 다리에서 보초 근무를 설 때까지 공격을 기다리기로 했다. 그는 팬들이 잠자는 동안 시니크들에게 문을 열어줄 것이다.

시니크 군대가 도착했을 때 난처한 일이 생겼다. 앙브르, 토비아스, 맷이 뜻밖에도 위협적인 존재로 드러난 것이다. 그들은 초능력을 발견하기에 이르렀고, 초능력을 활용하기 위해 팬들을 단련시키고 있었다. 시니크들의 공격에 있어 위험한 인물이었다. 팬들이 중무장한 시니크 군대와 맞서 싸운다면 속수무책이겠지만, 초능력을 활용한다면 사정은 달랐다. 처음에 배신자는 시니크 군대가 함정에 빠지지 않도록 상황을 정확히 파악하기 위해 조금 기다리는 게 좋다고 생각했다. 하지만 이틀 전부터 시간이 팬들에게 유리하게 작용했기 때문에 더는 기다릴 수 없다고 판단했다. 초능력은 위협 그 자체였다. 시니크 군대가 공격할 때 방해하지 못하도록 삼총사를 제거해야 했다. 앙브르는 초능력 훈련의 중심인물이었다. 맷은 실패한 암살 기도 때 보여준 것처럼 초능력을 상당히 활용하고 있었다. 토비아스는 두 친구와 항상 붙어 다니고 있기 때문에 틀림없이 초능력에 대해 많은 것을 알고 있을 것이다.

배신자는 실패한 암살 기도를 떠올렸다. 그의 계획은 훌륭해 보였다. 더그를 확실하게 제거할 수 있었는데. 더그가 그의 첫 번째 표적

44

소여 대장

티티새는 불 위에 냄비를 매다는 데 쓰는 말뚝에 내려앉았다. 지금은 잿더미만 남았고, 냄비는 차가웠다.

맞은편에서 한 남자가 적흑색 깃발을 게양하고 있었다. 그는 작업을 마치고 돌아서서 새를 바라보았다. 갈색 눈이 반짝이기 시작했다. 이 경솔한 티티새를 잡으면 고기를 구워 먹을 수 있다는 생각이 떠올랐다.

시니크는 다리에 묶여 있는 작은 고리를 발견할 때까지 다가가서는, 이내 실망한 듯 인상을 찌푸렸다.

"아, 심부름꾼이군! 이렇게 쉽게 붙잡힐 놈이 아니지……."

그는 손을 내밀어 새를 붙잡고 종이 두루마리가 들어 있는 고리를 풀어 서둘러 대장에게 가져다주었다. 천막은 가죽을 말뚝에 고정시켜 세운 것이었다. 천막 안은 냄새로 진동했다. 곰, 개, 고양이의 가죽이 양탄자, 쿠션, 베개로 사용되었다. 시니크는 대장에게 경례하고 메시지를 내밀었다.

소여 대장이 말했다.

"때마침 메시지가 도착했군."

무기가 지나갔다. 아마 광석을 무기 제조소에 공급했을 것이다. 몇몇 군인은 대충 만든 무기에 만족했다.

섬에 가까이 가자 소여 대장은 말에서 내려 강물과 모든 창문의 불빛이 꺼진 성의 꼭대기를 바라보았다.

돌로 만든 다리는 어두운 강에 걸쳐 있었다. 달이 강을 비추었다. 그들의 밀정이 통나무를 굴리고 철판을 깔아 통행할 수 있게 해놓았다.

소여 대장은 옆에서 걷고 있던 부관에게 말했다.

"섬은 우리 것이야. 수레를 끌고 따라오는 군인들은 내버려둬. 다른 군인들은 모두 나와 함께 저 작은 성들을 하나씩 점령한다. 저항이 너무 세면 무기를 꺼내. 하지만 모두에게 다시 주의 사항을 주지시켜라. 즉, 피해를 최소한으로 줄이도록 노력해! 여왕은 모든 팬들의 피부를 확인하길 원해. 설령 그들이 죽었을지라도!"

소여 대장이 발을 내딛자 철판이 삐거덕거렸다. 곧 60여 명이 다리에 진입해 천천히 걷기 시작했다. 목표점이 조금씩 다가왔다.

시니크 군대가 거의 건너편에 도착했을 때, 소여 대장이 팔을 들어 행렬을 정지시켰다. 그는 주위를 둘러보면서 여러 차례 킁킁거리며 냄새를 맡았다.

소여 대장이 부관에게 물었다.

"아무것도 못 맡았나?"

그러자 부관이 킁킁거리면서 냄새를 맡기 시작했다.

"용해제 냄새 같습니다만……."

"이 바보야, 휘발유 냄새야. 녀석들이 섬에서 무엇을 생산하는지 모르지만 이 냄새는 별로야."

소여 대장은 잠시 망설이다가 부하들에게 돌아서서 무기를 꺼내라는 신호를 보내고는 투덜거렸다.

"뭔가 잘못되고 있어. 느낌이 와. 전투를 준비해!"

☣

맷은 앙브르가 박쥐들의 공격을 받았다는 소식을 듣고 깜짝 놀랐다. 그는 박쥐들이 로페로덴과 관련이 있다고 확신했다. 그런데 생각하면 생각할수록 로페로덴은 다른 사람이 아닌 자신을 찾고 있음이 분명했다. 박쥐들은 이곳에서 무엇을 하고 있을까? 왜 박쥐들은 자신과 앙브르만 공격하는 걸까? 만일 곧이어 토비아스가 공격을 받는다면, 어쩌면…….

배신자가 죽이고자 하는 삼총사가 아주 특이한 이 포유류의 공격을 받은 것은 우연이었을까?

맷은 우연을 믿지 않았다. 배신자와 박쥐 사이에는 모종의 관련이 있었다. 박쥐들의 배후에는 배신자가 있었다.

'하지만 누구도 박쥐들을 통제할 수 없지 않은가!'

맷은 문득 깨달았다.

초능력.

배신자는 자신의 초능력을 발전시켰던 것이다. 그는 박쥐들과 의사소통을 할 수 있었다. 맷은 앙브르가 설명해주었던 것을 떠올렸다. 저마다 자신의 경험을 활용해 초능력을 발휘할 수 있다고 하지 않았는가. 우리의 뇌나 몸의 일부를 자극하면 할수록 초능력은 더욱 발휘된다고 했었다.

배신자는 수개월 전부터 늘 박쥐들과 접촉했기 때문에 이 새들과 소통할 수 있었다.

'하지만 박쥐와 함께 시간을 보낼 수 있는 사람이 있을까? 박쥐는 밤에 활동하고 낮에는 동굴에서 지내는데. 누구도 이런 동물과 함께 낮을 보낼 순 없어!'

맷은 곧 수학 선생님의 말씀을 떠올렸다. 수학 선생님은 학생들에게 이렇게 말씀하셨다.

계획을 실행하기 위해 맷은 오전에 토비아스에게 미노타우로스 성의 창고에 가서 그들을 두렵게 했던 마네킹을 찾아오라고 부탁했다. 그들은 마네킹에게 맷이 입었던 옷을 입혀 부교 끝에 설치했다. 정오가 되자 앙브르는 케블라 방탄조끼를 입었고, 토비아스는 크라켄 성의 갑옷에서 벗겨낸 두 개의 쇠사슬 갑옷을 겹쳐 입었다. 두 친구가 세 사람으로 위장하는 동안, 맷은 콜린을 감시하기 위해 켄타우로스 성으로 달려갔다.

콜린은 곧 성에서 은밀히 빠져나와 활과 화살을 들고 섬의 남쪽으로 걸어갔다. 그는 공동묘지에서 맷에게 했던 것처럼 멀리 떨어진 곳에서 세 사람을 공격할 것이다. 맷은 이미 적절한 거리를 감안해 밀담 장소를 선정했다. 이 거리에서 콜린은 맷의 등이 마네킹의 등이라는 사실을 깨닫지 못할 것이다. 콜린이 머리를 겨눌 가능성은 없었다. 그를 바로 체포해야 하지 않을까? 아니었다. 그는 사냥을 하러 갔다는 핑계를 대며 전적으로 부인할 것이다. 맷은 콜린의 유죄를 확실히 밝히고 싶었기 때문에 그를 현행범으로 체포해야 했다.

화살은 맷이 예상했던 것보다 훨씬 빨리 발사되었다. 맷은 발각되지 않기 위해 물러나 있어야 했다. 마네킹은 앞으로 고꾸라졌고, 이어서 앙브르와 토비아스는 그들이 부교 바로 앞에 설치한 낡은 나룻배에 쓰러졌다. 충격을 완화하기 위해 나룻배에는 이불을 가득 쌓아 놓았다. 콜린은 삼총사가 물에 빠졌다고 믿었다. 맷은 첫 번째 화살이 날아가자마자 곧바로 달려갔지만 콜린은 너무 집중한 나머지 그가 다가오는 소리를 듣지 못했다. 나이도 많고 언뜻 보아 맷보다 건장한 콜린은 발버둥조차 치지 못했고, 이내 눈물을 글썽거렸다.

맷은 동정의 눈길로 콜린을 바라보면서 더그가 새장에서 그를 도와줄 지원자를 물었던 날 그의 반응을 떠올렸다. 콜린은 누구도 새를 만져서는 안 되며, 오직 자신만이 그 일을 맡을 수 있다고 거듭 강조했었다.

의 자유와 목숨이 걸린 전투가 임박했다. 팬들을 세 그룹으로 나뉘었다. 앙브르가 맡은 첫 번째 그룹은 초능력을 쉽게 발휘할 수 있는 팬들로 구성되었다. 그들은 마지막 순간까지 쉬지 않고 훈련할 것이다. 맷이 이끄는 두 번째 그룹은 백병전을 대비해 무장을 하고 강도 높은 훈련을 할 것이다. 더그를 따르는 세 번째 그룹은 침입자들을 물리치기 위해 진지를 구축할 것이다. 자신이 활을 잘 쏘지 못한다고 평가한 토비아스는 소대장이 되는 것을 거부하고 궁수 무리에 합류했다. 미치가 소대장에 임명되었다.

콜린은 모든 팬들 앞에서 무릎을 꿇고 목숨을 살려달라고 애원했다. 그는 용서를 받기 위해 무슨 일이든 하겠다고 맹세했다. 몇몇 팬들—주로 가장 어린 팬들—은 그를 죽이자고 주장했지만, 맷은 단호하게 반대했다. 그때부터 콜린은 마치 노예처럼 맷을 따라다니면서 무슨 일이든 도와주었다. 콜린은 다음 날 저녁 시니크들을 유인하기 위해 맷이 불러주는 메시지를 작성했다. 메시지는 짧았지만 팬들은 적어도 전투 시간을 선택하고, 기습이라는 막대한 장점을 확보할 수 있었다.

모든 팬들은 24시간 동안 무기를 숙달하거나 초능력을 발휘하는 훈련을 했다. 공격 몇 시간 전에는 모두가 휴식을 취했다. 녹초가 된 그들은 엄청난 스트레스에도 불구하고 곯아떨어졌다. 자정이 되자 모든 팬들이 초목 속에 숨었다. 적의 3분의 2가 다리를 건너자 모두의 심장이 뛰기 시작했다…….

☣

맷은 땀이 척추를 따라 흘러내리는 것을 느꼈다. 그는 두려움과 불안으로 땀을 흘리고 있었다. 작전은 성공해야만 했다. 그렇지 않으면 그들 모두가 학살당할 것이다.

들을 원망했다. 그는 싸우지 않을 수 없어 우울해졌다. 그는 호전적인 얼굴들을 바라보면서 자신에게 명령했다.

'우울해하지 마! 저들은 우리를 공격하기 위해 이곳에 왔어. 그들은 이 폭력의 책임자야. 그들은 폭력을 추구해. 너는 살해당하지 않기 위해 공격에 맞서야 해. 그들은 자신들의 행동을 책임지게 될 거야.'

맷은 지구와 오염을 떠올렸다. 어른들은 공기, 물, 대지를 오염시켰다. 그들은 때때로 어리석게 행동했다. 이 오류를 바로잡고, 새로운 세대가 나타날 수 있음을 보여줄 때가 되었다. 시니크들이 공격을 해왔으니 대항하지 않을 수 없었다. 맷과 팬 모두는 폭력을 원치 않았다.

군인들의 빈정거림은 맷에게 약해지지 말라는 용기를 주었다. 그의 두려움은 이내 분노로 변했다. 시니크들이 걸걸하게 웃을 때마다 그는 자신이 달라졌음을 느꼈다. 또 그들이 빈정거릴 때마다 연민을 없애고 더 강인해졌다. 그는 오로지 전쟁만을 원하는 이 잔인한 바보들에게 경멸만을 느꼈다. 그의 얼굴이 단번에 어두워졌다. 군대용어밖에 이해하지 못하는 그들에게 맞대응할 것이다. 그의 눈동자는 격분의 섬광으로 반짝거렸다. 가장 가까이에 있는 시니크들은 웃음을 멈추지 않았다. 그들이 비웃으면 비웃을수록 맷은 자신이 더욱 강해지는 것을 느꼈다. 전투가 불가피하다는 것을 안 그는 불안을 떨쳐버리려는 전사의 각오로 그들을 탐색했다.

살인자의 눈빛을 가졌고, 박쥐와 싸울 때 생긴 상처로 인상이 더욱 강해 보이는 이 소년에게, 시니크들은 더 이상 농담을 던지지 않았다. 최후의 순간까지 싸우기로 결심한 맷은 자신감이 넘치는 단호한 목소리로 외쳤다.

"우리에게는 당신들이 상상할 수 없는 능력이 있소. 한 걸음이라도 다가오면 모두 죽게 될 것이오!"

곧바로 숲에서 기다리던 60여 명의 팬들이 나와 긴 전투대형을 갖

46
전투

다리 아래 갈대밭에 숨은 세르지오는 맷이 검을 치켜드는 것을 보았다. 그것은 작전 개시 신호였다. 그는 혼신을 다해 정신을 집중했다. 그는 24시간 동안 앙브르와 함께 집중 훈련을 했고, 피곤한 상태에서도 마침내 목적을 달성했다. 이제는 성공해야 한다는 의무감과 스트레스가 찾아왔다. 그는 의심하기 시작했다. 과연 돌을 마찰하지 않고도 불티를 만들 수 있을까?

거리는 짧았다. 겨우 1미터. 하지만 그에게는 무척 멀게 느껴졌다. 눈을 감은 채 코로 숨을 들이쉬고 입으로 내뱉었다. 그리고 마음을 비웠다. 공기가 폐 전체에 퍼지는 것이 느껴졌다. 세르지오는 보통 손가락 끝에서 변화를 느꼈다. 불티를 일으키는 순간 손가락 끝에서 부드러운 열기와 따끔거림이 느껴졌다.

세르지오는 바로 위쪽 다리에서 발소리를 듣고는 집중력을 잃었다. 시니크들이 다가오고 있다……. 하지만 곧 다시 정신을 집중하며 마음을 비웠다. 피부 밑에서 피가 간질간질하더니, 이어 두 손과 손가락 끝이 간질거렸다. 손가락 끝으로 이동한 심장이 떨리기 시작했다. 세르지오는 몸에서 열기를 느꼈다. 정전기 층은 마치 세상으로

조직을 재정비했다. 궁수 부대가 사격을 준비했다. 무수한 화살이 바람을 타고 팬들 쪽으로 날아왔다. 이번에는 스베틀라나가 두 손을 올리면서 초능력을 발휘했다. 가벼운 바람이 깃을 후려치자 화살은 방향을 바꾸어 강과 숲에 떨어졌다. 이해할 수 없는 현상에 당황한 시니크 궁수들은 다시 일제사격을 실시했지만 결과는 마찬가지였다. 에너지를 소진시킨 스베틀라나는 갑자기 비틀거리기 시작했다. 그녀는 여섯 달 동안 여러 성에서 비질을 했다. 그녀는 다른 일보다도 이 고독한 작업을 선호했다. 청소를 할 때마다 작은 무더기로 쌓아놓은 먼지를 흩날리는 통풍을 저주했고, 염력만으로 복도의 바람을 활용해 마루의 먼지를 날려 보낼 수 있게 되기를 한없이 열망했는데, 마침내 꿈이 실현되었다. 오늘 저녁 긴박한 상황 덕분에 탁월한 성과를 이루었던 빌과 세르지오처럼, 그녀는 몇 초 만에 모든 에너지를 써버렸다.

전투를 지켜보던 앙브르와 토비아스는 강물에 빠진 대부분의 시니크들이 무기를 버리고 충격 상태에서 떠내려가고 있다는 사실을 확인했다. 건너편 궁수들 역시 어찌할 바를 모르고 있었다.

첫 번째 공격을 물리치자, 미치는 적이 조직을 재정비하기 전에 반격해야 한다고 판단했다. 놈들을 도망치게 하고 싶은 그는 궁수들에게 화살을 메기고 쏘라고 명령했다.

토비아스는 한 시니크를 겨누었지만 화살은 건너편 기슭에 닿지도 못했다. '그래서 놈들이 높이 쏘았구나. 더 멀리 날려 보내려고!' 그는 별들을 향해 화살을 날렸다. 화살이 다시 내려오더니 한 시니크의 발치에 떨어졌고, 그는 화들짝 놀라며 물러났다. 수십 개의 화살이 발사되어 나무 갑옷을 입은 시니크 궁수들에게 떨어졌다.

미치는 물에 뛰어들지 않고 다리에 머물고 있던 소수의 시니크들과 건너편 제방을 향해 활을 쏘라고 지시했다. 그의 시선이 어찌나 날카롭던지, 하나도 놓치지 않고 모든 것을 분석할 수 있는 것처럼

밀고 혼신을 다해 화살이 표적을 향해 날아가기를 염원했다. 맷은 곧 죽을 지경이었다.

마지막 순간, 화살은 앙브르의 간절한 염원에 영향을 받아 궤도를 바꾸고 시니크의 목에 꽂혔다. 앙브르와 토비아스는 대경실색한 채 서로의 얼굴을 바라보았다. 토비아스는 바로 화살을 메기고 힘껏 시위를 당겼고, 앙브르는 정신을 집중해 화살을 표적으로 유도했다. 그들은 순식간에 이 전투에서 가장 무서운 팀이 되었다.

☣

맷은 화살이 공격자의 목을 관통하는 것을 보았다. 그는 이 기회를 놓치지 않고 정신을 되찾았다. 등 뒤에서 도끼가 쉭쉭거렸다. 그는 다시 일어나 공격을 준비했다. 검이 어둠을 갈랐다. 시니크의 왼손은 날카로운 도끼와 함께 땅에 떨어졌다. 시니크는 고통을 느끼지 못한 채 계속 울부짖었다. 놈이 다치지 않은 팔로 힘껏 도끼를 휘두르자 맷은 한 걸음 옆으로 비켜났다. 이번에는 금속 냄새를 느낄 수 있을 만큼 도끼가 맷의 코 가까이를 스쳤다. 거인을 태우는 화염은 뜨거운 불길을 내뿜으며 맷의 눈을 부시게 했다.

소여 대장은 잔인한 고통을 겪으며 죽어가는 사람처럼 표적을 겨누지 않고 미친 듯이 도끼를 휘둘러댔다. 덕분에 맷은 목숨을 구했다. 맷은 적을 보기 위해 눈을 깜박거렸다. 도끼는 그의 두개골 10센티 위를 지나면서 한 타래의 머리를 잘랐다.

맷은 말뚝처럼 검을 쥐고 소여 대장과 함께 울부짖으면서 혼신을 다해 검을 꽂았다. 나무 갑옷을 뚫기 위해 검을 세게 찔러야 했기 때문에, 비록 나쁜 시니크이긴 하지만 한 인간을 죽이고 있기 때문에 울부짖었다. 그는 살기 위해 시니크를 찔렀다.

맷이 검을 잡아당기자 이내 얼굴에 피가 튀었다. 맷의 비명 소리는

47

배신자, 최후의 공격

섬에 남은 마지막 두 명의 시니크들은 맷이 다섯 명의 동료들을 난도질한 후 다가오는 것을 보았다. 그들은 잠시 서로의 얼굴을 바라보다가 왔던 곳으로 돌아가기 위해 물에 뛰어들었다.

여전히 불에 타고 있는 다리에는 이제 아무도 없었다. 건너편 기슭의 궁수들은 아이들을 무적으로 만드는 이상한 초능력에 혼비백산한 채 흩어져 있었다. 강에 빠진 군인들이 떠내려가지 않기 위해 물살과 싸우고 있을 때, 3미터에 달하는 두 마리의 물고기가 나타나더니 시니크들 뒤로 잠수했다. 여러 명의 시니크들이 곧바로 사라졌다.

팬들은 이 끔찍한 광경을 바라보고 있었다. 그들은 경탄과 혐오를 동시에 느꼈다. 다리는 활활 타올랐고, 10여 구의 시니크 시체들이 제방에 흩어져 있었다.

팬들은 승리했다. 하지만 비싼 대가를 치러야만 했다.

맷은 풀밭에 서서 주위에 널린 시체들을 바라보았다. 그는 미지근한 피로 뒤덮여 있었다.

시니크들은 그에게 나쁜 짓을 강요했다. 맷은 검으로 그들을 찌르고 베고 결국 죽이지 않을 수 없었다. 그는 믿기지 않았다. 초능력 덕

"우리를 구하기 위해서였어. 시니크들이 우리를 갈기갈기 찢으려 했잖아."

"그들도 인간이야. 나는 그들의 목숨을 빼앗았어."

더그는 용기를 내서 앙브르를 힐끗 바라보았지만 어떻게 대답해야 할지 몰라 천천히 고개를 끄덕였다.

레지가 멀리서 고함치기 시작했다.

"그 사람을 건드리지 마! 우리 삼촌이야! 삼촌은 친절한 분이라고!"

더그가 벌떡 일어났다. 그는 동생을 향해 달려갔다. 앙브르와 맷은 그를 따라가다가 대경실색했다. 카마이클이 지팡이를 짚고 땀을 흘리면서 힘겹게 오솔길을 걷고 있었다.

더그는 모든 팬들이 보는 가운데 그를 도와주기 위해 달려갔다. 몹시 당황한 그는 다른 팬들의 반응을 살피면서 외쳤다.

"삼촌, 뭐 하시는 거예요?"

모두 너무 놀란 나머지 어떤 말이나 행동도 할 수 없었다.

"탑에서 불을 봤어. 또 거대한 수레들이 보였지. 너희들을 보고만 있을 수는 없었다."

노인은 긴 이동으로 탈진해 있었다. 더그는 삼촌에게 바위 위에 앉으라고 권했다. 앙브르, 맷, 토비아스, 그리고 몇몇 팬이 다가왔다.

더그가 삼촌을 안심시켰다.

"삼촌, 놈들은 도망쳤어요. 대부분은 강물에 빠져 죽었고, 나머지는 숲에 흩어졌어요. 생존자가 많지 않아서 다시 쳐들어올 수 없을 거예요. 놈들은 혼쭐이 났어요. 이제 놈들은 우리를 달리 보고, 또 우리에게 강력한 힘이 있다고 생각할 거예요!"

카마이클은 조카처럼 기뻐하지 않았다. 그는 거대한 화재 속에서도 어두운 풀밭에서 군인들의 시체와 피를 보았다.

더그는 승리의 어조로 덧붙였다.

"놈들은 우리를 납치하지 못했어요. 섬을 정복하지 못했다고요!"

콜린은 자신이 한 짓을 깨닫고 알아들을 수 없는 말로 더듬거렸다. 모든 팬들이 경멸의 시선으로 그를 노려보았다.

더그는 콜린 쪽으로 걷기 시작했다. 가장 무서운 것은 그의 얼굴에 눈물도, 분노도 보이지 않는단 것이었다. 그는 어떤 감정도 드러내지 않았다. 콜린은 도망쳐야 한다는 사실을 깨달았다. 더그는 그를 죽일 것이었다. 콜린은 활을 버리고 강으로 뒷걸음질 쳤다. 검은 물은 점점 더 높아졌다. 물이 배꼽까지 찼을 때 그는 물속에 빠졌다.

곧바로 거대한 물고기의 둥글고 매끄러운 등이 나타났다. 콜린이 다시 수면에 떠오르는 것을 본 사람은 아무도 없었다.

더그가 콜린을 쫓아가려 했을 때, 삼촌이 쉰 목소리로 그를 불렀다.

"더그…… 더그……."

더그는 주먹을 불끈 쥐고 마지막으로 강을 탐색한 후 죽어가는 삼촌의 머리맡으로 돌아왔다. 노인은 더그와 레지의 손을 잡았다.

"애들아, 서로 손을 잡아라. 이 공동체를…… 지켜라. (그는 점점 더 말을 하기도, 눈을 뜨고 있기도 힘들어 보였다.) 생명의 원리를…… 잊지 마라……. 문제는 없을 거야……. 오직 해결책만 있을 뿐이야……."

그의 두 눈이 감겼다. 피로해 보이는 얼굴 근육이 단숨에 늘어졌다.

서 두 대의 수레를 조사했다. 그들은 수레의 내용물을 비우고 곰들을 풀어준 후, 수레를 강 속으로 밀어버리기로 결정했다. 곰들은 몸을 흔들며 도망쳤다.

맷은 온종일 미노타우로스 성 꼭대기에서 묵묵히 경치를 바라보았다. 플림은 그에게 후원자가 필요하다는 것을 느낀 듯 옆을 지켰다.

벤은 양피지를 닮은 노란 종이 두루마리를 가지고 맷에게 달려왔다. 그는 꼭대기에 도착하자마자 헉헉거리며 말했다.

"컨디션이 별로 안 좋아 보이네."

맷은 자신감 없이 대답했다.

"괜찮아. 잊으려면 시간이 필요해. 나는 폭력에 소질이 없나 봐."

그의 얼굴과 손에는 여전히 박쥐 떼가 공격했을 때 입은 무수한 상처가 남아 있었다.

벤이 위로해주었다.

"누구도 폭력을 위해 태어나지 않았어. 너는 너 자신과 우리의 목숨을 위해 어쩔 수 없이 폭력을 사용했을 뿐이야."

전령은 망설이는 것처럼 보였다. 그는 작은 두루마리로 손바닥을 톡톡 쳤다.

맷이 물었다.

"할 말이 있니?"

"할 말이 있다기보다 보여줄 게 있는데, 지금이 적당한 때인지 모르겠어."

"기분을 전환시켜줄 거야. 이 두루마리야?"

벤이 고개를 끄덕이며 종이를 건네주었다.

"수레에서 발견했어."

맷은 두루마리를 풀었다. 그는 잉크로 상세히 그린 자신의 얼굴을 발견하고는 주먹으로 가슴을 얻어맞은 것처럼 충격을 받았다. 초상화와 함께 있는 내용은 더욱 충격적이었다.

"저는 맷을 우리 공동체의 '부副그랜드 팬'으로 추천하고 싶습니다. 그는 지도자 자격이 충분합니다. 맷은 매우 총명하고……."

평소와는 달리 구석에 앉아 있던 맷이 일어나 연단으로 올라갔다.

"더그, 고맙습니다. 하지만 그 제안은 받아들일 수 없습니다. 저는 이 섬을 떠날 겁니다."

회의실은 분개의 아우성으로 흔들렸다. 맷은 진정되기를 기다렸다가 말을 이었다.

"조금 전 시니크들의 수레에서 발견된 것입니다."

그는 자신의 얼굴과 아주 흡사한 초상화와 명령서를 흔들었다. 팬들은 더욱 놀란 모습으로 다시 웅성거렸다.

"시니크들은 저 때문에 온 것이 아니지만, 제가 이곳에 오래 머무른다면 다시 쳐들어올 것입니다."

레지가 물었다.

"어디로 갈 건데? 네가 어떤 팬 공동체에 가든 상황은 마찬가지일 거야!"

"그래서 저는 다른 팬 공동체에 가지 않을 겁니다. 남쪽으로, 더 정확히 말해 남동쪽으로 떠날 겁니다."

팬들은 아연실색한 표정으로 웅성거렸다. 맷은 소란을 가라앉히기 위해 손을 들었다.

"저는 공포 속에서 살지 않겠습니다. 시니크들은 언젠가는 저를 납치해 여왕 앞으로 끌고 갈 것입니다."

어린 파코가 물었다.

"여왕을 만나러 갈 거야?"

"모릅니다. 일단 그곳에 가서 생각해보겠습니다. 아무튼 남동쪽으로 가야 합니다. 저는 시니크들이 우리에게, 특히 저에게 원하는 게 뭔지 알아낼 겁니다."

토비아스가 손을 들고 소리쳤다.

옷을 다시 입었다. 보행화, 청바지, 스웨터, 검은색 반코트, 등에 멘 검, 어깨에서 허리로 비스듬히 둘러메는 배낭. 머리털은 두 귀 바로 위에서 빳빳하게 섰다. 바람은 그를 격려하고 싶은 듯, 머리카락을 휘날리게 했다.

맷은 문을 닫았다. 토비아스는 옆에 있었다. 그들은 다리 쪽으로 걷기 시작했다.

마지막 모퉁이에 도착했을 때, 팬들이 오솔길 여기저기에서 나타났다. 그들은 말없이 두 사람에게 손을 흔들었다. 이 환송 대열의 끝에서 더그, 레지, 앙브르, 그리고 두 전령이 두 사람을 기다리고 있었다.

더그가 말했다.

"생각이 바뀌면 돌아와. 언제든 환영이야."

맷이 대답했다.

"알다시피 우리의 결심은 바뀌지 않을 거야."

프랭클린은 나무에 매어놓았던 말을 찾으러 가더니 돌아와서 말했다.

"나도 이참에 떠나겠어. 북쪽으로 갈 거야. 아직 조사하지 못한 팬 공동체가 있을지 몰라."

맷이 경고했다.

"조심해. 북쪽에는 몹시 위험한 괴물들이 돌아다니고 있어."

"걱정하지 마. 익숙해지기 시작했어."

맷은 앙브르와 시선이 마주쳤다. 그녀는 태연했다. 앙브르는 맷을 불안하게 하는 말투로 되물었다.

"이렇게 떠나는 거야? 이게 네 결정이야?"

"그래."

"좋아. 그럼 나도 떠나겠어. 차라리 잘됐어."

"떠난다고? 어디로?"

앙브르는 발치에 있던 가방을 들면서 말했다.

토비아스가 물었다.

"남쪽에서 무엇을 발견할 것 같아?"

"왜 시니크들은 팬들을 납치할까? 왜 여왕은 어떤 대가를 치르더라도 나를 보려고 할까? 시니크들은 무엇을 하고 있을까? 왜 남쪽 하늘은 붉을까? 수많은 질문이 나를 괴롭히고 있어."

사실 그는 더 이상 쫓기는 것을 참을 수 없었다. 이유를 알고 싶었다. 맷은 남쪽으로 내려가면 불안이 아니라 확신을 갖고 살 수 있을 거라는 허황된 꿈을 품고 있었다.

두 친구는 허황된 희망을 찾기 위해 맷과 동행했다.

거의 포니만큼 큰 개와 함께.

삼총사는 카마이클 섬을 떠나 위험하고 이상한 피조물들이 서식하는 거대한 숲으로 향했다.

프랭클린은 라투프가 자신을 밟거나 다리를 부러뜨릴까 봐 감히 다가가지 못했다.

갑자기 고삐 매듭이 풀리면서 말은 자유의 몸이 되었다. 프랭클린은 고삐를 잡기 위해 뛰었지만 그다지 빠르지 못했고, 라투프는 나무 사이로 황급히 달려갔다.

프랭클린은 욕설을 퍼부었다. 그토록 원했던 휴식을 체념하고 먼저 말을 붙잡아야 했다. 말이 없다면 그의 여행은 어떤 의미도 없었다.

너무 어두워 촛불부터 켜야 했다.

프랭클린이 고사리를 헤치며 야영지로 돌아왔을 때, 두건 달린 외투를 입은 검은 형체가 불쑥 나타났다.

프랭클린은 소스라치게 놀라며 비명을 질렀다.

실루엣은 매우 컸고, 하얀 피부를 가진 죽마 같은 다리로 서 있었다. 승강기처럼 내려온 실루엣이 프랭클린의 얼굴에서 멈췄다. 두 개의 눈썹이 열리고 섬광이 그를 비추었다. 전령은 눈이 부셔 외쳤다.

"이봐!"

에샤시에는 날카로운 시선으로 탐색하고는 섬광을 끈 다음 프랭클린을 놓아주고 물러났다.

프랭클린이 중얼거렸다.

"저건 또 뭐지?"

뭔가 구겨지는 듯한 소리가 그의 관심을 끌었다. 그는 조금 멀리서 검은색의 대형 시트를 발견했다. 시트는 지면에서 1미터 떨어진 곳에서 나부끼고 있었다. 팔과 손이 나타났다. 시트는 바람에 펄럭이면서 프랭클린을 향해 천천히 다가왔다.

시트 꼭대기에서 한 형체가 빠져나오기 시작했다.

해골처럼 뼈와 빈 공간으로 이루어진 긴 머리, 보통 눈보다 더욱 뾰족한 눈을 위한 눈구멍. 이마는 너무 높아 보였고, 눈썹 부위는 툭 튀어나왔다. 목구멍에서 나오는 목소리가 휘파람 소리와 함께 빠져

소년이 침묵하자 로페로덴은 옷 속에 넣은 두 개의 팔을 심장 쪽으로 옮겼다. 가슴을 파고드는 냉기에 프랭클린은 혹독한 고통으로 얼이 빠졌다. 그는 불안에도 불구하고 보이지 않는 힘에 짓눌려 심장박동이 느려지는 것을 느꼈다.

프랭클린이 울부짖었다.

"서쪽에 있어요! 서쪽! 멈춰요! 그만해요! 견딜 수가 없어요!"

"거짓말이야!"

냉기는 더욱 멀리 퍼져 목까지 올라왔다. 갑자기 괴물이 기괴한 손톱으로 그의 뇌를 움켜쥐었다. 고통은 견딜 수 없는 지경에 이르렀고, 프랭클린은 죽음이 가까울 정도로 심장이 약해지는 것을 느꼈다. 그의 정신은 차가운 완력으로 정지되었다. 마치 누군가가 10여 개의 바늘로 뇌를 찌르는 것 같았다. 그는 더 이상 견딜 수 없었다.

프랭클린이 외쳤다.

"남쪽이에요! 그들은 남쪽으로 가고 있어요! 저를 불쌍히 여겨주세요! 그만두세요! 제발 살려주세요!"

로페로덴이 반복했다.

"남쪽으로……."

로페로덴은 잠시 망설였다. 프랭클린은 그가 자신을 놓아줄 거라고 생각했다. 그러나 괴물은 그를 빨아들였다. 프랭클린은 비명을 지를 새도 없이 검은 시트 속으로 사라졌다.

로페로덴은 잠시 풀 위에 떠 있다가 기괴한 목소리로 말했다.

"남쪽으로!"

20여 마리의 에샤시에들이 고사리밭에서 나오더니 소리 없이 남쪽으로 내려가기 시작했다.

2권에서 계속

이 책은 2009년 정부(교육과학기술부)의 재원으로 한국연구재단의 지원을 받아 제작되었습니다.(NRF-2009-361-A00008)

코리언의 생활문화, 낯섦과 익숙함

초판 1쇄 발행 2014년 6월 30일

저 자 | 건국대학교 통일인문학연구단
발행인 | 윤관백
발행처 | 도서출판 선인

편 집 | 최진아
표 지 | 박애리
영 업 | 이주하

인 쇄 | 대덕인쇄
제 본 | 광신제책

등록 | 제5-77호(1998.11.4)
주소 | 서울시 마포구 마포대로 4다길 4(마포동 324-1) 곶마루 B/D 1층
전화 | 02)718-6252 / 6257 팩스 | 02)718-6253
E-mail | sunin72@chol.com
Homepage | www.suninbook.com

정가 17,000원
ISBN 978-89-5933-159-8(세트)
ISBN 978-89-5933-714-9 94900

인문정신에 입각하여 사람 사이는 물론 사회계층 간의 소통을 일차적인 방안으로 삼습니다. 이러한 소통은 상대와 나와의 차이를 인정하면서 그 가운데 내재하는 공통의 요소들을 탐색하고 이를 적극적으로 활용하는 가운데 가능한 것입니다. 그를 위해 분단 이후 지속적이면서 현재까지 거듭 생산되고 있는 분단 트라우마의 실체를 파악하고, 이를 치유하기 위한 방안들을 모색하는 것입니다. 우선 서로에게 정신적 · 육체적으로 씻을 수 없는 상처를 가한 분단의 역사에서 잠재되어 있는 분단서사를 양지로 끌어 올리고 진단하여 해법으로 향하는 통합서사를 제시함으로써 개개인의 갈등요인이 됨직한 분단 트라우마를 치유하고자 합니다. 그리고 우리 사회 전반에 자리 잡은 체제나 이념의 통합과 우리 실제 삶 속에서 일어나고 가라앉는 사상 · 정서 · 생활 속의 공통성과 차이성간의 조율을 통하여 삶으로부터의 통합이 사회통합으로 확산될 수 있기를 기대합니다.

이러한 취지에 따라 통일인문학은 철학을 기반으로 한 사상이념, 문학을 기반으로 한 정서문예, 역사와 문화콘텐츠를 기반으로 한 생활문화 등 세 가지 축을 기준으로 삶으로부터의 통합과 사회통합으로의 확산이라는 문제를 풀어가는 데 연구역량을 기울이고 있습니다. 그리고 이렇게 인문정신을 바탕으로 연구 생산한 성과들은 학계와 대중에게 널리 홍보되어 후속연구로의 발판 마련과 사회적 반향으로 이어지기를 기대합니다. 그와 관련된 노력은 우선 국내외의 통일 관련 석학들과의 만남을 통하여 선행연구의 흐름을 파악하거나, 한반도의 통일문제를 연구화두로 삼고 있는 학자나 전문가들과의 학술심포지엄을 정기적으로 개최하는 등의 활동에서 이루어지기도 합니다. 그와 함께 분단 트라우마 진단을 위한 구술조사도 지속적으로 행하고 있으며, 통일인문학의 대중화를 위한 시민강좌나 교육프로그램 개발은 물론이고, 통일콘텐츠 연구

민족공통성 두 번째 시리즈를 발간하며

건국대학교 통일인문학연구단은 통일인문학의 패러다임으로 제안했던 '차이와 공통성', '분단의 트라우마와 아비투스', '민족공통성' 개념을 실증적으로 검증하고 코리언 디아스포라까지를 포함하는 '통일론'을 정립하고자 2010년 9월 '민족공통성 연구프로젝트'를 시작했습니다. 그리하여 2011년 한국인과 탈북자, 재중 조선족, 재일조선인, 재러 고려인 등 5개 집단, 1,500여 명을 대상으로 민족정체성, 통일의식, 역사적 트라우마, 생활문화를 묻는 설문조사를 실시한 바 있습니다. 그리고 이 설문조사를 분석하여, 2012년 민족공통성 첫 번째 시리즈로 4권의 책, 『코리언의 민족정체성』, 『코리언의 역사적 트라우마』, 『코리언의 생활문화』, 『코리언의 분단-통일의식』을 발간하였습니다.

민족공통성 첫 번째 시리즈의 특징은 첫째, '민족 대 탈민족', '국가 대 탈국가', '코리언 대 디아스포라', '동질성 대 이질성'이라는 이원적 대립 구도를 벗어나 '민족공통성'이라는 새로운 관점에서 코리언들이 지닌 '국민정체성과 민족정체성', '식민-이산-분단 등 코리언의 역사적 트라우마', '생활문화의 공통성과 차이', 그리고 '분단-통일의식'을 조사, 분석했다는 점입니다. 둘째, 실증적인 조사연구를 통해 차이와 연대, 공명과 접속에 기초한 소통과 역사적 트라우마의 치유, 그리고 가족유사성에 채 특정한 생활문화의 전형을 설정하고 이 전형을 기준으로 코리언의 범주를 정하는 배제 패러다임에서 벗어날 것을 제안하였습니다. 그리고 각 지역 코리언 생활문화의 유사성과 차이를 그 자체로 인정하고, 이를 미래의 코리언 생활문화를 낳는 토대, 코리언 생활문화의 새로운 공통성을 창출하는 출발점으로 바라보는 통합의 패러다임을 주장합니다.

제2장과 제3장에서는 코리언의 언어, 의식주를 비교하는 가운데 코리언 생활문화 통합의 방향을 제시하고자 하였습니다. 제2장에서는 코리언의 민족어 사용 실태와 현실을 분석하는 가운데 코리언의 민족어 통합을 위해서는 민족어를 단일한 하나의 언어로 만든다는 "민족어 통일"이라는 관점을 지양하고, 한국(조선)어의 다양한 풍미를 살려온 민족어의 풍부함과 다양성을 인정하는 가운데, 다양성과 상호공존, 상호학습을 전제로 하는 "민족어 통합"이라는 관점으로 우리의 인식을 전환할 것을 역설하였습니다. 제3장에서는 미술전시 기획에서 사용되고 있는 '네크라스' 개념을 차용하여 코리언의 의식주에 대한 문화적 분석을 시도하였습니다. 목걸이의 장식물 하나하나가 독립적이면서도 연결되어 있듯이 코리언의 생활문화는 일정 정도의 독립성을 유지하면서도 연결되어 있고, 그 연결의 고리가 문화적 속성이라는 것입니다. 코리언의 생활문화는 독자적이면서 서로 연결되어 있는 '네크라스'이므로 코리언의 생활문화를 보는 시각도 원형에 대한 집착에서 벗어나 코리언의 문화적 적용과 변용에 대한 관점으로 변화해야 한다고 주장하였습니다.

한편 제4장, 제5장, 제6장에서는 한국인과 재일조선인, 한국인과 재중조선족, 남북한 주민의 통과의례, 가족생활문화, 교육문화의 구체적인 양상을 비교 분석하였습니다. 그 결과 제4장에서는 일본문화와의 접촉으로 인해 재일조선인의 통과의례에 혼성성과 변용성이 나타나지만, 그 변용이 전통과 멀어지는 것이 아니라 전통과의 교집합이 계속 확대되는

서도 '충돌'을 낳고 있기 때문에, 민족적 합력을 창출하기 위해서는 코리언들의 민족정체성을 민족≠국가라는 이중적 어긋남이 아니라, "'이산'이 만들어내는 민족≠국가라는 어긋남과 분단으로 인한 한(조선)민족≠한국, 한(조선)민족≠조선이라는 어긋남"이라는 삼중적 어긋남으로 재규정할 필요가 있다는 주장을 펴고 있습니다. 또한, 동북아 주변에 거주하는 코리언들의 고통이 한반도의 분단과 직접적으로 관련되어 있기 때문에 코리언의 공동체를 창출하는 방향으로 통일정책을 추진해야 가야 할 필요성을 밝히고 있습니다.

제5장은 해외 거주 코리언들이 통일의 '역사적 중요성'이나 '민족적 중요성' 및 '국제적 중요성'에 대한 인식의 측면에서 한국인에 비해 결코 떨어지지 않으며 어떤 측면에서 보다 중요하게 인식하고 있다는 점을 해명하고 있습니다. 그리고 국내적-국제적 환경과 남/북의 분단환경 속에서 이러한 인식이 그대로 표현되지 못하거나 왜곡되기 때문에 문제는 겉으로 드러나는 답변 수치가 아니라 그 저변에서 흐르는 통일에 대한 욕망을 포착하고 그것이 어긋나는 지점을 포착하여 한반도의 통일 정책 방향을 만들어가는 것이 중요함을 역설하고 있습니다. 제6장은 해외 거주 코리언들을 통일의 일주체로 삼고 그들의 민족정체성이 남과 북이라는 분단 속에서 왜곡되거나 착종되는 방식이 아니라, 민족적 리비도가 흐르는 방향에서 '차이와 접속의 공간'으로 만들어가는 한반도의 통일정책이 필요하다는 주장을 펼치고 있습니다. 민족이라는 '동일화의 욕망'을 타자에 대한 폭력이 되지 않고, 오히려 코리언 공통의 민족적 합력을 창출하는 방향으로 만들어가면서 이를 해외 거주 코리언들에 대한 정책과 연결시키는 작업이 필요하다는 것입니다.

민족공통성 두 번째 시리즈 제3권에 해당하는 『식민/이산/분단/전쟁의 역사와 코리언의 트라우마』는 한국인, 탈북자, 재중조선족, 재러고려인,

있습니다.

'민족공통성'이란 민족공동체에 본질적으로 내재된 불변하는 '민족동질성'을 의미하는 것이 아니라, 코리언들의 접촉과 교류를 통해서 미래적으로 생성되어야 할 '공통의 가치, 정서, 생활문화'를 의미합니다. 민족공통성 첫 번째 시리즈가 코리언들의 정치경제적, 사회문화적 차이에 주목한 지역별 조사연구였다면, 이번에 출간하게 된 민족공통성 두 번째 시리즈는 각 지역별 상호비교를 통한 코리언의 차이와 공통성을 해명하는 연구라고 할 수 있습니다. 통일인문학연구단은 이제까지 두 차례에 걸친 민족공통성 시리즈의 연구 성과를 기반으로 하여 앞으로 민족공통성 세 번째 시리즈를 발간할 예정입니다. 민족공통성 세 번째 시리즈에서는 남과 북이 연대할 수 있는 방향과 소통의 지점을 드러냄으로써, 코리언 디아스포라를 포함한 한민족의 민족공통성을 가치-정서-생활문화적 측면에서 창출할 수 있는 실질적인 방안과 통일한반도의 인문적 비전을 구체화할 수 있는 대안을 제시하고자 합니다.

이 책이 발간되기까지 함께 작업에 참가하신 통일인문학연구단 김성민 단장님 이하 연구단의 모든 선생님들께 깊은 감사를 드립니다.

건국대학교 통일인문학연구단 학술연구부장 이병수

제6장 남북한 교육문화 비교연구

제1장 코리언 생활문화 비교연구

배제 패러다임에서 통합 패러다임으로

김진환*

1. 머리말

코리언[1)]은 19세기 후반~20세기 초반 식민지배와 분단을 겪으면서 세계 각지로 흩어져 살게 됐고, 이후 각자 처한 곳에서 나름의 생활문화

---

* 건국대학교 통일인문학연구단 HK연구교수.

1) 코리언(Korean)은 한반도를 포함해 중국, 일본, 러시아, 남미, 북미, 유럽, 아프리카 등에 자발적 · 강제적 이유로 거주하게 됐고 현재도 이주 당사자 또는 후손들이 거주하고 있는 조선민족의 구성원을 통칭하는 단어다. 그런데 이 글에서는 코리언 중에서도 한반도 거주민, 강제적으로 일본, 중국, 러시아로 흩어진 '코리언 디아스포라'에 일단 주목할 것이다. 우리가 추구해가야 할 '통일'이 단순히 한반도의 남북이 하나가 된 상태가 아니라, 세계에 거주하는 모든 코리언이 자유롭게 소통하고, 서로의 상처를 치유하며, 제도 · 가치관 · 정서 · 생활문화 등 여러 수준에서 공통성이 만들어지는 상태이므로, 자발적 이주자 역시 통일의 주체인 것은 분명하다. 하지만 식민지배와 분단에 따른 고통의 '현존성'-예를 들면 거주국에서의 민족차별, 여전히 자유롭지 못한 소통, 군사적 충돌과 전쟁위기 등-은 재일조선인, 재중 조선족, 재러 고려인, 한반

를 만들고 발전시켜왔다. 그러다 1990년대 초반에 냉전이 종식되면서 한반도 남과 북의 주민, 재일조선인, 재중 조선족, 재러 고려인 간의 만남이 냉전 시대에 비해 매우 활발해졌고,[2] 이에 따라 서로가 형성·발전시켜 온 생활문화에 대한 관심과 연구 역시 활성화되기 시작했다.

그런데 지금까지 진행된 코리언 생활문화 관련 연구를 살펴보면 크게 두 가지 경향성을 확인할 수 있다.

첫째, 민족정체성에 대한 해명을 주요 연구목적으로 삼고, 이를 위해 부차적으로 생활문화를 살펴보는 경향이다. 곧 독립변수가 생활문화라기보다는 민족정체성인 연구들이 많다. 예를 들면 일상적으로 쓰는 언어, 의식주, 관혼상제 같은 생활문화 현상을 지표로 민족정체성을 진단·평가하는 방식인데,[3] 이러한 연구들은 크게 두 가지 한계를 가지고 있다. 하나는 민족정체성의 한 부분이라고 할 수 있는 종족적 요소[4]의

도 거주민이 다른 코리언에 비해 강하므로 소통·치유·통합에 대한 관심 역시 높을 수밖에 없을 것이다. 따라서 일단은 통일을 조금 더 자신의 문제로 바라볼 수밖에 없는 이들에 주목하고, 차후에 세계에 흩어져 살고 있는 '모든' 코리언까지 포괄하는 연구를 시도하는 것이 '통일연구'라는 맥락에서 볼 때 바람직한 접근법이라고 판단된다.

2) 김귀옥, 「분단과 전쟁의 디아스포라」, 『역사비평』 91호, 역사비평사, 2010, 57~58쪽.

3) 이 범주에 포함시킬 수 있는 연구들을 예로 들면 다음과 같다. 이광규, 「미국과 소련의 교포사회 비교」, 『미소연구』 제5권, 단국대학교 미소연구소, 1991; 윤인진, 「재미 한인의 민족 정체성과 애착의 세대간 차이」, 『재외한인연구』 제6호, 재외한인학회, 1996; 임채완, 「중앙아시아 고려인의 언어적 정체성과 민족의식」, 『국제정치논총』 제39집 2호, 한국국제정치학회, 1999; 윤인진, 「코리안 디아스포라: 재외한인의 이주, 적응, 정체성」, 『한국사회학』 제37집 4호, 한국사회학회, 2003; 강정희, 「재일 한국인의 한국어에 대한 언어태도 조사-오사카 지역사회를 중심으로」, 『어문학』 제86집, 한국어문학회, 2004; 김왕식, 「재일 한국인의 민족 정체성 변화와 그 촉진 요인」, 『한국언어문화학』 제2권 1호, 국제한국언어문화학회, 2005; 임채완 외, 『재외한인과 글로벌네트워크』, 한울아카데미, 2006.

4) 다른 한 부분은 정치적 요소다. 민족정체성 개념에 대해서는 아래 글 참조.

구성적 측면, 곧 생활문화라는 종족적 요소가 고정불변한 것이 아니라 여러 조건에 따라 끊임없이 변용된다는 사실에 주목하지 못하고 있다는 점이다.[5] 다른 하나는 생활문화가 민족정체성의 중요 지표라는 이론적 입장에도 불구하고, 정작 민족정체성과 생활문화의 관계를 실증적으로 검증하는 과제, 곧 언어, 의식주, 관혼상제 같은 개별적인 종족적 요소들이 민족정체성을 판단하는 지표로 각각 타당한지를 밝히는 작업에는 그다지 주의를 기울이지 않고 있다는 점이다.[6]

둘째, 생활문화를 부차적으로 다룬 연구들과 달리, 각 지역 코리언의 생활문화가 실제로 어떠한 모습인지 상세히 서술하고, 왜 그러한 모습을 갖추게 되었는지 분석하는 것을 주요 목적으로 삼은 연구들도 그동안 많이 진행되어왔다. 그런데 이 범주에 포함시킬 수 있는 연구들은 대부분 개별적인 사례연구라는 점이 특징적이다.[7] 사례연구는 물론 각 지

김진환 · 김붕앙, 「재일조선인의 생활문화」, 건국대학교 통일인문학연구단 편, 『코리언의 생활문화』, 선인, 2012, 197쪽.

5) 정진아, 「연해주 · 사할린 한인의 삶과 정체성: 연구동향과 과제를 중심으로」, 『한민족문화연구』 제38집, 한민족문화학회, 2011, 401~404쪽; 김진환, 「재일조선인 정체성 연구 현황과 과제」, 『한민족문화연구』 제39집, 한민족문화학회, 2012, 393~397쪽.

6) 이 글에서 생활문화와 민족정체성의 관계에 대한 해명이 중요하지 않다고 말하려는 것은 결코 아니다. 이는 앞으로도 계속적으로 연구자들이 해명해가야 할 연구과제다. 문제는 그동안 이러한 연구목적을 달성하기 위한 연구방법을 마련하는 데 소홀했다는 사실이다. 초보적으로나마 생활문화와 민족정체성의 관계를 통계적으로 검증해본 시도는 아래 글 참조. 정진아 · 김발레랴, 「재러 고려인의 생활문화」, 건국대학교 통일인문학연구단 편, 『코리언의 생활문화』, 선인, 2012, 181~189쪽; 김진환 · 김붕앙, 「재일조선인의 생활문화」, 건국대학교 통일인문학연구단 편, 『코리언의 생활문화』, 선인, 2012, 215~221쪽.

7) 국립민속박물관에서 1996년부터 2005년까지 9년여에 걸쳐 펴낸 '한인동포의 생활문화' 시리즈가 대표적 연구다. 이 시리즈는 중국 길림성, 중국 요녕성, 중국 흑룡강성, 우즈베키스탄, 사할린 · 연해주, 일본 관서지역, 미국 하와이 지역, 멕시코, 일본 관동지역 거주 코리언의 생활문화를 지역별로 포괄적으로 소개하고 있다. 국립민속박물관과 한국문화인류학회가 위 연구의 종합보

역 코리언의 생활문화를 인식하고 이해하는 데 반드시 필요하고 의미 있는 연구들이다. 그렇지만 코리언의 통합성을 높이기 위해 코리언 생활문화의 소통을 용이하게 하고 나아가 공통성을 창출하기 위한 실천적 방안을 모색하려는 시각에서 보자면, 사례연구가 다수를 이루고 있는 현재 코리언 생활문화 연구동향에는 적잖은 아쉬움이 있다.

이 글의 선차적인 목적은 코리언 생활문화 연구가 왜 '심층적 사례연구를 기반으로 한 비교연구'로 나아가야 하는지를 밝히는 것이다. 이는 곧 앞에서 언급한 선행연구의 한계들을 왜 넘어서야 하는지에 대한 논의이기도 하다. 이 글에서는 다음으로 코리언 생활문화 비교연구에 적용하는데 적합하다고 생각하는 방법을 제안해볼 것이다. 너무도 당연한 얘기지만, 이 글에서 제안하는 비교연구 방법론은 향후 진행할 비교연구 과정에서 얼마든지 수정 · 보완될 수 있다. 방법론은 어디까지나 연구를 위한 '수단'이므로 연구경험이 누적되면서 수단으로서의 합리성이 부족하다는 점이 드러난다면 언제든지 수정 · 보완되어야만 한다는 뜻이다.

2. 코리언 생활문화 비교연구는 왜 필요한가?

문화는 한 사회 안에서 공시적 · 통시적으로 변화되기도 하고, 어떤

고 성격을 띠며 2005년 9월 27일 공동주최한 학술대회에서 발표된 논문들도 사례연구에 머물러 있다. 이 학술대회 발표논문집 『재외 한인동포 이주사와 생활문화』에 실린 논문은 다음과 같다. 김광억, 「중국 한인동포의 이주사와 생활문화-평가와 전망」; 전경수, 「중앙아시아 한인동포의 이주사와 생활문화-디아스포라론과 코스모폴리타니즘의 민류학」; 문옥표, 「일본 한인동포의 이주사와 생활문화-동화정책과 민족정체성; 유철인」, 「하와이 한인동포의 이주사와 생활문화」; 김세건, 「멕시코 한인동포의 이주사와 생활문화」.

사회의 문화가 다른 사회의 문화와 접촉하면서 변화되기도 한다. 후자 같은 현상을 문화접변이라고 부르는데, 문화접변은 다른 문화의 적극적 수용을 통해 자기 문화를 변화시키거나, 전파된 문화로 동화(同化)되면서 기존 문화가 해체되거나, 다른 문화에 대항해 기존 문화의 정체성을 강화하는 등 여러 형태로 나타난다.[8] 생활문화도 마찬가지여서 서로 다른 국가나 집단끼리의 상호 문화교류 같은 '자발적 계기'뿐 아니라, 식민지배, 강제이산 같은 '강제적 계기'로 식민모국 또는 거주국 생활문화와 접촉할 경우, 식민지배 이전에 모국에서 향유하던 생활문화, 곧 원형(原形) 생활문화는 다양하게 변용된다.

이와 관련해 이 글에서는 '원형(prototype) 생활문화'와 '전통(traditional) 생활문화'를 개념적으로 구분할 것이다. 원형 생활문화가 문화접변 이전의 생활풍습과 생활의식을 가리키는 '공시적 개념'이라면, 전통 생활문화는 역사적으로 계승되고 있다고 여겨지는 생활풍습과 생활의식을 가리키는 '통시적 개념'이다. 어느 지역 코리언의 생활문화에 전통 생활문화가 많이 계승되었는지를 따지는 작업이나 현존 전통이 코리언의 통합에 어떠한 역할을 할 수 있는지를 모색하는 작업 등에 비해, 현재 어느 지역 코리언의 생활문화가 코리언의 원형 생활문화(대략 19세기 후반~20세기 초반 조선인의 생활문화)에 가까운지를 따지는 것은 매우 어려운 작업이라고 할 수 있다. 코리언의 원형 생활문화에 대한 '현대' 코리언의 이해가 많이 부족하기 때문이다.[9]

---

8) 비판사회학회 엮음, 『사회학: 비판적 사회읽기』, 한울, 2012, 153~156쪽.

9) 일찍이 중앙아시아 거주 코리언의 생활문화를 탐구했던 한 연구자 역시 원형 생활문화와 현대 생활문화 비교가 갖는 어려움을 아래와 같이 잘 지적하고 있다. "그들의 문화와 관련하여볼 때, 가장 일반적인 질문은 그들의 문화가 얼마나 변화되었고, 얼마나 그대로 유지되고 있는가라는 질문이다. 이 질문을 좀 더 엄밀하게 분석해본다면 문화 변동이라는 역사적인 맥락과 문화의 비교라는 분석적 맥락으로 구분된다. 전자는 예컨대 비교의 기준이 되는 중

코리언의 원형 생활문화는 일제 식민지배, 강제이산, 근대 산업화 등을 계기로 다양하게 변용되어 갔는데,[10] 실제 변용에 영향을 끼친 것으로 판단되는 변수는 크게 두 가지 범주로 구분해볼 수 있다. 하나는 코리언이 거주하는 사회의 생태환경이나[11] 정치 · 경제구조의 영향을 받아 형성된 거주지 '내생' 생활문화고, 다른 하나는 코리언이 거주하는 사회에 영향을 끼치는 거주지 '외래' 생활문화다(〈그림 1〉).

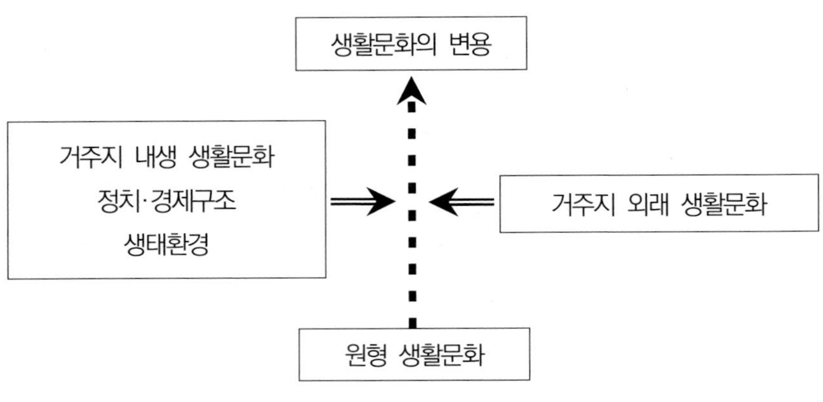

〈그림 1〉 생활문화의 변용

앙아시아로의 강제 이주 전의 연해주에서의 생활과 현재의 생활을 양측에 놓고 살펴보는 것이라면, 후자는 '오늘날'이라는 시점을 공통으로 하면서 문화요소들간의 평면적 비교로 나아간다. 방법론상 어려운 점은 '원형의 한국 문화'를 상정하기가 지극히 어려우며, 이 때문에 많은 경우 전자를 별로 고려하지 않은 채 비교의 준거를 '오늘날'의 한국 문화로 상정하여 비교 평가하기 쉽다." 정근식, 「중앙아시아 한인의 일상 생활과 문화」, 『사회와역사』 제48권, 한국사회사학회, 1996, 88쪽.

10) 재멕시코 한인과 일본 한인의 민족음식문화 변용을 잘 보여주는 연구는 아래 글. 권숙인, 「현지화 · 정형화 · 지구화: 재멕시코/일본 한인의 민족음식문화」, 『비교문화연구』 제11집 2호, 서울대학교 비교문화연구소, 2005.

11) 문화인류학자 마빈 해리스는 생태환경을 문화현상의 핵심적인 독립변수로 본다. 그에 따르면 특정한 음식문화는 특정한 생태환경에 대한 적응의 산물이다. 마빈 해리스 지음, 서진영 옮김, 『음식문화의 수수께끼』, 한길사, 2012.

예를 들어 '식민지 조선의 코리언' 생활문화는 서구의 근대 생활문화가 일본에 큰 영향을 끼쳤기 때문에 서구 근대 생활문화와 일본 생활문화의 혼종, 일본이 조선에 이식해놓은 새로운 정치 · 경제구조의 영향을 복합적으로 받았다. 재중 조선족 생활문화 역시 개혁 · 개방 이전 중국 특유의 사회주의 체제 속에서 형성된 생활문화, 개혁 · 개방 이후 중국에 끼친 외래 생활문화의 복합적 영향 속에서 변용됐다.

여기에 재일조선인, 재중 조선족, 재러 고려인에게는 모두 남한, 북한과의 문화접촉이라는 새로운 변수가 영향을 끼치게 된다.[12] 이 밖에도 자본주의 체제와 미국문화가 남한 생활문화에 끼친 영향,[13] 사회주의 체제와 소련문화가 북한 생활문화에 끼친 영향,[14] 1990년대 중반 '신자유주의 확산'과 '고난의 행군'이 각각 남북 생활문화에 끼친 영향까지 따져 가다보면, 코리언 생활문화가 참으로 다양한 조건 속에서, 다양한 계기로 변용될 수밖에 없었다는 사실을 절감하게 된다.[15]

---

12) 코리언 디아스포라 생활문화의 변용에 대해서는 아래 좌담의 허영길, 김발레랴, 김붕앙 발언 참조. 정진아 외, 「기획 좌담: 코리언의 생활문화와 민족 공통의 생활문화 모색」, 『통일인문학논총』 제54집, 건국대학교 인문학연구원, 2012.

13) 김덕호 · 원용진, 『아메리카나이제이션』, 푸른역사, 2008; 허은, 「미국이 남한 사회와 생활문화에 끼친 영향」, 『인문학 분단을 보다(건국대학교 통일인문학연구단 주최 국제학술대회[2010년 7월 10일] 발표논문집)』, 건국대학교 통일인문학연구단, 2010; 오영숙, 「1950년대 남한의 코미디 영화와 미국주의의 이중성」, 건국대학교 통일인문학연구단 편, 『문화분단: 남한의 개인주의와 북한의 집단주의』, 선인.

14) 김진환, 「조선노동당의 집단주의 생활문화 정착 시도」, 『북한연구학회보』 제14권 제2호, 북한연구학회, 2010; 정진아, 「북한이 수용한 '사회주의 쏘련'의 이미지」, 『통일문제연구』 제22권 2호, 평화문제연구소, 2010; 허은, 「냉전시대 남북 분단국가의 문화정체성 모색과 '냉전 민족주의'」, 『한국사학보』 제43호, 고려사학회, 2011; 전영선, 「북한의 대외문화 교류와 문화외교 연구: 해방 이후 북한 민주건설시기의 북-소 문화교류를 중심으로」, 『중소연구』 제35권 제1호, 한양대학교 아태지역연구센터, 2011.

15) 김진환 · 김종군, 「코리언 생활문화: 개념, 의의, 연구방법」, 건국대학교 통일

따라서 모든 지역 코리언 생활문화를 관통하는 어떠한 '본질적 요소' 또는 '모든 코리언이 향유하는 공통 생활문화'가 존재한다는 가설은 관념적으로는 설정할 수 있어도, 경험적으로는 입증되기 어렵다고 말할 수 있다. 그럼에도 불구하고 지금까지 진행된 코리언 생활문화 관련 연구들, 그 중에서도 특히 민족정체성과 생활문화의 관계를 다룬 연구들의 대다수는 일상생활 언어로서 한국어를 사용하는지, 족내혼에 대해 어떠한 생각을 가지고 있으며 실제 족내혼을 어느 정도 하고 있는지, 흔히 '민족문화'라고 불리는 민족의 전통적인 관습과 제도 등을 유지하고 있는지 등을 기준으로 한국 이외 지역에 거주하는 수많은 코리언의 민족정체성을 평가하고, 나아가 '한민족공동체'의 형성 가능성을 검토해왔다. 예를 들어 국내 한 연구자가 지난 2005년에 미국, 일본, 중국, 카자흐스탄 거주 코리언 708명을 대상으로 실시한 문화생활 비교연구 역시 바로 앞에서 지적한 이론적 전제를 깔고 이루어졌고,[16] 아래 인용문과 같은 결론으로 나아가고 있다.

인문학연구단 편, 『코리언의 생활문화』, 선인, 2012, 23~25쪽.

16) "해외에 산재한 한민족을 하나의 네트워크공동체로 묶어 내려는 이 연구는 재외한인들이 어느 정도 민족적인 문화정체성을 유지해 왔기 때문에 가능할 것이다. 바로 해외이주 150년 동안 그들은 온갖 고난을 마다하지 않고 우리의 언어와 문화를 지켜 왔기 때문에 한민족공동체의 주체로 등장할 수 있는 것이다. 물론 그들은 거주국의 문화에 동화되지 않고는 생존할 수 없었을 것이므로 해외의 한인사회에서 고유한 형태의 한민족문화를 기대하는 것은 곤란하다. 그렇지만 다민족 다문화주의와 문화다양성의 담론이 확장되는 시점에서 각 민족의 고유한 문화 또한 민족의 문화영토를 확보하려는 전략은 의의가 크다.(…) 그리고 재외한인들의 모국과의 연계는 바로 그들이 어렵게 지켜온 문화적 동질성에 기반 할 것이며, 우리가 기대하는 한민족공동체 역시 민족문화를 바탕으로 성립될 것이다." 장윤수, 「재외한인의 문화생활 비교연구」, 『국제지역연구』 제10권 제4호, 한국외국어대학교 국제지역연구센터, 2007, 289쪽.

> 조사의 결과는 지역별로 차이는 있지만, 현지문화에 완전히 동화되거나 민족고유의 문화가 상실되기보다는 오히려 상당한 수준에서 유지되고 있는 것으로 평가된다. 재외한인들의 한국어 구사능력을 비롯해 명절과 민속과 민속놀이 등 민족문화 전반에 대하여 상당한 정도로 유지되고 있으며, 이는 어느 정도 민족정체성이 유지되고 있다는 것을 반증한다. 또한 이는 한인 2, 3세대들은 민족의 울타리 속으로 포용할 수 있는 중요한 준거가 될 것인 바, 향후 광범위한 영역에 걸쳐 세계적인 한민족문화네트워크공동체의 구축을 기대케 한다.[17]

이러한 이론적 입장에는 흥미로운 '역설'(逆說)이 존재한다. 해외 코리언까지 포괄하는 거대한 민족공동체 형성을 힘주어 이야기하는 연구자는 거의 모두가 자신의 주장이 '통합 패러다임' 안에 놓여 있다고 생각하지만, 사실은 연구자의 의도와 달리 '배제 패러다임'에 위치해 있다는 점이다. 앞에서 말한 코리언 생활문화의 필연적 변용을 다시 강조하지 않더라도, 재외한인의 족내혼, 한국어 구사능력, 전통적 민족문화 등이 다음 세대로 갈수록 제대로 계승되지 않고 있다는 사실은 실제로 자주 관찰된다.[18] 이러한 '현실'을 가벼이 여긴 채 특정한 생활문화의 전형(典型)을 설정하고[19] 이 전형을 기준으로 코리언의 범주를 정한다면,

---

17) 장윤수, 「재외한인의 문화생활 비교연구」, 『국제지역연구』 제10권 제4호, 한국외국어대학교 국제지역연구센터, 2007, 323쪽. 장윤수는 아래 글에서 다중심·다문화 한민족네트워크 구축이 바람직한 지향이라고 주장하고 있지만, 자신이 바라보는 "민족고유의 문화"를 사실상 '중심 중의 중심'에 세움으로써 다중심·다문화론과 충돌하고 있는 것 같다. 장윤수, 「재외한인사회와 민족문화네트워크」, 『대한정치학회보』 14집 2호, 대한정치학회, 2006, 21~22쪽.

18) 윤인진, 「코리안 디아스포라: 재외한인의 이주, 적응, 정체성」, 『한국사회학』 제37집 4호, 한국사회학회, 2003, 138쪽.

19) 대부분 '한국' 생활문화가 전형으로 설정된다. 이러한 '남한 중심주의'에 대한 비판은 아래 글 참고. 김진환·김종군, 「코리언 생활문화: 개념, 의의, 연구방법」, 건국대학교 통일인문학연구단 편, 『코리언의 생활문화』, 선인, 2012, 29~30쪽.

달리 말해 '특정한 문화 요소의 공유'라는 조건을 충족시키지 못할 경우 민족공동체에서 배제한다면, 민족공동체의 축소, 그리고 배제된 코리언이 향유하고 있는 생활문화만큼 코리언 생활문화가 축소될 수밖에 없다. 통합을 지향하다 자기도 모르게 배제의 늪으로 빠지는 격이다.

이와 달리 코리언 생활문화에 대한 이해가 중심 주제인 연구들은 역설적 상황에 처하지는 않는다. 이 연구들은 오랜 시간 동안 심층적인 관찰을 통해 각 지역 코리언 생활문화의 변용 실태를 확인했기 때문에, 생활문화의 전형을 섣부르게 제시하면서 이를 기준으로 이루어지는 통합을 주장하지 않는다. 오히려 그보다는 '한민족 다문화' 같은 개념까지 적극적으로 제시하며[20] 아래 인용문에서 잘 드러나는 것처럼 평등하면서도 변증법적인 통합을 강조하는 경향이 강하다.

> 재외 한인동포의 생활문화는 단순히 우리 민족 고유의 전통문화가 어느 정도 보존되고 있는가 아니면 현지문화의 영향을 받아 어느 정도 변질되고 있는가 하는 차원에서 평면적으로 기술될 수 있는 어떤 것이 아니다. 그러한 식의 접근은 자칫하면 순수하고 정통한 것의 우월성을 잠정적으로 전제함으로써 재외동포들이 현지에서 적응하여 생활해 나가는 과정에서 구축해 온 그들 나름의 독자적인 문화를 제대로 파악하고 분석해 내는 데 장애가 될 수 있다. 그러한 접근은 또한 "한민족 문화"를 주어진 어떤 것으로 상정하는 본질주의적 입장을 취함으로써 그것이 지니고 있는 유연성, 적응 능력, 확장의 가능성 등을 과소평가할 위험을 안고 있다.[21]

---

20) "오늘날 한국 사회는 다양한 이주민 집단과의 사회문화적 공존상황을 '다문화'라고 칭하는데, 이는 주로 다른 언어를 사용하는 다른 민족 출신과의 공존, 즉 '다민족 다문화' 상황을 연상하며 쓰는 것이다. 그러나 현재 국내 체류 외국인 주민의 반수 이상과 귀화자 대다수는 근대 초기의 이른바 '코리언 디아스포라'의 주류 집단인 중국 조선족 등 한민족 출신 재외동포 이주민이어서, 이들과의 사회문화적 공존 상황은 '한민족 다문화'라고 칭하는 것이 바람직하다." 정병호, 「한국의 다문화 공간: 문화의 창구, 시대의 접점」, 정병호 · 송도영 엮음, 『한국의 다문화공간』, 현암사, 2011, 40쪽.

> 남북한 문제가 거론될 때마다 "문화적 이질성을 극복하여 동질성을 회복하자"라는 구호가 어김없이 등장한다. 그런데 문제는, 여기서의 '극복'이란 문화적 차이를 인식하여 이를 수용하고 포용하는 것이 아니라 둘로 갈라진 문화를 하나로 통합하는 것을 의미한다는 점이다.(…) 남북한 이질적 문화의 발견은 극복을 전제로 할 때 보다 가치 있는 점이 된다는 점을 감안할 때 이들 문화적 차이를 아우르는 새로운 문화의 창출, 이른바 문화적 재생산이 요구된다.(…) 즉 통일문화는 남북한의 문화적 이질성을 토대로 수립되는 일종의 변증법적 논리에 근거한 문화인 것이다.[22]

이러한 관점은 코리언 생활문화의 외연을 확장하고 내용을 풍부하게 만드는 '출발점'으로서는 커다란 의의가 있다. 하지만, '한민족 문화의 확장', '문화적 재생산', '변증법적 통합' 같은 목표로 나아가는 원칙, 방도 등에 대한 구체적 제안이 결여되어 있다 보니, 다분히 당위적 제안으로 여겨진다는 문제가 있다. 위에 인용한 연구자 중 한 명은 남북 문화통합이 승자와 패자가 없는 '넌제로섬 게임'이 되도록 하려면 '이질성'이라는 결과보다는, 남과 북에서 각각 변화가 초래된 상황, 과정에 주목하자고 제안하고 있지만,[23] 이 역시 통합의 원칙, 방도를 제안한 것이라기보다는 통합의 출발점에서 가져야 할 관점을 제안하고 있는 정도로 이해된다.

그렇다면 코리언 생활문화의 통합, 곧 각 지역 코리언 생활문화의 차이를 존중하면서도 공통성을 새롭게 만들어나가는 작업은 어떻게 이루어질 수 있을까? 일단 이를 위한 이론적 자원으로는 비트겐슈타인이 고

---

21) 문옥표, 「관서지역 한인동포 생활문화의 특징」, 한국문화인류학회 편, 『일본 관서지역 한인동포의 생활문화』, 국립민속박물관, 2002, 17쪽.

22) 김미영, 「남북한 통일문화를 위한 민속학적 접근」, 『국학연구』 제10집, 한국국학진흥원, 2007, 372~373쪽.

23) 김미영, 「남북한 통일문화를 위한 민속학적 접근」, 『국학연구』 제10집, 한국국학진흥원, 2007, 372~373쪽.

안한 '가족유사성' 개념을 차용해볼 수 있다. 그는 이 개념을 "어떤 일반 용어 아래에서 포섭하는 모든 실재물들에 공통적인 어떤 것을 찾으려는 경향"[24)]을 비판하는 데 활용했다. 아래 인용문을 보면 쉽게 이해되듯이, '가족유사성'이란 특정한 개념이나 단어(예를 들어 '놀이') 아래 포섭되는 '모든' 존재를 아우르는 공통성이 없더라도, 이 존재들을 여전히 특정한 개념이나 단어 아래 포섭할 수 있다는 사실을 말하기 위해 고안된 개념이다.

> 우리는, 이를테면, 모든 놀이들에 공통적인 어떤 것이 있어야 하며, 이 공통적 성질이 "놀이"라는 일반 용어를 다양한 놀이들에 적용되는 것을 정당화해 준다고 생각하는 경향이 있다. 하지만 놀이들은 그 구성원들이 가족 유사성들을 지니는 하나의 가족을 형성한다. 그들 중 어떤 이들은 같은 코를 가지고 있고, 다른 이들은 같은 눈썹들을, 그리고 또 다른 이들은 같은 걸음걸이 방식을 가지고 있다. 그리고 이들 유사성들은 겹친다.[25)]

요컨대, 이러한 가족유사성 개념을 차용하면 코리언 생활문화는 '일제 식민지배 이전 같은 부모(원형 생활문화) 아래에서 태어난 여러 자식(변용 생활문화)의 집합체' 또는 '일제 식민지배에 따른 강제이산, 한반도 분단으로 코리언이 세계 각지로 흩어지면서 거주지의 내생 · 외래 생활문화 등의 영향을 받아 가족유사성을 가진 채 변용된 각 지역 생활문화의 총합'[26)]으로 정의할 수 있고, 다음 과제는 이러한 개념이 현실에 얼마나

24) 루트비히 비트겐슈타인 지음, 이영철 옮김, 『청색책, 갈색책』, 책세상, 2006, 40쪽. 코리언 생활문화를 관통하는 본질적 요소를 찾으려는 시도 역시 이 경향의 사례일 수 있다.

25) 루트비히 비트겐슈타인 지음, 이영철 옮김, 『청색책, 갈색책』, 책세상, 2006, 40~41쪽.

26) 김진환 · 김종군, 「코리언 생활문화: 개념, 의의, 연구방법」, 건국대학교 통일

부합하는지 입증해나가는 것이 된다. 달리 말해 각 지역 코리언의 생활문화가 '코리언 생활문화'라는 개념에 포섭시킬 수 있는 유사성을 갖고 있는지, 코리언이라는 공동체가 그러한 유사성을 통해 연결되고 있는지를 실증하는 것이다. 이러한 작업을 성과적으로 마무리한 뒤에야 비로소 우리는 마지막 과제, 곧 코리언의 소통을 통한 생활문화의 공통성 확대 방도를 모색하는 과제를 푸는 단계로 나아갈 수 있을 것이다.

바로 이 지점에서 '비교연구'라는 방법론적 자원의 의의가 부각된다. 한마디로 말하면 비교연구는 위에서 언급한 두 가지 경험적 연구 과제를 풀어나가는 데 매우 유용한 방법이다. 첫째, 코리언 생활문화 비교연구는 개별사례에 대한 심층적 관찰, 기술, 이해 등을 전제로 하기 때문에 코리언 생활문화의 유사성은 물론이고 필연적으로 존재할 수밖에 없는 '변이'(variation), 곧 같은 종류(코리언 생활문화)에 포섭되는 개체들(각 지역 코리언의 생활문화)의 형질이 어떻게 다른지도 확인할 수 있게 해 준다.[27] 둘째, 코리언 생활문화 비교연구는 각 지역 코리언 생활문화의 유사성과 차이를 낳은 구체적 '원인'을 파악해냄으로써, 그동안 많은 연구자들이 강조해 온 '통합의 당위성'을 넘어 생활문화 통합을 현실화하기 위해 어떠한 방도가 있는지를 알려줄 수 있는 유력한 방법론적 자원이다. 곧 코리언 생활문화 비교연구는 앞으로 새로운 공통성을 창출하기 위해 어떠한 실천적·정책적 개입이 필요한지 가늠할 수 있게 해 준다.

개별사례연구, 비교연구에 대해 본격적으로 논의하기 전에 코리언 생

인문학연구단 편, 『코리언의 생활문화』, 선인, 2012, 28쪽.

27) 역으로 단일사례 연구는 변이를 포착하기 어렵다는 단점이 있다. 다만 단일사례 연구라 하더라도 종적·역사적 비교연구를 수행하면 변이 포착이 가능하다. 임현진, 「역사로 되돌아가자: 비교사회학의 방법론적 전략」, 한국비교사회연구회 편저, 『비교사회학: 방법과 실제 II』, 열음사, 1992, 27쪽.

활문화 통합의 '원칙'을 다시 확인하고 넘어가자. 이 원칙은 '남한 중심주의', '민족 구성원에 대한 위계적 사고' 등에 대한 비판을[28] 통해 이미 어느 정도 도출되어 있다. 전체 코리언의 생활문화가 남한 사람들의 생활문화로 '동질화'되어야 한다며 남한 사람들이 다른 지역 거주 코리언 또는 현재 남한에 거주하고 있는 코리언 디아스포라와 탈북자에게 가하는 동화 압력, 남한 사람들이 다른 지역 거주 코리언 또는 현재 남한에 거주하고 있는 코리언 디아스포라와 탈북자를 만날 때 자주 과시하는 문화적 우월감 등은 다수 문화와 소수 문화가 서로의 차이를 존중하는 통합을 가로막는다. 이러한 생활문화 통합은 앞에서도 말했듯이 통합이라는 이름 아래 진행되는 배제라고 할 수 있다. 따라서 코리언 생활문화의 통합은 '자유로운 생활문화 소통'—이는 생활문화 통합의 출발점이라고 말할 수 있다. 생활문화의 소통이 단절되어 있는 경우 생활문화의 공통성 창출은 애초에 불가능한 목표이기 때문이다—을 대전제로 한 평등한 통합, 과거로 회귀하는 통합이 아니라 미래를 지향하는 통합이어야 한다. 이러한 원칙들이 고수될 때 비로소 각 지역 코리언이 만들어놓은 생활문화가 민족 생활문화의 외연을 넓혀주고 내용을 풍부하게 해 주는 보고(寶庫)가 될 수 있다.

한편 이 글에서 말하는 '생활문화 통합의 현실화'에는 공통성을 창출할 수 있는 생활문화 부문을 확인하는 것뿐 아니라, 공통성 창출이 어려운 생활문화 부문을 확인해야 한다는 뜻도 포함되어 있다. 각 지역 코리언 생활문화의 형성 · 발전에 영향을 끼치는 변수들이 많고 다양하기 때문에 생활문화의 여러 부문들(의식주문화, 가족 · 친족생활문화, 경제생활문화, 여가생활문화, 언어생활문화, 교육문화, 신앙생활문화, 의례와

---

28) 김진환 · 김종군, 「코리언 생활문화: 개념, 의의, 연구방법」, 건국대학교 통일인문학연구단 편, 『코리언의 생활문화』, 선인, 2012, 29~30쪽.

세시풍속 등)의 공통성 창출 가능성은 결코 같은 수준으로 존재할 수 없다. 예를 들면 언어생활에서 공통성을 창출하는 것과 음식문화의 공통성을 창출하는 작업이 같은 수준의 가능성을 갖는 것은 아니라는 얘기다. 후자는 전자보다 생태환경에 더 강한 영향을 받고 있고, 생태환경은 민족 구성원의 자유로운 소통이나 정책적 개입으로 쉽게 변화시킬 수 있는 조건이 아니다. 다시 강조하면 코리언 생활문화 비교연구는 코리언 생활문화의 '모든' 부문들에서 높은 수준으로 공통성이 창출되어야 한다는 당위적 목표 아래 진행되는 것이 아니라, 공통성 창출의 현실성을 검토하고, 가능한 부문과 가능한 수준에서부터 생활문화의 공통성을 만들어갈 수 있는 방안을 찾기 위한 연구다.

3. 코리언 생활문화 비교연구를 어떻게 할 것인가?

1) 구술사와 참여관찰을 통한 사례연구

사례에 대한 심층적 이해는 비교연구를 위해 사전에 필수적으로 이루어져야 하는 작업이다. 사례에 대한 심층적 이해는 통상적으로 양적 조사보다는 질적 조사를 통해 이루어진다.

양적 조사는 정교한 조사 설계에 따라 설문지를 만들고 설문조사 통계를 토대로 생활문화의 실상에 접근하는 방법이다. 양적 조사는 행태와 의식의 표면적 경향성을 확인시켜줌으로써 향후 심층 연구를 통해 해명하려는 질문을 마련하는 데 유용하다. 하지만, 양적 조사만으로 생활문화의 심층을 이해하는 데는 한계가 많고, 무엇보다 '생태학적 오류'(집단에 대한 조사 결과를 근거로 개인의 특성을 추론할 때 발생할 수 있는 오류)를 범하기 쉽다는 단점이 있다. 이에 비해 질적 조사는 구술사, 참여관찰 등을 통해 생활문화의 실상에 접근하는 방법이다. 다만 양적 조사에 비해 질적 조사는 확정적이고 일반화된 이해로 나아가는 데 한계가 있고, '구성의 오류'(몇몇 개인의 특성을 집단의 특성과 일치시킬 때 발생할 수 있는 오류)를 범하기 쉽다.[29]

질적 조사 방법 중에 먼저 구술사는 두 가지 측면에서 유용성이 높다고 생각된다.[30] 첫째, 생활문화는 일상적이든 의례적이든 간에 개인이 생애 전 과정에서 반드시 향유하는 문화이다 보니,[31] 바로 그 일상성이 문자화를 가로 막는 경향이 있다. 반대로 희소성이 있거나 비대중적인 문화일수록 문자화되는 경우가 많다. 우리가 쉽게 접할 수 있는 생활문화 관련 자료들이 일반인이 직접 자신의 생활문화를 기록한 것보다는, 연구자가 일반인의 구술을 듣거나 직접 관찰해서 남긴 자료들인 것도 바로 이러한 생활문화 향유의 보편성 때문이다. 구술사는 스스로 문자나 기록을 남길 수 없는 사람들,[32] 또는 스스로 문자나 기록을 남길 필요를 크게 느끼지 못한 사람들의 기억, 생각 등을 이끌어내는 방법이므로, 기록되지 않은 생활문화의 실상을 파악하는데 유용하다.[33]

---

29) 김진환 · 김종군, 「코리언 생활문화: 개념, 의의, 연구방법」, 건국대학교 통일인문학연구단 편, 『코리언의 생활문화』, 선인, 2012, 32쪽.

30) 코리언 디아스포라 연구와 구술사의 접목 필요성과 가능성에 대한 논의는 아래 글. 임영상, 「코리언 디아스포라와 구술사」, 『한국외국어대학교 역사문화연구』 제19집, 한국외국어대학교 역사문화연구소, 2003. 다만, 위 글에는 '생활문화' 연구와 구술사를 어떻게 접목할 것인지에 대한 논의는 담겨 있지 않다.

31) 김진환 · 김종군, 「코리언 생활문화: 개념, 의의, 연구방법」, 건국대학교 통일인문학연구단 편, 『코리언의 생활문화』, 선인, 2012, 22쪽.

32) 김귀옥, 「1960~1970년대 비전향장기수와 감옥의 일상사-비전향장기수의 구술기억을 따라」, 『역사비평』 94호, 역사비평사, 2011, 266쪽.

33) 박경용도 "생활문화 연구는 보통 사람들, 일반 서민들, 주변적인 사람들, 역사 속에 익명으로 남아있는 대중의 일상생활에 주로 관심을 갖는다"면서 이를

둘째, 구술사는 구전(oral tradition), 구술증언(oral testimony), 구술생애사(oral life history) 같은 다양한 방법들을 포괄하기 때문에,[34] 연구자에게 생활문화 비교연구를 위한 다채로운 자원을 제공해줄 수 있다. 예를 들어 민담, 전설, 민요, 속담 같은 구전자료를 통해 연구자는 전통 생활문화의 내용을 알아낼 수 있다. 이를 각 지역 코리언의 현재 생활문화와 비교함으로써, 전통 생활문화가 어느 정도 계승되고 있는지, 전통 생활문화 중에서도 유난히 계승성이 높거나, 낮은 생활문화는 무엇인지 등을 파악한다면 전통 생활문화가 현대 코리언 생활문화 통합에 어떻게 기여할 수 있을지도 제안할 수 있을 것이다.

다음으로 연구자는 연구자의 주도성이 조금 더 높은[35] 구술증언(심층면접)을 통해 과거와 현재의 특정 생활문화에 대해 '집중적으로' 이해할 수 있다. 끝으로 구술생애사는 특히 생활문화의 공시적 · 통시적 비교에 매우 유용하다. 예를 들어 같은 세대인 구술자 A와 B가 각각 거쳐 왔던 통과의례(돌, 혼례, 상례, 제례 등)를 비교해볼 수 있고, A와 B가 거쳐 왔던 통과의례의 내용을 이들과 '세대가 다른' 구술자 C나 D와 각각 비교해볼 수도 있다. 물론 C와 D의 구술생애사도 비교대상이 될 수 있다. 요컨대 한 사람이 살아오면서 경험한 의식주, 가족 · 친족생활, 언어생활,

---

위해 구술사를 적극 활용하자고 제안한다. 박경용, 「코리안 디아스포라 생활사 연구의 구술사 활용방법-인류학적 관점을 중심으로」, 『민족문화논총』 제50집, 영남대학교 민족문화연구소, 2012.

34) 윤택림 · 함한희, 『새로운 역사쓰기를 위한 구술사 방법론』, 아르케, 2006, 57~59쪽; 박경용, 「코리안 디아스포라 생활사 연구의 구술사 활용방법-인류학적 관점을 중심으로」, 『민족문화논총』 제50집, 영남대학교 민족문화연구소, 2012, 279~280쪽.

35) 구술자료는 구술자와 연구자가 대화를 통해 함께 만들어내기 때문에, 구술사의 주체는 원칙적으로 구술자와 연구자 모두이다. 그런데 구술증언은 연구자의 애초 관심이 구술생애사에 비해 조금 더 개입된다는 점 때문에 연구자의 주도성이 조금 더 높다고 볼 수 있다.

교육, 의례와 세시풍속 등에 대한 이야기는 지극히 사소한 내용일지라도 생활문화의 통시적 · 공시적 비교를 위한 필수자원으로서 높은 가치를 인정받아야만 한다.[36)]

질적 조사 방법 중 참여관찰은 연구자가 장기간 각 지역 코리언과 일상을 함께 보내면서 관찰대상의 생활문화를 기술하고 해석하는 방법이다. 참여관찰은 생활문화의 현실을 관찰자의 다양한 해석을 가미해 풍부하게 보여준다는 본래 의의 외에도, 연구자의 직접 관찰, 구술증언에 대한 '비판적 거리두기' 등을 통해 구술증언(심층면접)이 과연 생활문화 현실에 부합하는지, 구술자가 생활문화 현실을 왜곡하고 있는 것은 아닌지 등을 확인할 수 있다는 의의도 있다. 또한 연구자는 참여관찰을 통해 구술증언뿐 아니라 양적 조사를 통해 수집된 통계 역시 비판적으로 검증해볼 수 있다. 자기기입식 설문조사의 경우 아무리 통계적 오류를 사전에 차단하려 노력한다 해도, 응답자가 실제 행태나 의식과는 다른 응답을 할 가능성이 상존한다. 참여관찰은 이에 따른 왜곡된 이해를 막고, 교정해주는 데 효과적 방법이 될 수 있다.[37)]

2) 현지 연구자와 공동연구

그런데 국내 연구자가 각 지역 코리언에 대한 질적 조사를 하다보면 종종 부딪치게 되는 장애들이 있다.

첫째, 구술사는 구술자와의 끊임없는 대화가 전제되기 때문에 '언어

36) 구술생애사는 생활문화 연구뿐 아니라 코리언의 정체성 연구에도 유용하다. 재일조선인 정체성 연구를 위해 구술증언과 구술생애사를 병행해야 한다는 제안은 아래 글. 김진환, 「재일조선인 정체성 연구 현황과 과제」, 『한민족문화연구』 제39집, 한민족문화학회, 2012, 398쪽.

37) 사례연구를 할 때 구술사, 참여관찰 외에도 미리 정한 주제를 가지고 진행하는 '포커스그룹인터뷰'도 시도해볼 수 있다.

의 장벽'이 결정적 방해요소가 될 수 있다. 구술사를 통해 북한 생활문화를 이해하는 경우에는 그나마 어려움이 덜하겠지만, 한반도 밖으로 눈을 돌려보면 언어의 장벽은 만만치 않게 다가온다. 시간이 지날수록, 세대가 내려갈수록 '우리말'을 거의 구사하지 못하는 코리언 디아스포라가 늘어나고 있으므로, 일어, 중국어, 러시아어 등을 모어(母語) 수준으로 구사할 수 있는 국내 연구자라면 모를까 한국어를 모어로 갖고 있는 대다수 국내 연구자들이 코리언 디아스포라의 언어를 완벽히 이해하는 것은 거의 불가능한 일이다.

둘째, 구술생애사나 참여관찰의 경우 장기간 현지 체류가 불가피하다. 구전이나 구술증언은 몇 시간 정도에 이루어질 수 있지만, 생활문화에 대한 세부적 묘사까지 포함된 구술생애사는 몇 시간 정도에 진행될 수 있는 작업이 아니다. 또한 생활문화는 하루, 일주일, 한 달, 계절, 일년, 생애 단위 등으로 향유되는데, 이러한 '다양한' 시간대를 국내 연구자가 타 지역에서 온전하게 관찰하기는 매우 어렵다. 구술사나 참여관찰의 경우 현지에 머물 수 있는 시간을 확보한다 하더라도 체류비용은 무시 못 할 현실적 문제다.

셋째, 국내 연구자가 갖고 있기 쉬운 선입견, 예를 들면 '남한 중심주의', 코리언 디아스포라나 북한 주민을 우리가 아니라 그들로 바라보는 '타자의 시선' 등이 심층적 이해를 방해할 수도 있다.[38] 심지어 연구자가 구술자와의 초기 만남 때 이러한 남한 중심주의, 타자의 시선 등을 은연중 드러낼 경우 구술사를 위해 필수적인 연구자와 구술자의 관계(rapport)조차 형성하지 못할 수도 있다. 아래 인용문에서 남한 중심주

38) 재일조선인의 정체성을 다룬 선행 연구들이 현실에 대한 관념적 추론, 성급한 일반화 경향 등을 보여주는 배경에 '타자의 시선'이 놓여 있다는 주장은 아래 글. 김진환, 「재일조선인 정체성 연구 현황과 과제」, 『한민족문화연구』 제39집, 한민족문화학회, 2012, 397~400쪽.

의, 타자의 시선 등을 드러낸 '부정적 사례'로 지목된 이들이 만약 국내 연구자라면 이들은 이미 본의와는 관계없이 출발선에서부터 발걸음을 잘못 뗐다는 얘기다.

> 일전에 한국의 어떤 분이 '올바른 한국어를 공부하기 위해서 우리가 많은 교재를 보내겠다'고 이러한 말을 말씀하신 적이 있습니다. 그때는 제가 이렇게 생각했습니다. 왜 '올바른 한국어'라는 말을 꼭 붙여써야하는가? '그냥 교재를 보내겠다.' 이러한 것만 있으면 좋잖아요. 그 분이 나쁜 뜻이 아니라 좋은 뜻으로서 하는 건 알겠지만, 이러한 말들을 들었을 때 '우리들이 역시 부족한 사람이라고, 부족한 존재라고 생각하고 있구나'라는 문제의식이 생겨납니다.39)

> 여기 계신 분들에게 한 가지만 당부 드리면서 정리를 한다면, 다소 좀 우리와 다른 어투로 말씀하시는 분을 만나면요, '조선족이세요?' 라고 질문하지 마시고요. '북한에서 왔어요?' 혹은 '위에서 왔어요?' 라고 질문하지 말아주십시오. 이제부터는 '고향이 어디세요?' 라고 질문을 해주십시오. 거기에서부터 차별화된다는 생각이 있지 않았을까 하는 생각이 들어서요. 언어교육을 하고 있는 사람으로서 당부말씀 드리면서 정리해보았습니다.40)

따라서 국내 연구자들은 북한 연구자나 코리언 디아스포라 연구자와의 공동연구를 통해 이러한 장애들을 넘어서기 위해 노력해야 한다. 특히 코리언 디아스포라 연구자들과의 공동연구는 언어, 시간, 비용,

---

39) 김봉앙(일본 코리아NGO센터 도쿄사무국 사무국장)의 발언(2012년 5월 19일). 정진아 외, 「기획 좌담: 코리언의 생활문화와 민족 공통의 생활문화 모색」, 『통일인문학논총』 제54집, 건국대학교 인문학연구원, 2012, 49쪽.

40) 한정미(통일부 하나원 언어문화교육담당관)의 발언(2012년 5월 19일). 정진아 외, 「기획 좌담: 코리언의 생활문화와 민족 공통의 생활문화 모색」, 『통일인문학논총』 제54집, 건국대학교 인문학연구원, 2012, 51쪽.

남한 중심주의, 타자의 시선 같은 장벽을 넘어서는 데 도움이 될 뿐만 아니라, 다민족 사회의 소수민족으로서 코리언 디아스포라 문제를 가지고 절박하게 씨름해 온 이들의 열정과 지혜를 국내 연구자들이 본받고 배울 수 있는 좋은 기회가 될 것이다.

물론 최근에 중국, 러시아, 일본 등 현지의 전문연구자 또는 코리언 단체 활동가들과 공동으로 각 지역 코리언 생활문화를 연구한 사례가 조금씩 나오고는 있다.[41] 하지만 애초부터 비교연구를 염두에 두고 국내 연구자와 현지 연구자가 함께 비교연구 방법을 모색하고, 사례연구를 진행하고, 비교연구 결과를 제출한 사례는 아직 찾아보기 어렵다.

한편 공동연구를 하는 과정에서 현지의 연구자나 활동가를 설문조사를 대신 진행해주고, 구술사나 참여관찰을 도와주는 '연구의 조력자'로만 대하는 태도를 경계해야 한다. 필자는 지난 2011년에 재일조선인 설문조사를 준비하는 과정에서 일본 현지의 코리언 연구자 모임에 설문조사를 의뢰했다가, '왜 설문을 미리 다 만들어놓고 조사만 부탁하는가?'라는 요지의 비판을 받고 거절당한 경험이 있다. 현지 연구자와 연구주제 선정, 연구방법 확정, 연구결과 제출까지 지속적인 소통 속에서 함께 연구를 진행할 때 비로소 타당성, 신뢰성 있는 연구가 이루어질 수 있다.

3) 공통성 창출을 지향하는 비교연구

어떠한 요소가 각 지역 거주 코리언 생활문화가 유사성을 갖는 데 영

41) 허명철 · 박영균, 「재중 조선족의 생활문화」, 건국대학교 통일인문학연구단 편, 『코리언의 생활문화』, 선인, 2012; 정진아 · 김발레랴, 「재러 고려인의 생활문화」, 건국대학교 통일인문학연구단 편, 『코리언의 생활문화』, 선인, 2012; 김진환 · 김봉앙, 「재일조선인의 생활문화」, 건국대학교 통일인문학연구단 편, 『코리언의 생활문화』, 선인, 2012.

향을 끼쳤을까? 어떠한 요소가 각 지역 거주 코리언 생활문화의 변이를 초래했을까? 코리언 생활문화의 공통성 창출을 위해 어떠한 실천적 · 정책적 개입이 가능할까? 이러한 질문에 대한 해답 찾기는 개별사례에 대한 심층적 이해 과정을 거친 뒤, '일치법'과 '차이법'이라는 논리를 따라 진행해볼 수 있다.[42)]

먼저 일치법(Method of agreement)은 서로 같은 현상의 둘 또는 그 이상의 사례를 비교했을 때 모든 사례가 공유하고 있는 요소가 그 현상의 원인일 것이라고 주장하는 것이다. 특히 일치법은 '제거의 과정'(proceeds by elimination)[43)]을 통해 현상의 원인을 찾고자 한다.[44)] 최근 코리언 생활문화 관련 연구 중에서는 권숙인의 코리언 음식문화 비교연구를—비록 다양한 변수들을 상정해두고 엄밀한 제거의 과정을 거쳐서 결론을 제시하지는 않았지만— 이러한 '일치의 논리'가 적용된

42) 이하 일치법과 차이법에 대한 논의는 아래 글을 참조했다. 존 스튜어트 밀 지음, 차종천 옮김, 「비교의 두 방법」, 한국비교사회학회 편저, 『비교사회학: 방법과 실제 Ⅰ』, 열음사, 1990; Ragin, Charies C.(1987), *The Comparative Method: Moving Beyond Qualitative and Quantitative Strategies*, University of California Press, pp.36~39.

43) 만약 농민반란이라는 현상을 연구하는 연구자가 기근, 농업의 급격한 상업화, 강력한 중농, 자치주의 같은 농민 전통 중에서 어떤 요소가—또는 어떤 요소의 조합이— 농민반란을 초래했는지를 확인하려 한다면 위의 요소들 중 관찰하는 사례에 결여되어 있는 요소를 하나씩 제거해나가는 식이다. Ragin, Charies C.(1987), *The Comparative Method: Moving Beyond Qualitative and Quantitative Strategies*, University of California Press, pp.36~37.

44) 그런데 제거의 과정을 거쳐 공통적으로 존재하는 요소를 발견했다고 하더라도 연구자가 그 요소를 현상의 '원인'이라고 확정적으로 주장하기 위해서는 그 요소를 덧붙이는 것 말고는 기존상황에 어떤 변화도 일으키지 않았을 때 현상이 생긴 경우를 가질 수 있어야 한다. 이러한 경우의 발견은 후술하는 차이법에 의해 가능하기 때문에 일치법은 차이법과 함께 사용될 때 비로소 신뢰성 있는 설명을 발전시킬 수 있다. 존 스튜어트 밀 지음, 차종천 옮김, 「비교의 두 방법」, 한국비교사회학회 편저, 『비교사회학: 방법과 실제 Ⅰ』, 열음사, 1990, 220~221쪽.

사례로 들 수 있다. 이 연구는 주멕시코 한인과 재일 한인의 음식문화에서 공통적으로 한국 음식문화의 유사성이 증대된 원인으로 "지구화로 인한 고국과의 접촉 증대"를 꼽고 있다.45)

다음으로 차이법(Method of Difference)은 서로 다른 현상의 두 사례를 대조했을 때 유사점과 차이점 중 차이점이 다른 현상을 낳은 원인이라고 주장하는 것이다. 밀은 연구자가 확실한 원인을 파악할 수 있게 되는 것은 단지 차이법에 의해서라고 주장하며, 래긴 역시 인과적 설명을 시도하는 연구자들에게 일치법보다 차이법이 이론적으로 유용하다는 점을 강조한다.46)

예를 들어 일상적으로 편안하게 우리말(민족어)을 구사하는 연해주 거주 고려인 3세 A와 재일조선인 3세 B를 관찰해보니, A는 우리말을 거의 못하는 부모와, 고려인 집거 지역이 아닌 곳에서 살고 있는데, 장사로 바쁜 부모 때문에 우리말을 지금도 잘 구사하는 할머니 손에서 자랐으며, 아직 단 한 번도 한국에 와본 적이 없고, B는 부모가 우리말을 잘 구사하고, 재일조선인 집거 지역에서 살고 있지만, B의 부모 역시 장사로 바빠 우리말을 지금도 잘 구사하는 할머니 손에서 자랐고, 최근 1년 정도 한국에서 교환학생으로 지내다 갔다고 가정해보자. 그렇다면 일치법에 따라 A와 B가 유일하게 공통적으로 갖고 있는 요소인 '우리말을 지금도 잘 구사하는 할머니'가 이들이 우리말을 잘 구사할 수 있었던 원인이라고 추측할 수 있다.

그런데 이 경우 우리말을 지금도 잘 구사하는 할머니 손에서 자란 것

45) 권숙인, 「현지화 · 정형화 · 지구화: 재멕시코/일본 한인의 민족음식문화」, 『비교문화연구』 제11집 2호, 서울대학교 비교문화연구소, 2005, 26~31쪽.

46) 존 스튜어트 밀 지음, 차종천 옮김, 「비교의 두 방법」, 한국비교사회학회 편저, 『비교사회학: 방법과 실제 Ⅰ』, 열음사, 1990, 221쪽; Ragin, Charies C.(1987), *The Comparative Method: Moving Beyond Qualitative and Quantitative Strategies*, University of California Press, pp.36~39.

이 이들의 일상적이고 편안한 우리말 구사의 진정한 원인이라고 확정적으로 주장하려면, 부모가 우리말을 잘 구사하지 못하고, 코리언 디아스포라 집거 지역이 아니 곳에서 자랐으며, 한국에는 아직 한 번도 다녀온 적이 없는데 오직 우리말 실력만이 현저하게 차이 나는 재러 고려인 3세 C(우리말을 잘 구사함)와 재일조선인 3세 D(우리말을 잘 구사하지 못함)를 찾아, C는 부모가 바빠 할머니 손에서 자랐는데 그 할머니가 지금도 우리말을 잘 구사한다는 사실을, D도 부모가 바빠 할머니 손에서 자랐지만 그 할머니가 지금은 거의 우리말을 못한다는 사실을 확인해야만 한다.[47] 논리적으로는 이러한 사례 C와 D가 실존해야만 비로소 우리말을 잘 구사하는 조부모 손에서 자라는 것이 우리말 구사 능력에 결정적인 영향을 끼친다는 주장이 높은 신뢰성을 갖게 된다. 이처럼 이차 비교를 거칠 때 비로소 원인을 확정할 수 있기 때문에 일치법은 일차 비교만으로도 원인을 확정할 수 있는 차이법에 비해 유용성이 떨어진다는 것이다.

어쨌든 일치법, 차이법에 따라 발견되는 원인 또는 원인들(원인의 조합)은 바로 코리언 생활문화의 공통성을 창출하려 할 때 영향력을 강화시키거나 약화시켜야 할 조건이 된다. '가설' 수준으로 말하자면, 유사한 현상을 낳은 조건에 실천적으로 개입해서 이 조건의 영향력을 강화시킨다면 코리언 생활문화의 공통성 창출이 촉진될 것이고, 다른 현상을 낳는 조건에 개입해서 이 조건의 영향력을 약화시키거나 아니면 그러한 조건을 아예 제거할 때 코리언 생활문화의 공통성 창출이 촉진될 수 있다는 얘기다.

물론 이처럼 생활문화의 공통성을 창출하기 위한 개입 과정에서도 소수문화를 향해 다수문화로의 동화 압력을 가해서는 안 된다. 다시 강조

47) 이러한 과정이 바로 이 글 '각주 44번'에서 말한 이차 비교 과정이다.

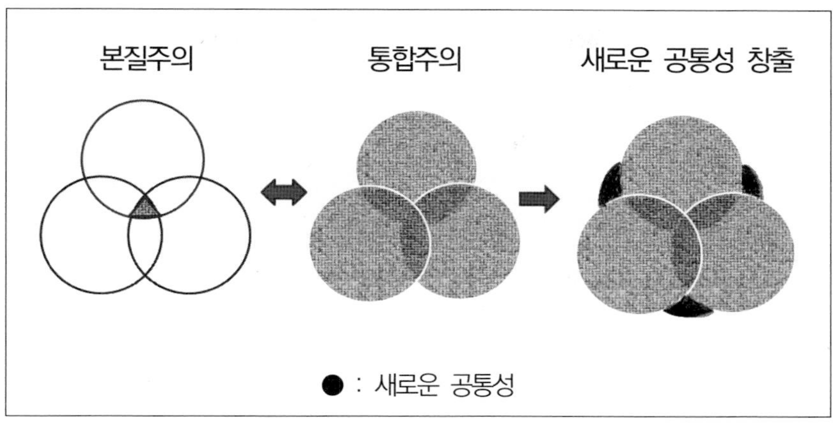

〈그림 2〉 코리언 생활문화의 통합

하지만 코리언 생활문화의 통합성을 높이기 위해 창출하려는 공통성은 코리언의 자유로운 소통을 통해 미래에 만들어지는, 곧 지금까지 존재하지 않았던 '새로운' 공통성이기 때문이다. 달리 말해 각 지역 코리언 생활문화의 '현존하는' 유사성과 차이는 극복되어야 할 대상이 아니라 그 자체로 인정되어야 하며, 미래의 코리언 생활문화를 낳는 토대로서 기능하면 되는 것이다. 코리언 생활문화의 통합은 본질주의적 시각에서 벗어나 대등하게 이루어지고, 나아가 새로운 공통성을 창출하는 단계로 발전해가야 한다(〈그림 2〉).

4. 맺음말

코리언은 더 이상 단일문화 공동체가 아니다. 강제적 민족이산과 분단을 체험한 코리언이 다문화 공동체로 변화하는 것은 필연적이다. 또한 어떤 개인이 특정 문화를 향유하지 않는다고 해서 코리언이라는 민족공동체로부터 자동적으로 배제되는 것도 아니다. 민족공동체는 문화, 혈연 같은 종족적 요소뿐 아니라 타민족과의 관계라는 정치적 요소로도 규정되기 때문이다. 다시 강조하지만 특정한 종족적 요소의 결여가 반드시 민족공동체 구성원으로서의 '자격 없음'을 의미하는 건 아니다.

그렇지만 간과할 수 없는 점은 공통문화와 통합성의 관계다. 특정 문화를 향유하고 있지 않다고 해서 민족공동체의 구성원이 아닌 것은 아니지만, 민족공동체의 구성원이 공통의 문화를 향유한다면, 곧 민족공동체의 공통문화가 많아질수록 민족공동체의 통합성도 강화된다. 사례를 들자면 '우리말'을 하지 못해도 코리언이지만, 코리언이 어휘, 문법, 음운 하나하나까지 완전히 같지는 않더라도 서로 통하는 말을 쓰고 있다면 코리언의 통합성은 이러한 말을 쓰지 않을 때보다는 높아질 수 있다.

이 글에서 코리언 생활문화를 바라보는 패러다임을 배제에서 통합으로 전환해가자고 제안하는 배경에는 바로 위와 같은 코리언의 현실과 실천적 지향이 놓여 있다. 이 글의 핵심 주장을 한마디로 요약한다면, 코리언 생활문화를 관찰할 때 과거부터 존재해왔다고 여겨지는 무언가 본질적 문화요소를 확인하려 노력하기보다는, 오늘날 코리언이 세계 각지에서 나름대로 향유하고 있는 생활문화의 차이를 존중하면서도, 민족공동체의 통합성을 높여 나가기 위해 가능한 수준에서 생활문화의 공통성도 만들어 나가자는 것이다. 따라서 통합 패러다임은 코리언의 현재를 출발점으로 삼아, 코리언의 미래를 전망해보려는 미래지향성을 갖는다고 말할 수 있다.

'심층적 사례연구를 기반으로 한 비교연구'는 바로 이 미래지향적 과제를 푸는데, 곧 코리언 생활문화의 통합성을 높이는 데 유용한 방법이다. 이 방법은 첫째, 각 지역 코리언 생활문화에 대한 이해를 심화시켜 줌으로써 남한중심주의, 타자의 시선 같이 생활문화의 대등한 통합을 방해하는 인식을 극복시켜주고, 둘째, 어떠한 조건의 영향력이 강화될 때 생활문화의 공통성 창출에 유리한지를 알게 해 줌으로써 코리언의 통합성을 높이기 위한 실천적 · 현실적 개입을 가능하게 해 준다. 앞으로 본격화할 코리언 생활문화 비교연구가 코리언의 통합성을 높이는 데 기여할 수 있기를 기대해본다.

참고문헌

1. 단행본

김덕호 · 원용진, 『아메리카나이제이션』, 푸른역사, 2008.

루트비히 비트겐슈타인 지음, 이영철 옮김, 『청색책, 갈색책』, 책세상, 2006.

마빈 해리스 지음, 서진영 옮김, 『음식문화의 수수께끼』, 한길사, 2012.

비판사회학회 엮음, 『사회학: 비판적 사회읽기』, 한울, 2012.

윤택림 · 함한희, 『새로운 역사쓰기를 위한 구술사 방법론』, 아르케, 2006.

임채완 외, 『재외한인과 글로벌네트워크』, 한울아카데미, 2006.

Ragin, Charies C., *The Comparative Method: Moving Beyond Qualitative and Quantitative Strategies*, University of California Press, 1987.

2. 논문

강정희, 「재일 한국인의 한국어에 대한 언어태도 조사-오사카 지역사회를 중심으로」, 『어문학』 제86집, 한국어문학회, 2004, 1~29쪽.

권숙인, 「현지화 · 정형화 · 지구화: 재멕시코/일본 한인의 민족음식문화」, 『비교문화연구』 제11집 2호, 서울대학교 비교문화연구소, 2005, 5~34쪽.

김광억, 「중국 한인동포의 이주사와 생활문화-평가와 전망」, 『재외 한인동포 이주사와 생활문화(국립민속박물관 · 한국문화인류학회 주최 학술대회 [2005년 9월 27일] 발표논문집)』, 국립민속박물관 · 한국문화인류학회, 2005, 7~24쪽.

김귀옥, 「분단과 전쟁의 디아스포라」, 『역사비평』 91호, 역사비평사, 2010, 53~94쪽.

______, 「1960~1970년대 비전향장기수와 감옥의 일상사-비전향장기수의 구술기억을 따라」, 『역사비평』 94호, 역사비평사, 2011, 258~297쪽.

김미영, 「남북한 통일문화를 위한 민속학적 접근」, 『국학연구』 제10집, 한국국학진흥원, 2007, 345~378쪽.

김세건, 「멕시코 한인동포의 이주사와 생활문화」, 『재외 한인동포 이주사와 생활문화(국립민속박물관 · 한국문화인류학회 주최 학술대회[2005년 9월 27일] 발표논문집)』, 국립민속박물관 · 한국문화인류학회, 2005, 117~131쪽.

김왕식, 「재일 한국인의 민족 정체성 변화와 그 촉진 요인」, 『한국언어문화학』 제2권 1호, 국제한국언어문화학회, 2005, 33~47쪽.

김진환, 「조선노동당의 집단주의 생활문화 정착 시도」, 『북한연구학회보』 제14권 제2호, 북한연구학회, 2010, 23~48쪽.

______, 「재일조선인 정체성 연구 현황과 과제」, 『한민족문화연구』 제39집, 한민족문화학회, 2012, 373~404쪽.

김진환 · 김종군, 「코리언 생활문화: 개념, 의의, 연구방법」, 건국대학교 통일인문학연구단 편, 『코리언의 생활문화』, 선인, 2012, 19~34쪽.

김진환 · 김붕앙, 「재일조선인의 생활문화」, 건국대학교 통일인문학연구단 편, 『코리언의 생활문화』, 선인, 2012, 193~223쪽.

문옥표, 「관서지역 한인동포 생활문화의 특징」, 한국문화인류학회 편, 『일본 관서지역 한인동포의 생활문화』, 국립민속박물관, 2002, 15~44쪽.

______, 「일본 한인동포의 이주사와 생활문화-동화정책과 민족정체성」, 『재외 한인동포 이주사와 생활문화(국립민속박물관 · 한국문화인류학회 주최 학술대회[2005년 9월 27일] 발표논문집)』, 국립민속박물관 · 한국문화인류학회, 2005, 67~82쪽.

박경용, 「코리안 디아스포라 생활사 연구의 구술사 활용방법-인류학적 관점을 중심으로」, 『민족문화논총』 제50집, 영남대학교 민족문화연구소, 2012, 255~295쪽.

오영숙, 「1950년대 남한의 코미디 영화와 미국주의의 이중성」, 건국대학교 통일인문학연구단 편, 『문화분단: 남한의 개인주의와 북한의 집단주의』, 선인, 2012, 19~57쪽.

유철인, 「하와이 한인동포의 이주사와 생활문화」, 『재외 한인동포 이주사와 생활문화(국립민속박물관 · 한국문화인류학회 주최 학술대회[2005년 9월 27일] 발표논문집)』, 국립민속박물관 · 한국문화인류학회, 2005, 91~111쪽.

윤인진, 「재미 한인의 민족 정체성과 애착의 세대간 차이」, 『재외한인연구』 제6호, 재외한인학회, 1996, 66~95쪽.

______, 「코리안 디아스포라: 재외한인의 이주, 적응, 정체성」, 『한국사회학』 제37집 4호, 한국사회학회, 2003, 101~142쪽.

이광규, 「미국과 소련의 교포사회 비교」, 『미소연구』 제5권, 단국대학교 미소연구소, 1991, 335~357쪽.

임영상, 「코리언 디아스포라와 구술사」, 『한국외국어대학교 역사문화연구』 제19집, 한국외국어대학교 역사문화연구소, 2003, 1~22쪽.

임채완, 「중앙아시아 고려인의 언어적 정체성과 민족의식」, 『국제정치논총』 제39집 2호, 한국국제정치학회, 1999, 317~338쪽.

임현진, 「역사로 되돌아가자: 비교사회학의 방법론적 전략」, 한국비교사회연구회 편저, 『비교사회학: 방법과 실제 II』, 열음사, 1992, 15~44쪽.

장윤수, 「재외한인사회와 민족문화네트워크」, 『대한정치학회보』 14집 2호, 대한정치학회, 2006, 103~130쪽.

______, 「재외한인의 문화생활 비교연구」, 『국제지역연구』 제10권 제4호, 한국외국어대학교 국제지역연구센터, 2007, 287~325쪽.

전경수, 「중앙아시아 한인동포의 이주사와 생활문화-디아스포라론과 코스모폴리타니즘의 민류학」, 『재외 한인동포 이주사와 생활문화(국립민속박물관 · 한국문화인류학회 주최 학술대회[2005년 9월 27일] 발표논문집)』, 국립민속박물관 · 한국문화인류학회, 2005, 31~60쪽.

전영선, 「북한의 대외문화 교류와 문화외교 연구: 해방 이후 북한 민주건설시기의 북-소 문화교류를 중심으로」, 『중소연구』 제35권 제1호, 한양대학교 아태지역연구센타, 2011, 143~167쪽.

정근식, 「중앙아시아 한인의 일상 생활과 문화」, 『사회와역사』 제48권, 한국사회사학회, 1996, 87~132쪽.

정병호, 「한국의 다문화 공간: 문화의 창구, 시대의 접점」, 정병호 · 송도영 엮음, 『한국의 다문화공간』, 현암사, 2011, 13~46쪽.

정진아, 「북한이 수용한 '사회주의 쏘련'의 이미지」, 『통일문제연구』 제22권 2호, 평화문제연구소, 2010, 139~168쪽.

_____, 「연해주 · 사할린 한인의 삶과 정체성: 연구동향과 과제를 중심으로」, 『한민족문화연구』 제38집, 한민족문화학회, 2011, 391~421쪽.

정진아 · 김발레랴, 「재러 고려인의 생활문화」, 건국대학교 통일인문학연구단 편, 『코리언의 생활문화』, 선인, 2012, 155~192쪽.

정진아 외, 「기획 좌담: 코리언의 생활문화와 민족 공통의 생활문화 모색」, 『통일인문학논총』 제54집, 건국대학교 인문학연구원, 2012, 7~55쪽.

존 스튜어트 밀 지음, 차종천 옮김, 「비교의 두 방법」, 한국비교사회학회 편저, 『비교사회학: 방법과 실제 Ⅰ』, 열음사, 1990, 217~221쪽.

허명철 · 박영균, 「재중 조선족의 생활문화」, 건국대학교 통일인문학연구단 편, 『코리언의 생활문화』, 선인, 2012, 115~154쪽.

허은, 「미국이 남한사회와 생활문화에 끼친 영향」, 『인문학 분단을 보다(건국대학교 통일인문학연구단 주최 국제학술대회[2010년 7월 10일] 발표논문집)』, 건국대학교 통일인문학연구단, 2010, 149~170쪽.

____, 「냉전시대 남북 분단국가의 문화정체성 모색과 '냉전 민족주의'」, 『한국사학보』 제43호, 고려사학회, 2011, 209~243쪽.

제2장 코리언의 민족어 현실과 통합의 미래*

중심과 주변의 위계를 넘어

정진아**

1. 머리말

언어는 사람의 정서와 생활을 표현하고, 소통하는 기본 수단이다. ‘민족어’는 “같은 민족끼리 공통으로 쓰는 언어”로서 민족의 역사와 함께 형성, 발전되었으며, 민족의 공통성을 확인하는 중요한 수단이다.[1] 코리언의 민족어는 남과 북의 한국어, 조선어뿐 아니라 재중 조선족의 조선어, 재러 고려인의 고려말, 재일조선인의 조선어, 재미 한인의 한국어 등 우리 겨레의 말이 모두 포함된다.[2] 한반도 거주민이라면 누구나 민

---

* 이 글은 『겨레어문학회』 제51집(2013년 12월)에 수록되었음.

** 건국대학교 통일인문학연구단 HK교수.

1) 국립국어원, 『표준국어대사전』(http://stdweb2.korean.go.kr/), ‘민족어’ 항목 참조.

2) 이 글에서 필자가 ‘한민족’이 아니라 ‘코리언’, ‘겨레말’이 아니라 ‘민족어’라는

족어로 소통하고 교류하는 것이 당연하다고 생각할 것이다. 그러나 코리언으로 확장하면 이는 결코 간단치 않은 문제이다. 언어는 소속 국가가 가진 권력의 실현 수단이고, 그 속에서 민족 고유의 언어를 지킨다는 것은 쉽지 않은 문제이기 때문이다.

코리언의 언어는 한반도 거주민들의 언어와는 다른 특징을 가지고 있다. 모국과의 분리, 소속 국가의 언어 압력과 언어 접변은 언어의 차이를 확대시키는 요인이었고, 그 차이는 그들이 처한 조건에 따라 동일하지 않았다. 어느 지역은 민족어의 사용 비율이 높았고 어느 지역은 사용 비율이 극히 저조하였다. 어느 지역에서는 우리 민족의 자랑스러운 문화로서 민족어에 큰 의미 부여를 하였지만, 큰 의미를 부여하지 않는 곳도 있었다. 또한 민족어 사용 비율과 문화적 자부심이 일치하는 것도 아니었다.

이 글의 목적은 동아시아 코리언의 언어생활을 비교 연구하는 한편, 그 과정에서 시론적이나마 코리언 언어통합의 방안을 전망해보는 데 있다. 연구를 동아시아로 한정한 이유는 동아시아 코리언은 거주국에서의 민족차별과 더불어 한반도의 군사적 충돌과 전쟁 위기 등 식민지배와 분단에 따른 고통에 직접적으로 영향을 받는 존재로서 통일과 문화통합에 대한 관심과 열망이 다른 지역의 코리언보다 강렬하기 때문이다.

그동안 동아시아 코리언의 언어생활에 대한 연구는 크게 두 갈래로 진행되었다. 첫째, 언어와 민족정체성의 상관관계 및 민족교육의 내용에 대해 고찰하는 연구와 둘째, 코리언이 구사하는 이중언어의 특징을

용어를 사용하는 이유는 첫째, 우리 민족을 부르는 용어가 한민족/조선민족, 우리 민족이 사용하는 언어를 부르는 용어가 한국어/조선어/고려말 등으로 통일되어 있지 않기 때문이다. 둘째, 우리 민족의 언어통합 문제에 접근하는 데 있어서 '코리언', '민족어(national Language)' 등 가치중립적인 용어를 사용하고자 하기 때문이다.

구체적으로 살펴보는 연구가 그것이다.[3] 그러나 두 연구의 궁극적인 목표와 지향점은 민족어의 구사 정도를 통해 민족정체성을 검증하는 것으로 동일했다. 이는 연구자들이 코리언의 언어생활이 민족정체성과 긴밀히 연관되어 있고, 민족어를 유지한다면 민족정체성 또한 강고하게 유지될 것이라는 가설을 전제하고 있기 때문이다.[4]

코리언의 언어습관은 그들이 처한 정치사회적 조건과 삶의 방식 속에서 변모해왔다. 민족정체성은 코리언의 언어생활에 영향을 미치는 요소이긴 했지만, 그것이 절대적인 조건은 아니었다.[5] 오히려 소속 국가에

---

3) 이은규, 「중국 조선어의 이질화 현상에 대하여」, 『한글』 212, 1991; 킹러쓰 · 연제훈, 「중앙아시아 한인들의 언어」, 『한글』 217, 1992; 김송이, 「재일자녀를 위한 총련의 민족교육 현장에서: 오사까 조선고급학교에서의 〈국어〉 수업과 〈세계문학〉 수업을 두고」, 『이중언어학』 10-1, 1993; 김동소 · 이은규 · 최희수, 「중국 조선족 언어연구」, 『한국전통문화연구』 9, 1994; 허승철, 「구소련지역 한인의 언어동화와 이중언어 사용에 대한 사회언어학적 연구」, 『재외한인연구』 6-1, 1996; 『윤인진, 「중앙아시아 한인의 언어와 민족정체성」, 『재외한인연구』 7-1, 1998; 임채완, 「중앙아시아 고려인의 언어적 정체성과 민족의식」, 『사회과학연구소 연구총서』 5, 1999; 정병호, 「언어생활과 민족교육」, 『일본 관서지역 한인동포의 생활문화』, 국립민속박물관, 2002; 이주행, 「남한과 중국 조선족 사회의 언어 비교연구」, 『언어과학연구』 26, 2003; 곽충구, 「중앙아시아 고려말의 역사와 그 언어적 성격」, 『관악어문연구』 29, 2004; 강정희, 「재일 한국인의 한국어에 대한 언어태도 조사-오사카 지역사회를 중심으로」, 『어문학』 86, 2004; 김기창, 「재중동포 대학생의 작문에 나타난 중국 조선어와 한국어의 언어차이 현상」, 『새국어교육』 83, 2009; 송재목, 「총련 조선고급학교 국어교과서의 변천-2003년도 개정된 교과서를 중심으로」, 『언어와 문화』 8-3, 2012.

4) 김민수, 「민족과 민족어」, 『이중언어학』 1, 1983; 남기심, 「이중언어교육이 가져오는 것」, 『이중언어학』 1, 1983; 임채완, 「중앙아시아 고려인의 언어적 정체성과 민족의식」, 『사회과학연구소연구총서』 5, 1999; 허명철, 「중국조선족 공동체에 대한 이론적 접근」, 『재외한인연구』 14, 2003; 윤인진, 『코리안 디아스포라-재외 한인의 이주, 적응, 정체성』, 고려대학교 출판부, 2004; 강정희, 「재일 한국인의 한국어에 대한 언어태도 조사-오사카 지역사회를 중심으로」, 『어문학』 86, 2004 참조.

5) 민족정체성 또한 추상적이거나 초역사적으로 존재하는 것이 아니라 구체적인 역사 속에서 끊임없이 재구성되어왔다(정근식 · 염미경, 「디아스포라, 귀

서의 삶의 조건이 그들의 언어습관을 규정했다. 그러므로 이제는 민족 정체성을 기준으로 코리언의 언어습관을 평가하는 방식을 재고하고, 코리언의 삶 속에서 코리언의 언어를 이해하는 방향으로 나아가야 할 것이다.

따라서 이 글에서는 동아시아 코리언의 언어 실태를 조사하는 한편, 코리언의 언어 실태 속에서 이들의 삶을 이해하는 가운데 민족어 통합의 방향을 모색하는 방향으로 연구를 진행하고자 한다.[6] 또한 각국 코리언의 언어 사용 실태와 더불어 과연 이들은 민족어에 어떤 의미를 부여하고 있는지, 이들의 의식과 무의식 속에는 민족어에 대한 어떠한 생각이 깃들어 있는지 살펴보고자 한다. 이는 곧 언어라는 생활의 기본수단을 통해 그들의 삶의 조건과 지향을 이해하는 과정이 될 것이다.

건국대학교 통일인문학연구단은 2011년 6월부터 2012년 3월까지 약 10개월간에 걸쳐 중국 연변지역의 재중 조선족, 러시아의 연해주 및 사할린 지역의 재러 고려인, 일본의 도쿄와 오사카 지역의 재일조선인, 서울 근교의 한국인과 북한이탈주민 1,500여 명을 대상으로 민족정체성과 언어를 비롯한 생활문화에 대한 설문조사를 실시하였다.

중국은 연변대학의 도움으로 2011년 7월 8일부터 7월 25일까지 연변의 8개현, 시(연길, 용정, 도문, 훈춘, 화룡, 왕청, 안도, 돈화)에 거주하는

환, 출현적 정체성-사할린 한인의 역사적 경험」, 『재외한인연구』 9, 2000; 정진아, 「연해주 사할린 한인의 삶과 정체성-연구동향과 과제를 중심으로」, 『한민족문화연구』 38, 2011; 김진환, 「재일조선인 정체성 연구현황과 과제」, 『한민족문화연구』 39, 2012 참조).

6) 코리언의 민족어 통합에 대한 연구는 주로 남북의 언어통합 문제에 집중되었다. 코리언의 민족어는 주변으로서, 가능하면 표준화를 지향해야 하는 언어로 취급되었다. 코리언의 민족어 또한 동등한 민족어의 범주이고, 문학 활동을 통해 그들이 민족어를 풍성하게 해왔음을 인정한다면 이제 민족어 통합 논의는 거주국의 언어 간섭을 극복하고, 각 지역에 거주하는 코리언의 민족어 특징을 살리면서 통합의 방향을 모색하는 방향으로 진행되어야 할 것이다.

조선족을 상대로 설문조사를 진행하였다. 러시아는 우수리스크 고려인 민족문화자치회의 도움으로 2011년 6월 1일부터 11월 30일까지 연해주와 사할린에 거주하는 고려인을 대상으로 조사하였고, 일본은 2011년 10월부터 12월까지 코리아NGO센터의 도움으로 도쿄와 오사카의 재일조선인들에게 설문조사를 진행하였다. 한국인은 2012년 2월 10일부터 3월 10일까지 서울 · 경기 지역의 주민을 대상으로, 북한이탈주민은 2012년 1월 16일부터 1월 28일까지 서울 · 경기 지역에 거주하는 북한이탈주민을 대상으로 설문조사를 진행하였다. 설문조사 방식은 직접 대면조사의 방식을 취하였다.

이렇게 해서 회수한 설문지는 재중 조선족 300부, 재러 고려인 326부(연해주 296부, 사할린 30부), 재일조선인 316부, 한국인 501부, 북한이탈주민 110부였으며, 이중에서 답변이 성실하지 않거나 진의가 의심스러운 질문지를 제외하고 분석대상으로 삼은 설문지는 재중 조선족 297부, 재러 고려인 326부, 재일조선인 314부, 한국인 501부, 북한이탈주민 109부였다.[7] 본 연구는 이 설문조사를 기초자료로 하고, 여타 자료와 연구서를 비교 검토하는 가운데 작성되었다.

2. 코리언의 일상생활과 민족어

1) 민족어 사용비율

중국, 러시아, 일본에 사는 코리언은 일상생활에서 어느 정도 민족어

7) 각 지역의 민족어 실태를 논하기 위해서는 북한의 경우, 북한 주민을 대상으로 설문조사를 해야 하지만, 현실적으로 북한 주민에 대한 설문조사가 불가능한 상황에서 북한이탈주민을 대상으로 설문조사를 진행하였다.

를 사용하고 있을까? 실태를 확인하기 위해 "집에서 일상적인 대화에 사용하는 언어는 무엇인가?"라는 질문을 던졌다. 재중 조선족의 70.4%, 재러 고려인의 1.8%, 재일조선인의 1.9%가 집에서 민족어를 사용한다고 답했다. 코리언 중 한국인을 제외하면 재중 조선족만이 집안의 일상적인 대화에서 민족어 사용습관을 유지하고 있는 것으로 나타난 것이다. 재러 고려인과 재일조선인은 일상생활에서도 러시아어와 일본어 사용률이 높았고, 특히 재일조선인의 조선어 사용 비율은 섞어 쓰는 경우를 포함해도 17.5%에 불과했다. 재중 조선족을 제외하면 현저히 낮은 수치이다.

〈표 1〉 집에서 일상적인 대화에 사용하는 언어는 무엇인가? (단위: %)

분류	재중 조선족	재러 고려인	재일조선인	북한이탈주민[8]
한국어(조선어)	70.4	1.8	1.9	23.9
소속 국가어	4.0	72.7	81.2	15.6
섞어 쓴다	25.6	23.6	15.6	58.7
무응답	-	1.9	0.6	1.8
중복응답	-	1.8	0.6	-

재중 조선족은 40대를 제외한 전 연령에서 민족어 사용 비율이 70%를 넘어서고 있었다. 그러나 40대는 58.3%에 불과하였다. 이들은 문화대혁명 이후 한족 중심의 민족정책이 강화된 시점에 학교 교육을 받은 세대이다. 따라서 이들에게는 한족 중심주의가 강하게 투영되어 있다. 주목할 만한 것은 학력이 높을수록, 소득이 높을수록 민족어 사용 비율의 낮아지는 현상이다. 중국사회에 성공적으로 편입될수록 가정과 사회에서

8) 북한이탈주민의 경우 한국어(조선어)는 문화어로, 소속국가어는 남한 표준어로 바꾸어 질문하였다.

민족어 사용빈도가 낮아지고 있었다.

재러 고려인의 경우는 10대 84.2%, 20대 72.7%, 30대 64.9%, 40대 66.0%, 50대 38.5%, 60대 18.6%로 연령대가 낮을수록 러시아어 사용 비율이 높았다. 1970년대 사회주의 동화정책이 강화된 이후에 태어난 40대의 러시아어 사용 비율이 50~60대에 비해 큰 폭으로 증가하고 있음을 볼 수 있었다. 고려인들이 매우 빠른 속도로 민족어를 상실했고, 그 자리를 러시아어가 대체했으며 1970년대 그러한 경향이 가속화되었음은 1959~1989년의 소련 인구센서스에서도 입증된다. 1959년 재러 고려인들의 고려말 사용 비율은 79.3%였으나 1970년에는 68.6%, 1979년 55.4%, 1989년 47.2%로 급속히 줄어들었다. 특히 1970년대에 15% 가까이 감소한 것이다.

1959년부터 1989년까지 구소련 지역 내 소수민족 전체의 민족어 사용 비율은 87.6%에서 82.8%로 4.8% 감소했을 뿐이지만, 이 기간 동안 고려인들의 민족어 상실률은 32.1%에 달했다. 이것은 인구 20만 이상의 소수민족 중 가장 높은 것이었다.[9] 여타 소수민족들은 민족어 전용에서 민족어를 제1언어로 하고 러시아어를 제2언어로 사용하는 '민족어 유지형 언어교체 방식'을 주로 선택하였다. 그러나 고려인들은 러시아어를 제1언어로 하고 민족어를 제2언어로 선택했다가 급속히 러시아어를 전용하는 '민족어 상실형 언어교체' 방식을 선택하였다. 독신가족이나 핵가족에 비해 2대 가족, 3대 가족이 러시아어와 민족어를 섞어 쓰는 비율이 높았지만 점차 핵가족화하는 양상에 따라 언어의 러시아화는 강화될 것으로 보인다.[10]

9) 허승철, 「구소련 지역 한인의 언어 동화와 이중언어 사용에 대한 사회언어학적 연구」, 『재외한인연구』 제6호, 1996, 43~44쪽.

10) 정진아 · 김발레랴, 「재러 고려인의 생활문화」, 『코리언의 생활문화』, 선인, 2012, 163쪽.

재일조선인은 일본어 사용 비율이 81.2%로 코리언 중에서 가장 높았다. 10대의 경우는 전 연령대 중 조선어 사용 비율이 9.1%, 섞어 쓰는 비율도 31.8%로 가장 높고, 일본어 사용 비율은 59.1%로 가장 낮았다. 20대는 일본어 92.9%, 섞어 쓰는 비율이 5.4%로 일본어 사용 비율이 가장 높았다. 20대가 되어 본격적인 사회생활을 시작하면 일본어 사용 비율이 급증하고 민족어 사용 비율은 현저히 낮은 수준으로 떨어지는 것이다.[11)]

한편, 국적에 따라서도 일본어 사용 비율에 차이가 컸다. 일본어 사용 비율과 섞어 쓰는 비율을 비교해본 결과, 조선국적자는 56.0% : 44.0%, 한국국적자는 81.8% : 14.2%, 일본국적자는 94.3% : 5.7%였다. 일본국적자의 언어동화 현상이 심각했다. 또한 민족교육 경험이 있을 경우 일본어 사용 비율은 평균보다 낮은 73.3%를, 섞어 쓰는 비율은 평균보다 높은 25.7%를 기록했고, 민족교육 경험이 없을 경우 일본어 사용 비율은 평균보다 높은 85.0%, 섞어 쓰는 비율은 평균보다 낮은 10.7%로 나타났다. 국적과 민족교육이 언어동화에 영향을 미치고 있음을 알 수 있다.

재중 조선족, 재러 고려인, 재일조선인의 언어습관은 디아스포라로서의 삶, 거주국의 언어정책과 깊은 관련이 있다. 언어는 일상생활에서 사용되는 중요한 자기 표현수단이므로 일상생활에서 자주 사용될수록, 일상생활에서 그 필요성이 인정될수록 사용빈도가 높아진다. 그러나 재일조선인과 재러 고려인들은 일상생활에서 민족어를 사용할 수 있는 조건을 갖지 못하였다.

재일조선인은 식민모국에서 온갖 차별과 멸시를 감당하면서 살아왔다. 언어는 곧 차별의 표식이었다. 일상적인 차별로 인해 한국어(조선어)를 함부로 사용할 수 없는 환경 속에서 이들은 점차 민족어를 잃어

11) 건국대학교 통일인문학연구단 재일조선인 민족공통성 설문조사 결과.

갔다. 설문에 참여한 연해주 지역 고려인들은 1937년 스탈린의 강제이주 정책으로 인해 중앙아시아 지역으로 이주했다가 1990년대 이후 연해주 지역으로 돌아왔다. 오랜 기간 고국과 먼 거리에서, 고국과 관련 없이 살아온 그들은 현지 적응 과정에서 급속히 민족어를 상실하였다. 고려말은 가정에서만 사용될 뿐 거주국에서 제2외국어로서의 효용성도 인정받지 못하는 언어였다. 민족어가 유지될 수 있는 기반이 극히 취약했던 것이다. 그들은 지역에서의 생존과 신분 상승의 전략으로 자의반 타의반 민족어를 상실해갔다.

반면에 재중 조선족이 조선어 중심의 언어습관을 유지하고 있는 데에는 설문조사 지역이 연변이라는 점, 연변조선족자치주가 중국어와 함께 조선어를 공식 언어로 사용하고 있다는 점이 크게 작용하고 있다. 연변 지역에서는 조선족뿐 아니라 한족들도 어느 정도 조선어를 사용할 수 있고, 조선어만 사용해도 일상생활에 큰 불편을 느끼지 않을 수 있기 때문이다.[12)]

한편, 북한이탈주민의 언어생활을 코리언 디아스포라와 비교하기는 어렵다. 북한이탈주민은 한국에 와서 한국인들이 사용하는 서울 표준말에 적응하려고 노력하지만, 기본적으로 조선어(문화어)를 사용하고 있기 때문이다. 이들의 언어변화는 조선어(문화어)의 기본구조 속에서 억양과 방언을 한국 표준어로 고치는 선에서 이루어지고 있다. 민족어 테두리 내에서의 변화인 것이다.

이렇게 코리언을 둘러싼 언어 환경은 코리언의 민족어 사용 비율에 결정적인 영향을 미치고 있다. 1989년 한 · 소 수교 후 고려인들의 언어 태도는 이를 입증해준다. 한 · 소 수교 후 고려인들은 민족어에 큰 관심

12) 개혁개방 이후 조선족의 인구이동이 심해짐에 따라 재중 조선족 또한 민족어 상실의 문제를 심각하게 고민하고 있다. 그러나 이러한 고민들은 아직 민족 교육에 대한 당위적인 강조 이상을 벗어나지 못하고 있다.

을 보이기 시작하였다. 이는 모국문화에 대한 향수와 동경이라는 측면도 있지만, 한국과 러시아의 경제 교류 확대에 따라 민족어 구사 능력이 가져다 줄 경제적 이익이라는 실리적 측면도 크게 작용하였다. 만일 민족어의 효용가치가 입증된다면 민족어는 다시 위상을 회복하고 빠르게 확산될 가능성이 있다.[13)]

곧, 한국어(조선어)를 접할 수 있는 환경이 늘어날수록, 한국어가 취업기회 및 제2외국어 등 실질적인 효용성을 획득할수록 한국어(조선어) 사용 비율은 높아질 것이고, 반대로 한국어(조선어)의 일상적 · 실질적 효용성이 계속 낮은 상태에 머문다면 세대가 높아질수록 한국어(조선어) 사용 비율은 갈수록 낮아지고 언어동화는 심화될 수밖에 없을 것이다. 그런 의미에서 한반도와 거주국과의 교류 확대는 앞으로 코리언의 민족어 사용 비율에 큰 영향을 미칠 것으로 보인다.

2) 민족어 구사의 실제

체제와 이념, 공간을 달리하면서 살아온 코리언의 언어는 음운, 문법, 어휘의 차이에 의해 이질화되고 있다. 남과 북의 언어 차이는 크지 않지만, 소속 국가에서 이중언어를 구사하고 있는 재중 조선족, 재러 고려인, 재일조선인에게서는 두 언어의 접촉에서 일어나는 언어간섭 현상이 발생하고 있어 언어소통에 일정한 장애요인이 되고 있다. 민족어의 영역 안에 있는 한국인과 북한이탈주민 사이에도 남과 북의 언어정책에 따른

---

13) 허승철, 「구소련 지역 한인의 언어 동화와 이중언어 사용에 대한 사회언어학적 연구」, 『재외한인연구』 제6호, 1996, 62~63쪽. 이러한 현상은 재미교포들에게서도 발견된다. 한국의 경제적 성장으로 한국학이 주목을 받자 한국학 분야로 진출하는 재미교포들이 급증한 것이다. 이들에게 한국학은 한국어와 한국문화에 익숙한 자신들의 경쟁력을 살려 미국학계에 진출할 수 있는 유력한 통로로 인식되고 있다.

말다듬기로 인해 일정한 차이가 나타나고 있다.

이 절에서는 체제와 이념을 달리해온 남과 북의 언어 차이를 한국인과 북한이탈주민을 대상으로 살펴보는 한편, 각 지역 코리언 언어의 특징이 되고 있는 언어간섭 현상과 그 특징을 고찰해보고자 한다. 이중언어 연구의 선구자인 바인리히는 언어접촉 과정에서 발생하는 언어간섭의 형태를 크게 음운적 간섭과 문법적 간섭, 어휘적 간섭으로 구분하였다.[14] 다음에서는 바인리히의 구분법을 차용하여 코리언의 언어간섭 형태를 살펴볼 것이다.

(1) 한국인과 북한이탈주민

남과 북의 언어는 의사소통에 지장이 될 정도로 이질성이 크지는 않다.[15] 일제시기인 1933년 조선어학회에서 제정한 한글맞춤법 통일안에 뿌리를 두고 있기 때문이다. 그러나 분단 이후 체제를 달리하는 두 국가가 언어정책에 따라 맞춤법 통일안을 수정하고, 말다듬기를 추진하는 가운데 다소 차이가 발생하였다. 그중 가장 큰 것이 어휘상의 차이였다. 북한이탈주민을 대상으로 조사한 결과 북한이탈주민의 입장에서 볼 때 남한 어휘는 한자어와 외래어가 많아 생소하고 이해하기 힘들고,[16] 한

---

14) Weinreich, Uriel, *Languages in contact: findings and problems*, New York: Linguistic Circle of New York, 1953 참조.

15) 김민수는 남북의 언어 차이를 "흔히 보는 방언의 생성과정", "언어분화의 극히 초기단계"라고 표현하였고(김민수, 「남북언어의 비교-통일 후의 한민족어 교육을 위한 제언」, 『강남어문』 9, 1996, 65쪽), 홍윤표 남북공동사전편찬위원회 남측공동위원장은 남과 북의 언어는 본질적으로 다르지 않고, 문법구조나 음운체계는 거의 차이가 없으며 어휘만이 부분적으로 서로 차이를 보인다고 말하였다(홍윤표, 「≪겨레말큰사전≫ 편찬은 왜 필요한가」, 『겨레말소식』 창간호, 2006, 21쪽). 그러나 남북의 언어 차이를 어휘와 문법이 아니라 문화와 맥락의 관점에서 본다면 이견이 존재할 것이다.

16) 국립국어원이 북한이탈주민을 대상으로 남한의 신문, 잡지, 방송에서 나오는 어휘 중 모르는 어휘를 조사한 결과 전체 어휘 3,717개 중에서 한자어가 2,780

〈표 2〉 북한 주민들이 생소하게 느끼는 남한의 한자어, 외래어

한자어	(1) 소모적, 이례적, 환경친화적, 가시화, 공론화, 쟁점화, 활성화, 발대식, 출정식, 현판식 (2) 가시화되다, 공론화하다 (3) 공주병, 왕자병, 폭주족 (4) 가출, 결손가정, 무의탁노인, 급발진, 문제아, 기성세대, 명퇴, 연봉, 특목고, 파출부, 원조교제, 견적, 신장개업, 중도금, 할부, 자동이체, 경선, 지자체, 총선
외래어	가이드, 게임, 고스톱, 뉴스, 데이트, 드라마, 레슨, 로얄층, 벤처, 벨트, 부츠, 뷔페, 서비스, 선글라스, 세미나, 세일즈, 썬팅, 쇼, 쇼핑, 슈퍼, 스타, 스타킹, 스포츠, 아나운서, 아르바이트, 아이디어, 앵커, 예스, 인스턴트, 징크스, 챔피언, 체인점, 카드, 카펫, 터미널, 팬

※ 참고문헌: 문금현, 「남북한 어휘의 이질화 양상」, 『어문학』 83, 2004.

국인의 입장에서는 북한 어휘 중 말다듬기를 한 용어가 매우 생소하게 느껴지는 것으로 나타났다.[17]

북한이탈주민이 남한의 한자어를 생소하게 느끼는 이유는 남한에서 원래 있는 한자 단어에 '-적', '-화', '-식' 등의 접미사를 붙여 파생어를 만들고(1), 다시 여기에 '하다', '되다'가 결합되어 새로운 단어가 만들어지며(2), 접사적인 성격을 가진 어근을 결합하여 합성어를 만들기 때문이다(3). 또한 사회생활의 변화에 따라 새로운 한자어들이 만들어지기 때문이다(4). 또한 북한이탈주민은 외래어를 가능하면 고유어로 다듬는 북한의 언어정책에 익숙하기 때문에 외래어를 그대로 사용하는 남한의 어휘를 이해하지 못하며, 고유어 중에도 달동네, 짠돌이, 치맛바람, 도우

개로 74.79%, 외래어가 651개로 17.51%, 고유어가 286개로 7.69%를 차지했다. 북한 주민들은 주로 남한의 한자어와 외래어에서 언어 이질감을 느끼고 있는 것으로 드러났다(국립국어연구원, 『북한주민이 모르는 남한 어휘』, 2000 참조).

17) 문금현, 「남북한 어휘의 이질화 양상」, 『어문학』 83, 2004, 77~85쪽 참조.

〈표 3〉 남한 주민들이 생소하게 느끼는 북한의 문화어, 다듬은 말

문화어로 편입된 방언	가시아버지(장인), 꼬아리(꽈리), 나주막(나중), 너렁하다(넓다), 내절로(스스로), 눈귀(눈초리), 달비(다리), 마사지다(부서지다), 말참네(말참견), 사내싸다(사내답다), 사르시(살며시), 상게(아직), 서물거리다(눈부시다), 수태(많이), 아고(시어머니), 아츠럽다(애처럽다), 안해(아내), 자부니(상투), 차던지다(내치다), 풀치다(접질리다), 켠싸움(편싸움), 피꺽질(딸꾹질), 혀가락(혓바닥), 헤든거리다(어설프다)
다듬은 말	곽밥(도시락), 고기순대(소시지), 기름크림(콜드크림), 눈금판(다이얼), 달린옷(원피스), 독연극(모노드라마), 따라난병(합병증), 맞혼인(연애결혼), 버림물(폐수), 선전화(포스터), 설기과자(카스테라), 손기척(노크), 앞등(헤드라이트), 오줌깨(방광), 원주필(볼펜), 전기여닫개(스위치), 전자불(플래시), 지은옷(기성복), 직승비행기(헬리콥터), 차굴(터널), 창가림(커튼), 후어머니(계모)

※ 참고문헌: 이주행, 「남북한의 중·고등학교 국어 교과서에 쓰인 언어 비교 분석 연구」, 『국어교육』 98, 1998; 문금현, 「남북한 어휘의 동질성과 이질성」, 『어문연구』 32-1, 2004; 문금현, 「남북한 어휘의 이질화 양상」, 『어문학』 83, 2004.

미, 닭살, 돌팔이 등 새롭게 만들어지거나 새로운 의미를 갖게 된 용어들을 이해하지 못하는 것으로 드러났다.

한편, 한국인이 북한 어휘를 생소하게 느끼는 이유는 함경도 방언과 평안도 방언 등이 광범위하게 문화어로 편입되었고, 국어순화 정책의 일환으로 외래어와 한자어를 고유어로 바꾸었기 때문이다. 말다듬기 과정에서 외래어를 한자어나 고유어로, 한자어를 고유어로 바꿈으로써 북한 어휘의 많은 양이 남한 어휘와 달라진 것이다. 외래어를 그대로 차용한 경우에도 영어를 기준으로 한 남한과 달리 북한은 러시아어를 기준으로 하였기 때문에 한국인에게 낯설게 느껴지기도 한다.

(2) 재중 조선족

연변조선족자치주의 경우, 주민이 모두 조선족이고 집단적인 거주를

하는 곳에는 함경도 혹은 경상도 특유의 방언적 요소가 살아있고, 도시 인근에 위치하고 개방된 곳에는 외부 유입 인구가 많아 고유의 방언적 요소가 약화되고 표준화한 말씨가 사용되고 있다. 이때 표준화한 말씨의 기준은 북한의 문화어이다.

그러나 연변 조선족은 조선어를 주로 사용하고 있음에도 불구하고 중국 문화의 영향으로 어휘적 간섭이 광범위하게 일어나고 있었다. 어휘적 간섭에는 한어를 차용하는 방식(7, 8)과 우리식으로 한어를 읽는 방식(3, 4, 5, 6)으로 나누어진다. 이를 문장 속에서 살펴보면 〈표 5〉와 같다. "골을 끄덕인다, 전화를 친다"와 같은 중국의 관용적 표현이 그대로 조선어로 차용되고 있고, 어언(언어), 절주(리듬), 한배(두 배), 필업(마치다), 쌍발/싸발(출근/퇴근), 삐주(맥주) 등 중국 단어가 광범위하게 사용되고 있는 것이다.

(3) 재러 고려인

〈표 4〉 조선족의 말과 한국어 비교

	조선족의 말	한국어
1	읽을수록 실감이 나서 그냥 **골**을 끄덕이면서 읽게 된다	읽을수록 실감이 나서 그냥 **머리**를 끄덕이면서 읽게 된다
2	전화를 **치다**	전화를 **걸다**
3	**어언**을 공부하는 것이 내 취미입니다	**언어**를 공부하는 것이 내 취미입니다
4	정보화 시대에 생활 **절주**가 빨라졌으니까	정보화 시대에 생활 **리듬**이 빨라졌으니까
5	지난해에는 2269명에 그친 데 반해 올해는 5284명으로 **한배** 남짓이 늘어났다	지난해에는 2269명에 그친 데 반해 올해는 5284명으로 **두 배** 남짓이 늘어났다
6	이들은 학교를 **필업하고** 취직을 한 사람들이었다	이들은 학교를 **마치고** 취직을 한 사람들이었다
7	모두들 **쌍발/싸발**해야 한다	모두들 **출근/퇴근**해야 한다
8	**삐주**를 마신다	**맥주**를 마신다

※ 참고문헌: 김기창, 「재중 동포 대학생의 작문에 나타난 중국 조선어와 한국어의 언어 차이 현상」, 『새국어교육』 83, 2009.

〈표 5〉 고려말과 한국어 비교

	고려말	한국어
1	**배**르 사오너라	**외(오이)**를 사오너라
2	논사꾸이들이 거저 **샤햐**를 믿소, **샤햐 논샤** 잘으 된가 믿소	농사꾼들이 그저 **새해**를 믿소. **새해 농사** 잘 되기를 믿소
3	우리 산데 **마우댜**들으도 마이 사우	우리 사는데 **마우자**들도 많이 산다
4	우리냔 학교르 **필으햤을쩍얀** **포르마**같응겐 없었소	우리가 학교를 **마쳤을 때엔** **교복** 같은 건 없었소
5	우리 **오모니** 도이 한푼두 **읎다** 말햤소	우리 **어머니** 돈이 한푼두 **없다**고 말했소
6	냐 **스름** 있는 거이 정마 **슳소**	나 **시름** 있는 것이 정말 **싫소**
7	스베타 **오무 가(:)르** **집우르 데류가 해라**	스베타가 **오면 그애를** **집으로 데리고 가라**
8	우리 심우 수바기, 차먀, **빠미도르**	우리 수박, 참외, **토마토** 심습니다
9	**브리가다**르 조직햤소	**조합**을 조직했소
10	**압도부스** 타고 **채흐**르 다니면서	**버스** 타고 **직장**을 다니면서
11	**흘레브, 쁘리아니** 먹고서	**빵, 과자** 먹고서
12	나느 **과찌라**르 쌌소	나는 **아파트**를 샀소

※ 참고문헌: 곽충구, 「중앙아시아 고려말의 역사와 그 언어적 성격」, 『관악어문연구』 29, 2004, 143쪽; 니 라리사, 「카자흐스탄 고려말의 문법과 어휘에 대한 연구」, 서울대학교 국어국문학과 석사논문, 2002, 74쪽; 이 나탈리아, 「카자흐스탄 고려말과 러시아어와의 상호간섭에 대한 연구」, 연세대학교 국어국문과 석사논문, 2009, 52~56쪽.

고려인의 언어는 함경북도 방언을 모태로 하고 있다. 고려인의 언어[18]에도 언어간섭 현상이 나타나는데, 주된 것은 음운적 간섭과 어휘적 간섭이다. 문법적 간섭현상도 조금씩 발견된다. 음운적 간섭 현상으로는

18) 현재 연해주 고려인들이 사용하는 민족어의 실태에 대해서는 자세한 조사가 이루어지지 않고 있다. 이들 대부분이 1990년대 이후 중앙아시아에서 이주해 온 사람들이라는 점을 감안하여 중앙아시아 거주 고려인의 민족어 사용 실태를 연구에 활용하였으나, 한국과의 교류가 활발해지면서 한국 표준어를 구사하는 고려인이 급증하고 있다. 향후 자세한 조사를 통해 연해주 고려인들의 민족어 특징을 파악해야 할 것이다.

한국말에는 없는 음소인 /v/가 사용되는 것(1), 피치 액센트(성조)의 존재,[19] [ŋ]발음의 [n]화(2) 및 [ㅈ]의 [ㄷ, ㄸ]화(3), [ㅐ]의 [ㅑ]화(2, 4), [ㅓ]의 [ㅗ]화(5), [ʃ]발음 뒤 [i]의 [ㅡ]화 현상(6)을 볼 수 있고, 어휘적 간섭에는 주로 현대적인 용어와 일상생활 용어가 포함되는데 러시아어가 그대로 차용되고 있음을 볼 수 있다(4, 8, 9, 10, 11, 12).[20] 한국에서는 주로 영어에서 차용된 어휘가 고려말에서는 러시아어에서 차용되고 있는 것이다. 문법적 간섭현상에는 주격조사 '가'가 탈락하는 현상(7), 주어, 동사, 목적어로의 어순 변화를 들 수 있다(8).

(4) 재일조선인

재일조선인들에게서 자주 나타나는 언어사용 실례는 〈표 6〉과 같다.[21] 재일조선인들은 자신들의 민족어를 "어색한 말", "섞은 말", "짬뽕말", "재일조선인 사투리"라고 말한다. 이는 다른 곳에서는 사용하지 않는 언어들이 나타나기 때문이다. 그 원인은 언어적 고립과 일본어의 언어 간섭에서 비롯된다. 재일조선인의 민족어에서는 특히 일본어의 문법적 간섭과 어휘적 간섭이 가장 많이 나타난다. 다른 지역과 달리 문법적 간섭이 많이 나타나는 것은 한국어와 일본어가 문법적으로 유사하기 때문이다.

'する'는 일본어에서 가장 많이 사용하는 동사이다. 일본어에 한국어

---

19) 러시아어는 두 음절 이상의 단어에서 강세 악센트가 존재한다(이 나탈리아, 「카자흐스탄 고려말과 러시아어와의 상호간섭에 대한 연구」, 연세대학교 국어국문과 석사논문, 2009, 57~58쪽). 고려인들은 대부분 러시아어에 능통하기 때문에 러시아어의 강세 악센트처럼 고려말에서도 성조에 대한 확실한 인식을 가지고 있다(킹 러스 · 연재훈, 「중앙아시아 한인들의 언어-고려말」, 『한글』 217, 1992 참조).

20) 고송무, 『쏘련의 한인들』, 이론과 실천, 1990, 118~129쪽.

21) 이는 조선학교 국어선생님이 만든 어색한 말과 옳은 말을 구분한 내용에 재일조선인 언어실태 조사 내용을 추가한 것이다.

〈표 6〉 재일조선인의 말과 한국어(조선어) 비교

	재일조선인의 말	한국어(조선어)
1	선생님 도장을 **해주세요**	선생님 도장을 **찍어주세요**
2	전차**에** 타서 학교에 왔다 (電車に乗って)	전차**를** 타고 학교에 왔다.
3	그런 건 **모(もう)** 싫다	그런 건 **이제** 싫다
4	너 왜 봇또 하고(**ぽっとする**) 있어?	너 왜 **멍하니** 있어?
5	키가 **높다**, 키가 **낮다**	키가 **크다**, 키가 **작다**
6	돈을 작게 **해주십시오**	잔돈으로 **바꾸어 주세요**
7	바지를 **신는다**	바지를 **입는다**
8	잘못을 저질러 놓고도 **시원한 얼굴을 하고 있다(涼して顔をしている)**	잘못을 저질러 놓고도 **시치미를 떼고 있다**
9	그런 일을 들으면 **머리에 온다** **(頭に來る)**	그런 일을 들으면 **화가 난다**
10	**차카니 시테네(にしてね)**	**착하게 있어라**
11	**모텐지 수루(する)**	**못된 짓 하다**
12	**숨이 끊어져서(息が切れて)** 달리지 못하겠다	**숨이 차서** 달리지 못하겠다

※ 참고문헌: 정병호, 「언어생활과 민족교육」, 『일본 관서지역 한인동포의 생활문화』, 국립민속박물관, 2002; 김병철, 「언어생활과 민족교육」, 『일본 관동지역 한인동포의 생활문화』, 국립민속박물관, 2005.

와 동일한 동사가 없으면 재일조선인들은 1, 6처럼 '하다'를 사용한다. 조사 'に'는 한국어로 번역하면 '~에'이지만, 경우에 따라서는 2처럼 '~를'로 번역해야 한다. 그러나 재일조선인들은 그냥 '~에'로 사용한다. 어휘적 간섭도 광범위하게 일어나고 있다. '모'는 '이제', '봇또'는 '멍하니'라는 뜻이고, 키에 대해 '크다', '작다'가 아니라 '높다', '낮다', 바지를 '입는다'라고 하지 않고 '신는다'고 한다(3, 4, 5, 7). 또한 일본식 관용적 표현이 그대로 사용되기도 한다(8, 9, 10, 11. 12).

이처럼 재중 조선족에게서는 어휘적 간섭이, 재러 고려인에게서는 음운적 간섭과 어휘적 간섭이, 재일조선인에게서는 문법적 간섭과 어휘적 간섭이 나타나고 있음을 알 수 있다. 이중언어를 사용하는 코리언에게서 어휘적 간섭은 공통적으로 발견되는 현상이다. 특히 한반도에는 없는 동식물과 자연현상, 현대적인 용어, 일상생활 용어에 대한 어휘적 간섭이 많았다. 해방 후 한반도와 원활하게 교류할 수 없었던 코리언 디아스포라에게 이는 어찌 보면 당연한 결과인지도 모른다. 만일 한반도와 거주 국가 사이의 교류가 활발해진다면 각 지역의 코리언은 어휘적 간섭의 문제를 극복하기 위해 보다 더 적극적으로 노력하게 될 것이다.

3. 민족어 통합의 의미와 실천과제

민족어는 민족의 소통을 위한 기본 도구이자, 민족의 문화를 담는 그릇으로서 그 중요성이 강조되었을 뿐만 아니라 민족정체성을 검증할 수 있는 척도로 간주되어 왔다. 그러나 인류학의 필드조사 연구결과에 따르면 민족어 상실률이 높은 재러 고려인과 재일조선인이 오히려 타 지역 코리언에 비해 민족정체성이 강한 것으로 드러났고,[22] 최근의 연구 성과들은 이러한 연구결과를 뒷받침하고 있다.

그렇다면 민족정체성과 민족어의 관계는 과연 어떤 것인지 통일인문학연구단의 설문조사와 심층인터뷰를 통해 살펴보도록 한다. 그리고 코리언이 민족어에 대해 부여하는 의미를 살펴보는 가운데 민족어 통합의 가능성과 실천과제를 도출해보고자 한다.

22) 이광규, 『재일한국인』, 일조각, 1983; 이광규, 『재소한인』, 집문당, 1993 참조.

1) 민족어와 민족정체성의 상관관계

'민족정체성'은 "공유된 민족적 특성들로 인해 어느 한 개인이 어느 특정 민족 집단에 대해 느끼는 소속감"이라고 정의할 수 있다.[23] 기존의 연구에서는 민족정체성이 가장 잘 드러나는 곳으로 '언어'를 지목해왔으나,[24] 설문조사에 따르면 코리언 대부분은 민족정체성이 가장 잘 드러나는 곳으로 '문화'를 지목하였다. 이주기간이 길어지면서 민족어를 상실해감에도 불구하고 코리언은 거주국 민족과의 문화적인 차이를 통해 자신들이 코리언이라는 자각을 하고 있었다.

〈표 7〉 민족정체성이 가장 잘 드러나는 곳

분류	한국인	북한이탈주민	재중 조선족	재러 고려인	재일조선인
혈연	7.4	11.0	7.7	30.4	17.2
문화	34.9	25.7	38.0	33.1	8.9
역사	23.8	15.6	9.1	4.3	12.1
생활풍속	14.4	24.8	19.5	15.0	14.6
언어-문자	**17.8**	**22.9**	**25.6**	**8.0**	**30.3**
중복응답	1.4	-	-	9.2	13.4
무응답	0.4	-	-	-	3.5

23) 윤인진, 「중앙아시아 한인의 언어와 민족정체성」, 『한국사회학회 사회학대회 논문집』, 1997, 259쪽.

24) 그러한 믿음은 강고한 것이었다. 남과 북, 재중 조선족처럼 민족어를 맘껏 향유하는 집단일수록 이러한 의식은 강하게 표출되고 있었다. 재중 조선족은 "언어를 잃어버리면 민족정체성이 있을 수 없다"고 주장하였다. 그러나 이러한 논지에 재러 고려인과 재일조선인은 반대의사를 명백하게 표명하였다. 민족어의 유지와 상실은 조건의 차이로 인한 것일 뿐, 언어를 민족정체성을 측정하는 절대지표로 논할 수 없다는 것이다. 양자의 의견 차이에 대해서는 건국대학교 통일인문학연구단 편, 「〈기획좌담〉 코리언의 생활문화와 민족 공통의 생활문화」, 『통일인문학논총』 54, 2012 참조.

특히 재중 조선족과 재러 고려인에게서 '문화'라고 하는 응답률이 높았는데 이는 한족 및 러시아민족, 터키계 민족들과 문화적 차이가 크기 때문이다. 반면, 재일조선인은 민족정체성이 가장 잘 드러나는 곳으로 '언어-문자'를 지목하였다. 단일민족 국가를 표방하는 일본에서 외모가 일본인과 다르지 않은 재일조선인에게 일본인과 구별되는 분명한 지점이 이름과 민족어이기 때문인 것 같다.

설문조사 결과에서도 드러나듯이 이제 우리는 민족어를 민족정체성의 강약을 측정하는 제1지표로서 논할 수 없을 것 같다. 그러면 민족어는 민족정체성과 어떤 관계에 있는 것일까? 이는 다음의 질문을 통해 유추해볼 수 있다.

〈표 8〉 한민족의 언어와 역사를 알기 위해 노력한 계기

분류	재중 조선족	재러 고려인	재일조선인
한류열풍 때문에	13.8	19.6	5.7
내 뿌리를 고민하다 보니까	**49.5**	**63.2**	**58.3**
취업하기 위해서	13.1	4.3	1.9
부모 또는 친척들의 한국 취업	8.1	3.1	2.9
노력한 적 없다	15.5	6.1	21.0
중복응답	-	2.5	1.9
무응답	-	1.2	8.3

한반도에서 태어나 이주한 코리언 제1세대는 한국어(조선어)를 모어로 구사하고 생래적으로 코리언으로서의 민족정체성을 갖는다. 그러나 코리언 2~5세대들은 거주국에서 태어나 먼저 거주국의 국민으로서 거주국의 언어를 습득하고, 거주국의 국민정체성을 가지게 된다. 거주국의 언어가 모어가 되고 국민정체성이 1차적으로 부여되는 것이다.

코리언 2~5세대들은 거주국의 국민으로서 살아가지만 성장해갈수록

문화와 풍속의 차이, 민족 차별을 경험하면서 자신이 거주국의 주류 민족과 동일화될 수 없음을 깨닫는다. "내 뿌리는 무엇인가?"라는 물음을 통해 자신의 정체성을 고민하게 되는 것이다. 이후 이들은 코리언이라는 자신의 뿌리에 관심을 가지면서 민족어와 민족의 역사를 알기 위해 노력하는 과정을 밟는다. 모어와 민족정체성이 일치되지 않는 코리언 2~5세대의 경우 오히려 민족정체성을 인식하면서 민족어 습득을 위해 노력하게 되는 것이다.

> 자기가 재일동포라고 의식화된 후에 먼저 하는 것이 언어공부예요 (……) 할머니나 할아버지가 돌아가셨을 때 그 할아버지 할머니가 조선 사람이었구나 하고 그때 좋은 점 알게 되구요. 완전히 일본 사람이라고 생각했지만 한반도에 뿌리도 있는 사람이라고 생각하는 사람 중에 적지 않는 사람들이 한국말, 조선어를 공부하기 시작하는 거예요.[25]

물론 민족정체성을 유지하는 데 있어서 민족어가 필요하지 않은 것은 아니다. 언어가 민족정체성을 유지하는 데서 유력한 도구이자 무기인 것만은 분명하다. 그러나 그렇다고 해서 민족어를 알아야 민족정체성도 있다는 논리를 펼 수는 없다. 민족정체성을 생래적으로 부여받고 모어로서 민족어를 구사하는 코리언 1세대들과 달리, 코리언 2~5세대들은 민족적인 자각이 생긴 후 민족어를 배우고, 그것을 통해 민족 구성원들과 소통하는 과정을 밟기 때문이다. 코리언의 이주 역사가 길어질수록 이러한 현상은 증가할 것이다.

민족어는 거주국의 언어가 모어인 코리언 2~5세대에게 있어서 민족적 자각이 생기면 제일 먼저 알고 싶고 배우고 싶은 소통의 도구이다.

---

25) 건국대학교 통일인문학연구단 편, 「〈기획좌담〉 코리언의 생활문화와 민족 공통의 생활문화」, 『통일인문학논총』 54, 2012, 46쪽, 김봉앙 발언.

〈표 9〉 한민족이라는 사실이 자랑스럽다면 그 이유는 무엇인가?

분류	한국인	북한이탈주민	재중 조선족	재러 고려인	재일조선인
우리는 찬란한 문화 (한글, 옷, 음식 등)를 가지고 있기 때문에	48.5	52.1	63.9	23.8	55.1
성실하고 근면하기 때문에	11.3	10.4	15.4	66.9	3.0
월드컵 4강 신화, 한강기적과 같은 성과를 이루어냈기 때문에	8.6	14.6	3.4	1.1	1.5
약소민족이지만 민족적인 자존심이 강하기 때문에	29.2	21.9	17.3	5.2	28.3
중복응답	2.1	1.0	-	3.0	7.1
무응답	0.3	-	-	-	5.1

현재적 필요성을 갖는 것이다. 그렇다면 통일이라는 미래에 있어서 민족어는 어떤 의미를 가질까? 다음의 질문을 통해 이 문제에 대한 답을 찾아보고자 한다.

“한민족이라는 사실이 자랑스럽다면 그 이유는 무엇인가?”라는 질문에 조선족 63.9%, 재일조선인 55.1%, 북한이탈주민 52.1%, 한국인 48.5%, 고려인 23.8%가 “우리는 한글을 비롯한 찬란한 문화를 가지고 있기 때문”이라고 답변하였다. 단, 재러 고려인들만이 문화보다 성실성을 높이 평가하고 있는데 이는 아무 연고도 없는 중앙아시아에서 오로지 성실과 근면을 통해 성장하게 된 고려인 자신들에 대한 자부심의 표현이다. 이처럼 코리언은 대부분 한민족이 가진 역량 중 한글 등 문화에 대한 강한 자부심을 보이고 있었는데, 이는 현재적인 것일 뿐 아니라 미래의 가치로도 연결되고 있었다.

우리 민족의 전통적 가치 가운데 추구해야 할 가치에 대해서 재일조선인을 제외한 모든 코리언이 “한글 등 우리 고유의 문화적 가치”를 1순

〈표 10〉 우리 민족의 전통적 가치 가운데
추구해야 할 가치가 있다면 하나만 고르시오.

분류	한국인	북한이탈주민	재중 조선족	재러 고려인	재일조선인
상부상조의 공동체적 가치	37.7	17.4	26.6	4.6	**43.3**
충효와 같은 유교적 가치	11.8	6.4	10.8	20.2	5.7
한글 등 우리 고유의 문화적 가치	**38.5**	**47.7**	**39.1**	**42.6**	28.0
혈연적인 순수성 (민족적 동질성)	4.6	19.3	17.2	21.2	2.5
자연과 함께 살아가는 생태적 가치	6.8	9.2	6.4	2.5	7.6
중복응답	0.4	-	-	8.9	7.0
무응답	0.2	-	-	-	5.7

위로 선택하였다. 이를 다시 연령대별로 살펴보면 한국과 일본의 10대~30대와 중국의 10~30대, 60세 이상, 고려인은 20대를 제외한 모든 연령대, 북한이탈주민은 10대를 제외한 모든 연령대에서 "한글 등 우리 고유의 문화적 가치"를 1순위로 선택했음을 알 수 있다.[26] 이는 우리 민족이 통일 이후에도 추구해야 할 미래 가치로서 "한글 등 우리 고유의 문화적 가치"가 긍정적으로 기능할 수 있음을 보여준 것이라고 할 수 있다. 특히 "상부상조의 공동체적 가치"를 1순위로 선택한 재일조선인도 10~30대는 "한글 등 우리 고유의 문화적 가치"를 1순위로 선택했다는 점

26) 북한이탈주민의 경우 제3국 체류기간이 1년 미만인 사람들은 60.0%, 1년~5년인 사람들은 51.1%, 6년~10년인 사람들은 33.3%, 11년 이상인 사람들은 25.0%로 나타났다. 제3국 체류기간에 따라 답변에 상당한 차이가 나는 것이다. 이것은 문화적 주체성을 강조한 북한 교육의 영향인 것으로 보인다. 제3국 체류기간이 짧은 사람들이 여전히 북한 교육의 자장 속에 영향을 받고 있다면, 체류기간이 길어질수록 자신의 경험에 의거한 판단을 하는 것으로 보아야 할 것이다.

은 이러한 전망을 더욱 밝게 한다.

이것은 또한 "우리 민족의 전통적 가치 가운데 추구해야 할 가치"와 "통일한반도가 나아가야 할 방향"을 교차분석한 결과를 통해서도 입증된다. 통일한반도가 나아가야 할 방향을 묻는 질문에서 "해외 동포들과의 연대 강화"라고 응답한 코리언 중 재일조선인을 제외한 모든 코리언이 우리 민족의 전통적 가치 가운데 "한글 등 우리 고유의 문화적 가치"를 1순위로 선택한 것이다. 재일조선인 또한 1순위로는 "상부상조의 공동체적 가치"를 선택했지만, 2순위로 "한글 등 우리 고유의 문화적 가치"를 선택했다. 이를 통해 우리는 통일한반도의 미래를 열어갈 때 "한글 등 우리 고유의 문화적 가치"를 바탕으로 교류와 협력을 강화한다면 코리언의 공통성은 강화될 것이라는 가설을 세울 수 있다.

2) 민족어 통합의 관점과 방향

민족어는 코리언의 의사소통의 매개체이자 문화를 축적하고 발전시켜온 기본적인 도구이며, 통일한반도의 미래를 열어갈 때 코리언의 공통성을 강화할 수 있는 유력한 무기이다. 그런 의미에서 2005년 착수된 『겨레말큰사전』 사업은 처음으로 시도된 민족어 통합사전이라는 점에서 중요한 의미를 갖는다. 이 절에서는 『겨레말큰사전』의 사례를 비판적으로 검토함으로써 민족어 통합의 관점과 방향을 모색해가고자 한다.

『겨레말큰사전』 편찬사업은 1989년 3월 25일 평양을 방문한 문익환 목사가 '통일국어대사전'을 남북이 공동으로 편찬할 것을 제안하고 즉석에서 북측의 동의를 얻으며 시작되었다. 2004년 4월 5일 남의 '통일맞이'와 북의 '민족화해협의회'가 사전편찬의향서를 체결하면서 사전의 명칭을 『겨레말큰사전』으로 합의하였고, 편찬위원회 실무 접촉을 거쳐 합의

서를 체결하였다. 2007년 4월에는 '겨레말큰사전남북공동편찬사업회법'이 한국 국회에서 통과되면서 '겨레말큰사전 남북공동편찬사업회'가 법적인 기구로서 활동을 보장받았다.

남북관계의 경색으로 인해 2009년 12월 제20차 회의를 끝으로 공동회의가 중단되었지만, 그동안 남과 북의 편찬위원회는 2005년부터 1년에 4회씩 공동회의를 개최하여 '편찬요강'과 '세부집필요강'[27]을 합의하는 한편, 공동집필과 교차검토를 통해 편찬사업을 진행해오고 있다.[28]

편찬위원회 운영을 통해 남과 북이 합의한 올림말 어휘와 언어규범에 대한 내용은 다음과 같다. 사전에 올릴 어휘에 대해서는 첫째, 남과 북의 『표준국어대사전』, 『조선어대사전』에 공통으로 올라 있는 말들을 우선 정리하여 싣고, 남북이 합의한 어휘 30만 개를 수록한다. 둘째, 20세기로부터 오늘에 이르기까지 우리 민족이 쓰고 있거나 썼던 말 중에서 올림말로 올릴 가치가 있는 어휘를 발굴하여 수록한다. 셋째, 방언 및 지역어 입말 어휘를 광범위하게 조사하여 수록한다.[29] 넷째, 민속어휘, 동식물의 다른 이름, 직업 어휘, 문학작품에서 뽑은 말 등 민족 고유의 어휘 표현을 많이 올림으로써 민족어를 풍부하게 한다.[30]

---

27) 집필은 자모항 별로 나누어 ㄱ항목은 남측이, ㄴ항목은 북측이 집필하고, 상대측이 먼저 검토한 후 집필측에서 재검토하고, 함께 만나 합의안을 최종적으로 결정하는 방식을 취하였다.

28) 『겨레말큰사전』 편찬과정에 대해서는 홍종선, 「민족어의 통합 통일과 〈겨레말큰사전〉 공동편찬」, 『민주화 · 탈냉전 시대, 평화와 통일의 사건사 발표논문집』, 2012 참조.

29) 『겨레말큰사전』에서는 한반도 각 지역을 18개도(남: 경기, 강원, 충북, 충남, 전북, 전남, 경북, 경남, 제주, 북: 평남, 평북, 황남, 황북, 함남, 함북, 량강, 자강, 강원)로 나누어 생활 현장 어휘를 조사하여 싣는 한편, 중국, 러시아, 일본, 미국 등 코리언들이 사용하고 있는 생활 현장 어휘까지 조사하여 민족어 통합사전으로서의 의미를 살리고자 하였다.

30) 이희자, 「≪겨레말큰사전≫의 올림말은?」, 『겨레말소식』 창간호, 2006, 43~44쪽 참조. 김재용은 『겨레말큰사전』 작업이 남북의 차이를 확인하고 이를 극

다음으로 편찬에 적용될 표기, 발음 등 어문규범에 대해서는 첫째, 자모의 순서는 남측에서 사용하듯 ㅅ 다음에 ㅇ을 두고, 북측이 사용하듯 ㄱ~ㅎ까지 끝난 뒤 ㄲ, ㄸ, ㅃ, ㅆ, ㅉ을 둔다. 모음은 남측의 용법인 ㅏ, ㅐ, ㅑ, ㅒ, ㅓ, ㅔ, ㅕ, ㅖ, ㅗ, ㅘ, ㅙ, ㅚ, ㅛ, ㅜ, ㅝ, ㅞ, ㅟ, ㅠ, ㅡ, ㅢ, ㅣ의 순으로 한다.[31] 둘째, 띄어쓰기는 단어 단위로 띄어 쓰는 것을 원칙으로 한다. 셋째, 본용언과 보조용언의 띄어쓰기는 남측의 용법인 "가고 있다"처럼 띄어 쓰는 것을 원칙으로 한다. 넷째, 두음법칙, 외래어 표기 방식 등 합의하지 못한 내용은 병기한다.[32]

남북이 합의를 통해 만들어가고 있는『겨레말큰사전』은 최초의 민족어 사전으로서 남과 북의 언어 이질화를 극복하고 남북 언어 통일의 단초를 마련했다는 점에서 중요한 의미를 갖는다. 또한 방언과 함께 코리언 디아스포라의 지역어까지 조사, 포괄함으로써 명실상부한 민족어 사전을 지향하였다는 점에서 큰 의미를 갖는다. 그러나 그럼에도 불구하고『겨레말큰사전』편찬사업은 민족어 통합이라는 관점에서 볼 때 몇 가지 숙고해야 할 문제를 가지고 있다. 이는 통일로 가는 문화통합 전반에 있어서도 적용될 수 있는 문제이다.

먼저 우리가 숙고해야 할 문제는 '과연 언어 통일이 필요한가?' 하는 근본적인 질문이다. 언어는 일상생활을 하는 데 필수적인 소통의 도구로서, 사람들의 생활 경험을 반영하며 삶 속에서 물처럼 흐르고 변화한다.

복하는 단순통합을 넘어서 표준어로의 단일화라는 근대적 기획을 반성적으로 넘어서면서 근대 이후를 준비하는 복합통합의 작업이라고 말하였다(김재용,「『겨레말큰사전』을 통해 본 남북 문화교류의 새로운 지평」,『역사비평』 88, 2009, 189~190쪽).

31) 북측은 모두 자음이 배열된 후, 마지막으로 ㅇ을 둔다. 모음의 경우는 ㅏ, ㅑ, ㅓ, ㅕ, ㅗ, ㅛ, ㅜ, ㅠ, ㅡ, ㅣ, ㅐ, ㅒ, ㅔ, ㅖ, ㅚ, ㅟ, ㅢ, ㅘ, ㅝ, ㅙ, ㅞ의 배열순서를 사용한다.

32) 권재일,「어문규범의 단일화 방안」,『겨레말큰사전』창간호, 2006, 41~42쪽.

인위적으로 통일하고자 한다고 해서 통일될 수 있는 성질의 것이 아니다. 그러한 언어의 속성을 생각할 때 우리는 남과 북, 코리언 디아스포라의 언어를 "하나로 통일"한다는 관점에서 "민족어를 수평적으로 통합"한다는 관점으로 방향을 전환해야 할 것이다.[33] 이때 민족어 통합은 남과 북, 코리언 디아스포라 민족어의 다양성과 상호 공존을 전제로 한다.

다음으로 생각해보아야 할 문제는 "우리가 원하는 것이 통일된 규범을 만드는 것인가?" 하는 문제이다. 우리가 민족어를 통합하고자 하는 이유는 각자의 차이와 형태를 존중하는 가운데 소통이 가능할 수 있도록 기반을 만드는 데 있다. 그러므로 사전 또한 소통과 상호 이해를 증진시키기 위한 도구일 뿐 통일된 어휘와 문법을 강요하는 규범이 되어서는 안 된다. 만일 『겨레말큰사전』이 소통과 상호 이해를 위한 도구가 아니라 규범으로 강조된다면 이는 또 다른 억압기제가 될 것이다. 따라서 민족어 통합의 방향은 '소통'과 '서로에 대한 이해를 드높이는' 방향으로 나아가야 할 것이다.

마지막으로 우리가 숙고해야 할 문제는 '민족어의 통합이 사전 편찬 작업을 통해 가능한가?' 하는 것이다. 물론 남과 북, 코리언 디아스포라의 언어를 조사 · 수록하고 통합 방안을 고민하는 것은 남과 북, 코리언들이 서로의 언어와 문화를 이해하는 데 있어 소중한 작업임에는 틀림이 없다. 그러나 경제적, 사회문화적인 교류가 뒷받침되지 않는다면 남과 북의 주민, 코리언 디아스포라가 소통하고, 서로의 언어와 문화를 이

33) 이는 민족어의 위계와도 관련된 문제이다. 『겨레말큰사전』에는 표준어, 문화어와 더불어 방언과 코리언 디아스포라의 지역어가 포괄되어 있다. 그러나 '통일'이라는 관점을 '통합'으로 전환하지 않는다면 여전히 언어 통일의 중심은 표준어와 문화어가 될 수밖에 없다. 표준어, 문화어와 방언, 지역어가 함께 수록될 뿐 언어상의 위계는 철폐되지 않을 것이기 때문이다.

해하는 과정은 매우 제한적일 수밖에 없다. 그러므로 민족어의 소통과 통합이 활성화되기 위해서는 남과 북, 코리언 디아스포라의 경제적, 사회문화적인 교류가 필수적인 전제조건이 될 것이다.

3) 민족어 통합의 실천과제

한반도에서 태어나 이주한 코리언 1세대는 한국어(조선어)를 모어로 습득하고 생래적으로 민족정체성을 갖기 때문에 민족어가 민족정체성을 가장 잘 드러내는 제1지표로 작용할 수 있지만, 거주국의 언어와 국가정체성을 1차적으로 부여받는 코리언 2~5세대에게 민족어는 민족정체성을 측정하는 제1지표가 될 수 없다. 그럼에도 불구하고 코리언 2~5세대는 민족적 자각이 생기면 제일 먼저 민족어를 습득하고자 하는 현실적인 요구를 갖고, "한글 등 우리 고유의 문화적 가치"를 통일한반도의 미래 가치로 생각하고 있다. 따라서 민족어를 바탕으로 교류와 협력을 강화한다면 코리언의 문화적 공통성은 강화될 수 있을 것이다.

그러나 코리언의 이주 기간이 길어지면서 코리언의 민족어 사용빈도는 급격하게 낮아지고 있다. 민족어가 유지된다고 하더라도 거주국 언어와의 언어 접변으로 인해 음운적 간섭, 어휘적 간섭, 문법적 간섭이 일어나고 있고, 특히 어휘적 간섭이 심각한 상태이다. 하지만 이를 인위적으로 한반도와 동일하게 만든다는 것은 의미도 없고, 가능하지도 않은 일이다.

앞서 우리는 '민족어 통일'이라는 관점에서 다양성과 상호 공존을 전제로 하는 '민족어 통합'으로 관점을 전환할 것을 제안한 바 있다. 실제로 민족어를 구사할 수 있다면 한국인, 북한이탈주민, 재중 조선족, 재러 고려인, 재일조선인들이 소통하는 데 있어서 큰 어려움은 없다. 이들은 지역의 코리언과 대화할 때는 지역의 민족어를, 여타 지역의 코리언과 대화할 때는 여타 지역의 민족어를 감안해서 대화하는 등 대상에 따라 다른 언어구사 방식을 선택하기 때문이다.[34] 다만 표현과 억양이 저마다 다르기 때문에 발생하는 낯섦과 어색함이 있을 뿐인데, 이것은 방언처럼 서로에게 익숙해지면 자연스럽게 해소될 수 있는 문제이다.

우리는 한국을 방문한 코리언과 만날 때 한국을 기준으로 코리언 디아스포라의 민족어 구사능력을 판단하고 그들의 언어를 평가한다. 하지만 이제는 그러한 태도를 버리고, 소속 국가의 언어 압력에도 불구하고 민족어를 구사하려고 노력하는 그들의 삶과 조건을 이해하는 가운데 그들의 언어를 정당한 우리의 민족어로서 인정해야 한다. 그럴 때 그들의 언어는 낯설고 어색한 언어가 아니라 우리의 다양하고 풍부한 민족어의 일부분임을 깨닫게 될 것이다.

다음으로 우리는 민족어 통합의 방향이 규범화가 아니라 '소통'과 '서로에 대한 이해를 드높이는' 방향으로 나아가야 한다는 점을 강조한 바 있다. 한국 중심의 규범으로 코리언 디아스포라의 언어를 흡수·통일할 것이 아니라 민족어의 차이를 인정하는 가운데 소통하고, 서로 배울 필요가 있다. 코리언 디아스포라에게 표준어를 배울 것을 일방적으로 강요할 것이 아니라, 우리 또한 코리언 디아스포라의 민족어를 또 하나의

---

34) 무역이 활발한 국경도시 단동에 살고 있는 북한사람, 북한화교, 재중 조선족, 한국인 사이의 민족어 구사방식은 대상에 따라 다른 민족어 구사방식을 선택하는 코리언의 모습을 아주 잘 보여준다(강주원, 『중·조 국경 도시 단동에 대한 민족지적 연구: 북한사람, 북한화교, 조선족, 한국사람 사이의 관계를 통해서』, 서울대 인류학과 박사논문, 2012 참조). 코리언 간 민족어 구사의 사례는 아니지만, 일본의 조선대학교 학생들도 대상에 따라 다른 언어구사 방식을 사용함으로써 차별과 국민주의적 교육의 경계를 넘나들고 있다(송기찬, 「조선학교의 '국민주의적 교육'과 초국가적 주체의 형성」, 『海外コリアンの民族意識と統一意識-新しい"統合モデルに關する人文學的省察』, 朝鮮大學校朝鮮問題研究センタ-設立一週年記念シンポヅウム, 2012.11.10, 88~92쪽).

민족어로 인정하고 배워야 하는 것이다.

이를 위해서는 『겨레말큰사전』과 같은 사전뿐 아니라 민족어 콘텐츠가 확대되어야 한다. 재중 조선족, 재러 고려인, 재일조선인 문학 작품에 대한 소개와 연극, 드라마, 영화 상영 등으로 접촉면을 넓히는 것이 하나의 방법이 될 수 있을 것이다. 세계는 지구화 시대에 접어들었고, 지구화 시대의 핵심 전달 매체는 방송과 인터넷과 같은 매스미디어이므로 민족어의 소통과 통합을 위해서는 방송문화 교류의 확대와 인터넷을 활용한 민족어 소통 방안 등을 강구하는 것이 효과적일 것이다. 그리고 이를 코리언 디아스포라의 삶과 문화, 문학에 대한 교육으로까지 이어갈 수 있다면 '소통'과 '서로에 대한 이해'의 폭은 크게 넓어질 것이다.

다음으로 민족어의 소통과 통합과정에서 가장 중요한 것은 소통을 위한 경제적, 사회문화적 기반의 마련이다. 민족어의 소통을 뒷받침할 수 있는 경제적, 사회문화적 기반이 마련된다면 민족어의 소통과 교류, 통합은 더욱 활성화될 가능성이 크다. 1990년 한・러 수교, 1992년 한・중 수교 이후 러시아 및 중국과 한국의 경제 교류가 활발해짐에 따라 민족어 습득에 대한 요구가 높아지기 시작했다. 연변조선족자치주를 제외하면 가정과 코리언 커뮤니티 외에 활용 공간이 없었던 민족어가 코리언의 사회 진출에 있어서 또 다른 기회를 제공하는 도구가 된 것이다.[35]

한류와 같은 사회문화적 붐이 형성되면서 한국어 방송 시청률이 높아지고, 한국어와 한국문화를 배우고자 하는 욕구가 코리언뿐 아니라 타민족에게서도 상승하고 있다. 이에 따라 한국으로의 취업과 유학, 방문도 급증하고 있다. 한국과 거주국 간의 경제적, 사회문화적 교류가 지속적으로 활성화된다면 민족어의 효용가치가 증대할 것이고, 민족어 학습

---

35) 2012년 10월 22일, 중국 연길의 백산호텔에서 재중 조선족 한태범(44) 인터뷰. 외국인 무역회사에서 일하는 한태범 씨는 취업과정에서 한국어를 할 줄 안다는 사실이 매우 유리하게 작용하였다고 이야기하였다.

에 대한 수요가 높아지게 될 것이다.

또한 한국과 거주국 간의 경제적, 사회문화적 교류의 확장은 문화적 상대주의를 확대하고 민족어 소통과 통합의 기반을 확장할 것이다. 세계 공용어로서 영어가 다양한 스펙트럼을 갖고 있고 그것이 그대로 인정되듯, 한국어(조선어) 또한 한반도 주민들이 사용하는 언어가 중심이고 해외 코리언이 사용하는 언어는 주변이라는 편견에서 벗어나 민족어의 공존을 이룰 수 있을 것이다. 그리고 각 지역 언어의 간섭을 받고 있는 어휘와 어법 또한 민족어의 소통과정에서 자연스럽게 코리언이 가장 선호하는 어휘와 어법으로 정리될 것이다. 곧 "중심과 주변의 위계를 버리고 고유한 말들의 잔치"로 민족어의 소통과 통합을 이루고, 그것을 확대해가는 과정이야말로 코리언의 진정한 민족어 통합 방안이 될 것이다.

4. 맺음말

지금까지 코리언의 일상생활과 민족어, 민족어 통합의 의미와 실천과제를 살펴보았다. 한국인, 북한이탈주민, 재중 조선족, 재러 고려인, 재일조선인의 언어 실태 조사 결과, 한국인과 북한이탈주민을 제외하면 재중 조선족만 70%를 넘을 뿐, 재러 고려인과 재일조선인의 민족어 전용 비율은 1.8%와 1.9%로 극히 저조하였다. 그러나 이는 민족정체성이 약화된 때문이 아니라 디아스포라로서의 신산한 삶, 특히 거주국의 언어정책과 직결된 문제였음을 알 수 있었다.

연변조선족자치주에서 조선어를 공식 언어로 사용하고 있는 재중 조선족과 달리, 재일조선인은 식민모국에 살면서 겪는 차별과 멸시로 인해 민족어를 사용하지 못하게 되면서 민족어를 상실하였다. 재러 고려인은 강제이주로 인해 고국과 멀리 분리되어 척박한 땅에서 안간힘을 다해 적응하는 과정에서 민족어를 상실하였다. 민족어는 민족정체성을 유지하고자 하는 개인의 의지 유무로 유지할 수 있는 있는 것이 아니라, 민족어를 유지할 수 있는 기반이 뒷받침될 때 유지할 수 있는 것이었다.

코리언의 민족어는 거주 국가와의 언어 접변으로 인해 어휘적 간섭, 음운적 간섭, 문법적 간섭이 광범위하게 일어나고 있었다. 재중 조선족의 조선어에서는 어휘적 간섭이, 재러 고려인에게는 음운적 간섭과 어휘적 간섭이, 재일조선인에게는 문법적 간섭과 어휘적 간섭이 주로 발생하고 있었다. 만일 한반도와 거주 국가 사이의 교류가 활발해진다면 코리언은 소통을 위한 방법으로 거주국의 언어간섭 문제를 극복하기 위해 더욱 더 적극적으로 노력할 것이다.

한편, 코리언 디아스포라의 중심세대인 2~5세대는 민족어를 모어로 구사하고 생래적으로 민족정체성을 부여받는 코리언 제1세대와 달리, 거주국의 언어를 모어로 구사하고 거주국의 국민정체성을 가지고 있다. 모어와 민족정체성이 일치되는 코리언 제1세대와 달리 이들은 오히려 민족정체성을 인식하게 되면서 민족어를 습득하게 되는 경로를 밟고 있었다. 민족적 자각이 생기면서 민족어를 배우고자 하고, 민족어를 통해 코리언들과 소통하고자 하는 것이다.

이들은 또한 민족의 찬란한 전통 문화라는 자부심과 함께 우리 민족이 통일한반도에서 추구해야 할 미래 가치로서도 '한글'을 중시하고 있었다. 만일 민족의 말과 글을 통해 서로 소통한다면 코리언의 공통성은 강화될 것이고, 코리언의 사회문화적 통합의 가능성도 확대될 것이다. 코리언의 민족어 소통과 통합을 추진하기 위해서는 첫째, '민족어 통일'이라는 관점을 다양성과 상호공존을 전제로 하는 '민족어 통합'으로 전환해야 한다. 둘째, 한국의 규범을 강요하지 말고, '소통'하고 '서로에 대한 이해를 증진'하며 서로 배우기 위한 방안으로서 통합을 시도해야 한다. 셋째, 한국과 거주국의 경제적, 사회문화적 교류를 통해 민족어 통합의 사회경제적인 기반을 확대해야 한다.

이 중 가장 중요한 것은 민족어 통합의 사회경제적 기반의 확대이다. 한국과 거주국의 경제적, 사회문화적 교류의 확장은 한국인의 문화적 상대주의를 확대하고, 민족어의 소통과 통합의 기반을 확장할 것이다. 그 과정에서 민족어의 어휘는 더욱 풍부해질 것이고, 민족어의 어법은 인위적인 규범에 의해서가 아니라 자연스럽게 코리언이 가장 선호하는 어법으로 정리될 것이다. 소통의 과정 속에서 통합의 길로 나아가게 되는 것이다. 그리고 이러한 코리언의 민족어 통합과정은 다양성과 공존, 소통과 이해, 상호학습과 교류라는 민족어 통합의 관점과 방향을 다시금 강화하게 될 것이다. 곧 "중심과 주변의 위계를 버리고 고유한 말들의 잔치"로 민족어의 소통과 통합을 이루어간다면, 코리언의 진정한 민족어 통합을 이룰 수 있을 것이다.

참고문헌

1. 단행본

Weinreich, Uriel, *Languages in contact: findings and problems*, New York: Linguistic Circle of New York, 1953.

고송무, 『쏘련의 한인들』, 이론과 실천, 1990.

국립국어연구원, 『북한주민이 모르는 남한 어휘』, 2000.

이광규, 『재일한국인』, 일조각, 1983.

______, 『재소한인』, 집문당, 1993.

2. 연구논문

강주원, 『중 · 조 국경 도시 단동에 대한 민족지적 연구: 북한사람, 북한화교, 조선족, 한국사람 사이의 관계를 통해서』, 서울대 인류학과 박사논문, 2012.

건국대학교 통일인문학연구단 편, 「〈기획좌담〉 코리언의 생활문화와 민족 공통의 생활문화」, 『통일인문학논총』 54, 2012.

곽충구, 「중앙아시아 고려말의 역사와 그 언어적 성격」, 『관악어문연구』 29, 2004.

권재일, 「어문규범의 단일화 방안」, 『겨레말큰사전』 창간호, 2006.

김기창, 「재중 동포 대학생의 작문에 나타난 중국 조선어와 한국어의 언어 차이 현상」, 『새국어교육』 83, 2009.

김재용, 「『겨레말큰사전』을 통해 본 남북 문화교류의 새로운 지평」, 『역사비평』 88, 2009.

니 라리사, 「카자흐스탄 고려말의 문법과 어휘에 대한 연구」, 서울대학교 국어국문학과 석사논문, 2002.

문금현, 「남북한 어휘의 동질성과 이질성」, 『어문연구』 32-1, 2004.

문금현, 「남북한 어휘의 이질화 양상」, 『어문학』 83, 2004.

송기찬, 「조선학교의 '국민주의적 교육'과 초국가적 주체의 형성」, 『海外コリ

アンの民族意識と統一意識-新しい"統合モデルに關する人文學的省察』, 朝鮮大學校朝鮮問題研究センタ-設立一週年記念シンポヅウム, 2012.11.10.

윤인진, 「중앙아시아 한인의 언어와 민족정체성」, 『한국사회학회 사회학대회 논문집』, 1997.

이 나탈리아, 「카자흐스탄 고려말과 러시아어와의 상호간섭에 대한 연구」, 연세대학교 국어국문과 석사논문, 2009.

이주행, 「남북한의 중 · 고등학교 국어 교과서에 쓰인 언어 비교 분석 연구」, 『국어교육』 98, 1998.

이희자, 「≪겨레말큰사전≫의 올림말은?」, 『겨레말소식』 창간호, 2006.

정진아 · 김발레랴, 「재러 고려인의 생활문화」, 『코리언의 생활문화』, 선인, 2012.

킹 러스 · 연재훈, 「중앙아시아 한인들의 언어-고려말」, 『한글』 217, 1992.

허승철, 「구소련 지역 한인의 언어 동화와 이중언어 사용에 대한 사회언어학적 연구」, 『재외한인연구』 제6호, 1996.

홍윤표, 「≪겨레말큰사전≫ 편찬은 왜 필요한가」, 『겨레말소식』 창간호, 2006.

홍종선, 「민족어의 통합 통일과 〈겨레말큰사전〉 공동편찬」, 『민주화 · 탈냉전 시대, 평화와 통일의 사건사 발표논문집』, 2012.

제3장 코리언 생활문화와 의식주

문화 네크라스(Necklace)로서 의식주

전영선*

1. 머리말

이 글의 목적은 코리언의 생활문화와 의식주 비교에 있다. 의식주는 일상생활의 대부분이 이루어지는 핵심이며, 민족적 징표가 가장 분명하게 드러나는 영역이다. 이 글에서는 의식주를 중심으로 코리언의 생활문화 현황과 특징을 살펴보고, 코리언 문화의 공통성을 통한 공동체 형성의 가능성을 모색하고자 한다.

코리언의 생활문화는 코리언의 살아 있는 현재의 문화이다. 코리언들은 한민족의 기층 문화적 토양 위에 거주국의 문화와 지속적으로 소통하면서 새로운 문화를 창출하고 있다. 오늘날 코리언의 생활문화는 문화접변을 통해 이룩한 문화적 행위의 산물이다. 코리언의 생활문화를 어떻게 규정할 것인가에 대해서는 다양한 견해가 있다.

---

* 건국대학교 통일인문학연구단 HK연구교수.

본질론적인 입장에서는 코리언 문화의 본질적인 요소가 있다고 본다. 코리언은 효를 중요시하거나 어디를 가든 김치를 먹는다는 점에 주목한다. 본질적인 요소로 코리언의 문화를 설명하는 것은 코리언 문화의 특성을 살피는 데 있어서 유용하다. 하지만 무엇이 본질인가에 대한 논란을 야기한다. 한민족의 고유한 문화라는 것이 언제, 어디서 만들어진 것인가를 규명하기란 생각보다 복잡하다. 한민족을 대표하는 한복이나 김치, 온돌이 우리 고유의 문화인가? 언제부터 한민족의 고유한 문화가 되었는가? 등을 규명하기란 쉽지 않다.

또한 한반도 중심적인 사고로 이어질 가능성도 매우 높다. 한반도에 살고 있는 코리언, 특히 남한을 염두에 두고 해외코리언을 부차적인 요소로 보는 시각을 키우기 쉽다. 남한을 중심에 두고 코리언의 생활문화를 본다면 '현대사회를 살고 있는 남한 주민들은 얼마나 민족문화의 본질에 충실하게 살고 있는가'라는 의문이 생기기도 한다.

문화 다양성을 인정하는 개념에서 코리언 문화를 규정하는 입장은 문화의 평등성을 강조한다. 한민족의 문화는 한반도에 있든 한반도 밖에 있든 그 나름대로의 독특한 코리언 문화라는 입장이다. 코리언의 문화적 공통성을 강조하기 위해 가족유사성 개념으로 공통성을 설명하기도 한다. 코리언의 생활문화는 주류사회의 민족이나 거주하고 있는 국가의 정치제도에 따라서 다양하게 변화되었다. 코리언의 생활문화는 지금도 변용되고 있지만, 코리언은 여전히 자신을 같은 민족의 구성원으로 여기고 있다는 현실에 주목할 필요가 있다.

이런 점에서 코리언 생활문화는 '가족유사성(family resemblance)'의 개념으로 설명할 수 있다.[1] '가족유사성'이란 코리언의 생활문화도 현지의 상황에 맞추어 각각 다르기는 하지만 공통성이 있다는 것이다.[2] 이러한

1) 건국대학교 통일인문학연구단, 『코리언의 생활문화』, 선인, 2012, 26쪽.

유사성을 바탕으로 미래지향적 가치를 창출할 수 있는 동력으로 만들어야 한다. 코리언의 생활문화가 현지의 생활문화와 접변이 이루어지면서 새로운 문화를 창출하는 공통성을 의미한다. 공통성을 창출할 수 있는 요소에 주목하면 다양한 형태의 새로운 문화 창출이 가능해진다. 문화적인 의미에서 통합은 어느 하나의 문화적 가치나 기준으로 포섭되는 것이 아니라 차이성을 인정하면서 새로운 문화를 창출할 수 있는 유사성을 확대해 나가는 것이다.

본 연구에서는 코리언의 생활문화가 보다 독립적이고 자주적인 형태를 유지하고 있지만 본질적인 속성이 유지되고 있다는 점에 주목하여, '네크라스(Necklace)' 개념에 주목하고자 한다. '네크라스'라는 개념은 미술 전시공간 구성에 있어 중심과 주변을 통해 중심부를 강조하던 것에서 벗어나 각각의 전시공간이 독립적이면서도 중심적으로 전시를 구성하는 것을 말한다. 중심과 주변으로 구분하는 것에서 벗어나 각각의 독립성, 즉 중심성을 강조하는 개념이다. 한반도를 중심으로 하고, 주변 코리언의 생활문화를 주변으로 인식하는 것에서 벗어나 각각의 코리언의 생활문화가 독립적이면서 중심적인 특성을 갖고 있다는 점을 강조할 수 있다. 독립적이면서도 동시에 하나의 기획으로 연결되는 것처럼, 문화적 동질성으로 연결되어 있다는 의미다.

이 글은 건국대학교 통일인문학연구단의 설문조사를 바탕으로 하였다. 건국대학교 통일인문학연구단에서는 2011년 6월부터 2012년 3월까지 약 10개 월 간에 걸쳐 일본의 도쿄와 오사카 지역의 재일조선인, 중

---

2) '가족유사성'은 철학자 비트겐슈타인이 고안한 개념으로 '어떤 일반 용어 아래에서 포섭하는 모든 실재물들에 공통적인 어떤 것을 찾으려는 경향'을 의미한다. 가족이라면 가족구성원들의 얼굴은 각각 다르지만 어떤 이들은 코가 비슷하고, 어떤 이는 눈이 비슷하고, 어떤 이는 걸음걸이 방식이 같은 식으로 유사성이 겹친다는 것이다. 루트비히 비트겐슈타인 지음, 이영철 옮김, 『철학적 탐구』, 책세상, 2006 참고.

국 연변지역의 재중 조선족, 러시아의 연해주 및 사할린 지역의 재러 고려인, 서울 근교의 한국인과 북한이탈주민을 대상으로 민족정체성과 생활문화에 대한 설문조사를 실시하였다. 본 연구는 이 설문조사를 기초로 작성한 것이다.

2. 코리언의 생활문화와 문화 네크라스(Necklace)

코리언 생활문화의 올바른 비교연구를 위해서는 각각의 특성에 주목하면서 공통성을 찾아가는 것이 필요하다. 이를 위해서 '네크라스(Necklace)'라는 개념을 제시한다. 목걸이를 의미하는 '네크라스'는 장식물과 장식물을 연결하는 고리로 구성된다. 장식물은 코리언 생활문화의 구체적인 실체인 '한복', '김치', '온돌'과 같은 구체적인 문화이고, 이 실체를 연결하는 고리는 각 문화에 내재된 속성이다.

이 글에서는 코리언 생활문화는 각각의 독립적인 구체적인 실체와 속성을 갖고 있다고 보고, 문화의 속성에 주목한다. 질적인 속성이 타문화와 접촉하는 과정에서 공통적인 요소와 작동하면서 새로운 형태의 문화를 만들어 내기 때문이다. 코리언의 생활문화가 다양한 형태의 문화로 끊임없이 새로운 문화를 만들어내는 동력도 한민족 생활문화의 문화적 DNA라고 할 수 있는 속성 때문이다.

음식을 예로 들어보자. 한민족의 대표 음식인 김치는 지역에 따라서 다양한 종류의 김치를 만들었다. 해외코리언의 경우 김치를 구할 수 없자 김치와 비슷한 것을 만들었다. 배추를 구하기 어려우면 양배추로 김치를 만들었다. '김치'라는 속성을 가진 대용품을 만들어 낸 것이다. 문화적 접변이 생산적으로 일어나는 것이다. 코리언의 생활문화는 이처럼 문화의 속성이 무엇인지를 밝히고, 어떤 속성이 창조적으로 새로운 문화를 만들어내는지를 주목해야 한다.

새로운 개념을 통해 코리언 생활문화를 분석하고자 하는 것은 두 가지 이유 때문이다. 하나는 '문화의 화석화(化石化) 현상', '문화동결현상(cultural froze phenomena)'에 대한 문제이다.[3] '문화의 화석화'란 문화의 오랜 모습이 화석화된 상태로 보존되는 현상이다.

> 변방지역에는 중심지로부터 시작된 변화가 뒤늦게 온다. 변화가 늦다는 것은 문화의 원형이 비교적 많이 남아 있다는 뜻이기도 하다. 문화의 원형(原型), 즉 관습, 의식과 가치의 원형들이 중심지보다 훨씬 많이 남아 있어 그 흔적을 비교적 쉽게 찾을 수 있다. 러시아 변방인 사할린에서는 문화의 원형이 비교적 많이 남아 있을 수 있으며, 특히 문화의 중심지에서는 사라진 관습이나 풍습이 남아 있는 문화의 화석화(化石化) 현상을 찾아볼 수 있을 것이다. … 중국 연변지역의 한인들은 한복을 입고, 회갑연을 크게 치르며 제사, 혼례 등 전통적 의례는 물론이고 추석과 설을 쇠며, 널뛰기나 그네뛰기 등 전통적 민속놀이를 한다. 이러한 모습은 한국에서는 이미 사라져 가는 민속으로서 타국에서 오히려 원형대로 남아 있다. 사할린 이주자들은 이러한 전통적 의례와 민속놀이를 통하여 민족귀속의식을 고취하기도 한다.[4]

문화의 중심지에서는 사라진 관습이나 풍습이 문화접변이나 문화변용이 없이 형태를 유지하는 현상이다. 문화의 주류에서 멀어진 곳에서

---

3) 정인희, 「연변조선족의 의생활에 나타난 문화주변현상과 외래문화의 영향」, 『복식』 28집, 1996, 93쪽: "한편 해외교포들이, 본국에서는 시간이 지남에 따라 변해버린 것까지 그대로 간직하게 되는 경우를 문화동결현상(cultural froze phenomena)이라 일컫기도 하는데, 이는 결국 문화주변현상과 동의어로 이해할 수 있다".

4) 이순형, 『사할린 귀환자들』, 서울대학교출판부, 2004, 13쪽.

'언어의 섬'처럼 '문화의 섬'으로 남아 있는 것이다. 실제로 코리언의 생활문화의 오랜 형태가 중국이나 중앙아시아의 특정 지역에서 온전하게 남아 있는 경우도 있다. 원형의 관점, 본질의 관점에서 볼 때, 한반도 안의 코리언 생활문화보다 오래전 형태를 유지하고 있고, 원형에 훨씬 가까운 경우도 많다.[5)]

문화를 원형대로 유지하는 것이 반드시 바람직하다고 할 수만은 없다. 문화적응이 일어나지 않는다는 것은 문화적 통합을 이루지 못하고 문화주변형에 머무는 것을 의미하기 때문이다.[6)] 생활문화는 기본형을

5) 이순형, 『사할린 귀환자들』, 서울대학교출판부, 2004, 13쪽: "중국 연변지역의 한인들은 한복을 입고, 회갑연을 크게 치르며 제사, 혼례 등 전통적 의례는 물론이고 추석과 설을 쇠며, 널뛰기나 그네뛰기 등 전통적 민속놀이를 한다. 이러한 모습은 한국에서는 이미 사라져 가는 민속으로서 타국에서 오히려 원형대로 남아 있다".

6) Berry는 두 개의 문화를 접하게 되었을 때 상호적인 작용을 원칙으로 하지만 현실적으로는 어느 한쪽에 의해 다른 한쪽이 변화된다고 보고 기존의 문화를 한 축으로 하고 새로운 문화를 다른 축으로 하여 적응해 나간다. Berry는 이러한 문화접변의 유형을 '문화동화(assimilation)', '문화통합(integration)', '문화 분리(separation)', '문화주변형(marginalization)'의 네 가지 유형으로 보았다. 문화동화(assimilation)란 '자기 문화를 버리고 주류문화에 편입되는 것'으로서 기존의 사회에서의 경험과 관계없이 무조건 새로운 사회의 환경에 동화하는 것이다. 문화통합(integration)이란 '자기 고유문화의 주체성을 유지하면서 새로운 문화를 수용'하는 것으로 문화 접촉의 가장 바람직한 유형이라고 할 수 있다. 문화통합 유형이란 균형적인 시각에서 새로운 사회에서 체험한 다양한 경험을 내적으로 수용하여 자기 자신의 성숙기회로 활용하는 것이다. 문화통합 유형에 속한 사람들은 맹목적으로 수용하거나 거부하는 것이 아니라 기존의 문화와의 비판적 비교를 통하여 두 문화의 장점을 통합하려고 시도한다. 문화 분리(separation) 유형은 '새로운 문화를 거부하고 고유문화를 고집하는' 유형이다. 즉 기존 문화에 대한 집착에서 벗어나지 못하면서도 새로운 문화를 적극적으로 수용하지도 못하는 유형이다. 기존 문화에 대해 배타적이거나 거부하는 보수적 성향이 강한다. 문화주변형(marginalization) 내지 탈문화 유형은 '자기문화와 주류 문화를 모두 거부하는 것'이다. 문화주변형에 속하는 사람들은 어느 문화에서도 소속감을 느끼지 못하고 기존의 문화가치에 향수를 느끼거나 현재의 문화가치를 부정하면서 허무주의에 빠지기 쉽다. 이에 대해서는 Berry, J. W., *Acculturation and psychological adaptation;*

유지하면서 현대적 생활에 맞추어 변용되어야 한다. 생활문화는 '박제화' 되기보다는 '활물화(活物化)' 되어야 한다. 해외 코리언의 경우에는 폐쇄된 사회에서 살지 않기에 문화는 끊임없이 타문화와 접촉하면서 공통적인 요소를 통해 새로운 문화를 생성해 나가야 한다. 문화와 문화가 만날 때는 갈등과 조정과정을 거치게 된다. 민족정체성이나 문화정체성은 생득적으로 주어지는 것이기보다는 일상생활 속의 생활문화 현장에서 얻어지는 경우가 훨씬 많다.[7)]

새로운 개념을 통해 코리언 생활문화를 분석하고자 하는 또 다른 이유는 '한민족문화'라는 개념에 포함된 실제 대상이 다르기 때문이다. 음식을 예로 들어보자. "1980년대 중앙아시아를 방문한 고송무교수는 1960년대, 1970년대에 중앙아시아의 고려인사회를 방문했던 연구자들의 보고와 자신의 연구를 종합하여 우즈베키스탄 고려인들이 돌, 생일, 결혼식, 환갑 등의 일상의식과 관습 그리고 복장, 식생활 등에서 주위의 다른 민족의 영향을 일부 받기는 했지만, 전통적인 한국 본래의 생활방식을 많이 지키고 있다고 파악했다. 특히 고려사람들의 문화가 "먹는 문화에서 기본이 거의 원형 그대로 살아있음을 볼 수 있었다"고 기록했다.[8)] 하지만 '한식'

A conceptual overview. PA ; Swets North America, 1988 참고.

7) 이전 지음, 『미국에 살고 있는 한인』, 도서출판한울, 2001, 168~169쪽: "한인 이민 2세가 한인의 정체성을 찾게 되면, 이전에 관심이 없었던 혹은 의도적으로 회피하였던 한인 친구들을 사귀게 되고 한국 음악을 듣게 되며 한국 음식점을 찾게 된다. 한인 이민 2세가 한국에 살고 있는 친척을 방문하고 미국에 돌아온 이후부터 한인의 민족 정체성을 강하게 갖기 시작한 사례도 있고, 대학을 졸업하고 취업을 한 이후에 비로소 한인의 민족 정체성을 찾기 시작한 사례도 있다. 백인 주류 사회에 진입하기 위해 끊임없이 노력하다가 변호사가 되었는데, 변호사 사무실에서 근무하고 보니 결국 본인의 주요 고객이 미국에 살고 있는 한인일 수밖에 없다는 사실을 알고 난 다음에 한국어를 배우기 시작하고 한인 교회에 다니기 시작한 한인 이민 2세도 있다".

8) 반병률, 「우즈베키스탄 고려인의 인종적 · 문화적 정체성의 향후 전망」, 권희영 · Valery Han · 반병률, 『우즈베키스탄 한인의 정체성 연구』, 한국정신문화

이라고 하는 코리언의 음식문화가 무엇인지에 대한 검토가 필요하다.

> 설문조사항목에는 언어 이외에 우즈베키스탄 한인들의 성격을 규정하는 음식, 노래, 가수, 작가와 시인, 의례 등에 대한 조사항목이 있다. 우선 "자신의 하루 양식으로 어떤 음식을 이용하십니까?"라는 질문에 대해서는 응답자의 93%인 절대 다수가 한국음식이라고 답하고 있다. 이와 함께 66%가 우즈베키스탄 음식을 이용하고 64%가 러시아식, 12%가 카자흐식, 13%가 다른 민족음식을 이용한다고 답했다. 여기서 유의할 점은 고려사람이 말하는 "한국음식"은 한국의 음식과는 다르다는 사실이다. 이들이 말하는 한국음식의 면면을 살펴보면, 부분적으로는 '국', '밥', '콩나물', '간장', '된장', '소고기국', '배추김치' 등의 음식이나 '국수', '개고기', '오이김치', '무김치' 등의 음식은 유사성을 보이고 있다. 그러나 그들이 말하는 '당근(절인 당근 샐러드)', '피고자(만두의 일종)' 같은 음식은 한국의 음식과는 전혀 같지 않다. 우리는 여기서 문화적 요소들 중에서 음식이란 요소가 가지고 있는 상대적 불변성의 특성을 고려할 필요가 있다.[9]

중요한 것은 코리언 문화를 어떻게 인식하느냐는 것이다. 해외코리언들은 주류문화의 강력한 영향에서 벗어날 수는 없다. 아무리 민족문화를 강하게 지키려고 해도 상호 영향을 피할 수 없다. 실제로 코리언들은 한국음식이라고 하거나 알고 있지만 경계가 모호한 것이 많다. 인용한 설문조사처럼 한국음식이라고 대답하고, 실제로 한국음식이라고 인식하고 있지만 사실과 다른 경우도 많다. 생활문화의 특징을 두고서 '한민족의 음식이다', '한민족의 음식이 아니다'로 구분하는 것은 의미가 없다.[10] 주류사회의 음식과 혼효된 음식을 '한국음식'으로 알고 있는 것은

연구원, 2001, 139~140쪽.

9) Valery Han, 「중앙아시아 한인들의 정체성 문제」, 권희영 · Valery Han · 반병률, 『우즈베키스탄 한인의 정체성 연구』, 한국정신문화연구원, 2001), 80~81쪽.

10) 반병률, 「우즈베키스탄 고려인의 인종적 · 문화적 정체성의 향후 전망」, 권희

'잘 못 알고' 있는 것이기보다는 현지의 상황에 맞추어 한국음식의 문화적 속성을 유지하려는 적응의 결과이자 '문화적 전통을 유지하려는 의지의 발현'이라고 할 수 있다.[11)]

해외코리언의 해외 이주는 국권을 상실하면서 굶주림을 면하기 위한 생존의 차원에서 이루어졌다. 해외코리언의 생활문화는 지극히 하층의 문화였으며, 어쩔 수 없는 한계상황에서 이루어진 이주의 과정에서 온

영 · Valery Han · 반병률, 『우즈베키스탄 한인의 정체성 연구』, 한국정신문화연구원, 2001), 142쪽: "문화 가운데 상대적으로 보수성을 보이는 음식의 경우, 많은 우즈베키스탄 고려인들은 일상음식으로 고려음식을 먹고 있으나, 러시아음식이나 우즈베키스탄 음식도 즐겨 먹고 있다. 이것은 순수하게 고려음식만을 먹기보다는 우즈베키스탄 음식이나 러시아음식이 혼합된 식단이라고 보아야 할 것이다. 우즈베키스탄 문화 가운데서도 특히 음식문화가 고려인사회에 많이 흡수되어 있음을 알 수 있다".

11) 정근식, 「중앙아시아 한인의 일상 생활과 문화」, 『사회와역사』 제48권, 한국사회사학회, 1996, 88쪽: "'원형(prototype) 생활문화'와 '전통(traditional) 생활문화'는 개념적으로 구분된다. 원형 생활문화가 문화접변 이전의 생활풍습과 생활의식을 가리키는 '공식적 개념'이라면, 전통 생활문화는 역사적으로 계승되고 있다고 여겨지는 생활풍습과 생활의식을 가리키는 '통시적 개념'이다. 어느 지역 코리언의 생활문화에 전통 생활문화가 많이 계승되었는지를 따지는 작업이나 현존 전통이 코리언의 통합에 어떠한 역할을 할 수 있는지를 모색하는 작업 등에 비해, 어느 지역 코리언의 생활문화가 코리언의 원형생활문화(19세기 후반~20세기 초반 조선인의 생활문화)에 가까운지를 따지는 것은 코리언의 원형생활문화에 대한 '현대' 코리언의 이해가 많이 부족하기 때문에 매우 어려운 작업이라고 할 수 있다. 일찍이 중앙아시아 거주 코리언의 생활문화를 탐구했던 한 학자 역시 원형 생활문화와 현대 생활문화 비교가 갖는 어려움을 다음과 같이 잘 지적하고 있다. "그들의 문화와 관련하여 볼 때, 가장 일반적인 질문은 그들의 문화가 얼마나 변화되었고, 얼마나 그대로 유지되고 있는가"라는 질문이다. 이 질문을 좀 더 엄밀하게 분석해본다면 문화 변동이라는 역사적인 맥락과 문화의 비교라는 분석적 맥락으로 구분된다. 전자는 예컨대 비교의 기준이 되는 중앙아시아로의 강제 이주 전의 연해주에서의 생활과 현재의 생활을 양측에 놓고 살펴보는 것이라면, 후자는 '오늘날'이라는 시점을 공통으로 하면서 문화 요소들간의 평면적 비교로 나아간다. 방법론상 어려운 점은 '원형의 한국 문화'를 상정하기가 지극히 어려우며, 이 때문에 많은 경우 전자를 별로 고려하지 않은 채 비교의 준거를 '오늘날'의 한국문화로 상정하여 비교 평가하기 쉽다".

전하게 문화가 유지되기는 어려웠다. 낯선 땅에서 주류사회의 엄청난 문화적 자장(磁場) 아래서 한민족의 정체성을 확인하고자 현지화 된 문화를 한민족문화로 명명한 것이다.12)

코리언의 생활문화는 긍정적인 의미에서 새롭게 확장된 코리언문화라고 할 수 있다. 새로운 형태의 한국음식이 만들어지는 것은 두 음식 사이의 공통성이 있었기 때문이다. 현존하는 공통성이 낯선 문화를 만나서 새로운 문화를 만들어내는 동력이 되었다. 이 공통성에 주목한다면 다양한 새로운 문화를 창출할 수 있는 동력을 찾을 수 있다. 이를 위해서는 개별화되고 구체화된 현상에 주목할 것이 아니라 한민족문화의 속성에 주목해야 한다. 한민족문화의 공통성은 개별화된 구체적 실체에 있는 것이 아니라 구체적 실체의 속성에 흐르고 있기 때문이다. 생활문화 자체의 산물, 구체적인 대상으로 공통성을 이야기하는 것은 생활문화의 본질에 접근하지 못할 수 있다.

코리언의 생활문화를 연결하는 문화적 속성에 주목할 필요가 있다. 무엇보다 코리언의 문화는 다양한 변용 속에서도 속성을 지속하려는 문화적 관성을 확인할 수 있기 때문이다. 코리언의 문화적 변용 과정은 다양하다. 코리언의 생활문화가 보여주는 다양성, 복합성은 서로

---

12) 천수산, 「중국조선족풍속의 현황과 21세기의 발전전망」, 박민자 주필, 『중국조선족 현상태분석 및 전망연구』, 연변대학출판사, 2000, 325쪽: "중국조선족의 최초풍속은 조선반도의 풍속가운데서 가장 빈궁한 서민계층의 풍속에 속하였다. 지금 중국에서 살고있는 조선족의 조상들은 조선반도로부터 중국으로 이주하여오게 된데는 여러 가지 원인이 있다. 그중 가장 주요한것으로는 리조봉건통치자의 학정, 더욱이 일본제국주의 침략자들의 농토략탈과 가혹한 압박착취에 못견디여 살길을 찾아 들어온 것이다. 그들의 절대다수는 조선사회의 최하층에서 허덕이며 간신히 생계를 연명하여오던 사람들이였다. 때문에 그들이 조선반도로부터 갖고 들어온 풍속도 조선반도의 풍속가운데서 가장 빈궁한 서민계층의 풍속이였다. 이러한 성격과 특징은 음식, 의복, 주택, 결혼, 상례, 명절 등 여러 면에서 뚜렷이 체현되고 있는데 그중 몇가지 방면의 실례를 들어보고저 한다".

다른 문화가 접촉하면서 일어난 갈등, 교류, 충돌의 결과이다. 구체적 생활로서 결과물의 양상은 다양하지만 다양성 속에서도 문화적 속성은 유지되고 있고, 그 속성이 코리언 문화를 이어주는 동질성의 고리 역할을 하는 것이다. 식생활의 경우 '어떤 것을 먹느냐'보다는 '음식 문화의 속성을 유지하느냐'는 것이 중요하다. 생활문화를 통해 공동체를 확인하고, 의미를 공유하는 것이 코리언 생활문화 공동체의 의미이다.

또한 전통문화에 대한 일반적인 인식의 틀에서 벗어나야 한다. 일반적인 틀이란 '전통문화는 시간적으로 현대로 오면서 달라지고, 공간적으로 멀어지면서 달라졌다'는 것이다. 이러한 전제는 재고되어야 한다. 설문조사에서도 코리언의 생활문화를 통해 공간이나 시간이 멀어져도 문화적 속성을 유지하려는 경향은 줄지 않는다는 것을 확인할 수 있었다. 대표적인 것이 주거문화였다. 코리언의 주거생활에서 나타난 특징 가운데 하나는 입식과 좌식이 의식적으로 분리된다는 것이다. 식사나 손님 접대의 경우에는 일상적인 행위는 입식으로 이루어진다. 하지만 친한 손님이나 귀한 손님의 경우에는 좌식으로 하였다. 식사의 사회적 맥락 때문에 의식적인 행위에서 차이가 벌어지는 것이다.[13)]

문화적 관성이나 영향력은 의식주 자체에 있는 것이 아니라 구체적 실체 속에 감추어진 속성에 있다. 코리언의 정체성은 단지 외향, 언어나 음식의 일치에 있는 것이 아니라 심리적 체계를 통해 작동되기 때문이다. 다시 말하면 코리언 문화의 공통성은 공통의 의식주 생활문화에 있는 것

---

13) 일상생활에서 누군가와 음식을 나눈다는 것은 그와 의사소통을 해야 한다는 것을 의미한다. 함께하는 식사는 네트워크가 형성되고 구체적으로 로비가 이루어지는 자리이다. 흔히 "식사 한번 합시다"라는 말은 친교와 정서적 공감, 협상, 부탁, 인사치레 등이 저변에 깔려 있다. 이에 대해서는 허미영, 「자기연출 -말 · 몸 · 음식」, 박재환, 일상성 · 일상생활연구회 지음, 『일상생활의 사회학적 이해』, 한울아카데미, 2008, 237쪽 참고.

이 아니다. 한국적인 것에 대한 열린 마음으로 인식하고 접근하느냐의 문제이다. 공통의 자산을 토대로 다양한 변화를 수용하고, 창조적으로 적용한 결과라는 관점으로 한민족 문화의 지평을 넓혀가야 한다.[14)]

3. 코리언의 의생활문화

1) 코리언의 복식과 민족상징

북한에서 결혼식 복식으로 자리 잡은 한복

코리언의 의생활은 실용보다는 상징적인 의미가 크다. 실용보다는 상징성이 높기에 일상생활보다는 상징적인 공간에서 특성이 잘 드러난다. 해외코리언의 경우에도 민족을 대표하는 상징적인 복식으로서의 전통이 잘 지켜지고 있었다. 민족의 상징으로서 한복은 결혼식이나 주요 명절이나 회갑연과 같은 특별한 날에 민족성을 상징하는 전통복장으로 입

14) Valery Han, 「중앙아시아 한인들의 정체성 문제」; 권희영 · Valery Han · 반병률, 『우즈베키스탄 한인의 정체성 연구』, 한국정신문화연구원, 2001, 69쪽: "'한국적 정체성'이라고 할 때, 이는 단지 외향, 언어나 음식의 일치뿐만 아니라 더 나아가 동일한 심리적 체계, 다시 말하면 한국적인 의식(민족 자의식)을 의미한다. 그리고 이 한국적 자의식은 '한국적인 정신'과 '한국적 통합'을 강화하는 것이어야 할 것이다".

공식 행사에서 생활복과 근무복, 한복을 입은 북한 주민들

고 있다. 일제강점기를 지나면서 서구화된 결혼식이 일반화 된 오늘날에도 한복은 여전히 전통적인 의복으로 명맥이 유지되고 있다. 코리언의 결혼식에서는 웨딩드레스를 입지만 폐백을 드릴 때는 한복을 입으며, 결혼이 끝난 다음에는 한복을 입고 인사한다. 북한에서도 신랑은 양복이나 개량복을 입지만 신부는 한복을 입는다.

의생활에서 민족 문화의 상징으로서 한복의 전통이 잘 유지되는 것은 한복 자체의 특성 때문이기도 하다. 일상에서 의복은 대체품이 아니라 보완재의 성격이 강하다. 의복은 다른 유형의 복식과의 공존이 가능하다. 즉 서양복 중심의 생활 속에서도 특별한 의미로서 한복을 입을 수 있다. 보완재로서 서양복과 한복의 공존을 가능하게 만드는 것이다. 사회주의 국가인 북한에서 공식 복장으로 한복과 인민복이 공존하고, 다른 민족의 복식과 공존할 수 있다. 보완재이기에 다른 민족의 문화와 섞이지 않고 공존할 수 있는 것이다. 한복은 일상생활에서 즐겨 입는 복장은 아니지만 공식적인 행사나 민족성을 강조하는 행사에서는 민족을 상징하는 의복으로 기능한다.[15)]

---

15) 정인희, 「연변조선족의 의생활에 나타난 문화주변현상과 외래문화의 영향」, 『복식』 28집, 1996, 95쪽.

북한 영화에 나타난 한복을 입은 어린이

국가의 정책이 강력하게 추진되는 사회주의 국가에서 한복은 민족정책과 직접적으로 연관된다. 민족성을 드러낼 수 없는 상황에서는 민족적 색채가 강한 복식을 입을 수는 없다. 재중 조선족의 경우에는 소수민족우대 정책에 의해 민족문화를 유지할 수 있게 되면서 생활에서 사라졌던 한복이 특별한 날에 입는 의례복으로 부활하였다.16) 한복을 주로 입는 날은 조선족의 명절인 연변조선족자치주창립일, 노인절이다. 이런 날에는 한복의 물결이라고 한다.

주류 사회의 한족과 어울려 살면서 재중 조선족의 문화에도 중국문화의 특성이 점차 강하게 나타나기 시작했다.17) 이러한 문화접변 현상은

16) 정인희, 「연변조선족의 의생활에 나타난 문화주변현상과 외래문화의 영향」, 『복식』 28집, 1996, 95쪽: "조선족들은 한족의 문화로 둘러싸인 가운데서도 의생활의 측면에서는 적어도 그들의 영향권에서 완전히 벗어나 민족의 정체성을 유지하는 방편으로서의 전통복식을 유지했다고 할 수 있다".

17) 정판룡, 「세기교체와 중국조선족 가치관의 변화 및 민족전일체성문제」, 박민자 주필, 『중국조선족 현상태분석 및 전망연구』, 연변대학출판사, 2000, 9쪽: "문화면에서도 이 동안 중국의 조선족은 점차 이중문화 혹은 이중성격을 띤 민족문화의 소유자로 전변되기 시작했다. 다시 말하면 중국조선족의 문화에는 재래의 민족문화 외에 중국문화의 특성이 점차 강하게 나타나기 시작했다는 것이다. 이런 상황은 중국의 조선족들이 중국의 많은 문화 이를 테면 그들의 음식문화, 복장문화, 건축문화에 점차 습관되여 자기 것으로 접수하는데서 표현될 뿐만 아니라 지어는 조상으로부터 물려받은 자기 민족문화에

광범위하게 일어나고 있다.[18] 복식도 예외가 아니다. 중국 사회의 흐름에 따라서 민족복식의 여러 요소들이 달라지면서, 낯선 한복이 된 것이다.[19] 1980년 이후 재중 조선족의 결혼에서는 색깔 있는 치마저고리를 입는 신부도 많아졌다.[20] 한중 수교 이후에는 한국의 영향으로 한국 치마저고리처럼 치마를 풍성하게 하는 경향으로 변하였다.

의생활의 공존 현상은 돌잔치에서도 확인된다. 코리언은 돌잔치를 지내면서 아이들에게 다양한 옷을 입히는데, 한복을 입히고 싶어 한다. 이는 남북코리언은 물론 재중 조선족이나 재러 고려인, 재일조선인의 잔치에서도 나타나는 현상이다.

> 아이의 전치 옷은 한복일 수도 있고, 여러 가지 서양식 디자인의 옷도 있다. 인민해방군의 차림이나 러시아 군대 복장도 유행이다.[21]

> 돌을 맞은 아이에게 한복을 입히는 것을 제일로 치나, 대부분 그렇게

서도 점차 중국특성들이 나타나기 시작한다는 것이다".

18) 최순호, 『조선족 이야기』, 민음사, 2004, 149쪽: "마을 환갑 잔치에는 주변에 사는 한족들도 찾아왔다. 그들은 꽹과리와 장구, 북을 치면서 어깨춤을 추는 마을 사람들을 신기한 듯 구경했다. 젊은이들이 입은 한복은 어딘지 모르게 어색했다. 중국식이 가미된 탓이다. 그러나 모진 세월 속에서도 우리의 전통을 유지해 온 그들의 흔적이 역력했다. 가장 인상적인 것은 한복을 곱게 차려입은 여인들이 나와서 긴 막대 위에 접시를 올려놓고 '접시돌리기'를 한 것이다. 중국 전통 문화와 우리 문화가 접목된 현장을 보는 순간이었다".

19) 정인희, 「연변 조선족의 의생활에 나타난 문화주변현상과 외래문화의 영향」, 『복식』 28호, 1996, 90쪽 참조.

20) 김진구 · 김순심, 「中國 朝鮮族의 服飾硏究(Ⅰ) - 婚禮服에 관하여-」, 『복식』 20집, 1993, 198쪽: "연분홍색에 화려하게 수를 놓거나 꽃 그림이 그려진 것으로 印花 첫날이옷이라고 불려졌다. 이런 색옷을 예복으로 입게 된 것은 실용적인 면에서 그 의미를 찾을 수 있다. 흰색옷은 결혼식이 끝난 후 입기가 힘들므로 아깝다고 여겨졌으며, 화려하게 보이는 색깔의 옷들이 더욱 돋보인다고 여겨져서 색깔있는 옷으로의 변화가 일어난 듯하다".

21) 김광억, 『중국 길림성 한인동포의 생활문화』, 국립민속박물관, 1996, 135쪽.

하지 못하고 깨끗하고 고운 옷을 해 입힌다. 신발도 새것을 신긴다.22)

돌잔치에 한복을 입히는 것은 민족적 정체성을 확인하는 의례이다. 돌은 아이가 세상에 태어나서 주변사람들에게 공식적으로 선을 보이는 의식이다. 코리언의 정체성을 주변 사람들에게 알리는 의식에서 아이가 입는 옷은 한복이나 새 옷이다. 부모의 민족이 다른 경우에는 각각의 고유 복장을 입히고 사진을 찍는다.23) 한복은 일상적으로 입지는 않지만 민족을 상징하는 것으로 의례로서 상징화되었다.

2) 코리언의 의생활 현황

코리언의 의생활문화를 대표하는 것은 한복이다. 코리언을 상징하는 복장으로 한복은 지역을 막론하고 특별한 행사나 명절, 가족모임에서 입는 의례복이 되었다. 생활문화와 의생활에 대해 알알아보기 위해서 '한복을 언제 입는지?', '한복을 입는 이유는 무엇인지?'를 물어 보았다.

〈표 1〉 한복(저고리) 입는 날

	재러 고려인	재중 조선족	재일조선인	북한이탈주민
안 입는다	57.1	10.1	47.1	45.0
특별한 행사	33.1	73.4	41.7	17.4
명절 때	6.4	34.7	1.9	36.7
가족모임	2.1	10.1	1.0	5.5

22) 이희수, 『우즈벡스탄 한인동포의 생활문화』, 국립민속박물관, 1999, 123쪽.

23) 오지은, 『일본 관서지역의 한인동포의 생활문화』, 국립민속박물관, 2002, 216쪽: "아이에게는 한복을 입히고, 부모 중 한 사람이 일본인인 경우는 기모노를 준비하여 한복을 입힌 후 기모노를 입혀서 사진을 찍는다".

남북과 해외 코리언 중에서 한복(저고리)를 가장 많이 입는 것은 재중 조선족이었다. 조선족들은 특별한 행사를 비롯하여 가족모임이나 명절에 한복을 즐겨 입는다고 대답하였다. 한복을 '입지 않는다'는 답변은 10%였다. 반면 재러 고려인과 재일조선인은 한복을 많이 입지 않는다고 답하였다. '특별한 행사'가 있을 때를 제외하고는 잘 입지 않았다. '안 입는다'는 답변이 재러 고려인에게는 57.1%, 재일조선인에게는 47.1%, 북한이탈주민이 45%로 나왔다. 코리언은 한복을 '특별한 행사'에 예복으로 인식하고 있었다. 재중 조선족의 비중이 높은 것은 다민족 사회에서 소수민족으로 인정받고 민족자치주를 형성한 것이 가장 큰 요인이라고 할 수 있다. 민족적 정체성을 직접적 보여주는 전통복장으로서 조선족을 상징할 수 있는 기회가 상대적으로 많기 때문이다. 조선족을 상징하는 선전에는 반드시 조선족 복장이 등장한다.[24)]

이러한 인식은 한복을 입는 이유에서도 확인되었다. 한복을 가장 많이 입는 재중 조선족은 40.4%가 '조선족이라는 사실을 느낄 수 있기' 때문에 입는다고 답하였다. 그리고 26.6%가 '내가 조선족임을 자랑하고 싶어서' 입는다고 답하여, 조선족이라는 자긍심이 높기 때문에 한복을 즐겨 입는 것으로 나타났다. 재중 조선족이 민족옷으로 한복을 지속적으로 즐겨 입었던 것은 아니다. 일제강점기 중국으로의 이주 초기 조선족들의 복식은 민족복식을 중심으로 일본 복식을 제외하고는 중국이나 서양복식을 수용하였다.[25)]

---

24) 정인희, 「연변 조선족의 의생활에 나타난 문화주변현상과 외래문화의 영향」, 『복식』 28호, 1996, 89쪽.

25) 장순애 · 김진구, 「中國 黑龍江省 朝鮮族의 服飾에 관한 硏究」, 『복식문화학회 2004년도 정기총회 및 춘계학술대회 자료집』, 복식문화학회, 2004, 37쪽: "흑룡강성 조선족은 일제의 강제적인 문화동화정책에 저항하여 일본의 전통복인 화복을 착용하지 않고 조선 고유의 복식인 저고리, 바지, 배자, 두라마기, 치마를 일상복으로 착용하였다. 흑룡강성 조선족은 소수민족을 우대하

소수민족으로서 한복은 중국의 정치사회적 영향을 크게 받았다. 문화혁명시기에는 소수민족 우대정책이 폐지되어 일상복으로 착용되던 한복이 혼례복으로만 착용되었다. 소련과의 갈등이 커지면서는 소련식 코트를 입지 않았다.[26] 문화혁명기간 동안에는 인민복이 거의 유일한 복장이었다. 인민복을 입으면서 소수민족으로서 특성을 드러내는 일은 일체 금지 당했다. 소속 국가의 정책에 의해서 민족적인 특성이 사라지게 된 것이다. 한복이 민족의 상징이 된 것은 문화혁명이 끝난 이후였다. 지금은 인민복을 찾아보기 힘들다. 한족들이 상대적으로 많이 착용하고, 조선족 중에서는 노인층에서만 일상복이나 작업복으로 이용한다. 거리에서도 인민복을 찾기는 쉽지 않다. 반면 재러 고려인은 '특별한 행사에서 누구나 입어야 하기 때문'에 입는다는 답변이 54.3%로 가장 많았으며, 21.7%가 '내가 고려인이라는 사실을 느낄 수 있어서'라고 답하였다. 재일조선인은 '특별한 행사에서 누구나 입어야 하기 때문에'가 24.5%, '내가 조선인이라는 사실을 느낄 수 있어서'가 19.0%, '내가 조선인임을 자랑하고 싶어서'가 16.3%로 나왔다.

한복은 여성을 중심으로 명맥이 유지되는 상황이다. 서구화된 세계 어느 지역에서도 코리언의 일상생활을 차지하는 복장은 양복이다. 특히 남성의 복장은 양복이 대부분이다. 한반도 내외의 코리언들에게 공통적

고 차별대우를 하지 않은 중국공산당을 우호적으로 보고 그들의 복식을 수용하였는데 남성복은 中山服, 양복, 하이칼라와 중국식 군모를 수용하였고 여성복은 旗袍(치파오)를 수용하였다. 남녀 모두 왕바신과 헝겊신을 착용하였다. 또한 중국의 우방국이었던 구소련의 영향도 받았는데 겨울 코트와 털모자를 수용하여 착용하였다. 서양의 영향은 당시 중국이 이미 서양의 복식을 수용하여 착용하고 있었기에 한족으로부터 여성재킷, 스타킹, 구두, 파마 등을 수용하였다".

26) 장순애 · 김진구, 「中國 黑龍江省 朝鮮族의 服飾에 관한 硏究」, 『복식문화학회 2004년도 정기총회 및 춘계학술대회 자료집』, 복식문화학회, 2004, 37~38쪽.

인 현상이라고 할 수 있다. 일상복으로서 한복의 의미는 약해졌다. 해외 코리언 중에서 한복을 가장 많이 입는 재중 조선족의 경우에도 일상복으로서 한복을 찾아보기는 쉽지 않다. 한복을 가장 많이 입는다는 재중 조선족의 경우에도 1990년 조사에 의하면 남성이 가끔이라도 한복을 입는 경우는 11%였다.[27)]

남한을 비롯하여 서양의 문물이 보편화된 경우에는 서구문물이 본격적으로 유입되면서 간소하고, 활동에 편리한 방향으로 복식이 변화되었다. 남한의 경우에도 한복은 1960년대 이후 양복에게 완전히 밀려났다. 중국이나 러시아의 경우에도 개혁개방이 본격화되면서 복식에도 변화가 일어나기 시작하면서, 서양복이 일상화 되었다. 남성들의 복장은 이미 서양화되었고, 도시의 젊은 여성이 한복을 입는다고 해도 그것은 자기를 돋보이게 하기 위한 것이지 일상복으로 입는 것은 아니다.

자치권을 인정받은 조선족이지만 한족의 문화 속에서 살아가면서 한복을 통해 온전하게 민족정체성을 드러내고 확인 받는 방법으로 인식하고 있는 것이다. 한복은 개인의 정체성을 나타내는 가시적인 대상으로뿐만 아니라 민족정체성을 상징하는 징표로서 활용되고 있는 것이다.

4. 코리언의 식생활문화

1) 코리언 식생활문화의 특성

생활문화 중에서 가장 현지화의 영향을 많이 받는 것은 먹거리이다.

---

27) 정인희, 「연변조선족의 의생활에 나타난 문화주변현상과 외래문화의 영향」, 『복식』 28집, 1996, 92쪽.

습식음식이 많아서 상차림에서 수저는 필수적으로 따라온다

매일 먹어야 하고, 현지에서 먹거리 재료를 구하야 하기 때문에 현지의 상황과 여건에 따라서 다양한 양상을 보인다. 이러한 다양한 코리언의 식생활에서도 유지되는 속성이 있다. 코리언의 식생활은 이 속성을 바탕으로 현지에 맞는 식생활문화를 만들고 있다. 코리언의 식생활문화의 속성은 다음과 같다.

첫째, 습식 중심이다. 코리언의 음식은 탕, 국, 찌개, 전골, 조림 등으로 습성(濕性)이 강하다. 습성이라는 특성은 음식도구에도 영향을 미쳤다. 코리언의 식생활에서는 숟가락과 젓가락의 사용빈도가 비슷하다. 수저를 사용한 동북아 여러 민족과 비교할 때도 두드러지는 특징이다. 중국이나 일본에서도 숟가락을 사용하지만 사용 빈도는 낮다. 습식 중심의 식생활은 또한 주거 공간 구성에도 영향을 미친다. 밥그릇과 국그릇이 있어야 하기 때문에 그릇 숫자가 많다. 당연하게 그릇을 보관할 공간이 넓어야 한다. 또한 음식을 만들 때 기름보다는 물을 많이 사용하기 때문에 물 사용이 편리하게 가옥구조를 설계한다. 러시아인들은 여름부엌과 겨울부엌을 나누어 사용하는데, 러시아의 재러 고려인들은 물을 사용하기 편리한 부엌을 여름과 겨울에 겸하여 사용한다.[28)]

28) 이영심 · 조재순, 「러시아 거주 고려인의 주거에 관한 연구-연해주(Yunhaju:

음식의 보온성을 위한 도구와 자재가 발달하였다

둘째, 온성(溫性)이 강하다. 한민족의 음식은 따뜻한 것을 기본으로 한다. 밥이나 국이나 찌개는 따뜻해야 한다. 한민족의 음식문화에 '찬밥'은 단순하게 차가운 것을 의미하지 않는다. 차가운 음식을 낸다는 것은 대접을 제대로 하지 않았다는 것을 의미한다. 온성 중심의 음식문화는 취사를 위한 가옥구조와 식자재에도 영향을 미쳤다. 한민족의 음식 그릇은 따뜻함을 유지할 수 있도록 보온성에 초점이 맞추어져 있다. 밥그릇은 보온에 강하도록 오목하다.

따뜻한 음식을 만들기 위한 부엌구조에서 중요한 것은 화구(火口)이다. 밥을 짓고 국을 끓이기 위해서는 여러 개의 화구가 필수적이다. 가스레인지를 선택할 때 취사할 수 있는 버너가 많을수록 인기가 높다. 중국에서도 추운 지역인 하얼빈에 거주하는 재중 조선족들이 식기를 데울 수 있는 온장고를 일찍부터 사용한 것도 온성의 식생활문화 때문이다.[29] 온

연해주) 지역을 중심으로-」, 『한국주거학회논문집』 제15권 1호, 한국주거학회, 2004, 55쪽.

29) 홍형옥, 「생애구술을 통해 본 중국 할빈지역 조선족의 주거의 사용-주거의 사용과 생활문화의 동화 및 문화접변을 중심으로」, 『한국가정관리학회지』 제28권 6호, 한국가정관리학회, 2010, 90쪽: "가스레인지는 KY씨가 62년도부터 사용했고, 냉장고는 KS씨가 89년도부터 사용했다고 하였고, 전자레인지는 KY씨가 89년도부터 사용하였다. 특이한 것은 식기를 덮히고 소독을 하는 온

밥과 반찬은 뗄 수 없는 관계로 주식과 부식의 개념이 분명하다

성이 강하기 때문에 음식을 따뜻하게 만들고 보관할 수 있는 다기능 전기밥솥이 코리언의 가정마다 필수가전제품이 되었다.

셋째, 주식과 부식의 관계가 분명하다. 주식인 밥과 부식으로 반찬은 항상 연계되어 있다. 일상에서 상차림은 주식을 중심으로 부식이 함께 올라온다. 이는 각각의 음식이 독립적인 성격을 갖는 다른 민족의 음식과는 분명하게 구분되는 점이다. 주식과 부식이 분명하기 때문에 밥과 반찬이 동시에 나와야 한다. 독립성이 강한 음식이 나와도 마지막에는 밥과 기본 반찬이 함께 나와야 한다. 밥을 먼저 먹고, 반찬을 나중에 먹을 수 없다. 식사는 동시에 이루어진다. 이는 식전음식과 메인음식, 후식의 시간적 진행에 따라 구분되는 것과는 분명히 차이 나는 부분이다. 주식과 부식을 담아야 하기에 음식을 담을 도구가 많아야 한다. 도구가 많기 때문에 도구를 수납할 공간이 넓어야 한다. 부엌이 넓고 수납장이 많은 것을 선호하는 이유이다.

밥을 주식으로 하는 식생활은 한민족의 이주와 정착에도 큰 영향을 미쳤다. 코리언들은 이주하는 곳마다 벼농사를 지어야 했다. 그 결과 척박하고 험한 땅에서도 쌀을 재배하는 기술을 보유하게 되었다. 한민족

장고의 사용을 67년도부터 사용하였다는 것이고".

의 이동은 곧 벼농사 지역의 확대로 이어졌다. 재러 고려인의 경우에는 농사를 짓고, 땅을 개척하면서 근면성을 높이 평가 받았다.[30] 척박한 땅을 배정받았지만 적극성으로 이겨냈고, 이것은 고려인에 대한 우호적인 평가로 이어졌다. 중국과 러시아의 코리언들이 농촌에 거주하면서 집단촌을 건설하고 벼농사를 지으면서 안정된 생활을 영위할 수 있었던 것도 벼농사 기술이 뛰어났기 때문이었다.[31]

넷째, 저장음식, 발효음식이 발달하였다. 코리언의 식생활에서 발효음식이 차지하는 비중은 절대적이다. 발효음식은 세계적으로 분포되어 있지만 식탁에서 발효음식이 차지하는 비중에서 큰 차이가 있다. 코리언의 경우에는 두장(豆醬)과 어장(魚醬)이 모두 발달하였다. 대표적 발효음식인 김치를 포함하여 간장, 된장, 고추장 등의 발효음식은 다른 민족과 어울릴 수 없는 코리언 음식문화의 필수 요소이다.[32]

---

30) 권희영, 「중앙아시아 한인들의 역사적 외상과 그 영향 분석: 우즈베키스탄의 한인들을 중심으로」, 권희영 · Valery Han · 반병률, 『우즈베키스탄 한인의 정체성 연구』, 한국정신문화연구원, 2001, 34쪽: "한인들이 배치된 지역은 당대의 소련의 농업정책과 관련되어 있다. 소련에서는 중앙아시아지역에 목화재배를 위주로 하는 단작경영을 하고 있었으며 따라서 경작에 필요한 좋은 땅은 모두 목화재배에 동원되었다. 그러나 한인들은 수도작경영콜호즈를 가지고 있어서 좋은 토지를 받지 못하고 목화를 경작하기 어려운 토지를 갔게 되었다. 이리하여 치르치크, 시르다리아, 아무다리아 강가의 갈대밭, 투가이(하천삼림)에 있는 토지를 받게 되었으며 이는 개간에 많은 어려움을 주는 것이었다. 이것들을 개간하는 일은 필수적이었고 따라서 수로건설에 많은 힘을 들일 수밖에 없었다. 이 같은 어려움에도 불구하고 바로 그 때문에 한인들은 생존을 위해서 힘든 노동을 하였다".

31) 권태환 편저, 『중국조선족사회의 변화-1990년 이후를 중심으로-』, 서울대학교출판부, 2006, 1쪽.

32) 홍형옥, 「생애구술을 통해 본 중국 할빈지역 조선족의 주거의 사용-주거의 사용과 생활문화의 동화 및 문화접변을 중심으로」, 『한국가정관리학회지』 제28권 6호, 한국가정관리학회, 2010, 91쪽: "평생 가정주부였던 L씨는 현재 78세인데 가정부를 데리고 지금도 김치를 비롯하여 모든 장류를 직접 담가 먹는다고 하였다. 특히 거의 언제나 한식을 먹는다고 하였다. 다른 구술자들은 가끔 중국식 볶음채를 해 먹는다고 하였는데, 식생활이 가장 중국에 동화

조선장을 주제로 한 북한의 과학영화 〈조선장〉과 교양방송 〈토장〉

현대화된 식생활에서도 장류가 차지하는 비중은 여전히 높다. '순창고추장'이라는 브랜드의 고추장을 생산하는 주식회사 대상은 2011년 연간 4만여 톤을 생산하였다. 국민 1인당 1년에 약 1kg의 순창고추장을 소비하였다. 대상은 2010년 고추장으로 1,200억 원의 매출을 올렸다. 80억 원을 수출하기도 했다. 순창지역에는 13개의 공장에서 연간 3천억 원의 매출을 올리고 있다.[33]

발효문화는 정착에도 중요한 역할을 하였다. 중앙아시아로 진출한 코리언은 물고기를 잡아 저장음식으로 활용하여 식량을 대체하였다. 그리고 물고기를 먹지 않던 다른 민족에게도 물고기 먹는 법을 가르쳐 주었다.[34] 또한 김치를 포함한 다양한 저장음식은 척박한 지역에서 살아가

되지 않고 문화접변이 일어나는 예로 일반화 할 수 있다. 즉, 즉석음식을 즐기고, 볶음채 위주로 음식을 장만하는 중국의 식생활에 동화되었다기 보다는 저장식품을 즐기는 한국 고유의 식생활을 유지하면서 볶음채를 식생활에 부가하는 문화접변이 일어나고 있는 것이다".

33) 이원재, 『이상한 나라의 경제학』, 도서출판어크로스, 2012. chapter 1. '국가대표가 우리를 구할 수 있을까' 참고.

34) 권희영 · Valery Han · 반병률, 『우즈베키스탄 한인의 정체성 연구』, 한국정신문화연구원, 2001, 35쪽: "힘든 노동과 적극성으로 인하여 한인들은 일단 굶주림으로 인한 아사의 위험은 이겨낸 것이다. 특히 이주 첫 해에는 소련 정부에 세금을 납부하지 않아도 된다는 결정이 있었기에 모든 수확은 콜호즈

는 데 있어서 유리한 조건이 되었다. 김치나 된장, 고추장 같은 발효음식이 있기에 겨울을 어렵지 않게 날 수 있었다.[35] 발효음식이 차지하는 비중이 높기 때문에 코리언의 주거공간에서는 발효음식을 보관할 수 있는 공간 확보가 중요한 문제였다.

김치는 1988년 서울 올림픽 개최 이후 세계적인 음식으로 각광 받으면서, 세계음식으로의 가능성을 보여주고 있다. 외국으로의 수출도 활발하다. 2001년 7월 5일에는 국제식품규격위원회(Codex)에서 김치를 '국제식품'으로 공인을 받으면서 독자성도 인정받았다. 김치에 대한 강한 선호로 이루어진 김치냉장고의 발명은 코리언의 음식문화가 산업과 결합된 경우이다. 김치냉장고가 생활 필수가전제품으로 빠르게 자리 잡을 수 있었던 것도 발효음식이 차지하는 절대적인 비중 때문이다.[36]

다섯째, 의례음식의 전통이 잘 유지되고 있다. 한민족은 유교와 전통풍습의 영향으로 다양한 의례음식이 발전하였다. 의례는 정착 국가의 정책에 의해 직접적인 영향을 받았다. 재중 조선족의 경우에는 제사의식이 중국 당국의 정책에 의해 약화되면서 동화되었다. 중국의 경우에는 10년간의 문화혁명이 끝나고 개혁과 개방이 진행되면서 민간종교의 부활과 의례가 허용되었지만 한민족의 풍습을 따를 수 있는 환경이 마련되지 않아, 제사와 장례 전통은 많이 약해졌다. 제의적인 음식 역시

원들이 나누어가졌고 잉여부분은 주택건설을 위한 자금으로 들어갔다. 집집마다 쌀이 넘쳐났으며 논에는 물고기도 풍부하였다. 그러나 모든 것이 새로운 출발이기 때문에 한인들은 노동강도를 줄이지 않았다".

35) 천수산, 「중국조선족풍속의 현황과 21세기의 발전전망」, 박민자 주필, 『중국조선족 현상태분석 및 전망연구』, 연변대학출판사, 2000, 337쪽: "지난날의 부식재로는 주로 남새, 야채, 된장, 고추장 등이였다. 해마다 겨울철이 되면 집집마다 배추를 500~1,500킬로그람씩 사서 김치를 담그고 무와 감자도 100여킬로그람씩 사서 움안에 저장해놓고 시래기와 여러 가지 말린 남새도 장만해야 하며 메주를 써서 된장, 간장, 고추장을 만들어야 했다".

36) 「김치냉장고 일본진출 청신호」, 『한겨레신문』 1993년 3월 29일자 참고.

12첩 반상과 제사음식

많이 약화되었다. 하지만 차례나 제사에 올라가는 음식이 분명하다. 음식마다 고유한 의미를 갖춘 것이 있다. 면류는 인간의 수명을 상징하고, 시루떡은 악귀를 쫓는 음식이라는 속성을 공유하고 있다. 하지만 이런 의례음식도 현지의 상황에 맞추어 변용되어 간다. 여전히 의례나 풍속에서의 음식은 전통과 변용 사이에 놓여 있다.37)

2) 코리언의 식생활과 김치

코리언의 식생활문화를 대표하는 음식이 김치라는 점에 이의를 제기할 코리언은 없을 것이다. 그만큼 김치는 한민족의 정체성을 가장 잘 드러내는 음식이다. 중국과 일본에도 절임음식인 장아찌를 비롯하여 야채

37) 천수산, 「중국조선족풍속의 현황과 21세기의 발전전망」, 박민자 주필, 『중국조선족 현상태분석 및 전망연구』, 연변대학출판사, 2000, 345쪽: "지금 조선족들이 쇠고있는 전통적명절로는 주로 음력설, 정월보름, 청명, 추석 등이 있다. 그중 음력설과 보름을 가장 중히 여긴다. 명절날에 차례를 지내거나 체육활동을 벌리던 풍속은 없어지고 세배도 어린아이들만 할아버지, 할머니에게 올리고 동네세배는 하지 않는다. 정월 보름에는 오곡밥대신 찰밥을 해먹고 귀밝이술도 마시며 마을마다 윷놀이도 한다. … 단오는 별로 쇠지 않으며 동지날에는 일부 사람들이 옛풍속대로 오그랑죽을 해먹는다.

절임류가 있기는 하지만 김치와 같은 발효식품은 없다.[38] 김치는 상고시대부터 만들어 먹었던 전통음식으로 소금에 채소를 절이는 소박한 형태로부터 출발하였다. 현재와 같은 형태를 갖춘 것은 조선시대 중기였으며, 임진왜란을 통해 일본으로부터 고추가 들어오면서 붉은 색을 띠기 시작하였다. 김치는 밥상 위에 올라가는 필수적인 반찬이며, 지역에 따라서는 간식, 부식, 나아가 주식으로까지 이용되고 있다.

코리언의 식생활에서 김치는 떼어 놓고 생각할 수 없다는 것은 설문조사로도 확인되었다. "밥상에 김치가 꼭 있어야 한다고 생각하는가"라 질문에 대해 재일조선인을 제외한 모든 코리언들이 '매우 그렇다', 또는 '그렇다'고 답하였다. 지역별로 보면 북한이탈주민에게서 가장 높게 나왔다. 88.9%가 '매우 그렇다'거나 '그렇다'고 답하였다. 식생활에서 김치가 차지하는 비중이 매우 높고, 밥상에 있어야 할 음식으로 인식하고 있는 것으로 드러났다.

북한이탈주민의 경우 성별이나 결혼 유무는 물론 제3국 체류 기간도 김치에 대한 선호도에 영향을 미치지 못하였다. 식생활에서 김치에 대한 의존도가 매우 높았다. 2002년 북한이탈주민 59명을 대상으로 한 송주은의 조사에서도 김치에 대한 비중이 절대적으로 높게 나왔다. 59명의 응답자 중에서 58명이 '아주 중요하다', 1명이 '어느 정도 중요하다'고 답하였다.[39]

38) 송주은, 「남북한 김치에 대한 기호도 조사 연구」, 『북한 및 통일관련 논문집 2002』, 통일부, 2002, 125쪽: "중국이나 일본에도 채소를 소금 절임이나 된장 혹은 간장에 담근 장아찌식 절임과 젓산 발효 초기에 머무른 비교적 담백한 야채 절임류가 많다. 그러나 식품의 다섯 가지 기본 맛에다 젓갈로 인한 단백 맛과 발효의 훈향을 더하는, 일곱 가지 독특한 풍비를 갖춘 발효 야채식품은 한국의 김치뿐이다".

39) 송주은, 「남북한 김치에 대한 기호도 조사 연구」, 『북한 및 통일관련 논문집 2002』, 통일부, 2002, 141쪽.

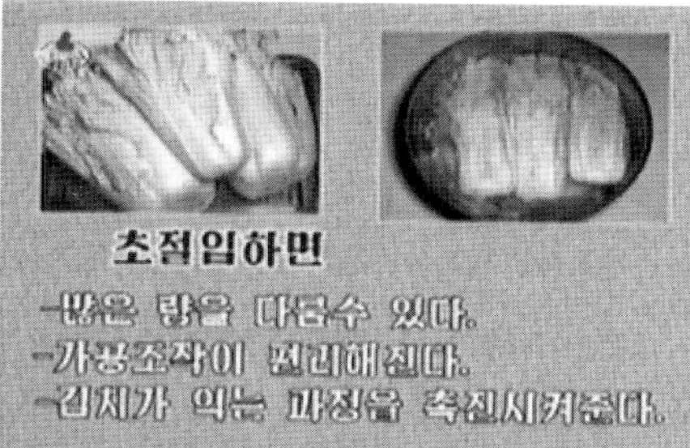

김치절입 방법을 소개한 북한 과학영화 〈민족음식 통배추 김치〉

북한이탈주민의 강한 김치 선호는 북한의 정책과도 일정 정도 관련이 있다. 북한에서는 김치를 민족을 대표하는 음식, 민족을 상징하는 음식으로 규정하고 강조한다. "조선사람이라면 누구나 향기로운 김치맛을 알고 조선민족이라면 누구나 조선치마저고리를 사랑하며 평양랭면과 구수한 토장국맛을 좋아 한다"고 할 정도로 김치를 강조한다.40)

또한 겨울이 긴 북한지역에서는 겨울철 부족한 비타민을 보충해주는 유용한 식량이다. 11월부터 이듬해 3월까지 다섯 달을 겨울로 치는데, 김치는 가장 중요한 동절기 식재료이다. 김치는 그대로 반찬으로 먹기도 하지만 김치를 이용한 김치찌개, 김치비지, 김치빈대떡, 동치미 국수, 김치말이국수, 김치만두 등의 다양한 요리법이 발달하면서 '반년 식량' 이라 불릴 정도로 식생활에서 빼어놓을 수 없는 반찬이 되었다. 고난의 행군을 지나면서 식량공급이 충분하지 않은 북한에서는 김치야 말로 생명과도 같이 중요한 반찬이었기에 90%에 가까운 북한이탈주민들이 "밥상에 꼭 김치가 있어야 한다"고 답한 것으로 파악된다.

북한이탈주민에 이어 재러 고려인의 87.1%, 재중 조선족의 80.2%, 한국인의 71.4%가 '매우 그렇다' 또는 '그렇다'고 답하였다. 대체로 김치에

---

40) 「태양민족의 아리랑」, 『로동신문』 2002년 7월 11일.

〈표 2〉 밥상에 김치가 꼭 있어야 하는가

	한국인	탈북자	재러 고려인	재중 조선족	재일조선인
매우 그렇다	29.5	55.0	32.5	34.7	12.7
그렇다	41.9	33.9	54.6	45.5	24.2
아니다	13.8	4.6	6.4	11.1	40.8
상관없음	14.2	6.4	6.4	8.8	21.0

대한 선호도가 매우 높았다. 재일 조선인들은 김치에 대한 선호도가 상대적으로 낮았다. 경우에는 36.9%만이 '매우 그렇다' 또는 '그렇다'고 답하였다. 재일 조선인의 60% 이상은 밥상 위에 김치가 없어도 되거나 상관없다고 답하여, 다른 지역의 코리언들과는 차이를 보였다.

김치를 선호하는 이유에 대해 물어 보았다. '밥상에 김치가 있어야 하는 이유'에 대해 한국인들은 '입맛에 맞으니까'(50.3%), '맛있어서'(19.2%), '우리 민족의 전통음식이니까(15.8%)', '몸에 좋은 음식이므로(12.5%)'으로 답하였다. 한국인들은 우리 민족의 전통음식이라거나 몸에 좋은 음식이라는 의식적인 사고를 통해서가 아니라 자연스럽게 몸에 아로새겨진 생활문화로서 김치를 섭취하고 있는 것이다. 이러한 답변은 북한이탈주민에게도 비슷하게 나타났다. 북한이탈주민의 경우에는 김치가 입맛에 '입맛에 맞으니까' 먹는다는 답변이 압도적 많았으며, '우리 민족의 전통음식이니까'라는 답변은 10% 정도였다.

'김치가 전통음식이기 때문에 꼭 있어야 한다'는 답변은 상대적으로 재중 조선족과 재러 고려인들 사이에서 답변 비율이 높았다. 재일조선인의 10.3%만이 '우리 민족의 전통음식이니까' 밥상에 김치가 있어야 한다고 답한 반면 재중 조선족의 82.4%, 재러 고려인의 61.8%가 '입맛에 맞고', '우리 민족의 전통음식이니까' 밥상에 김치가 꼭 있어야 한다고 답하였다. 재일조선인은 '맛있어서'(33.6%), '입맛에 맞으니까'(32.8%)가 많았다. 한국의 다문화 가정에서도 '입맛에 맞으니까' 먹는다는 답변이 62.5%, '맛있어서' 먹는다는 답변이 12.5%로 나왔다. 다문화 가정에서도 김치는 코리언을 상징하는 징표로서 뿐만 아니라 타민족의 입맛에도 맛있게 느껴질 수 있다는 것을 보여준다.

김치에 대한 강한 애착은 코리언의 생활문화에 상당한 영향을 미치는 것으로 확인되었다. 코리언에게 김치는 한민족을 상징하는 문화적 코드로 인식하고 있었다. 밥상에 김치가 있어야 한다는 의식은 식생활을 넘어 생활공동체를 상징한다. 김치를 먹을 줄 아느냐는 생활문화를 함께 할 배우자 선택에도 영향을 미치는 상징적인 요소였다.

> 한국사람은 김치를 먹어야 해. 김치를 좋아하는 며느리는 한국말이 서툴더라도 분명 한국사람의 아내이니 저도 한국사람이지. 그 애들의 아이들도 김치를 먹게 될 거야. 김치 먹는 손자들에게 한국말도 열심히 가르쳐야지." 나도 모르게 혼자서 중얼거리고 있었다.
>
> – 신영봉, 〈김치만들기〉『캐나다문학』 11(캐나다한인문인협회, 2003), 199면.[41]

김치를 먹거나 식사를 한다는 것은 단순히 음식을 섭취하는 것을 넘어 공존할 수 있느냐는 문제가 된다. 김치를 통해 문화적 정체성을 확인하는 기준 역할을 하였다.[42] 코리언이 김치를 좋아한다고 해서 동일하게 보아서는 안 된다. 김치는 단일한 음식이 아니라 지역에 따라서 다양한 김치가 있고, 가계별로 특성이 있다.

---

41) 송명희 외, 『미주지역 한인문학의 어제와 오늘』, 한국문화사, 2011, 146쪽 재인용.

42) 김광억, 『중국 요녕성 한인동포의 생활문화』, 국립민속박물관, 1997, 90쪽 재인용: "이 여자는 시부모가 어머니, 아버지라 부르며 조선풍습을 따라요. 음식도 부모가 먼저 수저를 들어야지 자기가 먼저 먹지는 않아요. 제사라도 지내고 나면 노인들 술안주도 따로 챙길줄 알아요".

김치는 배추와 무를 기본 원료로 하면서, 고추, 마늘, 파, 생강 등의 양념 재료와 고기, 물고기, 젓갈을 비롯한 여러 영양 재료들을 이용하여 만드는데, 김치의 종류는 알려진 것만 해도 수십 가지가 된다. 지역적으로 보면 비교적 따뜻한 남부지역에서는 멸치젓을 많이 사용했고, 중부지역은 새우젓을 주로 사용했다. 양념으로 물고기를 넣기도 하는데, 서해안 일대에서는 조기를, 동해안 일대에서는 명태를 주로 넣는다. 평안도와 황해도에서는 다양한 젓갈을 활용한다. 김치는 지역별의 맛을 대표하는 '고향음식'이자 '엄마의 손맛'이다. 김치 자체가 다양한 형태로 존재하고, 지역이나 개인의 선호에 따라서 선택이 다르다. 김치는 음식을 통해 개인의 정체성을 확인하는 수단인 셈이다.

> 나는 고향이 남원이고 김치가 빨갛지 않으면 먹지 않고 할머니가 끓여 주시면 고춧가루를 더 넣어서 먹는다. 한국 사람하고 밥은 비슷하겠지만 반찬은 입맛이 다를 것이다. 이번에 복지관에서 담아준 김치는 작년보다 덜 빨개서 맛이 없다고 먹지 않았다. 나는 생김치를 좋아해서 상점에서 킬로에 4,000원 하는 김치를 사다가 먹었다.[43)]

김치에 대한 차별화된 인식은 개인의 취향이기도 하지만 보다 근본적으로는 자신의 정체성을 확인하는 방법이라는 것이 의미이다. 코리언에게 김치는 몸에 밴 체화된 음식이면서, 한민족의 문화적 정체성을 확인하는 수단이었다.[44)]

---

43) 이순형, 『사할린 귀환자들』, 서울대학교출판부, 2004, 127쪽.

44) 허미영, 「자기연출-말 · 몸 · 음식」, 박재환, 일상성 · 일상생활연구회 지음, 『일상생활의 사회학적 이해』, 한울아카데미, 2008, 235쪽: "음식과 관련된 자기연출은 두 가지 점에서 특히 주목된다. 하나는 음식소비 트렌드(trend)의 변화이고, 다른 하나는 음식소비 행위를 통하여 새로운 문화를 만들고 개인의 정체성을 확인한다는 것이다."

5. 코리언의 주생활문화

1) 코리언의 주생활문화의 핵심: 난방과 취사

주거는 기후환경과 생활환경에 의해 영향을 받는다. 사계절이 분명한 한반도의 기후에서 중요한 것은 난방이었고, 생활에서 중요한 것은 취사공간이었다. 국권상실기 해외로 이주한 코리언의 주거생활은 열악하기 그지없었다.[45] 개인의 취향이나 생활에 맞는 주거보다는 일단 비바람을 피할 수 있는 공간이 시급했다. 생활이 정착된 이후의 주거문화는 주류사회의 영향을 직접적으로 받았다. 특히 국가에 의해 주택이 배정되는 사회주의 국가에서 주거는 주류 민족의 특성과 사회적 필요성에 의해 규격화된 형태를 벗어날 수 없었다.

집단적으로 거주촌을 형성한 경우에는 타민족과의 차이가 분명하게 드러났다. 중국 조선족 밀집지역은 한족과의 주거문화 차이를 확인할 수 있는 지역이다.

> 조선족과 한족은 근본적으로 다른 생활양식을 갖고 있다. 이를 테면 조선족들은 실내에서 신발을 벗고 생활하는데 반해 한족들은 슬리퍼를 신거나 일부는 신을 신고 들어가기도 한다. 식생활의 경우, 조선족은 밥이 주식이고 부식으로 국, 된장, 김치 등을 즐겨 먹는데 반해, 한족의 경우에는 빵과 죽이 주식이고 부식으로 기름에 볶거나 튀긴 채를 즐겨 먹는다. 물론 최근에 와서는 조선족이 한족식 요리를 만들어 먹는가 하면, 한족들이 김치나 된장을 담가먹는 경우도 일부 발견되기도 한다. 그러나 각

---

45) 이순형, 『사할린 귀환자들』, 서울대학교출판부, 2004, 77~78쪽: "사할린 이주 초기 빈곤한 생활은 변함없이 지속되었다. 주택은 판잣집과 다름없었다. 한인들이 모여 사는 곳은 한인촌(韓人村)이라고 불렸다. 한인들은 식량을 구하지 못해서 어려움을 겪었다.

각 선호하는 음식이나 조리방법 등은 아직도 차이가 많다. 취침은 조선족, 한족 모두 침대를 선호하지만 온수바닥난방의 경우, 조선족의 상당수가 바닥에서 잠을 잔다.[46]

이러한 생활문화의 차이는 주거공간 구성에도 영향을 미쳤다. 앞서 살펴보았듯이 음식문화의 차이는 주거공간에서 부엌에 대한 넓은 공간을 필요로 하거나 좌식생활을 위한 신발탈착 공간 부재의 불만을 호소하는 것이 그러한 예이다.

코리언 주거문화의 특성은 난방방식으로 특화된다. 겨울이 길고 추운 지역에 살고 있는 코리언에게 난방은 주거 형식을 결정하는 핵심 요소의 하나이다. 난방 방식은 크게 두 가지로 구분된다. 코리언의 난방 방식을 대표하는 것으로 온돌이 있다. 온돌은 가옥 구조의 하나인 바닥을 직접 데우는 방식이다. 이는 공기를 따뜻하게 데워 순환시키는 난방 방식과는 구분된다. 온돌이나 온수를 통한 바닥 난방은 코리언의 좌식문화를 가능하게 하는 요소이다. 바닥 난방이 이루어지면 좌식문화가 가능하다. 바닥 난방이 되지 않으면 바닥에 카펫을 깔고, 실내화를 신어야 한다.

바닥 난방에 대한 코리언 사회의 주거문화에도 영향을 미쳤다. 해외 코리언의 경우에는 주택의 난방방식에 따라 입식생활을 중심으로 하지만 바닥 난방이 이루어지면서 좌식문화로 옮겨간다. 좌식문화에 따른 바닥 난방의 요구는 추운지역의 코리언의 공간 구성의 특성으로 나타난다. 조선족의 농촌주택의 경우에는 대부분의 생활이 좌식으로 이루어지고 있었다. 조선족의 경우에는 상대적으로 침실공간은 일찍부터 입식생활이 보편화 되었다. 잠은 침대에서 생활하지만 식생활의 대부분은 좌

46) 김종영, 「中國 延辺 朝鮮族과 漢族의 集合住宅 平面構成 比較 研究 -延吉市를 中心으로-」, 『한국주거학회논문집』제15권 6호(한국주거학회, 2004), 56쪽.

온돌문화의 전통을 살린 북한의 아파트

식으로 이루어지고 있었다. 재러 고려인들 역시 잠은 침실에서 자는 것으로 인식하였지만 구들방에서 식사와 휴식이 이루어지고 있다.[47)]

부엌 공간이 넓고 다양하게 활용하는 것 또한 코리언의 주거 구성의 특징 가운데 하나이다. 코리언의 경우에는 부엌이 취사와 식사 공간으로서 뿐만 아니라 가사노동 공간으로도 활용된다. 부엌에서 다양한 활동이 가능한 것은 취사와 난방이 일체화된 가옥 구조의 영향으로 거실과의 연계성이 높기 때문이다. 취사와 난방을 같이 하면서 부엌공간이 자연스럽게 넓어지면서 다양한 공간으로 활용할 수 있는 것이다.

한국인의 경우에는 취사공간인 부엌 공간이 넓고 다양하게 활용되는 반면 한족은 부엌 규모가 작다. 한족의 음식은 대부분 기름에 튀기거나 볶는 음식이 많아서 기름때가 많고 냄새가 강하기 때문에 기름이나 냄새가 다른 공간에 퍼지지 않도록 하기 위해서 가능한 주방을 별도로 두

---

47) 이영심 · 조재순, 「러시아 거주 고려인의 주거에 관한 연구-연해주(Yunhaju: 연해주) 지역을 중심으로-」, 『한국주거학회논문집』 제15권 1호, 한국주거학회, 2004, 59쪽: "세 경우 모두 구들방을 식사나 휴식, 담소를 즐기는 공간으로 사용하고 있었으며 조사대상 고려인들은 취침은 반드시 침대나 소파에서 하는 것으로 인지하고 있었다".

기를 원한다. 생활문화의 중심 공간도 거실이 된다. 난방 역시 입식에 편리한 라디에이터 방식을 선호한다.[48)]

중국 연변의 경우, 1980년대 후반부터 석탄보일러를 이용하여 온수바닥 난방이 시작되면서 좌식문화의 전통이 활성화 되었다. 온수난방에 의해 좌식생활이 가능해 지면서 의식적으로 입식과 좌식으로 생활이 구분되었다. 즉 친한 손님은 '좌식'으로, 공식 손님은 '입식'으로 대접하며, 가족식사는 '입식'으로, 손님과의 식사는 '좌식'으로 하는 경우가 많다. 입식과 좌식이 가능한 생활공간에서 상대와 인식에 따라서 대응양식이 달라지는 것이다.

> 취침은 주로 입식으로, 다림질은 좌식으로 하는 경우가 많았으며, 친한 손님은 좌식으로 공식손님은 입식으로, 가족식사는 입식으로 손님과의 식사는 좌식으로 하는 경우가 많았다. 좌식이 가능한 것은 바닥재와 긴밀한 관계가 있는데, 최근 들어 층집에는 온수바닥 난방이 보편화되면서 나무 바닥재가 일반화되고 있다.[49)]

좌식생활을 위해서는 바닥 자체가 일상의 공간이 되어야 한다. 좌식생활을 위해서 바닥에서 일상적인 활동이 가능하도록 바닥에는 마루를 깔며, 바닥을 깨끗하게 관리한다. 난방은 온돌 방식을 따르지만 신발을

---

48) 김종영, 「中國 延辺 朝鮮族과 漢族의 集合住宅 平面構成 比較 硏究 -延吉市를 中心으로-」, 『한국주거학회논문집』 제15권 6호, 한국주거학회, 2004, 60쪽: "온돌형이나 캉형이나 난방 때문에 정지, 주방과 방이 셋트화될 수 밖에 없는데 비해 라디에이터형은 정지, 주방은 취사, 식사기능으로 독립되고 각 방들의 위치가 자유로워진 것이다. …라디에이터로 내부 전체가 난방이 됨에 따라 온돌방 중심이던 평면에서 벗어나 거실중심으로 변화되었다".

49) 홍형옥, 「생애구술을 통해 본 중국 할빈지역 조선족의 주거의 사용-주거의 사용과 생활문화의 동화 및 문화접변을 중심으로」, 『한국가정관리학회지』 제28권 6호, 한국가정관리학회, 2010, 83쪽.

벗고 활동하는 개념이 없어 신발을 착탈하고 보관하는 공간을 별도로 설계하지 않는다.[50] 입식생활을 하는 한족의 생활에 맞추어져 있기 때문이다.

코리언의 주거문화에 특징적인 온돌과 바닥 온수는 주변 민족들에게도 영향을 미치고 있다. 연변에서 아파트 바닥 난방이 늘어나는 것이나 중앙아시아 민족들이 구들에 대한 선호도가 높아지고 있는 것이나 재미동포 사회에서 찜질방 문화가 확산되는 것 등을 통해서 코리언의 주거문화가 주변 문화에 영향을 미치고 있는 문화접변 현상을 확인할 수 있다.

2) 코리언의 주생활 현황

주거공간은 음식이나 의생활과 달리 이동이 불가능하다. 이런 이유로 주거생활은 문화적 전통을 유지하기보다는 현지의 기후나 생활환경에 직접적인 영향을 받는다. 재러 고려인의 주거는 단독 주택의 경우에도 러시아주택의 전통적인 구성요소들이 대부분 포함되어 있는데, 이는 기후와 생활 여건의 필요에 의한 것이었다.

또한 거주국가의 국가 정책에 직접적인 영향을 받는다. 중국이나 소련과 같은 사회주의 체제에서 집은 개인의 소유이거나 자산이라는 개념보다는 직장에서 주는 거처이거나 포상이라는 의미가 크다. 무엇보다 주택은 개인의 재산으로 인식하기보다는 국가에서 제공하는 배분받는

50) 이영심 · 최정신, 「중국 길림성(吉林省)에 거주하는 조선족(朝鮮族)의 주거 및 주생활-재한(在韓) 조선족 이주 노동자의 주거 계획을 위한 기초 연구-」, 『대한가정학회지』 제45권 7호, 대한가정학회, 2007, 13쪽: "조사대상자 모두가 실내에서 신발을 벗고 생활하고 있었다. 실내에서 신발을 벗고 생활하는 경우 신발 착탈을 위한 공간과 수납 설비가 필수적인데 단독주택은 구들방으로 올라가기 전에 신발을 신고 벗도록 되어 있으나 아파트는 대부분 이를 위한 별도의 공간이 계획되어 있지 않았다".

공공의 자산으로 인식하기 때문이다. 러시아의 경우 1985년 페레스트로이카가 실시되기 이전에는 국가에서 엄격하게 주택을 배분하였다. 이는 일정한 기준에 의하여 엄격하게 시행되었다. 아파트 거주자들은 대부분 주택의 대량 공급을 위해 1955년부터 실시한 티피컬 프로젝트(Typical Project) 방식으로 공급된 아파트에서 거주한다.[51)]

북한의 경우에도 주택거래는 사회주의 제도를 좀먹는 자본주의의 부정적 영향으로 엄격히 금지하고 있다. 북한의 주택정책은 원칙적으로 모든 주택은 국가소유로 되어 있어 국가가 무상으로 장기 임대해 주는 방식이다. 국가가 임대형식으로 공급하였지만 현실은 좀 다르다. 주택건설에 대한 유상투자와 유상판매를 비롯한 주택거래가 공공연하게 이루어지고 있는 것으로 알려졌다. 1990년대 들어 지방을 중심으로 임대권에 대한 암거래가 늘어나기 시작해서 불법적인 임대권 거래 형식의 주택거래가 이루어지고 있다. 2004년 4월 개정된 형법 제149조에 "돈이나 물건을 주거나 받고 국가소유의 살림집을 넘겨주었거나 받았거나 빌려준 자는 2년 이하의 노동단련형에 처한다"는 조항이 있을 정도로 주택거래가 비밀리에 이루어지고 있다.

국가의 계획에 의해 제공되는 주택은 표준화되고, 정형화된 공간 구성을 갖는다. 그리고 민족적 특수성이 반영되기 어렵다. 국가에서 제시한 표준 주택의 형식을 따랐기에 외형적인 면에서 코리언의 주거문화는 주류 민족과 차이가 없었다.[52)] 해외 코리언의 이주는 일제강점기 강제

---

51) 이영심 · 조재순, 「러시아 거주 고려인의 주거에 관한 연구-연해주(Yunhaju: 연해주) 지역을 중심으로-」, 『한국주거학회논문집』 제15권 1호, 한국주거학회, 2004, 61쪽.

52) 이영심 · 조재순, 「러시아 거주 고려인의 주거에 관한 연구-연해주(Yunhaju: 연해주) 지역을 중심으로-」, 『한국주거학회논문집』 제15권 1호, 한국주거학회, 2004, 53쪽: "보통 땅집으로 부르는 러시아의 단독주택은 각각의 주택마다 약간의 차이는 있으나 주택 본체를 중심으로 앞뒤에 텃밭과 가축우리, 연

이산을 통해 이루어졌다. 간단한 세간살이를 챙기고 떠났기에 주거문화라고 할 수 있는 거주환경을 갖추기 어려웠다. 해외코리언이 집단적으로 거주하는 만주지역의 중국-러시아 국경지역의 농촌주택은 이러한 현실을 직접적으로 보여준다. 대부분의 마을이 일제강점기에 세워진 중-러 국경지역 조선족 농촌마을의 주거면적은 41.9㎡로 주택규모가 매우 협소했다.[53)]

전통의 문화생활을 반영할 수 있는 상황이 아니었다. 하지만 주택에 대한 정책과 인식이 바뀌면서 주택에 대한 인식도 바뀌었다. 개혁개방이 본격화된 이후 주택에 대한 인식이 달라졌다. 주거 이외에 투자용으로 인식하기 시작하였고, 투자가치를 높이기 위한 주거문화의 변화도 일어났다. 경제력이 높아지면서 코리언의 주거문화 특징들이 반영되고 있다. 주거환경이 개선되고 경제력이 높아지면서 한민족의 주거방식이 접목된 주거환경이 도입되었다. 코리언의 경우에는 주거생활의 특성을 좌식문화와 온돌이라는 난방방식으로 특징지을 수 있다. 이는 공간에 대한 분할과 난방 방식으로 구체화 된다.

주거생활은 산업화와 주택정책의 영향을 직접적으로 받는다. 어떤 형태의 주택인가에 따라서 생활문화 양식이 달라지기도 한다. 현대사회에서 생활은 아파트를 중심으로 이루어진다. 북한의 경우에도 도시와 농촌의 주택은 큰 차이를 보인다. 북한에서도 '주민편의시설 확충' 사업으로는 주택난 해소를 위한 살림집 건설을 독려하면서 개인주택보다는 아파트를 비롯한 공동주택이 점차 많아지고 있다. 내부 구조 역시 현대생

료창고, 반야(목욕실), 야외 화장실, 야외 샤워장 등을 기본으로 갖추고 있다. 러시아인이 건축한 주택 뿐만 아니라 고려인이 지은 주택 역시 이와 비슷한 구조를 하고 있었다".

53) 김일학 · 박용환, 「조선족 농촌주거 공간구성형태의 지역적 특징에 관한 연구–중국 동북3성 각 지역의 조선족 농촌주거에 대한 조사연구를 중심으로」, 『농촌계획』 제15집, 한국농촌계획학회, 2009, 79쪽.

활에 맞추어 '베란다 수지창'을 설치하고, 부엌이나 화장실을 개조하는 경우가 늘고 있다.

아파트라는 주거지라고 하지만 내부 구조의 구성에 따라서 생활 양식은 달라진다. 중국조선족의 경우에도 주거생활은 아파트를 중심으로 이루어지고 있다. 아파트에 거주하게 되면 일상적 생활문화도 영향을 받았다. 중국의 아파트는 한족의 생활에 맞추어져 있어서 조선족의 생활문화와는 다른 공간구성의 차이로 불편을 토로하기도 한다. 재중 조선족들이 아파트 생활에서 가장 많은 불편을 호소하는 것이 취사와 난방에 대한 것이었다.

식사가 간단하거나 외식을 많이 하는 경우에는 상대적으로 집에서 주방이 차지하는 비중이 높지 않아도 된다. 하지만 코리언 음식문화의 특성상 코리언의 부엌은 식생활을 위한 화구(火口)가 많아야 하고, 저장음식을 보관할 공간, 식자재를 보관할 수납공간이 넓어야 한다. 주거공간에서 부엌 공간이 넓어야 한다. "전통솥이나 밥솥, 프라이팬, 국그릇, 밥그릇을 보관할 공간이 필요하다. 음식을 저장하기 위한 공간도 필요하다. 특히 김치나 된장을 비롯한 장류나 채소를 말리거나 저장할 공간이 넓어야 한다. 조선족 농촌주택에서는 부엌의 기본구성요소로서 취사 공간, 물 사용 공간, 저장 공간이 포함된다. 보통 크기가 다른 2~3개의 솥이 걸려 있고, 급수, 배수, 세면을 위한 물 사용 공간이 있어야 한다. 그리고 식품이나 식기를 보관할 수 있는 공간이 있다."[54]

음식 저장 공간은 실내 공간과 실외 공간으로 나누어진다. 실외 저장 공간은 창고와 움, 빈 방의 형태가 있다. 겨울 동안 김치를 보관하는 것이 가장 큰 문제였다. 아파트 생활을 하는 경우에는 여유가 있으면, 아

54) 김일학 · 박용환, 「조선족 농촌주거의 부엌공간의 형태와 취사 및 식사방식-중국 동북3성 각 지역의 조선족 농촌주거에 대한 조사연구를 중심으로」, 『한국주거학회논문집』 제28집 1호, 한국주거학회, 2010, 14쪽.

파트 마당에 창고를 만들고 김칫독을 묻을 움을 파기도 하였다.[55] 이는 코리언의 식생활 문화가 주거 공간에 영향을 미친 예라고 할 수 있다.

도시생활을 한다고 해도 식생활이 변화되지 않은 한 부엌에는 많은 수납공간이 필요하다. 김치냉장고가 없는 경우에는 장 단지를 보관할 수 있는 공간이 충분해야 했다. 이러한 코리언의 주거생활 특성이 주택 공간 구성에 반영되기는 어려웠다. 해외에서 코리언은 소수로 존재하기 때문에 해외코리언을 대상으로 한 특화된 주택을 계획하기가 쉽지 않다. 집거지역이 아닌 경우에는 기존의 주거문화에 적응해야 했다. 아파트에서 생활하는 조선족의 경우에는 저장식품을 보관할 적절한 공간이 없는 것을 주거생활에서 겪는 가장 큰 불편으로 꼽았다.[56]

재러 고려인들도 부엌을 사용함에 있어 공간의 넓이와 물의 사용 여부를 가장 중요한 기준으로 생각하였다. "러시아인들이 전통적으로 여

55) 이영심 · 최정신, 「중국 길림성(吉林省)에 거주하는 조선족(朝鮮族)의 주거 및 주생활-재한(在韓) 조선족 이주 노동자의 주거 계획을 위한 기초 연구-」, 『대한가정학회지』 제45권 7호, 대한가정학회, 2007, 6쪽: "대지에 여유가 있는 경우에는 아파트 마당의 한 쪽에 개인 창고를 계획한다. 보통 5평-7평정도 되는 개인 창고에는 각 호의 사용하지 않는 물건 등을 보관하는데 조선족들은 이곳에 깊이 2~3미터 정도의 움을 파고 김칫독을 파 묻기도 한다".

56) 이영심 · 최정신, 「중국 길림성(吉林省)에 거주하는 조선족(朝鮮族)의 주거 및 주생활-재한(在韓) 조선족 이주 노동자의 주거 계획을 위한 기초 연구-」, 『대한가정학회지』 제45권 7호, 대한가정학회, 2007, 8쪽: "조사대상자들이 부엌에 관하여 요구한 사항은 저장 공간에 관한 것이었다. 조사대상 지역의 아파트는 전통적으로 부엌 옆에 일정 면적의 저장 공간을 계획해 왔다. 이곳은 부엌에서 사용하는 식품 및 음식 등을 보관하는 장소로서 조사대상 지역의 기후특성 상 겨울에는 이 곳이 식품 및 음식을 차게 저장하는 공간의 역할을 한다. 그러나 최근에 건설한 아파트는 대개 이 공간이 계획되어 있지 않다. 조사대상 가정에서 부엌에 바닥 난방이 되어 있고 별도의 저장 공간이 없는 6사례 중 1사례 이외에는 "짠지를 둘 데가 없다", "찬 공간이 필요하다" 등으로 이 공간의 필요함을 표현하였다. 이외의 요구는 부엌에서의 편리한 작업을 위하여 작업대가 더 넓은 것 그리고 수납장이 위, 아래로 충분하게 구비되어 많은 물건을 수납할 수 있었을 것 등이었다".

름부엌과 겨울부엌을 철저하게 분리하여 사용하고 있는 반면 조사대상 고려인들은 면적이 넓은 쪽 혹은 물을 사용하기 편리한 쪽에 있는 부엌을 여름과 겨울에 겸하여 사용하고 있다."[57]

부엌과 함께 온돌은 코리언의 주거특성을 가장 잘 보여준다. 난방 방식은 크게 두 가지 형태로 구분할 수 있다. 하나는 페치카나 난로를 이용하여 공기를 데워 난방 하는 방식이다. 다른 하나는 가옥의 바닥이나 벽체를 데우는 방식이다. 온돌처럼 바닥을 데워서 난방하는 방식이다. '등 따습고 배부른 생활'을 가장 편안한 생활로 여겼던 코리언 문화에서 온돌은 코리언 주거문화의 특징적인 요소이다.

온돌에 대한 향유는 코리언의 주거 생활에도 반영된다. 특히 추운지역에 거주하는 코리언들은 아파트 생활을 하면서도 온돌방식의 바닥난방을 선호한다. 재중 조선족의 경우 대부분이 아파트나 집단주택에서 생활 한다. 초기 아파트의 경우에는 "초기의 아파트는 공동 화장실을 사용하고 중국식 캉으로 구성되었으나 시설의 발전과 함께 난방 방식은 라디에타 난방"이었으나 최근에는 온수 바닥난방이 보급되고 있다. 조선족들이 오래된 아파트의 라디에이터 방식의 난방을 온수바닥으로 개조하는 것은 어렵지 않게 발견할 수 있다.[58]

온돌 난방에 대한 선호는 재러 고려인에서도 공통적으로 나타난다. 재러 고려인들은 1990년대 이전까지는 부분적인 변형은 있었지만 '표준도면'으로 건립된 주택에 살았다. 재러 고려인이 주거하는 주택도 1990년 이후에는 내부 공간을 확장하거나 개조가 본격적으로 일어났다. 주

57) 이영심 · 조재순, 「러시아 거주 고려인의 주거에 관한 연구-연해주(Yunhaju: 연해주) 지역을 중심으로-」, 『한국주거학회논문집』 제15권 1호, 한국주거학회, 2004, 55쪽.

58) 이영심 · 최정신, 「중국 길림성(吉林省)에 거주하는 조선족(朝鮮族)의 주거 및 주생활-재한(在韓) 조선족 이주 노동자의 주거 계획을 위한 기초 연구-」, 『대한가정학회지』 제45권 7호, 대한가정학회, 2007, 8쪽.

거공간의 개조는 페치카 난방에서 보일러를 이용한 난방으로 바뀌었고, 필요한 방에 구들을 설치했다. 그러나 재러 고려인의 경우에도 세대가 지나가면서 러시아 주거 양식의 영향을 받고 있다. 러시아 생활에 맞도록 가옥을 개조하거나 구들방을 없애는 가옥도 많다고 한다. 러시아 문화의 영향력이 크게 작용하고 있음을 알 수 있다.

6. 맺음말: 문화의 새로운 창조 가능성과 전망

남북을 제외한 해외 코리언들은 해당 국가에서 소수민족으로서 살아간다. 소수민족으로서 코리언들은 어쩔 수 없이 주류 사회의 정책과 문화에 많은 영향을 받는다. 주류 사회로부터 지속적으로 소수민족집단으로서 갈등을 겪는다. 부정적 선입관도 있다. 그 사이에 해외코리언들은 소수민족으로서 정체성을 유지하기 위한 끊임없는 선택에 놓여 있다. 학교와 직장, 사회에서 생활이 간단치 않다. 생활문화에는 더욱 그렇다. 영향력에서 비교가 되지 않는다. 하지만 일방적으로 진행되지는 않는다.

코리언의 생활문화는 지역의 주류 문화와 영향을 주고받고 있다. 다양한 형태의 문화접변이 일어난다.[59] 현실적으로 대등한 관계에서 문화

---

59) 해외이주민의 문화적 과정은 5가지 모델로 정리된다. ① 과거의 문화에 상응하는 행동양식 및 관습을 지속하려는 노력, ② 이주한 사회의 접촉을 가지면서 상호 작용에 참여하는 양상, ③ 이주한 나라에 완전한 적응을 위해 노력하는 양상으로 과거의 행동양식과 습관을 거부하고 이주국의 문화에 동화하려고 노력하는 양상, ④ 이주국의 문화에 부분적으로 동화하는 양상, ⑤ 이주민 자신의 문화양상을 이주국에 이식하려는 양상이다. Greverus의 이론을 해석한 이장섭, 「해외한인의 문화접변」, 『민족과문화』 1호, 한양대학교 민족학연구소, 1993, 81쪽 재인용.

접변이 이루어지는 것은 어렵다. 코리언의 문화접변은 곧 문화적 공통성을 찾아 창조적인 생활문화를 만들어 나가는 과정이라고 할 수 있다.60) 소수민족으로 주류사회의 문화적 자장 안에서 부단하게 지키려 했고, 그 결과로 이루어 낸 오늘 현재의 문화에 주목할 필요가 있다.

코리언의 생활문화는 과거 농경사회를 기반으로 했던 생활문화와는 크게 달라졌다. 뿐만 아니라 급속한 산업화, 도시화로 인해 삶의 패턴 역시 하루하루 달라지고 있다. 이 과정에서 자연스럽게 생활문화도 달라졌다. 사회환경에 맞추어 온전하게 변화되지는 않았지만 일상의 변화 차이는 크다. 이는 해외 코리언의 경우도 비슷하다. 전 세계적으로 진행되는 서구화의 영향을 비켜갈 수 없다. 사회가 달라졌다고 해서 생활문화의 전통을 현대사회에 맞게 하루아침에 대체하지는 않는다. 익숙한 생활문화와 가치는 최대한 본질과 속성이 유지될 수 있는 창조적인 변용이 일어났다. 돌잡이에 마이크와 컴퓨터 마우스가 올라간다고 해서 그 의미가 달라지는 것은 아니다. 아이에게 행운을 기원하고, 성공을 축원하는 의미는 남아 있다. 다양한 기능의 전기밥솥이 만들어지고, 김치냉장고, 공장식이지만 고추장은 여전히 식탁위에 오른다.

민족문화를 발전시킨다는 것은 문화적 전통을 유지하는 것과 함께 일상생활에 맞는 새로운 문화를 만들어 내는 것을 의미한다. 햄버거를 먹기도 하지만 햄버거의 빵을 밥으로 대체하고, 피자에도 불고기와 김치를 넣어 수출한다. 삼각김밥이나 비빔밥을 패스트푸드로 만들어 낸다. 음식 문화의 속성을 전통을 최대한 유지하려는 노력의 결과이다. 재중

60) 이전 지음, 『미국에 살고 있는 한인』, 도서출판 한울, 2001, 176쪽: "한국적인 것의 장점을 잘 살려 발전시키면서 미국 문화 요소를 긍정적으로 수용하는 과정이 바로 문화 접변(acculturation)이다. 문화 접변은 한국 문화를 유지·발전시키면서도 미국 문화를 적극적으로 수용하는 것이지만, 한국적인 모든 것에 집착하면서 미국적인 것을 무조건 다 받아들이는 것은 아니다".

조선족 중에는 샤브샤브를 즐겨 먹는 사람이 많다. 이들이 즐겨먹는 샤브샤브는 조선족의 입맛에 맞추어진 샤브샤브이다. 한식화 된 샤브샤브, 찌개와 국의 속성이 유지된 한식화 된 샤브샤브이다. 샤브샤브와 한식의 공통성 즉 '습성'과 '온성'이라는 공통성이 코리언의 입맛에 맞는 샤브샤브를 만들어 낸 것이다.

남한의 영향력이 커지면서 한국문화의 영향도 커졌다. 경제활동이나 문화 교류를 통해 해외코리언이 공유하기도 한다. 한중수교가 이루어지면서 재중 조선족 사회에서 한국의 영향력이 확대되었다. 재중 조선족들은 예전에는 현미를 '맛이 없다'고 먹지 않았었는데, 한국인들이 몸에 좋다고 해서 먹기 시작하면서 조선족들도 현미를 먹게 되었다고 한다.[61] 아파트에서 온수난방을 하거나 농촌주택에서 온돌로 개조하거나 전기장판, 전기방석, 김치냉장고를 개발한 것도 문화적 속성을 지키려 한 결과이다. 현대사회의 산물을 부정적으로 볼 필요는 없다. 현대 사회에서 살아날 수 없다면 문화적 전승도 단절되기 때문이다.

해외코리언들의 생활문화 역시 이러한 과정을 통해 이룩되었다. 거대한 주류 사회의 영향 속에 코리언 문화의 속성을 유지하려는 결과물이라는 점에 주목할 필요가 있다. 정체성 역시 생태적인 요소와 현지적 상황으로 인해 주어지는 것 사이의 치열한 접촉의 산물이다.[62] 문화의 영향력이 확대될수록, 지역사회에서 코리언의 역량이 커질수록 주류 사회 문화에 대한 이해가 필요해 진다. 대외관계나 상호교류가 빈번한 코리언일수록 상대문화에 대한 이해가 충분해야 한다. 주류사회의 언어, 주

---

61) 한태범(44세) 건국대학교 통일인문학연구단의 2012년 12월 22일 중국 연변 백산호텔 현지면접 인터뷰 내용 중에서.

62) 이전 지음, 『미국에 살고 있는 한인』, 도서출판 한울, 2001, 167쪽: "미국에 살고 있는 한인들의 정체성은 생득적인 한인 정체성과 자신이 새로이 획득한 미국인 정체성 사이에서 정신적인 협상을 거쳐 나오는 것이다".

류사회의 음식과 생활방식에 대해 많이 이해하고, 일상화되어 있을 가능성이 높다. 단순하게 한식을 즐겨먹거나 한국어를 많이 사용한다는 것만으로 정체성을 이야기해서는 안 된다. 코리언의 문화적 정체성을 재단적으로 규정하고 그것을 강조하는 것은 또 다른 의미의 문화적 폭력이다.

> 유대인이라는 것이 다른 유대인과 같은 신앙을 공유하고 유대인 문화나 가족의 전통을 공경하고 유대 국가 이념을 키우는 것이라면 나는 도저히 유대인일 수는 없다. 나는 이스라엘의 신을 믿지 않는다. 유대문화를 거의 모른다. 어렸을 때 밤에 눈길을 걸어서 시골 교회의 크리스마스 미사에 간 적은 있지만, 유대교회에 다닌 적은 없다. …한 번 읽은 전통으로 다시 회귀하는 것은 가능할까? 하지만 나 자신을 위해 임의로 발명할 수도 없다. 유대인이 아니었던 나는 아무것도 아니었고 아무것도 아니었기 때문에 장래에도 아무것도 아닐 수밖에 없다. (…중략…) 즉, 나는 유대인이 될 수 없다. 그럼에도 유대인이지 않으면 안 된다. 이런 강제 때문에 유대인 이외일 수 있는 길이 닫혀버린다면 나는 도대체 무엇인가?[63]

아메리의 글은 다문화시대, 국제화 시대 코리언의 문화정체성, 민족정체성을 규범적으로 제한하기 보다는 열려 있어야 한다는 것을 의미한다. 진정한 코리언의 문화적 가치는 자기의 것을 고집하지 않고, 끊임없이 새로운 것을 만들어 내는 창조적인 과정이 되어야 한다. 문화적인 의미에서 통합은 코리언 문화의 가치와 의미를 발견하는 데서 머무는 것이 아니라 일상생활에서 활용할 수 있어야 한다.

문화적 통합이란 현재의 공통성과 차이점이 아니라 미래지향적인 통합을 의미한다. 문화는 접변을 통해 새롭게 구성된다. 새롭게 문화를 구

---

63) 서경식 지음, 권혁태 옮김, 『언어의 감옥에서 - 어느 재일조선인의 초상』, 돌베개, 2011, 121~122쪽의 인용문 재인용.

성할 수 있는 것은 공통성 때문이다. 문화적으로 동등한 가치 아래 소통을 통해 공통성을 발견하고, 공통성을 기반으로 새로운 문화를 만들어 가는 것이 문화적 통합의 핵심이 될 것이다.

참고문헌

건국대학교 통일인문학연구단, 『코리언의 생활문화』, 선인, 2012.

권태환 편저, 『중국조선족사회의 변화 - 1990년 이후를 중심으로-』, 서울대학교 출판부, 2006.

권태환, 『중국 조선족사회의 변화: 1990년 이후를 중심으로』, 서울대학교 출판부, 2005.

권희영, 「중앙아시아 한인들의 역사적 외상과 그 영향 분석: 우즈베키스탄의 한인들을 중심으로」, 권희영 · Valery Han · 반병률, 『우즈베키스탄 한인의 정체성 연구』, 한국정신문화연구원, 2001.

김광억, 『중국 길림성 한인동포의 생활문화』, 국립민속박물관, 1996.

______, 『중국 요녕성 한인동포의 생활문화』, 국립민속박물관, 1997.

______, 『중국 흑룡강성 한인동포의 생활문화』, 국립민속박물관, 1998.

김일학 · 박용환, 「조선족 농촌주거 공간구성형태의 지역적 특징에 관한 연구 - 중국 동북3성 각 지역의 조선족 농촌주거에 대한 조사연구를 중심으로」, 『농촌계획』 제15집, 한국농촌계획학회, 2009.

김종영, 「중국 연변 조선족 집합주택의 취사 및 식사공간에 관한연구」『한국주거학회지』 제11권 1호, 한국주거학회, 2002.

______, 「中國 延辺 朝鮮族과 漢族의 集合住宅 平面構成 比較 硏究 -延吉市를 中心으로-」, 『한국주거학회논문집』 제15권 6호, 한국주거학회, 2004.

로동신문, 「태양민족의 아리랑」, 2002년 7월 11일.

루트비히 비트겐슈타인 지음, 이영철 옮김, 『철학적 탐구』, 책세상, 2006.

문옥표, 『일본 관서지역 한인동포의 생활문화』, 국립민속박물관, 2002.

______, 『일본 관동지역 한인동포의 생활문화』, 국립민속박물관, 2005.

박재환, 일상성 · 일상생활연구회 지음, 『일상생활의 사회학적 이해』, 한울아카데미, 2008.

반병률, 「우즈베키스탄 고려인의 인종적 · 문화적 정체성의 향후 전망」, 권희영 · Valery Han · 반병률, 『우즈베키스탄 한인의 정체성 연구』, 한국정신문화연구원, 2001.

서경식 지음, 권혁태 옮김, 『언어의 감옥에서 – 어느 재일조선인의 초상』, 돌베개, 2011.

송명희 외, 『미주지역 한인문학의 어제와 오늘』, 한국문화사, 2011.

송주은, 「남북한 김치에 대한 기호도 조사 연구」, 『북한 및 통일관련 논문집 2002』, 통일부, 2002.

이순형, 『사할린 귀환자들』, 서울대학교출판부, 2004.

이영심 · 최정신, 「중국 길림성(吉林省)에 거주하는 조선족(朝鮮族)의 주거 및 주생활 –재한(在韓) 조선족 이주 노동자의 주거 계획을 위한 기초연구-」, 『대한가정학회지』제45권 7호, 대한가정학회, 2007.

이장섭, 「해외한인의 문화접변」, 『민족과문화』1호, 한양대학교 민족학연구소, 1993.

이전 지음, 『미국에 살고 있는 한인』, 도서출판 한울, 2001.

李晶, 「朝鮮族的認同意識研究」, 中央民族大學博士學位論文, 2007.

장순애 · 김진구, 「中國 黑龍江省 朝鮮族의 婚禮服에 관한 研究」, 『복식문화학회 2003년도 추계학술발표대회 자료집』, 복식문화학회, 2003.

__________, 「中國 黑龍江省 朝鮮族의 服飾에 관한 研究」, 『복식문화학회 2004년도 정기총회 및 춘계학술대회 자료집』, 복식문화학회 2004.

전경수, 『한국문화론: 해외편』, 일지사, 1995.

_____, 『우즈벡스탄 한인동포의 생활문화』, 국립민속박물관, 1999.

정근식, 「중앙아시아 한인의 일상 생활과 문화」, 『사회와역사』 제48권, 한국사회사학회, 1996.

정인희, 「연변조선족의 의생활에 나타난 문화주변현상과 외래문화의 영향」, 『복식』 28호, 1996.

정판룡, 「세기교체와 중국조선족 가치관의 변화 및 민족전일체성문제」, 박민자

주필, 『중국조선족 현상태분석 및 전망연구』, 연변대학출판사, 2000.

조재순 · 이영심, 「중앙아시아에서 연해주 정착촌으로 재이주한 재소한인 가족의 주거생활 사례연구」, 『한국가정관리학회지』 제21권 3호, 한국가정관리학회, 2003.

천수산, 「중국조선족풍속의 현황과 21세기의 발전전망」, 박민자 주필, 『중국조선족 현상태분석 및 전망연구』, 연변대학출판사, 2000.

최순호, 『조선족 이야기』, 민음사, 2004.

허미영, 「자기연출 -말 · 몸 · 음식」, 박재환, 일상성 · 일상생활연구회 지음, 『일상생활의 사회학적 이해』, 한울아카데미, 2008.

홍형옥, 「생애구술을 통해 본 중국 할빈지역 조선족의 주거의 사용-주거의 사용과 생활문화의 동화 및 문화접변을 중심으로」, 『한국가정관리학회지』 제28권 6호, 한국가정관리학회, 2010.

Valery Han, 「중앙아시아 한인들의 정체성 문제」, 권희영 · Valery Han · 반병률, 『우즈베키스탄 한인의 정체성 연구』, 한국정신문화연구원, 2001.

제4장 한국인과 재일조선인의 통과의례 비교연구

돌, 결혼, 장례를 중심으로

이정재*

1. 머리말: '의례'라는 소통의 창구 지점에서

인간의 전통적 행위로서 상징적 의미를 강하게 내포하는 '의례'는 인간 사회에서 중요하게 여기는 의식이다. 의례는 특히 집합적인 정서가 표출되고 문화적 통합성을 높여주는 사회적 행위이다.[1] 사람이 태어나 죽을 때까지 겪게 되는 수많은 의례 가운데 통과의례와 관혼상제는 유교문화권인 한국사회에서 유독 강조되어 왔던 의례이다. 선조들에게 있어 관혼상제는 개인의 의례이기도 하지만 한 집안의 의례이기도 했다. 그러나 현재 현대인들은 이전에 선조들이 해왔던 의례방식을 고수하지 않는다.

---

* 건국대학교 통일인문학연구단 HK연구원.

1) 박명규, 「중앙아시아 한인의 집합적 정체성과 그 변화」, 『사회와 역사』 48, 1996, 34쪽.

이제는 시대에 맞게 간소 또는 생략하는 등 편의에 맞게 진행한다.

관혼상제(冠婚喪祭)란 우리나라의 사례(四禮), 즉 대표적인 네 가지 예를 말하는 것으로 관례, 혼례, 상례, 제례를 총칭하는 것이다. 이와 비슷한 사회인류학 용어로 통과의례(rites of passage)가 있다. 이는 프랑스의 인류학자이자 민속학자인 방 주네프(A. van Gennep)가 처음으로 사용한 용어로, 개인이 일생을 통해 반드시 통과해야하는 의례를 말한다. 구체적으로 출생의례, 성년식, 결혼식, 장례식이 여기에 포함된다. 통과의례와 관혼상제의 내용은 서로 중복되기도 하지만 그렇지 않은 것도 있다. 이를 테면 통과의례에 있는 출생의례가 사례에는 없고, 사례에 있는 제례는 통과의례에 속하지 않는다.[2)]

이 글은 현대사회에서 아직까지 명맥이 유지되어 오고 있는 의례를 중심으로 현대인들이 많이 치르는 의례에 주목하고자 한다. 생활문화의 많은 범주 가운데 '의례'를 비교하는 이유는 강제이산, 한반도 분단 이전에 공유했던 의례와 세시풍속에서 습득된 생활문화가 이산이나 분단을 통해 어떻게 변용되었는지 비교해보기 위함이다. 생활문화의 가장 큰 사건이라 할 수 있는 거주국에서 타 국가로의 생활환경 이동은 한 민족의 생활영역에 다양한 변용을 초래할 것이라는 가정하에 어떠한 지점이 차이를 보이고, 어떠한 지점은 계속해서 전통을 유지하는지를 확인해 볼 수 있을 것이다. 이 글에서 중점적으로 살펴볼 비교항목은 통과의례 가운데 가장 빈번하게 지내는 의례로 출생의례[3)]인 돌, 혼인의례인 결혼, 상장의례인 장례이다. 관혼상제 가운데 관례는 거의 사라졌으며, 제례 역시 일부 가정에서만 행해지고 있어 관례와 제례는

2) 이두현 · 장주근 · 이광규, 『한국 민속학 개설』개정판, 일조각, 2004, 85쪽.

3) 여기서 출생의례는 출산에 따르는 의례이다. 출생의례를 조금 더 세분화 시키면 자녀를 갖기 위해 행하는 여러 가지 기자행위, 임신, 출산, 산후의례로 나눌 수 있다.

제외하였다.

의례의 현황 파악에 있어 한국인의 통과의례 실제를 알아보기 위해서는 한반도 중심의 상황을 중점으로 살펴보아야 했다. 그리고 같은 민족이지만 전통의 습속이 타지 또는 타문화권에서 어떠한 영향이 변화를 가져오는지 비교해보기 위해 본 글에서는 일본에 살고 있는 재일조선인[4]을 선택하였다. 그 이유는 같은 '아시아'라는 커다란 문화권 안에 동북아시아에 위치했다는 지리적 특성과 기후가 유사하고, 양국의 문화·경제·사회·정치 등의 다양한 분야에서의 교류가 활발할 뿐만 아니라 현대화·산업화·상업화·자본화 되어 가는 속도 그리고 기술력 등이 비슷하기 때문이다. 또한 일본은 한국과는 다른 문화를 가지고 있는 것도 사실이다. 이번 연구는 한국의 현재 통과의례의 모습이 일본인과는 다른 정체성을 지녔지만 그 뿌리를 한반도에 두고 있는 재일조선인의 통과의례 모습을 확인해봄으로써 드러나는 공통점과 일본 문화의 접촉으로 인해 나타나는 차이점을 살펴보고자 한다.

---

4) 일본에 살고 있고 한반도에 뿌리를 둔 코리언을 우리는 다양하게 불러왔다. 재일동포, 재일한인, 재일조선인, 재일한국인 등으로 어떤 용어가 맞는지 제대로 알지 못한 채 모두 같은 용어로 통용하여 사용해 왔다. 여기서 일본에 거주하는 한반도출신자를 의미하던 '재일조선인'이라는 개념이 가장 먼저 형성된 개념이라고 볼 수 있다. 이후 '재일조선인'·'재일한국인' 개념이 대립하고 내적 복잡성을 띠게 되는데, 이러한 과정에는 국제정치적 변화가 영향을 미쳤다. 첫째, 일본 제국주의에 의한 한일병합(1910년)을 들 수 있다. 이는 동북아시아에서 일본제국주의에 의한 '식민지의 유산(colonial legacy)'을 재일조선인들이 짊어지게 된 기원이었다. 둘째, 국제사회로의 복귀가 이루어진 일본과 남한정부 간에 맺어진 국교정상화(1965년)이다. 이 시기를 전후로 해서 미·소 냉전구조의 영향이 동북아시아에서 뚜렷하게 나타났다. 재일조선인들도 이러한 냉전구조의 영향을 즉각적으로 받게 되었다. 셋째, 세계화(globalization)의 영향을 들 수 있다. 세계화의 영향은 재일조선인·한국인들에게도 그 정체성(identity)의 혼성성(混成性; hybridity)을 가져오게 하고 냉전구조로 인해 복잡해진 정체성을 더욱 복잡하게 만들었다(김명섭·오가타 요시히로, 「'재일조선인'과 '재일한국인'」, 『21세기정치학회보』 제17집 3호, 21세기정치학회, 2007, 258쪽).

이 연구의 방법으로는 한국인과 재일조선인의 의례 실상을 알기 위해 문헌자료 및 설문조사, 재일조선인 구술조사를 병행하여 진행하였다. 그동안 재일조선인 연구는 정체성 또는 문학 등 특정 주제에 집중되어 있는 경향을 보인다. 또한 생활문화 관련 연구들은 일본에 사는 재일조선인 사회의 모습을 단편적으로 묘사하거나 생활문화 자체에 대한 연구가 미비하다는 점에 한계를 가지고 있다.

그래서 이 글에서는 생활문화 가운데 '의례'라는 영역으로 세분화 시켰고 그 안에서 '돌', '결혼', '장례'에 한정하였다. 또한 한국과 일본, 두 문화권에 경험이 있는 재일조선인(실제로 양국에 모두 거주했던 경험)과 일본에 살고 있지만 한국의 문화를 경험 · 습득한 사람들을 토대로 한국과 일본의 차이를 극명하게 보여주는 존재로서 재일조선인의 생활문화를 확인할 수 있다는 점에 주안점을 두었다. 한국인과 재일조선인의 의례모습을 통해 발견되는 특징들은 앞으로 한반도에 사는 한국인뿐만 아니라 전 세계에 흩어진 코리언 디아스포라의 생활문화 실상을 파악해 나가는데 중요한 자료가 될 것이다. 그리고 더 나아가 서로가 가진 차이를 인정하며 '통합'의 고민을 모색해 나가고, 다양한 문화접점을 넓혀나가는 데 기반이 되는 것이 본 연구의 목표이다.

2. 돌: 외형적 변용 용인과 내적 의미 유지

원래 돌이란 말은 주(周) · 회(回)와 같은 뜻으로 일 년의 기간을 단위로 반복되는 경우에 사용되는 말이다. 우리나라에서는 예로부터 어느 지역에서나 돌잔치는 일반적으로 행하여져 내려왔다. 아기가 출생하여 돌을 맞이한다고 하는 것은 성장의 초기과정에서 완전히 한 고비를 무사히 넘긴 계기가 되므로 이를 축하하게 된 것이 오랜 세월을 지나면서 풍습으로 정착되었을 것이다. 그러므로 돌잔치는 백일잔치보다 비교적 성대하다.[5] 돌잔치를 하는 문화는 과연 한국의 것인가에 대해 중국에서도 '시아(試兒)'니 '시주(試周)'니 하여 육조시대부터 있었다는 기록이 남아있다.[6]

우리나라에서 돌잔치를 행한 기록을 보면 "임금의 아들 종의 첫 생일이므로 성숙(星宿)에 대한 초례를 베풀었다. 임금의 어린 아들 종의 초도(初度)이므로 성숙초를 베풀어 수를 빌었다."[7] 초례란 별자리에 제사를 올리는 일종의 도교의 신앙 행위였다.[8]

코리언은 예로부터 내려오는 돌잔치를 지금까지 전승해 오고 있다. 다른 나라에서는 '돌잔치' 개념 자체가 없는 경우도 있기에 과연 한반도 본토에서만 이 의례가 유지되어 오고 있지 않나 가정해 볼 수 있다. 그러나 실제 코리언 디아스포라의 생활문화를 찾아보면 문화권이 다른 중국, 러시아, 일본에서도 '돌잔치'를 중요한 의례로 보고 있었다.

기본적으로 한국인은 돌잔치를 아이가 태어난 후 가장 큰 행사이기 때문에 중요한 날로 여기고 이를 기념하고자 아이에게 한복이나 새 옷을 입힌다. 하나의 의식이기 때문에 평상복과는 다른 옷을 입히는 것이다. 코리언 디아스포라 전 지역에서 동일하게 '고운 옷을 해 입힌다', '새 옷을 사 입힌다', '한복을 입힌다' 등으로 돌잔치를 통과의례 가운데 맞는 첫 번째 관문으로서 중요함을 의식적으로 표현하고 있다.

---

5) 고려대학교 민족문화연구원, 『한국 민속의 세계: 제2권 의례생활 · 일상생활』, 고려대학교 민족문화연구원, 2001, 84쪽.

6) 최남선, 『조선의 상식』, 두리미디어, 2007, 97쪽 참조.

7) 『태종실록』 12년 11월 4일 을유.

8) 고려대학교 민족문화연구원, 『한국 민속의 세계: 제2권 의례생활 · 일상생활』, 고려대학교 민족문화연구원, 2001, 85쪽.

코리언 디아스포라 지역에서 의례의 형태나 구조는 대부분 비슷한 양상을 보인다. 거주국 문화와 달리 돌잔치 의례를 진행하는 것과 돌잔치는 일생에 있어 중요한 의식이기 때문에 아이에게 좋은 옷을 입히는 것 그리고 잔치의 주인공을 위한 상차림을 마련하는 것 등이 비슷한 모습들이다. 지역별로 상차림의 구성은 조금씩 다르지만 대체로 쌀밥, 미역국, 떡, 과일 등이 풍성하게 차려진다. 이러한 음식 상차림과 함께 돌잡이가 행해진다.

돌잡이는 여러 도구를 올려놓고 아이가 어느 것을 잡는지에 따라 아이의 미래를 예측하는 점복행위이다. 이 시기에는 아이가 사물을 구별할 수 있는 눈을 갖게 되기 때문에 자신의 시각으로 관심 있는 물건을 집게 되어 이것이 곧 아이의 장래를 미리 내다 볼 수 있다는 데에서 시작된 일종의 행사이다. 돌잡이의 의식은 어린이로 하여금 자립한 한 인격으로서의 계제진입(階梯進入)을 뜻하는 의례로 해석할 수 있다.

돌잡이에서 아이가 집은 물건에 따라 다음과 같은 속신이 있다. 활과 화살은 무인이 되고, 국수와 실은 수명이 길며, 대추는 자손이 번창하고, 붓 · 먹 · 벼루는 글재주가 뛰어나게 된다. 또한 쌀은 재물을 모아 부자가 되며, 자와 바늘은 손재주가 좋은 사람이 되고, 떡은 미련하며, 칼은 음식솜씨가 뛰어나게 된다.[9] 돌잡이는 돌잔치에서 가장 중요한 순서로 꼽히며 한반도에 사는 한국인은 물론 코리언 디아스포라에게도 동일하게 나타난다. 강제이산과 한반도 분단 그 이전부터 여러 가지 의미가 담긴 돌잡이 물건들은 현대에 와서도 유지되고 있다.

여기서 또 주목해 보아야 할 것이 바로 '돌떡'이다. 아이의 부모는 돌잔치에 참여한 손님들을 위해 돌떡을 준비한다. 돌상에 돌떡을 올려놓

9) 이길표, 「돌상에 대한 생활 문화적 고찰」, 『성신여자대학교 연구논문집』 36, 성신여자대학교, 1998, 416쪽.

았다가 잔치가 끝난 후 이 떡을 참석한 손님들에게 나누어 준다. 돌떡은 대체로 백설기, 송편, 수수경단 등이 있다. 백설기는 깨끗하고 순수한 정신을 뜻하고, 송편은 배가 볼록 나와 속이 찬 것 같은 모양으로 배부르게 식복이 있으라는 뜻이며, 수수경단은 붉은 빛으로 액운을 면하라는 뜻을 담고 있다.[10] 예로부터 우리나라는 출생의례 가운데 아이의 백일과 돌에는 떡을 만들어 동네 사람들과 돌려먹으며 아이의 장수를 기원하고는 하였다. 1980년대 이후 시대적 변화에 따라 돌잔치가 현대화·상업화 되면서 의례의 형태가 변하기 시작했으나 아직도 여전히 백설기, 송편, 수수떡, 인절미 등을 마련한다. 코리언은 과거에 어떤 순서로 돌잔치가 되었느냐 또는 형식 등의 형태 즉 외형적 전통 유지보다 '의례'에 담긴 의미나 행위 등의 내적 의미를 더욱 중요시하는 것으로 보인다.

돌잔치의 외형적 변화에 있어 가장 큰 특징은 아마도 장소의 변화일 것이다. 1980년대부터 한국의 도시에 생겨나기 시작한 뷔페식당은 오늘날 돌잔치를 하는 가장 일반적인 장소가 되었다. 각종 의례의 주관 역시 뷔페식당 측에서 도맡아 한다.[11] 이전 돌잔치 장소는 집에서 이루어지는 것이 보통으로 손님들을 집으로 초대하여 아이의 첫 돌을 축하하였지만 현대에 들어와 돌잔치 장소는 집이 아닌 외부에서 이루어지는 것이 대부분이다. 돌잔치 전문업체 또는 레스토랑을 대여하여 돌잔치의 분위기를 조성하고, 외부 업체에서 준비된 순서에 따라 의례를 진행하게 된다. 이러한 모습은 현대의 상업화에 따라 변용된 부분이다.

또한 의례장소가 집안에서 이루어질 경우 절대적으로 여성의 노동력

10) 한국민족대백과사전 〈돌상〉 참조.

11) 주영하, 「출산의례의 변용(變容)과 근대적 변환(變換): 1940~1990」, 『한국문화연구』 7집, 경희대학교 민속학연구소, 2003, 222쪽.

이 투자될 수밖에 없다. 하지만 시대가 변화함에 따라 여성의 노동에 대한 인식이 점차 바뀌었고, 집안에서의 역할과 함께 경제력에 따른 노동력 증가, 번거로움을 줄이고자 산업적인 측면이 이러한 전통적 여성들의 가사노동력을 해결해주고 있다. 실제로 관혼상제와 관련하여 전통풍속에 따라 해야 할 필요가 있는지에 대해 '그럴 필요가 없다'는 응답이 남성보다 여성에서 더 높은 비율을 보인다.[12] 이러한 여성들의 의식은 현재 상업화에 일조하고 있다.

전통의례를 지켜오는 코리언일지라도 의례 원형을 유지하기는 쉽지 않다. 한국에서도 서구문화의 영향으로 서구식·현대식으로 바뀌어 상업적인 형태로 변모하였다. 그 외 코리언 디아스포라지역에서도 비슷한 양상을 보인다.

일본사회에서 재일조선인의 돌잔치의 의미는 어떠할까? 이를 파악하기에는 연구된 자료가 미미하고, 정확한 수치의 통계자료를 확보하기 쉽지 않았다. 그래서 실상을 알아보기 위해 재일조선인이면서, 일본에서 돌잔치를 경험한 사람을 대상으로 심층인터뷰를 진행하였다. 심층조사 대상자는 총 3명으로 한국적 2명, 조선적 1명을 대상으로 이들이 겪었거나 들었던 이야기를 중심으로 자료를 수집하였다.[13]

---

12) 건국대학교 통일인문학 연구단에서는 2012년 2월10일부터 3월 10일까지 서울·경기 지역에 거주하는 주민 501명을 대상으로 설문조사를 실시하였다.

〈질문: 관혼상제를 전통풍속에 따라 해야 한다고 생각하는가?〉

분류	전체	성별		결혼여부		가족형태			
		남	여	미혼	기혼	독신	핵가족	2대 가족	3대 가족
반드시	5.6	8.8	3.2	7.1	4.7	-	4.8	9.2	9.8
가급적	40.3	46.1	35.7	29.9	46.5	29.6	40.9	43.4	39.0
그럴 필요가 없다	53.3	44.2	60.4	61.4	48.4	70.4	53.7	46.1	48.8

13) 본 연구를 위해 일본에서 출생하여 결혼으로 인해 한국으로 이주해온 재일

일반적으로 재일조선인은 돌잔치를 한국처럼 거창하게 진행하지는 않는다. 우선 돌잔치를 하기 위한 물품을 구입하기가 쉽지 않고, 어떻게 준비해야 제대로 차리는 것인지에 대해 잘 알지 못하기 때문이다. 그러나 일본인들의 첫 돌 기념일과는 확실히 차이를 보인다. 먼저 조선적 가정이 아무래도 돌잔치를 더 크게 생각하는 것으로 보인다. 한국적 가정의 경우도 돌잔치를 해야 한다고 생각하는 의식이 있으나 규모나 의식적인 부분에서 조선적 가정이 더욱 중요하게 생각하였다. 돌잔치 초청범위는 친척일가를 중심으로 하며 크게 진행할 경우 동네지인들까지 초대하는 경우도 있다.

특히 한국식 또는 우리식으로 해야 한다는 인식은 '의복'에서 많이 찾아볼 수 있다. 최근 한일부부 가정에서는 한국식 · 일본식을 병행하여 진행한다. 아이에게 한복도 입히고, 기모노도 입혀서 사진을 찍거나 의례를 할 때 두 나라의 민족정체성을 모두 담아내려 한다. 그러나 대부분의 재일조선인 가정의 아이들은 한복을 입는다. 일본에서 한복을 구입하는 경우 코리아타운을 많이 이용하지만 최근에는 한일 왕래가 자유롭고, 일본에서 한복을 구입하는 것보다 한국에서 구입할 때에 선택의 폭이 넓기 때문에 예쁜 옷을 입히고자 하는 부모들은 한국에서 직접 한복을 공수하기도 한다.

한일부모는 배우자 국가의 문화에 대한 존중의 표현으로 자신들의 정체성을 모두 담아내지만 재일조선인 가족의 경우 어떠한 정체성을 가지고 있느냐에 따라 달라질 수 있다. 재일조선인 부부의 경우 대부분 아이

조선인을 대상으로 인터뷰를 진행하였다. 구술 조사 대상자는 돌, 결혼, 장례를 직접 경험하였고 특히 재일조선인 집단의 의례를 경험한 것을 바탕으로 구술하였다. 인터뷰 대상 선정 고려 자체가 세 의례를 경험해야 했기에 30대 후반 재일조선인 3세를 주 대상자로 선정하였다. 조사일자는 2013년 8월~9월에 걸쳐 각 1회씩 녹음과 녹화로 진행하였다.

〈사진 1〉 재일조선인 돌기념 사진
재일조선인 3세 조○○ 제공

에게 한복을 입힌다. 이러한 차이는 가족의 구성이 어떻게 되는가에 따라 의례에도 큰 영향을 미치고 있었다.

돌잔치 때 아이의 옷은 한복을 입히는데 주로 코리아타운에서 산다. 그러나 비싸기 때문에 한국에 갈 일 있는 지인들에게 부탁한다. 일본에서는 아이 한복을 고르는데 종류가 한정되어 있기 때문에 조금 더 예쁜 옷을 입히려면 한국에서 공수하는 것이 좋다. 내가 한국과 일본을 자주 오가기 때문에 지인들이 나에게도 부탁을 많이 한다.

- 2013년 8월 김○○(재일3세, 35세, 시가현 출신, 서울 거주) 인터뷰

친오빠 아들 돌잔치 때는 한복을 한국에서 직접 구입해 입혔다. 그때 사돈도 일본에서 살고 있었는데 사돈댁이 한국에 나와 물품들을 다 구입해가셨다. 그쪽 부모님들은 매우 민족적인 분이셨다.

- 2013년 9월 조○○(재일3세, 43세, 도치기현 출신, 서울 거주) 인터뷰

돌상은 한국에서 차리는 상차림과 일본의 상차림이 혼재되어 있다. 원래 돌상은 삼신할머니에게 감사하는 의미를 지니는 상차림이 일반적이다. 여기에 재일조선인은 한국식과 일본에서 좋은 의미를 지니는 음식을 같이 올려놓는다. 특히 팥이나 생선 도미를 상에 올린다. 일본에서

팥밥은 액막이의 의미를 지니며 경사스러운 날에는 반드시 팥밥을 하기 때문이고, 다이라고 불리는 도미는 다이다이(代々) 즉 대대손손 영원토록 번영함을 의미하기 때문이다.[14)]

> 친척 아이 돌잔치 때 가보니 한국과 다르게 간소하게 차린다. 상에 과일 몇 개, 한국떡을 올린다. 코리아타운에서 주문한다. 팥이나 도미도 올리는데 일본에서 이것은 좋은 의미이기 때문에 좋은 날에 먹는다는 인식 때문인지 돌상에 올린다.
>
> - 2013년 8월 김○○(재일3세, 35세, 시가현 출신, 서울 거주) 인터뷰

재일조선인은 돌잔치를 진행하는 것뿐만 아니라 돌잡이도 한국의 전통적 의미를 지닌 물건을 올려 놓는다. 그러나 간혹 돌잡이를 진행하면서도 일본문화의 영향을 받아 일본 돌잔치 형식을 병행하기도 한다. 한 예로 '잇쇼모찌(잇쇼는 밥공기 10개의 쌀량)'가 그것이다. 잇쇼모찌는 약 1.8kg가량 되는 떡을 아이가 메고 걷게 하는 것이다. 잇쇼모찌는 평생 먹을 것에 궁하지 않게 하라는 의미가 있다. 대부분의 아이가 태어난 지 1년 정도 되면 걷기 때문에 이런 의식을 삽입한다. 그러나 대중적인 행사는 아니며 주로 시골에서 지내고 도시에서는 거의 하지 않는다. 이러한 모습은 대부분 부모 중 한 사람이 일본인인 경우 특히 남편이 일본인일 경우에 하며 한복과 기모노를 같이 입히는 것과 비슷하게 의식적인 측면에서 양국의 문화적 행위를 병행하여 진행한다.

최근 들어 재일조선인은 본국의 전통 출생의례보다 일본사회에서 크게 행해지는 육아의례에 큰 영향을 받는다. 이것은 일본의 전통 육아의례로 아이가 3세, 5세, 7세가 되는 해의 11월 15일에 아이의 성장

---

14) 오지은,『일본 관서지역 한인동포의 생활문화: 제8장 의례와 신앙생활』, 국립민속박물관, 2002, 215쪽.

을 축하하여 신사에 참배하는 시치고산(七五三)의례이다. 여자아이인 경우는 3세, 7세에, 남자아이인 경우는 3세, 5세에 기모노 혹은 정장 옷을 입혀서 신사에 참배한다. 시치고산(七五三)의례는 아이의 부모 중 한 사람이 일본인일 경우 행한다.[15] 그 외에 역시 일본 사회의 영향을 받은 연중 육아의례로는 히나마쓰리(雛祭り)[16]와 고이노보리(鯉のぼり)[17] 등을 들 수 있고 시치고산과 마찬가지로 부모 중 한 사람이 일본인인 경우에 주로 행해진다. 실제로 조총련계 재일조선인 가정에서도 학교는 조선학교를 보내지만 또래아이들과 어울리고 사회현상을 같이 겪게끔 하기 위해 일본의 평생의례에 속하는 히나마쓰리(雛祭り)나 시치고산(七五三)의례 등을 행하며 사진을 촬영하여 보관하는 사례를 찾아볼 수 있다.[18]

> 재일조선인들은 돌잔치는 다 안 해도 시치고산은 모두 다 한다. 일본에는 신년에 연하장 보내는 문화가 있는데 그때 시치고산 때 찍은 사진을 같이 찍어서 보낸다. 일본인들은 시치고산을 대부분 꼭 해야 하는 문화라 생각한다. 재일조선인은 일본 관습에 젖어있고, 이것을 당연시 생각한다. 나쁘다고 생각하지 않는다. 일본 환경에 있으니까 다른 친구들도 하는데 재일조선인이라는 이유로 하지 않는 게 오히려 더 이상하다고 생각한다.
> - 2013년 8월 이ㅇㅇ(재일3세, 44세, 고베 출신, 서울 거주) 인터뷰

15) 오지은, 『일본 관서지역 한인동포의 생활문화: 제8장 의례와 신앙생활』, 국립민속박물관, 2002, 216쪽.

16) 여자 어린이들의 무병장수와 행복을 빌기 위해 해마다 3월 3일에 치르는 일본의 전통축제.

17) 일본에서 남자아이의 성장과 출세를 상징하는 잉어 깃발을 장대에 올려놓는 행위로 일본의 어린이날인 5월 5일을 기념하기 위해 깃발을 만드는 행사.

18) 문옥표, 「동아시아의 동화와 공생: 재일한인의 가족생활을 중심으로」, 『일본학보』 제56집 2권, 한국일본학회, 2003, 280쪽 재구성.

또 다른 사례로는 민족의식이 강한 부모나 조총련계 가정의 경우에는 일본문화를 하지 못하게 또는 자녀에게 우리의 것이 아니기에 일본 육아의례를 하지 않는다고 일러주는 경우도 있다.19)

> 딸 있는 집은 모두 히나마쓰리를 한다. 인형을 구입하는 것은 비싸다. 우리집은 딸 셋인데 일부러 하지는 않았다. 인형은 친구네 집에 놀러가 구경하기만 했다. 일본사람이면 대중적으로 한다. 어차피 그날은 학교에서도 행사가 있기 때문에 나는 따로 하지 않았다. 나는 일본학교에 다녔기 때문에 집에서 일부러 챙겨 하지는 않았다.
>
> - 2013년 8월 김ㅇㅇ(재일3세, 35세, 시가현 출신, 서울 거주) 인터뷰

한국인과 재일조선인의 돌잔치 특징을 다시 살펴보자면, 코리언이 유일하게 하는 '돌잡이'를 재일조선인도 하고 있었다. 돌잡이 행위의 전통을 유지하고 있는 것이다. 돌잔치 중에서도 유일하게 돌잡이를 하는 한국의 문화는 흩어져있는 디아스포라에게 여전히 행해지고 있는 점복행위이다. 쌀과 돈은 부자가 될 것이고, 대추는 자손이 번성하고, 활은 용맹할 것이라 믿으며, 종이나 붓 또는 펜은 학식이 뛰어날 것으로 보고 실을 잡으면 장수할 것이라 예측한다. 여자아이의 경우 자 또는 바느질감을 잡으면 바느질 솜씨가 뛰어날 것으로 본다. 현대에 와서는 마우스를 올려 빌게이츠처럼 IT계열의 명망 있는 사람이 될 것으로 청진기를 놓으면 의사, 판사봉을 올려놓으면 검사나 판사, 마이크를 놓으면 연예계 쪽으로 명성을 얻을 것이라 믿는다. 이러한 돌잡이 도구들은 부모의 아이를 향한 바람이기도 하다.

돌잡이 용품의 의미를 주제별로 나누어 보면 경제의 의미, 학력의 의미, 장수의 의미, 명예의 의미, 권력의 의미, 출세의 의미 등을 담고 있

19) 2013년 9월 조ㅇㅇ(재일3세, 43세, 도치기현 출신, 서울 거주) 인터뷰.

다. 전통적 형식의 의례와 의미가 현대에까지 전승되는 것은 돌잡이가 지닌 상상적 가치와 공동체적 가치가 결합되었기 때문이다. 돌잔치에 모인 손님들이 다 보는 자리에서 아이의 미래를 예측하는 것은 실제로 미래에 어떻게 자라게 될지에 대한 상상, 훗날 돌잡이 의미와 똑같은 길을 걷게 되었을 때에 대한 뿌듯함 그리고 당시를 다시 회상하는 것을 통해 역시 전통풍습을 했던 선조들의 지혜와 의식이 강화되는 것이다. 그리고 돌떡을 나눠먹으면서 다시 한 번 아이의 미래를 축복하고, 나눔의 행위를 통해 공동체적 가치를 되새긴다.

> 돌상에 붓과 가위, 실타래, 돈 등을 올려놓고 아이에게 잡게 하는 행사는 지금도 한다. 한복을 입히고 두건도 씌워 사진관에 가서 사진도 찍고 했다. 좀 신경을 쓰는 사람은 본국에서 돌 반지를 공수해서 끼워주기도 했다. 일본에서는 팔지 않기 때문에. 나는 애가 셋인데 아직까지 돌 반지를 가지고 있다(BJD씨 인터뷰 내용).
>
> - 남근우, 『일본 관동지역 한인동포의 생활문화』, 국립민속박물관, 2005, 176쪽

시대의 흐름에 따라 의례의 형식적인 부분에 있어서는 변용이 일어나고 있다. 이전에 이어져 오던 형식이 다음 후손에게 전해지지 못하고 단절되기도 한다. 재일조선인은 전통과 달라진다는 것에 대해 거부감보다는 부모의 편의나 의지에 따라 변용적인 부분을 용인하고 진행하는 것으로 보인다. 그러나 돌잔치에 드러나는 여러 내적인 의미는 유지하고자 하는 측면이 강하다. 코리언은 다른 민족과는 다른 코리언만의 공통된 행위 또는 의미를 통해 민족정체성을 강화해 간다.

3. 결혼: 형식의 혼성화와 '흥'의 극대화

우리나라의 전통 혼례는 유교적인 혼인의례 이전의 내용과 절차에 주자가례(朱子家禮) 도입 이후의 유교적인 혼례를 융화시켜서 지역에 따라 다양하게 관행되어 왔다. 그런데 일제식민지시대를 거치면서 서구의 결혼식과 일본의 결혼식이 또한 유입되어, 오늘날에 널리 행해지는 이른바 신식 결혼식의 절차로 변모되어 왔고, 이에 따라 우리나라의 전통적인 혼례식은 구식혼례라고 불리게 되었다.[20] 한국의 혼례 변화의 시기적 기준은 식민지시대 이전과 이후이다. 일제시기를 거치며 일본문화가 한국에 침식하게 되었고, 전통문화와의 결합, 소멸, 변용, 흡수 등의 과정을 거치며 지금의 서구화된 결혼 문화가 만들어졌다.

현재 신식혼례가 대부분인 한국사회에서도 전통 혼례의 모습이 일부분 유지되고 있다. 우리나라의 혼례는 중국의 육례(六禮)와 달리 네 가지 절차 즉, 의혼(議婚)[21], 납채(納采)[22], 납폐(納幣)[23], 친영(親迎)[24]의 사례(四禮)를 행하였다. 현재는 경우에 따라 절차를 생략하거나 간소하게 하는 등 이전과 차이를 보이나 전통 혼례의 모습이 완전히 사라지지 않고, 일부 유지되어 존속되어 오고 있다. 전통 혼례의 납채는 신랑의 사주를 사주단자에 담아 신부집에 보내는 신랑신부의 궁합을 보는 단계이다. 이 단계는 중국의 육례(六禮)가운데 납길(納吉)로 납채 다음에 치러

---

20) 고려대학교 민족문화연구원, 『한국 민속의 세계: 제2권 의례생활 · 일상생활』, 고려대학교 민족문화연구원, 123쪽.

21) 혼담을 주고받는 단계.

22) 혼약의 의식으로 남자 쪽에서 신랑의 생년월일시를 적은 사주단자를 붉은 보자기에 싸서 신부집으로 보내는 단계.

23) 혼인을 결정하는 것으로 혼서지를 신랑 쪽에서 작성하여 패물과 함께 보내는 단계.

24) 신랑이 신부의 집에 가서 신부를 직접 맞이하는 단계.

지는 의식이다. 그러나 한국에서는 의혼 다음 단계에 궁합을 보았다. 궁합은 현대에 와서도 이어지고 있다. 신랑신부의 궁합을 통해 이들의 미래를 예측하는 것이다. 전통사회에서는 신랑신부의 궁합이 좋으면 택일을 하고 그렇지 않은 경우 혼례를 올리지 않는 경우가 많았다. 현대에도 궁합을 믿는 가정의 경우 흉살(凶煞)이 들어 있다고 하면 부모들이 반대하기도 한다.

예물 · 패물과 함께 담겨 신부집에 보내지는 혼서지(婚書紙)도 현대 결혼과정에서 볼 수 있는 풍경이다. 최근에는 한복업체에서 신랑과 신부의 한복을 제작하면 혼서지를 함께 제작해준다. 과거 혼서지의 의미는 '혼인신고서'의 개념과 같이 혼례를 올리지 않았더라도 법적으로 혼인이 성립되었던 큰 의미를 가졌다면 지금은 예전처럼 큰 의미를 지니지 않고 형식적인 면에서 혼서지를 주고받는다.

오늘날 일반적으로 착용되는 흰색 웨딩드레스는 1820년대 빅토리아 여왕이 앨버트 왕자의 결혼식에서 황실 전통인 은빛 드레스 대신 하얀 드레스를 선택한 것이 정착화 된 것으로 그 이전 시대에는 일반 드레스를 결혼 예복으로 착용하였다.[25] 이후 영국을 거쳐 20세기가 시작되면서 미국과 유럽의 예비신부들이 결혼식에 흰색 웨딩드레스를 고르기 시작했고 한국에도 서구문화가 유입되면서 예복과 결혼장소 등 결혼문화에 지대한 영향을 미쳤다. 혼례의 서구화는 한국에서만 아니라 재중 조선족, 재러 고려인, 재일조선인에게도 공통적으로 나타나는 변화이다. 그럼에도 불구하고 예식장에서 양가 부모에게 큰 절을 하고 별도로 전통적인 폐백의식을 행하는 것은 서양문화와 전통문화의 혼재로 보아야 할 것이다.

의례가 진행되는 공간을 살펴보면, 1990년대 한국의 혼례의식은 대부

---

25) 임순 · 김은희, 『드레스 디자인 및 패턴제작』, 예학사, 2003, 7쪽.

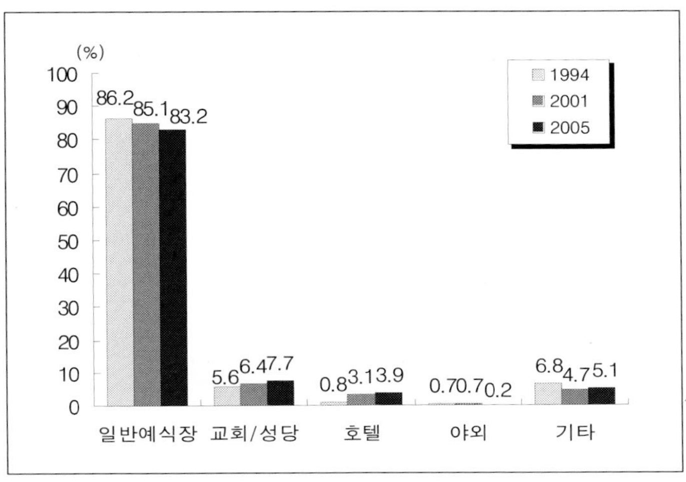

〈표 1〉 최근 참석한 결혼 장소

분의 경우 가족집단의 일상 주거장소인 집을 사용하기 보다는 혼례의식을 치르기 위해 별도의 공간을 사용한다. 즉, 이전에 비해 분명한 대체공간(代替空間)인 결혼예식장이 전형적인 결혼의례 공간으로 자리를 잡게 된 것이다.[26)]

실제로 "결혼식에 대한 국민 여론 조사"[27)] 결과 〈표 1〉과 같이 일반예식장 비율이 절대적이다. 10년간의 변화에서는 교회 · 성당 장소가 근소하게 증가하는 추세를 보이고 있다.

외형적 변용은 돌잔치와 마찬가지로 결혼식에서도 동일하게 나타나

---

26) 송도영, 「의례공간 소비의 '키치'화: 예식장」, 『한국문화인류학』 제28집, 한국문화인류학회, 1995, 320쪽.

27) 한국갤럽은 전 국민을 대상으로 한국인의 라이프 스타일에 대한 조사를 실시. 1994년, 2001년, 2005년에 걸쳐 지난 10년간 한국인의 결혼 풍속과 세태와 관련하여 조사를 진행하였다. 조사지역은 전국, 조사대상은 만 20세 이상의 성인 남녀, 표본크기, 1,533명, 조사방법은 면접조사, 조사기간은 2005년 3월 21일부터 4월 1일까지, 표본오차는 ±2.5%P(95% 신뢰수준)으로 2005년 5월 23일 발행한 자료이다.

고 있다. 이러한 변화는 의례 형식에서도 나타나는데 서구문화의 예복 변용과 함께 외부공간으로 대체공간이 마련되면서 의례 순서에서도 자연스레 변용을 가지고 왔다. 신부집에서 전통 혼례를 거행하던 이전 모습과는 다르게 외부공간에서의 의식은 서구적 형태를 모방하게 되었고 이것이 일반적으로 정형화되어 갔다. 그러나 예식 중간에 양가 부모에게 절 또는 인사를 하는 행위나 새로 한복을 갈아입고 폐백을 하는 순서는 전통 혼례에서 나타나는 행위에 대한 내적 의미가 현대에도 유지되고 있음을 알 수 있다. 신식문화의 수용과 더불어 전통문화의 공존이 한 의례 안에 혼재되어가는 모습이다.

재일조선인의 결혼문화는 일본문화를 일부 수용, 현대화 · 서구화되면서 제3의 모습으로 나타나고 있다. 먼저 재일조선인의 족내 · 외혼에 관한 설문을 잠깐 살펴보면 재일본대한민국민단의 재일 한국적 · 조선적 결혼 현황 자료에 1985년에는 전체 혼인 8,558건 중 외국인과의 결혼 비율(일본인과의 결혼 비율)이 72.0%(71.6%)였는데, 2004년에는 전체 혼인 9,187건 중 89.7% (87.4%)로 크게 늘어났다.[28] 이 가운데서도 일본인 남성과 재일조선인 여성의 결혼은 1970년대 이후 일본인 여성과 재일조선인 남성의 결합 건수를 크게 앞질렀으며 재일조선인 사회는 이를 정주화에 따른 필연적인 결과이며 돌이킬 수 없는 대세로 여겨왔다.[29] 그러나 이 통계로는 실제 족외혼의 비율이 크게 늘었다고 단정 짓기에는 무리가 따른다. 이 조사에서는 일본적 재일조선인은 일본인으로 통계수치가 측정되었기 때문이다.

그래도 이와 같은 상황을 통해 이전에 비해 증가한 족외혼 비율 수치

28) 김현선, 「국적과 재일 코리안의 정체성」, 『경제와 사회』 2009년 가을호(통권 제83호), 비판사회학회, 2009, 321쪽.

29) 지은숙, 「디아스포라 관점에서 본 재일조선인 여성의 결혼문제」, 『재외한인연구』 제25호, 재외한인학회, 2011, 43쪽.

는 일정부분 일본문화가 재일조선인의 결혼문화에 영향을 미쳤을 것이라 짐작해 볼 수 있다. 실제로 1세를 제외한 2세, 3세의 결혼양상에서 드러나기도 한다. 재일조선인은 배우자가 '일본인'인 경우 결혼 절차에 지대한 영향을 미친다. 1992년 이후 혼인 건수의 80% 이상이 족외혼(일본인과 재일조선인의 결혼)인 것은 한편으로는 재일조선인 사회의 전통 존속을 무너뜨리는 일로 볼 수도 있을 것이다. 그러나 이러한 경향이 한쪽으로 치우치고 있다고만 볼 수 없는 것이 재일조선인끼리의 결혼 또는 한국인과의 결혼, 즉 동포간의 결혼 인식변화에서 찾아볼 수 있다.

한국에 대한 인식상의 변화는 1990년대 후반부터 한일관계에서의 금기사항들이 해제되어 양국 간의 문화 교류가 증진되고, 2002년 월드컵 공동 개최와 한류를 거치면서 일본 내에서 한국의 위상이 높아진 것과 궤를 같이 한다.[30] 이러한 인식의 변화는 족내혼의 선호와 호감과 연결된다.

> 90년대 중반에 일본대학에서 만난 남편과 결혼하겠다고 했을 때, 주변 사람들이 모두 4년씩이나 대학을 다녔는데 왜 한국사람하고 결혼을 하느냐고, 이상해 했다. 서울에서 어쩌다 오사카에 가면 친척들이 다 나한테 하는 인사가 '고생이 많지'였다. 그러다 2000년이 지나면서 분위기가 달라지기 시작하더니, 한류를 계기로 싹 바뀌어서 이제는 나를 만나면 '한국에서는 진짜 그러냐'고 드라마 본 이야기를 하거나 '재미가 좋냐'고 인사하는 사람까지 생겼다.
>
> - 양순희(40대 중반, 오사카 출신, 서울 거주)[31]

30) 지은숙, 「디아스포라 관점에서 본 재일조선인 여성의 결혼문제」, 『재외한인연구』 제25호, 재외한인학회, 2011, 65쪽.

31) 지은숙, 「디아스포라 관점에서 본 재일조선인 여성의 결혼문제」, 『재외한인연구』 제25호, 재외한인학회, 2011, 65쪽.

> 내가 결혼할 때 부모님은 엄청 반대하셨다. 아버지는 재일조선인이었고, 어머니는 일본인이었는데 부모님 모두 반대하셨다. 내가 결혼했던 90년대만 해도 한국에 대한 인식이 좋지 않았다. 이모들도 그렇고 엄마도 그렇고……. 아버지는 재일2세임에도 일본인 어머니와 결혼했는데 아버지도 내가 한국인과 결혼한다는 데에 크게 반대했다. 아버지는 재일조선인과 결혼하기를 원하셨다. 결혼하려면 조건이 있었다. 일본에서 살아야 한다는 조건이다. 한국에 가면 고생한다고 생각했다. 그러나 할아버지와 할머니는 너무 반가워 하셨다. 신랑 손을 잡고 3.1운동부터 시작해서 있는 얘기 없는 얘기 다하시면서 좋아하셨다. 그런데 지금은 한국 위상도 높아졌고, 한류 영향으로 한국인과 결혼한다고 하면 다들 부러워한다.
>
> - 2013년 8월 이○○(재일3세, 44세, 고베 출신, 서울 거주) 인터뷰

현재 일본사회에서 나타나는 혼활(婚活: 콘카쓰)은 일본의 결혼적령기들의 전반적인 '혼인활동'과 맞물린다. '혼활'은 일찍 결혼하지 못하는 결혼 적령기들의 적극적인 결혼활동으로 일본인뿐만 아니라 재일조선인도 '혼활'에 적극적 활동을 보이고 있으며, 특히 재일조선인을 대상으로 하는 '재일혼활' 업체가 급증하고 있다.[32] 이런 업체의 등장은 재일조선인이라면 그래도 재일조선인끼리의 결혼을 선호하고자 하는 데에 대한 수요가 상업적으로 연결된 부분이다. 먼저 배우자 선택에 있어 재일조선인 1세와 2세들의 경우에는 같은 지역 출신의 사람이나 정치적인 입장이 같은 재일조선인을 선호하는 데 반해 3세와 4세들의 경우에는 이러한 선호 범위를 조금 더 넓혀 나가고 있다.[33] 이들은 배우자 선택에

32) '재일혼활'사업과 관련된 정확한 수치는 확인되지 않았지만, 지은숙(2011)논문에 의하면 '재일결혼(在日結婚)'을 통해 파악된 결혼정보회사는 40여개 이상으로 모두 2008년을 전후해 창업된 것이 대부분이라는 검색 결과가 언급되어 있다.

33) 일본에서의 자신들의 삶을 과도기적인 것으로 이해하고 언젠가는 귀국하게 될 것이라는 전제아래 조국지향, 민족지향의 태도를 가지고 생활하였던 1세나 2세들과 달리 그 비율이 점점 늘고 있는 3세와 4세의 재일조선인들은 더

〈표 2〉 타민족과의 결혼에 대해 어떻게 생각하는가?

분류	전체	국적			가족구성		연령			
		한국	조선	일본	다민족	단일 민족	20세 미만	21~40세	41~60세	61세 이상
절대반대	3.2	3.2	80.	-	1.7	3.6	10.0	0.8	3.2	4.8
가급적 안 하는 게 좋다	28.7	28.1	60.0	8.6	19.0	31.2	23.3	16.8	33.7	48.4
상관없다	67.2	67.6	32.0	91.4	79.3	64.0	66.7	81.6	62.1	45.2

있어 '통념'이나 '이념'에 별다른 영향이나 구애를 받지 않는다. 그리고 재일1세, 2세들에 비해 재일조선인의 모집단 자체가 줄어들고 있고, 이들의 선택의 폭이 줄었기 때문에 일본인을 선택할 수밖에 없는 상황에 놓이게 된 것도 있다. 결국 배우자의 선택기준에 있어 조건의 제약과 본인 스스로 자기 위안을 하는 차원에서 족외혼을 선택하기도 한다는 것이다. 이것을 반영하는 재일조선인의 족외혼에 대한 생각에 대하여 '상관없다'라는 답변의 비율이 결혼 적령기 연령대에서 유독 높은 것에서도 확인해 볼 수 있다.[34] 이렇게 배우자 선호 차이를 통한 세대 간 변화는 앞으로 결혼양식에서도 차이를 보일 것이다. 세대별 변화는 추후 현지조사를 통한 다양한 모집단의 심층인터뷰와 오랜 연구시간을 거쳐 확인해 보아야 한다.

재일조선인 1세들은 한국에서 혼인 후 도일한 경우나 도일 후 혼인한

이상 조국과의 동일시를 통한 정체감을 추구하지 않는 것으로 보이기 때문이다(문옥표, 「동아시아의 동화와 공생: 재일한인의 가족생활을 중심으로」, 『일본학보』 제56집 2권, 한국일본학회, 2003, 273쪽).

34) 건국대학교 통일인문학연구단 '민족공통성 프로젝트'일환의 설문조사로 재일조선인 설문조사는 2011년 3월 일본 '코리아NGO센터' 도쿄사무국의 협조를 받아 316명을 대상으로 조사를 진행하였다. 위의 조사내용은 다양한 설문 항목 가운데 생활문화 그중에서도 가족주의에서 '족외혼'과 관련된 설문 결과이다.

경우에도 신부집에서 전통 혼례를 거행하는 것이 일반적이었다. 2세의 결혼식은 도심부의 비좁은 주택사정으로 인해 대개 의례 전문의 중화요리점이나 결혼 전문 식장에서 거행하는 것이 일반적이었다. 3세의 결혼식은 일본의 경제발전과 함께 결혼산업의 융성으로 결혼 전문 식장이나 호텔에서 거행되는 것이 보통이다.[35]

> 1세들의 경우 약혼식을 거행하는 경우가 거의 없으나, 2세, 3세의 경우, 특히 배우자가 일본인인 경우 일본식의 약혼 의례인 유이노(結納)를 행한다. ……신랑과 신부가 신랑의 집으로 들어갈 때 한국에서는 액막이로 대문에 짚을 피우고 신부가 그것을 타넘고 들어오게 하거나 팥을 뿌리는 경우가 많지만, 일본에서는 소금을 뿌리는 경우가 많았다. ……신랑 신부 중 한사람이 일본인인 경우는 혼례 전문식장에서 주례를 모신 가운데 혼례를 거행하거나 신도(神道)식의 혼례를 올리기도 했다. ……혼례 후 행해지는 피로연에서 신랑, 신부 중 한 사람이 일본인인 경우는, 피로연에 초대하는 인원을 양가의 합의에 의해 혼례 전에 미리 선정하여 제한하는 경우가 많다. 이는 한국인의 경우 혼례 및 피로연에서 하객들로부터 받은 부조금에 대해서는 특별히 답례품을 전하는 풍습이 없고 하객으로 초대한 상대방의 혼례 때 동액의 부조금을 하는 것으로 인식되고 있지만, 일본인의 경우는 혼례 및 피로연에서 하객들로부터 받은 부조금에 대해서 후일 답례의 오가에시(御返し)를 하는 것이 풍습으로 되어 있기 때문이다. ……또한 신랑 신부가 한국인인 경우에도 신랑 · 신부가 연회가 행해지는 사이에 의상을 세 번 갈아입는 오이로나오시(お色直し)를 행하는 점이 변화한 점이다.[36]

위의 내용처럼 재일조선인 결혼식에 일본 결혼문화의 영향은 크게 나

35) 오지은,『일본 관서지역 한인동포의 생활문화: 제8장 의례와 신앙생활』, 국립민속박물관, 2002, 221쪽.

36) 오지은,『일본 관서지역 한인동포의 생활문화: 제8장 의례와 신앙생활』, 국립민속박물관, 2002, 220~223쪽.

타난다. 때문에 한국인과 재일조선인의 결혼일 경우 두 문화권의 차이로 인한 문제가 발생하기도 한다. 대표적인 차이로는 예식초청범위를 들 수 있다. 일본인은 결혼식에 초청할 손님 명단을 미리 작성하여 초대장을 보낸다. 예식에 참석할 손님은 미리 참석여부를 알리고, 그에 맞게 손님의 자리를 지정하여 결혼식을 준비한다. 반면 한국인은 아는 지인들이면 누구나 참석이 가능하다. 이러한 차이는 재일조선인에게 양가적으로 나타난다. 일본에서 결혼식을 할 경우 일본인 하객들을 배려하는 차원에서 예식장 신랑신부의 이름을 일본어와 한국어로 기재하는 경우도 있는 반면, 재일조선인 결혼식이기 때문에 한국어로만 기재하기도 한다. 또한 초청 범위에 있어서도 본식에 누구를 초대할지 손님 명단을 미리 작성하는 가하면 이를 신경 쓰지 않기도 한다. 이러한 차이는 자신의 민족정체성이 어느 정도인지 또는 어느 국적 배우자와 결혼하는지 그리고 어느 국적의 손님들이 주로 오는지 다양한 변수에 따라 달라진다.

> 한국에서 시부모님과 친척들 몇 명, 시어머니 친구분이 나의 일본 결혼식에 오셨다. 그런데 나는 어머니 친구분께서 오신다는 말을 듣지 못했다. 어머니는 당연히 한국식으로 생각하셨기 때문에 따로 미리 온다고 말씀 해주시지 않은 거다. 그때 매우 당황했다. 자리에 맞게 음식이 예약되어 있는데 갑자기 오셔서 호텔지배인에게 밥 1인분과 자리 한자리를 급하게 주문해서 매우 힘들었다. 문화가 달라서 벌어진 일이다.
>
> - 2013년 8월 이○○(재일3세, 44세, 고베 출신, 서울 거주) 인터뷰

재일조선인의 결혼식에 대하여 찾아보면 2009년『민족21』에서는 “얼렁뚱당 재일동포 결혼식 참관기”라는 제목의 재일조선인 3세의 결혼식 참관기가 ‘민족네트워크’ 특집으로 기사가 소개되었다. 이 지면에 소개된 재일조선인간의 결혼식은 한국식, 일본식 그리고 서양식이 절충된

모습으로 그려진다. 기사를 간단히 요약하면 다음과 같다.

도쿄 도심 호텔에서 진행된 재일조선인 3세들의 결혼식장은 우리말과 일본어로 신랑 · 신부의 약력이 소개되어 있다. 일본인 하객들을 위한 배려이다. 특이한 점은 결혼을 서약하는 대신에 민족교육과 부모님에 대한 감사, 앞으로 잘 살겠노라는 내용이 담긴 '결의문'을 낭독한다. 이어 신랑 신부가 하객들을 마주보고 나란히 선 가운데 주례의 성혼이 선포됐다. 예물을 교환한 후 신랑신부의 악수가 이어진다. 주례사에 이어 신랑 측 고등학교 은사(총련계)의 축사와 신부 아버지의 사사(답사)가 이어지는 것으로 결혼식 1부가 끝난다.

결혼식은 크게 3부로 나뉘어져 있으며 굳이 구분하자면 1부는 결혼식, 2부는 가족과 친구들의 축가, 3부는 축하공연으로 구성된다. 결혼식의 주인공들은 전통 궁중의상, 그 다음엔 서양식 웨딩드레스, 마지막으로 양복과 한복을 입고 나왔다. 1부를 마치고 신랑 · 신부가 옷 갈아입으러 간 사이 각 테이블마다 결혼식에 대한 촌평이 이어진다. 2부에는 축가가 이어지는데 한국에서 신랑 · 신부 친구들이 나와 축가하는 것이 보통인 반면 여기서는 초 · 중 · 고 · 대학별 친구들과 직장동료들이 모두 나와 노래를 부른다. 친척들도 모두 나와 한 곡씩 공연을 한다. 이때 자연스럽게 이야기를 나누고 음식과 술을 먹으며 피로연과 같은 분위기가 연출된다.

신랑신부는 또 다시 옷을 갈아입고 나타나는데 이때 결혼식의 마지막 하이라이트인 부모님들께 감사인사의 시간을 갖는다. 공식 행사가 끝나면 도쿄가무단이 징과 꽹과리를 들고 나와 흥겨운 가락을 울리면 식장은 춤판을 벌이고 민요와 통일노래를 부르며 마지막 흥을 돋운다.

- 정용일, 「얼렁뚱당 재일동포 결혼식 참관기」, 『민족21』 12월호(통권 제105호), 민족21, 2009, 116~119쪽 재구성

재일조선인방식의 결혼에서 인상적인 것 중에 하나는 '음식'이다. 대

부분 호텔이나 레스토랑에서 피로연을 하게 되면 대부분 스테이크나 메인요리 그리고 디저트, 술 등이 제공된다. 그런데 재일조선인끼리 결혼을 하는 경우에는 '김치'와 '떡'이 대부분 반찬 메뉴로 올려진다. 음식메뉴가 중식이나 일식, 서양식으로 나올지라도 반찬으로 이 두 음식이 제공되는 것이다. 이로서 코리언에게 '김치'는 음식 이상의 의미로 민족음식이라는 인식을 강하게 가지고 있음을 짐작해볼 수 있다.[37)]

지금까지 재일조선인 결혼식을 살펴보면 한국식과 일본식이 많이 혼재되어 있다. 특히 형식적인 면에 있어서 혼성되어 있다. 먼저 공식적인 결혼식 시간에서부터 큰 차이를 보이는데 한국의 결혼식 시간은 1시간에서 1시간 30분 내에 끝나는 반면 일본은 3~4시간을 기본으로 한다. 한국에서도 피로연을 하기도 하지만 현재에는 거의 본식이 주행사이며 피로연의 식순이 본식에 일부 삽입되는 형태로 진행된다. 그러나 일본에서의 결혼식은 본식과 피로연을 분리시켜 진행한다. 재일조선인 역시 이러한 순서를 따른다.

> 나는 사정상 결혼을 급하게 준비해야 했다. 양국에서 두 번 결혼식을 했는데 일본에서 할 때는 예식장을 구하기 쉽지 않았다. 일본 결혼식은 대부분 호텔에서 하는데 예약하려면 반년이나 일 년 전에 미리 예약해야 한다. 그래서 학교 내에서 식을 올리고 고베에서 제일 큰 화교식당에서 피로연을 진행했다. 화교식당은 원탁으로 되어 있어서 자리가 모자라면 의자를 더 가지고 와 옆에 같이 앉을 수 있다. 일본식은 청첩장을 받은 사람만 결혼식에 참석할 수 있지만 난 그렇게 하고 싶지 않았다. 일본 결혼식장에는 자기 이름이 써 있는 곳에 앉고 엄숙하게 한다. 피로연 때 왁자지껄한 모습을 일본인인 나의 어머니는 맘에 들어 하지 않으셨다.
>
> - 2013년 8월 이○○(재일3세, 44세, 고베 출신, 서울 거주) 인터뷰

37) 2013년 9월 조○○(재일3세, 41세, 도치기현 출신, 서울 거주) 인터뷰 참고.

문헌이나 인터뷰를 통해 확인해본 결과 재일조선인의 일본에서의 결혼식에서 가장 인상 깊은 부분을 찾아본다면 아마도 '피로연'일 것이다. 한국사회에서는 결혼식장에서 모든 일정을 빠르게 소화하여 이익을 내기에 장소적 시간 제한이 따른다. 반면 재일조선인은 일본인의 결혼식과 마찬가지로 1~2시간이 아닌 3~4시간의 시간적 여유를 확보하고, 인륜지대사인 '결혼식'을 충분히 만끽한다. 본식은 격식을 차리지만 이후 피로연 순서에서는 초, 중, 고 동창생들의 축가는 물론이거니와 대학과 직장에서 많은 이들의 축하를 받으며, 일부 프로그램을 삽입하여 초대한 사람과 초대받은 사람들이 한데 어우러져 결혼식을 즐긴다.

> 축가 다음에는 노래 부르고 싶은 사람이 알아서 나왔다. 형식에 구애받지 않고 파격적으로 했다. 우리(신랑 · 신부)는 인사하러 다니고 손님들은 알아서 노래 부르고 들으며 즐겼다. 다들 춤추고 모두들 재밌었다고 했다.
>
> - 2013년 8월 이○○(재일3세, 44세, 고베 출신, 서울 거주) 인터뷰

> 내가 한국과 일본에서 결혼식을 다 했지만 일본에서의 결혼식은 진짜 재미있었다. 사람들도 재미있게 지내고 가는 모습을 보고 기분이 좋았다. 피로연은 파티같이 진행했다. 팔씨름 대회도 했고, 노래자랑도 했고, 우리 엄마가 피아노 연주도 하면서 맛있는 음식과 즐거운 분위기에서 진행했다. 한국식은 그냥 해야 하는 행사 같은 느낌이다.
>
> - 2013년 8월 김○○(재일3세, 35세, 시가현 출신, 서울 거주) 인터뷰

대부분의 재일조선인 결혼식의 마지막은 춤과 노래로 피날레를 맞이하게 된다. 신랑 · 신부 외에 초청받은 하객들도 모두 나와 춤을 춘다. 이때 음악은 민요가 흘러나오는데 재일조선인에게 있어 '민요'와 '춤'은 성년이 된 후 민족정체성을 가장 많이 느끼게 하는 시간이기도 하다. 이

것은 총련계나 민단계에 관계없이 대부분 민요가 나오는데 만약 일본인 하객들이 있다면 매우 낯설어 한다. 초청받은 일본인들은 일본인 결혼식의 엄숙함과 달리 재일조선인의 왁자지껄한 결혼식을 매우 다른 점으로 꼽기도 한다.

> 결혼식 마지막에는 사람들끼리 어깨동무를 하고 통일열차를 한다. 이건 정말 너무 재미있다. 동포들끼리 결혼할 때 맨 마지막에 꼭 하는 건데 조선학교에서 배웠던 노래들도 나오고 민요도 흘러나온다.
>
> - 2013년 9월 조○○(재일3세, 41세, 도치기현 출신, 서울 거주) 인터뷰

이러한 재일조선인의 결혼식은 선조들의 '잔치'라는 개념과 흡사해 보인다. 특히 한국인의 DNA 가운데 '정(情)'이나 '한(恨)' 외에 '흥(興)'이라는 유희적 정서를 피로연을 통해 드러내는 모습이 인상적이다. 다시 말해 '흥'을 의례에서 극대화하여 표현한다. 현재 한국인의 결혼식은 상업적인 결혼식장의 횡포로 인한 행사 치루기에 급급한 반면 재일조선인의 결혼식은 같은 공간에서 같은 연대로 그 시간을 즐겁게 보내고자 했던 우리의 '잔치' 모습과 많이 닮아있다.

어떻게 보면 이전에 즐겼던 결혼식의 즐거움이나 기쁨, 경사스러운 행사를 축하하는 데 춤과 노래로 표현했던 선조들의 모습을 재일조선인은 아직도 유지하고 있는지도 모른다.[38] 심광현[39]은 한국의 흥이 중국의 흥(滋味)이나 일본의 흥(おかしい), 그리고 한이나 무심과는 달리 주체

38) 재일조선인3세 조○○ 인터뷰 대상자는 한국에서 전통 혼례로 결혼식을 진행하였는데 엄숙하지 않은 분위기에 모든 이들이 본인들의 모습을 보고 웃고, 재밌어 하는 것을 보며 마치 극장에서 공연을 하는 것 같은 기분이 들었다고 회상하였다. 한편으로 엄숙하게 결혼식을 하는 일본인들과 다르게 시끄럽게 또는 왁자지껄하게 식을 올리는 결혼식(전통 혼례 or 재일조선인 피로연)이 한국과 일본의 가장 큰 차이점이라 구술하였다.

39) 심광현, 『흥한민국』, 현실문화연구, 2005.

의 적극적 역동성과 대상 및 상황에 능동적으로 참여하여, '대상과 일체가 되어', '부분에서 전체'로, '나에게 우리'로 나아가는 역동적, 참여적, 상승적, 생태학적 성격을 지닌다고 보았다.[40] 일본사회에서 마이너리티로 살아가는 재일조선인에게 한국인이 가지고 있는 '흥'을 맘껏 표출할 수 있는 공간 중 하나가 결혼식의 피로연 공간은 아닐까? 재일조선인의 일본사회로의 적응에서 억눌릴 수밖에 없던 내재된 무엇이 표출을 통해 재일조선인끼리의 화합과 도모 그리고 정체성을 다시 한 번 상기시키지는 않을까? 본식과는 극명하게 대비되는 분위기 가운데 인간이 지닌 '희로애락' 그중에서도 '희'를 최고조로 끌어내는 재일조선인의 피로연은 '흥'을 극대화시켜주는 공간으로도 비춰진다. 하지만 일부 자료로 결론을 내리는 것은 아직 이르므로 이 부분에 대해서는 심층인터뷰와 많은 표본을 확보하여 추후 보강하도록 하겠다.

재일조선인은 결혼택일 역시 중요하게 생각한다. 일본인들은 결혼 날짜를 잡을 때 일본달력에 나와 있는 '길일(吉日)'을 확인한 후 결혼 날짜를 잡는다. 일본 달력에는 '길일'이나 '흉일'이 체크되어 있기 때문에 이를 보고 택일한다. 이런 날짜에 대해 생각하는 이유는 일본인 손님들이 결혼식에 참석하기 때문이기도 하고, 굳이 나쁜 날짜에 결혼을 하고 싶어 하지 않기 때문이다. '대안길일(大安吉日)'[41]에 예식장을 잡으려면 일찌감치 예약을 해야 하거나 결혼식 비용이 더 들어간다. 이러한 문화는 한국에서도 비슷하다. 불경스러운 날을 피하고 추길피흉이 되도록 하자는 것으로 역술적으로 보면 '천기대요(天機大要)'의 길흉일을 이용하여 좋은 날을 택하고, 이 중에 본인에게 가장 잘 맞는 날을 고르는 것

40) 허용 · 김현수, 「민속씨름에 내재된 민족정서: '興'을 중심으로」, 『움직임의 철학』 제20권 제3호, 한국체육철학회, 2012, 72쪽 재인용.

41) 여행 · 이사 · 결혼 따위에 좋다는 대길일.

이다. 이것은 중국문화의 영향으로 한국과 일본에 미친 것으로 볼 수 있다.

족외혼이든 족내혼이든 거주국의 영향을 받은 재일조선인은 일본과 한국 결혼문화의 혼성화를 가져오거나 또는 기존 서구적 형태와 한국식 외형구조가 일반화되는 양상이 주를 이룬다. 이런 변화는 일본문화나 한국문화가 아닌 독특한 제3의 문화 즉, 재일조선인만의 문화로 만들어지고 있다.

앞의 사례에서 살펴보았듯이 본식을 진행하는 가운데 결의문을 낭독한다든가 본식을 초청하는 데 있어서 초청장을 받은 사람만 본식에 참석하여 예식초청범위를 조절하는 모습은 일본문화의 영향이다. 그리고 축가시간 자체도 한국의 현재 결혼문화와 다르게 길고, 많은 사람들이 나와 축하를 해준다. 피로연 자체가 길기 때문에 웨딩드레스, 한복, 기모노, 이브닝 드레스 등 한국식과 일본식 그리고 서양식이 혼성적으로 나타나지만 그 내면에는 한국인이 가지고 있는 '흥'이라는 민족정서를 결혼식에서 표출하는 모습을 보인다.

일본에서 살아가는 재일조선인은 다른 디아스포라 지역과 다르게 유독 이중분단의 아픔을 겪고 이중정체성을 안고 살아가거나 자신의 민족정체성을 숨기기도 하는 모습을 많이 접할 수 있었다. 이러한 모습이 생활문화에서도 여실하게 드러나지 않을까 했던 예상과는 달리 한반도의 생활문화와 유사하거나 전통을 유지하고 있는 측면이 많이 남아있었다. 하지만 일정 정도의 변용은 계속해서 일어나고 있다. 한국의 경제적 발전과 한일교류의 장이 열리고, 한류의 장기화로 인한 재일조선인간의 또는 동포간의 결혼도 계속해서 유지되고 있는 것을 통해 재일조선인은 한국문화의 뿌리나 역사, 전통을 찾으려는 움직임이 분명 존재할 것으로도 보인다.

4. 장례: 한국식과 일본식의 중층적 형태

한국의 상례문화는 이미 삼국시대부터 중국과 인접해 있었던 관계로 중국과의 문화접변(acculturation)을 통해 유교식이 상당 부분 유입되어 있었다. 조선조는 '가례'가 규정한 관혼상제(冠婚喪祭)를 의례의 일반적 규정으로 삼으면서 한국 의례문화의 전통을 유교식으로 정착시키기에 이르렀다. 이후 실학자들의 실천주의에 입각한 의례연구는 유교식 상례를 문화적 전통으로 정착시키기에 이르렀다. 따라서 한국 상례의 문화적 전통은 유교식이라고 할 수 있다. 이러한 유교식 상례는 관혼상제 중에서 변화의 폭이 가장 좁다는 기존의 학설을[42] 무색하게 할 정도로 변화의 소용돌이에 휘말리고 있다. 이러한 변화는 개항기와 일본 식민지기가 그 기점이 되고 있고, 현대의 「가정의례준칙」[43]과 정부의 화장 장려정책, 장묘정책이 변화의 속도에 박차를 가하고 있다.[44]

여기서 한국의 대표적인 장법이었던 매장(埋葬)이 화장(火葬)으로 바뀌고 있는 추세에 주목해볼 필요가 있다. 화장장은 일본인들에 의해 건립되었는데 그 당시에는 혐오적인 시설로 인식되었다. 일제에 의해 만들어졌다는 것과 유족 없는 사람들이 주로 하는 장례방법이라는 것 그리고 수 백 년간 각인된 관혼상제의 의식이 강하게 자리 잡았던 조선 사람들에게 화장은 부정적 인식이 강할 수밖에 없었다. 그러나 이

---

42) 왜냐하면 죽음을 다루는 엄숙한 의례이기 때문에 사회문화적 환경 변화에 비교적 민감하지 않다고 보았기 때문이다.

43) 「가정의례준칙」(1934)은 조선총독부 식민정책의 하나로 시행된 것으로 현재 가정의례준칙의 기원이다. 현재는 '건전가정의례준칙'으로 개명, 내용과 그 보급 및 실천에 관한 사항을 규정하는 것을 목적으로 한다. 이것은 가정의례의 의식절차를 간소하게 행하게 하기 위해 제정된 규칙이다.

44) 김시덕, 「현대 한국 상례문화의 변화」, 『한국문화인류학』 40권 2호, 한국문화인류학회, 2007, 322~323쪽.

제 한국에서도 화장이 대표적 장법으로 자리 잡을 추세이다. 화장의 급격한 증가는 아마도 1980년대부터 시작된 국토의 효율적 이용을 위해 화장을 장려했던 정부의 정책과 NGO의 화장장려 운동이 큰 역할을 하였던 것으로 보인다.45) 이렇게 정책권장과 장려운동은 한국 사람들의 화장에 대해 수동적 수용에서 능동적으로 수용할 수 있는 태도를 심어주게 되었다.

〈표 3〉 매장 vs 화장 인식 변화: 1994 · 2001 · 2005년

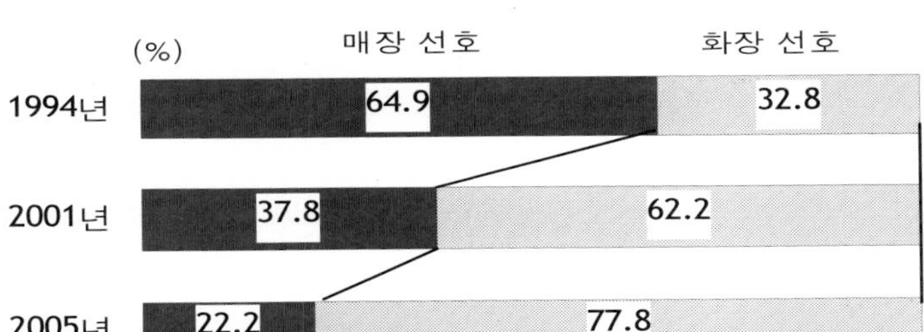

화장에 대한 능동적 수용은 한국갤럽의 장례문화 설문조사를 통해서 확인해 볼 수 있다. 2005년 9월 한국갤럽에서는 전국의 20세 이상 남녀 1,506명을 대상으로 설문조사를 실시하였다. 이 조사는 1994년, 2001년, 2005년까지 10년간 한국인의 장례문화에 대한 인식의 변화 추이를 확인할 수 있는 보고서이다. 조사 물음 가운데 '사람이 죽으면 매장(埋葬)하는 것과 화장(火葬)하는 것 중에서 어느 것이 더 좋다고 생각하는지'를 질문하였다. 그 결과, 우리 국민의 77.8%는 화장이 더 좋다고 생각하는 것으로 나타났으며 22.2%만이 매장을 더 선호했다. 1994년 한국갤럽의

45) 김시덕, 「현대 한국 상례문화의 변화」, 『한국문화인류학』40권 2호, 한국문화인류학회, 2007, 324쪽.

조사에서 화장 선호도는 32.8%에 지나지 않았으나 2001년 62.2%로 2배가 되었고, 2005년에는 77.8%까지 늘어 지난 10여 년 동안 화장에 대한 인식 변화의 폭이 상당히 큰 것으로 나타났다.[46)]

재일조선인들의 장례에는 일본의 사회적 환경이 절대적으로 영향을 미친다. 일본인의 경우, 현재 도시와 농산어촌의 지역적인 차이 없이 약 98% 이상의 일본인이 화장을 하고 있다. 그러나 1세들은 유체를 화장하여 유골만을 묘지 혹은 납골당에 안치하는 것에 대해 위화감을 느끼고 있었다. 하지만 도시거주의 재일동포들은 거주 환경의 조건상 화장을 선택하지 않을 수 없고, 단지 드물게 보이는 사례로서 제주도 출신자 1세들 중 일부의 동포들이 유체를 제주도의 고향마을까지 운반하여 토장하는 생장(生葬)이 행해지고 있다.[47)]

한일 장례문화 가운데 가장 큰 변화이자 공통점은 현대에 들어와 장례업체가 등장했다는 점이다. 다른 디아스포라 지역과 다르게 한국과 일본의 경우 장례문화가 일찍이 산업화로 발전하였다. 장례업체를 통해 장례 절차 전반을 위탁한다. 한국은 상조업체를 중심으로 일본은 장의사 또는 장의사가 속한 업체를 중심으로 장례 절차를 진행한다. 이러한 산업화와 현대화는 장례업체가 등장하기 이전 이미 장례식장의 등장이 지금의 분업화를 초래했다고 볼 수 있다. 3일장이 일반화되고 병원장례식장에서 의례를 마치고 매장을 하거나 화장을 하면 그 이후에 일어나는 모든 의례를 생략하도록 가정의례준칙에서 강제하고 있고, 도시적 직장생활로 인해 상례를 위한 시간할애가 쉽지 않게 되어 삼우제 이후

---

46) 모집단-전국(제주도 제외)의 만 20세 이상 남녀, 표본크기-1,506명, 표본추출-층화 무작위 추출, 조사방법-가구방문을 통한 1:1 개별면접, 조사기간-2005년 9월 22일~10월 6일, 표본오차-±2.5%P(95% 신뢰수준).

47) 오지은, 『일본 관서지역 한인동포의 생활문화: 제8장 의례와 신앙생활』, 국립민속박물관, 2002, 224쪽.

의 절차는 거의 생략되었다.[48] 이러한 복합적 요인은 전통적인 상장례의 절차를 간소화시켰다.

일본은 명치10년대에 이미 동경을 중심으로 '장의사(葬儀社)'라고 하는 전문회사가 성립되고 있었다. 장례식이 혈연, 지연공동체에 의해 자주적으로 이루어져 왔으나, 근대화와 더불어 신분에 따른 장례식규모의 제한도 없어지고, 다양한 근대적 장치에 의해 장의전문업자의 관여가 시작되었다. 이러한 경향은 일본의 고도경제성장기에 인구의 도시유출 등으로 인해 촌락공동체가 급격히 해체되고 인구의 도시집중화가 심화되면서 장의의 산업화현상이 눈에 두드러지게 되었다.[49] 이러한 일본의 도심화와 산업화는 재일조선인의 장례문화에도 큰 영향을 미쳤다. 거주국의 사회환경의 영향으로 토장 자체가 거의 불가능하게 되었기 때문에 자연스럽게 화장이 일반화된 것이다.

재일조선인의 장례 특징은 현대 일본식, 유교식, 무속식이 혼합된 삼중구조로 나타난다는 점이다. 예전에는 일본의 장의업체에 의해 장례식이 주도되고 장례절차 동안 유교식 상차림이 차려진다. 그리고 가족의 원로 가운데 한 사람이 '혼부르기(초혼)'을 한다. 심야에는 근친 여성이 중심이 되어 심방을 불러 무속 의례인 귀향풀이를 행하는 관행이 존재했다. 그러나 1세 외에 2세와 3세의 경우 전통 장례 절차에 대한 경험이나 지식이 단절되면서 자연스레 전통 장례문화는 사라져 가고 있다. 여성의 노동력이 많이 들어가는 귀향풀이의 경우도 번거로움과 전통 단절로 인해 사라져 가고 있으며 유교식 의례도 마찬가지로 간략화되어 가는 경향을 보인다. 이것은 재일조선인 1세에 반해 전통문화와 관련된

48) 김시덕, 「현대 도시공간의 상장례 문화」, 『한국민속학』 41, 2005, 83쪽.

49) 최인댁, 「현대일본의 무연사회와 장례문화의 변용」, 『한국일본어문학회 학술발표대회논문집2013』, 한국일본어문학회, 2013, 232쪽.

지식이나 경험이 많지 않고 시공간적 문화적인 의미를 이해하지 못하여 전승되지 못하였기 때문으로 보인다.

일본 사회의 차별을 받아 일본에 대한 저항정신과 거친 민족성을 키워온 재일조선인 1세대에게 있어서 죽음은 전통적이고 이상적인 형태일 수 없었다. 또한 세대를 거듭할수록 일본의 급속한 산업화와 도시화, 의료와 과학 기술의 진보, 일본 문화와의 접촉으로 인해 죽음에 대한 관념이 조금씩 새롭게 변화해 가고 있어 전통적 개념과 마찰이 생기고 있다.[50)]

재일조선인의 장례장소는 한국과는 달리 주로 절이나 집에서 진행한다. 재일조선인 승려가 집도하는 장례를 따르기도 한다. 한국은 병원에서 임종을 거쳐 바로 장례식장으로 가는 반면 재일조선인은 병원에서 임종을 한 후 절이나 집으로 유체를 안치하여 장례절차를 진행한다. 이런 공간의 변화와 전승의 단절은 이전 전통적으로 했던 혼부르기나 귀향풀이가 환경적인 영향으로 사라질 수밖에 없는 원인이 되기도 한다.

> 할머니 장례식에 참석했는데 집에서 했다. 이불 위에 할머니는 누워계셨다. 혼부르기나 귀향풀이는 본 적이 없다. 재일조선인 승려가 집에 와서 진행해줬다. 친척들이 업체를 불러 한국음식을 시켜서 손님을 대접했다. 먼 친척들이 일손을 도와 손님들을 대접했다. 재일조선인 장례업체가 따로 있다. 아무래도 일본사람들과는 다르니까 일본업체를 선택하는 것보다 재일조선인 장례업체를 선택하기도 한다. 그러나 무조건 그렇게 하지는 않는다.
>
> - 2013년 8월 김○○(재일3세, 35세, 시가현 출신, 서울 거주) 인터뷰

유체의 안치방식에서는 한국식과 일본식이 유독 중층적으로 나타난

50) 장사선 · 지명현, 「재일 한민족 문학과 죽음 의식」, 『한국현대문학연구』 제27집, 한국현대문학회, 2009, 456쪽.

다. 한국인은 유체를 병풍 뒤 관 안에 보관하여 다른 사람들이 유체를 볼 수 없는 반면, 일본인은 다다미방에 이불을 깔고 유체를 그 위에 모셔 상주들과 손님들이 유체를 보며 인사를 할 수 있다. 그러나 재일조선인은 관 안에 유체를 모시고 모두가 볼 수 있게끔 개방해 놓는 점이 재일조선인만의 방식이다. 다만 모든 재일조선인이 이런 방식으로 하는 것은 아니다. 현재 사망 주체가 대부분 1세, 2세이기 때문에 재일조선인 장례업체를 선정하여 장례를 진행하고 한국식으로 진행하려는 움직임이 남아 있으나 앞으로 중층적인 부분이나 일본식으로 진행하는 영역이 점차 늘어날 것으로 보인다.

> 나의 작은할아버지 장례식 때는 임종은 못보고 오쓰야(お通夜)[51]부터 볼 수 있었다. 그때 할아버지가 관 안에 들어가 누워계셨는데 보고 너무 놀랐다. 죽은 사람을 봤기 때문에……. 일본인들은 방에 요를 깔고 죽은 사람을 눕히는데 우리 집은 한국과 일본식이 완전히 섞여 있었다.
>
> - 2013년 8월 이ㅇㅇ(재일3세, 44세, 고베 출신, 서울 거주) 인터뷰

> 할머니 장례 때 할머니 시신이 방에 안치되어 있는 것을 보고 놀랐다. 요즘에는 장의사가 있지만 그때 (당시 20대)에는 우리가 직접 할머니 화장을 해주었다. 지금 한국 장례식장 다니면 시신은 보지 못하지만 그땐 다 보았다.
>
> - 2013년 9월 조ㅇㅇ(재일3세, 41세, 도치기현 출신, 서울 거주) 인터뷰

문상 방식에 있어서 재일조선인은 한국식을 많이 따르고 있다. 일본의 장례문화는 우리나라의 문상 방식과는 차이를 보인다. 한국에서는

51) 밤샘이라는 의미로, 원래는 고인의 곁을 밤새도록 지키는 의식이다. 일본에서는 죽은 사람의 영혼이 다시 돌아올지도 모른다고 믿기 때문에 이런 의식이 생겨났다고 한다.

문상을 하는 시간이 따로 정해져 있지 않으나 일본의 오쓰야는 정해진 시간에 시작해서 약 1시간 정도 진행된다. 고인의 영정사진 앞에는 사회자가 있어 오쓰야 의식을 진행한다. 우리나라는 조문 후 별도의 공간에서 음식을 먹지만 일본문화는 음식이 아예 없으며 차를 내오거나 그마저도 없는 경우가 있다. 사람들은 정해진 좌석에 앉아 오쓰야 의식에 참석한다. 그리고 오쓰야가 끝나면 참석한 조문객들에게 답례품을 나누어 준다. 이에 반해 재일조선인은 오쓰야 시간이 따로 정해져 있지 않고, 참석한 손님들에게 음식을 대접하며, 답례품에 대해 크게 신경 쓰지 않는다. 간혹 오쓰야를 하는 재일조선인 가정의 경우 정해진 시각을 미리 조문객에게 알린다.

재일조선인이 일본인과 재일조선인 또는 일본인과 한국인과의 장례식장 분위기에서 가장 큰 차이점으로 꼽는 것은 '감정표현'이다. 일본인은 조용한 분위기에서 눈물을 흘리고 경건하게 지내는 반면 재일조선인은 곡소리를 크게 내며 슬픔을 크게 표현한다. 감정 표현을 밖으로 표출하는 데 있어 한국인이 일본인과는 유독 다르다는 증언은 여러 구술자에게서 들을 수 있었다.

> 우리가 일본식이랑 이런 게 다르구나 느꼈던 것은 일본은 어둡고, 조용하다. 우리는 집에서 했기 때문에 할머니 가실 때까지 소리 지르면서 울었다. 화장장 갈 때까지 가족들이 난리를 쳤다고 일본인 친구가 이야기했다. 손자, 손녀들까지 통곡을 했다. 사람들 앞에서 슬픔을 표현하는 모습을 보고 일본인 친구들이 남북 이산가족 상봉 때 오열하며 우는 모습이랑 비슷하다고 했다. 친구들은 조선민족은 드라마틱하다고 했다.
>
> \- 2013년 9월 조○○(재일3세, 41세, 도치기현 출신, 서울 거주) 인터뷰

발인이 끝나고 화장터로 유체를 옮겨 화장을 한 후 유골은 대부분 사

찰로 모셔진다. 이때 사후 불교식의 계명을 지어 받는 일본인들과 마찬가지로 재일조선인들도 계명을 지어 받는다. 대부분의 재일조선인들은 불교신자들이 많고, 일본문화의 영향으로 사후 불교식 계명을 받는 것으로 보인다. 단, 기독교가정의 재일조선인들의 경우에는 다르다. 결국 종교에 따라 행해진다.

> 우리 집안은 불교 집안이었다. 아버지가 할아버지 돌아가시고 좋은 이름 받았다고 좋아하셨다. 살아계셨을 때 절에 많은 돈을 기부했기 때문이다.
> - 2013년 8월 이○○(재일3세, 44세, 고베 출신, 서울 거주) 인터뷰

발인이 끝나고 유체를 화장터로 옮겨 화장한 후에는 유골함을 유골보관장소로 옮기는데 한국 장례문화는 바로 유골을 납골당으로 옮기는 반면 불교신자들의 경우 사찰에 49일간 모셔두었다가 49제 후 납골당에 안치한다. 이는 사람이 죽은 뒤 49일째에 치르는 불교식 제사의례로 종교의식을 따르는 모습이다.

최종적으로 납골당에 갈 때에는 가족들의 유골함을 함께 모셔두는데 비석에는 죽은 사람의 이름을 새긴다. 그리고 죽지 않고 앞으로 모셔둘 사람의 이름은 빨간 색으로 칠해 놓았다가 죽을 때 그 이름을 판다. 한국에서는 묏자리를 미리 마련해 놓거나 죽은 후 자리를 구매하는 반면 재일조선인들은 비석과 자리를 미리 마련해두고 빨간 이름으로 표시한다. 이는 일본문화의 영향으로 볼 수 있다.

> 비석에 무슨 김씨 몇 대 아무개라고 써 있다. 우리 할머니는 밀양 박씨라고 써 있었다. 내가 살던 동네는 한국인이 많이 살지 않았는데 한국인 이름을 꽤 보았다. 그렇다고 한국 사람만 쓰지 않는다. 묏자리는 일본인들과 섞여 자리를 마련했다.
> - 2013년 8월 김○○(재일3세, 35세, 시가현 출신, 서울 거주) 인터뷰

또한 가족이나 친지가 방문할 때 묘와 비석을 깨끗하게 하기 위해 물을 뿌리는 일본문화를 그대로 따르고 있으나 한편으론 묘에 술(소주 또는 막걸리, 고인의 생전 좋아했던 술 등)을 뿌리는 한국문화를 따르는 방식도 볼 수 있다.

일본에는 재일조선인사회와 절이 연계되어 장례가 시스템적으로 움직인다. 한국의 경우 병원에서 임종을 하면 바로 병원 내 장례식장으로 이동하고, 냉동보관에 유체를 옮기는 반면, 재일조선인의 경우 병원이나 집에서 임종을 하면 지역에 재일조선인이 연계된 절에 연락하여 유체를 절로 옮기고, 손님들이 볼 수 있게끔 개방한다. 병원 장례식장과 흡사한 모습을 절에서 대행하는 것이다. 이러한 연계방식은 화장 후 유골안치까지 연결되어 묏자리(또는 납골자리)에 있어서까지 가족들을 한데 모을 수 있게끔 한다.

재일조선인의 장례는 한국식과 일본식이 중층적으로 나타난다. 절차에 있어서 주로 절이나 집에서 진행한다. 장례 집도는 재일조선인 승려를 모시거나 가족의 어른이 집도를 하게 된다. 환경적으로 일본식이 병행되지만 일본과는 문화가 다르기 때문에 요즘에는 재일조선인 상조업체를 선정하여 장례를 치른다. 매장이 어려운 일본에서 화장은 일반적이며 재일조선인 공동체가 형성되어 있어서 일본문화에 완전 동화되지는 않는다. 아직까지 재일조선인은 민족적인 문화양식이나 절차를 이어오고 있으나 민족적인 의미를 해치지 않는 선에서는 일본의 문화를 수용하여 절충적으로 진행한다.

5. 맺음말: 다양성의 인정과 문화접점의 확대

지금까지 한국인과 재일조선인의 '돌', '결혼', '장례'를 통해 현재 모습에서 나타나는 전통적인 부분과 현지문화와의 접촉을 통한 변용지점을 알아보았다. 한반도 내에서도 문화변용이 일어나고 있으며 재일조선인 역시 거주국 문화에 적응하며 동화되기도 하고 변용되기도 하고 새롭게 창조해내고 있었다. 돌은 한국인이 현대에도 꾸준히 유지하며 지내는 출생의례 중 하나로 재일조선인의 생활문화에서도 지켜지고 있었다. 외형적으로는 서구화되거나 제대로 형식을 갖추지는 않지만 전통적 의미에 대한 본질은 전승하려고 하는 모습과 점복행위 등을 통해 한국인과 재일조선인 모두 코리언으로서 한국의 문화를 전승하고자 하는 모습을 확인할 수 있었다.

결혼은 한국식과 일본식이 결합되어 진행되고 있었으며, 무엇보다 일생에 가장 화려한 '의례'로서 축하의 의미를 가장 많이 내포하고 있었다. 재일조선인은 코리언이 가지고 있는 '흥'을 결혼이라는 의례와 순서를 통해 초대된 손님들과 즐기는 모습이 인상적이다. 장례에서는 한국식과 일본식이 중층적인 형태로 거주국 문화의 영향을 일부 수용하고 있었다. 특히 유체의 안치방식이나 조문방식 등에서 양국의 문화가 절충적으로 나타난다. 이렇게 의례를 통해 드러난 코리언 생활문화의 첫 번째 특징은 의례에 참석함으로 혈연공동체 또는 민족공동체를 강화한다는 것이다. 즉, 상부상조의 결속력을 다진다. 다시 말해 코리언은 의례를 통해 혈연·경제·문화 공동체 유대관계를 확인하는 것이다.

일본에서는 돌잔치 방문할 때 '돌반지'를 준비하기 어렵기 때문에 대부분 돈으로 준비한다. 가족들 무슨 행사가 있다면 다들 돈으로 준비해서

준다.

- 2013년 8월 김○○(재일3세, 35세, 시가현 출신, 서울 거주) 인터뷰

돌잔치는 인간의 생애를 축복해주는 첫 번째 단계로 친지들 외에 부모의 손님들이 참석하여 아이의 생일을 축하해준다. 그리고 결혼을 통해 성인으로 인정하고 두 사람의 앞날을 축복해준다. 장례는 제3자에 의해 진행되지만 역시 고인의 마지막을 배웅하는 자리로 인식된다. 이 모든 과정은 특정한 의식을 통해 동포 간의 모임을 유도한다. 뿐만 아니라 이러한 의례를 참석하는 것은 이전에 쉽게 만나지 못하던 사람들과의 만남을 가 질 수 있는 기회의 장이 된다. 사적인 시간을 따로 내는 것이 아니라 의례 참석을 통해 혈연·친분 관계 단위를 결속시키게 한다. 이러한 결속력은 상부상조의 공동체의식과 연결된다.

장윤수의 논문에 따르면 애경사의 경우 부조금을 지출하는가의 물음에 대하여 한인들은 상호간에 부조함으로써 유대를 강화할 뿐만 아니라 전통적인 상부상조의 공동체의식으로써 이민생활의 어려움을 극복하고 있었다고 본다. 이와 관련된 설문은 다음 페이지의 〈표 4〉와 같다.[52] 상부상조의 공동체의식은 전 세계에 흩어져 있는 코리언 디아스포라에게서 공통적으로 나타난다. 대표적인 예로 북한의 '혼인계'[53]

52) 장윤수, 「재외한인의 문화생활 비교」, 『국제지역연구』 제10권 제4호, 2007, 306~307쪽.(이 논문의 설문조사대상지역과 대상수는 ① 미국: LA, 뉴욕 / 241명 ② 일본: 도쿄, 오사카 / 131명 ③ 중국: 연변, 연길 / 175넝 ④ 카자흐스탄: 알마티, 우슈토베 / 161명이었다.

53) 혼인과 관련한 공동조직인 계들은 자녀를 가진 사람들이 자녀의 결혼에 필요한 물자와 돈, 로력을 서로 부조하는 생활조직이었다. 부조하는 내용에 따라 결혼할 때 사용하는 기구 즉 가마, 사모관대, 칠보단장, 목화(목이 긴 신발)등을 공동으로 구입하여 사용하는 것, 일정한 자금을 정하지 않고 혼인 때 쓰는 비용 또는 필요한 물품을 공동으로 부담하는 것, 혼례 때 로력을 공동으로 제공하는 것 등이 있었다(백옥련, 『조선민족의 전통적인 례의범절』, 사회과학출판사, 2003, 135쪽).

〈표 4〉 재외한인 부조금 지출 여부 (N(%))

민속/지역		있다	없다	모른다
돌잔치	재미한인	206(89.2)	20(8.7)	5(2.2)
	재일한인	67(60.4)	38(34.2)	6(5.4)
	중국조선족	147(86.5)	20(11.8)	3(1.8)
	카자흐고려인	120(82.2)	23(15.8)	3(2.1)
결혼잔치	재미한인	221(92.9)	15(6.3)	2(0.8)
	재일한인	106(85.5)	15(12.1)	3(2.4)
	중국조선족	151(87.3)	20(11.6)	2(1.2)
	카자흐고려인	126(86.3)	16(11.0)	4(2.7)
회갑잔치	재미한인	178(80.2)	41(18.5)	3(1.4)
	재일한인	67(62.0)	38(35.2)	3(2.8)
	중국조선족	149(86.1)	21(12.1)	3(1.7)
	카자흐고려인	119(83.3)	21(14.8)	2(1.4)
장례식	재미한인	199(85.8)	29(12.5)	4(1.7)
	재일한인	98(83.1)	20(16.9)	0(0)
	중국조선족	146(84.9)	22(12.8)	4(2.3)
	카자흐고려인	118(84.9)	19(13.7)	2(1.4)

와 재러 고려인의 '상두계'[54]를 들 수 있다. 이러한 상부상조의 공동체 의식은 집안에 큰 행사가 있을 때 친척들이 모두 모이는 데에서도 확인할 수 있다. 재일조선인의 구술조사에 의하면 제사의 경우 재일조선인이 한국인보다 일 년에 드리는 횟수가 훨씬 많다는 증언을 확인할 수 있었다.

> 일본에서는 한 달에도 한두 번 제사를 꼭 지내고는 했는데, 한국으로 시집오니 일 년에 한두 번밖에 하지 않아 한국인들은 게으르다고 생각했

54) 뾜리따젤 고려인들은 장례를 위한 비공식 상례조직(상두계: 공동묘지 관리 사무소)을 만들어 운영하고 있다. 일종의 계모임 비슷한 이 모임은 장례를 도와줄 뿐만 아니라 고려인의 공동묘지를 관리하는 역할을 맡고 있다. 상부상조의 정신을 살려 자발적으로 만든 '상두계'에서는 뾜리따젤 구역 고려인 전체 가구 510호의 장례를 책임지고 있다(이희수, 『우즈벡스탄 한인동포의 생활문화: 제6장 의례와 신앙생활』, 국립민속박물관, 1999, 137쪽).

다. 오히려 재일조선인들은 더 지키려고 하는 것 같다. 다들 직장에 다녔기 때문에 밤12시가 넘어서야 제사가 진행되었다. 그때는 친척들이 다 모여서 이야기 나눴기 때문에 마냥 재미있었다.

- 2013년 8월 이○○(재일3세, 44세, 고베 출신, 서울 거주) 인터뷰

의례를 통해 본 코리언 생활문화의 두 번째 특징은 혼성성(hybridity)이다. 혼성성은 이들을 부르는 명칭이나 정체성에서만 나타난 것이 아닌 생활문화에서도 뚜렷이 드러났다.

앞에서 살펴보았듯이 일생에 겪게 되는 다양한 통과의례 가운데 돌, 결혼, 장례에서 두드러지게 나타났다. 20세기 초 일제 식민지배로 강제 이산이 이루어지면서 코리언의 생활문화는 다양하게 변용되어 갔고, 재일조선인의 생활문화 역시 일본 사회의 정치·경제구조와 이에 영향을 받아 형성된 내생 생활문화, 일본 사회에 영향을 끼친 외래 생활문화 등의 복합적 영향력 아래 독특한 모습으로 변용되어 갔다.[55] 때문에 돌잔치, 결혼식, 장례식에서 모두 일본문화가 혼성적으로 드러났다.

재일조선인이라도 순수한 한국문화만을 고집하지 않고 그렇다고 순수하게 일본문화에 동화되지도 않는다. 코리언으로서 선택적 수용과 민족문화 유지를 통해 두 문화권의 생활문화 양식을 적절히 사용한다. 재일조선인은 일본으로의 이주를 통해 겪게 되는 문화적 과정 중 1세나 2세에서 주로 '과거의 문화에 상응하는 행동양식 및 관습을 지속하려는 노력'을 많이 보이는 반면 3세나 4세에서 주로 '이주한 사회의 접촉을 가지면서 상호 작용에 참여하는 양상' 또는 '이주국의 문화에 부분적으로 동화하는 양상'을 주로 보인다.[56] 이러한 행동양식이 섞이면서 한국과

---

55) 김진환·김붕앙, 『코리언의 생활문화: 제6장 재일조선인의 생활문화』, 선인, 2012, 222쪽.

56) 해외이주민의 문화적 과정에 대한 Greverus의 5가지 모델로 ① 과거의 문화

일본의 문화접변이 재일조선인 생활양식에서 나타나는 것이다.

세 번째 특징은 다양한 문화적 연결고리의 생성이다. 한국에 뿌리를 두었던 선조들의 생활모습이 몇 십 년이 지나도록 타 문화권에서 유지되고 있었다. 코리언 디아스포라는 문화적 전통을 유지하기 위해 현지 문화를 수용하며 변용된 문화를 만들어낸다. 드러나는 양상은 다르지만 현지 상황에 맞게 변용되고 있다. 그러나 그 속성은 한반도의 코리언과 유사하다는 것이다. 전통 그대로의 모습이 아닌 다른 문화와의 접변을 통한 변용의 모습으로 드러났다. 재일조선인은 한국과 일본의 문화적 차이를 가장 극명하게 보여주는 집단이다. 생활터전은 달라졌지만 재일조선인과 우리가 별개가 아닌 서로 교집합적으로 나타나는 양상들이 아직도 존재하고 이 교집합이 확대되고, 다양하게 그 영역이 넓혀지고 있었다. 여기서 한반도에 사는 우리가 간과해서는 안 될 것은 한국인과 재일조선인의 문화적 교집합을 한국화 시키지 말자는 것이다. 이것을 무조건 한국화 또는 한국식으로 고착화 시키는 것은 지양해야할 부분이다. 다시 말해 다양한 지점을 이해해 주고 문화적 다양성을 더욱 넓혀 나가자는 것이다. 우리의 원칙과 시각으로 전 세계에 흩어진 코리언 디아스포라를 바라보는 것이 아닌 그들의 다양화된 문화까지 포용하며 아울러 다양한 민족 문화를 만들어 가야 할 것이다.

코리언의 생활문화는 소통을 통해 우리가 생각하지 못했던 새로운 문화로 끊임없이 창조될 것이다. 이제는 코리언이라는 범주 안에서 전 세

에 상응하는 행동양식 및 관습을 지속하려는 노력, ② 이주한 사회의 접촉을 가지면서 상호 작용에 참여하는 양상, ③ 이주한 나라에 완전한 적응을 위해 노력하는 양상으로 과거의 행동양식과 습관을 거부하고 이주국의 문화에 동화하려고 노력하는 양상, ④ 이주국의 문화에 부분적으로 동화하는 양상, ⑤ 이주민 자신의 문화양상을 이주국에 이식하려는 양상이다(이장섭, 「해외한인의 문화접변」, 『민족과 문화』 1호, 한양대학교 민족학연구소, 1993, 81쪽 재인용).

계에 흩어져 있는 디아스포라와 '소통'의 창구를 마련해야 할 때이다. 소통의 창구 마련과 통합주의적 시각은 잊혀지고 묻혀있던 코리언의 생활문화에 활기를 돋울 것이다. 그리고 이것이 코리언의 생활문화를 엮어 나가는 네크라스(necklace)역할을 해 나갈 것이다.

참고문헌

건국대학교 통일인문학연구단, 〈민족공통성 시리즈 코리언 디아스포라 설문조사〉, 2011.

고려대학교 민족문화연구원, 『한국 민속의 세계: 제2권 의례생활 · 일상생활』, 고려대학교 민족문화연구원, 2001.

김명섭 · 오가타 요시히로, 「'재일조선인'과 '재일한국인'」, 『21세기정치학회보』 제17집 3호, 21세기정치학회, 2007.

김시덕, 「현대 도시공간의 상장례 문화」, 『한국민속학』 41, 2005.

______, 「현대 한국 상례문화의 변화」, 『한국문화인류학』 40권 2호, 한국문화인류학회, 2007.

김진환 · 김붕앙, 『코리언의 생활문화: 제6장 재일조선인의 생활문화』, 선인, 2012.

김현선, 「국적과 재일 코리안의 정체성」, 『경제와 사회』 2009년 가을호(통권 제83호), 비판사회학회, 2009.

남근우, 『일본 관동지역 한인동포의 생활문화』, 국립민속박물관, 2005.

문옥표, 「동아시아의 동화와 공생: 재일한인의 가족생활을 중심으로」, 『일본학보』 제56집 2권, 한국일본학회, 2003.

박명규, 「중앙아시아 한인의 집합적 정체성과 그 변화」, 『사회와 역사』 48, 1996.

백옥련, 『조선민족의 전통적인 례의범절』, 사회과학출판사, 2003.

송도영, 「의례공간 소비의 '키치'화: 예식장」, 『한국문화인류학』 제28집, 한국문화인류학회, 1995.

심광현, 『흥한민국』, 현실문화연구, 2005.

오지은, 『일본 관서지역 한인동포의 생활문화』, 국립민속박물관, 2002.

이길표, 「돌상에 대한 생활 문화적 고찰」, 『성신여자대학교 연구논문집』 36, 성신여자대학교, 1998.

이두현 · 장주근 · 이광규, 『한국 민속학 개설』 개정판, 일조각, 2004.

이장섭, 「해외한인의 문화접변」, 『민족과 문화』 제1호, 한양대학교 민족학연구소, 1993.

이희수, 『우즈벡스탄 한인동포의 생활문화』, 국립민속박물관, 1999.

임순 · 김은희, 『드레스 디자인 및 패턴제작』, 예학사, 2003.

장사선 · 지명현, 「재일 한민족 문학과 죽음 의식」, 『한국현대문학연구』 제27집, 한국현대문학회, 2009.

장윤수, 「재외한인의 문화생활 비교」, 『국제지역연구』 제10권 제4호, 2007.

주영하, 「출산의례의 변용(變容)과 근대적 변환(變換): 1940~1990」, 『한국문화연구』 7집, 경희대학교 민속학연구소, 2003.

지은숙, 「디아스포라 관점에서 본 재일조선인 여성의 결혼문제」, 『재외한인연구』 제25호, 재외한인학회, 2011.

최남선, 『조선의 상식』, 두리미디어, 2007.

최인댁, 「현대일본의 무연사회와 장례문화의 변용」, 『한국일본어문학회 학술발표대회논문집2013』, 한국일본어문학회, 2013.

한국갤럽, 〈결혼식에 대한 국민 여론 조사〉, 2005.

________, 〈장례문화〉, 2005.

한국민족문화대백과사전(http://encykorea.aks.ac.kr).

허용 · 김현수, 「민속씨름에 내재된 민족정서: '興'을 중심으로」, 『움직임의 철학』 제20권 제3호, 한국체육철학회, 2012.

제5장 한국인과 재중 조선족의 가족생활문화

전승과 변용

왕연*

1. 머리말

가족은 생활의 가장 기본적인 단위이다. 한국인과 재중 조선족은 가족을 강조하는 유교문화를 공유하고 있고 부계가족의 특성을 지니고 있다. 그래서 혈연적 순수성과 민족적 동질성을 중요시하고 가족과 끈끈한 유대관계를 형성해 나간다. 또 부모를 부양하는 것이 자녀의 의무, 특히 아들의 의무로 인식되어 딸보다는 아들이 더 선호된다. 현대사회에 들어와서는 근대적인 가치관이 강조되면서 한국인과 재중 조선족의 가족생활문화가 많이 변화되었다.

가족은 사회 변화가 우리 삶에 미친 영향을 가장 잘 드러내는 곳이기

---

* 건국대학교 통일인문학연구단 HK연구원.

도 하다. 한국과 중국은 부모부양과 자녀양육 등 가족생활문화에서 많은 공통점을 갖고 있지만, 다른 사회경제적 조건 때문에 가족생활문화에서도 차이가 나타났다. 한국의 자본주의 체제와 미국식 생활문화 및 중국의 개혁개방과 한·중 수교 등은 모두 한국인과 재중 조선족의 생활문화를 다양하게 변화시키는 요소로 작용하였다.

한국인과 재중 조선족의 가족생활문화에 관한 기존의 연구 성과는 이들의 인식이나 생활실태를 밝혔다.[1] 이들이 실제로 어떤 가족생활을 영위하고 있는지, 과거에 비하면 어떤 변화가 일어났는지를 보여주었다. 그 이유를 밝힌 기존의 연구 성과는 두 가지로 나눌 수 있다. 첫째는 산업화와 도시화의 영향을 주목하는 연구이고,[2] 둘째는 정치·경제구조나 문화의 영향을 주목하는 연구이다.[3]

---

1) 김광억, 『중국 흑룡강성 한인동포의 생활문화』, 국립민속박물관, 1998; 김광억, 『중국 요녕성 한인동포의 생활문화』, 국립민속박물관, 1997; 조강희, 「중국 흑룡강성 조선족의 가족과 친족생활: 오상시 민락조선족향 신락촌의 사례」, 『민족문화논총』 제18·19집, 1998; 초의수·최계숙, 「연변조선족의 가족주의와 복지의식에 대한 연구」, 『한국가족복지학』 제13권 3호, 2008; 김경신, 「한국여성과 조선족여성의 가족가치관 비교연구」, 『한국가족관계학회지』 제11권 3호, 2006; 나은영·차유리, 「한국인의 가치관 변화 추이: 1979년, 1998년 및 2010년의 조사 결과 비교」, 『한국 심리학회지 사회 및 성격』 제24-4호, 2010; 김종배·엄인숙, 「국제결혼에 대한 대학생들의 인식도 조사」, 『복지행정논총』 제21권 제1호, 2011; 신미아, 「대학생의 국제결혼 이주자에 대한 인식」, 『대한가정학회지』 제50권 3호, 2012; 양성은, 「국제결혼에 대한 대학생의 태도 연구」, 『한국가족복지학』 제24호, 2008; 재외동포재단, 『재외동포에 대한 내국인 인식조사』, 2007.

2) 옥선화 외, 「가족/친족 구조의 해체와 재구성 I: 서울시 실태조사를 중심으로」, 『대한가정학회지』 제36권 11호, 1998; 옥선화 외, 「가족/친족 구조의 해체와 재구성 II: 농촌지역 실태조사를 중심으로」, 『대한가정학회지』 제38권 10호, 2000; 조강희, 「중국 흑룡강성 조선족의 가족과 친족생활: 오상시 민락조선족향 신락촌의 사례」, 『민족문화논총』 제18·19집, 1998; 高善姬, 「和龍市朝鮮族人口遷移特徵及農村區域變化研究」, 延邊大學碩士學位論文, 2011; 金香蘭, 「朝鮮族婚姻家庭及其倫理嬗變」, 延邊大學碩士學位論文, 2005.

3) 김호웅, 「중국조선족 가족실태 연구」, 『가족학논집』 제7집, 1995; 王紀芒, 「中

그런데 기존의 연구 성과를 통해서는 한국인과 재중 조선족의 전통적인 가족관이 어떻게 전승되거나 변용되었는지를 알 수 없다. 또 가족생활문화에 관한 대부분의 연구는 개별적인 사례연구이고 비교연구는 아직 부족한 상황이다. 이 논문에서는 비교연구를 통해 한국인과 재중 조선족의 가족생활문화가 다양한 사회경제적 조건 속에서 전통이 어떻게 계승되거나 변용되었는지를 밝히고자 한다.

건국대학교 통일인문학연구단은 2011년 6월~2012년 3월 서울의 한국인과 중국 연변지역의 재중 조선족을 대상으로 생활문화에 관한 설문조사를 하였다. 이 글은 설문조사 결과를 바탕으로 하고, 이를 기존의 연구 성과와 비교 검토하는 방법으로 작성되었다.

2. 결혼관: 국제결혼과 족외혼에 대한 인식

최근 한국 통계청에서 국제결혼에 대한 태도를 조사한 결과 64.4%는 '외국인과 결혼해도 상관없다'는 견해를 가지고 있는 것으로 드러났다.[4)] 그러나 한국인 1,000여 명을 대상으로 시행한 조사 결과에서 다문화가정과 이웃이 되거나(87.5%) 직장동료로 함께 근무하거나(90.5%) 자녀의 친구로 받아들이는 데(89.8%) 거부감을 느끼지 않는다는 대답은 압도적

國朝鮮族的民族認同與國家認同-以中國某邊疆地區的朝鮮族為例」, 『黑龍江民族叢刊』 2008年第4期, 2008; 姜海順, 「朝鮮族民族通婚的調查研究-以延邊朝鮮族地區為例」, 『延邊大學學報(社會科學版)』 第45卷第2期, 2012; 李晶, 「朝鮮族的認同意識研究」, 中央民族大學博士學位論文, 2007; 徐芳, 「朝鮮族青少年認同問題研究」, 中央民族大學碩士學位論文, 2009.

4) '외국인과 결혼해도 상관없다'는 질문에 16.9%가 '전적으로 동의', 47.5%가 '약간 동의', 24.3%가 '약간 반대', 11.3%가 '전적으로 반대'라고 대답하였다(통계청, 『사회조사보고서』, 2012).

으로 높았으나, 다문화 자녀가 내 자녀와 결혼하는 것에 대해서는 46.9%가 반대한다고 답하였다.[5] 대학생을 대상으로 진행한 설문조사 결과에서도 대학생들은 국제결혼 자체에 대한 인식은 부정적이지 않지만, 자신의 국제결혼에서는 부정적인 것으로 드러났다.[6] 따라서 한국인은 관념적으로는 외국인과 결혼해도 괜찮다고 생각하지만, 나의 문제와 결부되면 거부감이 든다는 이중성을 지니고 있다.

"타민족과의 결혼에 대해 어떻게 생각하는가?"라는 질문에 재중 조선족은 48%가 '가급적 안 하는 게 좋다', 15.8%가 '절대 반대하다', 36%가 '상관없다'고 대답하여 족내혼을 선호하는 경향이 있다. 이것은 재중 조선족의 결혼관을 조사한 기존의 연구결과와 일치한다.[7] 그리고 이러한 경향은 거주 지역에 따라 큰 차이가 없다. 연변의 조선족 농촌주민을 대상으로 시행한 조사 결과 한족과의 결혼에 대해 53.7%가 '싫다'고 대답하여 가장 많았고 12.6%가 '좋다', 23.7%가 '상관없다'고 대답하였다.[8] 또 북경과 청도에 거주하는 조선족을 대상으로 시행한 조사 결과에서 40% 이상이 배우자를 '동족 중에서' 선택한다고 대답하였고 '친구 중에서', '도시 주민 중에서', '동료 중에서' 순으로 뒤를 이었다.[9]

---

5) "한국인의 다문화 인식은 '이중적'", 『내일신문』 2013년 7월 29일.

6) 김종배 · 엄인숙, 「국제결혼에 대한 대학생들의 인식도 조사」, 『복지행정논총』 제21권 제1호, 2011; 신미아, 「대학생의 국제결혼 이주자에 대한 인식」, 『대한가정학회지』 제50권 3호, 2012; 양성은, 「국제결혼에 대한 대학생의 태도 연구」, 『한국가족복지학』 제24호, 2008.

7) 1997년 북경과 동북 3성에서 시행된 설문조사 결과 '타 민족과의 결혼에 대한 당신의 견해'에 대하여 47.20%가 '긍정도 부정도 하지 않는다', 41.59%가 '반대한다', 10.75%가 '지지한다'고 대답하였다(정신철, 『한반도와 중국 그리고 조선족』, 모시는사람들, 2004, 156쪽).

8) 王紀芒, 「中國朝鮮族的民族認同與國家認同-以中國某邊疆地區的朝鮮族為例」, 『黑龍江民族叢刊』 2008年第4期, 2008, 51쪽.

9) 張繼焦, 「少數民族移民在城市中的跨族婚姻-對蒙古族 · 朝鮮族 · 彝族 · 傣族 · 白族 · 回族的調查研究」, 『廣西民族研究』 2011年第4期, 2011, 53쪽.

한국인은 혈연을 민족정체성을 평가하는 지표로 인식하는 사람일수록, 단일민족이라는 특성에 대해 자랑스럽다고 생각할수록 해외동포와의 결혼에 대해 부정적인 것으로 드러났다.10) 이것은 대학생을 대상으로 진행한 설문조사에서도 확인되었다.11) 재중 조선족도 민족적 자부심이 강하고 혈통 중심의 생각을 가지는 사람일수록 타민족과의 결혼에 대해 부정적이다.

- 지금 조선족 인구가 줄어들고 있어요. 외국인이나 한족과의 통혼이 많아서 순수혈통 조선족이 적어졌어요. 그래서 사람들은 조선족 여자가, 우리와 같은 조선족 여자가 소중하다고 해요.
- **그러면 순수혈통 조선족이 많고 적은 것이 중요하다고 생각해요?**
- 그럼요. 중요하죠.
- **나중에 아이를 낳으면 조선족 학교에 보낼 거예요?**
- 그럼요. 조선족 학교에 보내야 하죠.
- **그러면 아이의 결혼은?**
- 당연히 조선족과 결혼했으면 좋겠어요. 아무튼 조선족에게 특별한 감정이 있어요. 아무래도 같은 민족이니까요. 학교에 다녔을 때 조선족을 만나면 친근감이 많이 느껴졌어요. 우리 반 여자 중에서 조선족은 나밖에 없었고, 조선족 남학생은 십 몇 명이 있었는데 나한테 정말 잘 해주었어요. 내가 조선족이니까. 그리고 우리 학교 선생님들도 조선족이고 아주 잘 해주었어요.12)

혈통과 민족 문제 외에 언어장벽이나 생활습관, 생활의식 등 문화적

10) 정진아 · 강미정, 「한국인의 생활문화」, 『코리언의 생활문화』, 선인, 2012, 70쪽.

11) 대학생은 단일민족이라는 한국인의 특성에 대해 자랑스러운 유산이라고 생각하지 않을수록, 혈통과 혈연에 대해 중요하지 않다고 생각할수록 국제결혼 이주자에 대한 인식이 높은 것으로 나타났다. 신미아, 「대학생의 국제결혼 이주자에 대한 인식」, 『대한가정학회지』 제50권 3호, 2012, 65쪽.

12) 엄○○(26세, 여, 학생, 재중 조선족), 2013년 6월 21일 인터뷰.

차이 또한 존재하여 국제결혼과 족외혼을 반대한 이유가 된 것이다. 한국인은 '생활풍습'을 민족정체성을 평가하는 지표로 인식하는 사람일수록 해외동포와의 결혼에 부정적이다.[13] 어느 재중 조선족은 누나가 한족 남자와 결혼하였을 때 어머니가 사위와의 교류가 많지 않을 거라고 생각해서 반대하지 않았지만, 같이 생활해 보니까 음식 문화 차이 때문에 불편함이 느껴진다고 말한다.

> 누나가 한족 남자 친구와 사귀었을 때 엄마가 크게 반대하지 않았어요. 사위와 많이 대화할 필요가 없어서 한족이든 조선족이든 상관없고 딸에게 잘 해주면 된다고 생각했어요. 하지만 아빠는 반대했어요. 사위와 대화를 많이 하고 친하게 지내고 싶어 해서 반대한 거죠. 내가 (한족) 여자 친구와 사귀었을 때 우리 아빠가 반대하지 않았고 엄마가 반대했어요. 엄마는 내가 조선족 여자와 결혼하면 며느리와 수다를 떨 수 있고, 조선족 음식을 만들면 며느리가 잘 먹을 수 있대요. 아빠가 처음에 반대했는데 지금은 괜찮아요. 오히려 엄마는 불만이 좀 있어요. 엄마가 지금 조카를 돌보고 있어서 누나랑 같이 살아요. 매형은 된장찌개와 같은 음식을 좋아하지 않아요. 대경(大慶)의 농촌에서 자라서 고기랑 푹 삶은 요리를 좋아해요. 하지만 조선족 요리에는 국물이 많이 들어가 있어요. 매형은 삼겹살을 좋아하지만 매일 삼겹살을 구워먹을 수 없잖아요. 우리 엄마가 찌개나 김치를 만들면 매형이 잘 못 먹어요. 그래서 우리 엄마가 어쩔 줄 몰라요.[14]

조선족 친구보다 한족 친구가 더 많은 어느 재중 조선족 여자도 한족과의 음식 문화 차이가 가장 큰 차이라고 하며, 조선족 남자가 한족 남자보다 위생관리를 잘한다고 말한다.

> 아빠가 한족과 결혼하면 안 된다고 하고, 엄마는 내가 행복하면 된다

---

13) 정진아 · 강미정, 「한국인의 생활문화」, 『코리언의 생활문화』, 선인, 2012, 70쪽.
14) 허○○(28세, 남, 학생, 재중 조선족), 2013년 6월 20일 인터뷰.

고 했어요. 아빠는 한족의 음식 문화가 우리랑 다르대요. 음식 문화 차이가 가장 큰 차이인 것 같아요. 지금의 룸메이트가 한족인데 내가 만든 음식을 친구가 먹어본 적이 없고, 친구가 만든 음식을 내가 먹어본 적이 없어요. 조선족 남자가 위생 관리를 잘하는 점이 아주 마음에 들어요. 거의 다 위생 관리를 잘해요. 방학 때 이모 집에 갔는데 이모부는 바닥에 머리카락이 보이기만 하면 치워요. 아침에 눈도 안 떴는데 테이프로 머리카락을 치우는 소리가 들려요. 연변에 조선족과 한족이 있잖아요. 조선족은 한족보다 위생관리를 훨씬 잘해요.[15]

통계에 의하면 한국인 미혼자는 73.7%가 외국인과 결혼해도 상관없다고 대답하여 기혼자보다 12.1% 높았다.[16] 결혼생활 경험이 있는 기혼자는 문화적 차이가 결혼생활에 미치는 영향을 미혼자보다 더 중요하게 생각해서 국제결혼에 더 부정적 태도를 취하는 것이다. 중국인 여자와 결혼한 어느 한국인은 결혼 후에야 부모부양에 대한 인식과 성역할관이 다르다는 것을 알게 되었다고 한다.

처음에는 모르겠는데 한국하고 중국하고 문화적인 차이가 좀 있어요. 한국 같은 경우는 남자애들을 조금 선호해요. 그런데 중국은 다 그런지 모르겠지만, 마누라 집안에서는 남아선호가 아니에요. 친척들을 보면 남자를 선호하는 게 아니고 무조건 한 명만 낳아서 잘 키운 걸로. 딸을 낳든 아들을 낳든 다 외동이잖아요. 제가 누나가 한 명이 있는데 마누라가 물어보더라고. 나중에 자기 혼자니까 아버님이 어머님이 연로하시면 중국에 돌아가서 아버님과 어머님을 부양해야 한다. 마누라는 이렇게 얘기를 했고, 아버님 어머님도 당연히 이렇게 생각하세요. 외동딸이니까. 저 같은 경우는 아들이 하나 있고 누나가 하나 또 있으니까 어머님은 누나가 모셔도 되지 않느냐. 이런 식으로 얘기했는데 한국 사람들은 이렇게 생각을 안 하고 아들이 대부분 모시려고 하잖아요. 그런 것 좀 차이가 있고.

---

15) 엄○○(25세, 여, 학생), 2013년 6월 21일 인터뷰.

16) 통계청, 『사회조사보고서』, 2012.

한국에서는 결혼해도 남자가 거의 주도권을 갖고 있어요. 그런데 중국은 여자의 주도권이 크잖아요. 그런 것도 조금 있고.[17)]

세계화가 진전됨에 따라 한국인은 외국인과의 접촉빈도가 높아졌고, 이것은 국제결혼이 이루어지는 사회적 배경이 된다. 결혼이민자나 그 자녀를 접하기 전후 호감도는 5.4점(10점 만점)에서 7.0점으로 상승한 것으로 나타났다. 특히 60대 이상의 호감도는 5.1점에서 7.3점으로 높아졌다.[18)] 대학생을 대상으로 진행한 조사 결과에서도 대학생들은 가족과 지인 중 외국인 이주자가 있거나 외국인 이주자와의 접촉이 많은 경우 친밀감이 높아진 것으로 나타났다.[19)]

따라서 한국인은 평소 외국인과 만나지 못해 어느 정도의 편견을 가지고 있지만 접해본 후 친밀감을 가지게 된 것이다. 어느 한국인은 친구들이 처음에는 중국에 대한 안 좋은 감정 때문에 중국인 아내에게 역사적인 문제를 따지려고 하였지만, 지금은 그냥 '친구 제수씨'로 본다고 한다.

제가 결혼하려고 했을 때 고구려 문제가 터졌어요. 중국하고 감정이 안 좋아졌는데 친구들은 이제 물어보더라고. 중국 사람들은 어떻게 생각을 하느냐. 그런데 마누라하고 이런 얘기를 안 해요. 집에서. 지금도 중국에서 뭐가 터져도 그런 얘기를 안 해요. 친구들은 그런 걸 궁금하니까. 친구들은 그때 왜 중국에서 그런 얘기를 하느냐. 조금 싫어했는데 지금은 마누라를 중국인으로 보는 게 아니고 그냥 친구 제수씨로 보니까 그러면 관계없어요. 그런 문제가 나오게 되면 이것은 얘기하다 보면 싸울 수밖에 없는 얘기예요. 그러니까 그런 얘기는 웬만하면 안 하고 사는 게. 저는 그래서 역사적인 얘기는 안 하고 그냥 한 사람으로만 보는 거죠.[20)]

---

17) 윤○○(23세, 남, 자영업, 한국인), 2013년 7월 14일 인터뷰.

18) "다문화, 만남이 호감도 높인다", 『내일신문』 2013년 7월 30일.

19) 신미아, 「대학생의 국제결혼 이주자에 대한 인식」, 『대한가정학회지』 제50권 3호, 2012, 65쪽.

해외동포와의 결혼에 대해 한국 다민족 가정은 '상관없다'고 응답한 비율이 87.5%에 이르러 단일민족 가정보다 훨씬 높았다. 해외동포와의 접촉이 많은 사람일수록 국제결혼에 관대한 것은 기존의 연구 결과와 일치한다.[21] 중국인과 결혼한 어느 한국인은 부모님이 중국인에 대한 편견이 없어서 중국인과의 결혼에 반대하지 않았고, 자기가 국제결혼을 했으니까 아들의 국제결혼에 반대하지 않을 거라고 말한다.

- 어차피 좋으니까 결혼을 하게 되었어요. 불이아(弗二我)가 중국 식당이잖아요. 중국 쪽에서 일을 하다 보니까 중국 사람에 대한 편견이 없다고 해야 되나? 그래서 집에서도 반대를 안 하고 해서…….

- 나중에 아들이 외국인과 결혼하겠다고 말하면 허락하실 거예요?

- 허락할 거예요. 제가 안 했으면 생각을 많이 하겠는데, 저도 이제 국제결혼 했잖아요. 저도 국제결혼을 했는데 아들한테 하지 말라고 이러는 거는 안 될 것 같아요. 사람은 어쨌든 간에 보겠죠. 사람을 보고 나서 결정하겠죠.[22]

1970년대까지만 해도 재중 조선족 사회에서 타민족과 결혼한 사람은 비판의 대상이 되었다. 타민족과 결혼한 후 다른 지역으로 옮겨 살고 가족과의 관계가 나빠진 경우도 많았다. 1950년대 말에 한족과 결혼한 조선족 여성은 자신의 결혼에 대해 집안의 반대가 심하였는데, 특히 작은 삼촌이 그녀를 집안사람으로 인정하지 않고 집에 발을 들이지도 말라고

20) 윤○○(23세, 남, 자영업, 한국인), 2013년 7월 14일 인터뷰.

21) 재외동포재단에서 시행한 조사에서 제외동포와 접촉한 경험이 있는 응답자가 그렇지 않은 응답자보다 한국의 폐쇄/차별성향에 대해 동의한다는 의견이 높은 것으로 나타났다. 8촌 이내 친인척 중 재외동포가 있는 응답자가 그렇지 않은 응답자보다 상대적으로 자녀의 외국인 배우자에 대하여 긍정적인 반응을 보인다(재외동포재단, 『재외동포에 대한 내국인 인식조사』, 2007, 21~22쪽).

22) 윤○○(23세, 남, 자영업, 한국인), 2013년 7월 14일 인터뷰.

하였다고 한다. 자신도 화가 나서 그때부터 연락을 끊고 살았고, 그분이 돌아가실 때까지 찾아가지 않았다고 회고하였다.[23] 그만큼 족외혼에 대한 반대가 심하였던 것이다.

도시화가 진전됨에 따라 재중 조선족은 타민족과의 접촉빈도가 높아졌다. '일상적인 친교를 나누는 사람'과 '자신의 비밀스런 이야기를 나눌 수 있는 친구'가 '민족과 상관없다'고 대답한 사람은 40% 이상이 타민족과의 결혼이 '상관없다'고 답하여 '동족'보다 10~20% 높았다. 또 절대 반대하는 비율은 약 7%로 '동족'보다 10% 낮았다. 일상적인 친교를 나누는 사람과 비밀스런 이야기를 나눌 수 있는 친구가 '민족과 상관없다'고 생각하는 사람일수록 족외혼에 관대한 것이다.

〈표 1〉 타민족과의 결혼에 대한 생각 (단위: %)

	일상적인 친교를 나누는 사람		자신의 비밀스런 이야기를 나눌 수 있는 친구 선택	
	동족	민족과 상관없음	동족	민족과 상관없음
절대 반대	19.1	7.9	19.1	7.4
가급적 안 하는 게 좋다	51.7	45.5	48.9	48.1
상관없다	29.2	46.5	32.0	44.4

외국인과의 접촉빈도가 늘어났지만 한국인에게는 한국인과의 결혼이 그리 어렵지 않다. 그러나 재중 조선족은 도시화와 세계화의 영향으로 거주지가 분산되어 동족 중에서 배우자를 찾는 것이 어려워졌다. 과거 중매로 결혼하는 것이 일반적이어서 족내혼을 유지하는 데에 큰 문제가 없었지만, 연애결혼이 추세가 되면서 배우자 선택에서 부모가 개입할

23) 양영균, 「베이징 거주 조선족의 정체성과 민족관계」, 『해외한인의 민족관계』, 아카넷, 2006, 112~113쪽.

가능성이 줄어들었다. 성장이나 교육과정에서 타민족과 만날 기회가 많은 사람이 타민족과 결혼하는 경우가 늘어나고, 부모가 자녀의 족외혼을 크게 반대하는 현상이 줄어들 수밖에 없다.

한국에서 공부하고 있는 어느 재중 조선족 여성은 주변에 조선족 젊은 남자가 너무 적어서 동족 중에서 배우자를 찾기 어렵고, 몇 년 전까지만 해도 아버지가 꼭 조선족과 결혼해야 한다고 하였지만 지금은 한족과의 결혼을 강력히 반대하지 않는다고 말한다.

- 아버지가 처음엔 안 된다고 하셨는데 왜 이번에 생각해 보겠다고 하셨어요?

- 아는 조선족이 너무 적어요. 그리고 키가 나랑 비슷한 사람을 만나야 하잖아요. 그리고 대학원에 안 다닌 사람은 안 돼요. 조선족 남자는 취직한 사람이 많고 대학원 다니는 사람은 상대적으로 적어요. 그나마 다니는 사람 중에서 키가 나랑 비슷한 남자가 더 적죠.

- 그러니까 찾기가 어려워서…….

- 맞아요. 찾기가 어려워요. 그리고 당분간 중국에 돌아가지 못해서 가족들이 나에게 남자를 소개해 주지도 못해요.

- 부모님은 가능하면 조선족과 결혼하라고 하셨는데 계화 씨의 생각은?

- 나도 처음에는 똑같은 생각이었어요. 하지만 아는 조선족이 너무 적어요. 대학교에 다녔을 때, 언어 교육원에 다닐 때부터 대학교 졸업할 때까지 아는 조선족은 한 명밖에 없었어요. 남자요. 너무 적어요. 내 후배도 그랬어요. 대경(大慶)에서 대학교를 다녔는데 조선족이 적어요. 어느 날 친구한테 무슨 과에 여자 한 명이 있고 그녀도 조선족이라고 들었어요. 후배가 "아? 진짜? 좋겠다."라고 해서 그 여자의 전화번호를 알아보았어요. 그 다음에 두 사람이 사귀었고 지금도 연인이에요.[24]

또 어느 재중 조선족은 한국어를 잘 못해서 중국인 며느리를 가장 원

24) 이○○(28세, 여, 학생, 재중 조선족), 2013년 6월 28일 인터뷰.

하지만 아들이 한국인 여자와 사귀었다. 마음에 들지 않지만 아들 주변에 한족이나 조선족 젊은 여자가 너무 적어서 어쩔 수 없다고 한다.

> 아들이 한국인 여자와 사귀었고 결혼준비를 하고 있어요. 하자만 나는 별로 마음에 안 들어요. 중국인 여자와 결혼했으면 좋겠어요. 왜냐하면 내가 한국어를 잘 못해서 (한국인 며느리와의) 의사소통이 어려워요. 사실 조선족 며느리를 가장 원하고, 그 다음은 한족 며느리에요. 하지만 지금 아이들은 부모의 말을 잘 안 듣잖아요. 그리고 아들이 일하는 회사에는 중국인이 없고 다 한국인이에요. 친구도 다 한국인이고 조선족이 없어요. 그냥 받아들여야 하죠. 할 수밖에 없어요.[25]

개혁개방 이후 조선족 여성들이 대도시로 많이 진출하면서 농촌에 있는 조선족 남성들은 배우자를 찾기 어려워졌다. 특히 1990년대 '한국 바람'이 불어 조선족 여성들이 한국 남성과의 혼인을 선호하는 현상이 나타났다. 동족 중에서 배우자를 찾기 어려워지면서 조선족 남성들은 타민족과의 결혼을 고려하지 않을 수 없었다.[26]

이러한 내용은 설문조사에서도 확인되었다. 타민족과의 결혼에 대해 농촌 주민이 오히려 도시 주민보다 관대한 반응을 보이고 있다. 42.9%의 농촌 주민이 타민족과의 결혼에 대해 '상관없다'고 대답하여 도시보다 높았다. 상관없다면 그 이유를 묻는 질문에 '동족 배우자를 구하기 힘들기 때문'이라고 대답한 농촌 주민이 14.3%에 달하여 도시보다 12% 높았다. '동족 배우자를 구하기 힘들기 때문'이라는 답변은 남자가 5.1%

25) 강○○(51세, 여, 자영업, 재중 조선족), 2013년 7월 12일 인터뷰.

26) "이제 색시를 얻으려면 도시로 가야 한다. 한국에서 4~5만 원 벌어 와도 농촌에 여자 없으니 도시 밥점에 가야 여자를 구한다. 그 때문에 농촌에서도 한족여자를 얻기 시작했다. 조선족들이 돈 벌어 오는 것을 보고 한족 여자들도 조선족을 원한다. 지금은 부모들도 한족이라도 얻으라고 말한다".(김광억, 『중국 요녕성 한인동포의 생활문화』, 국립민속박물관, 1997, 89쪽).

로 여자 4.1%보다 높았다.

과거에 혼인은 사회제도나 관습의 영향을 많이 받았고, 부모의 결정에 따라 이루어진 경우가 많았다. 오늘날에는 혼인이 행복을 얻기 위한 것이라고 보고 집단의 결정보다는 개인의 의견이 중요시된다.[27] 타민족과의 결혼이 상관없다고 생각한다면 그 이유에 대하여 재중 조선족은 81.3%가 '사랑한다면 상관없기 때문에'라고 대답하여 압도적으로 많았다. 그 다음 '어차피 이 나라에서 살아야 하기 때문에' 12.1%, '동족 배우자를 구하기 힘들기 때문에' 4.7%, '더 이상 핏줄은 중요하지 않기 때문에' 1.9% 순으로 뒤를 이었다. 민족보다는 사람이 어떤지와 사랑을 더 중요하게 생각하는 경향이 있는 것이다.

> 아이가 어떤 민족인지 중요하다고 생각하지 않아요. 상관없어요. 그리고 지금 융합은 세계적인 추세이잖아요. 그래서 한족이든 조선족이든 상관없어요. 여자 친구를 찾을 때도 신경 쓰지 않았어요. 조선족과 한족의 결합은 오히려 좋은 점이 있어요. 조선족은 좋은 문화를 많이 갖고 있고 한족도 많이 갖고 있어요. 사람을 만난 적도 없으면서 한족이라는 얘기를 듣자마자 반대한 건 아이에게 너무 무책임한 행동이라고 생각해요. 모든 조선족이 다 되느냐? 민족에서 벗어나 먼저 사람이 어떤지를 봐야 하죠.[28]

대체로 세대가 내려갈수록 국제결혼과 족외혼에 반대하는 비율이 떨어졌다. 한국인 10 · 20 · 30대는 70% 이상이 외국인과 결혼해도 상관없다고 응답하여 40대보다 10%, 50 · 60대보다 20% 높은 것으로 조사되었

---

27) 박민자 · 이경아, 「21세기 한국인의 가족의미-가족공동체 윤리의식의 확산과 실천」, 한국가족문화원 편, 『21세기 한국가족-문제와 대안』, 경문사, 2005, 403~404쪽.

28) 허○○(28세, 남, 학생, 재중 조선족), 2013년 6월 20일 인터뷰.

다.[29] 재중 조선족 10~40대는 30~40%가 타민족과의 결혼이 상관없다고 대답하지만 50 · 60대는 10~20%대로 떨어졌다.

이처럼 한국인은 국제결혼에 대하여 관념적으로는 괜찮다고 생각하지만, 나의 문제와 결부되면 거부감이 든다는 이중성을 지니고 있다. 재중 조선족은 거주 지역과 상관없이 족내혼을 선호하는 경향이 있다. 혈통과 민족적 동질성이 중요하다고 생각할수록 국제결혼과 족외혼에 대해 부정적이다. 이 외에 언어장벽과 생활습관, 생활의식 등 문화적 차이 또한 존재하여 국제결혼과 족외혼을 반대하는 이유가 된다.

도시화와 세계화는 족외혼과 국제결혼이 이루어지는 사회적 배경이 되었다. 한국인은 외국인과의 접촉이 많은 경우 국제결혼에 관대하고, 재중 조선족은 일상적인 친교를 나누는 사람과 비밀스런 이야기를 나눌 수 있는 친구가 '민족과 상관없다'고 생각하는 사람일수록 족외혼에 관대하다. 또 재중 조선족은 거주지가 분산되었기 때문에 동족 중에서 배우자를 찾는 것이 어려워졌다. 타민족과의 결혼이 늘어나고 있고, 결혼을 할 때 부모의 결정보다는 개인의 의견이 더 중요시되면서 부모가 반대하는 현상이 줄어들었다. 세대가 내려갈수록 국제결혼과 족외혼에 반대하는 비율이 떨어졌다.

3. 자식의 성별에 대한 선호도

과거 한국과 재중 조선족 사회에서는 남자가 가계를 계승하며 부모를 봉양하는 존재로 인식되었기 때문에 여아보다는 남아가 선호되었다. 지금은 "아이가 태어났을 때 선호하는 성별은 무엇인가?"라는 물음에 한국

29) 통계청, 『사회조사보고서』, 2012.

인은 70.9%가, 재중 조선족은 59.3%가 '상관없다'고 대답하여 남아선호 사상이 많이 약화되고 있음을 보여주고 있다. 이것은 남아선호 사상에 관한 기존의 조사결과와도 일치한다.[30)]

한국인은 2위로 '딸'(16.8%), 3위로 '아들'(11.4%)을 선택하였지만 재중 조선족은 2위로 '아들'(24.9%), 3위로 '딸'(15.8%)을 선택하였다. 재중 조선족은 한국인보다 남아를 선호하는 경향이 더 높았으며, 이것은 한국과 재중 조선족 여성의 가족 가치관을 비교연구한 결과와도 일치한다. 아들 출산 의무에서 한국과 재중 조선족 여성은 강한 근대적 의식을 보이고 있지만, 조선족 여성이 더 전통적 경향이 두드러진다.[31)]

한국인은 아들딸 상관없다는 인식에서 세대차이가 크게 나타나지 않았다. 재중 조선족은 30 · 40 · 50대가 자녀의 성별을 가장 개의치 않은 것으로 드러났다. 30 · 40 · 50대가 '상관없다'고 대답한 비율은 각각 69.5%, 67.9%, 62.5%로 60대 이상 58.3%보다 높고, '아들'이라는 답변은 각각 22.0%, 19.0%, 29.2%로 60대 이상 30.6%보다 낮았다. 1970년대부터 시행하기 시작한 산아제한 정책은 자녀의 성별을 선택할 수 있는 기반을 붕괴시켰고, 30 · 40 · 50대는 그 영향을 가장 많이 받았던 세대이기 때문이다.

재중 조선족은 소수민족이기 때문에 두 명을 낳을 수 있음에도 불구

---

30) 나은영 · 차유리, 「한국인의 가치관 변화 추이: 1979년, 1998년, 및 2010년의 조사 결과 비교」, 『한국심리학회지 사회 및 성격』 제24-4호, 2010; 김경신, 「한국여성과 조선족여성의 가족가치관 비교연구」, 『한국가족관계학회지』 제11권 3호, 2006; 옥선화 외, 「가족/친족 구조의 해체와 재구성 Ⅰ: 서울시 실태조사를 중심으로」, 『대한가정학회지』 제36권 11호, 1998; 옥선화 외, 「가족/친족 구조의 해체와 재구성 Ⅱ: 농촌지역 실태조사를 중심으로」, 『대한가정학회지』 제38권 10호, 2000; 金香蘭, 「朝鮮族婚姻家庭及其倫理嬗變」, 延邊大學碩士學位論文, 2005.

31) 김경신, 「한국여성과 조선족여성의 가족가치관 비교연구」, 『한국가족관계학회지』 제11권 3호, 2006, 36쪽.

하고 대부분 한 자녀만 가지려고 하였다. 통계에 의하면 2010년 아이를 가진 세대 중에서 한 자녀만 가진 세대의 비율이 80%에 이르렀다.[32] 경제적 어려움과 여성 취업의 증가, '하나라도 제대로 키우겠다'는 부모로서의 책임감 증가 등이 이유가 된다.[33] 어느 조선족 남성은 남아선호 사상이 아버지 세대에 이르러 없어졌고, 삼촌들은 경제적 여유가 없어서 딸 하나씩만 두었다고 한다. 자신이 집안의 유일한 손자이지만 앞으로 꼭 아들을 낳아야 한다고 생각한 적은 없다고 한다.

> - (남아선호 사상은) 우리 할아버지 세대까지 있었어요. 내가 태어났을 때 우리 할아버지가 엄청나게 기뻐하셨어요. 내가 장손이에요. 그리고 유일한 손자예요. 하지만 아빠는 이런 의식이 없어요. 지금 외손을 아주 좋아해요. 누나도 어렸을 때부터 아빠한테 사랑을 많이 받았어요. 삼촌 세 분 모두 딸 하나씩 두었어요.
>
> **- 더 낳을 수 있었는데 왜 안 낳았어요?**
>
> - 집안 형편이 어려워서 그랬어요. 그때는 가난했어요.[34]

과거에는 결혼한 여자에게 친정보다는 시집이 더 중요하고 친정과의 왕래가 쉽지 않았다. 현대사회에서 핵가족화와 여성 사회경제적 지위의 상승, 부모-자녀 관계의 수평화 등으로 여성은 결혼 후에도 친정 부모와 상당히 긴밀한 관계를 유지할 수 있다. 한국 만 19세 이상 기혼 유자녀 남녀를 대상으로 한 설문조사 결과 '아들보다 딸에게 효도 받을 것 같다'

---

32) 金香蘭, 「延邊朝鮮族婚姻家庭邊緣化對家庭養老的影響及其對策」, 『延邊大學學報(社會科學版)』 第46卷第1期, 2013, 110쪽.

33) 許明哲 主編, 『當代延邊朝鮮族社會發展對策分析』, 遼寧民族出版社, 2001; 김광억, 『중국 요녕성 한인동포의 생활문화』, 국립민속박물관, 1997, 91쪽; 조강희, 「중국 흑룡강성 조선족의 가족과 친족생활: 오상시 민락조선족향 신락촌의 사례」, 『민족문화논총』 제18·19집, 1998, 299쪽.

34) 허○○(28세, 남, 학생, 재중 조선족), 2013년 6월 20일 인터뷰.

는 대답은 58.3%에 이르렀고, '딸보다 아들에게 효도 받을 것 같다'는 대답은 8%에 그쳤다.[35)]

가족을 돌보는 여성의 역할이 시집에서 친정으로 확장되면서 한국에서는 남아선호 사상이 약화된 반면 딸에 대한 선호도가 높아졌다. 한국인은 2위로 '딸'을 선택하였다. 또 최근 한국인 1,214명을 대상으로 자녀의 성별에 대한 선호도를 조사한 결과, '딸이 한 명은 꼭 필요하다'(47.9%)는 대답이 '아들이 꼭 필요하다'(27%)는 대답보다 훨씬 높은 것으로 나타났다. 딸을 원하는 이유로는 '여성 특유의 세심함과 관계성'이 73%로 가장 많았고, '집안의 가풍과 분위기 때문' 9.8%, '다른 선배들의 조언 때문에' 4.1%, '노후를 생각할 때 딸이 있어야 할 것 같다' 2.9% 등이 뒤따랐다. 아들을 원하는 이유로 '아들 특유의 든든함' 46.7%, '집안의 가풍과 분위기 때문' 31.3%, '노후를 생각할 때 아들이 있으면 좋겠다' 13.9% 등이 있다.[36)]

자녀가 가계계승이나 노후부양의 수단으로 인식하기보다는 애정의 산물로, 삶의 기쁨과 정서적 만족을 제공하는 의미가 있는 존재로 인식되면서 정서적 교감이 잘되는 딸을 선호하는 경향이 높아졌다. 한국 만 19세 이상 기혼 유자녀 남녀 1,000명을 대상으로 설문조사를 한 결과, 향후 출산을 하게 될 경우 43.1%가 딸을 낳고 싶다고 하여 아들을 낳고 싶다는 대답(18.9%)보다 많았다. 딸을 희망하는 이유로는 '키우는 재미가 있어서' 70.8%, '아들이 이미 있어서' 48.7%, '딸이 나중에 더 효도할 것 같아서' 21.3%, '키우기가 수월할 것 같아서' 12.8% 순으로 나타났다. 아들을 희망하는 이유로는 '현재 딸이 있어서' 64.6%, '든든할 것 같아서' 49.2%, '시부모님이 원해서' 17.5%, '키우는 재미가 있는 것 같아서' 16.9%

35) "아들보다 딸 선호… 남아선호는 옛말", 『베이비뉴스』 2013년 6월 13일.
36) "'남아 선호사상'은 옛말… 딸을 더 원한다", 『경기신문』 2013년 5월 8일.

순으로 나타났다.37)

아들 하나를 둔 어느 한국인 남성은 지금 둘째를 가질까 생각 중이지만, 만약에 아들이 아니라 딸을 낳았으면 둘째를 갖겠다는 생각을 아예 안 했을 거라고 말한다. "원래 아빠들은 딸을 좀 좋아하기 때문"이라고 한다.

> **- 둘째를 가질 생각이 있으세요?**
> - 아직 모르겠어요.
> **- 만약에 이번에 아들이 아니고 딸이었으면 아들 하나 더 가질 거예요?**
> - 이번에 만약에 아들이 아니고 딸이었으면 이제는 아마 안 가졌을 거예요. 생각도 아예 안 했을 거예요. 원래 아빠들은 딸을 좀 좋아하니까. 옛날 사람들은 아들아들 그런데 요즘은 아들이든 딸이든 관계없어서, 딸을 낳았으면 둘째를 갖겠다는 생각을 아예 안 했을 거예요. 지금 아들 혼자 있으니까 둘째를 가질까 말까 고민을 하는 거고 ……38)

재중 조선족 젊은 세대는 딸을 선호하는 경향이 있다.39) '아이가 태어났을 때 선호하는 성별이 무엇인가?'라는 질문에 10 · 20대가 '딸'이라고 대답한 비율은 각각 32.7%, 20.0%로 다른 연령대보다 10~20% 높았다.

친정과의 왕래가 빈번해지면서 친정부모에게 도움을 받는 경우가 많아졌다. 재중 조선족은 이주경험 때문에 부계친족 범주가 작고 불완전하며, 이주와 정착 과정에서 친인척의 도움이 중요하였다. 그래서 특별히 친가와 외가 구분 없이 왕래하고 친족 간의 유대를 상당히 중시하는

---

37) '아들보다 딸 선호… 남아선호는 옛말', 『베이비뉴스』 2013년 6월 13일.

38) 윤○○(32세, 남, 자영업, 한국인), 2013년 7월 14일 인터뷰.

39) 高善姬, 「和龍市朝鮮族人口遷移特徵及農村區域變化研究」, 延邊大學碩士學位論文, 2011, 52쪽.

특성이 있다. 친정부모는 딸의 집에 찾아가기도 하고 딸이 아이를 낳은 후 친정어머니가 돌보아주기도 한다. "산후조리는 주로 어디서 하는가?"라는 질문에 재중 조선족은 29.0%, 한국인은 28.1%가 '친정'이라고 대답하였다. 심지어 며느리가 낳은 아이보다는 딸이 낳은 아이를 더 아낀다.

> 누나가 아이를 낳고 엄마가 잠깐 가서 돌보아준다고 했는데 지금은 아예 누나랑 같이 살아요. 엄마는 퇴직금을 받고 있지만 심심해서 일하고 싶어 해요. 지금 아이랑 같이 있는 것이 재미있어서 거기서 살게 되었어요. 그리고 그것이 자기의 의무라고 생각한 것 같아요. 한족이 어떤지 모르겠지만 (조선족은) 딸이 낳은 아이를 더 사랑한다고 그래요. 자기의 딸이 낳은 아이니까요. 며느리가 낳은 아이랑 달라요. 남의 딸이 낳은 아이니까…….[40]

한국과 재중 조선족 사회에서 자녀 수가 적어지면서 자녀에 대한 부모세대의 기대가 커지고, 가족생활의 중심이 부모부양에서 자녀양육으로 바뀌었다는 것은 잘 알려진 사실이다. 여기서 더 주목할 만한 점은 재중 조선족 사회에서는 한 자녀 가정이 늘어나고 친정의 지위가 높아지면서 남성뿐만 아니라 여성에게도 민족과 가계를 계승하는 의무를 부여한다는 사실이다.

> 내가 셋째이잖아요. 외할머니가 살아 있을 때 외손인 줄 알아서 내가 태어나고 엄청나게 실망했어요. 나한테 잘 해주지 않았어요. 그리고 우리 아빠를 좋아하지 않았어요. 내가 아빠랑 많이 닮아서 외할머니는 더 잘 해주지 않았어요.[41]

---

40) 허○○(28세, 남, 학생, 재중 조선족), 2013년 6월 20일 인터뷰.

41) 엄○○(25세, 여, 학생, 재중 조선족), 2013년 6월 21일 인터뷰.

- 일반적으로 조선족 남자가 한족 여자와 결혼해도 괜찮지만, 조선족 여자가 한족 남자와 결혼하면 가족들이 쉽게 허락해주지 않아요. 왜냐하면 조선족 남자가 한족 여자와 결혼하면 아이가 남자아이든 여자아이든 조선족이 될 거잖아요. 하지만 조선족 여자가 한족 남자에게 시집가면 아이가 한족이 될 거에요.
- **어떤 면에서 한족이 된다고 생각해요?**
- 호구에 한족이냐 조선족이냐 적혀 있잖아요. ……아빠가 항상 한족과 결혼하면 우리 집에 사람이 없어진다고 해요. 내가 아이 둘을 낳고 하나는 호구에다 조선족이라고 쓰고 또 하나는 한족이라고 쓰면 되지 않겠느냐고 했어요. 아빠는 이것이 성을 바꾸는 것과 비슷한 일이래요. 아주 큰일이에요. 그리고 남편이 괜찮다고 하더라도 시부모님이 반대할지 모르잖아요. 그래서 이 문제가 아주 복잡해요.
- **만약에 인물도 좋고 아이의 호구에다 조선족이라고 쓰는 것도 허락해 줄 한족 남자가 생기면, 아버지가 그 남자와의 결혼을 허락해 줄 거라고 생각해요?**
- 부모님을 설득할 때 훨씬 쉬울 거죠.[42]

이처럼 한국인과 재중 조선족의 남아선호 사상이 많이 약화되고 있다. 다만 재중 조선족은 한국인보다 남아를 선호하는 경향이 더 높았다. 한국인은 아들딸 상관없다는 인식에서 세대 차이가 크게 보이지 않지만, 재중 조선족은 30 · 40 · 50대가 자녀의 성별을 가장 개의치 않는 것으로 드러났다. 30 · 40 · 50대는 산아제한 정책의 영향을 가장 많이 받았기 때문이다. 또 재중 조선족은 두 명을 낳을 수 있음에도 불구하고 경제적 어려움과 여성 취업의 증가, '하나라도 제대로 키우겠다'는 부모로서의 책임감의 증가 같은 이유로 한 자녀만 가지려고 하였다.

한국에서는 남아선호 사상이 약화된 반면 키우는 재미가 있고 가족을

42) 이○○(28세, 여, 학생, 재중 조선족), 2013년 6월 28일 인터뷰.

세심하게 돌보는 딸을 선호하는 경향이 강해지고 있다. 가족을 돌보는 여성의 역할이 시집에서 친정으로 확장되고 있고, 자녀를 가계계승이나 노후부양의 수단으로 인식하기보다는 애정의 산물로, 삶의 기쁨과 정서적 만족을 제공하는 의미가 있는 존재로 인식하기 때문이다. 재중 조선족 젊은 세대는 딸을 선호하는 경향이 강해지고 있다. 또 재중 조선족 사회에서 한 자녀 가정이 늘어나고 친정의 지위가 높아지면서 남성뿐만 아니라 여성에게도 민족과 가계를 계승하는 의무를 부여한다.

4. 부모부양에 대한 인식

과거에는 부모가 주로 아들, 특히 장남과 함께 거주하면서 봉양을 받았으나 자녀 수가 적어지고 딸에 대한 차별이 거의 사라지면서 모든 자녀가 부모를 부양하는 의무가 있는 것으로 인식된다. 2012년 통계청에서 진행한 조사 결과 가족 중에서 부모부양 책임자는 '모든 자녀', '자식 중 능력 있는 자', '장남 또는 맏며느리', '아들 또는 며느리', '딸 또는 사위' 순으로 나타났다. 2002년에 비하면 '모든 자녀'라는 응답은 3배로 증가하였지만 '장남 또는 맏며느리', '아들 또는 며느리', '자식 중 능력 있는 자'라는 응답은 크게 감소하였다. 부모를 부양하는 가족이 장남 또는 맏며느리에서 모든 자녀로 확장된 것이다.

"부모를 꼭 자녀가 봉양해야 한다고 생각하는가?"라는 질문에 한국인은 52.7%가, 재중 조선족은 86.8%가 '그렇다'고 대답하였다. 또 "부모 봉양의 책임은 누구에게 있다고 생각하는가?"라는 질문에 한국인과 재중 조선족은 '자녀'를 1순위로 선택하였다. 한국인과 재중 조선족은 부모에 대한 부양 의식이 높고 부모부양은 주로 '자녀'의 책임이라고 생각하고

〈표 2〉 가족 중 부모부양 책임자에 대한 견해 (단위: %)

	장남 또는 맏며느리	아들 또는 며느리	딸 또는 사위	모든 자녀	자식 중 능력 있는 자
2002	21.4	19.7	1.4	27.6	30.0
2006	19.5	8.1	0.9	49.2	22.2
2008	17.3	6.7	0.9	58.6	16.4
2010	13.8	7.7	1.8	74.3	14.3
2012	7.1	3.9	1.7	74.5	14.0

* 자료: 통계청, 『사회조사보고서』 각 년도

있었다.

부모부양을 가족에게 더 의존하는 경향이 있지만, 한국 인구구조의 고령화가 세계에서 가장 빠른 속도로 진행되고 있고 연변 조선족 인구의 고령화 진행속도는 한국보다 더욱 빨라서 노인부양 주체가 양적으로 부족하다.[43] 또 수명이 길어지면서 노후 자금은 급증하고 있지만, 자녀 수가 적어지고 경제성장이 느려져서 자녀가 부모를 부양하는 부담이 커지고 있다. 이런 문제들은 여성취업의 증가와 가족해체와 더불어 가족의 부양기능을 약화시켰다.[44]

자녀의 부양 부담을 덜어주기 위해 부모들은 스스로 노후자금을 마련하고자 한다. 2012년 통계에 의하면 한국인 부모의 생활비를 부모 스스로 해결하는 경우는 48.8%에 이르렀다.[45] 보건복지부가 60세 이상 고령층 1만 명을 대상으로 사후 재산을 어떻게 처리하고 싶은지 물었는데,

43) 김두섭, 「연변 조선족인구의 최근 변화」, 『중소연구』 제36권 제4호, 2013, 126쪽.

44) 양옥남, 「노인의 비공식 지지에 대한 인지가 사회서비스 이용태도에 미치는 영향」, 『한국노년학』 21권 3호, 2002; 高善姬, 「和龍市朝鮮族人口遷移特徵及農村區域變化硏究」, 延邊大學碩士學位論文, 2011, 53쪽.

45) 생활비 지원을 받은 경우 주 제공자는 '모든 자녀' 27.6%, '장남 또는 맏며느리' 11.2%, '아들 또는 며느리' 9.7%, '딸 또는 사위' 2.3% 순으로 나타났다(통계청, 『사회조사보고서』, 2012).

〈표 3〉 부모의 노후생계 책임자에 대한 견해 (단위: %)

	부모 스스로 해결	가족	가족과 정부·사회	정부·사회
2002	9.6	70.7	18.2	1.3
2006	7.8	63.4	26.4	2.3
2008	11.9	40.7	43.6	3.8
2010	12.7	36.0	47.4	3.9
2012	13.9	33.0	48.8	4.2

* 자료: 통계청, 『사회조사보고서』 각 년도

나의 재산은 나를 위해 쓰고 가겠다는 대답은 2008년 1%보다 10배로 늘었다. 예를 들면 전통적으로 집은 자녀에게 물려준다는 인식이 강하였지만, 지금은 집을 담보로 주택연금을 받는 사람이 많아져 주택연금 이용 건수는 최근 5년 동안 10배 이상으로 늘었다. 나이가 들수록 유산을 물려주지 않으려는 경향이 뚜렷한 것으로 조사되었다.[46)]

가족의 부모부양 부담이 커지면서 공적지원에 대한 요구가 높아졌다. 2012년 한국 통계청에서 부모 부양에 대한 견해를 조사한 결과 부모의 노후생계는 '가족과 정부 · 사회'가 함께 돌보아야 한다는 견해가 48.7%로 가장 많았고 두 번째는 '가족'(33.2%)이었다. 2002년에 비하면 '가족과 정부 · 사회'가 함께 돌보아야 한다는 대답은 18.2%에서 48.8%로 증가한데 반해 '가족'이 돌보아야 한다는 대답은 70.7%에서 33.0%로 감소하였다. '부모 스스로 해결'해야 한다는 대답과 '정부 · 사회'가 돌보아야 한다는 대답 또한 높아지고 있다.[47)] 부모의 노후생계를 가족이 책임져야 한다는 의식이 약화된 반면 가족과 정부 · 사회가 공동책임을 져야 한다는 의식이 강해졌다.

46) "“자녀 아닌 날 위해 쓴다” 부모들, 유산 안 물려준다", 〈채널A〉 2013년 7월 30일.

47) 통계청, 『사회조사보고서』, 2012.

"부모를 꼭 자녀가 봉양해야 한다고 생각하는가?"라는 질문에 한국인 30 · 40 · 50대가 '그렇지 않다'고 대답한 비율은 각각 57.7%, 54.9%, 53.6%로 10 · 20대보다 10~20% 높았다. 30 · 40 · 50대는 자녀양육과 부모부양이라는 이중적인 부담이 있어 이러한 과중한 부담을 국가와 사회가 나누어지기를 요구하고 있었다.

개혁개방 이후 중국의 사회보장제도가 발전됨에 따라 사회보험에 가입하는 사람과 양로원에 가는 사람이 늘었다. 양로원에 가는 것이 자녀를 망신시킨다는 생각도 사라지고 있다.[48)]

> 처음에는 부모님이랑 따로따로 살고, 필요하면 같이 살 거예요. 부모님은 양로원에 갈 거라고 했어요. '부모님을 모셔야 한다', '부모님이랑 같이 살아야 한다'고 말한 적이 없었어요. 어렸을 때 우리를 이렇게 교육한 적도 없었어요.[49)]

재중 조선족은 가족주의 가치관이 강할수록 복지제도에 대한 욕구가 강하게 나타났다. 이러한 경향은 한국과 차이가 있는데 한국은 가족주의 가치관이 대체로 복지 욕구에 큰 영향을 주지 못하였다. 한국에서는 가족중심의 복지체계가 국가 · 사회중심의 복지체계로 전환하고 있지만, 재중 조선족은 오랜 사회주의 경험으로 국가가 개인과 가족을 책임져야 한다는 인식이 더 강하기 때문이다.[50)]

"부모를 꼭 자녀가 봉양해야 한다고 생각하는가?"라는 질문에 재중 조선족은 13.2%가 '그렇지 않다'고 대답하여 한국인 46.7%보다 훨씬 낮

---

48) 高善姬, 「和龍市朝鮮族人口遷移特徵及農村區域變化研究」, 延邊大學碩士學位論文, 2011, 54쪽.

49) 허○○(28세, 남, 학생, 재중 조선족), 2013년 6월 20일 인터뷰.

50) 초의수 · 최계숙, 「연변조선족의 가족주의와 복지의식에 대한 연구」, 『한국가족복지학』 제13권 3호, 2008, 29쪽.

았다. 또 재중 조선족은 18.9%가 부모 봉양의 책임이 '국가'나 '사회'에 있다고 보고 있는데 이는 한국인보다 약 27% 낮은 수치다. 한국인보다 재중 조선족은 국가나 사회에 부모부양에 관한 책임을 나누어지라고 덜 요구하고 있는 것이다. 이는 사회보장 프로그램과 실제로 보장받는 대상이 적다는 점 등 중국 사회보장제도의 미흡 때문이다.

부모부양에 대한 인식이 변화됨에 따라 부양방식도 변화되었다. 과거 한국과 재중 조선족 사회에서는 3대나 4대 직계가족이 대부분이었지만, 지금 노인은 독립생활이 가능하면 기혼자녀와 함께 생활하지 않는다.

2007년에 한국의 60세 이상 인구를 대상으로 진행된 조사 결과 60.1%가 현재 자녀와 같이 살고 있지 않고 39.9%가 같이 살고 있다. 같이 살고 있지 않은 이유로는 '따로 사는 것이 편해서'가 33.7%로 가장 많고, '독립생활이 가능' 26.0%, '자녀에게 부담이 될까 봐' 21.3%가 뒤를 이었다. 같이 사는 이유로는 '본인의 독립생활 불가능' 36.0%, '자녀의 독립생활 불가능' 29.2%, '함께 살고 싶어서' 17.4% 순으로 나타났다. 또한 장남을 포함한 아들과 함께 사는 비중은 갈수록 줄고 딸과 함께 사는 비중은 증가하였다.[51] 부모와 자녀 간의 관계는 대를 잇고 봉양하는 의무 중심의 전근대적 관계에서 정서적으로 의지하고 돌보는 근대적인 관계로 전환하였다.[52]

재중 조선족은 자녀가 결혼 후 분가하는 경우가 일반적이며, 대도시나 한국으로 나가면 노인은 혼자 살거나 손자·손녀를 돌보고 있다. 외지로 나가 있는 재중 조선족은 부모를 직접 돌보아줄 수 없지만 부모에게 생활비를 보내준다. 이들의 경제적 지원 때문에 고향에 남아있는 가

51) 통계청, 『사회조사보고서』, 2012.

52) 정진아·강미정, 「한국인의 생활문화」, 『코리언의 생활문화』, 선인, 2012; 이성원, 「현대적 효 개념에서의 돌봄의 의미와 특성 연구」, 『효학연구』 제14호, 2011.

족들은 비교적 넉넉한 생활을 할 수 있다.[53] 1980년대부터 본격적으로 시행된 산아제한 정책에 따라 대부분 재중 조선족 가정은 한두 자녀 가정인데, '아버지 겨루기[拼爹]'라는 뜻의 신조어가 나타날 만큼 1980년대 이후 출생한 세대는 사회생활을 하거나 살림을 꾸리는 데에 부모의 도움을 많이 받고 있다. 자녀 수가 줄어든 데다 자녀가 가족으로부터의 독립이 늦어져서 부모는 노후를 자녀에게 의존할 의지가 낮아졌다.[54] 스스로 노후자금을 마련하고, 자녀와 함께 생활하는 것보다는 자녀의 출세를 더 바란다.[55] 다만 멀리 떨어져 사는 것보다는 가까이 살면서 서로 돌보는 생활을 더 선호한다.

> **- 아들이 결혼하면 아들과 같이 한국에서 살 거예요?**
> - 그렇게 할 수밖에 없죠. 지금 다 외동인데 부모가 아이를 따라가는 거죠. 원래 돈 벌고 나이가 들면 중국에 돌아가서 생활하려고 했는데, 지금 아들이 한국인과 사귀어서 한국에서 살기로 했어요.
> **- 그러면 아들이 결혼하고 아들과 함께 생활할 거예요?**
> - 같이 살지 않을 거예요. 지금 아이와 같이 사는 사람이 어디 있어요. 독립시키려고 해요.[56]

한국인과 재중 조선족은 부모와 함께 살고 있지 않지만 명절과 부모님 생신, 가족 내 특별 행사, 어버이날에 가족들이 꼭 모여야 한다는 가족주의가 여전히 강고하다. "결혼식과 장례식을 제외하고 가족이 꼭 모

---

53) 高善姬, 「和龍市朝鮮族人口遷移特徵及農村區域變化研究」, 延邊大學碩士學位論文, 2011, 53쪽.

54) 예동근, 「어게인 코리안 드림」, 예동근 외, 『조선족 3세들의 서울 이야기』, 백산서당, 2011, 29쪽.

55) 高善姬, 「和龍市朝鮮族人口遷移特徵及農村區域變化研究」, 延邊大學碩士學位論文, 2011, 53쪽.

56) 강○○(51세, 여, 자영업, 재중 조선족), 2013년 7월 12일 인터뷰.

여야 할 때는 언제인가?"라는 질문에 한국인은 부모님 생신 75.4%, 추석 72.1%, 음력설 70.3%, 가족 내 특별행사 66.5%, 어버이날 32.1%, 양력설 15.4%, 어린이날 4.4% 순으로 나타났다. 명절보다는 부모님 생신을 더 중요시하고 '어버이날'에 가족이 꼭 모여야 한다고 대답한 비율이 높다. 재중 조선족은 설날 91.9%, 부모님 생신 82.8%, 가족 내 특별 행사 75.4%, 추석 54.9%, 노인절 39.1%, 아동절 12.8% 순으로 나타났다. '아동절'이나 '노인절'보다는 전통명절에 더 많이 모이는 것이다.[57]

개혁개방과 한·중 수교 이후 재중 조선족은 대도시나 한국에 많이 진출하였는데 불완전 가정을 이루는 경우가 많다. 가족에 대한 그리움은 가족에 대한 애착을 증폭시켜서 지금 재중 조선족 젊은 세대는 부모의 노후생활을 돌보려는 의지가 상당히 높다.

> 엄마가 우리랑 같이 살고 싶지 않대요. 서로 귀찮을 것 같대요. 사실 우리는 괜찮아요. 나는 우리 엄마랑 같이 살고 싶어요. 어렸을 때부터 엄마랑 같이 사는 기회가 별로 없었어요. 어렸을 때 엄마가 외지에서 일했는데 한 달에 한두 번밖에 집에 못 들어왔거든요. 중학교 3학년 때 고등학교 입학시험 때문에 엄마가 돌아왔는데 우리 1년 동안 같이 살았어요. 아침밥도 해주었어요. 나는 원래 아침밥을 잘 안 먹어요. 점심 때 친구들이 싸 온 도시락을 정말 먹고 싶었지만, 매일 밖에서 사 먹을 수밖에 없었어요. 밖에서 사 온 밥을 먹고 싶은 친구가 있으면 우리가 바꿔 먹어요. 고등학교 3년과 대학교 4년 동안 엄마랑 같이 지낸 시간이 너무 적었어요. 그리고 중학교 때 아빠가 한국에 왔는데 같이 생활하는 시간도 짧아요.[58]

- 중국에서 결혼하고 엄마 아빠랑 같이 살 거예요?

- 아니요. 내가 외동딸이지만. 엄마 아빠는 내가 중국에 돌아가면 이사

---

57) 정진아 · 강미정, 「한국인의 생활문화」, 『코리언의 생활문화』, 선인, 2012, 51쪽.

58) 엄○○(25세, 여, 학생, 재중 조선족), 2013년 6월 21일 인터뷰.

> 할 거래요. 연변으로 이사하고 외삼촌이랑 이모랑 같이 살 거래요. 나는 너무 남쪽으로 갈 생각이 없어요. 집에서 너무 멀어요. 기껏해야 북경일 거예요. 왜냐하면 한국에 온 지 6년이 되었는데 한 번도 집에 돌아가지 못했어요. 그래서 그런지 너무 남쪽에서 살고 싶지 않아요. 집에 가기가 힘들어서…….[59)]

이처럼 자녀 수가 적어지고 딸에 대한 차별이 거의 사라지면서 부모를 부양하는 가족은 장남 또는 맏며느리에서 모든 자녀로 확장되었다. 한국인과 재중 조선족은 부모에 대한 부양 의식이 높고 부모부양은 주로 '자녀'의 책임이라고 생각하고 있었다. 그러나 자녀의 부모부양 부담이 무거워서 부모들은 스스로 노후자금을 마련하고자 한다. 또 부모의 노후생계를 가족과 정부 · 사회가 공동으로 책임져야 한다는 의식이 강해졌다. 한국인보다 재중 조선족은 국가나 사회에 부모부양에 관한 책임을 나누어지라고 덜 요구하고 있다. 또 재중 조선족은 가족주의 가치관이 강할수록 복지제도에 대한 욕구가 강하게 나타났지만, 한국은 가족주의 가치관이 대체로 복지 욕구에 큰 영향을 주지 못하였다.

부모부양 방식을 보면 지금 한국인과 재중 조선족 노인은 독립생활이 가능하면 기혼자녀와 함께 생활하지 않는다. 자녀는 부모와 함께 살고 있지 않지만 명절과 부모님 생신, 가족 내 특별 행사, 어버이날에 가족들이 꼭 모여야 한다는 가족주의가 여전히 강고하다. 가족에 대한 그리움은 가족에 대한 애착을 증폭시켜서 지금 재중 조선족 젊은 세대는 부모의 노후생활을 돌보려는 의지가 상당히 높다.

---

59) 이○○(28세, 여, 학생, 재중 조선족), 2013년 6월 28일 인터뷰.

5. 맺음말

지금까지 한국인과 재중 조선족의 결혼관과 자식 성별에 대한 선호도, 부모부양에 대한 인식을 비교해 보았다. 한국인은 국제결혼에 관하여 관념적으로는 괜찮다고 생각하지만 나의 문제와 결부되면 거부감이 든다는 이중성을 지니고 있다. 재중 조선족은 거주 지역과 상관없이 족내혼을 선호하는 경향이 있다. 혈통과 민족문제 및 문화적 차이가 국제결혼과 족외혼을 반대하는 이유가 된다. 도시화와 세계화가 진전됨에 따라 외국인과 타민족과의 접촉빈도가 높아지고, 특히 재중 조선족은 거주지가 분산되었기 때문에 동족 중에서 배우자를 찾는 것이 어려워졌다. 외국인이나 타민족과의 결혼이 늘어나고 있고, 세대가 내려갈수록 국제결혼과 족외혼에 반대하는 비율이 떨어졌다.

한국인과 재중 조선족의 남아선호 사상이 많이 약화되고 있다. 다만 재중 조선족은 한국인보다 남아를 선호하는 경향이 더 강했다. 한국인은 아들딸 상관없다는 인식에서 세대 차이가 크게 보이지 않지만, 재중 조선족은 30 · 40 · 50대가 자녀의 성별을 가장 개의치 않은 것으로 드러났다. 30 · 40 · 50대는 산아제한 정책의 영향을 가장 많이 받았기 때문이다. 한국에서는 남아선호 사상이 약화된 반면 키우는 재미가 있고 가족을 세심하게 돌보는 딸을 선호하는 경향이 강해지고 있다. 재중 조선족 젊은 세대는 딸을 선호하는 경향이 강해지고 있고, 한 자녀 가정이 늘어나고 친정의 지위가 높아지면서 남성뿐만 아니라 여성에게도 가계계승의 의무를 부여한다.

자녀 수가 적어지고 딸에 대한 차별이 거의 사라지면서 부모를 부양하는 가족은 장남 또는 맏며느리에서 모든 자녀로 확장되었다. 한국인과 재중 조선족은 부모에 대한 부양 의식이 높고 부모부양은 주로 '자녀'

의 책임이라고 생각하고 있었다. 자녀의 부모부양 부담이 무거워서 부모들은 스스로 노후자금을 마련하고자 하고, 부모부양에 관하여 가족과 정부 · 사회가 공동책임을 져야 한다는 요구가 높아졌다. 한국인보다 재중 조선족은 국가나 사회에 부모부양에 관한 책임을 나누어지라고 덜 요구하고 있다. 부모부양에 대한 인식이 바뀌면서 노인들은 독립생활이 가능하면 기혼자녀와 함께 생활하지 않는다. 자녀는 부모와 함께 살고 있지 않지만 명절과 부모님 생신이나 가족 내 특별 행사에 가족들이 꼭 모여야 한다는 가족주의가 강고하다. 그리고 가족에 대한 그리움은 가족에 대한 애착을 증폭시켜서 지금 재중 조선족 젊은 세대는 부모의 노후생활을 돌보려는 의지가 상당히 높다.

한국인과 재중 조선족의 가족생활에 관한 연구가 활발하게 진행되고 있지만, 생활문화의 전모를 더 깊이 있게 이해하기 위해서는 생애사 구술과 심층면접 등의 심층조사 방법이 필요하다. 향후 조사를 통해 재중 조선족의 결혼관 형성에서 부모로부터 받은 교육의 영향이 더 큰지 아니면 개인적 경험의 영향이 더 큰지, 족내혼을 선호하는 재중 조선족은 대부분 민족문화에 대한 이해가 깊은 것으로 나타나는데 그렇지 않은 조선족은 족내혼과 족외혼에 대해 어떻게 생각하고 있는지를 확인할 필요가 있다. 또 한국인의 국제결혼에 관한 기존 연구는 대부분 결혼생활 적응이나 결혼만족도를 높이는 요소 같은 주제를 다루고 있다. 결혼관에 대한 연구가 부족한 상황인데 앞으로 조사를 통해 확인할 필요가 있다.

참고문헌

김경신,「한국여성과 조선족여성의 가족가치관 비교연구」,『한국가족관계학회지』 제11권 3호, 2006.

김경신 · 이선미,「재외한인여성의 가족가치관-미국, 중국, 러시아, 중앙아시아 지역 한인여성을 중심으로」,『대한가정학회지』 제43권 4호, 2005.

김근식 · 장윤정,「국제결혼 남편의 결혼만족도에 관한 연구」,『한국자치행정학보』 제23권 제1호, 2009.

김두섭,「한국인 국제결혼의 설명틀과 혼인 및 이혼신고자료의 분석」,『한국인구학』 제29권 제1호, 2006.

______,「연변 조선족인구의 최근 변화」,『중소연구』 제36권 제4호, 2013.

김종배 · 엄인숙,「국제결혼에 대한 대학생들의 인식도 조사」,『복지행정논총』 제21권 제1호, 2011.

김호웅,「중국조선족 가족실태 연구」,『가족학논집』 제7집, 1995.

나은영 · 차유리,「한국인의 가치관 변화 추이: 1979년, 1998년, 및 2010년의 조사 결과 비교」,『한국심리학회지 사회 및 성격』 제24-4호, 2010.

백진아,「경제위기에 따른 가족생활의 변화와 가족주의」,『사회발전연구』 제7집, 2001.

신미아,「대학생의 국제결혼 이주자에 대한 인식」,『대한가정학회지』 제50권 3호, 2012.

양성은,「국제결혼에 대한 대학생의 태도 연구」,『한국가족복지학』 제24호, 2008.

양옥남,「노인의 비공식 지지에 대한 인지가 사회서비스 이용태도에 미치는 영향」,『한국노년학』 21권 3호, 2002.

옥선화 외,「가족/친족 구조의 해체와 재구성 Ⅰ: 서울시 실태조사를 중심으로」,『대한가정학회지』 제36권 11호, 1998.

________,「가족/친족 구조의 해체와 재구성 Ⅱ: 농촌지역 실태조사를 중심으

로」, 『대한가정학회지』 제38권 10호, 2000.
이근무 · 김진숙, 「국제 결혼한 남성들의 생애사 연구: 7인의 새로운 디아스포라」, 『한국사회복지학』 제61권 제1호, 2009.
이성원, 「현대적 효 개념에서의 돌봄의 의미와 특성 연구」, 『효학연구』 제14호, 2011.
장온정 · 박정윤, 「결혼이민자가정 한국인 남편의 가족관련 가치관 및 문화적응 태도가 결혼적응에 미치는 영향」, 『가족과 문화』 제21집 2호, 2009.
정진성, 「경제위기와 가족생활」, 『한국인구학』 제24권 제1호, 2001.
조강희, 「중국 흑룡강성 조선족의 가족과 친족생활: 오상시 민락조선족향 신락촌의 사례」, 『민족문화논총』 제18 · 19집, 1998.
초의수 · 최계숙, 「연변조선족의 가족주의와 복지의식에 대한 연구」, 『한국가족복지학』 제13권 3호, 2008.
권태환 편저, 『중국 조선족사회의 변화: 1990년 이후를 중심으로』, 서울대학교출판부, 2005.
김광억, 『중국 요녕성 한인동포의 생활문화』, 국립민속박물관, 1997.
______, 『중국 흑룡강성 한인동포의 생활문화』, 국립민속박물관, 1998.
문옥표 외, 『해외한인의 민족관계』, 아카넷, 2006.
박광성, 『세계화시대 중국조선족의 초국적 이동과 사회변화』, 한국학술정보, 2008.
예동근 외, 『조선족 3세들의 서울 이야기』, 백산서당, 2011.
윤인진, 『코리안 디아스포라』, 고려대학교출판부, 2004.
장경섭, 『가족 · 생애 · 정치경제-압축적 근대성의 미시적 기초』, 창비, 2009.
재외동포재단, 『재외동포에 대한 내국인 인식조사』, 2007.
정신철, 『한반도와 중국 그리고 조선족』, 모시는사람들, 2004.
한국가족문화원 편, 『21세기 한국가족-문제와 대안』, 경문사, 2005.
姜海順, 「朝鮮族民族通婚的調査研究-以延邊朝鮮族地區為例」, 『延邊大學學報(社會科學版)』 第45卷 第2期, 2012.

金香蘭, 「當代朝鮮族家庭倫理的嬗變及其對策」, 『黑龍江民族叢刊』 2009年 第2期, 2009.

______, 「延邊朝鮮族婚姻家庭邊緣化對家庭養老的影響及其對策」, 『延邊大學學報(社會科學版)』 第46卷 第1期, 2013.

王紀芒, 「中國朝鮮族的民族認同與國家認同-以中國某邊疆地區的朝鮮族為例」, 『黑龍江民族叢刊』 2008年 第4期, 2008.

張繼焦, 「少數民族移民在城市中的跨族婚姻-對蒙古族 · 朝鮮族 · 彝族 · 傣族 · 白族 · 回族的調查研究」, 『廣西民族研究』 2011年第4期, 2011.

李晶, 「朝鮮族的認同意識研究」, 中央民族大學博士學位論文, 2007.

高善姬, 「和龍市朝鮮族人口遷移特徵及農村區域變化研究」, 延邊大學碩士學位論文, 2011.

金香蘭, 「朝鮮族婚姻家庭及其倫理嬗變」, 延邊大學碩士學位論文, 2005.

徐芳, 「朝鮮族青少年認同問題研究」, 中央民族大學碩士學位論文, 2009.

中國社會科學院民族研究所 編, 『中國少數民族現狀與發展調查研究叢書 龍井市朝鮮族卷』, 民族出版社, 1999.

제6장 남북한 교육문화 비교연구

곽지섭*

1. 머리말

전근대사회에서 교육은 명확히 구분되어 있던 신분제를 유지하기 위한 수단으로써 사용되었다. 관리로 출세하기 위해 필요한 지식은 특권층에게 한정되었고, 나머지 계층은 자신들의 신분과 직업에 필요한 교육만을 받았다. 그러나 근대사회의 도래와 함께 교육의 역할은 단순히 신분제 유지의 차원이 아닌, 근대국가의 성장과 경제발전의 기본조건으로 인식되었다. 새롭게 탄생한 근대국가를 유지하기 위해서는 전근대적인 사고체계에서 벗어난 '국민'을 양성해야 했기 때문이었다. 이를 위해 모든 사람이 차별 없이 교육 받을 수 있는 시스템이 만들어졌고, 국가는 이를 직접 관리함으로써 근대국가의 새로운 이데올로기를 주입시키고자 했다.

20세기에 들어 한반도에도 근대교육 시스템이 도입되었다. 그러나

---

* 건국대학교 통일인문학연구단 HK연구원.

1945년 이후 한반도는 미 · 소 양국에 의해 분할 점령되었고, 남과 북에는 각기 다른 정치체제가 성립되었다. 일제의 차별적인 교육시스템으로 인해 교육열은 남북 공히 높았지만, 분단이라는 현실 속에서 남북한의 교육문화는 각각의 환경 속에서 형성되었다. 국가의 성격에 따라 교육의 형태와 의미가 달라진다는 점을 고려했을 때, 남북은 약 60년 동안 다른 교육문화를 형성해왔다.

남북한의 교육에 대한 기존연구는 남북한의 통일을 전제로 한 교육통합 방안을 중심으로 진행되었다. 교육제도 · 교육이념 · 교육과정 · 교육행정에 대한 비교연구를 바탕으로 한 통합방안[1]을 시작으로, 남북한 교육제도가 어떠한 역사적 발전과정 속에서 변화했는지를 살펴보고 그 특징을 분석한 연구[2]가 주를 이루고 있다. 이 외에도 통일시대에 대비한 교육통합 방안에 대한 연구[3]와 통일 독일의 교육통합 사례를 통해 남북

---

1) 신효숙, 「남북한 교육행정 및 제도 비교」, 『남북한 비교론』, 명인문화사, 2006; 차우규 외, 『남북한 학제 비교 및 연계 방안 연구』, 한국교육과정평가원, 2004; 한만길 외, 『남북교육체계 비교분석』, 한국학술진흥재단, 2001; 한만길 외, 『남북한 교육용어 비교 연구』, 한국교육개발원, 1999; 한만길 외, 『민족통합을 위한 교육대책 연구(Ⅰ)』, 한국교육개발원, 1997; 한만길 외, 『민족통합을 위한 교육대책 연구(II)』, 한국교육개발원, 1998; 한국교육과정평가원, 『남북한 초 · 중등학교 도덕과 교육과정 및 교과서 통합방안 연구』, 한국교육과정평가원, 2000; 한만길 외, 『통일에 대비하는 교육통합 방안 연구』, 한국교육개발원, 2012.

2) 윤종혁, 『남북한 교육 체제 변화와 통합 전망』, 한국교육개발원, 2008; 한만길 외, 『남북한 교육체계 비교연구: 상호대립과 보완의 관계를 중심으로』, 한국교육개발원, 2004; 조정아, 「교육: 체계와 문화」, 『북한의 사회문화』, 한울아카데미, 2006; 신효숙, 「북한의 교육제도와 정책: 학교교육제도 변천을 중심으로」, 『북한체제의 이해』, 명인문화사, 2009.

3) 윤종혁 외, 『남북한 실질적 통합단계의 교육통합 방안연구』, 통일연구원, 2002; 이창주, 「통일이후 사회통합을 위한 남북한 교육정책: 학교교육을 중심으로」, 『북한연구』 제2권, 명지대학교 북한연구소, 1999; 한만길 외, 『남북 교육동동체 구성을 위한 교육통합 방안: 남북한 평화공존상황을 중심으로』, 통일연구원, 2001; 신현석, 「통일시대의 남북한 통합교육을 지원하는 교육행정체제의 구성 방안」, 『교육행정학연구』 제23권 제3호, 한국교육행정학회, 2005.

한 교육통합의 방안을 모색하는 연구[4]도 진행되었다.

그러나 제도의 통합만으로는 통일한반도의 교육부문에서 나타날 문제를 해결할 수 없다. 통일 독일 동서독 주민간의 갈등에서도 나타나듯이 '제도의 통일'을 넘어선 '사람의 통일'이 우선시 되어야 한다. 이를 위해서는 남북한 주민이 교육에 대해 어떠한 인식을 가지고 있는지를 살펴보아야 한다. 최근 북한의 교육에 대한 연구는 북한이탈주민의 증언을 바탕으로 고난의 행군 이후에 나타난 북한 공교육 시스템의 붕괴만을 주목함으로써,[5] 이에 관한 남북한 비교연구는 상대적으로 미흡한 상황이다.

이 글의 목적은 남북한 교육문화 비교를 통해 남북한 주민들의 교육문화를 살펴보는 데 있다. 단순히 제도적 측면에서만의 비교가 아닌, 남북한 주민들에게 있어 교육은 어떠한 의미를 지니는지를 살펴보고자 한다. 이를 위해 교육이 가지는 속성 중 공공성 · 도구성 · 개방성을 중심으로 비교하여 공통점과 차이점을 드러내고자 한다. 교육의 공공성을 통해 남북한 주민들이 교육의 책임을 누구로 인식하고 있는지, 도구성을 통해 교육이 앞으로의 사회진출에 어떠한 영향을 미치고 있는지, 그리고 개방

4) 이향규, 「통일 후 교육제도 통합과 사회적 삼투현상」, 『통일문제연구』 제15권 제2호, 평화문제연구소, 2003; 통일연구원, 『남북한 화해 · 협력 촉진을 위한 독일통일 사례 연구: 독일통일 10주년 기념 한독 워크샵』, 통일연구원, 2000; 한용원 외, 「남북한 교육통합 전문요원의 연수교육정책 연구」, 『사회과학연구』 제4집, 한국교원대학교 사회과학연구소, 2003; 신세호 외, 『독일 교육통합과 파생문제점 분석연구』, 한국교육개발원, 1993.

5) 이교덕 외, 『새터민의 증언으로 본 북한의 변화』, 통일연구원, 2007; 조정아 외, 『북한 주민의 일상생활』, 통일연구원, 2008; 임순희, 『북한 새 세대의 가치관 변화와 전망』, 통일연구원, 2006; 민족화해협력범국민협의회, 『북한주민의 일상생활과 대중문화』, 오름, 2003; 이기춘 외, 『통일에 앞서 보는 북한의 가정생활문화』, 서울대학교출판부, 2001; 한만길 외, 『북한교육의 현실과 변화: 북한 이탈 주민의 증언을 통한 분석』, 한국교육개발원, 2001; 이우영 외, 『북한 도시주민의 사적 영역 연구』, 한울, 2008.

성을 통해 교육기회가 얼마나 열려 있는지를 분석할 것이다.

건국대학교 통일인문학연구단은 2011년 6월부터 2012년 3월까지 약 10개월간에 걸쳐 서울 근교의 한국인과 북한이탈주민을 대상으로 코리언의 민족정체성과 생활문화에 대한 설문조사를 실시했다. 그러나 교육문화와 관련된 설문조사는 문항 수가 적어 이를 중심으로 연구를 진행하기에는 한계가 있다. 이를 보완하기 위해 본 연구는 기존의 남북한 교육과 관련된 문헌자료 및 남북한 주민들의 구술조사를 중심으로 남북한 교육문화의 실상을 파악하는 데에 주안점을 두었다.

2. 교육책임의 주체에 대한 인식

1) 교육의 공적부담과 사적부담 차이

교육은 국가이데올로기를 주입하는 일종의 사회통제기제로써 역할하기도 하지만, 국민의 교육권 요구에 의한 결과물이기도 하다. 따라서 차별 없는 평등한 조건하에 모든 인간의 전면적 발달을 보장하는 장치로써 교육의 공공성은 강조된다. 남북한 역시 사회적 신분이나 경제적 지위에 차별을 두지 않고 모든 국민에게 최소한의 필수적 기본 교육을 제공하고자 하였다. 이는 현재 남북한 헌법에 명시되어 있다. 한국은 헌법 제31조 제1항에 "모든 국민은 능력에 따라 균등하게 교육을 받을 권리를 가진다", 북한은 사회주의 헌법 제3장 제45조에 "국가는 1년 동안의 학교전 의무교육을 포함한 전반적 11년제 의무교육을 현대과학기술 발전 추세와 사회주의 건설의 현실적 요구에 맞게 높은 수준으로 발전시킨다"라고 명시하고 있다.[6] 이처럼 남북한은 교육의 기회균등과 의무교육정책을 중요시하고 있지만, 교육의 책임에 있어서 남북한 주민은 인식의 차이를 보인다.

북한에서 부모들이 (자녀에 대한 교육을) 책임으로 안 느껴요. 집에 오게 되면 "얘, 숙제 했니? 숙제를 해라." 이거는 부모로서 당연히 할 수 있는 말이지만, 내 책임이라고는 생각을 안 해요. (아이가 공부를 못하더라도 부모가 잘못 지도한 것이라고는) 절대 안 느껴요. 절대 아니에요! 학교에서 애가 지적으로 능력이 떨어져서 공부를 못하는가 보다, 이렇게 생각하지 부모 스스로 책임감은 안 느껴요.[7)]

애가 공부를 그렇게 잘 하는 편은 아닌데……. 성적도 별로 안 높고. 머리가 나쁜 거 같지는 않은데 왜 그런지 모르겠네. 다른 부모들보다 공부하는데 더 도움을 못 줘서 그런지……. 어차피 지 인생이긴 하지만, 부모 입장에서는 죄책감이 들지. 부모가 잘 챙겨주는 것만큼 공부 잘하는 것도 있으니까.[8)]

교원 출신인 북한이탈주민은 자녀의 성적이 좋지 않더라도 그것을 부모의 책임으로 인식하지는 않는다. 반면 한국인 부모는 자녀의 낮은 학업성취도에 대해 학생 본인의 문제가 아닌 부모의 책임으로 여기고 있다. 게다가 다른 부모들보다 잘 챙겨주지 못했기 때문이라며 죄책감을 느낀다. 실제로 한국인 부모는 자녀의 교육비에 관해 98.7%가 부모의 전적인 부담을 주장했고[9)], 자녀의 대학교육비는 당연히 부모가 지원해

---

6) 신효숙, 「남북한 교육행정 및 제도 비교」, 『남북한 비교론』, 명인문화사, 2006, 238쪽.

7) 새터민 최○○(교원 출신), 2005년 5월 12일 면담(조정아, 「교육: 체계와 문화」, 『북한의 사회문화』, 한울아카데미, 2006, 275-276쪽 재인용).

8) 정○○(51세, 여, 자영업), 2013년 07월 24일 면담.

9) 장경섭, 『가족 · 생애 · 정치경제: 압축성 근대성의 미시적 기초』, 창비, 2009, 124쪽.

야 한다는 응답이 99.1%에 달했다.10)

이와 같은 차이를 발생시킨 요인은 남북한 교육시스템의 차이에 있다. 한국은 교육의 일부를 시장에 맡김으로써 공교육과 사교육이 공존하는 시스템인 반면, 북한은 공산주의적 인간 양성을 위해 교육내용·교육비용·교육시설 모두를 국가가 전담한다. 즉 한국은 의무교육인 초·중등교육을 제외한 나머지 교육서비스는 개인이 선택하고 그에 대한 비용을 개인이 지불하지만, 북한은 공식적으로는 교육과 관련된 모든 비용을 국가가 부담하고 있다. 2008년 OECD 주요 국가의 공교육비 정부재원과 민간재원의 상대적 비중 분포에서도 한국은 정부재원 60.0%, 민간재원 40.0%로 정부재원 최하위, 민간재원 중 가계재원이 27.3%로 가계재원 1위를 기록하여, 사적부문의 지출이 높다. 이러한 차이는 남북한의 교육기관 비교를 통해 보다 자세히 알 수 있다.

〈표 1〉 OECD 주요 국가의 공교육비 정부재원과 민간재원의 상대적 비중(2009)

국가	정부재원	민간재원		
		가계재원	기타 민간재원	전체 민간재원
OECD 평균	84.0	~	~	16.0
한국	60.0	27.3	12.8	40.0
캐나다	78.6	10.5	10.9	21.4
핀란드	97.6	x(4)	x(4)	2.4
프랑스	90.2	7.0	2.7	9.8
독일	95.0	x(4)	x(4)	15.0
이탈리아	90.7	7.7	1.6	9.3
일본	68.1	21.6	10.3	31.9
러시아	84.8	11.6	3.5	15.2
영국	68.9	20.7	10.4	31.1
미국	72.0	22.0	6.0	28.0

* 출처: 교육과학기술부 외, 『OECD 교육지표』, 2012.

10) 손유미, 「베이비붐 세대의 제2인생 설계 구축」, 『KRIVET Issue Brief』 제2호, 한국직업능력개발원, 2012, 2쪽.

우선 남북한의 무상의무교육 범위를 비교해보면, 북한은 1975년에 '전반적 11년제 의무교육'을 통해 유치원 높은 반(만 5세)에서부터 한국의 고등학교 3학년에 해당하는 중학교 6학년(만 16세)까지 무상의무교육제도를 완비하였다. 최근 2012년에는 4년제 소학교를 5년제로 확대함으로써 무상의무교육 기간이 12년으로 확대되었다. 반면 한국은 중학교까지의 의무교육제도가 1984년에 시행되었지만, 2004년에야 무상교육이 중학교 전 학급에 도입되었다. 고등학교 무상교육은 2013년에 방침이 발표되어 2017년에 완성될 계획이기 때문에 북한보다는 대략 40년 정도 무상의무교육이 늦게 시행되는 셈이다.

"아이를 보육기관에 맡기는 이유는 무엇인가?"라는 질문에서 한국인은 36.1%가 '돌볼 사람이 없어서', 북한이탈주민은 29.4%가 '교육이 필요해서'를 각각 1순위로 뽑았다.[11] 남북한 모두 주로 직장여성들이 아이들을 보육기관에 맡기는 경우가 많음에도 이러한 차이가 나타나는 것은 북한의 유치원 제도는 '높은 반' 1년이 무상의무교육에 포함되는 교육기관이기 때문이다. 북한의 유치원은 '낮은 반'과 '높은 반'의 2년 과정으로 이루어져 있다. 낮은 반은 의무교육이 아니기 때문에 부모의 판단에 맡기지만, 높은 반부터는 만 5세의 모든 아이들이 유치원에 가야 한다.[12] 반면 한국은 유치원이 의무교육제도에 포함되어 있지 않아 유

11) 〈표 2〉 아이를 보육기관에 맡기는 이유는 무엇인가?

	한국인	북한이탈주민
돌볼 사람이 없어서	36.1%	19.3%
육아가 힘들어서	5.4%	3.7%
교육이 필요해서	15.0%	29.4%
사회성을 키우기 위해	21.0%	7.3%
안 맡겨서 모르겠다	19.4%	33.9%

* 비고: 단위 %, 무응답 · 중복응답 제외.

12) 이기춘 외, 『통일에 앞서 보는 북한의 가정생활문화』, 서울대학교출판부, 2001, 86쪽.

치원 진학은 개인의 자유이며, 시설이용에 대한 비용 역시 개인이 부담하고 있다.[13)]

특수목적고등학교로 북한에는 예술학원 · 외국어학원 · 혁명학원 등이 있고, 한국에는 외국어고등학교 · 과학고등학교 · 국제고등학교 등이 있다. 북한의 예술학원과 외국어학원은 북한의 수재교육기관이고, 혁명학원은 혁명유자녀를 교육시키는 학교로 무상교육임과 동시에 국가적 보상과 사회적 지원을 가장 많이 받는 학교 중 하나이다. 한국의 특수목적고등학교 역시 전문 인력 양성기관이지만 현재 무상교육제도 내에는 포함되지 않으며, 다른 일반 고등학교보다 학비가 비싼 편이기 때문에[14)] 부모의 지원 없이 진학할 수가 없다. 또한 북한은 국가가 직접 특목고에 입학시킬 학생들을 탐색하고 선발하는 반면, 한국은 특목고 입시와 관련하여 공교육보다는 사교육에 의존하는 사람들이 많고 특목고 진학 역시 부모의 경제력이 뒷받침되어야 하기 때문에 공교육기관보다 부모의 역할이 더 중요하다.

대학으로 대표는 고등교육기관은 남북한 모두 의무교육의 범위가 아니다. 그래서 법적으로 무상교육이 실시되지는 않는다. 그러나 북한은 대학등록금이 없으며, 모든 대학생들에게 김일성장학금 · 사로청장학금 · 무의탁장학금 · 국가장학금 · 특수장학금 등 다양한 장학금이 지급되어 기숙사 생활비나 최소한의 일용필수품 구입도 이 장학금으로 충당

---

13) 2009년 소비자연맹 조사에 따르면 국립유치원 81,632원, 병설유치원 80,434원, 사립유치원 369,391원, 공립어린이집 179,378원, 사립어린이집 263,622원, 영어유치원 699,967원의 월평균 교육비가 부가된다고 한다.

14) 교육과학기술부에 따르면 2011년 외국어고 · 국제고 1인당 수익자부담 경비 현황을 분석한 결과 31개 외국어고는 평균 370만원, 6개 국제고는 평균 713만원을 지출하는 것으로 나타났다. 서울 시내 일반계 고등학교의 경우 1인당 수익자부담 경비가 평균 101만원이어서 외국어고와는 평균 4배, 국제고와는 평균 7배 차이가 났다.

이 가능하다.[15] 반면 한국은 2000년과 2012년의 장학금 수혜인원과 1인당 장학금 금액을 비교해봤을 때, 2012년에는 모두 증가해 있다.[16] 그러나 평균 대학등록금을 2002년과 비교했을 때 국·공립대학의 경우 2002년 247만 원에서 2012년 411만 원, 사립대학의 경우 510만 원에서 738만 원으로 올랐기 때문에 장학금 혜택은 보다 줄어든 상황이다.[17] 실제로 장학금을 통해 학비를 조달하는 경우는 8.5%에 불과하고, 부모부담은 79.5%, 융자 8.4%, 본인부담이 3.7%로 사적부담이 91.6%에 달한다.[18]

사교육에 있어 한국은 1980년 7·30 교육개혁을 통해 개인과외를 금지시켜 과외교육의 병폐를 바로 잡고자 했으나 불법과외는 계속 성행하였고, 2000년에 헌법재판소로부터 과외금지법이 위헌판결을 받아 해금되었다. 2012년 기준으로 사교육비 총액은 약 19조 원으로 추정되며, 사교육 참여율 역시 69.4%로 과반수를 차지하고 있다.[19] 반면 북한은 사교육이 기본적으로 금지되어 있으며, 한국의 학원에 해당하는 학생소년궁전·학생소년회관이 모두 국가에 의해 운영되고 있다. 이곳은 북한 학생들의 방과 후 활동을 책임지는 교육기관으로 각종 기초과학·스포츠·예술·컴퓨터 소조활동이 이루어지고 있다. '국가가 인민을 책임진다'는 원칙에 따라 강의와 관련 장비 이용이 모두 무료로 공급된다.[20]

---

15) 민족21, 『북녘 사람들은 어떻게 살고 있을까?』, 선인, 2004, 88쪽.

16) 한국교육개발원, 『2012년 교육통계분석자료집』, 한국교육개발원, 2012, 150쪽: 장학금 수혜인원 현황을 살펴보면 대학은 2000년에 비해 약 110만 명이 증가하여 약 170만 명, 전문대학은 약 4만 명이 증가하여 약 64만 명이 장학금 혜택을 받았다. 1인당 금액은 대학이 약 60만 원 증가하여 122만 6천 원, 전문대학은 약 40만원이 증가하여 98만 7천 원으로 증가하였다.

17) 한국교육개발원, 『2012년 교육통계분석자료집』, 한국교육개발원, 2012, 148쪽.

18) 오호영, 「대학 학비 조달 방식과 노동시장 성과」, 『KRIVET Issue Brief』제5호, 한국직업능력개발원, 2012, 2쪽.

19) 통계청, 『2012 사교육비조사 보고서』, 통계청, 2012, 17쪽.

20) 정창현, 『북한사회 깊이읽기』, 민속원, 2006, 81쪽.

북한이 공교육의 범위와 지원을 국가적 차원에서 확대한 이유는 교육에 대한 일반 주민들의 열기를 교육제도로 만족시킴으로서 국가와 더불어 김일성·김정일 대한 충실성을 높이기 위함이다. 이러한 사회체제 속에서 북한 주민들은 교육에 대한 책임이 학부모 개인이 아니라, 전적으로 국가에 있다고 인식하고 있다.

> 매해 무료교육에다가, 무료교육을 우리가 받는데다가, 매해마다 교복을 말이에요, 학생 교복을 무료로, 전 국가가 모든 학생들에게 무상으로 주니까, 돈 일 푼 안 받고……김일성, 김정일의 생일에는 그 선물, 계속 해마다 받구. 10년 동안 매해, 매년마다 교복을 새로 딱딱 주니까요. 그 새 교복 받을 때마다, 그렇지요, 경애하는 아버지……우리가 받는 모든 혜택을 다 김일성, 김정일의 무상혜택으로 연결시켜서……그러니까 충성을 안 하려야 안 할 수 없게끔 만들죠.[21]

이처럼 북한은 교육과 관련된 모든 비용이 공적인 영역으로 수렴됨으로써, 교육시스템이 김씨 일가 중심 국가체제의 유지를 위한 하나의 강력한 수단으로 기능하고 있다. 이로 인해 교육에 있어서 개인의 선택이 배제되는 측면이 크며, 교육과정 속에서도 국가에 대한 충성이나 단체생활로 대표되는 사회주의식 생활양식을 끊임없이 주입하고 있다. 소학교 시절부터 소년단 활동을 의무적으로 시행하여 집단주의적 태도를 기르고, 〈위대한 수령 김일성 대원수님 어린 시절〉, 〈친애하는 령도자 김정일 장군님 어린 시절〉, 〈공산주의 도덕〉과 같은 과목을 통해 국가지도자에 대한 충성심이 전제된 교육이 주를 이룬다. 이러한 사상교육은 무상교육제도를 통해 정당성이 확보되어 북한의 국가체제를 유지하는

21) 새터민 한○○, 2003년 11월 27일 면담(조정아, 「교육: 체계와 문화」, 『북한의 사회문화』, 한울아카데미, 2006, 277~278쪽 재인용).

데에 큰 역할을 하고 있다.

이와는 반대로 한국은 의무교육에 포함되지 않는 교육서비스에 대해서는 개인의 선택에 맡기며 그 비용도 개인이 부담하고 있다. 이로 인해 교육의 책임을 국가로 인식하는 북한과는 달리, 한국은 부모의 역할이 점차 과중되고 있는 양상이다. 특히 과거 경제적인 이유 등으로 인해 대학진학을 못한 부모세대의 한이 현재 대학서열화가 심화된 현실 속에서 살아가는 20-30대에게 전이되고 있다. 2009년 미혼남녀를 대상으로 실시된 "1자녀만 출산의향 이유"는 "자녀 교육 · 양육비용 부담"이 1순위이다. 미혼남성의 45.1%, 미혼여성의 49.7%가 이를 선택했는데, 2005년 미혼남성의 40.4%, 미혼여성의 46.8%보다 더 높아졌다.[22] 이는 자녀교육에 헌신하는 부모의 이미지가 자녀세대에게도 전승되고 있음을 보여준다.

교육의 공공성이라는 측면에서 볼 때 남북한은 모든 인간의 전면적 개발을 강조한다는 점에서 동일하며, 국가가 교육을 관리하고 있다. 그러나 북한은 교육에 관련된 모든 책임이 공공부문에 있지만, 한국은 공공부문과 민간부문이 분리되어 있다. 특히 한국은 세계적으로도 교육에 관한 사적부담이 높은 편이다. 이러한 차이로 인해 한국인은 자녀교육에 있어 부모의 책임이 강조되고 있으며, 북한은 국가가 전적으로 교육을 책임져야 한다고 인식함과 동시에 이러한 책임이 국가지도자에 대한 충성으로 연결되고 있다.

2) 90년대 이후 교육제도 변화의 영향

1990년대 들어 한국의 민주정부 출범과 북한의 고난의 행군과 같은 정치 · 사회적 변화는 양국의 교육제도에도 영향을 미쳤다. 한국은 문민

22) 이삼식 외, 『2009 전국결혼 및 출산동향조사 보고서』, 보건복지가족부, 2010.

정부 출범 이후 과거의 권위주의적이고 획일적이었던 교육제도를 개편하기 위해 1995년 5 · 31 교육개혁을 시행했다. 5 · 31 교육개혁의 목표는 모든 국민의 자아실현을 극대화할 수 있는 교육복지국가의 실현이었다. 이를 위해 '열린교육', '평생교육'이라는 슬로건을 내걸어 교육의 다양화 · 자유화 · 개방화를 추구하였고, 과거 공급자 중심의 교육제도를 소비자 중심의 교육제도로 개편하였다.

대표적인 정책인 특목고 · 자사고 · 외국인학교 설립과 교원평가 · 교원정년단축으로 시장경쟁조건을 공교육에 대입시켜 공교육과 사교육의 경쟁구도를 형성하였다.[23] 즉 소비자인 학생 · 학부모가 보다 나은 교육서비스를 선택하게 만들어 교육의 질을 향상시키고자 하였다. 이는 공교육이 사교육을 능가하는 교육의 질을 갖추도록 하기 위해 시행된 정책이었지만, 오히려 교육과 관련한 사적비용을 심화시키는 결과를 가져왔다.

교육다양화를 위해 설치했던 특목고 · 자사고 · 외국인학교는 새로운 교육수요를 출현시켰지만 이와 함께 사교육 공급자가 새로운 시장을 개척하도록 부추겼다. 실제로 학교교육 관련 사교육의 원인으로 중학생 학부모들은 "특목고진학 준비 어려움"에 5점 만점에 3.74점의 주어 가장 높은 수치를 보였고, 중학생들은 "전 과목을 잘 할 수 없음" 3.59점, "특목고진학 준비 어려움" 3.55점으로 이를 2순위로 꼽고 있다.[24]

또한 교육의 질을 경쟁시킴으로써 공교육이 사교육 수요를 흡수하길 바랐지만, 사교육에 대한 직접규제가 없기 때문에 사교육의 공급능력만 증가시키는 결과를 낳았다. 기본적으로 교육수요자들은 입시경쟁에 유

---

23) 김용일, 「5 · 31 교육개혁의 현황과 전망」, 『교육문제연구』 제24집, 고려대학교교육문제연구소, 2006, 130쪽.

24) 통계청, 『2007 사교육의식조사』, 통계정보시스템템(http://kosis.nso.go.kr).

리한 교육을 원한다. 그러나 공교육 교사는 입시고득점 획득방법뿐만 아니라 생활지도 · 동아리 지도 · 각종 행정처리 등 여러 일을 처리해야 하기 때문에 점수획득방법만을 집중적으로 가르치는 사교육 공급자에 비해 경쟁력이 떨어질 수밖에 없다.[25)] 이 외에도 정부 차원에서 내신 · 논술시험 강화와 같은 방책들을 내놓아도 그에 맞는 대응책들을 사교육에서 제공했기 때문에 사교육 시장의 확대만 초래하였다.[26)] 이는 공교육에 문제가 있다는 판단 하에 사교육에 대한 직접규제 없이 공교육만을 개혁대상으로 삼은 결과이다.

문민정부는 교육복지국가를 위한 개혁을 실시하였으나, 신자유주의 이론을 근간으로 한 개혁이었기 때문에 오히려 사교육에 대한 부담을 가중시켰다는 비판을 받고 있다. 실제로 1995년 약 10만 개였던 교육서비스업의 사업체 수는 2011년 약 17만 개, 교육서비스업 종사자는 1995년 약 8만 명에서 2011년 약 16만 명으로 급격히 증가하였다.[27)] 소비지출 대비 정규교육비[28)] 및 사교육비 비중 역시 정규교육비는 1995년 약 2.5%에서 2012년 약 1.5%로 감소한 반면, 사교육비는 1995년 약 5.0%에서 2012년 약 7.0%로 증가하여 격차가 커지고 있는 추세다.[29)] 공교육 정상화로 사교육비 감면을 목표로 한 정책은 오히려 부모의 교육비 부담을 늘림으로써, 교육에 대한 책임을 부모에게 전가시키는 비중을 늘리는 폐단을 가져왔다. 이는 한국인이 사교육에 많은 재원을 투자하는 이유에 대해 주로 공교육의 붕괴만을 지적한 결과이다.[30)]

25) 황규성, 「한국 사교육 정책의 작동 메커니즘에 대한 정치적 분석: 공급자의 동원능력과 시장전략을 중심으로」, 『한국사회정책』 20권 2호, 한국사회정책학회, 2013, 246쪽.

26) 황규성, 위 논문, 248~249쪽.

27) 통계청, 『전국 산업체 조사』, 통계정보시스템(http://kosis.nso.go.kr).

28) 학교 수업료, 급식비, 각종 회비에 관한 지출.

29) 통계청, 『가계동향조사』, 통계정보시스템(http://kosis.nso.go.kr).

실제로 학교교육에 만족한 학부모와 그렇지 않은 학부모 간의 월 사교육비 · 사교육 참가시간은 큰 차이를 보이지 않는다.[31] "학교교육을 신뢰하는가?"라는 질문에 대해서도 한국인은 "매우 신뢰한다"가 5.2%, "신뢰한다"가 61.1%로 신뢰도가 더 높은 편이다. 세대별로 보면 20대와 30대의 신뢰도가 낮은 편이지만, 아직까지는 신뢰한다는 의견이 과반을 차지하고 있다.[32] 이는 사교육 증가의 원인으로 공교육에 대한 신뢰도보다 다른 요인이 더 크게 작용하고 있음을 시사한다.

> 학교야 누구나 다 가는 거고, 다른 애들보다 잘하려면 학원이든 과외든 이런 거 좀 보내야겠다 싶지. 남들은 다 학원 보내고 과외 시키고 해서 애들 좋은 대학 보내고, 좋은 데 자리 잡아서 잘 살게 할라고 하고 있는데, 내만 방치할 수는 없는 거지. 내가 더 못해줘서 애 미래가 더 힘들면 이게 부모 노릇하는 거라 할 수 있겠나.[33]

30) 김광옥 외, 「입시제도의변화: 누가 서울대학교에 들어오는가?」, 『한국사회과학』 제25권 제1 · 2호, 2003; 김태종 외, 『고교평준화 정책이 학업성취도에 미치는 효과에 관한 실증 분석』, 국제정책대학원 교육개혁연구소, 2003; 이주호 외, 「학교 대 과외: 한국교육의 선택과 형평」, 『경제학연구』 49, 한국경제학회, 2001.

31) 박철성, 「학부모의 학교 교육에 대한 만족도와 사교육 수료의 결정 요인에 관한 연구」, 『한국경제의 분석』 제17권 제1호, 한국금융연구원, 2011, 87~98쪽. 학교 교육에 대한 만족도가 가장 낮은 학부모의 사교육비와 가장 높은 학부모의 사교육비 차이는 월 평균 중학교 1학년 2만원, 중학교 2학년 3만원이었지만, 중학교 3학년은 6천원에 불과했다. 사교육 시간 차이 역시 평균 0.1시간 이하이다.

32) 〈표 3〉 학교교육을 신뢰하는가?(한국인)

분류	전체	나이					
		10대	20대	30대	40대	50대	60대 이상
매우 신뢰한다	5.2	7.9	1.0	2.9	4.9	7.1	10.7
신뢰한다	61.1	63.5	52.5	50.0	61.8	71.4	77.3
불신한다	26.9	15.9	36.6	42.3	26.5	16.1	10.7
매우 불신한다	5.8	11.1	7.9	3.8	6.9	5.4	–

* 비고: 단위 %, 무응답 · 중복응답 제외

33) 정ㅇㅇ(51세, 여, 자영업), 2013년 7월 24일 면담.

위 구술내용에 따르면 사교육의 목적은 단순히 공교육의 질적 수준에 의한 것이라기보다는 입시경쟁에서 앞서기 위한 투자이다. 모든 학생이 똑같이 받는 공교육으로는 차별화될 수 없기 때문에 유명하고 비싼 학원이나 족집게 과외선생을 찾는 것이다. 특히 학교성적을 기준으로 했을 때 2012년 월평균 사교육비는 학교성적 상위 10% 30.7만 원, 11~30%는 27.9만 원, 31~60%는 24.9만 원, 61~ 80%는 20.7만 원, 하위 20% 이내는 16.1만 원으로 성적이 높을수록 월평균 사교육비는 높게 나타난다.[34)]

이렇게 한국의 학생들은 10명 중 7명이 사교육을 받고, 성적이 높을수록 보다 많은 투자가 필요한 현실 속에서 있다. 한국인은 모든 부모들이 자식들을 도와주는 상황에서 자신이 도와주지 않는다면 자녀가 사회적 · 경제적 압박을 받을 것이라는 죄책감과 두려움을 느낀다. 이러한 환경적 요인으로 인해 부모가 자식의 교육을 책임지는 것이 당연하다는 사고는 더욱 심화되고 있는 것으로 보인다.

한편 1991년 소련붕괴, 1994년 김일성 사망, 1995년 대홍수로 인한 경제난, 식량난으로 북한의 무상의무교육제도는 위기를 맞게 된다. 북한사회의 핵심 원동력인 배급제가 마비됨으로써 교원들이 생계를 위해 결근을 하는 빈도가 증가했고,[35)] 기존에 제공되었던 책걸상과 같은 학교시설 · 교과서 · 학용품 등에 대한 국가 지원도 중단되었다. 학교 건축과 보수, 학교건물 관리, 겨울철 땔감용 나무 등을 학생 · 학부모들이 직접

---

34) 통계청, 『2012 사교육비조사 보고서』, 통계청, 2012, 31쪽.

35) 새터민 이○○(63, 여), 2010년 7월 7일 면담: "교사라 하면, 자기 이제 배급도 안 주고, 뭐 먹을 게 없고, 교사들은 이 딱 틀에 끼왔단 말에요이? 군당 직속이면서 거, 군당 교육부 산하니까이? 그러니까 하루 결근하면, 그 애들이 사십 명이면 한 학급 학생들이……선생님 없으면 고저 자유주의 막 이럭하고 무슨 사고도 날 수 있고, 큰일 나지 않아요? 그러니까 교사들은이, 결석을 못한다 말에요이. 그러니까 저녁에 먹을 게 없어도, 교사는 아침 출근을 해야 된다 말예요이." (건국대학교통일인문학연구단, 『고난의 행군시기 탈북자 이야기』, 박이정, 2012, 458쪽 재인용).

마련해야 했기에 개인의 경제적 부담 역시 증가했다. 또한 결석률도 크게 증가하여 정상적인 학교운영이 제대로 이루어지지 못했다. 학생들이 생계를 위해 직접 식량을 구하거나 시장에 나가 장사를 해야 했기 때문이다.[36)]

> (고난의 행군 때) 양극화가 심해진 거 같았지……먼저 대학 가려면 집이 경제적으로 여유도 있어야 하고, 토대가 좋아야 하고, 머리가 좋아야 하니까, 그 포맷이 맡는 사람이 많지는 않지. 토대 좋고, 머리가 좋아도 경제적으로 뒷받침이 안 되면 대학 포기하지.[37)]

이는 고난의 행군으로 인한 경제난으로 국가 주도 무상교육제도가 무력화됨과 동시에 교육의 책임이 가족에게 전가된 모습을 보여준다. 그러나 이와는 반대로 고난의 행군시기에도 국가가 교육을 책임져 준 것에 대해 감사하게 여기는 북한 주민도 있다.

> 식량사정이 전반적으로 아주 어려울 때조차도 어린아이들에게만큼은 가능한 한 식량공급이 이루어졌고 1993년부터는 모든 아이들에게 간식으로 빵과 콩우유를 제공하기 위해 '사랑의 콩우유' 운동을 제창하는 등 나라가 어린이 건강을 위해 많은 노력을 기울여왔음을 소학교 교원인 그는 누구보다 잘 알고 있었다.[38)]

---

36) 새터민 신○○(32, 남, 대학생), 2013년 7월 25일 면담: "고난의 행군 때 선생들이나 부모들이나 애들을 공부 쪽으로 관리를 못 하지. 의무교육이라도 배급이 안 되니까 능력 되는 애들은 학교 나오고, 아닌 애들은 장사하러가고. 나 때만 해도 결석은 상상도 못 할 일이야. 결석하면 학교 전체가 찾아와서 챙겨주는 정도였지. 집안 형편이 어렵다하면 애들이 십시일반해서 도와주고. 근데 이게 고난의 행군 때는 결석해도 어쩔 수 없다라는 분위기였지. 먹고 살려면 일단 학교 말고 밖에 나가서 구걸을 하든 장사를 하든 뭐든 구해와야 했으니까".

37) 새터민 신○○(32, 남, 대학생), 2013년 7월 25일 면담.

38) 민족21, 『북녘 사람들은 어떻게 살고 있을까?』, 선인, 2004, 18쪽.

실제로 평양어린이식료품공장의 '사랑의 콩우유'는 고난의 행군 때도 생산을 멈추지 않고 평양의 탁아소, 유치원, 소학교, 중학교에 우유를 공급했다.[39] 고난의 행군 때 시설설비와 같은 국가지원도 평양어린이식료품공장에 우선적으로 보장되었다. 이와 같은 인식의 차이는 평양과 지방에 대한 무상교육 지원의 차이에 기인한 것이다. 현재도 고난의 행군과 같은 최악의 경제상황은 벗어났지만 도시와 지방, 기업소와 협동농장의 탁아소와 유치원 사이에 교육환경의 격차가 존재한다.[40]

북한은 고난의 행군을 극복하기 위해 '붉은기 사상', '강성대국론', '선군정치 노선'과 같은 담론을 내세우며 선군정치사상에 투철한 '선군시대의 혁명인재'라는 인간상을 양성하고자 하였다. 이러한 사상교육을 강화하기 위해서는 학교교육 정상화가 전제되어야 했다. 김정일 정권은 1999년 「교육법」을 발표하여 무료의무교육 내용을 구체화하고자 하였고, 배급제의 단계적 폐지를 발표한 2002년 7·1 경제관리개선조치에서도 교육부문에 있어서는 무상화를 계속 유지하고자 하였다.[41] 학용품과 생활필수품은 학부모와 학생이 직접 구매해야 하지만, 교육법 제18조에 따라 최대한 싼값에 제공하고 있다.

이러한 노력은 최근 2012년 북한의 교육개혁으로 이어져 과거 국가가 전반적으로 교육부문을 담당했던 시스템으로 회귀하는 모습을 보이고 있다. 특히 김정은 정권은 최고인민회의에서 교육관련법령을 우선적으로 채택하였는데, 이는 북한이 1946년 2월 북조선임시인민위원회 제1차 회의에서 가장 먼저 통과시킨 안건이 교육문제였다는 점과 비교된다. 이는 교육과 관련된 국가의 책임을 원상복귀하려는 의도와 함께 김정은

39) 민족21, 『래일을 위한 오늘에 살지요』, 민족21, 2006, 126~129쪽.

40) 「평양에서 만난 교육자들」, 『민족21』 90호, 2008년.

41) 정창현, 『변화하는 북한 변하지 않는 북한』, 선인, 2005, 45쪽.

정권에 대한 인민의 충성심을 고양시키고자 하는 정책으로 해석할 수 있다. 이를 위해 1990년대 중반부터 전체 예산의 11%를 차지했던 교육 분야 예산을 확대하고 있으며, 수재학교 시스템을 일반학교까지 확대 실시함으로써 지식경제시대를 대비하고자 하고 있다.[42)]

1990년대에 들어 남북한 교육은 정책적인 변화를 꾀하였지만, 그 방향성에 있어서는 차이를 보인다. 한국인에게 있어 공교육에 대한 불신보다는 대부분의 사람들이 교육에 사적투자를 하는 현실 속에서 느끼는 불안감이 사교육 증가에 더 큰 영향을 끼침에도 불구하고, 90년대 이후의 교육개혁은 공교육 개혁에만 초점을 두었다. 이는 결국 사교육 시장의 확대와 함께 교육수요자 부담을 가중시키는 결과를 가져왔다. 한편 북한은 고난의 행군으로 무상교육체계가 무너지면 교육에 대한 사적부담이 증가하였다. 이를 극복하기 위해 1990년대 말부터 다시 국가의 교육책임을 강화하는 방향으로 교육제도를 개편하였고, 새롭게 등장한 김정은 정권 역시 인민의 충성심을 높이기 위한 교육개혁을 추진하고 있다. 그러나 전 인민에게 동일한 양질의 교육을 실시하기에는 북한의 경제력이 아직 부족한 상태이며, 지역 간의 교육격차가 여전히 존재하는 것으로 추정된다.

3. 교육과 사회진출의 상관관계

1) 대학의 도구적 가치

해방 이후 남북한은 교육수요의 폭발적 증가와 함께 교육제도도 빠르

42) 「2년 전부터 교육개혁 본격 준비: 실험 · 실습 위주로 일반교육과정 개편」, 『민족21』 140호, 2012.

〈표 5〉 역대 정부 장 · 차관의 출신대학 비율

구분	이승만	장면	박정희	전두환	노태우	김영삼	김대중
서울대	45.1	73.1	44.1	49.3	53.3	66.0	48.6
연세대	21.1	7.7	3.8	2.8	2.7	2.4	7.0
고려대	9.9	7.7	6.6	7.6	6.2	7.6	15.3
군사대학	7.0	3.8	24.6	22.3	14.2	6.2	8.6

* 출처: 김상봉, 『학벌사회』, 한길사, 2004, 67쪽

게 정비되었다. 한국은 1959년 아동취학률 96.4%를 달성하였으며[43], 북한 역시 1948년에는 학령아동 94.3%가 인민학교에 취학하여[44] 남북 모두 신생국가임에도 불구하고 교육의 성장은 신속히 진행되었다. 이는 일제강점기의 차별교육이라는 경험에 기인한 것으로, 교육을 통한 사회진출의 욕망이 억압되어 있었기 때문이다.[45] 해방과 함께 이루어진 교육기회의 확대는 사회적 신분 상승이라는 욕망을 분출하게 하였으며, 교육은 이를 위한 도구적 성격을 지니게 되었다. 이러한 교육의 도구성은 현재 남북한에서 대학이 지니는 사회적 권력을 통해서 알 수 있다.

남북한을 대표하는 대학으로 한국은 일명 SKY로 불리는 서울대 · 연세대 · 고려대, 북한은 김일성종합대학 · 김책공업종합대학 · 평양이과대학 · 평양외국어대학이 있다[46] 이 학교 출신들은 대대로 남북한 사회의 핵심 엘리트 계층을 형성했다. 2005년도 서울대학교 사회학과 교수들과 중앙일보기자들이 선정한 한국을 이끌어나가는 최상위 파워 엘리트

43) 교육부, 『교육50년사』, 교육부, 1998, 151쪽.

44) 신효숙, 「남북한 교육행정 및 제도 비교」, 『남북한 비교론』, 명인문화사, 2006, 239쪽.

45) 윤종혁, 『남북한 교육 체제 변화와 통합 전망』, 한국교육개발원, 2008, 65쪽; 김동춘, 『근대의 그늘』, 당대, 2000, 145쪽.

46) 이기춘 외, 『통일에 앞서 보는 북한의 가정생활문화』, 서울대학교출판부, 2001, 97쪽.

31,800명 중 서울대는 10,528명으로 32.7%, 고려대는 2,874명으로 8.9%, 연세대는 2,562명으로 7.9%가 차지하고 있다.[47] 역대 정부 장 · 차관의 출신대학 비율에서도 SKY의 비율은 높은 편이며, 최근 19대 국회의원의 출신대학 비율도 서울대 26%, 고려대 8.7%, 연세대 8%로 42.7%가 SKY 출신이며, 외국대학 출신이 14.0%이다.[48]

북한 역시 당 · 정 차관급의 70% 이상이 김일성종합대학 출신이며, 김책공업종합대학은 주로 과학기술 및 경제를 이끌어 가는 과학기술 간부들을 배출한다.[49] 북한 컴퓨터 기술 연구개발 및 보급의 종합기지인 조선콤퓨터센터(KCC)에도 주로 김일성종합대학 · 김책공업종합대학 출신자들이 우선적으로 배치된다.[50] 그리고 김정일은 2001년에 "대학을 나오지 못한 사람들은 직장도 하기 힘들어한다"며, "이제는 사회생활전반에서 사람들의 학력을 중시해야 한다"고 말함으로써 간부정책에서 학력을 중시할 것임을 시사하였다.[51] 이러한 방침에 따라 당 간부가 되려면 당원, 군 경력뿐만 아니라 대학졸업장도 필수적인 항목이 되었다. 실제로 중앙기관에서 지도원이나 참사 직책을 가지고 있는 사람들은 대부분 학력이 대졸 이상이다.[52]

---

47) 이규연, 『대한민국 파워 엘리트』, 황금나침반, 2006, 132~135쪽.

48) 「19대 국회의원 300명 분석(2): 당선자 직업 · 학력」, 『경향신문』 2012년 04월 12일자.
(http://news.khan.co.kr/kh_news/khan_art_view.html?artid=201204122149565&code=910110).

49) 민족21, 『북녘 사람들은 어떻게 살고 있을까?』, 선인, 2004, 88-89쪽.

50) 정창현, 『북한사회 깊이읽기』, 민속원, 2006, 81쪽, 171-173쪽.

51) 김정일. 「새 세기, 21세기는 정보산업의 시대이다」, 『김정일선집 15』, 사회과학출판사, 2005, 116쪽(이교덕 외, 『새터민의 증언으로 본 북한의 변화』, 통일연구원, 2007, 151쪽에서 재인용).

52) 「가슴속의 김정일 총비서 "그는 권력자가 아닌 사상적 지도자"」, 『민족21』 1호, 2001.

〈표 6〉 교육수준별 월평균 임금 수준(한국)

(단위: 원, %)

년도	중졸 이하 월평균 임금	고졸자 임금 대비	고졸 월평균 임금	전문대졸 월평균 임금	고졸자 임금 대비	4년제 대졸 월평균 임금	고졸자 임금 대비
1995	959,087	87.2	1,100,307	1,192629	108.4	1,715,410	155.9
2000	1,261,618	86.3	1,461,083	1,508,493	103.2	2,321,651	158.8
2005	1,665,918	83.7	1,989,643	2,034,651	102.3	3,140,567	157.8
2010	1,954,880	84.7	2,297,358	2,411,352	105.0	3,564,406	155.2
2012	2,000,925	80.6	2,482,964	2,645,233	105.6	3,814,135	153.6

* 출처: 고용노동부, 「고용형태별 근로실태조사보고서(구 임금구조기본통계조사)」 각 년도

핵심권력층으로의 진출 외에도 한국에서는 학력이 높을수록 월평균 임금의 수준이 높다. 교육수준별 월평균 임금을 살펴보면, 고졸 월평균 임금과 4년제 대졸 월평균임금은 2012년 기준으로 약 140만 원 정도의 차이를 보인다. 고졸자 임금 대비 수치는 갈수록 줄어드는 추세이지만, 1995년과 비교했을 때 크게 줄어들었다고 볼 수는 없다. 이러한 현실 속에서 한국인은 고졸 학력으로 살아간다는 것에 대한 부담이 큰 것으로 보인다.

임금 외에도 학력에 따른 직종별 취업자 수를 살펴보면 임금이 높고 화이트칼라로 대표되는 관리자 · 전문가 및 관련종사자 · 사무직은 주로 대졸들이 많고, 상대적으로 임금이 낮은 서비스 · 판매 · 농림어업 · 기능원 · 기계조작 · 단순노무자와 같은 직업에는 고졸 이하의 학력을 지닌 사람들이 많이 진출해 있다.[53] "학력이 낮은 경우에 겪는 불이익"에 대한 설문조사[54]에서도 "직종 및 직장 선택의 한계"가 1순위로 선택되었

53) 통계청, 『경제활동인구연보 2012』, 통계청, 2013.

54) 이정규 외, 『한국사회에서의 학력의 가치 변화 연구』, 한국교육개발원, 2002, 182쪽.

다. 이와 같은 통계치는 한국에서 고학력이 지니는 경제적 이익을 잘 보여주며, 대학진학률 71.3%의 원인이라 할 수 있다. 그러나 학력의 영향력은 직업선택과 직업진출의 경우에서만 작동하는 것이 아니다. 직장 내부에서도 학력으로 인한 부조리한 일들이 발생한다.

> 나름 직장에서 인정받은 편이었지. 내가 그때 일개 대리에 불과했는데, 상무도 있고 하는 임원급 회의에 가서 내 의견 말하고, 상무도 내 의견 채택해서 일도 잘 되고, 그렇게 인정받았지. 뭐 그렇게 잘 하다가 이제 승진심사 할 때가 됐어……다 내가 승진할 거라고 말했을 정도로 내가 될 분위기였지. 근데 내가 아니고 내 후배가 승진이 된 거라. 와……이거 뭐고 싶었는데, 보니까 금마는 대졸이었고, 나는 고졸이라서 안 됐다하는 거라……상무가 내를 우수로 예뻐했는데 배신감이 컸지……그 상무도 답답해서 그랬는지 "야, 니는 야간대학이라도 다니지 뭐 했노!" 이러더라고. 결국 상무 지 힘으로도 안 돼서 내는 승진 못하고 회사 나왔는데, 그 말이 지금 생각해도 좀 씁쓸하지. 일 끝나고 술 먹지 말고 야간대학이라도 다닐 걸 싶더라고.[55]

승진심사에서의 차별뿐만 아니라, 처음 회사에 입사했을 때 대졸 신입사원들은 사무실에 앉아서 일하고 고졸 신입사원들은 허드렛일을 시키는 등 일반 업무에서도 학력 간의 차별대우가 존재했다.[56] 인터뷰를 통해 불이익에 대한 서러움, 이 구조가 잘못 됐다는 생각과 함께 대학진학을 하지 않은 스스로를 탓하고 있는 모습을 살펴볼 수 있었다. 이와 같이 고졸 출신의 직장인들은 직장 내에서의 차별의 경험이 많다. 위의 "학력이 낮은 경우에 겪는 불이익"에 대한 설문조사에서도 고졸 계층만이 "직장에서의 불이익"을 1순위로 꼽고 있다(고졸 35.8%, 평균 29.1%). 이들에

---

55) 곽○○(54, 남, 사업가), 2013년 7월 20일 인터뷰.

56) 위와 같음.

게 있어 취업이라는 첫 문턱을 넘는 것보다 직장 내에서 승진 · 임금차별이 더 큰 고통으로 다가오는 것이다.

한국사회에서 대학이 가지는 또 다른 위력은 학벌이다. 학력이 교육수준의 평가 잣대라면, 학벌은 최고 학력계층인 대졸들 안에서 존재하는 집단구분이다. 과거 대학진학률이 현재와 같지 않을 때에는 어느 고등학교를 나왔냐가 대학보다 중요한 요소로 작용했었다. 그러나 현재는 이에 더하여 어느 대학교 출신인지가 사회적 신분을 결정하는 데에 중요한 요소로 작용하고 있다. 그 예가 대학서열화이다.

학벌은 과열된 입시경쟁의 원인 중 하나이며, 10명 중 7명이 대학에 진학하는 현실 속에서 대졸이라는 자격증도 더 이상 큰 메리트를 지니지는 못한다. 보다 큰 우위를 차지하기 위해서는 소위 명문대라 불리는 학벌에 편입되는 것이 중요해진 것이다. "차별대우의 원인"에 대한 설문조사[57]에서 대졸 · 석사 · 박사 계층은 1순위로 "학벌"을 뽑았고, 전문대졸 이하는 "학력"을 1순위로 뽑았다. 전문대졸 이하가 "학력"을 1순위로 선택한 반면, 대졸 · 석사 · 박사는 "학벌"을 1순위로 꼽았다. 이를 통해 고졸들이 학력으로 차별받아왔다면, 대졸들은 학벌이라는 요인에 의해 사회적으로 차별받아 왔음을 알 수 있다.

개인의 학력수준이 취업, 직장생활 등에 많은 영향을 끼침으로써, 한국인들에게 교육은 단순히 개인의 잠재력을 발현하는 수단이 아니라 보다 나은 사회적 신분을 얻기 위한 도구적 성격을 함께 지니게 되었다. 실제로 한국 학생들이 기대하는 교육목적으로 초 · 중 · 고등학교 재학생의 50.3%가 "좋은 직업"을 1순위로 꼽았으며, 대학 이상 재학생 역시 44.1%가 "좋은 직업"을 선택하였다.[58] 부모들도 과반수가 자녀교육의 목

57) 이정규 외, 위의 책, 169쪽.

58) 통계청, 「2012 학생의 기대하는 교육목적」, 통계정보시스템.

적 1순위로 "좋은 직장"을 택했다는 점에서[59] 교육에 관한 한국인의 도구적 인식을 살펴볼 수 있다.

한편 북한은 교육을 통한 지위상승이 한국과는 차이가 있다. 한국은 교육을 통한 계층이동이 주로 개인의 노력여부에 달려있지만, 북한은 혈연세습국가라는 속성으로 인해 대학졸업자에 박사학위 소유자라도 최상위 권력계층까지 진출하는 데는 한계가 있다. 이는 북한이라는 국가가 지니고 있는 '혁명 계승' 의식 때문이다. 기본적으로 북한은 조선로동당을 창시한 수령에 의해 성취된 혁명전통을 지키고자 하며, 이를 위해 김일성 일가와 항일빨치산 세력을 중심으로 핵심권력층을 구성하였다. 이러한 구조는 현재까지 혈연세습의 형식으로 유지되고 있다. 혁명전통의 유지는 사회주의체제 유지와도 직결되기 때문에 아무리 뛰어난 인재라 하더라도 이 집단에 포함되는 것은 쉽지 않다. 즉 한국과 달리 교육이 지위상승의 수단으로 탄력적으로 기능하지 못하며, 사회발전에 기여하는 전문가로써 일하는 것이 최대치인 것이다. 이러한 차이점이 존재하기는 하지만 북한에서도 고학력은 사회진출 과정에서 보다 유리한 요소로 작용한다.

북한은 중학교를 졸업하는 만 17세부터 직장에서 일을 할 수 있다. 원칙적으로는 개인의 선호에 따라 직업을 선택할 수 있다고 명문화되어있지만, 당과 행정기관의 판단도 함께 고려된다. 그래서 북한에서는 한국과는 달리 취업보다는 '배치'라는 용어를 일상적으로 사용한다. 중학교 졸업 후 대학진학자 · 군 제대 · 직장배치 세 분류로 나눠지는데, 중학교 졸업생은 상대적으로 개인의 특성을 파악하기 어려워 일괄로 집단 배치

(http://kosis.nso.go.kr).

59) 통계청, 「2012 부모의 자녀 기대 교육목적」, 통계정보시스템. (http://kosis.nso.go.kr).

될 수밖에 없다. 재수를 선택할 수도 있지만, 배급이 직장을 기준으로 이루어지기 때문에 재수를 선택하기 보다는 일단 배치된 직장에 근무하여 다른 곳으로 옮기거나 그 직장 내에서 높은 지위를 얻고자 한다.[60] 물론 대학생들도 전공과목과 불일치한 직장에 배치되기도 한다.

> A) 대학시절 공부했던 전공과목과 다른 일을 하는 현장에 배치되는 경우는 없나요?
> B) 물론 있습니다. 과학이나 기술 분야를 공부한 사람이 닭 공장에 배치되는 경우도 있습니다.
> A) 그러면 불만이 있지 않나요?
> B) 불만이 있어도 참아야지요. 그리고 열심히 일하고 배우고 나면 전공을 두 개 한 꼴이니, 멀리 보면 도움이 됩니다.[61]

그러나 중학교 졸업생 · 군 제대자 · 전문학교 또는 특수학교 졸업생이 시 · 군 · 도 인민위원회에서 추천장을 받고 취업하는 반면, 대학졸업생은 개별 학생 면담을 통해 학업성적, 사상, 재학 중의 조직 활동 등을 참고하기 때문에 직장에 관한 개인의 선호도가 상대적으로 더 많이 반영된다.

직업선택의 자율성 외에도 대학을 나옴으로써 얻는 이익은 전문가라는 자격을 획득한다는 점이다. 인문사회과학 및 예술분야의 졸업생에게는 '전문가', 자연과학 및 기술분야의 졸업생에게는 '기사', 교원대학 졸업생은 '교사', 전문학교 졸업생들에게는 '준기사' 증명서가 수여된다.[62] 2008년 북한 인구센서스 자료에 따르면 기사 · 기수 · 전문가 · 중등전문

---

60) 민족21, 『북녘 사람들은 어떻게 살고 있을까?』, 선인, 2004, 135~136쪽.

61) 위의 책, 296쪽.

62) 신효숙, 「북한의 대학교육과 대학입시」, 『수행인문학』 제37권 2호, 한양대학교 수행인문학연구소, 2007, 52쪽.

가의 인구수는 총 2,972,852명으로 최종학력이 전문학교 이상인 인구수와 동일하다.[63] 특히 '강성대국' 건설 담론으로 과학기술발전이 강조되는 최근의 사회적 분위기 속에서 컴퓨터와 IT분야가 가장 선호도가 높은 전공 분야가 되었다. 이는 공과대학으로의 진학이 더욱 중요해졌음을 의미한다.[64]

이 외에도 대학을 졸업해야만 가능한 직업들이 있다. 공무원에 해당하는 행정일꾼은 한국처럼 공무원시험을 따로 치러야 하는 것은 아니지만, 대학졸업 · 군 복무 · 당원 자격이라는 3단계를 거친 사람만이 행정일꾼으로 일할 수 있다.[65] 성과급을 많이 얻을 수 있는 직업으로 봉사부문일꾼[66]이 있는데 이는 주로 상업대학이나 한국의 전문대학에 해당하는 전문학교를 졸업한 사람들이 배치된다. 호텔 · 상점 · 음식점에서 일하는 의례원이 대표직종이며, 대학을 다닐 때 높은 급수의 자격증을 딸수록 평양의 주요 호텔 전문음식점이나 규모가 큰 직장에 배치될 가능성이 높다. 최근 북한 여성의 사회진출이 늘어나면서 인민봉사분야에 진출할 수 있는 대학의 입학경쟁률이 증가하고 있는 추세다.[67] 한국의 관광안내원과 유사한 북한의 해설강사 역시 전문 교육과정을 거쳐야 하며, 사적지 · 유적지를 주로 맡고 있기 때문에 김일성종합대학의 역사학부 사적학과

63) 중앙통계국, 『조선민주주의인민공화국 2008년 인구일제조사 전국보고서』, 중앙통계국, 2008, 150~167쪽.

64) 이교덕 외, 『새터민의 증언으로 본 북한의 변화』, 통일연구원, 2007, 164쪽.

65) 정창현, 『평양의 일상』, 역사인, 2013, 154쪽.

66) 호텔 · 상점 · 음식점에서 일하는 의례원이 대표직종이다. 평양의 한덕수경공업대학, 장철구평양성업대학, 각 도에 있는 식요리전문학교가 대표적인 교육기관이다. 급양학부, 피복학부, 경리학부, 관광학부, 봉사과와 같은 학과들이 있다. 북한에서는 이러한 대학들을 '종합적인 인민봉사일꾼 양성기지'라고 칭한다.

67) 「일없습니다. 남쪽 동포들을 위해 봉사할 수 있어 정말 기쁩니다」, 『민족21』 26호, 2003.

나 철학부 졸업생, 사범대학의 역사학부 졸업생 등이 배치된다.[68)]

> 북한은 일단 대학을 졸업하면 직업이 다 있잖아요, 직업. 대학졸업자는 막노동 하는 사람 없거든요. 암만 못해도, 북한 막말로 지도원이래도 하거든. 그니까 인식 정도가 아주 좋죠. 대학을 졸업했기 때문에 저렇게 됐다. 이렇게 생각하지, 대학을 못 졸업한 사람이 지도원이나 간부 등용이 안 돼요.[69)]

이처럼 북한은 개인의 학력수준이 높을수록 직업선택의 자율성이 늘어난다는 장점과 함께 대학졸업이 개인의 전문성을 인증하는 수단으로 기능하고 있다. 특히 북한의 대학교육은 주로 실용교육을 중심으로 이루어지기 때문에, 특정학과 졸업은 그 분야에 관한 자격증을 획득하는 것과 같다. 이러한 전문가 자격은 그 분야에 있어 사회적 명망과 위신을 보장하며, 근무환경이 보다 좋은 직종에 취업할 확률을 높인다.

이러한 이점들 때문에 북한이탈주민 역시 자녀들에게 기대하는 교육수준도 높은 편이다. 북한이탈주민 부모들을 대상으로 한 설문조사에서도 72.4%가 자녀가 대학 이상에 진학하길 원하며, 전문학교를 제외해도 65.8%의 수치를 보인다.[70)] 실제로 북한의 일반중학교에서는 대학진학을 위한 입시반이 따로 편성되어 학교차원에서 학생들을 대학에 보내기 위해 노력한다. 특히 김일성종합대학은 경쟁률이 30:1일 때도 있을 정도로 진학경쟁이 치열하며, 대학입시원서를 쓸 때 1, 2, 3지망 모두 김일성종합대학을 적는 학생도 존재한다.[71)]

---

68) 「남쪽 동포들에게 설명할 때가 가장 신명납니다」, 『민족21』 27호, 2003.

69) 임순희, 『북한 새 세대의 가치관 변화와 전망』, 통일연구원, 2006, 52쪽.

70) 한만길 외, 『북한교육의 현실과 변화: 북한 이탈 주민의 증언을 통한 분석』, 한국교육개발원, 2001, 53쪽.

71) 정창현, 『평양의 일상』, 역사인, 2013, 115쪽.

이와 같은 기대 교육수준은 남한에서도 유사하게 나타난다. 한국의 초 · 중 · 고등학교 재학생은 94.8%가 대학 이상의 교육수준을 원하며, 2년제 전문대학을 제외하면 83.1%가 4년제 대학 이상을 원하고 있다.[72] 이러한 수치는 한국인 부모들도 유사하게 나타나며, 부모의 학력이 높을수록 자녀에게 기대하는 교육수준이 높다.[73] 이는 '좋은 대학'이 사회적 인정의 기준이자 사회적 과시의 수단임을 알기에 본인의 학력을 자녀가 계승하길 바라는 마음에서 비롯된 것으로 보인다.

교육의 도구성 측면에서 남북한은 공통적으로 교육이 사회적 신분 상향의 수단으로써 인식되고 있다. 이는 일제강점기의 차별교육에 의해 교육을 통한 사회진출 욕망이 억압되어 있었던 공통적인 경험에서부터 기인하였다. 한국에서는 교육이 개인의 노력에 따라 최상위 계층까지 도달할 수 있는 수단이 되며, 이때 학력과 학벌이 개인의 성취에 영향을 미치고 있다. 반면 북한은 혈연세습국가라는 특징으로 인해 권력의 핵심계층까지 진출은 제한되어 있지만, 대학졸업이 직장배치에서 상대적으로 높은 자율성을 제공하고 개인의 전문성을 인증함으로써 보다 나은 근무환경을 제공받는 데 있어 유리하게 작용하고 있다.

2) 대학교육의 개방성의 차이

남북한 모두 교육에 관한 도구적 인식은 공통된 양상을 보이지만, 고등교육기관인 대학진학의 개방성은 남북한이 차이를 보인다. 이는 현재 남북한 고등교육기관 수와 대학생 비율을 살펴보면 알 수 있다. 2011년

72) 통계청, 「2012 학생의 기대하는 교육수준」, 통계정보시스템. (http://kosis.nso.go.kr).

73) 통계청, 「2012 부모의 자녀 기대 교육수준」, 통계정보시스템, (http://kosis.nso.go.kr).

고등교육기관 수는 한국이 1,507개, 북한이 480개로 한국이 약 4배 정도가 더 많다. 2011년 남북한 인구 만 명당 대학생 수 역시 641.2명과 212.0명으로 한국의 대학생 수가 북한보다 약 3배 정도 많다.[74)]

이러한 차이가 나타나는 근본적인 이유는 남북한이 고등교육기관을 통해 인재를 양성하는 방식이 다르기 때문이다. 북한은 민족간부로 활동할 혁명인재를 국가가 직접 양성하고자 하지만, 한국은 인재 양성을 자본주의경제체제를 바탕으로 개인의 선택과 개인들 간의 자유경쟁에 맡김으로써 인간이 지니고 있는 모든 자질을 개발시키는 '전인 교육'을 목표로 한다. 즉 북한은 국가의 노동인력 수급계획에 따라 적재적소에 필요한 민족간부만을 수요에 맞게 재생산하는 반면, 한국은 대학진학이 개인의 선택에 달려 있기 때문에 상대적으로 대학입학정원에 제한을 크게 두지는 않는다.

실제로 북한은 대학정원을 제한함으로써 대학에 오지 못한 중학교 졸업생들을 군대나 노동현장에 즉각 배치하여 사회 전체의 효율성을 높이고자 한다. 이로 인해 북한의 중학교 졸업생 중 대학진학자는 10%정도에 불과하다.[75)] 반면 한국은 문민정부 때부터 이어져온 대학정원 자율화 방침을 현재까지 단계적으로 진행하고 있기 때문에 대학기관이 입학정원을 결정할 수 있는 자율성이 높다.[76)] 실제로 2010년 한국 고등교육기관의 입학정원은 641,554명, 고3 학생 수는 649,515명이었는데, 98.8%가 대학에 진학할 수 있을 정도로 고등교육의 규모가 확대되었다.[77)]

---

74) 통계청, 『북한의 주요통계지표 2012』, 통계청, 2012, 95쪽.

75) 임순희, 『북한 청소년의 교육권 실태: 지속과 변화』, 통일연구원, 2005, 75쪽.

76) 장석환, 「문민정부 이후 대학 정원정책 분석」, 『교육행정학연구』 제25권 제4호, 한국교육행정학회, 2007, 407~408쪽. 교원 및 의료보건 계열, 수도권 지역대학, 국·공립대학만 법령으로 규제되고 비수도권 지역 사립대학은 일정한 교육여건만 충족하면 학생증원을 자율적으로 할 수 있다.

77) 통계청, 『한국의 사회동향 2011』, 한국개발연구원, 2012, 5쪽.

이러한 차이는 남북한 고등교육기관의 종류에서도 드러난다. 북한의 고등교육기관은 국가가 양성하고자 하는 전문 인력의 성격에 따라 각각의 대학들이 특성화가 되어 전문대학을 중심으로 발전하였고, 한국은 개인이 다양한 분야를 접하기가 용이한 종합대학을 중심으로 성장하였다. 실제로 북한의 종합대학은 김일성종합대학 · 김책공업종합대학 · 고려성균관 3개밖에 없으며, 평양외국어대학 · 광산금속대학 · 평양건설건재대학 · 한덕수경공업대학 · 장철구평양상업대학 등과 같은 전문대학들이 주를 이루고 있다. 반면 남한은 종합대학이 202개, 전문대학이 147개로 보다 많은 학생들을 수용할 수 있는 종합대학이 고등교육의 중심을 이루고 있다.

남북한이 초기에 고등교육기관을 설립할 때 사용되었던 자본의 성질이 다르다는 점도 대학교육의 개방성에 영향을 미쳤다. 해방 이전에 북한지역에는 고등교육기관이 하나도 없었기 때문에, 북한은 국가건설기 때부터 국가가 대학설립을 주도해나갔다.[78] 현존하는 고등교육기관도 모두 국가가 운영하고 있으며, 원칙적으로 사립대학 설립이 금지되어 있다. 반면 남한지역에는 일제강점기 때부터 존재했던 사립학교들이 해방 이후에도 교육기관으로 인정받아 해방 이후 급증한 교육 수요를 담당했다. 국가 입장에서도 민주적 교육제도의 기본원리인 기회균등의 정책을 실시해야 했기에, 사립학교 설립에 대한 제재를 가하지 않았다. 실제로 1945년 전체 53%였던 사립대학은 1957년에 71%로 증가했으며,[79] 현재 한국의 고등교육기관은 국 · 공립대학 15.7%, 사립대학 84.3%의 비율을 차지하고 있다.[80]

---

78) 신효숙, 「북한사회의 변화와 고등인력의 양성과 재편, 1945~1960」, 『현대북한연구』 제8권 제2호, 경남대학교, 2005, 45쪽.

79) 교육부, 『교육 50년사』, 교육부, 1998, 468쪽.

80) 통계청, 「대학통계」, 교육통계서비스(http://cesi.kedi.re.kr/).

북한은 공적자본만으로 대학이 발전되어 왔기에 고등교육의 팽창여부는 전적으로 국가의 필요성에 달려있다. 또한 현재 대부분의 대학생들에게 제공되는 장학금이나 각종 혜택들을 생각했을 때 고등교육의 범위를 전 사회로 확장시키기에는 경제적으로 무리가 있다. 한국은 대학설립에 있어 역사적으로 북한과 달리 공적자본보다 사적자본이 더 많이 투자되어 왔고, 학교법인으로 허가만 받으면 대학을 설립할 수 있다. 게다가 대부분의 사립대학이 대학등록금에 의존하여 운영되고 있기 때문에 학생 유치가 대학 입장에서 가장 중요한 사업이다. 이처럼 북한은 대학운영자금을 100% 국가가 담당하고 있기 때문에 대학진학자의 수를 국가 주도로 조절할 수 있지만, 한국은 대학운영자금에 있어 사적자본이 많이 투여되었고 학생 유치수에 따라 자금과 대학경쟁력이 확보되기 때문에 대학진학의 폭이 넓은 편이다.

개방성의 차이는 대학입시제도에서도 나타난다. 한국의 대학입시제도는 시기에 따라 형태는 달랐지만, 중등교육 이수자에게는 모두 대학입학시험을 치를 수 있는 자격이 주어졌다. 반면 북한은 해방 이후 1970년대까지 대학입학이 추천을 중심으로 진행되었다. 특히 1957년에 이루어진 입학규정 개혁은 1956년 '8월 종파사건'의 영향으로 전문 인력 양성에 있어 학생들의 계급구성을 변화시키고자 한 것이었다. 중학교 졸업 후 대학에 입학하는 직통생의 비율을 줄이는 대신 산업체 · 농장 · 군에 복무하는 자를 중심으로 추천을 받아 대학에 우선적으로 입학시키는 것이 입학규정 개혁의 주요내용이었다.[81] 이는 당시 반(反)김일성 세력을 교육부문에서 배제함과 동시에 고등인력의 노동계급화를 도모하기 위함이었으며, '토대'라고 불리는 출신성분이 대학진학에 있어서 중요한

81) 신효숙, 「북한사회의 변화와 고등인력의 양성과 재편, 1945~1960」, 『현대북한연구』 제8권 제2호, 경남대학교, 2005, 79쪽.

요인으로 작용하게끔 만들었다.

> 북한에는 계층이라는 게 있잖아요? 성분이 있어가지고 애가 머리가 좋아도 성분이 안 좋으면 학업을 포기하는 식으로 가죠. 저희 삼촌만 봐도 시에서 1~2등 정도 됐어요. 근데 대학 갈려고 했는데, 토대가 걸려가지고 못 갔어요.[82)]

그러나 1980년대에 추천제로 이루어진 대학입학제도는 능력 있는 사람들이 고등교육에서 배제된다는 비판으로 시험을 치르는 '국가자격고사'로 바뀌었다. 이는 사상과 출신성분을 중시했던 종전의 대학입학제도에서 성적중심의 대학입학제도로 변하였음을 뜻한다. 이는 북한이탈주민의 증언에서도 확인할 수 있다.

> 김일성이가 그때 몇 년도에 구라파에 죽기 전에 한 번 돌았잖아……거기서 생각해 와서 이제는 "우리나라서도 성분이 나쁜 애들도 저기 머리가 좋은 애들은 공부를 시켜라, 문 열어서 그 다음에 당에서 대학도 보내고 좀 써라." 이렇게 지시가 내려졌단 말이야……그때 우리 애가 9살 고저 10살 그렇게 됐는데, 당에 가서 비준해서 거기 누구 아들도 공부를 시켜라 이러니 당에 방침이 떨어져서 우리 애도 수재학교라는 걸 다녔어요.[83)]

최근에는 대학입시 과정에서 부모의 출신성분에 대한 기준은 많이 약화되었으며, 실력만 있으면 김일성종합대학 · 김책공업종합대학과 같은 명문대에 진학할 수 있다고 한다.[84)] 다만 부모가 정치사상범이거나, 가

---

82) 새터민 신○○(32, 남, 대학생), 2013년 7월 25일 면담.

83) 건국대학교통일인문학연구단, 『고난의 행군시기 탈북자 이야기』, 박이정, 2012, 316쪽.

84) 통일연구원, 『북한인권백서 2011』, 통일연구원, 2011, 176쪽.

족 중 탈북한 사람이 있을 경우에는 차별을 받는다.[85] 과거보다는 대학 진학에 있어서의 폐쇄성이 완화되었지만, 1980년대 김정일의 수재교육 강화지침에 의해 보통학교와 제1중학교로 대표되는 수재학교 간의 차별이 나타났다.

수재교육은 출신성분에 상관없이 잠재성이 있는 영재를 조기에 선발하여 체계적으로 교육시키는 제도이다. 탁아소와 유치원 단계에서부터 영재를 발굴하여 예술에 조예가 보이는 아이는 예술학원에, 수학·과학 및 어학에 소질이 있는 성적 상위 10% 이내의 학생은 시험과 면접을 통해 제1중학교에 진학시킨다. 수재학교는 국가의 교육지원에 있어 가장 최우선시 된다는 점뿐만 아니라, 예비고사-본시험-학과결정으로 이어지는 대학입시제도 과정 속에서 예비고사를 면제받는 특혜를 얻는다. 수재학교 출신 대부분이 김일성종합대학과 김책공업종합대학에 진학하기 때문에 제1중학교에 들어가기 위한 경쟁이 상당히 치열하다.

그러나 북한의 대학입시제도는 중학교 졸업생들이 치르는 시험과 제대군인·직장생활자가 치르는 시험으로 이원화되어 있다. 제대군인과 직장생활자는 중학교 졸업 후 군대에 입대하거나 직장에 배치된 사람들인데, 일정기간 소속집단에서 근무를 한 후에 각 집단 내의 당 책임자의 추천을 받아 대학에 입학할 수 있는 권한을 얻게 된다. 추천기준은 성적보다는 조직생활에서의 충실성과 사상적 투철함, 개인의 성품 등이 고려된다. 이러한 집단을 대상으로 하는 예비고사는 대학에 바로 진학하는 직통생들이 치르는 시험보다 난이도가 낮기 때문에 추천만 받으면 대학진학이 쉬운 편이다. 또한 직장 내에 설치된 직업학교(공장대학, 농장대학, 어장대학)를 통해 기사자격증을 획득할 수 있기 때문에 대학에 진학하지 않아도 노동자들이 그에 따른 차별을 덜 받게끔 하도록 하고

85) 통일연구원, 『북한인권백서 2013』, 통일연구원, 2013, 180쪽.

있다.

이러한 제도는 학업성적이 낮더라도 군대나 직장생활에서 국가와 당에 대한 충성심, 집단주의적 사고방식으로 무장한 사람은 국가에서 언제든 기회를 제공한다는 인식을 사람들이 갖도록 만들었고, 북한의 국가체제를 유지하는 하나의 장치로써 작용하고 있다. 특히 직업학교는 노동자를 최우선한다는 국가 슬로건을 정당화하고 있으며, 기술력 습득과 함께 사회주의 국가의 인민으로서 지녀야 하는 정체성을 강화시키고 있다.

> 북한에서 기본 루트는 학교 졸업해서 군대 가고, 군대에서 대학가고, 대학졸업하고 당일꾼이나 기업에서 간부로 일하는 게 황금라인이지. 근데 이 확률에 들기가 쉽지는 않지. 근데 굳이 이게 아니라도 먹고 살 거는 많다고 생각하지……한국 사람들이 대기업이나 공무원 못 됐다고 좌절하는데, 북한 사람들은 그런 건 그렇게 많지는 않은 거 같아. 한국처럼 심하지는 않어. 막 열등감은 안 느껴……부모도 공부를 못하는 애면 기술 같은 거 배우고 하길 바라지. 전자 쪽 여기는 기술만 있으면 먹고 사는 데는 지장 없고 안정적이기도 하니까.[86]

대학입시제도 이원화 외에도 북한은 “생산직을 우대해 사회주의를 실리적으로 운영하는 조치”를 통해 어렵고 힘든 분야에 종사하는 노동자들의 보수를 높게 측정함으로써 대학교육의 폐쇄성에 대한 불만을 완화시킬 수 있었다. 북한은 2002년 7 · 1 경제관리개선조치로 완전한 독립채산제가 시행됨으로써 실적에 따라 추가 이익을 가질 수 있게 하여 일한 만큼 생활비(임금)을 분배 받을 수 있도록 하였다. 특히 생산직 종사자는 다른 직종들보다 임금이 높은 편이며, 사무직 종사자의 정액임금제와 달리 도급임금제가 적용되기 때문에 결과에 따라 보다 높은 생활비

86) 새터민 신○○(32, 남, 대학생), 2013년 07월 25일 면담.

를 얻을 수 있었다.

평양에서 근무하는 사무직 근로자의 생활비가 평균 5,000원 수준인 반면, 탄부들은 기본임금 6,000원에 성과급까지 합하면 매달 10,000원 이상의 수익을 얻기도 한다.[87] 일반노동자들도 평양326전선공장의 경우를 보면 공장의 1인당 평균 생활비 지급액은 가장 적었던 2월이 13,574원이었고, 가장 많았던 9월이 32,000원으로 월별 성과급 액수에 따라 생활비 편차가 큰 편이다.[88] 또한 기술자의 기능급수에 따라 생활비가 차등 분배되는데, 기능급수는 대학졸업 여부에 상관없이 직장 내에서 치루는 시험이기에 대학진학 외에도 경제적 욕구를 충족시킬 수 있었다.

이러한 생활비 지급 제도는 지역별 · 공장별로 차이를 보이지만, 현재 북한 주민들이 다시 직장으로 돌아가고 있는 현상을 보았을 때[89] 소기의 성과는 거둔 것으로 보인다. 이는 과거 배급제와는 다른 국가배급시스템을 마련함으로써 교육에 대한 차별을 완화시킴과 동시에 국가가 노동자라는 신분을 우대하고 있음을 보여주고자 하는 것으로 여겨진다.

한편 한국은 높은 개방성으로 인해 과반수가 고등교육을 이수하게 되었고, 이는 학력과잉 현상으로 이어졌다. 청년 임금근로자의 학력과잉 비율은 36.6%로, 특히 4년제 대학 졸업생은 40.1%가 현재 자신의 업무나 연봉에 비해 학력이 높다고 생각하고 있다.[90]

> 그래도 내가 4년제 대학 나왔는데 지금 직장에서 돈 받는 거나, 복지 같은 거 보면 좀 허무하긴 하지. 일단 먹고 살려고 취직하기는 했는데 마

87) 정창현, 『변화하는 북한 변하지 않는 북한』, 선인, 2005, 206~213쪽.
88) 정창현, 『북한사회 깊이읽기』, 민속원, 2006, 147~148쪽.
89) 정창현, 『변화하는 북한 변하지 않는 북한』, 선인, 2005, 48쪽.
90) 임언, 「청년층의 학력 및 스킬 불일치」, 『KRIVET Issue Brief』 제19호, 한국직업능력개발원, 2012, 2쪽.

음에는 당연히 안 들고. 근데 SKY같은 애들 꺾고 대기업가려고 했으면 대학 다닐 때부터 스펙 좀 쌓았어야 했는데 제대로 준비 안 한 내 탓도 있지만…….[91)]

학력과잉 현상은 현재 대학졸업장만으로는 원하는 직장에 취직하기가 어려움을 뜻한다. 이를 극복하기 위한 방법으로 나타난 것이 TOEIC으로 대표되는 외국어 점수와 각종 자격증 취득, 대외활동 경험과 같은 '스펙'이며 대학졸업자가 증가함에 따라 '스펙경쟁'은 점점 심화되고 있는 양상이다. 위의 구술에서도 나타나듯이 대기업과 같은 좋은 직장에 취직하지 못한 이유로 스펙을 쌓지 않은 자신을 지적하고 있다.

실제로 스스로 '괜찮은 일자리'에 취업했다고 생각하는 사람과 기타 취업자, 미취업자를 비교했을 때, '괜찮은 일자리' 취업자는 TOEIC점수와 어학연수 참가 비율, 자격증 취득자 비율이 더 높다.[92)] 또한 서울 소재 대학 출신이라도 영어성적이 낮은 경우 여타 대학의 영어 성적이 좋은 졸업자보다 '괜찮은 일자리' 취업 가능성이 약 20%정도 낮은 것으로 드러났다.[93)] 이는 보다 나은 환경으로의 사회진출을 위해 필요한 교육이 초 · 중 · 고등교육을 넘어 비제도권 교육으로까지 확장되었음을 시사한다.

---

91) 임○○(31, 남, 직장인), 2013년 8월 12일 면담.

92) 채창균, 「4년제 대학생의 스펙 쌓기 실태」, 『KRIVET Issue Brief』 제16호, 한국직업능력개발원 2012, 3쪽; '괜찮은 일자리' 취업자 · 기타 취업자 · 미취업자 순서대로 평균 토익점수는 808점, 735점, 757점이며, 어학연수 참가 비율은 26.8%, 18.4%, 17.9%, 자격증 취득자 비율은 69.7%, 65.5%, 52.8%이다.

93) 채창균, 「4년제 대학생의 스펙 쌓기 실태」, 『KRIVET Issue Brief』제16호, 한국직업능력개발원 2012, 3쪽. 대학 특성별 스펙에 따른 '괜찮은 일자리' 취업 비율을 보면 서울 소재 대학 출신자 중 토익점수가 전체 평균 미만인 사람의 '괜찮은 일자리' 취업 비율은 25.7%인 반면, 경기 · 인천 소재, 지방 국립, 지방 사립 출신자 중 토익점수가 평균 이상인 사람은 40.2%, 45.5%, 32.8%가 '괜찮은 일자리'에 취업하였다.

이처럼 고등교육에 대한 개방성에 있어 한국은 모든 사람이 대학진학을 할 수 있는 인프라를 갖추고 있는 반면, 북한은 제한된 인원만 고등교육의 혜택을 받을 수 있다. 이러한 차이는 고등교육기관의 운영주체와 운영자본의 차이에서 기인한다. 북한은 초기 고등교육기관 설립과정에서부터 공적자본이 100% 투여되었고, 국가가 고등교육기관을 운영하고 있다. 이로 인해 북한은 노동시장의 수요에 따라 대학입학정원을 국가가 결정하고 있으며, 대학입시제도 역시 추천제에서 시험제로 바뀌긴 했지만 국가가 전폭적으로 지원하는 수재학교 출신자를 우대하고 있다. 경제적 여건이 된다면 대학에 진학할 수 있는 한국과 비교하면 교육의 개방성이 낮은 편이다. 이러한 교육의 폐쇄성을 상쇄시키기 위해 북한은 조직생활과 사상적 투철함과 같은 사회주의적 가치를 추천기준으로 하는 대입제도나 생활비시스템을 새롭게 마련하였고, 동시에 공산주의적 인간이라는 정체성을 인민들이 보다 확고히 가지도록 만들었다. 반면 한국은 북한과 달리 개방성은 높지만 점차 증가하는 대학졸업자로 인해 학력과잉 현상이 나타나고 있으며, 이를 극복하기 위한 스펙경쟁이 심화되고 있다.

4. 맺음말

지금까지 교육의 공공성·개방성·도구성을 중심으로 남북한 교육문화를 살펴보았다. 남북한은 모두 국가가 교육을 관리하는 의무교육제도를 실시하고 있지만, 교육에 있어 사적자본의 침투를 허락하느냐에 차이를 보인다. 한국은 공교육과 사교육이 공존하는 체제 속에서 개인에게 부과되는 교육비용이 점차적으로 증가하고 있는 반면, 북한은 김일성 · 김정일 체제 유지를 위해 교육과 관련된 대부분의 비용을 국가가 전담하고 있고 법적으로 사교육을 금지하고 있다. 교육기관설립에 있어서도 한국은 사적자본의 유입이 많았기에 현재에도 사립학교가 차지하는 비중이 높지만, 북한은 철저히 공적자본으로만 교육시설을 확충해나감에 따라 현재에도 모든 교육기관을 국가가 운영하고 있다.

이러한 제도적 차이는 교육의 공공성과 개방성에 관해 남북한의 차이를 발생시켰다. 교육의 공공성 측면에서 한국인은 자녀교육의 책임이 사교육과 대학등록금을 뒷받침하는 부모에게 있다고 여기고 있으며, 북한은 대부분의 교육비용을 국가에서 부담하고 있기 때문에 교육의 책임이 국가에 있다고 인식하고 있다. 이러한 인식의 차이는 90년대 이후 남북한에서 이루어진 교육개혁 과정의 결과에 따라 계속 유지될 것으로 전망된다.

교육의 개방성에서도 북한은 대학교육기관을 국가가 운영함으로써 노동시장 수요에 따라 필요한 만큼만 엘리트를 양성하고 있으며, 대학입학정원도 국가가 조절하기 때문에 대학생비율이 한국과 비교했을 때 매우 낮다. 이러한 교육의 폐쇄성을 상쇄시키기 위해 북한은 이원화된 대입제도와 블루칼라가 화이트칼라보다 더 높은 임금을 받을 수 있는 생활비 제도를 마련하였다. 이는 교육기회의 차별로 발생할 수 있는 소외감을 완화시킴과 동시에 체제유지를 위한 방편으로 역할하고 있다. 한국은 고등학교 졸업생 모두가 대학교에 진학할 수 있는 고등교육 인프라를 마련했기에 북한과 달리 개방성은 높은 편이다. 그러나 점차 증가하는 대학졸업자로 인해 학력과잉 현상이 나타나며, 이를 극복하기 위한 스펙경쟁이 심화되고 있는 양상을 보인다.

한편 한국은 학력과 학벌을 통해 사회적 · 경제적 최상위 계층으로 성장할 수 있기 때문에 교육이 사회적 지위상승을 위한 도구로 인식되고 있지만, 북한은 혈연세습국가라는 특징으로 인해 교육을 통한 지위상승에 한계가 존재한다. 그러나 대학졸업은 국가의 의해 진행되는 직장배치에서 보다 높은 자율성을 보장받고 있으며, 전문성을 인정받기 때문에 진출할 수 있는 직장의 폭이 상대적으로 넓다는 이점을 가지고 있다. 이로 인해 남북한은 공통적으로 교육이 앞으로의 사회진출에 큰 영향을 미치고 있다고 인식하고 있다.

근대국가는 모든 국민에게 공통되는 교육을 실시함으로써 일반대중을 국민 또는 사회구성체의 일원으로 성장시켜왔다. 교육이 가지는 이러한 속성으로 인해 교육문화는 다른 생활문화에 비해 상대적으로 해당국가의 교육정책과 교육제도에 많은 영향을 받는다. 즉 문화 간의 교류보다는 해당국가가 어떠한 사회체제냐에 따라 교육제도와 교육내용이 달라지며, 교육문화 역시 다른 양상을 나타낸다.

그러므로 교육문화에서 새로운 창조적 공통성을 창출하기 위해서는 남북한 사회체제 간의 전반적인 합의가 필요하며, 국가 간의 협력이 요구된다. 이러한 협력은 통일한반도에 적합한 새로운 인간상을 제시하는 것으로부터 시작하여 이를 뒷받침할 교육이념과 교육제도를 마련하는 방향으로 진행되어야 한다. 그리고 사람의 인식변화가 사회제도의 변화속도를 따라가지 못한다는 점을 고려했을 때, 새로운 교육문화 창출은 단시간이 아닌 장시간에 걸쳐 진행되어야 할 것이다.

참고문헌

건국대학교통일인문학연구단, 『고난의 행군시기 탈북자 이야기』, 박이정, 2012.

교육부, 『교육50년사』, 교육부, 1998.

김광옥 외, 「입시제도의변화: 누가 서울대학교에 들어오는가?」, 『한국사회과학』 제25권 제1 · 2호, 2003.

김용일, 「5 · 31 교육개혁의 현황과 전망」, 『교육문제연구』 제24집, 고려대학교 교육문제연구소, 2006.

김태종 외, 『고교평준화 정책이 학업성취도에 미치는 효과에 관한 실증 분석』, 국제정책대학원 교육개혁연구소, 2003.

민족21, 『래일을 위한 오늘에 살지요』, 민족21, 2006.

______, 『북녘 사람들은 어떻게 살고 있을까?』, 선인, 2004.

민족화해협력범국민협의회, 『북한주민의 일상생활과 대중문화』, 오름, 2003.

박철성, 「학부모의 학교 교육에 대한 만족도와 사교육 수료의 결정 요인에 관한 연구」, 『한국경제의 분석』 제17권 제1호, 한국금융연구원, 2011.

손유미, 「베이비붐 세대의 제2인생 설계 구축」, 『KRIVET Issue Brief』 제2호, 한국직업능력개발원, 2012.

신세호 외. 『독일 교육통합과 파생문제점 분석연구』, 한국교육개발원, 1993.

신현석, 「통일시대의 남북한 통합교육을 지원하는 교육행정체제의 구성 방안」, 『교육행정학연구』 제23권 제3호, 한국교육행정학회, 2005.

신효숙, 「남북한 교육행정 및 제도 비교」, 『남북한 비교론』, 명인문화사, 2006.

______, 「북한사회의 변화와 고등인력의 양성과 재편, 1945~1960」, 『현대북한연구』 제8권 제2호, 경남대학교, 2005.

______, 「북한의 교육제도와 정책: 학교교육제도 변천을 중심으로」, 『북한체제의 이해』, 명인문화사, 2009.

신효숙, 「북한의 대학교육과 대학입시」, 『수행인문학』 제37권 2호, 한양대학교

수행인문학연구소, 2007.
오호영, 「대학 학비 조달 방식과 노동시장 성과」, 『KRIVET Issue Brief』 제5호, 한국직업능력개발원, 2012.
윤종혁 외, 『남북한 실질적 통합단계의 교육통합 방안연구』, 통일연구원, 2002.
윤종혁, 『남북한 교육 체제 변화와 통합 전망』, 한국교육개발원, 2008.
이교덕 외, 『새터민의 증언으로 본 북한의 변화』, 통일연구원, 2007.
이규연, 『대한민국 파워 엘리트』, 황금나침반, 2006.
이기춘 외, 『통일에 앞서 보는 북한의 가정생활문화』, 서울대학교출판부, 2001.
이삼식 외, 『2009 전국결혼 및 출산동향조사 보고서』, 보건복지가족부, 2010.
이우영 외, 『북한 도시주민의 사적 영역 연구』, 한울, 2008.
이정규 외, 『한국사회에서의 학력의 가치 변화 연구』, 한국교육개발원, 2002.
이주호 외, 「학교 대 과외: 한국교육의 선택과 형평」, 『경제학연구』 49, 한국경제학회, 2001.
이창주, 「통일이후 사회통합을 위한 남북한 교육정책: 학교교육을 중심으로」, 『북한연구』 제2권, 명지대학교 북한연구소, 1999.
이향규, 「통일 후 교육제도 통합과 사회적 삼투현상」, 『통일문제연구』 제15권 제2호, 평화문제연구소, 2003.
임순희, 『북한 청소년의 교육권 실태: 지속과 변화』, 통일연구원, 2005.
______, 『북한 새 세대의 가치관 변화와 전망』, 통일연구원, 2006.
임언, 「청년층의 학력 및 스킬 불일치」, 『KRIVET Issue Brief』 제19호, 한국직업능력개발원, 2012.
장경섭, 『가족 · 생애 · 정치경제: 압축성 근대성의 미시적 기초』, 창비, 2009.
장석환, 「문민정부 이후 대학 정원정책 분석」, 『교육행정학연구』 제25권 제4호, 한국교육행정학회, 2007.
정창현, 『변화하는 북한 변하지 않는 북한』, 선인, 2005.
______, 『북한사회 깊이읽기』, 민속원, 2006.
______, 『평양의 일상』, 역사인, 2013.

조정아 외, 『북한 주민의 일상생활』, 통일연구원, 2008.

조정아, 「교육: 체계와 문화」, 『북한의 사회문화』, 한울아카데미, 2006.

중앙통계국, 『조선민주주의인민공화국 2008년 인구일제조사 전국보고서』, 중앙통계국, 2008.

차우규 외, 『남북한 학제 비교 및 연계 방안 연구』, 한국교육과정평가원, 2004.

채창균, 「4년제 대학생의 스펙 쌓기 실태」, 『KRIVET Issue Brief』 제16호, 한국직업능력개발원 2012.

통계청, 『2012 사교육비조사 보고서』, 통계청, 2012.

______, 『북한의 주요통계지표 2012』, 통계청, 2012.

______, 『한국의 사회동향 2011』, 한국개발연구원, 2012.

______, 『경제활동인구연보 2012』, 통계청, 2013.

통일연구원, 『남북한 화해·협력 촉진을 위한 독일통일 사례 연구: 독일통일 10주년 기념 한독 워크샵』, 통일연구원, 2000.

한국교육개발원, 『2012년 교육통계분석자료집』, 한국교육개발원, 2012.

한국교육과정평가원, 『남북한 초·중등학교 도덕과 교육과정 및 교과서 통합방안 연구』, 한국교육과정평가원, 2000.

한만길 외, 『민족통합을 위한 교육대책 연구(Ⅰ)』, 한국교육개발원, 1997.

________, 『민족통합을 위한 교육대책 연구(Ⅱ)』, 한국교육개발원, 1998.

________, 『남북한 교육용어 비교 연구』, 한국교육개발원, 1999.

________, 『남북 교육동동체 구성을 위한 교육통합 방안: 남북한 평화공존상황을 중심으로』, 통일연구원, 2001.

________, 『남북교육체계 비교분석』, 한국학술진흥재단, 2001.

________, 『북한교육의 현실과 변화: 북한 이탈 주민의 증언을 통한 분석』, 한국교육개발원, 2001.

________, 『남북한 교육체계 비교연구: 상호대립과 보완의 관계를 중심으로』, 한국교육개발원, 2004.

________, 『통일에 대비하는 교육통합 방안 연구』, 한국교육개발원, 2012.

한용원 외,「남북한 교육통합 전문요원의 연수교육정책 연구」,『사회과학연구』 제4집, 한국교원대학교 사회과학연구소, 2003.

황규성,「한국 사교육 정책의 작동 메커니즘에 대한 정치적 분석: 공급자의 동원능력과 시장전략을 중심으로」,『한국사회정책』 20권 2호, 한국사회정책학회, 2013.

『민족21』.

『경향신문』.

찾아보기

ㄱ

ㄴ

ㄷ

ㅂ

ㅅ

ㅇ

ㅈ

ㅊ

ㅋ

ㅌ

ㅍ

ㅎ